KB102271

걷기 일기 365

엄마 **이숙**이 쓰고 아들 **서아진**이 그리다

코로나 시대 소소한 일상의 담담한 기록,
매일 걷는 자의 기록법

걷기 일기 365

1년 동안 아들과 엄마가 함께 또는 따로
걷거나 그리거나 찍은 이야기 모음집

좋은땅

날마다 적어도 30분이라도 걷기. 내가 세운 새해 계획 중 제 일 번은 이것이다. 작년에도, 또 그 전에도 걷기는 걸었다. 그러다 코로나가 너무 심해지면서 그야말로 집콕을 하게 되었다. 집 근처 공원을 혼자 걷는 건 괜찮다 해도 일단 집 밖은 너무 위험했고 마스크를 쓰고 걷는 게 가뜩이나 숨이 가쁜 내게는 고역이었다. 그러나 올해는 비가 오나 눈이 오나 바람이 부나 걸어 보기로 했다. 내가 걸으면서 자연스럽게 아이들도 함께 하면 더 좋겠다 싶었다. 나보다 더 집에 머무르는 시간이 많았던 청소년 세 아이들에게도 운동이 필요했고 특히나 걷는 걸 좋아하는 큰아이에게 좋은 시간이 될 것 같았다.

오늘 새해 첫날, 나와 큰아이는 30분 타이머를 해놓고 함께 걸었다. 역사적인 첫발이다. 하려고 맘먹었던 일을 실행에 옮긴다는 사실만으로도 나는 흥분해 있었다. 이 작은 일에도 열을 내는 내가 나조차 우스웠지만 삶이란 게 이렇듯 소소한 일에 기쁨이 있다는 걸 어쩌랴.

나보다 훨씬 길을 많이 아는 큰아들의 인도를 따라 걷는다. 별로 춥지는 않은데 마스크를 끼고 걸으니 안경에 자꾸 김이 서려 영 걸리적거렸다. 얼마 안 가 아예 안경을 벗어버렸다. 노안 탓에 이젠 근시보다 원시가 심해졌기에 안경을 벗고 걸어도 별로 불편하지 않았다. 세상이 보일 만큼 보였다. 옆에 든든한 친구가 있는데 뭘 또 걱정이랴.

그렇게 아들과 나는 동네를 걸으며 이런저런 대화를 나눴다. 자신이 인도하는 대로 걷고, 자기 말에 토 달지 않고 들어주니 사춘기 청소년 아들도 기분이 좋은가 보다.

30분 타이머가 울렸다. 이미 집에서 멀리 와 있었다. 정말 오랜만에 걷는 길이었고, 아들 덕분에 오르막길도 걸어서 조금은 가쁜 숨이었지만 그래도 걸을 만했다. 아니, 기분이 상쾌했다. 새해 첫날, 이런 기분을 느낀다는 것이 올 한 해 행복한 서막이었으면 좋겠다.

큰아들과 수변공원을 따라 걸었다. 길 따라 흐르는 냇물이 얼어서 몇몇 아이들이 그 위에서 놀고 있었다. 저러다 혹시 얼음이 깨지면 어쩌나 불안한 마음이 들었다. 그 순간, 나는 등 뒤에서 누군가 옷 속에 얼음을 집어넣는 것 같이 정신이 번쩍 났다. 내가 물을 극도로 무서워하는 이유를 알 것 같았다.

국민학교 2, 3학년쯤이었을까. 겨울방학을 서울 영동에 사는 이모집에서 보내고 있던 어느 날, 사촌 오빠와 언니, 남동생과 꽁꽁 얼어붙은 얼음밭으로 스케이트를 타러 갔다. 처음 타 보는 스케이트였다. 이모집보다 훨씬 가난했던 우리집에서 스케이트를 본 적은 없었다. 작아서 못 신게 된 언니의 하얀색 스케이트를 신었을 때 나는 하늘로 날아오를 것 같은 기분이었다. 기분 탓이었을까, 처음 타 보는 거였지만 나는 스케이트를 잘 탔다. 처음엔 언니의 손을 잡고 겨우겨우 발걸음을 떼었는데 이내 혼자 서고, 걷고, 조금씩 달릴 수 있게 되었다. 그 사이 넘어지기도 많이 했지만 차가운 얼음판에서 난 헤헤, 웃었다.

그러던 어느 순간, 내 한쪽 다리가 얼음 속에 들어가 있는 걸 알아챘다. 얇은 얼음이 깨져버린 것이다. 한쪽 다리가 차가운 얼음물 속에 빠져버리고 중심을 잃은 나는 쓰러지면서 소리를 질렀다. 조금 전까지 누렸던 만족스러움은 두려움으로 변했다. 무서웠다. 얼음물의 차가움보다 이렇게 물에 빠져 죽는 건 아닐까 하는 무서움이 더 컸다. 아주 어릴 때부터 유독 죽는 것에 대한 두려움이 커서 밤에 잘 때 불을 끄지 못하고 자던 나였다.

사촌들이 나를 얼음 속에서 건져내었다. 오빠와 언니가 자신의 겉옷을 벗어 내게 씌워주고 울고 있는 나를 달래며 이모집으로 돌아왔다. 그렇게 내 첫 스케이트 경험은 무서웠던 하루로 기억되었다.

그런데 오늘, 아무 일도 일어나지 않을 것마냥 얼어붙은 냇가에서 놀고 있는 아이들을 보자, 나는 내가 그때의 기억 때문에 물을 그토록 무서워하게 되었을지도 모르겠다고 자각했다. 그날 이후 40년이 넘도록 겨울은 왔고, 얼음은 얼었고, 그 위에서 아이들은 놀았고, 나는 그 모습을 보아왔을 텐데 왜 그 생각을 하지 못했을까. 그때 내가 느꼈던 두려움과 겁먹음이 그 생각조차 얼어붙게 했던 것일까. 나는 옆에서 걷고 있는 아들에게 이 이야기를 했다. 엄마가 물을 무서워하는 이유를 이제 알게 되었다고. 이유를 안다고 해서 지금이라도 내가 물을 친근하게 느낄 것 같지는 않지만 원인 모를 병을 앓고 있는 것 같았던 답답함은 벗을 수 있게 되었으니 나름 시원하다고.

아들은 20분이면 갈 수 있는 도서관을 빙빙 돌아 50분 만에 도착하게 했다. 경사진 길을 싫어하는 나를 배려해 편한 길로만 코스를 정했기 때문이라니 타박할 수도 없다. 아니, 괜찮다. 어차피 걸으려고 나온 것이고 시간이 길어진 만큼 아들과 나누는 이야기도 많아지니까.

집으로 돌아갈 때는 내가 늘 다니던 길로 간다. 가는 길에 편의점에서 걷기 앱에 쌓인 포인트로 음료수 하나씩을 사서 마셨다. 내 안의 모든 갈증이 시원하게 내려간다. 40년이 넘도록 쌓여 있던 갈증도 내려간다.

일요일 오후다. 아들은 오늘 쉬겠다고 해서 나 혼자 집을 나선다. 함께여도 좋고 혼자여도 좋다. 솔직히 혼자 걷는 게 더 좋긴 하다. 내 맘대로, 내가 가고 싶은 대로, 무엇보다 음악을 들으며 걸을 수 있으니. 아니, 그 무엇보다 늘 아이들과 함께 있어야 하는 엄마로서가 아니라 나 혼자 있을 수 있어서다. 나에게는 혼자만의 시간이 너무도 필요하다. 잠시라도 집을 나와야 하는 이유가 너무 많은, 사춘기 세 아이들의 엄마니까.

오랜만에 혼자 걷는 길, 호젓하고 홀가분하긴 하지만 한편으론 좀 허전하다. 남편과 함께 걸었던 기억이 떠올랐기 때문이다. 남편은 작년 10월 말에 베트남으로 출장을 갔다. 두 달에 한 번꼴로 해외출장을 갔던 남편이 작년에는 코로나로 나가지 못하다가 10월에 처음으로 출국을 하게 됐다. 그리고 지금까지 오지 못하고 있다. 아니, 다음 달쯤에나 오게 될 것이다. 베트남에 가서 2주 자가격리하고, 한국에 돌아온다면 또 2주, 그렇게 한 달을 자가격리에 바치니만큼 갈 수 있을 때 일을 많이 해야 한다는 남편의 말에 나 역시 동의할 수밖에 없었다. 우리나라보다 코로나 사정이 좀 나은 베트남에 있는 게 더 마음 놓이기도 했다. 아파트에 코로나 확진자 한 명만 나와도 전체를 봉쇄시킨다는 베트남이다. 청소년 세 명을 혼자 감당해야 하는 엄마로서의 하루하루가 힘들긴 해도 어쩌겠는가. 남편은 돈을 벌어 가족을 먹여 살려야 하고, 나는 엄마로서의 사명을 감당해야 하는 것을.

걷다 보니 남편과 종종 와서 포장을 해 갔던 감자탕집이 보인다. 참새가 방앗간을 그냥 지나치지 못하고 가게 안으로 들어간다. 늘 남편과 차로 왔기에 잘 몰랐는데 포장된 감자탕을 들고 걸어가려니 무게가 만만치 않다. 그냥 갈걸, 후회가 밀려왔지만 이미 때는 늦었다. 양손에 하나씩 감자탕 그릇을 들고 20여 분쯤 걸어 집에 돌아오니 온몸이 땀에 젖었다.

한 상에 둘러앉아 뼈다귀에 붙은 살점을 뜯으며 우리 넷은 행복했다. 잠깐 이 행복 속에 아빠가 없다는 게 찡하긴 했지만 그래도 감자탕은 맛있었다.

다시 큰아들과 함께 걷는다. 어제 혼자 많이 걸어서인지 오늘은 다리가 좀 무겁다. 아들에게 딱 30분만 걸을 수 있는 코스로 부탁한다고 했다. 수변공원을 시작으로 체육관과 청소년문화의집을 지나 얼어붙은 호수를 돌고 오는 코스다. 혼자 걸을 때도 이 코스를 잘 걷는다. 정말 30분 걷기에 안성맞춤이기 때문이다.

여전히 아들은 이야기를 계속한다. 집에서는 핸드폰 보느라 엄마와 대화를 나누지 못하는 아들이 밖에서는 말이 많다. 이 아이 속에 이렇게 이야기가 많았나 싶다. 그러다 보니 아들과 함께 걷는 길은 늘 짧게 느껴지고 시간이 후딱 간다. 좋다.

체육관 앞을 지나는데 야외무대처럼 만든 넓은 공터 벤치에 대여섯 명의 사람들이 앉아 있는 게 보인다. 멀리서도 확연히 보이는 이유는 그들이 입은 형형색색의 외투 때문이다. 원색으로 무장한 등산복을 입고 동네 뒷산을 오르는 분위기의 그네들은 나이 드신 어르신들이다. 아무리 햇볕이 든다 해도 한겨울에 밖에 앉아 있으면 춥기도 하련만 그들은 거기 그렇게 앉아 이야기를 나누고 텀블러에 담아온 차도 함께 나눠 마신다. 그들이 갈 수 있는 실내의 모든 곳이 코로나로 닫힌 지금, 집에만 있을 수 없어 이렇게 밖에서라도 모이는가 보다.

언젠가는 나도 저렇게 될까, 생각이 잠깐 들었다. 나도 별수 없이 늙어 저렇게 양지바른 곳에 앉아 시간을 흘려버리게 될까. 할 일도, 생산 능력도 없는 빈곤한 노년의 시간이 길어짐은 축복일까. 어느덧 나이 50대 중반으로 향해 가고 있는, 사춘기 청소년들의 엄마인 내게 노화와 죽음은 잊어버리고 싶어도 잊히지 않는 옛사랑의 그림자 같다.

　유튜브로 안치환 TV 음악을 들으며 걷는다. 나는 30년 넘게 그의 음악을 애청하는 오래된 팬이다. 이삼십대의 많은 시간과 돈을 그의 앨범 구입과 콘서트 티켓 구매에 할애했다. 그는, 아니 그의 노래는 불안했던 내 청춘을 지탱시켜준 힘이었고 콘서트는 별다른 희망 없이 굴러가던 내 삶의 수액이었다.

　이어폰 속에서 「나무」라는 곡이 흘러나온다. 이 노래는 김광석의 곡이다. 내일이면 죽은 지 25주기가 되는 김광석의 노래. 안치환이라는 가수가 내게 들어오기 이전에 나는 김광석을 먼저 알았다. 김광석을 통해 안치환을 알았다. 그 둘이 함께 불렸던 학전 소극장의 무대를 나는 사랑했다. 그때 그 작은 무대에서 둘이 이 곡 「나무」를 불렀다. 김광석의 노래 중 내가 가장 좋아하는 노래이자 애창곡이다. 김광석의 맑게 쭉쭉 올라가는 고음으로 듣는 것도 좋지만 안치환의 묵직한 울림으로 듣는 「나무」도 좋다. 어쨌거나 다 좋다. 김광석을 추모할 수만 있다면.

　이십대의 마지막 해가 시작되고 며칠 지나지 않아 갑작스레 들려온 김광석의 죽음은 내게 충격 그 자체였다. 자신의 키만 한 통기타를 메고 허리 아래로 힘없이 떨어뜨린 두 팔을 휘두르며 걷던 그의 모습이 자꾸 떠올랐다. 무대에서는 그 누구보다 활화산 같은 열정을 뿜어내 보는 이로 하여금 한번 사는 것처럼 살아보자, 는 팬스런 생의 야망을 꿈꾸게 했던 그가 삶을 등지고 떠났다니. 그의 죽음은 내게 신문 한 귀퉁이에 실리는 기사 몇 줄 정도의 의미가 아니었다. 한동안 나는 삶에 대한 의욕 같은 건 없어 보였던 무심한 그의 뒷모습이 자꾸 생각나 눈을 감을 수 없었다.

　그러나 사람은 가도 예술은 남아 있다. 얼마 전 텔레비전 프로그램에서 고인이 된 어느 가수를 홀로그램으로 실제처럼 완벽하게 재현해내는 것을 보았다. 그러나 아무리 진짜 같아도 그의 모습은 가짜다. 노래는 진짜다. 진짜 좋은 노래는 사람보다 수명이 길다. 내 청춘의 김광석은 없지만 나는 오늘도 그의 노래를 듣고, 그 속에 빠진 채 길을 걷는다. 오늘은 30분 걷기로는 부족할 것 같다.

날이 추워졌고 오후부터 눈이 내려 저녁 7시가 넘어가자 세상이 온통 눈으로 덮였다. 이제 14살이 되는 막내딸이 밖에 나가 눈 구경 하고 싶다기에 머리부터 발끝까지 단단히 무장하고 야간 외출을 단행했다. 막상 나가보니 생각만큼 춥지 않았다. 오히려 낮보다 덜 추웠다. 두껍게 입은 때문만은 아닌 것 같았다. 눈사람 만드는 아이들, 부모가 끌어주는 썰매에 앉거나 누워 스릴을 느끼는 아이들, 투닥투닥 눈싸움하는 청소년들 속에서 동네는 활기찼다. 그동안 코로나로 막혀 있던 숨통이 일시에 터져 나오는 듯했다. 1년에 가까운 시간, 숨죽이고 납작 엎드려 살았던 사람들에게 내리는 하늘의 은혜로운 숨구멍이었다.

딸과 30분이 넘도록 동네를 배회했다. 아직 아무도 안 밟은 눈길이 많았고, 딸아이는 그곳에 자신의 발자국을 남기고 싶어 했다. 아무도 안 가본 길, 참 매력적이다. 도전이 가슴뛰고, 새로움에 흥분되고, 결과를 짐작할 수 없음에 긴장되는 길, 그러나 그만큼 실패와 낙심도 함께 주는 길. 딸아이가 아직은 남이 가본 길이 아니라 안 가본 길을 선택한다는 게 마음이 놓인다. 14살은 그런 나이여야 한다. 도전하고, 부딪히고, 깨져 보는 나이. 더 시간이 흐르면 그럴 수 있는 때가 별로 없음을 언젠가 이 아이도 알게 되겠지. 하지만 지금 내 딸은 순백의 뽀얀 눈 위로 자신의 흔적을 남기며 마냥 좋아하고, 소복이 쌓인 눈 위마다 자신의 이름을 쓰며 만족해한다. 금방 또 다른 눈송이가 덮어버릴 걸 알면서도.

추우니 30분만 놀고 들어가자던 약속과 달리, 아이와 내가 입은 검정색 외투가 온통 하얘지도록 한 시간 정도 동네를 누비고 집으로 들어갔다. 얼굴은 빨개지고 옷은 다 젖었지만 기분은 말할 수 없이 상쾌했다. 정말이지 요사이 느껴보지 못했던 청량한 기분이었다. 나는 따뜻한 코코아를, 딸아이는 시원한 콜라를 마셨지만 이 한 시간이 언젠가 딸과 내가 함께 기쁘게 추억할 거리가 되리라.

창밖엔 여전히 눈이 내리고, 밤을 잊은 아이들은 아직도 눈밭을 뒹굴고 있다. 나는 침대에 누워 음악을 들으며 잠을 청한다. 평화다.

어제 내린 눈으로 아침 출근길이 몹시 힘들었다고 한다. 나와 우리 아이들이야 출근할 일이 없지만 중학교 선생님인 한 친구는 자차 대신 버스를 두 번 갈아타고 출근했다 하고, 평소 30분이면 갈 수 있었던 작은언니는 1시간 30분이 걸려 가까스로 일터에 도착했다고 한다. 어젯밤 내가 느낀 상쾌함이 미안해졌다.

기온이 많이 떨어져서 내린 눈이 얼어붙을까 염려가 되긴 했지만 나는 오늘도 밖에 나가 걷기로 했다. 아들은 너무 추우니 집에 있으라 하고 나 혼자 나갔다. 이런 날은 홈트를 권한다는 친구의 권유도 있었지만 추우나 더우나 한번 걸어 보리라 다짐했던 나 자신과의 약속을 지키고자 마음먹었다. 아이들에게 말이 아닌 행동으로 주는 메시지이기도 했다. 엄마는 이렇게 추운데도 약속을 지키려 한다, 너네들도 좀 뭔가 생산적인 일을 해라. 아이들은 이런 비장한 엄마의 마음을 알까. 혼자만 바쁜 마음이다.

확실히 어젯밤보다 날이 더 추웠다. 그나마 햇볕이 좀 있어서 걷다 보니 그렇게 춥게 느껴지지는 않았지만 마스크 안에 금세 물이 고였다. 내가 뿜어낸 입김이 밖으로 나가지 못하니 마스크 안에서 물이 되어 흘렀고, 어느 순간 차갑게 얼기도 했다. 이런 경험, 나의 입김이 내게 비수가 되어 돌아오는 경험을 언제 또 해보겠냐만은 상황이 이런데도 마스크를 벗지 못하는 게 참 안타까웠다.

이미 젖은 마스크 안이 너무 추워 집으로 돌아가는 길에 프랑스 아저씨가 운영하는 빵집에 들러 그가 만든 뱅쇼 한 잔을 샀다. 이 따뜻한 뱅쇼 한 잔이 내 추위와 피로를 녹여버리길 기대하며.

서울 평균기온이 영하 18.6도로 20년 만의 강추위였다는 오늘도 나는 걷는다. 괜시리 함께 나왔다가 감기라도 걸리면 안 되겠기에 아들은 집에 남겨 두었다. 입김이 금세 얼어붙을 것 같은 이 날씨에 걸으며 계속 이야기를 하는 아들의 마스크가 걱정되어서였다.

현관문을 나서기 전 몇 번 망설였다. 이렇게 추운 날씨에도 걷는 게 맞는 걸까, 눈이 아직 녹지 않은 길은 얼어붙어 있을 텐데 미끄러지지는 않을까, 고민이 되었다. 따뜻한 베트남에서 헬스장을 다녀왔다는 남편은 오늘은 나가지 말지, 하는 카톡을 보내왔다. 왠지 그 문자를 보니 더 나가고 싶어졌다. 하라면 하기 싫고, 하지 말라면 공연히 하고 싶은 사춘기 아이들처럼. 비가 오나 눈이 오나 바람이 부나 걸어 보자고 홀로 다짐한 결심을 오지게 떠올리며 모자를 두 개나 눌러쓰고 집을 나섰다.

춥긴 추웠다. 하루 중 그래도 가장 기온이 높을 때를 확인해서 오후 2시가 넘어 나왔는데도 코끝이 쨍했다. 그러나 걷다 보면 또 괜찮아질 것이다. 두려워만 하면 한 걸음도 내디딜 수 없지만 한 발 한 발 걷다 보면 몸 안에 자생적으로 에너지가 날 것이다. 그것이 날 이끄는 힘이 될 것이다.

오늘은 음악을 듣지 않았다. 귀에 꽂은 이어폰의 감촉이 너무 차가워서이다. 대신 주위를 둘러보며 걷기로 했다. 10년째 살고 있는 내 동네 구석구석을 더 눈에 담고, 오가는 사람들을 정겹게 바라보며, 멀리 장엄한 설산으로 서 있는 칠보산에도 오래도록 시선을 주었다. 신개발 택지지구답게 아파트 단지와 상가가 연방 쭉쭉 올라가고, 며칠 여행이라도 다녀올라치면 못 보던 가게가 오픈해 지루할 틈을 주지 않았던 이 동네에서 변하지 않은 건 저 산밖에 없는 것 같다. 철마다 다른 모습을 보여주긴 하지만 그건 변하는 게 아니라 칠보산이 가진 여러 색깔을 번갈아 보여주는 그의 아량이다. 변화

와 진중함을 함께 갖고 있는 저 산을 바라보는 게 나는 좋다.

칠보산을 바라보며 동네를 한 바퀴 돌다 보니 새로 생긴 초밥집이 보인다. 뭐 먹고 싶냐고 물으면 열에 열 번은 초밥이라고 대답하는 둘째 아들 생각이 나 들어가 본다. 이미 수제로 다 만들어진 초밥이 포장되어 냉장고에 있고 가격은 만원이다. 일단 한 팩만 사 보기로 한다. 계산을 하면서 가게 안을 둘러본다. 여기가 전에는 무슨 집이었더라. 만둣집이었던 것 같다. 문 앞에 커다란 찜솥을 내걸고 연신 뿜어대는 김으로 손님들을 유혹했던 곳. 그 유혹에 넘어가 몇 번 사 먹었지만 실망하고 말았던 집. 그래서인지 가게 연지 얼마 안 돼 그 집은 문을 닫았다. 그 이전엔 또 뭐였더라. 삼겹살집. 제법 장사가 잘 됐던 가게였는데 어느 순간 그 역시 넓은 가게를 둘로 쪼개 임대로 나오고 말았다. 그전엔 또 다른 어떤 가게였으리라. 10년 세월 동안 계속 바뀐 이 자리 가게들. 그래도 바뀐 가게들은 그나마 나은 편, 몇 년 전부터는 업종이 바뀌지 않고 그냥 공실로 임대 문의 종이만 붙어 있는 경우가 많아졌다. 작년부터 지금 이 시간까지 사그라들지 않는 코로나로 인해 썰렁하게 비어 있는 가게들을 볼 때마다 마음이 아프다. 여기서 생계를 유지하던 사람들은 지금 어디서 어떤 모습으로 살고 있을까. 비단 우리 동네만의 문제가 아니고 우리나라 전체가 겪고 있는 이 힘든 시기들이 어서 빨리 회복되기를 바라본다.

어제보다 기온이 올라 한결 걷기에 좋다. 며칠 춥다고 안 나갔더니 게을러진 아들은 오늘도 집에 있겠단다. 아들에게는 내일부터 다시 나가자, 라고 말했지만 속마음은 아들이 고마웠다. 나는 단 30분이라도 집을 나가 혼자 있을 여유가 절로 필요하다. 어쩌면 아이들도 엄마가 나가서 자기들끼리 있는 걸 더 좋아할지 모른다. 언젠가부터 가끔 남편과 밤에 둘이 나가 술 한잔한다고 하면 아이들은 어서 나가주기를, 되도록 늦게 와주기를 유무언으로 바랐다. 시간은 살같이 지나고, 아이들은 세월처럼 자란다.

며칠 전 내린 눈이 아직 녹지 않은 길은 미끄럽고 질퍽질퍽하다. 이런 길은 딱 질색이다. 뽀송뽀송하지 않은 길, 운동화가 지저분해지는 길은 싫다. 그래도 어쩔 수 없다. 피해 다닐 수 없으면 과감히 걷는 수밖에.

늘 걷는 수변공원길에 붓자국 같은 깨끗한 길이 생겼다. 누군가 사람들이 다니기 편하게 길을 만들어 놓은 것이다. 이 감사한 손길은 누굴까. 공원을 오가는 사람들이 그 길 따라 한 줄로 늘어서 있다. 인간 띠 같다. 한 사람이 겨우 다닐 정도의 폭이라 이쪽에서 가는 사람이 저쪽에서 오는 이와 부딪칠 법도 하건만 사람들은 약속하지 않았는데 서로 교묘히 피해 접촉이 없다. 사회적 거리두기 학습효과인가.

헐떡거리며 경사길을 올라가는데 '누군가'에 대한 궁금증이 풀렸다. 모자와 마스크 때문에 얼굴을 알아볼 수는 없지만 아저씨 한 분이 눈 치우는 삽으로 길을 만드는 모습을 보았다. 삽으로 눈을 치우고 싸리비로 쓸어 마무리를 하신다. 그분 혼자 기다란 수변공원 길을 다 치우실 수 있을 것 같지는 않지만 어느 한 부분이라도 남을 생각하는 그 마음들이 모여 정갈한 끈 리본 같은 길이 생기나 보다. 마음으로는 감사함 가득이었으나 그분 곁을 지나면서 나는 그 말을 입 밖으로 내지 못했다. 집에 오는 내내 못내 그 점이 아쉽고 답답했다. 감사합니다, 그 한마디가 뭐 그리 어렵다고 하지 못했을까. 할많않, 이 아니라 할있하않, 은 내가 부끄러웠다.

오랜만에 큰아들과 함께 집을 나선다. 그동안 걷지 못한 시간을 한번에 다 만회하려는 듯 오늘은 좀 많이 걷잔다. 아들과 함께 걸으면 진짜 운동이 된다. 나도 50대 아줌마 치고는 발걸음이 좀 빠른 편인데 팔팔한 18세 관절의 아들을 이길 수는 없기 때문이다. 심박수가 절로 올라가니 조금만 걸어도 금세 땀이 난다. 몸 움직이는 걸 별로 좋아하지 않는 아들은 걷거나 자전거 타거나 산에 오르는 건 즐긴다. 등산에서 아들의 속도를 따라잡지 못하게 된 건 이미 오래전 일이고 자전거도 같이 타면 아들 혼자 씽하고 달려나간다. 그래서 함께 걷는다. 만만한 걷기라도 아들과 함께 하고 싶은 엄마 마음이다.

아들은 중3 때 학교에서 간 지리산 둘레길 22개 코스, 285km 완주도 거뜬히 해냈었다. 보름이 넘는 기간 동안 하루 평균 대여섯 시간을 걷고도 쌩쌩히 돌아온 아이였다. 가을 지리산 여행을 가기 전 나와 여름밤 선선한 시간에 훈련 삼아 하루 40분씩 걷는 연습을 할 때도 이제 그만 돌아가자고 백기를 든 쪽은 언제나 나였다. 오래 걷기 대회가 있다면 참가시켜야겠다고 생각한 아들이 지리산을 걷고 오더니 아뿔싸, 다음에는 산티아고 순례길을 걸어보고 싶다는 포부를 밝혔다. 예능 프로그램을 통해 그곳에 대한 아들 나름대로의 좋은 기억이 있었는데, 지리산을 걷던 중 마침 10대 아들과 산티아고 순례길 완주를 하고 온 카페지기 아저씨를 만나고 온 것이 결정적 동기가 되었다고 한다. 나 역시 버킷리스트까지는 아니지만 언젠가 한번 다녀와보고 싶은 곳이어서 나중에 니가 나 모시고 가라 했다. 그럼 경비를 대주겠다고. 걷기 근력이 쌓이면 언젠가 나도 도전해 보리라, 산티아고!

　이른 점심을 먹고 12시쯤 길을 나섰다. 밥을 먹을 때부터 야금야금 졸음이 밀려와 집에 있으면 낮잠을 잘 것 같아서이다. 행여나 낮잠을 잔다면 밤에 잠자기는 또 틀린 일이기 때문이다. 나는 밤에 잠을 잘 못 잔다. 숙면까지는 바라지도 않는다. 소파에서 졸다가 침대에 가 누우면 바로 잠들기만이라도 했으면 좋겠다. 웬일인지 침대 밖에서는 졸리고 피곤한데 막상 침대에 눕기만 하면 잠이 싹 달아난다. 침대가 안 좋은 건지, 남편 없이 혼자 자는 잠자리가 외로운 건지 모르겠지만 10년째 쓰고 있는 침대이고 남편의 출장도 어제오늘 일이 아닌데 왜 이리 잠이 안 오는지 모르겠다.

　오늘도 새벽 네시경에야 겨우 잠들었다. 날마다 30분이라도 걷는 효과로 몸이 노곤하고 일요일 예능을 보며 맥주 몇 잔을 마셔서 어젯밤 10시쯤이 되자 눈꺼풀이 자꾸 감겼다. 이럴 때 빨리 자야 한다는 사명감에 아이들보다 먼저 잠자리에 들었다. 그런데 웬걸, 잠이라는 놈은 벌써 달아나버렸다. 뭔 생각과 걱정과 근심 불안이 이리도 많은지 감은 눈 안에서 온갖 잡생각이 굴러다녔다. 5분만 들으면 떡실신한다는 수면 음악도, 높낮이가 없는 나직한 설교 음성도, 잠투정하는 아이들 재우기에 딱일 것 같은 저음 공유의 책 읽어주는 영상도, 잠자기 전 바디스캔 명상도 다 소용없었다. 이렇게 잠이 안 올 바에야 차라리 일어나서 책을 읽거나 글을 쓴다면 좋겠지만 한번 누운 몸을 일으키기는 산을 옮기는 것마냥 어렵다. 그렇게 밤과 새벽 사이 뒤척이던 어디쯤 잠이 들었으니 식곤증을 이길 방법은 나가서 찬 공기를 쐬는 것밖에 없었다.

　바람은 없지만 공기는 시큰하다. 모자 쓴 머리부터 발까지는 전혀 춥지 않은데 귀가 시리다. 다음에 나올 때는 귀마개를 하고 나와야겠다고 생각한다. 그래도 차가운 공기에 잠이 달아나서 하늘만큼이나 정신이 맑다. 걷기의 좋은 점이다. 맑은 정신을 소유할 수 있다는 것. 또 소화가 잘 된다. 원래 고질병이었던 속 쓰림과 더부룩함을 1년 넘게 간헐적 단식을 해서 잡았는데 열흘 넘게 걸으니 다른 무엇보다 뱃속이 편안하다. 좀 전에 먹은 점심도 부대끼지 않고 편안히 내 안에서 제대로 기능하고 있는 느낌. 좋다.

기온이 크게 올라 걷기에 춥지 않은데 날이 흐리다. 오늘은 혼자 도서관에 가야 한다. 내 목적 없는 걷기의 유일한 목적지가 있다면 그건 동네 도서관이다. 코로나 시대에 그나마 가까운 데 도서관이 있어 나는 견딜 수 있었다. 책이든 신문이든 뭐든 활자를 읽어야 불안하지 않은 나는 활자 중독자이다. 텔레비전을 볼 때도 뭔가 읽을거리를 들고 있어야 손이 허전하지 않다. 그렇다고 책벌레에 지식인은 아니다. 그저 내 불안을 이기는 방법으로 읽을거리를 선택하는 것뿐, 살기 위한 나름의 방편이다.

얼어붙은 냇가 위를 까치가 까치발로 종종거리며 먹을 것을 찾는다. 힘없이 말라있는 갈대 사이에서 참새가 뭔가에 놀라 푸드덕거린다. 비둘기는 눈밭 위에서 뭐라도 찾아 먹으려고 계속 고갯짓이다. 수변공원에는 사람만큼이나 새들도 많다. 사람들이 흘린 먹을거리들이 풍성히 있기 때문인가. 나는 동물을 별로 좋아하지 않고 새들은 더욱 싫어하지만 인간도 동물도 서로 평화롭게 공존하는 세상이 비단 하늘 위에서뿐 아니라 이 땅에서도 이루어지길 바라는 마음은 간절하다. 그래야 코로나 같은 전염병이 다시 창궐하지 않을 테니까 말이다.

공원을 나와 인도를 따라 걷는다. 세차장 앞, 세차 끝낸 차들이 인도에도 줄지어 서 있다. 자동차들이 막 샤워 끝낸 사람처럼 뽀얗고 촉촉하다. 발길마다 더럽혀지고 있는 검정색 눈과 대조적이라 더 산뜻해 보인다. 그런데 어쩌지? 갑자기 눈이 내린다. 날이 흐리고 어둡긴 했지만 춥지 않은 이 날씨에 갑자기 내리는 눈이라니. 막 목욕한 검정색 자동차 위에도 눈이 살금살금 내린다. 자동차 주인도, 세차장 주인도 김이 빠질 것 같다.

도서관에 도착해 다시 책을 빌렸다. 나는 다자녀 엄마라 한 번에 10권까지 빌릴 수 있는데 들고 걷기가 무거워 네 권만 빌린다. 오늘은 주로 걷기라는 키워드로 검색한 책들이다. 걷다 보면 내 안에서 이전에 해보지 않은 생각들이 로또번호 추첨하는 기계에서 번호 공이 튕겨져 나오듯이 솟아남을 느끼기 때문이다. 새로운 세상으로 날 인도해줄 책가방을 메고 집으로 돌아왔다. 눈 맞은 몸에서 땀이 난다. 갈증이 밀려온다.

날씨가 많이 푹하다. 외투 지퍼를 올리지 않았는데도 전혀 춥지 않다. 집을 나와 수변 공원 쪽으로 내려간다. 인도에서 공원으로 내려가는 경사길에서 아이들이 신나게 눈썰매를 탄다. 아이들 세상이다. 어제 갑작스레 폭설이 내려 눈 덮인 이 길은 아이들에게 더없이 좋은 썰매장이 된다. 아이들이 이렇게라도 신체 활동을 하는 건 좋아 보인다. 그런데 길이 너무 미끄럽다. 눈썰매가 차지한 길을 어르신들과 내가 조심조심 올라가고 내려간다. 위태로운 걸음으로 공원으로 들어서니 균형이 잘 잡힌 커다란 몸집의 눈사람이 날 반갑게 맞이한다. 이전에는 못 봤는데 어제 내린 눈에 새로이 태어났나 보다. 가던 길 멈추고 바라보고 싶을 만큼 이 눈사람은 예술적이다. 머리와 몸통 균형이 정말 예술이고 무엇보다 표정이 온화하고 평화롭다. 눈사람이든 모래집이든 그 무엇이든 만드는 이의 독창성이 있고 정성이 들어 있다면 그건 이미 작품이다.

온화한 눈사람 표정에 짧은 위로를 받고 다시 걷기 시작한다. 아주 오랜만에 해후한 벗의 음성 같은 라디오 방송 영화음악을 들으며 걸으면 내 걷는 이 길이 「라라랜드」가 되고 「사랑은 비를 타고」도 된다. 50원을 내는 영화음악 퀴즈에도 응모해본다. 정답은 내가 좋아하는 「비밀의 숲」의 배두나. 가끔 이 방송에서 선물을 받긴 했는데 오늘은 꽝이다.

라디오를 들을 때마다 가끔 생각한다. 나도 내 방송을 해보고 싶다고. 사람들의 이야기를 함께 읽고 좋은 노래를 선사하며 청취자들과(이제는 보이는 라디오 방송도 하니 시청자라고 해도 되겠다) 교감하는 직업, 라디오 방송 DJ. 기회가 된다면 정말 하고 싶은 일이다. 예전에 봤던 영화 「내가 죽기 전에 가장 듣고 싶은 말(원제, Last Words)」에서 살 날이 얼마 안 남은 주인공 해롤드 롤러가 자신의 훌륭한 부고 기사를 위해 괴팍했던 인생을 리셋하는 과정에서 자신만의 독특한 음악세계를 활용해 지역 방송 아침 프로그램의 디제이를 하는 장면이 생각난다. 늙고 병들었음에도 하고 싶었던 일에 도전하는 그녀의 용기가 내게 큰 울림을 주었던 영화다. 나에게도 그녀와 같은 용기와 기회가 있을까. 자신이… 없다.

바람 없이 맑은 날씨에 춥지 않아 걷기 좋은 날씨다. 오늘은 큰아들과 수원 팔색길 중 八色길인 화성 성곽길을 걸었다. 매일 집 근처만 걸었으니 시내로 진출을 하고 싶어졌다. 여느 때 같으면 버스를 타고 화성행궁에서 내려 끝이 없을 것만 같은 계단을 올라 성곽길에 들어섰을 텐데 시국이 시국인지라 차를 운전해서 갔다. 장안문 근처에 주차를 해놓고 한 바퀴 돌고 오면 다시 제자리일 것이다.

팔색길은 수원 전체를 아우르며 역사와 문화, 자연을 감상하며 걷기 좋은 길로 조성한 걷기 코스다. 모수길, 지게길, 매실길, 여우길, 도란길, 수원둘레길, 효행길, 화성 성곽길, 이름도 이쁜 이 길들을 걷는 게 나는 좋다. 매실길과 여우길, 효행길 그리고 오늘 걷는 화성 성곽길은 여러 번 걸었는데도 여전히 매력 있다. 도시를 에워싸고 있는 수원 화성 성곽은 유네스코 세계 문화유산으로 지정돼 있지만 내게는 그저 어렸을 때부터 지금까지 오르고 놀았던 공간이다. 30분 거리를 걸어서 국민학교 가던 길도 성곽 안에 있고, 여름이면 토끼풀 뜯어 손 반지 끼고 겨울에는 눈사람 만들며 놀던 놀이터도 그 안에 있다. "산천은 의구하되 인걸은 간 데 없"다고 했던가. 그 성곽, 그 길은 여전히 그 자리에 있는데 함께 놀던 친구도, 하루하루 더디게 흘러가던 시간도 이제 다 흘러가버렸다. 수원 토박이인 나는 바쁜 출판사 일 때문에 방을 얻어 독립한 서울살이와 중국살이 7년 정도를 빼면 늘 수원에 터 잡고 살아왔다. 하지만 오늘의 나는 어제와 같은 나라고 말할 수 없으니 나는 변하지 않았노라, 말할 수도 없다.

성곽길에 오르니 눈이 다 녹아 있어 걷기에 좋았다. 군데군데 햇볕이 잘 들지 않는 곳은 살얼음이 얼어 조심스러웠지만 대체로 괜찮았다. 해마다 몇 번씩 혼자 또는 가족이나 친구들과 올랐던 이 길마저 작년에는 한 번도 오지 못했다. 아직 사회적 거리두기 2.5단계이고 5인 이상 모임 금지 방역지침이 있지만 아들과 둘이 마스크 단단히 쓰고 이렇게라도 걸을 수 있음이 감사하다.

평지보다 높은 성곽길에서는 수원 도심이 웬만큼 다 보인다. 내가 나고 자란 행리단 길 안 동네도(내가 태어난 집에서 골목 하나를 지나면 화가 나혜석 생가가 있어 지금은 나혜석거리로 조성돼 있다), 지금은 다른 곳으로 이전해서 터만 남아 있는 국민학교도, 이 안에 다 있다.

눈에 보이는 곳들마다 내 10대와 20대를 살게 해준 추억이 어려 있는 이 길을 처음 가족과 함께 걸었을 때 느꼈던 감회를 나는 지금도 잊지 못한다. 내 아이들에게 엄마의 어린 시절을 라이브로 보여주는 것만 같아 듣는 애들은 지쳐갔지만 나 혼자 신이 났다.

방화수류정을 지나 언덕길로 들어서면 국궁 활쏘기를 할 수 있는 너른 연무대가 나온다. 예전엔 활쏘기 체험을 하는 사람들로 북적거렸던 곳인데 지금은 역시 개점휴업이다. 대신 연무대 건너편 넓은 잔디밭 위에서 남자 어르신 몇 명이 연을 날리는 모습이 보인다. 대개 어린아이들이 부모와 함께 와서 연을 날렸는데 오늘은 다 어르신들이다. 그래서인지 연도 다 큼직큼직하다. 구름 한 점 없이 맑은 하늘에 마름모꼴 색색의 연이 비행하는 모습은 언제 보아도 멋지다. 연을 따라 하늘로 올라간 내 눈길이, 아니 귀의 길이 어디선가 흘러나오는 남미 음악에 멈춘다. 사이먼앤가펑클의 「엘 콘도 파사」 같은 멜로디가 듣기 좋은 음량으로 들려와 주위를 둘러보니 이국적인 이름의 하얀 카페가 보인다. 저곳에서 틀어놓은 것 같다. 다음에는 한번 그 카페 안에 들어가 음악을 듣고 싶은 마음이 든다.

성곽길을 반 바퀴 걷다가 지동시장 쪽으로 내려와 시장 길을 따라 걷는다. 타지인들에게는 통닭 거리로 알려진 길이지만 내게는 그저 오래되고 정겨운 작은 가게들이 즐비한 길일 뿐이다. 통닭과 만두, 순대, 내가 좋아하는 이 거리의 음식을 사가지고 가려 했는데 앞으로 20분 정도 더 걸어야 해서 그만두었다. 역시나 다음에 다시 오자, 라는 말로 훗날을 도모해본다. 대신 행궁광장 옆에 있는 수원시립미술관에 들러 그림 구경을 하려 했는데 가는날이장날, 휴관이다. 출입문에 붙어 있는 그 알림 종이를 보고 아들과 서로 얼굴을 마주 보며 웃었다.

이제 차가 주차돼 있는 자리에 거의 다 왔다. 아들은 한 바퀴를 완전히 돌지 않은 것이 아쉬운 모양이지만 나는 아들과 함께 걷는 한 시간 정도의 이 길도 충분히 행복하다.

낮 최고기온이 7도까지 올라갔다. 늘 입던 두꺼운 패딩 점퍼 대신 좀 얇은 패딩을 입을까 하다가 비 소식이 있어 그냥 같은 옷을 입고 집을 나섰다. 기온은 온화한데 하늘은 어둡고 바람도 제법 분다. 춥지는 않으나 바람결에 미세먼지가 가득 담겨 있는 듯 매캐한 맛을 주는 바람이다. 처음에는 바람이 등 뒤에서 불어 힘들이지 않고 바람에 떠밀려 걸었지만 반대로 돌아올 때는 맞바람에 애를 먹었다. 나그네의 외투를 벗기려 세차게 불어대는 것 같은 바람에 나 역시 옷깃을 부여잡고 몸을 웅크리며 막아냈다.

날이 따뜻해지니 다시 미세먼지가 나빠진다. 어차피 코로나로 마스크를 쓰고 있으니 미세먼지가 심하다 하여 별다를 일은 없어 보이지만 문득 이러다 마스크가 선택이 아닌 필수인 세상이 오지 않을까 하는 걱정이 든다. 코로나 같은 전염병 아니면 미세먼지. 미세먼지 아니면 또 다시 알 수 없는 전염병. 이런 식의 반복이 계속되지 않을까. 그래서 아예 코 아래로는 누구인지 분간할 수 없는 마스크 세상이 되지 않을까. 상상만 해도 섬뜩하다. 작년 SBS 연예대상 시상식에서 참가자들이 자신의 웃는 얼굴을 프린트한 마스크를 쓰고 있는 걸 보고 참 기발한 아이디어다, 처음엔 감탄했었다. 마스크에 그려진 웃는 얼굴과 원래의 모습이 너무도 완벽하게 같았기 때문이다.

그러나 그렇게 늘 웃고 있는 마스크는 매력이 없다. 사람이 슬플 때도 있고 찡그리고 성낼 때도 있어야지 어떻게 늘 웃고만 있을 수 있을까. 웃음은 진솔해야지 또 하나의 가면이 되면 무슨 매력이 있을까. 세상을 살면서 내가 바꿔 쓰고 있는 가면이 얼마나 많은데 거기에 웃는 얼굴 가면까지 쓰고 산다면 진정한 나는 점점 잊힐 것 같다는 생각이 들었다.

사람들이 쓰고 있는 마스크를 보며 걷다가 물향기공원을 지나 어울림공원으로 들어섰다. 오늘은 왠지 이리저리 걸어도 기분이 별로 산뜻해지지 않는다. 미세먼지가 내 기분 사이사이마다 끼어 있어서인 것 같다.

막내딸이 옆 단지 아파트에 사는 친구에게 생일 선물을 주러 간다기에 함께 나왔다. 오늘은 기온이 낮고 바람도 차가웠다. 두둑히 입고 나온 나와 달리 딸아이는 모자와 목도리 없이 외투만 입고 나와서 금세 귀가 빨개졌다. 옷에 붙은 모자를 쓰라고 해도 머리 헝클어진다고 싫단다. 이 동네에 처음 이사 올 때 미운 다섯 살이었던 딸이 어느새 삐뚤어지고 싶다는 열네 살이 되었다. 다섯 살이든 열네 살이든 내 눈에는 언제나 하트가 뚝뚝 떨어지는 이쁜 딸이다.

딸은 친구에게 생일 선물을 준다고 1월 1일부터 인터넷 어플로 핸드폰 케이스를 직접 디자인해서 주문했다. 자신의 핸드폰 케이스를 디자인해서 만들어 쓰고 있는데 친구에게도 그녀가 좋아하는 애니메이션 그림들로 디자인해 선물하는 것이다. 원래 지난주 생일에 주려고 일찍 주문했는데 배달이 밀려 어제가 되어서야 택배를 받았다. 자신의 잘못이 아니었지만 생일을 훌쩍 넘긴 게 미안했는지 딸아이는 자신이 아끼는 몇 가지를 더 챙겨 두툼한 선물 꾸러미를 만들었다. 그걸 친구 집 앞에 택배 기사처럼 두고 오려는 것이다. 완전 비대면 선물 증정식이다. 딸은 이 언택트 시대를 지혜롭게 살아가고 있다.

딸이 친구네 집으로 들어가는 걸 보고 단지 사이 오솔길을 걸었다. 이왕 여기 온 김에 오늘은 이 아파트 단지 안에서 걷기로 한다. 동과 동 사이를 휘돌아 부는 바람이 제법 거세다. 쓰고 있는 모자가 뒤로 홀렁 날아갔다. 모자를 주워 쓰고 바람 반대 방향으로 다시 걸어간다. 이제 좀 낫다. 날이 추워서인지 지나다니는 사람들이 거의 없다. 몇몇 아이들이 놀이터에 앉아 핸드폰 게임을 하고 있다. 이 추운 날에 저 아이들은 춥지도 않은지, 게임의 열기가 추위를 이겼나 보다.

단지를 몇 바퀴 도니 30분 알람이 울렸다. 기다렸다는 듯 단지를 벗어나 우리 아파트 쪽으로 걸어간다. 수변공원을 사이에 두고 이웃동네에 마실 다녀온 기분이다. 집에 돌아와 보니 내게도 택배가 와 있다. 좀 더 꾸준히 걸어 보려고 주문한 홍삼정이다. 홍삼의 에너지로 힘!

추운 줄 알고 겁내며 집을 나섰는데 날이 좋다. 바람이 없고 걷기에 충분한 원동력이 될 정도의 햇볕이 비추니 절로 어깨가 펴진다. 큰아들과 함께 나오지 않은 게 아쉬워졌다. 대신 유튜브에서 가수 백지영 노래를 검색해 벗하며 걸었다. 광고 없는 노래 듣기라는 말에 클릭한 방송에서 그녀의 사연 많은 목소리가 흘러나온다. 이런, 낚였다. 한 곡이 끝날 때마다 광고가 나온다. 그래도 노래가 좋으니 참고 듣는다. 사실은 다른 방송을 찾으려고 주머니에서 손을 빼는 것이 귀찮아서지만.

오늘은 집 앞 아파트 단지와 단지 사잇길로 접어든다. 넓은 길을 오가는 사람이 별로 없어 호젓하게 걷기 좋다. 다만 한 가지, 벤치에 앉아 또는 서서 담배 피우는 사람 몇몇이 신경 쓰인다. 그들이 뿜어내는 담배연기와 그걸 뿜어내려고 내린 마스크와 연기 사이사이 뱉어내는 가래침이. 담배를 피우는 사람의 권리도 중요하고, 담배 연기가 싫은 사람의 권리 또한 중요하다. 점점 흡연 장소가 사라져 당당히 담배 피울 수 있는 곳이 별로 없다는 것은 알지만 어린아이들이 엄마와 함께 산책 다니는 동네길에서는 좀 피해 줬으면 좋겠다는 생각이 든다. 멀리 담배 피우는 사람이 보이면 나는 조금 더 멀리 돌아가거나 다른 방향으로 턴한다. 어찌하겠는가. 여기서 이러시면 안 됩니다, 라고 말할 용기는 없으니 피하는 수밖에.

담배연기가 올라가는 끝에 펼쳐진 하늘은 참 맑기도 하다. 흰 새털구름이 넓고 길게 펼쳐져 있는 하늘길을 비행기 한 대가 조용히 지나간다. 비행기를 타본 지가 언제인지 새삼 비행기라는 거대한 물체가 저렇게 하늘에 떠있는 게 신기하게 느껴진다. 다시 저 비행기를 타고 여행을 갈 수 있는 때는 언제쯤 올까. 이럴 줄 알았으면 여행 갈 수 있을 때 더 자주 다닐걸. 이렇게 할걸, 저렇게 할걸, 인생은 언제나 뭐뭐 할걸의 연속인가 보다.

어제 저녁부터 조용히 눈이 내렸다. 가랑비에 옷 젖듯 소리 없이 내린 눈자락들이 고대로 쌓여 낮에 걸었던 기억들을 덮어버렸다. 오늘 아침에 보니 대로변은 웬만큼 눈이 녹았는데 인도 위에는 그대로 있었다. 다행히 낮에는 기온이 영상으로 올라간다니 걷기에 지장은 없겠다.

오늘은 친구와 함께 왕송호수 길을 걸었다. 우리집에서 차로 10분 정도만 가면 수원시와 의왕시에 걸쳐 드넓게 펼쳐져 있는 왕송호수가 있는데 그 둘레길을 함께 걷자고 전부터 약속했던 친구다. 나는 가족과 함께 이 길을 몇 번 걸은 적이 있지만 코로나로 작년 한 해 동안 겨우 한 번 만났던 친구는 이곳이 처음이라 오늘은 그녀와 함께 이 드넓은 호수 둘레길을 걸으며 그간의 회포를 풀 작정이었다.

그러나 날씨가 도와주질 않았다. 분명 일기 예보상 기온은 그리 낮지 않았는데 바람이 예사롭지 않다. 꽁꽁 언 호수에서 불어오는 겨울왕국 같은 바람이 우리를 맞이했다. 서둘러 모자를 덮어쓰고 몸을 웅크리고 걸었다. 이 날씨에도 이미 많은 사람들이 묵묵히 둘레길을 걷고 있었다. 지금은 이렇게 추워도 걷다 보면 괜찮아질 거야, 그간 걷기로 체험한 몸의 진리를 희망 삼아 우리도 슬쩍 그 대열에 합류했다. 걸어야 했다. 걷고 싶었다. 오늘이 아니면 이 친구와 이 길을 다시 걸을 수 있는 때는 없을 것이다.

그러나 우리는 30분을 채 걷지 못하고 작전상후퇴를 할 수밖에 없었다. 바람이 두툼한 외투 사이로도 잔인하게 파고들어 더 이상의 직진은 불가능했다. 감기에 걸리는 것보다는 돌아가는 게 낫다는 생각에 우리는 둘레길은 포기하고 생태공원 한 바퀴를 도는 것으로 만족해야 했다. 아쉬웠다. 저 넓은 둘레길을 처음부터 끝까지 함께하며 풍경이 주는 아름다움을, 풍경 속에 있는 우리의 모습을, 지난 1년 동안 못다 한 이야기들을 나누고 싶었는데 오는날이장날, 날을 잘못 잡았다.

생태공원을 나와 레일바이크 매표소를 지나 제일 먼저 보이는 카페로 급히 피신했다. 오늘부터 카페 내에서 취식이 가능하다는 방역 지침이 불행중다행이었다. 맛은 별로 없었지만 따뜻한 커피와 마늘빵을 앞에 놓고 친구와 오랜만에 마주 앉았다. 카페가 넓고 손님이 별로 없어 사회적 거리두기는 걱정하지 않고 마음 편하게.

커피를 마시며 통유리밖 호수를 보는데 마침 눈이 내린다. 우리가 길에서 벗어나길 기다렸다는 듯 핀란드 눈 덮인 호숫가에 풍성히 내리는 것 같은 눈이 왕송호수 위를 덮어 갔다. 잠시 이 모든 풍경 속에 내가 있는 게 현실감 없이 느껴졌다. 한 시간 전만 해도 음식물 쓰레기를 버리고 있던 내가 지금은 신선의 세계에 있는 듯했다. 요즘 읽고 있는 책 『느리게 걷는 즐거움』에서 "모든 풍경은 심리를 드러내는 일종의 투사 검사"라고 한 작가의 말이 떠오른다. 동네를 걸을 때 이 말이 문득문득 떠올랐는데, 눈 내리는 호수 풍경을 바라보고 있자니 정말 적절한 표현이라는 생각이 든다.

친구는 고등학교 동창이니 거의 40년이나 이어져 온 우정이다. 학교 선생님이라 발령지에 따라 수원 또는 경기도 여러 학교를 옮겨 다녔지만 그래도 만날 수는 있었다. 그런데 이제 이 친구를 보기가 여의치 않아졌다. 제주에 발령을 받아 다음 달이면 아예 짐 싸 들고 비행기를 타기 때문이다. 아니, 자동차를 가져가야 하니 배를 타고 가는구나. 친구는 가족이 있는 제주에 발령 받기를 몇 년 전부터 희망했었는데 이번에 그 소망을 이루게 됐으니 그녀로서는 참 좋은 일이다.

하지만 점점 늙고 고독해가는 중년에 벗을 멀리 보내는 내 맘은 너무 허전했다. 물론 같은 수원 하늘 아래 있다고 해서 자주 보지는 못했지만 그래도 가까운 곳에 언제든 달려가면 만날 수 있는 지란지교가 있다는 것과 비행기를 타고 일부러 가야 만날 수 있는 제주는 느낌이 너무 다르다. 몇 해 전 서울 생활을 청산하고 제주에 내려가 북 카페를 하고 있는 선배에 이어 친구마저 또 간다, 제주로. 제주 가면 만날 사람은 많아 좋겠다고 스스로를 위안해도 마음이 휑하다.

오랜만에 마주 앉은 친구와 할 이야기가 너무 많다. 함께 둘레길 산책했던 시간은 30분 남짓인데 카페에서 한 시간을 훌쩍 넘겨 나누어도 아직 이야기가 고프다. 그래도 이제는 가야 할 시간, 카페를 나오니 세상이 다시 따뜻해졌다. 바람도 눈도 없이 호수 위를 비치는 햇빛이 사방에 흩어져 찬란한 풍경이다. 이제라도 다시 걸을까, 그러기에는 너무 오래 주저앉아버렸다. 호수 주변을 드라이브하며 조망하는 것으로 오늘 산책은 마친다.

최저기온이 영하 12도까지 내려간다는 일기 예보에 가장 따뜻한 오후시간대를 선택해 집을 나선다. 어제 왕송호수 바람에 너무 놀라서 오늘은 목도리도 했다. 그런데 이게 웬일, 어제보다 훨씬 햇볕이 풍성하고 바람도 없다. 아, 이런, 어제가 오늘이었어야 했는데. 못다 한 친구와의 데이트가 여전히 아쉬움으로 남는다. 그래도 지금 여기의 나는 바람 없는 수변공원을 걸을 수 있음에 감사하기로 한다.

지금 걷고 있는 수변공원 이름은 물빛찬공원이다. 이름이 꽤 근사하다. 공원 따라 흐르는 금곡천 물빛이 가득 찬 공원이라는 뜻이겠지만 지금은 얼음이 꽝꽝 언 얼음찬공원이 되어 버렸다. 중간중간 깨진 얼음 밑으로 흐르는 물소리가 미세하게 들리긴 하지만 대부분은 두꺼운 얼음이 천 따라 이어지고 있다. 한 귀퉁이가 깨진 얼음을 들여다보니 두께가 족히 20cm는 되어 보인다. 언제 저렇게 단단하게 얼었을까. "얼음이 녹으면 어떻게 되지요?" 하는 질문에 어른들은 물이 됩니다, 라고 대답하는데 아이들은 봄이 와요, 라고 했던 광고가 생각난다. 얼음이 녹으면 물이 되는 것도 맞고, 봄이 오는 것도 맞고, 얼음이 녹았다가 추워지면 다시 어는 것도 맞다. 제각각 마음 가는 대로 해석하면 된다.

오늘은 행정복지센터에 가야 한다. 며칠 전부터 볼일이 있어 가야 했는데도 계속 담에 가야지, 하며 미루어 왔다. 관공서에 가기 싫어하는 내 성격 탓이다. 막상 가보니 생각보다 절차가 간단하여 금방 끝나는 일이었는데 나는 그간 부딪쳐 보지도 않고 회피하기만 했다. 인생사, 부딪치고 깨지며 맨땅에헤딩 정신으로 살아온 나인데 관공서 앞에서는 왜 그렇게 작아지고 쭈뼛거렸을까. 나도 기억하지 못하는 어떤 계기가 있지는 않았을까, 차근차근 생각해보기로 한다.

집으로 돌아가는 길은 한결 발걸음이 가볍다. 두꺼운 얼음이 언젠가는 녹아 부드러운 물이 되어 흐르듯이 내 맘 속 고정관념도 조각조각 깨져 더 유연해졌으면 좋겠다. 햇볕이 내 온몸을 자애롭게 내리쬔다.

하늘은 맑고, 날은 따뜻하다. 햇빛에 눈이 부셔 선글라스를 끼고 나올걸, 생각했다. 춥다고 몸을 웅크리고 걸었던 게 며칠 전인데 해를 피할 생각을 하는, 이리 변덕스러운 마음이라니. 날마다 걷고 싶다는 마음은 변덕부리지 말고, 게으름 피우지 말고 쭉 이어지기를 바라며 길을 걷는다. 오늘은 큰아들이 다니는 학교에 가서 아이 담임 선생님을 만나야 한다.

아들 학교는 칠보산자락 밑에 있다. 아파트 단지를 지나 횡단보도를 건너가면 그때부터는 서울대학교 칠보산학술림이 양쪽에 자리잡고 있는 조용한 길이 나온다. 길이 좁아 양방향에서 오던 차가 만나면 조심조심 스쳐 지나가야 하고, 걷거나 자전거를 탈 때 뒤에서 오는 차량을 신경써야 하는 길이다. 다행히 차가 많이, 자주 다니지는 않는다.

학술림 사이 길을 다 지나가면 눈옷을 이미 다 벗어버린 칠보산이 성큼 시야에 들어온다. 그리 높지 않은 동네 뒷산이라 온 동네 사람들이 쉼 없이 찾아가는 산이다. 등산을 즐겨하지 않는 나도 예전 암 수술 받고 회복기에 거의 날마다 홀로 이 산을 올랐었다. 몸에 좋다는 거 찾아먹고, 이롭다는 일이라면 뭐든지 할 때였다. 정상까지 꼭 올라가고야 말리라는 결의에 찬 산행이 아니라 발 밑에서 사각거리는 나뭇잎 소리에 위로받고, 좋은 공기를 들이마시며, 숨이 차서 더 이상 한 발자국도 움직이지 못할 바로 그 지점에서 풀썩 주저앉아 하늘 한번 올려다보며 숨 돌리기 위한 몸짓이었다. 암에서 회복된 이후 몇 년 동안 칠보산에 오르는 일은 거의 없게 되었다. 참 변덕스럽다, 내 마음.

세 시에 약속을 했는데 빨리 걸었는지 10분 정도 일찍 학교에 도착했다. "걷기는 스포츠가 아니"라고 프레데리코 그로는 『걷기, 두 발로 사유하는 철학』 첫머리에서 말했는데 나의 걷기는 여전히 속도와 파워를 중시하는 파워 워킹 스포츠인가 보다. 천천히 느리게 걷는 즐거움보다 빠르게 이곳에서 저곳으로 공간 이동하는 수단으로서의 걷기다. 해야 할 일과 가야만 하는 곳이라는 당위를 벗어버리고자 집을 나왔으면서도 나는 여전히 목적지향적이다. 좀 더 천천히, 슬로우리.

비가 오나 눈이 오나 바람이 부나 걷기로 한 결심 중 오늘은 비가 오나, 를 실천했다. 일기 예보상 오후 늦게 비가 온다기에 2시쯤 나가려 하니 어느새 비가 오고 있었다. 아까부터 날이 흐리고 어둑어둑해져 정말 비가 오긴 오나 보다, 생각했는데 이리 빨리 내릴 줄이야. 그래도 나가보리라, 우산 쓰고 걸으면 되지 뭐, 마음먹었다. 다행히 날이 춥진 않다.

아이들이 어릴 때 쓰던 파란색 파워레인저 우산을 쓰고 걷는다. 작지만 내 한 몸 가릴 수 있으니 손에 잡히는 대로 들고 나왔다. 비는 조용하고 얌전하게 내리고 있다. 이런 날이면 김종서의 「겨울비」를 들으며 걸으면 좋겠지만 폭폭폭폭, 우산에 떨어지는 빗소리를 음악 삼기로 했다. 언제나 들을 수 있는 음악이 아니니까.

아파트 단지 둘레길을 발길 닿는 대로 걷는다. 우산을 썼는데도 양쪽 팔이 조금씩 젖어간다. 비가 오나, 돌멩이만 한 우박이 떨어지나, 아침부터 저녁까지 줄곧 걸어다닌 좀머 씨도 아닌데 빗물에 옷이 젖어가면서도 걷고 있는 나 자신이 재밌어 보인다. 그리고 대단해 보이기도 했다. 날마다 걸어 보자는 결심이 비에 굴복당하지 않아 기특해 보였다. 어쩌면 며칠 전 왕송호수 길에서 만난 칼바람보다 그리 세차게 내리지 않는 오늘의 겨울비가 걷기에는 더 나을지 모른다.

중학교 3학년 때인가, 나는 사춘기를 심하게 앓았다. 인생이라는 게 참 시들시들해 보였고, 앞으로 살아 나가야 할 검은 봉다리같이 알 수 없는 미래가 무거운 짐처럼 여겨졌었다. 비가 오면 우산도 없이 학교 운동장을 하릴없이 걸었다. 그렇게라도 해야 어둡고 음침한 내 마음이 위로 받고 빛을 받을 수 있을 것 같았다. 너무 밝고 찬란한 태양 앞에서는 부끄러웠다. 차라리 가슴을 두드리는 빗소리가 더 마음 편했다. 지금 이렇게 우산을 쓰고 동네를 걸으며 다니니 그때, 열여섯의 내 모습이 외투를 적시는 빗줄기 사이로 떠오른다. 이 우산을 그때의 나에게 씌워줄 수 있다면.

날씨는 춥지 않은데 점점 빗줄기가 굵어지는지 우산에 떨어지는 소리가 세졌다. 이제는 집으로 들어가야겠다.

오후 2시. 집을 나선다. 겨울 하루 중 가장 기온이 높을 때라 웬만하면 이 시간쯤 나가려 한다. 운동화를 신다가 날마다 오후 5시면 땡하고 산책도장을 찍었다는 칸트가 생각나 혼자 피식 웃는다. 나는 2시면 어김없이 산책을 다니는 2시의 산책자가 될까, 생각도 해본다. 여름이 되면 불가능할 시간이겠지만 늘 같은 시간에 일어나고, 출근하고, 식사를 하며 같은 길로만 평생 걸었다는 칸트의 불변에 내가 어찌 비길 수 있을까. 오늘은 산책 시작도 전에 혼자 몽상이 많다.

어제 내린 비로 길도, 나무도, 길가에 밤새 주차돼 있던 차들도 축축하다. 춥지는 않지만 흐리고 꾸물꾸물한 날이다. 내가 좋아하는 날씨다. 뭔가 일상에서 벗어날 새로운 일이 터질 것만 같은 날씨. 오래전에 헤어지고 몇십 년 동안 만나지 못했던 친구를 골목길 모퉁이 지나면 우연히 부딪힐 것만 같은 날씨. 인생이라는 게 원래부터 찬란한 게 아니라 이렇게 꾸물꾸물한 게 정상인 것만 같은 날씨. 무엇보다도 막걸리에 빈대떡이 가장 잘 어울리는 날씨. 낮부터 시장 골목 안 오래된 빈대떡집에서 청승 떨고 앉아 있기 딱 좋은 날씨.

그러나 이런 날씨에 나는 늘 불청객을 맞이했다. 편두통이다. 오래전부터 편두통은 내 머리 이곳저곳을 돌아다니며 나를 괴롭혀 왔다. 아마 막내를 임신했을 때부터인 것 같으니 벌써 10년도 훨씬 넘었다. 중국 항주에서 살고 있던 나는 마흔이 넘어 막내를 임신하고 두 오빠들 때보다 더 심한 입덧과 편두통을 앓았다. 머리가 너무 깨질 듯이 아픈데 임신중이니 약을 먹을 수 없고, 병원에 가서 검사를 받을 수도 없었다. 한국에 가고 싶었지만 그럴 사정이 되지 못했다. 경제적으로, 신체적으로, 우울한 마음으로 힘들었던 가을과 겨울을 보내다 난방도 되지 않는 추운 중국 병원에서 막내딸을 낳았다.

그때 이후로 해마다 그맘때쯤 되면, 가을과 겨울 사이, 편두통이 철새처럼 나를 찾아왔다. 오후부터 시작된 통증은 밤 늦게까지 이어졌다. 타이레놀을 한 알 먹으면 언제 아팠었냐는 듯 멀쩡해져 나의 숨구멍이 되어 주었다. 그러다 보니 약에 내성이 생겼는지 언젠가부터는 하루에 여섯 알을 먹어도 통증이 가라앉지 않게 되었다. 병원에서 CT와 MRI 검사를 다 해봐도 원인은 알 수가 없단다. 스트레스 받지 말고 맘 편하게 먹고 살라는 말 같지도 않은 말만 들었다. 누군들 스트레스 안 받고 맘 편하게 살고 싶지 않을까. 노력해도 그게 안 되는 게 문제겠지.

큰아들이 12살 때 아이 셋을 데리고 필리핀 바기오에 어학연수를 하러 갔었다. 거기서 홈스테이를 하는 후배가 있어 그 친구를 만나는 게 주된 목적이었고, 간 김에 두 달쯤 머물며 아이들 영어 공부도 하면 좋겠다 싶어 감행한 바기오 두달살이였다. 사시사철이 한국의 가을 날씨처럼 청명하고 푸르며 온화한 그곳, 바기오에서 나는 신기하게도 두통을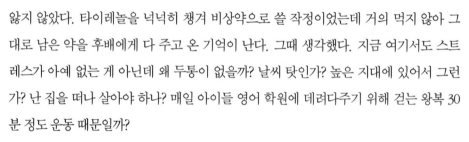
앓지 않았다. 타이레놀을 넉넉히 챙겨 비상약으로 쓸 작정이었는데 거의 먹지 않아 그대로 남은 약을 후배에게 다 주고 온 기억이 난다. 그때 생각했다. 지금 여기서도 스트레스가 아예 없는 게 아닌데 왜 두통이 없을까? 날씨 탓인가? 높은 지대에 있어서 그런가? 난 집을 떠나 살아야 하나? 매일 아이들 영어 학원에 데려다주기 위해 걷는 왕복 30분 정도 운동 때문일까?

그런데 오늘까지 22일째 되는 걷기 생활 중 아직까지 두통을 느낀 적이 없다. 나는 오늘 그게 새삼 너무 신기했다. 매일 걷기가 불러온 기적인지, 우연의 일치인지는 모르겠지만 침대에서 일어나지 못할 정도로 날 괴롭힌 두통을 겪지 않는 것이 너무 감사하고 행복하다. 스트레스 때문에 두통이 생기는 게 아니라 두통이 스트레스였던 나였다. 입바른 소리인지는 모르나 매일 조금씩이라도 걷고 바깥바람을 쐬며 몸을 움직이니 내게 이런 축복 같은 일이 일어나나 보다. 이 축복, 오래 지속되기를.

금곡천 얼음이 녹고 있다. 요 며칠 낮 기온이 올라가서 두껍던 얼음 사이사이를 갈라지게 만들었다. 활기찬 냇물이 얼음 밑으로 경쾌하게 흐른다. 하굣길 초등학생 친구들의 재잘거림 같다. 수변공원을 가득 채운 물소리와 새소리가 내 몸과 마음을 가볍게 한다. 오늘은 이어폰을 끼지 않아 자연의 소리를 온전히 받아들이고 있다. 핸드폰 데이터 용량이 다 돼서 오늘부터 31일까지 유튜브로 음악을 들을 수 없다. 둘째 아들이 데이터 용량 걱정 없는 요금제로 바꾸거나 와이파이 아니어도 재생되는 음악 앱을 깔라고 했는데 둘 다 귀찮아 그냥 하던 대로 한다.

대청소를 하고 나왔더니 허리가 좀 뻐근하다. 토요일인 오늘은 일주일에 한 번 아이들과 함께 청소를 하는 날이다. 내게 토요일이 대청소의 날이듯 오늘은 가족의, 연인의, 친구의 날이기도 한가 보다. 공원에 어린아이들과 함께 나온 부부 모습이 자주 보인다. 손잡고 걷는 어린 연인 모습도, 농구장에서 마스크 낀 채 농구하는 남학생들도 보인다. 보기 좋다. 그들에게서 느껴지는 푸르름이 좋고, 아이들 눈높이에 맞춰 허리 숙인 채 노는 젊은 아빠들의 다감함이 좋다. 어쩌면 그들이 혼자가 아니라 함께인 게 좋은 것 같기도 하다. 나도 저들처럼 연인과 손잡고 공원 산책한 때가 있고, 남편과 함께 어린 세 아이들과 놀았던 적도 있다. 그러나 지금은 혼자다. 남편은 아직 베트남 출장중이고, 아이들은 집에서 각자 스마트한 기기 하나씩 차지하고 따로국밥처럼 놀고 있을 것이다. 그 아이들도 부모와 함께 밖에서 놀고 싶어 떼를 쓴 때가 있었다. 지금은 집에서도, 혼자서도, 아이들은 잘 지낸다. 시간이 이렇게 흐르고 있는 것이다.

삼십분쯤 걷고 아파트 단지로 들어가려는데 출입문 앞에 토스트를 파는 푸드 트럭이 보인다. 옛날 토스트가 이천원이란다. 고속도로 휴게소에 들를 때마다 꼭 찾아 먹는, 내가 좋아하는 간식인데 요즘엔 휴게소에서 잘 팔지 않아 아쉬웠다. 야채를 듬뿍 넣은 계란 패티가 들어간 두툼한 토스트를 모양이 흐트러지지 않게 받쳐 들고 집으로 들어간다. 맛이 어떨까 궁금하다. 옛날 토스트니 옛날 맛이 날까? 아득한 추억의 달콤고소한 맛이.

오랜만에 큰아들과 함께 집을 나선다. 휴일 오후, 오늘 새벽에야 겨우 잠든 부족한 잠이 나른하게 몰려와 가만히 있으면 그대로 시도 때도 모르는 잠에 빠질 판이라 눈을 부릅뜨고 옷을 챙겨 입는다. 날씨가 따뜻하다고 하니 아들도 순순히 같이 걷기에 동참한다. 심심하지 않겠다.

낮 최고 기온이 영상 12도란다. 나는 사실 기온에 대한 감각이 없어서 12도면 어느 정도 따뜻한 건지 느낌이 잘 안 온다. 그저 어제 날씨에 비교해 올라가고 내려가고를 느낄 뿐이다. 막상 밖에 나와 보니 얼굴에 느껴지는 바람이 정말 춥지 않다. 아니, 봄이 온 것마냥 안온하다. 하늘은 바기오의 그것마냥 푸르게 맑고 대기는 청청하다. 이대로 벌써 봄인가, 싶다.

그래서 그런지 공원에 사람들이 어제보다 훨씬 많다. 사람이 많은 만큼 개들도 많다. 내가 개라고 하면 개를 좋아하는 딸은 난리를 치지만 개를 개라고 하지 않으면 뭐라고 부르는가. 딸은 개가 보이는 족족 저건 무슨 종이고, 이건 무슨 종인데 각각 무슨 특징들이 있는지 개에 대해 나에게 설명을 해대지만 내게는 다 똑같은 개일 뿐이다. 크든 작든 개들은 내게 무섭고 위협적인 동물일 뿐 애완견이나 반려견은 나와 상관없는 말이다. 개를 좋아하고 사랑하는 사람들도 존중받아야 하지만 나처럼 개만 보면 무서워 흠칫 멈춰 서는 사람들도 존중받아야 하지 않을까. 그러기엔 공원에 너무도 개들이 많다. 뿐인가, 반려견 전용 놀이터와 반려견 전용화장실인 펫토렛도 있다. 거기서 오줌을 싸는 개를 한 번도 본 적은 없지만 개들에게도 공중화장실을 만들어 놓은 사람들의 기발함이 놀라울 뿐이다.

집에 들어가는 길에 무인 아이스크림 할인점에서 아이스크림을 잔뜩 산다. 벌써 아이스크림이 땡긴다. 아이스크림 한 봉지를 들고 공용 현관으로 들어가는데 휠체어에 타신 할머니를 중년의 아저씨가 밀고 들어오시는 것을 본다. 아들더러 문 앞에 잠깐 서 있어 그분들을 편히 들어오시게 하라 했다. 엘리베이터에 함께 타고 올라가는데 아저씨가 아들이 착하네요, 한다. 요즘 어떤 애들이 남을 배려하는 행동을 하냐고 하신다. 너무 당연한, 작은 일을 하는데도 착하다 칭찬받는 세상이 되었다. 아이러니다.

막내딸 중학교 교복을 맞추러 가야 해서 11시쯤 딸과 함께 장안문 근처에 있는 교복집으로 향한다. 오늘부터 목요일 안에만 가면 되는데 내가 오늘 오전밖에 시간이 나지 않아서이다. 기실은 할 일이 있으면 빨리 해치워야 하는 내 조급증 때문이기도 하다. 어쨌든 오랜만에 딸과 함께 외출해서 기분이 좋다. 교복을 맞추고 장안문 근처를 걸을 생각이라 더 달뜬다.

30분쯤 기다려 딸에게 맞는 교복과 체육복 한 아름을 들고 나왔다. 교복 한 세트는 무료로 지원 받을 수 있지만 치마 외에 바지 하나를 추가로 사고, 체육복도 한 벌 사니 12만 원을 내야 한다. 바지 하나에 6만 원이라니 참 폭리도 이런 폭리가 없다. 가격에 비해 질이 따라가지 않는 건 둘째 아들 때부터 보아 알고 있지만 이건 좀 너무하다 싶다. 무료 지원이라고는 하지만 대개 여벌 옷들을 사는데 그 가격이 교복의 원래 가격인 듯하다. 교복을 입고 싶어 공교육 학교에 가려 하는 딸도 옷을 입어 보곤 불만을 토로한다. 불편하고 질도 좋지 않은 교복을 한창 커 가는 사춘기 아이들에게 꼭 입혀야 할까. 교복 자율화 세대인 나는 아이들 교복에 잘 적응이 되지 않는다.

불끈불끈한 마음을 달래려 교복 가방을 차에 두고 잠시 주변을 걷는다. 행궁동 벽화마을 거리가 그 주변 길이다. 장안문 사거리에서 골목으로 한 블록 들어서면 오래된 집들과 상점들, 숨바꼭질하기 좋을 꼬불꼬불 골목길이 땅속 동물들의 미로처럼 연결돼 있다. 너무 옛날에 지은 거라 담장 문턱도 낮은 그 길에 알록달록 예쁜 그림들과 아기자기한 생활소품들이 더해져 벽화마을로 재탄생해 회색빛 거리가 생기 넘치는 곳이 됐다. 나는 여기로 가면 무엇이 나올지 모를 기대감 만땅의 좁은 골목길 돌아다니는 걸 좋아한다. 서울 북촌 골목길과 익선동 골목길, 통영의 동피랑마을 골목길, 묵호항의 논골담길 그리고 무엇보다 행궁동 골목길을 사랑한다. 거기엔 내가 나고 자란 고장의 역사와 나의 이야기가 스며 있기 때문이다. 벽화마을 길 이름 중 하나인 "사랑하다길"처럼 눈길 닿는 곳 속속들이 자리잡고 있는 아련한 추억을 사랑하기 때문이다.

아침에 창밖을 보니 사람들이 우산을 쓰고 다닌다. 어젯밤부터 오늘 새벽까지 컴퓨터가 윙, 하고 재부팅되는 것 같은 소리가 들려 잠을 자지 못했다. 거실에 있는 컴퓨터가 안 꺼졌나 몇 번씩 일어나 확인하고 다시 자리에 눕기를 여러 번, 결국 오늘 새벽에야 겨우 잠이 들었다. 나를 잠못들게 한 소리가 비였나 보다. 세상이 나도 모르게 다 내려앉아 있는 것도 모르고 나 혼자 공연히 뜬눈으로 밤을 지새워 버렸네.

다행히 두시쯤 되니 비가 그쳤다. 비가 온다 해도 우산 쓰고 나갈 생각이었지만 이왕이면다홍치마, 주머니에 손 찔러넣고 걷는 게 더 좋긴 하다. 무거운 하늘과 축축한 비 냄새, 땅에 떨어져 더 축축한 나뭇잎들을 벗 삼아 공원을 걷는다. 오늘 들어선 길은 두물맞이 공원이다. 새로 만들어 세워 놓은 것 같은 아크릴 이름판이 낯설었지만 두물맞이라는 이름도 생소하다. 두물맞이? 무슨 뜻일까. 두 물을 맞이한다는 뜻일까. 양평 두물머리가 북한강과 남한강이 합쳐지는 뜻이라는 이름의 장소일진대 이 공원도 뭔가 두 개가 합쳐져 하나로 맞이한다는 뜻일 거라고 혼자 짐작해본다. 니편내편, 니캉내캉, 이것저것, 좌우, 높고낮음, 많고적음, 오래됨과 새로움이 하나로 모여 서로를 맞이한다는 뜻이었음 좋겠다는 생각도 슬그머니 해본다.

비가 온 끝이라 그런지 공원에 사람이 한결 없다. 덕분에 호젓하게 발끝만 바라보며 나의 이 시간을 즐긴다. 어제 본 영화 「Soul」의 마지막 장면처럼, 지금 내게 주어진 순간순간을 즐기며 감사하는 마음을 오른발과 왼발을 서로 번갈아가며 내디딜 때마다 실어본다. 영화의 핵심 키워드인 내 인생의 '불꽃'이 무엇인지, 있기는 했었는지, 활짝 타올랐던 때가 언제였는지, 지금도 타오르고 있는지는 이제 중요하지 않다. 그것은 결코 바람에 흩날려 내 손 안에 떨어진 작은 나뭇잎처럼 외부에서 주어지는 것이 아니라 내 안에 있고, 내가 가꿔야 되는 것임을 이제는 알 만한 나이가 되었음이다. 어제 영화를 보고 집에 오는 길에 둘째 아들이 물었다. 나의 불꽃이 무언지 모르겠다고. 16살 아들아, 나도 니 나이 때는 몰랐단다. 앞으로 찾아갈 충분한 시간이 있으니 아쉬워 말거라.

　여행을 왔다. 막내딸 말로 이 시국에 여행이다. 집콕 장소를 수원에서 강원 고성으로 바꾸는 것뿐인 여행이지만 그래도 딸의 말이 맞다. 그래서 더 조심히 다녔다. 숙소와 숙소 앞 바닷가에서 먹고 쉬고 걷기만 하는 여행이라도 행여나 우리 가족이 다른 사람들에게 누가 안 되길 바라면서.

　고성 왕곡마을을 한 바퀴 돌았다. 영화「동주」촬영지로 알려진 곳이다. 우리나라 최북단에 남아 있는 가옥구조를 볼 수 있는 곳이라기에 더 관심이 갔다. 천천히 걸어도 한 시간이면 다 돌아볼 수 있을 것 같은 이곳은 시간이 멈춰 있는 듯하다. 추위를 피하기 위해서인지 본채와 부엌이 붙어 있는 구조의 기와집과 초가집들은 오가는 사람 없이 고즈넉하고 다소곳하다. 민박집도 많고, 실제 주민이 거주하는 집도 있으나 지금은 우리 가족 외에 서너 명의 관광객만 가뭄에 콩 나듯이 보이기 때문이다. 사람 없는 마을엔 까마귀와 개와 고양이가 정적을 메우고 있다.

　그래서 난 이곳을 거니는 게 너무 좋았다. 동주의 배우, 강하늘과 박정민 사진이 여기저기 붙어 있는 것 빼곤 하나도 특이할 게 없이 숨죽인 마을 안에 내가 있다는 게 좋았다. 아무도 날 아는 이 없는, 타임머신 타고 옛 시간을 거슬러올라간 것 같은 이 무(無) 속에 서 있는 게 좋았다. 맑고 푸른 하늘을 벗 삼아 한가로이 거닐 수 있다는 게 이리 편안하다니. 지금은 앙상한 줄기뿐이지만 연꽃이 만발하면 그 앞에 앉아 쉴 수 있는 연못 앞 벤치에서 느긋하게 있어도 좋겠지만 아이들 재촉에 다시 길을 떠난다.

　봉포해변 앞에 정한 숙소에 짐을 풀고 동네와 해변가를 아이들과 함께 걸었다. 바닷가 앞으로 펜션들이 줄지어 서 있고, 경찰서와 우체국, 편의점, 식당들 그리고 공공도서관까지 있는 작지만 탄탄한 동네다. 무엇보다 도서관이 있는 게 넘 반갑다. 내일은 여기나 가볼까.

　하늘가에 오백원짜리 동전처럼 떠 있던 하얀 달이 어두워지자 풀 문이 되어 바닷가를 거니는 나를 비춘다. 이제 숙소로 들어가야겠다.

새벽 네시 넘어 겨우 잠든 잠이 아침 아홉시쯤 다시 달아났다. 밤새 바다가 잠을 안 자고 뒤척거려 나도 잠을 설쳤고, 여전히 에너지가 넘치는 파도 소리에 완전히 잠에서 깼다.

커피 한 잔을 들고 테라스에 나가니 바다가 아침인사를 한다. 눈을 떠서 커튼만 젖히면 바로 바다, 이러려고 난 여기에 왔다. 일어나자마자 눈앞 바다, 모닝커피를 마시며 내다봐도 역시 바다, 소파에 앉아 멍하니 바라봐도 그저 바다, 온통 눈앞에 바다가 있는 이런 풍경이 얼마만인가. 내가 사랑하는 이 풍경은 지난 한 해를 숨죽이며 묵묵히, 열심히 살아낸 나에게 주는 보석 같은 선물이다.

오후부터 추워진다는 예보가 있지만 아직은 따뜻한 해변을 딸과 함께 걷기로 한다. 갈매기와 어젯밤 청춘들이 터뜨려놓은 폭죽 쓰레기들만 뒹구는 모래사장에 발이 푹푹 들어간다. 봉포해변과 이어진 천진해변까지 사막을 걷듯이 힘겹게 걸었다. 밤새 불빛으로 서로의 안위를 물었던, 저 멀리 있는 노란 등대들이 점점 가깝게 다가온다.

딸아이는 이어폰을 끼고 음악을 들으며 걷고, 나는 바다의 노래를 벗 삼아 걷는 이 순간은 그저 평화다. 나는 내 근원 같은 바다가 좋다. 바다를 바라보는 것이 좋다. 지금처럼 이른 아침 순한 바다도 좋고, 어젯밤 같은 파도 무쌍한 성난 바다도 좋고, 노을 지는 회색 바다도, 어둠이 내려앉아 소리로만 전해지는 바다도 좋다. 혼자 거니는 바다도, 내 아이들의 웃음소리 흥건한 바다도 좋다.

어쩌면 바다와 함께하는 지금의 내가 좋은 건지도 모르겠다. 이제는 내가 바람을 거슬러올라가려 옷깃을 단단히 여민 고집스런 여행자가 아니라 바람에 흘러가는 바닷물과 모래결처럼 순응하며 살아가는 삶의 사람이 되었기 때문이다. 이것도 좋고, 저것도 좋다. 이때도 감사하고, 다가올 그때도 미리 감사하다. 내 품을 넉넉하게 확장시켜주는 바다를 뒤로 하고 숙소로 돌아가며 나는 하늘과 바다와 내 옆에 있는 딸에게 모두 감사 인사를 전했다. 이 모든 것들이 있어 내가 존재하기 때문이다.

어제 저녁부터 눈발과 강풍이 불어닥친 오늘 아침 바다는 역대급으로 가열차다. 오늘 떠나야 하는 일정이 아쉬워 옷깃을 단단히 여미고 잠시 걸은 바닷가에 모래바람이 돌아다닌다. 일기 예보에서 듣던 '먼 바다에서 밀려오는 강력한 파도'가 지금 내 눈앞에 펼쳐지고 있다. 그래도 오늘이 가면 당분간 보지 못할 바다 모습을 조금만 더 마음에 담아 보려 힘겹게 걸음을 휘적거린다.

4년 전쯤인가, 세 아이들을 데리고 양양 하조대 해변 앞에 방을 잡아 두 달 동안 겨울살이를 한 적이 있다. 겨울에 수원보다 따뜻한 곳에서 철새처럼 지내고 싶어서였다. 실제로 양양과 속초, 강릉의 해변들에서 놀았던 그해 겨울은 따뜻했었다. 아직 어렸던 아이들은 따뜻한 햇살이 적당히 내리쬐는 바닷가에서 잘 놀았다. 별다른 놀잇감이 없어도 버려진 나뭇가지나 바람에 밀려온 비닐봉지와 종이컵으로 모래성을 쌓고, 밀려오는 물결에 발을 디밀었다 빼는 호기를 부리며, 발로 모래바람을 날리며 마냥 즐거워했었다. 아름다운 건 깊고 푸른 바다뿐만 아니라 그 배경을 돋보이게 하는 내 아이들이었음을 그때 알았다.

드라마 「도깨비」 촬영지였던 주문진 바닷가에서 함께 사진을 찍고, 일몰 풍경이 근사했던 죽도 해변가에서 노을을 감상하고, 하조대 정자에 올라 함께 파도치는 바다를 내려다보며, 아무도 없는 해변가에서 달리기를 하며 함께 웃던 아이들은 커서 이제 바다 앞에 와도 바다를 바라보지 않는다. 바다보다 더 깊고 넓게 그들을 잡아끄는 무언가가 생겼기 때문이다. 그러나 나는 아직도 939살 된 도깨비 공유가 열아홉 살 싱그런 도깨비친구 김고은을 바라보는 눈빛으로 내 아이들의 마음밭이 언제까지나 깊고 푸르기를 바라고 있다. 휘몰아치는 모래바람을 맞으며 바다 앞에 홀로 서 있으면서도 마음은 온통 사춘기 아이들에게 가 있는 내가 문득 한없이 작은 존재처럼 여겨져 웅크린 몸이 더 펴지질 않는다.

그러나 이제는 수원 집으로 가야 할 시간이다. 감상은 이제 그만!

12시, 집을 나선다. 어제 오후에 다시 일상으로 돌아왔다. 집에 돌아온 환영식을 하듯 나는 다시 익숙한 공원 길을 걸었다. 어제는 바람이 너무 차갑고 강력해서 운전하며 오는 내내 성난 바람소리를 들어야 했는데 오늘은 언제 그랬냐는 듯 날이 좋다. 바람도 거의 불지 않고, 등에 내리쬐는 햇살이 따뜻하다. 4일 만에 공원 길에 서 있는 내게 주는 환대인가 보다.

얼었다 녹고, 다시 얼어붙은 금곡천 얼음은 삼겹살마냥 층위를 이루며 얼핏설핏 살을 보이고 있다. 얇아진 얼음 밑으로 냇물이 서두르지 않고 순순히 흘러간다. 물은 문제가 생겼다고 조급해하지 않고, 성내지 않으며, 안달복달하지 않고 에둘러 바라볼 수 있는 여유가 있다. 그래서 그 두꺼운 얼음도 결국엔 내 편으로 만든다. 흘러가는 물처럼 순리로 살고 싶다고 말은 하지만 나는 부드러우면서도 강하고, 느리지만 우직하지 못함을 지금, 저 냇물 앞에서 새삼 깨닫는다.

길 위에 눈이 아직 남아 있는 곳들이 많아 조심조심 걷는다. 내가 고성에 있던 그저께 수원에는 눈이 많이 왔다고 한다. 얼지 않고 많이 녹아 다행이지만 햇볕을 못 받은 곳은 주머니 속에 감춘 송곳처럼 날카롭게 미끄럽다. 너무 조심스러운 걸까. 걷다 보니 내 허리가 구부정하다는 느낌을 받는다. 넘어지지 않으려 반사적으로 몸을 앞으로 숙이고 걷고 있나 보다. 얼음판 위에서 스케이트 탈 때 뒤로 넘어지지 않기 위해 무게중심을 앞에 두고 한 발 한 발 얼음을 지치는 사람처럼.

며칠 바닷바람을 맞으며 걸었다고 동네 산책이 가뿐하다. 등산하고 내려와 평지를 걸을 때 갑자기 편해진 발걸음처럼. 그래서인지 30분만 걷기로 했는데 또 더 많이 걷는다. 2021년 올 한 해, 날마다 30분만이라도 걷고자 결심한 지 벌써 한 달. 내일까지 걸으면 난 결심의 1/12을 완결하게 된다. 나이 들어가면서 뭔가 꾸준히 하기로 마음먹는 일이 줄었는데 이번엔 내가 생각해도 의외다. 작심삼일로 끝날 줄 알았던 내 얕은 마음가짐이 한 달을 이어올 줄이야. 갑자기 나 자신에게 상을 주고 싶어졌다. 무슨 상이 좋을까. 집에 들어가서 곰곰이 고민해봐야겠다. 행복한 고민이다.

1월의 마지막 날이다. 이 한 달 동안 나는 날마다 걸었다. 오늘도 집을 나오며 걸을 수 있게 해준 내 다리에 감사했다. 집에 있지 말고 밖에 나가 걸으라고 다리에게 지령을 내린 내 뇌에도 감사했다. 가끔 나의 길동무가 되어준 아들과 딸에도 감사했다. 나를 둘러싼 모든 환경들에 감사했다. 고작 한 달, 하루에 30분 정도 걸었다고 생색은, 할 수도 있겠다. 생색 낸다고 돈 드는 거 아니고, 생색을 내면 또 다른 시작으로 연결될 수 있을지도 모르니 오늘만큼은 나 자신에게 생색 내어도 좋으리라.

한 달 걷기의 배경이 되어준 동네를 가벼운 마음과 사랑스런 눈길로 바라보며 걸었다. 걷기 좋은 길과 공원들이 있어 걷기가 한결 편했기 때문이다. 가끔 비가 오고, 눈이 내리기도 했지만 그리 춥지 않았던 날씨도 한몫했다. 오늘 나는 보이는 모든 것이 사랑스럽고, 감사하게 느껴진다. 무엇보다 나를 이끌어준 나 자신이 가장 고맙다.

그 고마운 사람인 나에게 상을 주기로 했다. 어제부터 고민하여 내린 결론은 3년 만에 핸드폰을 바꿔주자는 거였다, 나에게. 걸으면서 가장 든든한 친구이자 시간 안내자였던 핸드폰 데이터도 좀 늘려주고, 가끔 깨져 나오는 화면도 산뜻하게 갈아주고 싶었다. 30분 타이머가 울리자마자 걷던 길을 돌아 집 근처 단골 휴대폰 대리점으로 갔다. 그리고 원하는 핸드폰 모델이 딱히 없는 나는 사장 아저씨가 골라주고 추천해주는 대로 새 핸드폰을 정하고, 현재보다 데이터는 두 배로 늘어나는데 요금은 만원 정도 싸게 나오는 요금제로 바꿨다. 내일부터 걸을 때 데이터 걱정 없이 음악을 들을 수 있다는 희망에 벌써부터 들뜬다. 근사한 상품이다. 멋진 한 달이 선물과 함께 스르르 지나간다.

새로운 한 달의 첫날이다. 춥지 않은 날씨에 가벼운 옷차림으로 집을 나선다. 한 번도 걸어 보지 않은 사람 같은 새로움으로 다시 시작이다. 안개인지 미세먼지인지 앞이 뿌연 게 좀 산뜻하지 못하긴 하지만 안개라면 걷힐 것이고, 미세먼지라면 마스크가 있으니 걱정할 일은 아니다.

날씨가 정말 하나도 안 춥다. 얇은 외투라 목도리를 두르고 나왔는데 이내 풀어버렸다. 젊은 사람들 몇몇은 마스크까지 턱으로 내리고 대화하며 공원을 걷는다. 할아버지 할머니들도 잘 쓰고 다니시고, 꼬맹이들도 참을성 있게 마스크를 쓰는데. 수변공원이 모두의 노력으로 안전하게 유지되기를 또 한번 바라는 마음이다.

오늘부터 다시 데이터를 켤 수 있어 유튜브 음악을 들으며 걷는다. 요즘 핫하다는 어느 오디션 방송 프로그램의 30호 가수 노래다. 젊고, 장난기와 진지함을 동시에 갖춘 것 같은 외모에 모방이 아닌 자신만의 개성과 창조로 부르는 노래들이 맛있게 느껴진다. 그 누구와도 닮지 않은 음색과 창법, 자기 스타일로 노래를 갖고 노는 것 같은 여유로움까지 지녔다. 그의 본명과 가족들의 이력에 대해 보도하는 영상들이 넘쳐나지만 그런 것에는 관심이 없다. 나는 그저 그의 자유롭고 맛있는 노래를 들을 뿐이다. 그 외에 그에 대해 알아야 할 것이 또 무엇이 있단 말인가.

포장이 참 많은 세상이다. 과자 한 봉지를 사도 포장지에 과자를 덤으로 받은 것 같이 과잉 포장돼 있고, 배달 음식과 택배 물건들에는 포장재가 거의 반이다. 오늘 개통되어 찾아온 핸드폰 종이가방 안에도 뭐가 그리 많은지, 정작 내가 필요로 하는 건 달랑 핸드폰 하나뿐인데 너무 많은 내용물들로 꽉 차 있다.

노래가 좋으면 노래에만 집중할 수 있고, 알갱이보다 포장재가 눈에 뜨이지 않고, 체면과 가면과 당위성으로 단단히 포장한 외피 대신 부드럽고 야들야들한 내피가 더 돋보였음 좋겠고, 무엇보다 이제 좀 마스크로 덮여져 마스크 발진 난 얼굴이 아닌 이쁘지는 않아도 트러블은 없는 맨얼굴로 사는 세상이 되었으면 좋겠다.

큰언니가 만들어 준 새알심 넣은 미역국 한 그릇을 먹고 집을 나선다. 기운 없을 때 즐겨 먹는 나의 보양식인데 며칠 전 친정에 갔을 때 받아 왔다. 음식 솜씨 좋고, 나눠 주기 좋아하는 언니 덕분에 나는 지금까지 굶지 않고 살아왔다. 굶지 않고, 이 말은 정말 적확한 표현이다. 요리에 아무 관심도, 취미도, 재주도 없어 생존을 위한 음식만을 겨우 해 먹는 나에게 언니의 음식은 하늘에서 내리는 만나와 메추라기였다. 나이 오십 넘어서 이렇게 받아먹어도 될까 하는 생각은 애저녁에 버렸다. 언니는 요리 할 기운이 남아 있는 동안 계속 음식을 할 것이고, 나는 받아먹는 것으로 언니의 기쁨에 동참하려 한다. 그게 언니와 나, 서로의 행복 방식이다.

뱃속은 따뜻한데 오늘은 바람이 많이 분다. 메마르고 성난 바람이 길가를 휩쓸고 다닌다. 3주 만에 도서관 가는 길. 무거운 책가방을 들고 몸을 웅크리고 걷는다. 바람이 등 뒤에서 불어와 웅크린 내 몸을 밀어주어 지금은 걷기가 괜찮다. 이따 돌아가는 길에는 반대 경우가 될 텐데, 큰일이군. 어제 너무 따뜻한 겨울날을 맛보아서인지 오늘 차가운 공기가 더 시리게 느껴진다. 바지와 양말 사이에 드러난 맨발목이 제일 춥다.

지난번에 빌려온 책 중 루이-페르디낭 셀린이라는 프랑스 작가의 『Y교수와의 대담』이란 책이 가장 기억에 남는다. 감동을 받거나 재밌거나 아름다워서가 아니라 뭔가 독특한 작품 세계가 있는 작가인 것 같긴 한데 내게는 잘 읽히지 않는 작가로 남을 것 같아서이다. 잘 읽히는 글이 무조건 좋은 글은 물론 아니다. 그러나 어떤 방식으로든 작가의 글은 독자에게 가서 꽂혀야 한다. 시위를 떠났는데 과녁에 꽂히지 않고 땅에 떨어지는 화살은 얼마나 허무한가. 다른 독자들은 어떨지 모르겠지만 최소한 내게는 그의 글이 와닿지 못했다. 이건 그가 형편없는 작가여서도, 내가 부족한 독자여서도 아니다. 그저 셀린이라는 작가와 내가 궁합이 안 맞는 것뿐이다.

책을 다시 빌려서 도서관을 나온다. 근처 만두가게에 들러 만두 3인분을 사서 가방에 넣고 집으로 향한다. 잔치음식을 도와주고 떡을 얻어다 집에서 자신을 기다리는 오누이들에게 주기 위해 바삐 걸어가는 어머니처럼.

12시 30분, 롯데시네마 서수원점 주변을 어슬렁거리고 있다. 딸아이가 친구들과 시간이 안 맞아 함께 보지 못하지만 혼자서라도 보고싶은 영화가 있다기에 영화관에 같이 와서 표를 끊어주었다. 웬만하면 딸과 함께 보겠지만 「귀멸의 칼날 무한열차편」을 내가 볼 이유는 없지 않은가. 딸아이는 일본 애니메이션을 좋아해 돈만 생기면 만화책을 사고, 굿즈를 모으며, 자기 방을 온통 덕질로 도배하고 있다. 딸의 취향과 선호를 나는 이해하지 못하지만 막지는 않는다. 서로 다를 뿐 틀린 건 아니니까.

제법 많은 중고등학생들이 보러 온 걸 보니 내 딸만 이 영화를 기다린 건 아닌가 보다. 지난주 수요일 우리 가족이 고성으로 여행 가던 날, 딸의 친구들 중 몇몇은 다른 영화관에서 개봉한 첫날 이미 보았다고 한다. 상영관 입구에서 입장을 도와주는 직원에게 혼자 온 딸을 좀 신경써달라 부탁하고 밖으로 나가 영화가 끝날 때까지 나의 할 일을 시작한다.

오늘은 빠르게 걷기가 아닌 느리게 어슬렁거리기가 내 할 일이다. 주변을 천천히 걸으며 건물과 상가들을 구경한다. 베트남 음식점, 중국 음식점, 치킨집, 피자집, 횟집, 곱창집까지 다양한 음식점들과 크고 작은 카페들이 즐비하다. 줄 서서 자기 차례를 기다리는 문전성시 식당도 있고, 커다란 전면 유리창 너머 보이는 실내에 빈자리만 보이는 카페도 있다. 똑같은 코로나 시대에 어디는 그래도 장사가 되고, 어디는 딱할 정도로 손님이 없다.

내가 이렇게 이곳 주변 상가를 눈여겨보는 건 언젠가 얻게 될 내 치유 공간 사무실 때문이다. 올해 대학원 공부가 마무리되면 작은 사무실을 열어 사람들과 함께 책을 읽고, 글을 쓰며, 삶을 나누며 서로 위로받고 치유함 얻는 공간을 갖는 것이 내 오래된 꿈이다. 코로나로 사람들이 모이지 못하는 요즘, 어깨를 맞대어 함께 모여 앉은 사람들 온기가 그 자체로 얼마나 치유의 힘이 있었던지 새삼 그립다. 마스크 없이, 재난안내문자 없이, 경계함 없이 모일 수 있는 그날을 마음속에 그려본다.

얼추 영화가 끝날 시간이 되어 딸과 만나기로 한 곳으로 간다. 딸이 보고 싶던 영화를 보고 좋아서 폴짝폴짝 뛸 모습이 눈앞에 그려진다.

햇빛이 눈에 반사되어 환한 오후에 동네를 어슬렁 걷는다. 어젯밤에 소낙눈이 내려온 동네가 눈으로 뒤덮여있다. 어제 거실 불을 끄고 방으로 자러 들어가려는데 밖이 조명탄 터진 것처럼 밝아 무슨 일인가 봤더니 그야말로 함박눈이 내리고 있었다. 낮부터 안내문자로 대설과 빙판길을 조심하라는 예보를 보긴 했지만 이토록 엄청난 굵기로 내릴 줄은 몰랐다. 흰 도화지를 반으로 접고 접고 또 접어 뭉친 마지막 결정체 같은 눈이 만든 세상이 너무 아름다워 거실 불을 끈 채 창문 밖 눈 세상을 구경했다.

잠이 안 온다는 큰아들도 옆에 앉아 바깥세상을 관찰하고, 나와서 함께 눈사람 만들자는 친구의 전화를 쿨하게 거절한 둘째 아들은 지 방으로 들어가버린다. 하양 말고는 다른 컬러를 허용하지 않는 눈 세상에서 검정 롱패딩을 입은 사람들이 눈사람을 만들고, 눈싸움을 하며 즐거워하는 소리가 10층 구경꾼인 나와 아들에게도 들린다. 배달 오토바이는 비상등을 켠 채 서행하고 있고, 11시가 다 되어가는 시각에도 택배아저씨는 트럭에서 물건을 내리고 있다. 아래를 보다 지친 나는 고개를 젖혀 하늘을 올려다본다. 정말 눈이, 이영훈의 환상적인 노랫말처럼 "하늘 높이 자꾸 올라가"고 있다. 세상이 뜬금없이 아름답게 느껴졌다.

다행히 낮부터 기온이 올라 도로의 눈은 많이 녹았다. 버스와 빠르게 지나가는 자동차들이 튕겨내는 검은 눈비를 맞지 않으려 인도 안쪽으로 걸어다닌다. 인도는 아직 발이 푹푹 들어가는 눈길이 있고, 얼음을 감춘 곳도 있어 조심조심 걸어야 한다. 어슬렁거릴 수밖에 없는 이유다.

삼십분을 "먹이를 찾아 산기슭을 어슬렁거리는 하이에나"처럼 걷다가 동네 가게들을 탐색한다. 어제 신청한 경기도 재난지원금이 오늘부터 사용가능해서 당장 써 볼 생각이다. 평소 눈도장만 찍었던 한우를 아이들을 위해 사뿐히 사고, 며칠 끼니가 되어 줄 반찬들도 산다. 기분 탓인지 가게들마다 평소보다 손님들이 많은 것 같다. 조금이라도 어렵고 힘든 사람들 사정이 나아졌으면 정말 좋겠다. 그 안에는 물론 나도 포함되지만.

하루가 또 이렇게 조용히 흘러가고 있다. 감사한 일이다.

봄날같이 포근한 날씨에 여느 때보다 조금 일찍 집을 나선다. 날이 좋아서이긴 하지만 커피를 마셔도 깨지 않는 잠에서 나오고 싶어서이다. 어젯밤 텔레비전에서 쿠엔틴 타란티노 감독 영화「원스 어폰 어 타임...인 할리우드」를 보고 늦게 잠자리에 들어 또 한동안 뒤척거리다 새벽녘에야 겨우 잠이 들었다. 늦게 잠들었으니 늦게 일어난 건 당연한 일. 나보다 늘 일찍 일어나는 큰아들이 거실 창문 블라인드를 올리는 소리에 잠이 깨어 시계를 보니 10시가 넘었다. 아이들의 아침을 차려주고 창문을 열어 환기를 해 놓은 후 산책으로 내 몸에 꿈처럼 붙어 있는 게으름을 떨어내려 한다.

녹은 눈이 발밑에서 질퍽거리는 것만 빼면 너무 좋은 날이다. 오늘은 매실길 이정표를 따라 걷기로 한다. 수원 팔색길 중 三色길인 매실길 팻말이 집 앞 도로에 붙어 있다. 이 길이 매실길 노선이라는 건 알았지만 작정하고 걷지는 않았다. 집에서 멀리 떨어져 있는 길은 일부러라도 찾아가면서 집 가까이 있는 길은 아직 걸어보지 않았다니. 너무 가까이 있어 소중함을 몰랐나 보다. 언제라도 갈 수 있겠거니 마음 놓아서일지도 모른다.

집 앞 횡단보도를 건너 칠보산으로 향하는 길로 들어선다. 이정표를 따라 걷다 보니 너무 익숙한 길이 나온다. 엘지아파트와 칠보산 사잇길. 봄이 되면 벚꽃터널을 이루고, 칠보산에 오르기 위해서 거쳐야 하는 길. 나는 이 길을 너무 많이 걸었었다. 그런데도 이 길에 매실길 이정표가 붙어 있는 줄은 몰랐다. 아는 만큼 보인다고 했던가. 등잔 밑이 어둡다고 했던가. 아파트 단지를 둘러싼 오르막길을 걸으며 혼자 기막혀 한다. 눈을 들어 하늘과 사람들을 보지 않고, 땅과 내 발끝만 보고 다녀서인 듯하여 이제는 좀 시선을 올려야겠다는 생각을 한다.

적당한 오르막길에 숨이 좀 차오를 즈음에 어느 절 입구에 붙은 현수막 글귀가 눈에 띈다. "항상 지금 여기, 나는 누구인가?" 나는 누구인가. 내가 누구인지 말할 수 있는 자는 누구인가. 나는 어디로부터 와서 어디로 가는가. 참 나, 진정한 나는 무엇인가. 사람들과 치유글쓰기 시간을 갖다 보면 스스로에게 가장 많이 던지는 질문도 바로 이것이다. 서른, 마흔, 심지어 예순이 넘은 분들도 어느 순간 내가 누구인지 몰라 혼란스럽다고 한다. 사회생활을 하며 어쩔 수 없이 쓰게 되는 가면과 자신만 알고 있는 진짜 자기 모습이 다른 것에 자기 환멸을 느끼는 분들도 많다. 남은 기막히게 사랑하면서 정작 자신은 사랑할 줄 모르는 사람들도 많다. 안타까운 프레임들이 너무 많다. 방어막 없이 자신을 솔직하게 드러내는 글을 쓰고 다른 참여자들과 함께 나누면서 나는 누구인가, 라는 질문에 스스로 답을 내리는 글쓰기 시간이 그래서 나는 좋다.

이제 내리막길로 접어든다. 오르막길은 길고 내리막은 짧다. 길의 거리뿐 아니라 내 몸이 체감하는 속도와 느낌도 그렇다. 인생도 그러할 것이다. 오르막으로 높은 곳에 오르긴 길고 숨이 찰 만큼 힘들어도, 내려오는 건 쉽고 빠르고 힘들지 않다. 오르막이 정점에 달한 그 순간은 정말 짧은 순간에 지나지 않는다. 그 순간이 지나면 잘 내려와야 한다. 내려오지 않고 정점에 계속 머물러 있으려 한다면 뒤에서 올라오는 다른 이들에 의해 밀려서 강제로 내려가게 된다. 잘 오르는 것도 중요하지만 잘 내려가는 것은 더 중요하다. 오르고, 이기고, 쟁취하는 것만 배우고 내려가고, 지고, 놓아버리는 것은 배울 기회가 없는 우리들이기에 절망감과 우울과 홧병이 생겨나는 것이리라.

아저씨들이 길가 나무들을 가지치기하고 있다. 긴 겨울을 보내고 봄에 새로 태어날 생명을 맞이하기 위함일게다. 나 또한 마음의 가지치기를 해야겠다. 묵은 겨울을 지나 신선한 봄을 살기 위해서 버릴 것과 끌어안고 가야 할 것을 구분하는 지혜가 있어야겠다.

눈길이 물길이 됐다. 아직 채 사라지지 않은 눈이 여름날 장마처럼 아파트 단지 내 길을 물첨벙으로 만들어 놓았다. 운동화가 젖겠다. 뽀송뽀송한 길을 찾아 수변공원으로 내려간다. 오가는 사람들의 온기가 많은 이 길은 그나마 쌈박하다. 저절로 발걸음이 가벼워진다.

벌써 토요일, 한 주가 정말 후딱 갔다. 늦게 일어나 아점 먹고, 걷고, 글 쓰고, 책 보고, 또 저녁 차려먹고, 가끔 보고 싶던 영화를 보고 지내는 똑같은 일상인데도 시간은 정말 순식간에 지나가버렸다. 앞으로 다가올 시간에 대한 기대가 그리 영롱하진 않지만 이미 지나간 날들에 대한 아쉬움도 별로 없다. 지금은 다만 이 하루하루가 무사하게 잘 지나가 꽃 피는 3월이 되면 아이들과 나 모두 학교에 갈 수 있기만 하면 좋겠다는 마음뿐이다. 2월을 살아내는 소망은 그거 하나다. 가야 할 곳에 가고, 해야 할 일을 할 수 있는 것. 어디 나쁘이겠는가. 코로나 시대를 살아내는 모든 사람들의 소망이겠지.

이어폰을 끼고 걷는 내 옆을 자전거 두 대가 스치듯 지나간다. 내 앞으로 달아나는 자전거를 보고서야 뒤늦게 몸을 움찔거린다. 걸어가는 내가 자전거 주행에 방해가 되었나? 빵빵, 울렸는데 내가 음악 듣느라 못 들었나? 둘 다 아닐 것이다. 나는 수변공원길 중 사람이 지나다니는 길 한 끝에서 줄자를 따라 걷는 것처럼 일정한 패턴으로 걷고 있고, 이어폰을 낀다 해도 다른 사람들의 말소리가 다 들린다. 그런데 왜? 평화롭게 산책하는 이 길에서 저렇게 빨리 자전거를 내달릴 이유가 뭐가 있을까. 놀래라.

난 자전거에 대한 겁이 많았다. 국민학교 4학년 땐가 학교 가는 길에 자전거에 치인 후로 빠르게 달리는 자전거만 보면 그날 그 아침 풍경이 떠올랐다. 당연히 자전거도 타지 못했다. 대학교 때 친구들과 함께 자전거 하이킹을 하려고 배워 보려 무진 노력을 했지만 결국 배우지 못했다. 배워지지도 않고 특별히 탈 일도 없어서 나는 계속 자전거 타지 못하는 사람으로 남아 있었다.

그런 내가 드디어 자전거를 탈 수 있게 된 건 서른여섯 살 때였다. 중국 항주로 어학연수를 갔는데 자전거를 타지 않고 살 수 있는 방법은 없었다. 학교와 기숙사를 오갈 때나 시장을 갈 때 자전거는 필수였다. 그래서 나는 수원의 서호 저수지보다 몇 배는 더

큰 항주의 인공호수 서호 주변을 한 바퀴 도는 것으로 자전거를 배웠다. 어쩌면 배웠다
기보다 저절로 타졌다고 해도 될 거 같다. 한국에서 그렇게 노력했는데도 배워지지 않
던 자전거 타기가 중국에서 꼭 필요하니까 몸에 딱 장착이 된 것이다. 그때 서른여섯의
나는 서호 둘레길을 자전거로 일주하면서 얼마나 나 자신이 뿌듯하고 자랑스러웠는지
모른다. 배워야 할 중국어는 이후 6년을 더 항주살이를 하는데도 잘 익혀지지 않았지만
자전거만큼은 확실히 배워 지금도 잘 탄다. 역시 뭔가 필요해야, 발등에 불이 떨어져야
스스로 배우고 익힌다. 그때 학습 효과도 높아진다. 타이밍이 중요하다.

다행히 집에 돌아가는 길에서는 아까같이 위험한 장면은 만나지 않았다. 날이 좋으면
나도 오랜만에 수변공원에서 자전거를 타볼까나, 조심또조심하며.

차갑지는 않지만 겨울바람이 불어 어느 정도 안개가 사라진 오후 두시, 집을 나선다. 적당히 차가운 공기가 정신을 맑게 하고 몸에 기분 좋은 긴장감을 주어 걸음이 잘 걸어진다. 잘 걸어진다, 내 의지로 몸을 움직이는 것인데도 이 표현은 맞는 말 같다. 매일 걷다 보니 어떨 때는 통나무 질질 끌 듯 걸음이 힘겨울 때도 있고, 또 어떨 때는 순풍에 돛 단 배처럼 뒤에서 어떤 힘이 나를 밀어 저절로 걸음이 교차되는 것 같은 때도 있다. 걷는다는 게 왼발과 오른발을 교대로 앞에 놓는 단순한 일이지만 이 단순함 속에 나도 모르는 신비한 힘이 작용하고 있음을 느낀다. 세상에 쉬운 일은 없고, 내 힘으로 했노라 자신할 일도 없다. 걷기에서 겸손함을 배운다.

어느 치킨집 앞에서 주문 대기중인 배달 오토바이 앞을 지나다 배달통에 붙은 태극기를 본다. 설마 승리호는 아니겠지, 혼자 피식 웃는다. 어제 넷플릭스로 본 조성희 감독 영화 「승리호」가 생각나서이다. 2092년, 우주 쓰레기를 수거해 파는 청소선 '승리호'에 붙은 선명한 태극기. 무국적시대, 언어는 자동번역기로 통역되어 영어와 러시아어, 중국어, 아랍어, 나이지리아어 하다못해 타갈로그어까지 각자의 언어로 모든 인종과 소통하는 국적이 상실된 것 같은 세상에 떡하니 붙어 있는 태극기와 승리호라는 이름. 영화 「늑대소년」에서 송중기를 늑대인간으로 만든 감독은 이제 그에게 쓰레기통을 뒤지는 김태호라는 역할을 주었다. 잘생긴 송중기에게 왜 그러시는지. 김태호, 업동이, 꽃님이, 순이, 장선장과 타이거박(이들의 본명이 뭐였더라? 어제 봤는데도 기억나지 않네, 참말로). 2092년에 전혀 어울릴 것 같지 않은 이 토속적인 이름들과 그 많은 등장인물 중 일본 사람과 일본어가 안 보이는 게 재밌다.

「승리호」를 명상하다가 아이들이 사 오라는 닭강정집에 도착한다. 오늘은 치킨이 아니라 닭강정이 땡긴다며 특별히 주문한 휴일 저녁 메뉴다. 맛있는 냄새가 진동하는 따뜻한 닭강정 두 박스를 들고 집으로 돌아간다. 쓰레기통에서 뒤진 낡고 더러운 신발이 아니라 새 운동화를 신고 '승리호'를 운전하는 송중기처럼 산뜻한 기분으로.

12시, 딸이 다음 주 예정인 반 배치고사 준비를 한다고 친구 집에 간다기에 나도 따라나섰다. 1월에 온라인 졸업식을 하여 초등학생에서 예비 중학생이 된 딸은 날마다 조금씩 영어와 수학을 혼자 공부하고 있다. 중학교에 가서 수업 내용을 따라가려면 공부를 좀 해야겠다며 스스로 계획하고 실행하는 중이다. 그것도 기특하고 이쁜데 시험 준비를 한다고 하니 더 신통방통이다. 친구랑 만나 얼마나 공부를 할까마는 그 마음 자체가 너무 이쁘다.

이쁜 딸 덕분에 오늘은 여느 때보다 조금 일찍 산책에 나선다. 하늘이 너무 맑고 푸른 날이다. 정말 하늘에 구름 한 점 없다. 조금 거칠게 부는 바람에 구름이 다 날아갔나 보다. 땅 위에서는 쓰레기들이 바람에 날아다닌다. 제자리에 버려지지 않은 가벼운 스티로폼과 비닐들, 종이컵들, 전단지들이 회오리처럼 공중에 떠다닌다. 비상은 했으나 멀리 가지 못하고 허공을 돌다가 다시 제자리에 떨어진다. 부질없다.

나는 엔니오 모리꼬네의 영화음악을 들으며 쓰레기들이 공중에서 부딪혔다가 다시 제자리로 떨어지는 동네를 검은 고양이처럼 걷고 있다. 눈앞에 보이는 메마른 회색빛 나뭇가지와 영화 「시네마천국」 OST가 묘하게 잘 어울린다. 다시 돌아갈 수 없는 좋았던 시절에 대한 애잔함이 눈과 귀를 통해 마음으로 전해진다. 저 맑고 푸른 하늘 아래서 나 홀로 팬시리 슬퍼진다. 사추기인가, 혼자 쓸쓸해하고 마음 둘 데 없어 한다. 내게 주어진 하루하루를, 내가 감당해야 하는 역할과 모습을 충실하고 우직하게 담당하며 살고 있는 나 자신에게 자기 긍정을 보이다가도, 어느 순간 미세한 틈이 생기면 자기 연민에 빠지는 나를 본다. 오늘은 좀 가라앉고 싶은 날인가 보다. 바람에 휘몰려 잠시 공중을 누리다가 부질없이 땅으로 곤두박질치는 쓰레기들처럼 그렇게.

한 시간 정도 동네를 바람과 함께 떠다니다 집으로 들어간다. 마음을 많이 써서 그런가, 오늘은 왠지 피곤하고 몸이 무겁다.

이마트 서수원점에 볼일이 있어 갔다가 주차한 김에 마트 주변을 걷기로 한다. 마트 앞은 대로지만 길을 건너면 걸을 만한 공원이 나온다. 조금 더 걸어가면 도서관도 나오지만 오늘은 공원만 한 바퀴 돌기로 한다. 저수지를 끼고 산책로가 나 있는 이 공원에서 혼자 또는 서너 명이 함께 산책하는 사람들 속에 나도 슬쩍 끼어들어간다.

매일 걷던 집 근처 수변공원이 아니라 다른 풍경을 보며 걸으니 기분이 새롭다. 날은 어제보다 더 따뜻하지만 하늘은 조금 흐리다. 사람들의 옷차림도 한결 가벼워보인다. 이렇게 추위가 가는 걸까. 날씨만큼이나 낭랑한 말소리가 들린다. 내 뒤에서 걷고 있는 엄마와 딸의 대화 소리다. 딸이 엄마에게 존댓말을 너무 예쁘게 잘 한다. 깍듯하면서도 정겨운 말투와 대화다. 슬쩍 걸음을 늦춰 그들 모녀를 나보다 앞세우며 살짝 보니 딸이 중학생쯤 된 것 같다. 서로가 서로를 존중하며 친근해 보이는 그들 모습이 너무 보기 좋고 아름답다. 나도 딸에게 앞으로 내게 존댓말을 하라고 할까. 아마 딸은 이 엄마가 갑자기 왜 그러지, 하는 표정으로 나를 바라볼 것이다. 그냥 하던 대로 살자.

담배 피는 사람들이 없어 걷기 좋았던 공원 한 바퀴를 돌고 다시 대로를 건너 마트로 들어간다. 마트 앞에서 검정 할리데이비슨 한 대가 휭, 지나가는 걸 본다. 그것이 정말 할리데이비슨인지 잘 모르지만, 나는 크고 웅장한 오토바이만 보면 다 그건지 안다. 그리고 그 오토바이만 보면 자동반사적으로 그가 떠오른다. 지금 이 세상에 없는, 살아 있었다면 예순 살 다 되어가는 추레한 아저씨가 되었을지 모르는 그 사람, 가수 김광석. 60살이 넘으면 할리데이비슨 타고 세계 일주를 떠나고 싶다고 입버릇처럼 말하던 그가 생각난다. 소극장 맨 앞자리에 앉아 그의 노래와 이야기를 들으며 저렇게 키가 작은데 다리가 페달에 닿을까, 혼자 궁금해하던 이십대 내 젊은날도 굴비처럼 엮여 떠오른다. 이제 좀 옛날 일이다 싶으면 보통 이삼십년 전의 이야기다. 시간이 참 많이 지나긴 했다. 이런이런.

　재활용 분리수거날이라 무거운 쓰레기들을 끌다시피 갖고 내려가 이 플라스틱과 비닐과 스티로폼은 다 어디로 가는 걸까, 궁금해하며 분리수거를 마친 후 먼지까지 털털 털어내고 동네를 걷는다.

　수요일, 오늘은 일주일 중에 내가 제일 좋아하는 날이다. 집에 쌓아져 있는 분리수거 쓰레기들을 말끔히 버릴 수 있어서다. 허나 점점 이렇게 쓰레기를 버리는 일에 죄스러움이 올라온다. 내 집 앞에 버려지는 종이와 플라스틱과 비닐과 스티로폼 같은 재활용 쓰레기도 고작 일주일 새 이렇게 많이 쌓이는데 우리 아파트 전체로 치면 얼마나 많을 것이며, 동으로, 시로, 나라로, 지구 전체로 확장하면 과연 이 쓰레기들이 어디로 모여 어떻게 처리되는지 알 수가 없는 것이다. 아니, 어쩌면 알려 하지 않고 나와 먼 얘기라고 생각하는지도 모르겠다. 그러나 코로나 시대의 순기능이 미세먼지 감소라면, 이 시대의 역기능은 분명 산처럼 쌓이는 쓰레기들일 것이다.

　날이 흐리다. 눈이나 비가 올 것만 같은 날씨지만 눈이 오기에는 날이 너무 따뜻하고, 비 예보도 없다. 앞으로 뭔가가 나타날 것만 같은 날씨, 어떤 예상하지 못했던 일이 일어날 것만 같은 날씨, 오늘은 그런 날이다.

　걷는 중에도 아침에 읽은 신문 기사가 머릿속에서 떠나지 않는다. 한진중공업 마지막 해고 노동자 김진숙 씨에 대한 기사다. 그는 부산에서 430km를 걸어 청와대 앞까지 왔다고 한다. 암 투병중이고 용접공으로 일할 당시 감전 사고로 두 다리가 부러지는 재해를 당해 오래 걷는 건 그에게 결코 쉬운 일이 아니다. 그런데 그는 걸었다. 걷기 외에는 달리 선택할 방법이 없었기 때문이라서, 그는 걸었다. 아니, 지금도 걷고 있다.

　나는 왜 걷는가. 건강을 위해, 다이어트를 위해, 마음 치유를 위해, 혼자 있는 시간을 벌기 위해, 머릿속을 비우기 위해, 생각을 하기 위해, 글을 쓰기 위해. 매일 30분 이상 걷고 글 쓰는 소소한 행복을 느껴보자는 나와 걷기 외에는 다른 대안이 없었다는 절체절명의 김진숙 씨가 마음 속에서 갈등을 일으킨다. 그래서 오늘 나의 걸음은 위축되어 있다. 집으로 돌아오는 발걸음도 오늘은 가볍지가 않다. 머릿속이 복잡하니 발도 무겁다.

12시, 큰아들과 함께 집을 나선다. 미세먼지는 조금 있지만 날이 따뜻하다. 구정 연휴지만 갈 데도 없고, 갈 수도 없기에 휴일을 평일처럼 여기며 일상을 이어나간다. 오랜만에 아들이 같이 나간다기에 마음이 좋다.

어제 베트남에 있는 남편이 전화해서 연휴 계획이 뭐냐고 물었다. 계획이라, 설의 유일한 계획이라면 친정에 가서 노모를 뵙고 오는 것이지만 그것도 설 지나서 가기로 했다. 나와 세 아이들만 가도 벌써 4명, 엄마만 뵙는다 해도 5인 금지에 해당되기 때문에 연휴 끝나고 다음 주에 한 번에 한 명씩만 아이들을 데리고 가기로 했다. 어떻게든 5명 이상이 모이지 않도록 신경을 쓰면서. 며칠 전 친정아버지 추도예배 때도 우리 가족은 모이지 않았다. 아버지 돌아가시고 가족이 추도예배로 모이지 않은 건 32년 만에 처음 있는 일이다. 모이는 것이 당연한 일상에서 모이지 않는 것이 배려로 바뀌는 데는 그리 오랜 시간이 걸리지 않았다. 반대의 경우도 동전 뒤집기처럼 아주 쉽게 이루어졌음 좋겠다. 어느 날 아침 일어났더니 거짓말처럼 코로나 이전의 일상이 펼쳐지는, 그것은, 꿈.

수변공원에 은근히 사람이 많다. 고향에 가지 못하고, 연휴 계획이 없어도 이렇게 함께 걸을 수 있는 가족과 친구가 있고, 정겨운 길이 있음이 우리들에게 위로가 되리라. 내 옆에서 함께 걸어주는 아들이 지금 내겐 충만한 위로다. 아들은 어제 학교 진로 선생님과 상담한 내용을 이야기하며 진로에 대한 고민을 털어놓는다. 나는 아들의 고민을 들어주면서 무엇이 되어야겠다거나 어느 쪽 일을 하고 싶다고 생각만 한다 해서 저절로 그 길 위에 설 수 있는 건 아니라고 초를 친다. 계획과 현실 사이의 공백을 아들이 알았으면 좋겠는 마음도 있고, 아직은 모른 채 맘껏 꿈을 꿨으면 하는 마음도 있다. 18살 아들을 바라보는 내 마음이 정리되지 않은 탓이다.

한 시간을 아들과 이야기하며 걸었더니 숨이 차다. 오늘 쓰고 있는 천마스크가 얼굴에 너무 밀착되어 있어 숨쉬기가 갑갑하다. 그래도 마음은 좋다. 이렇게 따뜻한 날에 아들과 따뜻한 이야기를 나누며 걸었으니 이 한 시간이 오늘 하루를 지탱시켜줄 것 같다.

　오늘은 설날. 텔레비전에서 해주는 특선영화들이 요즘이 특별한 날들이라는 걸 말해 줄 뿐, 어제와 다를 것 없는 일상의 연속이다. 어제부터 오늘까지 영화 세 편을 보았다. 모두 내가 보고 싶었지만 영화관에서는 놓친 영화들이라 설 선물을 받은 듯 기쁜 마음으로 보았다. 「오케이 마담」은 기대했던 것보다 재미가 덜했고, 「1917」은 기대한 딱 그 정도 감동을 주었지만 「오! 문희」는 기대한 이상으로 재미와 감동이 있었다. 할머니 역할, 그것도 옆집 사는 할머니 같은 정말 할머니 역은 단언컨대 배우 나문희가 최고다. 별 기대 없이 봤던 「수상한 그녀」와 「아이 캔 스피크」에서 이 영화까지, 그는 내게 나이가 들어도 자기가 잘 할 수 있는 일을 하며 늙어가는 것에 대한 모델을 제시해 주었다. 죽을 때까지 할 수 있는 일이 있어야 100세 시대도 의미 있지 않겠는가.

　영화를 너무 집중해서 봤는지 이마 위쪽 머리가 칼로 긋는 것처럼 아프다. 한동안 머리 아팠던 적이 없어 통증이 새삼스럽다. 신선한 공기가 필요할 듯하여 오늘은 산울림공원을 걷는다. 아파트 뒤편에 거짓말처럼 조성된 작은 숲속길이다. 나무들로 둘러싸인 그 길을 숨을 천천히 들이마시고 내쉬며 몇 번이나 왕복해 걷는다. 중간중간 보이는 벤치에 홀로 앉아 계시는 할머니와 할아버지들이 몇 분 보인다. 설날에도 운동은 필요할 것이고, 집에 가시면 기다리는 가족이 있을지도 모른다. 그럼에도 그분들의 모습이 쓸쓸해 보이는 건 지나친 내 감정 이입일까. 가족과 함께 산책을 하는 듯한 노인들도 보였다. 한복 입은 어린 손녀 손을 잡고 마스크 쓴 얼굴에도 확연히 드러나는 웃음으로 걷고 있는 그분들 모습이 평안해 보인다.

　점심으로 가볍게 먹을 걸 사서 집에 들어가려고 보니 거의 모든 가게들이 문을 닫았다. 베트남에 있는 남편도 떡국 찾아 삼만리 끝에 쉬지 않는 한국식당 하나를 발견해 간신히 설날 떡국을 먹었단다. 감사한 일이다.

　따뜻한 날이다. 따뜻한 햇살이 사람들의 옷차림을 가볍게 한다. 이 햇살에 코로나도, 사람들의 얼어붙은 마음도, 미래에 대한 걱정 불안도 가벼워졌으면 하는 바람을 새해 소망으로 가져본다.

어제보다 더 포근해진 것 같은 날이다. 다른 날보다 조금 일찍 집에서 나왔다. 오후에 가야 할 곳이 있어서다. 어제만큼 한적한 길을 걷는다. 동네 가게들은 여전히 쉬는 곳이 많아 이것저것 먹을 것을 사야 하는 나는 쬐금 당황스럽다. 선택할 거리가 많을 때는 몰랐는데 문 닫은 가게를 보니 그동안 참 편안하게 살았구나, 하는 생각이 든다. 부재의 아쉬움.

오늘은 천천히 걷는다. 여유 있게 걸으며 오후에 만날 친구들을 생각한다. 다음 주에 제주 이주를 하는 친구 송별회로 나까지 세 명의 친구가 떠나는 친구 집에서 모이기로 했다. 아마 오늘이 지나면 한동안 친구를 만날 수 없을지 모른다. 우선 코로나가 행동을 움츠리게 할 것이고, 신학기가 시작되면 나나 친구들 모두 생업과 학업으로 바쁠 것이다. 딸린 식구들이 있어 쉽게 운신할 수도 없다. 올해 안에 다시 만날 수 있을지, 내년이나 되어야 할지 가늠할 수 없다. 그런 점이 친구와 이별을 더 쓸쓸하게 한다. 만나고 싶을 때 언제든 만날 수 있는 게 얼마나 큰 축복인지 코로나 시대는 일깨워주었다. 그 시대에 살고 있다는 게 안타깝긴 하지만.

제주 한달살기를 꿈꿨던 적이 있다. 세 아이들과 함께여도 좋고, 나 혼자여도 좋을 제주 한달살기. 살 만한 집을 알아보기도 했고, 가서 하고 싶은 것, 가고 싶은 곳도 섭렵해놓았다. 코로나로 꿈을 접었다. 이제는 코로나가 끝난다 해도 쉽게 갈 수 있을 것 같지 않다. 생각이 다 제각각인 아이들과 의견일치해서 함께 가기도 어렵고, 공부하는 아이들 두고 나 혼자 한 달 방학을 할 만한 배짱도 사라져가기 때문이다. 막내가 스무 살이 되는 6년 후면 모를까. 어휴.

미래, 너무 불투명하다. 코로나 시대이든 코로나 이전이든 포스트 코로나 시대든 언제나 미래는 어디로 튈지 알 수 없다. 우선 집에 돌아가 씻고, 마지막 만찬을 위한 먹을거리들을 사서 친구 집으로 가 친구들과 즐거운 시간을 갖는 것, 그것이 지금 가장 투명한 나의 미래다.

미세먼지 때문인지 창밖이 뿌연 오후, 그래도 산책을 나간다. 눈이 오나 비가 오나 바람이 부나 걷기에서 하나 더, 미세먼지가 나쁘거나도 추가해야겠다. 앞으로 점점 이런 날이 많아지겠지. 미리 겁 먹진 말자. 나에겐 코로나 바이러스도 막아주는 무적 마스크가 있으니까.

오늘은 좀 많이 걷기로 한다. 요 며칠 왠지 모를 조바심에 쫓겨 30분 이상 걷지 못했다. 흐리지만 날은 따뜻해 조금만 걸었는데도 두꺼운 외투 입은 걸 후회한다. 흐린 창밖을 보고 오늘은 좀 날이 쌀쌀한가 보다, 지레 겁먹은 탓이다. 외투를 벗어 허리에 묶고 가벼운 몸으로 동네 한 바퀴를 돌기 시작한다. 집 주위를 도는 가장 먼 코스로 걸어 볼 생각이다.

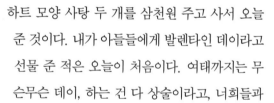

어제와 달리 문 연 가게들이 쉽게 눈에 뜨인다. 편의점과 조그만 슈퍼 앞에 초콜릿 바구니들이 즐비하다. 발렌타인 데이, 초콜릿보다 더 큰 인형과 꽃다발로 장식된 바구니들은 과연 다 주인을 찾아갈까. 아침에 나도 두 아들에게 발렌타인 데이 선물을 주었다. 어제 산책중 빵집에 들러 하트 모양 사탕 두 개를 삼천원 주고 사서 오늘 준 것이다. 내가 아들들에게 발렌타인 데이라고 선물 준 적은 오늘이 처음이다. 여태까지는 무슨무슨 데이, 하는 건 다 상술이라고, 너희들과

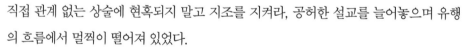

직접 관계 없는 상술에 현혹되지 말고 지조를 지켜라, 공허한 설교를 늘어놓으며 유행의 흐름에서 멀찍이 떨어져 있었다.

그러나 이제는 조금 여유로워졌는지 흐름에 자연스레 올라타는 것도 쓸데없는 일은 아니라는 부드러움이 내 안에 생긴다. 상술이든, 정말 기념할 만한 날이든, 그런 게 중요한 게 아니라 어떤 이유와 방법으로도 사람 간에 마음을 전하고 서로 소통할 수 있는 계기가 된다면 그걸로 족하다는 생각이 든다. 코로나로 친구들을 잘 만나지 못하고, 아직 여자친구도 없는 아들들에게 비록 천오백원짜리지만 예쁜 핑크 하트 모양의 사탕 하나가 기분을 나아지게 한다면 좋은 일 아닌가. 아직 순수한 내 아들들은 엄마가 주는 예

상 못한 사탕 하나에도 좋아라 한다. 딸에게 우리는 한 달 후에 아빠와 오빠들에게 받자, 했더니 그러자고 웃는다. 아마 내가 사지 않았다면 딸이 오빠들에게 선물을 했을지 모른다. 그런 상상만 해도 기분이 좋아진다. 가장 가까운 가족 간에 오고 가는 따뜻한 말 한마디와 마음 한 자락만큼 행복하고 감사한 일은 없다.

한 시간 정도 동네를 에둘러 걷고 있는데 머리에 물 한 방울이 똑 떨어진다. 이어서 몇 방울 더 떨어지는 걸 보니 이건 비다. 흐리긴 하지만 비가 올 정도는 아닌 것 같은 날에 갑자기 하늘의 커튼이 열린 듯 빗방울이 툭툭 떨어진다. 뛰어 볼까, 그러기에는 몸이 무거워 그냥 빠른 걸음으로 집을 향해 복귀하기로 한다. 외투를 다시 걸쳐 입고 모자로 머리를 덮는다. 외투 입은 걸 후회한 아까 마음과 달리 지금은 잘했구나 싶다. 왔다리갔다리, 이랬다저랬다, 하는 내 마음이 우습긴 하지만 그래도 어쩌랴. 이게 오늘을 살아가는 나라는 사람인걸. 집이 저 앞에 보인다.

바람이 거세다. 아침에 일어나서 창밖을 보니 밤새, 아니면 새벽에 비가 왔는지 길바닥이 젖어 있고 하늘이 무거워 보였다. 어두운 하늘 덕에 오늘은 곤히 자서 아침에 일어나기가 쉬웠다. 오랜만에 단잠을 자서 몸이 개운하다.

오전에 큰아들과 볼일이 있어 외출하고 와서 점심을 먹고 두시쯤 산책을 나간다. 거실에 햇볕이 쩅 들어와서 날이 좋을 것 같았다. 아파트 현관을 벗어나자마자 바로 햇볕에 속았다는 걸 알게 됐지만. 거세고 사나운 바람이 사정없이 동네를 휩쓸고 다녔다. 나뭇가지들은 맥없이 흔들리고, 바닥에 뒹굴고 있던 쓰레기들은 때를 만난 듯 어지러이 날아다닌다. 외투에 달린 모자를 서둘러 쓰고 주머니에 손을 넣은 채 걷기 시작한다. 어제 한없이 따뜻했던 날은 어디로 갔는지 하루 만에 세상이 뒤집혀버렸다. 혁명의 시대 같다.

그 와중에 올려다본 하늘은 슬프도록 청아했다. 맑고 파란 바탕에 여린 흰 구름들이 바람 등살에 빠르게 자리를 옮겨 다닌다. 나는 웅크린 몸을 펴고 하늘을 올려다보며 걷기로 한다. 길바닥엔 쓰레기가 난무하지만 저 하늘은 더없이 맑고 깨끗하다. 집에서 나오기 전 통일운동가 백기완 선생이 오늘 돌아가셨다는 기사를 보았다. 이 어지러운 세상을 떠나 저 맑은 하늘에서 편하게 영면에 드시기를 바라는 마음 가득하다. 세상을 밝혔던 큰 별이 하나 또 떨어졌다.

이어폰 속에서 들려오는 노래, 「새」에 내 마음을 담은 채 바람 드센 동네를 조용히 한 바퀴 걷는다. 세상은 돌고 돌아 다시 제자리다.

공기가 차갑다 했더니 정오 무렵부터 눈에 보이지 않을 정도로 연한 눈이 내리고 있다. 하늘을 봐서는 알 수 없었는데 길바닥을 보니 스티로폼 부스러기 같은 눈이 깔려 있다. 나는 창밖을 보며 오늘은 일찍 산책 다녀오길 잘했다고 자신에게 중얼거린다.

10시가 좀 넘어서 산책을 나갔다. 오늘은 대학원 수강신청하는 날이라 9시 전에 일어났다. 두 학기를 보낸 경험상 부지런을 떨어야 원하는 대로 수강신청할 수 있음을 깨달았기에 어젯밤에 알람까지 맞춰놓고 잠이 들었다. 알람이 있어야 원하는 시간에 일어나는 것이 좀 부끄럽긴 하지만 방학으로 한껏 게을러진 몸은 시간 개념을 상실해버려 어쩔 수가 없다. 그러나 알람보다 더 긴장한 몸이 알람이 울리기도 전에 깨어나 9시 정각에 성공적으로 수강신청을 마치고, 느긋하게 녹차를 마시며 신문을 읽고, 화장실 청소까지 하고 났는데도 집안은 조용하다. 늘 나보다 일찍 일어나는 큰아들도 오늘은 늦잠을 자고, 다른 두 아이들은 일어날 기미가 보이지 않는다.

오전과 오후 기온 차이가 별로 나지 않는다는 일기 예보를 보고 조용한 집안을 빠져나왔다. 달리 할 일이 없었다. 청소기를 돌리고 싶었으나 아이들이 깰까 봐 할 수 없고, 책을 읽으면 다시 개잠에 들 것 같았다. 찬바람이 필요했다. 바람이 불지는 않지만 공기가 싸늘했다. 햇볕은 구름 속에 숨어 수줍은 소녀처럼 간간이 얼굴을 내보일 뿐 존재가 드러나지 않는다. 아직 겨울이 끝나지 않았음을 알리는 차가운 공기가 몸을 시리게 했다. 내일은 오늘보다 더 춥다니 따뜻하게 입어야 할 것 같다. 그래도 바람이 없어 조금 걸으니 차갑던 공기가 신선하게 느껴졌다. 이제야 이불 속에서 노곤해진 몸이 다시 바짝 펴지는 느낌이다. 나는 더운 것보다는 추운 게 좋다. 더위를 잘 견디는 편이긴 하지만 추위는 더 잘 견딘다. 아니, 그리 추위를 느끼는 편이 아니다. 그래서 남편과 아이들이 고생이다. 내 기준으로 보일러 온도를 맞추고, 환기한다고 창문을 오래 열어두기 때문이다. 어쩌면 보일러 없는 중국에서 7년 동안 시린 겨울을 보낸 탓에 몸이 추위에 익숙해졌는지도 모른다.

그래, 참 이 정도는 추위도 아니었다. 집안에 있는 것보다 차라리 바깥에 나가 햇볕이라도 쬐는 게 더 나았던 중국의 겨울. 그 시절들을 겪고 나니 나는 강해졌다. 내 인생도 그럴 것이다. 인생을 사계절로 비유할 때 지금 내 나이는 가을 어디쯤이리라. 풍성한 계절에 걸맞는 삶을 살고 있는가 생각하면 고개가 끄덕여지지 않지만 다가오는 겨울을 준비하느냐 하면 그렇다고 대답할 수 있을 것이다. 지금 비축하는 자양분이 인생의 겨울에 요긴하게 먹이가 되고, 살림이 되고, 땔감이 될 것이다. 오늘 이 서늘한 공기 속에 홀로 길을 걷는 것도 그런 겨울 준비가 되겠지. 왜 걷는가, 하고 며칠 전 나는 내게 물었다. 살려고 걷는다. 오늘을 살려고, 내일도 살아가려고 나는 걷는다. 내가 내게 이렇게 대답하는 소리가 마음에서 들린다.

집으로 돌아간다. 아이들은 일어났으려나. 현관문 비밀번호를 살금살금 누른다. 오전 11시, 그럴 만한 시간이 아닌데도 말이다.

수원역 부근을 걷는다. 코로나 확진자 수 621명을 기록한 조심스러운 날에 사람 많은 수원역 주위를 걷고 있다. 오늘 중학교 1학년 교과서를 받아온 딸내미 때문이다. 초등학교 졸업과 중학교 입학을 축하하는 친척들의 축하금으로 딸은 주저없이 자기가 좋아하는 애니메이션 굿즈를 사고 싶어 했다. 2주 전부터 굿즈를 사러 가자고 했는데 이런저런 핑계를 대고 버티다가 오늘 학교에 다녀오는 김에 함께 가자고 며칠 전에 약속을 했다. 딸은 이날을 기다리며 친구들의 희망 굿즈 리스트도 주문받아 놓았다. 가는 김에 사다준다며. 어쩔 수 없이 가야 했다.

그런데 가는날이장날인지, 오늘 날씨가 장난이 아니었다. 바람이 어제보다 훨씬 매섭게 불어 공기가 싸늘했다. 내동 집에 있을 때는 날이 좋았는데 모처럼 외출을 하려 하니 이렇게 추울 줄이야. 날을 잘못 잡았다.

딸이 가고자 하는 굿즈샵은 수원역 부근에 있었다. 작년에 아빠랑 같이 갔다 온 곳이란다. 딸내미가 뭔지, 남편이나 나나 딸이 아니라면 생전 알지도 못할 곳에 둘이 번갈아간다. 애경백화점에 주차를 하고 문 닫은 지하상가를 지나 수원역 건너편 출구로 빠져나가니 목표지점이 보인다. 방학이라 그런지 역 주위에 학생들이 많이 보인다. 굿즈샵 안에도 10대들이 진을 치고 있다. 온통 일본 애니메이션 굿즈들과 일본어 만화 주제가가 쾅쾅 울려대는 그곳에 내 딸같이 일본 애니 덕후가 그토록 많을 줄이야. 나로선 도저히 이해할 수 없는 그들만의 문화지만 나는 신중하게 물건을 고르는 딸아이를 따라다니며 묵묵히 가방을 들어주었다. 이해도 적응도 안 되지만 꼰대가 되기도 싫기 때문이다.

쇼핑을 마치고 밖으로 나와 걸으며 차갑지만 신선한 공기를 쐬니 살 것 같았다. 이제 엄마 노릇에서 나 자신으로 돌아온 것 같았다. 그러나 이내 다시 지하상가로 들어선다. 길거리 아무 데서나 담배를 피고, 가래침을 뱉으며, 날것의 언어를 뱉어내는 사람들이 너무 많이 눈에 뜨여 딸과 함께 계속 걷기가 부끄러워졌기 때문이다. 아직 대낮인데도 이러면 밤에는 어떨까 싶다. 추위가 아니라 부끄러움이 문제다.

하늘은 맑고 높은데 공기는 여전히 차가운 날이다. 오늘은 멀리까지 가기 싫어 아파트 단지 산책로를 따라 걷기로 한다. 그늘진 곳은 피해 햇볕이 비춰 걷기 편한 길을 좇아다닌다.

산책로를 따라 걷다 보면 서너 개의 놀이터를 만나게 된다. 우리집 바로 앞에 있는 놀이터를 시작으로 조금만 걸으면 뺑뺑이가 재밌는 놀이터가 나온다. 정문을 지나 조금 더 걸어가면 모래더미 동굴이 있다고 동굴놀이터라 이름 붙인 곳이 나오고, 단지를 반 바퀴쯤 돌면 중앙광장 놀이터도 보인다. 원래 그런 이름들이 있는 게 아니라 놀이터의 주인인 아이들이 그렇게 별명지어 내려오는 이름들이다. 날이 춥고, 며칠 전 내린 눈이 아직 녹지 않아서인지 오늘따라 놀이터에 있는 아이들을 한 명도 만나지 못했다. 코로나에, 추위에, 놀이터에 사람이 없는 게 당연할 텐데 아무도 없는 놀이터들이 영 썰렁해 보였다. 내 아이들이 어린 시절, 더운 줄도 추운 줄도 모르고 놀이터들을 옮겨 다니며 놀았던 기억들이 그네와 미끄럼틀과 시소들에 아로새겨져 있는데 이제는 차가운 공기만 남아 있다.

오늘은 우수, 눈이 녹아 비나 물이 된다는 절기이니 이제 곧 봄이 올 것이다. 봄이 오고 새 학기가 되면 놀이터에는 다시 코로나도 막지 못하는 아이들이 놀러 나올 것이다. 등교 시간이 되면 먼저 나온 친구가 아직 나오지 않은 친구를 기다리며 핸드폰을 손에서 놓지 못한 채 놀이터 안을 서성거릴 것이다. 저녁 어스름이 깔리면 학교와 학원에서도 다 못한 이야기들을 나누려 바닥에 둥글게 앉은 중고등학생들도 보일 것이다. 유치원 아이들을 따라 나온 엄마들이 벤치에 앉아 이야기꽃을 피울 것이며, 혹여 그네를 타다가 떨어져 우는 아이들의 울음소리도 간간이 들릴 것이다.

그럴 것이다. 그렇게 봄이 오고, 일상이 회복되고, 아무 의미가 없는 것 같았던 하루하루들이 돌아올 것이다. 오늘 나는 텅 빈 놀이터들을 따라 걸으며 이런 생각, 이런 꿈들을 꾸었다. 창문을 열어 놓으면 너무 시끄러워 어서 빨리 아이들이 놀이터에서 집으로 돌아갔으면 바랐던 2020년 이전으로 돌아가는 꿈. 쓸쓸하지만 따뜻한 꿈.

오후 6시에 산책을 나간다. 오전 9시 30분부터 6시까지 줌으로 인문상담 집단프로그램 교육을 들었다. 직접 얼굴과 온 존재를 마주할 때 얻는 공감과 역동이 좋긴 하지만 온라인으로 모일 때도 그에 버금가는 교육적 효과와 울림이 있다는 것을 작년 한 해 코로나 시대의 교훈으로 알게 되었기에 크게 불편하지는 않다. 무엇이든지, 어디서든지 배움은 이어진다.

점심시간과 쉬는 시간을 빼면 거의 8시간 근무를 한 것 같이 뻐근한 몸을 펴고 바깥공기를 쐬고 싶어 줌 회의실을 나오자마자 집을 빠져나왔다. 적당히 차가운 공기가 몸과 마음에 신선함을 준다. 따뜻한 집에서 바로 나와서 차갑게 느낀거지 실제로는 걷기 좋은 정도의 날씨다. 책상 앞에서 ㄱ자로 접혀 있던 몸이 펴지면서 머릿속도 정리가 되는 느낌이다.

며칠 전 나는 왜 걷는가, 라는 나 자신의 질문에 살기 위해서 걷는다고 스스로 대답했다. 오늘 교육을 듣고 거기에 한 가지 더 걷는 이유를 추가해야 할 것 같다. 나는 사유하기 위해서 걷는다. 소크라테스는 "사유란 나 자신과 나누는 조용한 대화"라고 정의 내렸는데 이 말이 내가 걷는 이유에도 적용되는 것 같기 때문이다. 사람들은 흔히 생각하지 않기 위해, 머릿속 생각을 떨어버리기 위해 걷는다고 말한다. 나도 그럴 때가 있다. 그러나 여기서 생각하지 않기 위한 생각은 검토되고 성찰되지 않은 자동적 생각, 나를 살리는 생각이 아니라 자신을 자꾸 코너로 모는 생각, 나와 너와 우리를 생각하지 않고 자신만 위하는 생각이다. 걸으면서 나는 나 자신과 조용한 대화를 하며 그렇지 않은 생각들을 하려 한다. "검토하지 않은 삶은 인간에게 살 가치가 없다."는 소크라테스의 경구를 늘 마음속에 쟁여놓고 한시라도 생각의 무능에 빠지지 않으려 한다. 철학자 한나 아렌트의 "생각의 무능은 말하기 무능을 낳고, 말하기의 무능은 행동 무능을 낳는다."는 말 또한 마음판에 새겨넣으려 한다.

공부하고 걷고 사유하고 쓰는 것, 이것들이 서로 조화와 협력을 이루며 사는 삶이 평생 지속되었으면 좋겠다, 정말이지.

어제와 오늘 1박2일로 줌에서 열린 교육 프로그램이 오후 5시에 끝났다. 교육이 끝나고 나니 몸 전체에 피로가 몰려온다. 다음 주면 개학해서 하루 6, 7교시 수업을 들어야 하는 아이들은 얼마나 힘이 들까. 아이들의 힘듦과 고충을 이해하고 마음을 어루만져줘야지. 미리 마음먹어본다. 피로를 떨쳐보고자 마스크를 쓰고 산책을 나간다. 온라인 세계와 오프라인 세상의 중간 단계로 동네한바퀴 돌고 오는 것이 좋을 것 같다.

밖에 나오니 좋다. 집안에만 있는 건 견딜 만한데 책상 앞에 오래 있는 건 너무 힘들다. 공부할 타입이 못 되나 보다. 누가 시켜서 하는 거 아니고 내가 원해서 선택한 공부니 공부할 타입이 아니라는 말은 어폐가 있네. 다만 한 자리에 오래 앉아 머리와 몸을 집중하는 체력이 딸린다고 하자. 그게 더 맞는 말인 것 같다. 어제부터 오늘까지 머리를 너무 많이 썼다.

오늘은 사랑에 대해 생각하고 논의했다. 다양한 형태의 사랑들. 모성애, 자기애, 친구 간 사랑, 이성애, 지혜와 앎에 대한 사랑 등. 사랑이란 건 마음으로 느끼고, 마음을 쓰고, 마음이 가는 대로 움직이는, 마음의 일이라 여겨왔던 나로선 오늘 시간이 몹시 힘들었다. 어제보다 오늘이 한 시간 일찍 끝났는데도 더 피로한 건 아마 사랑이라는 주제가 내게 어려워서인 것 같다. 나는 왜 이리 사랑이라는 말이 생경하게 느껴질까. 마치 나에게 전혀 없는 걸 억지로 끄집어내는 느낌이었다. 오래전 지나가버린 바람을 다시 잡으려 애쓰는 느낌. 이미 화석처럼 굳어버린 걸 애써 녹이려 하는 느낌. 나 자신을 사랑하고, 남편과 아이들을 사랑하고, 가족을 사랑하고, 친구를 사랑하고, 내 일을 사랑하고, 나라를 사랑하고, 하나님을 사랑하는데 왜 이런 이물감을 느낄까.

아마 지금 내가 애쓰고 있는 사랑이 어려워서인 것 같다. 내가 집중하고 있는 대상, 사춘기 내 아이들. 그들에 대한 내 사랑이 행여 넘칠까, 혹시나 부족할까, 이 방향이 맞는 건가, 저 방향이 맞지 않을까 하는 부모노릇에 대한 정체감 부족이 사랑에 대한 다양한 사유와 이야기들을 부담스럽게 느끼는 게 아닐까. 조금씩 가라앉는 공기를 실컷 쐬고 집으로 돌아간다.

온화한 날이다. 미세한 바람이 불어와 산책에 나선 내 몸을 맞아준다. 이건 정말 봄바람이다. 바람 안에 봄이 품어져 있다. 봄의 싹이, 냄새가, 기운이 잉태되어 있다. 누가 이건 봄이 오고 있는 거야, 라고 가르쳐주고 학습하지 않아도 저절로 알게 되는 계절에 대한 감각과 느낌이 몸 안에서 차오른다.

사람들 옷차림에서 겨울이 물러가고 있음이 드러나는 수변공원을 걷는다. 환경과 상황에 맞게 자신을 변화시킬 수 있는 것, 이 또한 인간이라는 동물의 중요한 생존전략이다. 그것은 나를 둘러싼 환경에 촉각을 세우고, 민감히 반응할 때 가능하다. 유연하고 부드러운 몸의 능력과 마음의 결단도 필요하다. 고집스러우면 안 된다. 자기를 이롭게 하지 않고 화석화시켜버리는 무모한 고집. 변화해야 할 때 변하고, 멈춰야 할 때 멈출 수 있는 유연함. 그것이 나에게 평온한 삶을 허락해줄 것이다. 저보다 두꺼운 얼음도 다 녹았는데 아직 녹지 않고 버티고 있는 얼음판처럼 살지 않고 흘러오는 물결과 온화한 바람의 기운에 내 몸을 맡기고 순응하며 살고 싶다. 버팅기는 삶, 고집부리며 사는 삶, 이젠 너무 지친다.

휴일 오후 공원 표정이 평화롭다. 부부가 함께 앞서거니 뒤서거니 자전거를 타는 모습도 보이고, 엄마 아빠와 두 아이들 4인 가족이 모두 자전거 라이딩을 즐기는 장면도 보인다. 베트남에 4개월 동안 출장 갔던 내 남편은 드디어 지난 19일 새벽에 인천공항으로 돌아왔다. 공항 근처 안심숙소에서 자가격리를 하고 있으며 보건소에서 실시한 코로나검사에 음성판정을 받았단다. 하나님 감사합니다, 이다. 3월 5일 12시에 해제된다고 벌써 D- 시간을 재고 있는 남편이 집에 돌아오면 나도 저들처럼 부부가, 가족이 함께 라이딩을 할 수 있을까. 그런 날이 올 수 있을까.

마스크로도 감출 수 없는 평화로운 사람들의 얼굴과 일상을 엿보며 수변공원 한 바퀴를 돌고 집으로 돌아간다. 날씨가 딱 오늘정도만 되면 걷거나 자전거 타기에 늘 좋은 날일 것 같다. 그러나 내일은 오늘보다 더 좋아지리라 기대한다. 날씨도, 내 삶도.

오전 기온은 어제보다 올라가지만 오후가 되면 추워진다는 일기 예보가 있어 오전에 산책을 나가려 하다가 주저앉고 말았다. 10시부터 5시까지 내가 사는 동의 엘리베이터 안전점검이 있어 운행이 정지된다는 안내방송이 나와서다. 게다가 그 시간 동안 온수도 나오지 않는단다. 온수탱크인가 뭔가에 고장이 나서 고쳐야 한다는 거다. 엘리베이터 가 운행되지 않으면 내려가기는 계단으로 하겠으나 10층까지 올라올 자신은 없고, 냉수 로 손은 닦겠지만 샤워할 자신도 없기에 모두 정상화된 후에 나가기로 했다.

차가운 물로 손을 닦으면서 최악 한파가 덮쳐 얼어붙은 사막의 땅 미국 텍사스 생각 을 했다. 물이 부족해 불이 나도 끌 엄두를 못 내고, 정전으로 일상이 마비되며 생명까 지 잃는 비극이 속출하고 있는 텍사스 주민들 보도를 봤을 때 이제 저런 일은 전 세계 어디에서도 일어날 수 있는 실현 가능한 일이겠다는 암담한 상상을 했다. 이전에는 꿈 이나 영화에서나 가능할 것 같았던 불행과 사건들이 실제 현실화되는 세상을 살고 있는 것이다. 그래서 난 재난영화를 잘 보지 못한다. 영화적 상상이 그저 허구에 그치지 않을 것 같은 예측 불가능한 시대에 살고 있기 때문이다.

다행히 4시 좀 넘어 온수 공급이 재개됐고, 엘리베이터도 운행되었다. 딸아이와 함께 집을 나선다. 중학교 입학이 일주일 앞으로 다가왔기에 딸과 할 일이 많다. 노랗게 물들 어 있던 머리를 검은색으로 바꿔야 하며, 입학 전 맞아야 하는 필수 예방주사도 마무리 해야 한다. 확실히 바람이 차갑고 추워졌다. 당분간 또다시 추위가 찾아온다니 봄기운 이 만연하네, 했던 내 설레발이 민망해진다. 이 추위가 지나가면 진짜 봄이 오겠지. 온 화함이 차가움을 물리쳐 주겠지. 옆에서 걷는 딸의 온기가 추위를 조금은 누그러뜨리는 것처럼. 산책을 마치고 단골 미장원으로 들어간다. 딸이 염색을 하는 동안 나는 커피를 마시며 창밖을 내다본다. 거센 바람이 나뭇가지 사이를 옮겨 다니고 서서히 어둠이 내 려앉는다. 나는 집인 듯 나른해지며 다리에 긴장이 풀려간다. 여기서 집은 바로 코앞인 데 산책한 거리보다 더 멀게 느껴진다. 한번 주저앉았다 다시 몸을 일으키기가 천근만 근이다.

제주로 이주한 친구는 동네를 걸으며 동백꽃 사진을 찍었다. 제주는 어제 기온이 영상 19도까지 올라갔다고 하고, 동백꽃이 내 딸만큼이나 어여쁘게 피었다. 그런데 이곳 수원은 어제부터 다시 추워졌고 오늘은 더 춥다.

집안에 있으면 맑고 푸른 하늘에 자꾸 속는다. 맑은 얼굴로 날씨가 좋으니 밖으로 나가보라고 유혹하지만 집을 나서는 순간 아차, 싶다. 바람은 어제보다 덜 부는 것 같은데 공기 자체가 차갑다. 사람들 옷차림도 다시 두꺼운 패딩으로 돌아갔다. 이런 날, 둘째 아들은 학교에 교과서를 받으러 갔다가 친구들과 농구를 하고 온다며 봄 바람막이를 입고 나갔다. 사고 싶었던 새옷을 친구들 앞에서 입어보고 싶은 마음은 이해하지만 날을 잘못 잡았다. 감기만 걸리지 않았으면 좋겠다.

안경에 자꾸 김이 서려 아예 벗어 손에 들고 빠른 걸음으로 걷는다. 이렇게 조금만 걸으면 몸에서 더운 기운이 올라올 것이다. 주머니 속에 있는 손과 안경을 들고 있는 손을 번갈아 바꿔 넣으며 손도 따뜻하게 유지한다. 아들이 있을 법한 농구장 쪽으로 가볼까 하다가 돌아선다. 안 보는 게 낫지 직접 눈으로 보면 얇은 옷을 입은 아들에게 한마디 할 것 같아서이다. 아들도 엄마가 와서 보는 걸 원하지 않을 터이다.

30분 정도 동네 여기저기를 걷다가 나는 모르는 사람을 만나 생전처음 하는 일을 했다. 당근마켓에 올린 딸아이 등산화를 사겠다는 사람이 있어 직접 만나 판매와 구매를 교환한 것이다. 약간의 떨림과 두근거림이 있었지만 온라인에서 오프라인까지 무사히 연결된 것이 신기하고 재미있다. 그냥 버리기 아까운 것들, 나는 필요 없지만 다른 누군가에게는 필요할 것 같은 물건들이 소소한 재화가 되는 세상. 이전에 경험해보지 못한 새로움.

집으로 돌아가는 길은 나올 때보다 덜 춥고 기분도 가벼워졌다. 오늘 하루도 이렇게 시간이 가고 있다.

주머니를 뒤져보니 사천원이 있다. 천 원이 모자란다. 횡단보도 앞에 서 있는 트럭 아저씨가 딸기 한 박스 오천원이라고 녹음기를 틀어 호객을 하고 있다. 지나가던 사람들이 순식간에 트럭 앞에 줄을 선다. 나도 딸기 좋아하는 딸이 생각나 무조건반사로 줄을 섰다. 그런 후 뒤져 보니 딸기를 사기에 천 원이 모자란다는 걸 발견한다. 사천원에 깍아달라 할까, 집에 가서 천 원을 가지고 다시 나올까, 아주 짧은 순간 고민하다 슬그머니 줄에서 빠져나온다. 둘 다 귀찮아서이다. 오늘 온 트럭이면 다음엔 또 안 올까, 그때를 대비해 돈을 더 갖고 다녀야지 마음을 돌려 먹었다. 평상시에는 늘 가지고 있는데 막상 뭔가를 사려고 하면 백 원이 모자라 천 원짜리를 낸다든가, 천 원이 모자라 만 원짜리를 내는 경우가 왕왕 있다. 머피의 법칙.

어제보다 한결 푹해진 날에 마음도 가볍게 동네를 걸었다. 큰아들 학교친구 엄마들 두 명과 만나 셋이서 오랜만에 수다를 떨었더니 몇 그램이라도 빠져나간 듯 몸이 가볍다. 1년여 만에 처음으로 마주한 자리였다. 그만큼 할 말이 많았고 웃을 수 있는 여유도 생겼다. 아무리 언택트 세상이지만 이렇게 존재로 대면하는 시간이 얼마나 삶을 활기차게 하는지 새삼 느낀다. 잡담과 수다, 밑도 끝도 없는 이야기의 향연이 생활에 주는 기름칠을 다음 세대들도 느껴야 할 텐데 사람 간 온기보다 점점 자기 자신과 온라인 세상과 SNS 속으로만 빠져드는 경향인 것 같아 엄마 입장에서 너무 안타깝다. 우리집 청소년 세 명부터 시작해서 말이다.

벌써 수요일, 한 주가 후딱후딱 지나가고 있다. 큰아들은 내일모레 금요일에 개학을 하고 다른 아이들과 나는 다음 주 화요일부터 학교를 간다. 지금으로서는 그럴 예정이다. 또 상황이 어떻게 바뀔지는 아무도 모른다. 그래도 어찌됐든 시작하는 게 중요하다.

매일 30분 이상 날마다 걷고 글을 쓰자는 나의 결심이 두 달째 이행되고 있다. 이렇게 오래 한 가지 일을 꾸준히 한 경험이 언제 또 있었던가 싶게 나 자신이 다시 보인다. 나흘 후, 지난달처럼 내게 선물을 하련다. 오늘부터 그걸 고민해볼 것이다. 고민 중에 가장 행복한 고민이다.

한 마디만 더 물어도 금세 울음이 터질 듯 사연 많아 보이는 여인 같은 날씨다. 흐리고 쓸쓸하고 어둑어둑한 날. 기온과 관계없이 이런 날, 나는 마음이 춥다. 몸이 좋아하는 날씨지만 마음은 쭉 가라앉는다. 뭔가 연결고리가 있는 것도 같고 없는 것도 같은데 아무튼 오늘 난 날씨와 긴밀히 연결되어 있다.

그래도 산책은 나간다. 기온은 빠르게 상승하고 있고, 미세먼지도 나쁘지 않다. 딸아이 방 정리를 하며 이제 더 이상 작아서 못 입는 옷과 초딩 냄새가 나는 옷을 과감히 들고 나왔다. 조금씩 얼룩이 묻어 있어 중고로 팔 수도, 누굴 줄 수도 없는 옷들이다. 1년 동안 한 번도 안 입은 걸 그래도 언젠간 입을 날이 오겠지, 하며 갖고 있으면 안 된다. 정리하고 버리는 게 답이다.

나는 내게 필요 없다고 생각되는 건 그게 무엇이든 잘 버리는 편이다. 그런 반면 어릴 적부터 써왔던 일기장이나 친구들과 주고받은 편지, 하다못해 수업 시간에 선생님 몰래 받은 친구의 쪽지 등등은 아직 버리지 못하고 상자에 고이 모셔 보관하고 있다. 나와 관련된 것들, 내게 추억이 되는 것들, 회상하면 좋은 기억이 떠오르는 것들은 쉬이 버려지지 않는다. 어쩌면 이것도 미련이 않을까 싶다. 아침에 눈 떠 밤에 잠들 때까지 하루가 어떻게 지나가는지 모르게 흘러가는 일상에 추억이 비집고 들어갈 틈이 별로 없음을 아는데도 붙잡고 있는 건 어리석은 미련일 터이다.

의류수거함에 옷들을 집어넣고 동네를 걷는다. 버릴 것은 버리고, 지킬 건 갖고 있는 게 정리정돈의 기본이 아닐까. 집안 살림이든 관계든 사람 마음이든 말이든 정리정돈이 깔끔하게 되었으면 좋겠다. 오늘 날씨처럼 흐리멍텅한 건 난 싫다.

역사적인 날이다. 우리나라가 코로나19 백신을 맞기 시작하는 첫날. 누가 1호 접종자이냐가 중요한 게 아니라 모든 국민이 예전 같은 일상으로 돌아갈 수 있는 무빙워크가 움직이기 시작했다는 데 의의가 있다. 집단 면역이 형성된 나라들이 늘어날수록 세계는 다시 바쁘게 교류할 것이다. 아프리카의 가난한 나라들은 어떡하지, 에 생각이 미치면 지금 내가 누리는 기대감이 미안해지긴 하지만.

큰아들이 개학을 했다. 전교생이 얼마 안 되는 대안학교이긴 하지만 학년별로 시차를 두어 등교해서 아들은 10시쯤에 집에서 나갔다. 겨우내 입었던 두꺼운 패딩이 아닌, 얇은 봄 패딩을 입고 가방을 멘 채 학교에 가는 아들의 뒷모습이 얼마나 고마운지 아들보다 내가 더 설레었다. 학생이 학교 가는 당연한 일상의 회복, 오늘 우리집도 역사적인 첫발을 떼었다.

만나는 사람마다 "오늘 날씨 좋죠?" 인사를 건네고 싶을 만큼 따사로운 날에 나는 우리 동네가 아닌 남의 동네를 걸었다. 천천동에 볼일이 있어 갔다가 날이 좋아 차를 세워두고 주위를 돌아다녔다. 내 동네는 아니지만 익숙한 곳인데 찬찬히 걸으며 보니 여기도 많은 변화가 있다. 카페가 쌀집으로 바뀌었고, 있었던 옷가게는 폐업을 했는지 유리창에 커튼이 내려져 있다. 고등학교 두 곳이 있어 교복이나 체육복 입은 학생들이 슬리퍼 바람으로 돌아다니던 골목에 학생들 모습은 당연히 보이지 않고, 오가는 사람들도 별로 없으니 좀 쓸쓸한 기분이 들었다. 이곳도 다음 주가 되면 다시 활기찬 거리로 변모할 거라는 기대를 애써서 해보며 인적 드문 동네를 시간 여행자처럼 걸었다.

따사로운 햇살이 쓸쓸한 기분을 말려준다. 오늘은 다른 무엇보다 이 햇볕을 즐기고 싶다. 어제의 흐린 날 뒤에 오늘 맛보는 이 햇살에 그저 감사하고, 어제와 다른 오늘을 만나는 삶의 다이내믹함에 희망이 생긴다. "내일은 또 내일의 태양이 뜰" 거라던 스칼렛 오하라의 대사는 언제나 진리다.

봄바람이 돌풍처럼 부는 날이다. 바람이 차갑진 않은데 좀 세차서 바람이 일으킨 먼지 알갱이들이 눈과 피부에 들어가 걷기에 좋은 날은 아니다. 이런 날, 나는 딸과 함께 수원역과 남문 주변 헌책방 투어를 했다. 팔아야 할 책과 사야 할 책이 있어서다. 팔아야 할 책은 아주, 너무도 싸게 팔았고, 내가 사야 할 책은 살 수 없었지만 딸은 원하는 만화책 세 권을 득템했다. 좋아하는 만화책과 딸기라테를 얻은 딸은 집으로 돌아오는 버스 안에서 단잠을 잤지만 나는 마음이 씁쓸했다.

깨끗한 대형 중고서점 한 곳과 오래된 헌책방 세 군데를 갔다. 대형 서점은 나와 딸이 자주 이용하는 곳이고, 다른 헌책방은 예전에 내가 이용했던 곳들이다. 그때나 지금이나 책방에 책이 그득그득 쌓여있는데 책방을 이용하는 사람들은 가뭄에 콩 나듯 있다. 하긴 나조차도 헌책방 가본 지가 언제인가 싶다. 이삼십대에는 신촌 공씨책방에서 산삼이나 다이아몬드를 발견하는 것처럼 들뜬 마음으로 보고 싶던 귀한 책들을 사서 보곤 했다. 집에 책이 너무 많이 쌓여있다 싶으면 남문에 있는 헌책방들에 들고 가 팔기도 했다. 사고 팔고, 보고 내주고를 반복하며 좋은 책들을 순환시켰다.

출판사 일을 하면서 오히려 책을 안 사보게 됐다. 매일 읽어야 하는 원고와 기증으로 들어오는 책들에 파묻혀 내 즐거움과 행복의 원천이었던 책 읽기가 더 이상 기쁨이 되지 못했다. 책에 담겨 있는 내용보다 그 책을 만든 이들의 고단함과 수고로움이 더 피부에 와닿았다. 책을 만들며 책과 멀어짐, 역설이지만 사실 그랬다. 요즘엔 전공 서적이나 꼭 사서 봐야 하는, 일에 관련된 책이 아니면 웬만한 책들은 도서관에서 빌려본다. 서점이 점점 사라지고, 전국의 헌책방 골목들에 사람들 발길이 줄어드는 현상에 나 역시 일조하고 있는 것이다. 책을 좋아하고, 만들고, 쓰는 사람으로서 미안함이 든다. 책에 대해서, 서점들에 대해서.

3월 개학을 앞둔 주말이어서인지 거리에 사람들이 많았다. 동네에서 호젓하게 걷다가 이렇게 사람 많은 거리를 걸으려니 어지럽고 조심스럽고 마음이 기쁘지가 않다. 서글프다. 서둘러 버스를 타고 집으로 돌아간다.

오랜만에 화장실을 빡빡 문질러 닦았다. 봄맞이 겸 이번 주 금요일에 드디어 컴백홈하는 남편맞이 대청소다. 욕실용 세제를 뿌린 후 두 시간 뒤에 전동 솔로 닦아내고 물로 충분히 헹궈 주었다. 락스 냄새 때문에 마스크를 쓰고 흡사 예초기 소음 같은 전동 욕실 청소 솔의 굉음을 참아낸 결과 화장실은 깨끗해졌고, 내 기분은 상쾌하다.

샤워를 하고 2월의 마지막 날, 산책을 나간다. 두 달 동안 하루도 빠짐없이 걸었다. 방학이었고, 남편이 집에 없고, 코로나로 외부 활동이 위축되어 할 일과 만날 사람이 없던 것이 날마다 걷기에 큰 도움이 되었다. 이제 내일이면 3월, 화요일부터 학교에 간다. 학업과 강의가 시작되면 걸을 수 있는 시간 내기가 힘들어질지도 모른다. 그래도 작심삼일에 그치지 않고 작심육십일을 행했으니 몸에 붙은 걷기 습관이 쉽게 사그라들지는 않을 것이다. 몸이 기억하는 한 움직일 수 있을 것이다.

2월 한 달을 다 걸으면 나에게 무엇을 선물할까 고민했다. 페디큐어를 받기로 했다. 묵묵히 잘 걸어준 내 발에 대한 고마움으로 보습과 영양과 어루만져줌을 선사하고 싶어졌다. 30분을 걷고 집으로 돌아오는 길에 먼저 눈에 뜨이는 네일아트샵에 들어가려 했다. 저 앞에 보이는 샵, 문이 닫혔다. 또 다른 샵 역시 휴일이다. 동네 몇 군데 샵들을 다 찾아갔으나 일요일인 오늘, 휴일인가 보다. 문이 다 닫혔다. 그렇구나, 우리 동네 네일아트샵은 일요일에 다 같이 쉬는구나. 동네를 산책하며 아무 생각 없이 보았을 때는 늘 영업중인 것 같았는데 휴일이 일요일인 건 처음 알았다. 내일 다시 다녀 보기로 하고 집으로 향한다.

어제 찍은 딸의 반명함 사진을 찾으러 사진관에 들렀더니 아직 다 작업이 끝나지 않았다고 퇴근길에 집으로 갖다 주겠단다. 여기도 허탕이다. 믹스커피 한 잔을 얻어 마시고 이제 정말 집으로 돌아간다. 아무것도 원하는 대로 된 건 없는 산책길이었지만 아쉽지는 않다. 2월을 길 위에서 잘 보냈고, 건강하게 새 달을 맞이할 수 있으니 그걸로 충분하다.

비 오는 날, 우산을 받쳐들고 3월 첫날 산책을 나간다. 비가 오고 날이 어두워서인지 아침이 오지 않는 듯했으나 눈을 뜨니 8시가 넘어 있었다. 오늘부터는 일찍 일어나는 연습을 하려고 침대에서 밍기적거리고 싶은 마음을 뒤로 하고 일어나 하루를 시작한다. 아직 아이들은 아침인 듯 새벽인 듯 자고 있고, 나는 혼자 마음이 바쁘다. 내일 개강하면 입고 갈 옷도 미리 골라놓고, 가방도 싸서 현관 앞에 갖다놓았다. 성격 급하고 할 일을 미리미리 해야 하는 나이지만 아침부터 내일을 준비하는 게 과하다 싶긴 하다. 그래도 시간 있을 때 미리 해놓아야 마음이 편하고 시간을 유용하게 쓸 수 있다. 세 아이들 키우며 얻은 내 삶의 지혜다.

아이들이 다 일어나 아침을 먹고, 친구들과 볼링치러 가기로 했다는 둘째 아들이 샤워하며 노래부르는 소리를 뒤로 한 채 집을 나선다. 비가 집안에서 보던 것보다 많이 내린다. 과감히 우산을 펴서 거리로 나간다. 우산이 몸은 가려주는데 운동화는 속수무책, 그대로 젖어간다. 길거리에 제법 빗물이 고여 있다. 물이 고여 있는 곳을 피해 천천히 동네를 걸으니 우산을 받쳐든 손이 시렵다. 3월 시작을 알리는 봄비가 내리는 건 좋은데 개학 때가 되니 비가 오고 기온이 내려가는 게 신경 쓰인다. 내일 오전에 비는 오지 않는다 하니 그나마 다행이다.

신영음 방송을 들으며 걷고 있다. 잼의 「난 멈추지 않는다」 멜로디가 이어폰을 통해 들려온다. 얼마 전 재미있게 봤던 영화 「삼진그룹 영어토익반」에 삽입된 곡이다. 빗속을 걷는 분위기와 경쾌한 노래가 잘 맞지 않는 것 같지만 마침 영화 속 1995년 배경처럼 오버핏 코트를 입고 걷는 나와 영화 이미지가 겹친다. 노래와 내 엉뚱한 생각에 우산 속에서 혼자 빙그레 웃는다.

홀로 영화 주인공인 양 착각 속에 걸으며 3월을 시작한다.

밤 사이 무슨 일이 있었던 걸까. 진정한 새해 시작인 오늘, 개학날. 딸아이는 중학교에 첫 등교를 하고, 나는 한국상담대학원대학교 3학기 첫 수업을 들으러 8시에 집에서 나갔다. 연휴끝이라 마치 월요일 아침처럼 길이 어마무시하게 막혔다. 첫날 첫 수업부터 지각할까봐 긴장하는 와중에도 창밖으로 보이는 세상이 어제와 너무 달랐다. 눈 산과 눈꽃나무가 눈앞에 장대하게 펼쳐져 있는 것이다. 어제 강원도에 폭설이 내렸다 하고 서울도 눈 또는 비가 내릴 거라는 일기 예보가 있었지만 3월에 이런 눈 경치를 보게 될 줄이야. 차는 꽉 막힌 도로에서 움직이지 않고, 마음 홀로 학교로 달려가는데 속절없이 경치는 너무 멋스럽다. 딸과 나의 새로운 시작을 축하하는 하얀 주단이 온 세상에 펼쳐져 있는 것 같다.

간신히 3분 정도 지각을 한 첫 수업이 예정보다 일찍 끝나 여유있게 점심을 먹고 오전, 오후 수업을 같이 듣는 다른 선생님과 함께 학교 주변을 한가로이 걸었다. 개강하면 점심시간을 이용해 걸어야겠다고 생각한 내 결심이 첫날부터 이루어졌다. 차로 왔다갔다 하고 수업이 끝나면 바로 집에 가서 학교 주변을 걸을 기회가 별로 없었다. 큰길에서 한 블록 안에 들어가 골목길을 걸었다. 종이만 파는 도매점이 제일 먼저 눈에 뜨인다. 직업병이다. 종이 도매점, 인쇄소, 제본소, 이런 곳은 간판이 허름해도 눈에 확 들어온다. 이제는 나와 상관없는 출판업계에 종사했던 기억이 아직도 몸속에 각인되어 있는 것이다.

1교시와 2교시 사이 공강 시간이 길어 오늘은 충분히 걸을 시간을 확보할 수 있었다. 내일도 학교 주변을 걸을 여유가 있었으면 좋겠다. 아니, 이제 다음 주부터 수업이 본격적으로 시작되면 일부러라도 여유를 내어 걸어야 한다. 시간이 있으니까 걷는 게 아니라 시간을 내어 걸어야 하는 학기중이 된 것이다. 새해 첫날 같은 파이팅을 다시 한번 내게 주문해본다. 아자아자, 파이팅!

점심을 먹고 소화시킬 겸 학교 주변을 걷고 있다. 오늘은 어제 걸었던 골목과 다른 쪽 골목길이다. 아파트와 빌라들 사이사이에 골목길이 숨어 있어 길을 따라 하릴없이 걷는다. 큰길에서는 안 보이던 조그맣고 예쁜 카페들이 많이 있고, 어린이 놀이터도 보인다. 놀이터에 어린이는 보이지 않고, 마스크 내리고 담배 피는 아저씨들 몇몇이 눈에 띈다. 이런이런.

골목길을 따라 걷다가 사람들이 양방향으로 줄지어 걷고 있는 길을 발견한다. 그네들을 따라 길로 들어서니 거기, 거짓말처럼 산책로가 있다. 한쪽은 방음벽 설치한 넓은 고가도로로 차들이 연신 지나다니고, 다른 한쪽은 아파트 단지인데 그 사이에 나무들이 줄지어 서 있는 산책로가 형성되어 있는 것이다. 이런 도심에, 전혀 산책로가 있을 법하지 않은 곳에 키 큰 나무들이 병풍처럼 둘러싼 길이 있다니. 새로운 발견에 혼자 감탄사를 연발하며 나도 산책 대열에 합류한다. 가로등에 붙어 있는 이정표를 보니 "서초 길마중길"이라 쓰여 있다. 이름도 이쁘다. 길마중, 예전 노래 중에 이런 제목의 노래가 있지 않았나? 동시나 동요 제목이면 좋을 듯한 이 길을 앞으로 많이 애용해야겠다. 새로운 산책로를 득템해서 기분이 좋다.

길은 언제나 어디로든 뚫려 있고 연결되어 있다. 그러니 길을 잘못 들어 낭패를 봤다고 낙담할 필요는 없다. 언젠가는 헤매던 그 길을 다시 가야 할 때가 올 것이고, 그때는 한번 다녀갔던 경험이 생생한 공부가 될 것이다. 모르는 길을 알아가는 즐거움, 길이 없을 것 같은 막다름에서 바늘구멍 같은 길이라도 새로 열리는 신비, 그 길 위에 발붙이고 사는 사람들에 대한 호기심. 산책을 하고 길을 걸으며 새로 알게 된 삶의 재미다.

30분 정도 나무들 사이를 걸으니 여기가 도심이라는 게 믿기지 않는다. 오후 수업을 위해 학교 쪽으로 방향을 틀어 큰길가로 들어서니 다시 도시의 소음이 들려온다. 외딴 숲속에 홀로 살다 속세로 나온 사람처럼 잠시 어리둥절하다. 커피 한잔을 마시고 학교 현관으로 들어서니 다시 현실, 학생이라는 옷을 갈아입고 강의실로 들어선다.

오전 11시, 더함파크 주변을 걷고 있다. 이곳에 볼일이 있어 왔다가 차를 주차시켜놓고 걷기로 한다. 예전 농촌진흥청 자리였던 이곳은 더함파크라는 이름으로 고쳐 지어져 지금은 수원시 지속가능발전협의회와 수원시 장애인가족지원센터, 수원 지속가능 도시재단, 수원시정연구원, 시설관리공단 등 5개 기관이 들어서 있다. 건물들과 주차장에 그득 차 있는 차들 사이사이를 잠시 걷다가 아예 큰길가로 나선다. 더함파크 앞쪽에 국립농업박물관 공사가 진행되고 있어 먼지와 소음 때문에 걷기가 수월치는 않다. 그래도 오늘은 지금밖에 시간이 나지 않을 것 같아 30분만 꾹 참고 걸어 보기로 한다.

오늘은 나와 아이들 모두 집에 있는 날이다. 나는 수업이 없고, 아이들은 모두 온라인 수업이라 각자 컴퓨터와 노트북을 끼고 제 공간에들 있다. 모처럼 엄마가 집에 있으니 아이들 점심도 차려줘야 하고, 며칠 제대로 못한 집청소와 이불빨래들도 해야 한다. 무엇보다 내일 집에 오는 남편맞이 준비를 해야 한다. 집에 가는 길에 마트에 들러 남편이 좋아할 만한 음식 재료들을 사려고 하는데 뭘 사야 할지 모르겠다. 나도, 남편 자신도 무슨 음식을 좋아했었는지 기억을 하지 못한다. 아이들이 '우리 아빠가 좋아하는 음식은?'으로 검색창에 써 보란다. 정말 그래야 할까. 4개월 공백이 생각보다 넓은가 보다.

그래, 이제 내일이면 우리집은 다시 예전 같은 일상을 되찾을 것이다. 서로 사랑하고, 투닥거리고, 화해하고, 함께 이야기하고, 소파 양쪽에 한 명씩 앉아 묵묵히 텔레비전을 보고, 함께 상에 둘러앉아 밥을 먹고, 가끔 술 한잔도 같이 할 것이다. 남편이 집에 없으니 좋은 점도 있지만 사춘기 아이들을 함께 키워야 할 동지가 없으니 나 혼자 감당해야 하는 정신노동이 힘들기도 했다. 뭐 남편이 있을 때라고 별다르지는 않았던 것 같지만 그래도 아빠가 집에 있고없고의 차이가 크다는 걸 이번 긴 출장길에 알게 되었다.

재미있게 봤던 우리 영화 「미쓰 와이프」 속 송승헌은 완벽한 남편감이었다. 잘생기고, 몸매도 좋고, 서울대도 나오고, 정의롭고, 마누라가 아침을 안 차려줘도 그만, 입에 안 맞는 스테이크를 구워줘도 그만, 수다스러워도 그만, 날카롭게 소리질러도 그만, 애들한테는 친구 같고, 마누라한테도 친구 같은 남편. 영화를 보고 내 남편을 보았다. 잘생기지 않았고, 몸매는 비쩍 마르기만 했고, 서울대가 어디 붙어 있는지도 모르고, 정의롭

긴 하지만 멋있어 보이진 않고, 마누라가 아침을 안 차려주면 큰일나는 줄 알고, 입에 안 맞는 스테이크 구워주면 아예 포크도 안 들고, 수다스러우면 너도 장모님하고 똑같다 하고, 날카롭게 소리지르면 왜 짜증이냐며 성질내고, 애들한테 아빠는 권위가 있어야 된다고 생각하고, 마누라한테 지고 싶어하지 않는다. 허구와 실제의 차이가 너무 크다.

완벽함과 거리가 먼 남편이지만 그래도 그는 현실과 일상 속 내 옆에서 나와 동행하는 친구이며, 자녀교육 동지이고, 함께 늙어갈 동반자이다. 뭐니뭐니해도 머니가 최고고, 이러니저러니해도 내 남편이 내게는 최고의 사람인 것이다. 이런 마음이 내일 이후에도 계속 유지됐으면 좋겠다. 걷다 보니 추어탕집이 보인다. 좋아하는 남편을 위해 추어탕을 포장해서 가야겠다. 아싸! 음식 하나는 해결됐다.

D+64 3월 5일 금요일

　모처럼 집이 조용하다. 아들 둘은 학교에 갔고, 딸과 나만 집에 있는데 온라인수업하는 딸은 아침부터 제 방에 있어 집에 거의 나 혼자 있는 듯하다. 이 얼마만의 평화인가. 비록 아침부터 이불빨래들을 해대느라 분주하긴 했지만 볕 잘 드는 거실에 홀로 앉아 차를 마시며 신문을 읽는 일상의 행복을 다시 얻었다. 우리집이 이렇게 조용하고 아늑한 공간이었나 싶다.

　비 오고 눈 내리던 날에도 부득불 산책을 나갔던 내 몸이 혼자 있는 집안을 벗어나기를 원하지 않는다. 오전에 이미 많은 집안일을 했으니 좀 쉬자고, 오후에 남편도 귀환하니 집에서 진득히 기다리라고 꼬셔댄다. 소파에 파묻혀 고대로 앉아 있으려는 몸을 의식적인 내가 일으켜세워 산책을 나간다. 지금 나가지 않으면 정말 오늘은 여유가 나지 않을 거야, 하루 빼먹으면 내일은 더 걷기 힘들어져, 빨랑 나가자, 한쪽의 내가 다른쪽의 나를 설득한다.

　거실 창문으로 한껏 들어온 햇볕은 진짜였다. 봄 햇살이 따뜻하고 정겹게 거리에 내리쬐고 있어 가벼운 옷차림이 무색하지 않다. 걷기 좋은 날, 그냥 주저앉아 있었다면 느끼지 못했을 봄기운을 느끼며 오랜만에 내 동네를 걷는다. 우리 아이들이 다녔던 초등학교를 지나, 지금 다니고 있는 중학교 앞을 거쳐 간다. 수업중인지 밖에서 본 학교 안이 조용하다. 이 학교에 다니는 모든 아이들이 코로나를 이겨내고, 학교폭력 없는 건전한 학교생활을 하며, 사춘기 시절을 지혜롭게 잘 통과하기를 기도한다. 그 안에는 물론 저 중학교 건물 어딘가에서 수업을 듣고 있을 둘째 아들도 포함된다.

　날이 참 좋다. 조금 있으면 금방 개나리와 진달래와 철쭉과 벚꽃들이 활짝 피어 온 동네가 꽃천지가 될 것이다. 그때가 되면 얼마나 아름다울까. 10월의 어느 멋진 날만 있는 게 아니라 3월에도, 5월에도 언제나 멋진 날이다. 이 하루하루 속에 내가 살아 있음이 감사하다.

수변공원을 걷는다. 하릴없이 걷는 게 아니라 목적지가 분명히 있는 행보다. 내 생애 두 번째 중고마켓 거래를 위해 딸아이가 내놓은 만화책들을 들고 간다. 게다가 오늘은 혼자가 아니다. 4개월여 만에 남편과 함께 걷고 있다. 참, 오래 참고 기다리니 이런 날이 온다. 햇볕 없이 흐리고 바람이 온화하지는 않은 날이다. 그러나 뭐 어떠랴. 함께 걸어 갈 동지가 있는데.

어제 12시에 자가격리에서 해제된 남편은 택시를 타고 2시가 못 되어 집에 들어왔다. 무거운 캐리어에, 격리중에 받은 일용할 양식을 거의 다 챙겨온 가방에, 골프클럽까지 그 많은 짐을 혼자 이고 들고 건강한 모습으로 현관문을 들어오는 남편이 오랜만에 고맙게 느껴졌다. 건강하게, 이 말이 요즘은 가장 좋은 선물이며 풍요한 자산임을 새삼 느낀다.

온라인 수업중이던 딸과 감동의 부녀상봉을 하고 금방 지은 밥으로 점심을 함께 먹었다. 베트남에서 거의 식사다운 식사를 하지 못했고, 격리중에 홀로 먹는 밥이 살로 가지 않았을 테니 남편은 이전보다 더 말라 보였다. 밥과 추어탕, 반찬 몇 가지뿐인 점심이지만 남편은 지금은 무얼 먹어도 맛있다며 깨끗이 그릇을 비웠다. 음식물 쓰레기를 남기면 본인이 괴롭다는 걸 슬기로운 격리생활중에 알게 되어 군대 신참처럼 반찬도 싹싹 먹는다. 좋은 버릇 하나가 생긴 것 같은데 언제까지 지속될지는 모르겠다.

왕복 40분 정도 함께 걸었다. 혼자 걸을 때는 눈에 보이던 여러 풍경들이 잘 보이지 않는다. 남편과 얘기하며 걸어서이다. 어제 집에 온 이후 함께 마트에 가고, 도서관 두 군데 가며 이야기를 나눴는데도 여전히 할 얘기가 많다. 4개월 동안 묵힌 얘기들이니 오죽할 것인가. 전화와 카톡으로 연락을 주고받았지만 마주보며 얘기하는 것과 비교할 수는 없나 보다.

저녁에는 친정에 귀국인사하러 가야 한다. 나의 노모가 목빠져라 기다리고 계실 것이고, 언니들이 음식준비한다고 바쁠 것이다. 남편은 처가식구들에게 인사를 하고, 맛있게 식사를 할 것이다. 삶이 다시 제자리로 돌아와 웃고 있는 것 같다. 우리의 평범한 일상이.

큰아들과 남편이 칠보산행을 한다기에 따라나왔다. 등산을 좋아하는 두 남자가 오랜만에 함께하는 산행이다. 아들이 어릴 때는 남편이 아들을 데리고 다녔지만 이제 남편의 체력은 아들을 따라가지 못한다. 아마 아들이 아빠의 보조에 맞춰 천천히 걸어야 하겠지만 그만큼 서로 함께 있는 시간이 길어질 것이니 그 또한 좋을 것이다. 걸으면서 아들의 폭풍수다를 견디려면 남편도 적응이 필요할지 모른다.

조금씩 기온이 올라가는 3월 첫 휴일, 가족들이 함께 시간을 즐기는 모습이 많이 보인다. 아이 뒤에서 자전거를 밀어주며, 짚라인을 타고 기세등등하게 날아오는 아이를 장한 표정으로 맞이하며, 인라인 스케이트를 타다 넘어진 아이를 일으켜주지 않고 혼자 일어나도록 지켜봐주는 부모들 모습이 살아 있는 모든 것들을 아름답게 비춰준다. 5인 이상 모일 수 없는 야박한 시대에도 함께 하면 좋은 단 하나의 기준이 있다면, 그것은 가족.

높은 아파트 단지 사이에 야트막히 가라앉아 있지만 외관이 너무 이쁜 전원주택 단지 앞을 지나간다. 우리 동네에 유일하게 있는 주택단지인데 개성이 제각각인 집들이 내 발길을 붙잡는다. 색상이 다양하고, 디자인도 멋진 저 집들 안에는 어떤 가족들이 일상을 가꾸어나갈까. 전원주택에 사는 일이 겉으로 보는 것만큼 아름답고 느긋한 생활이 아님을 경험으로 알고 있지만 우리집도 저 안에 있었으면 좋겠다는 바람은 가져본다. 철마다 바뀌서 피는 꽃들에 둘러싸인 작은 마당이 있는 전원주택. 그 안에서 꽃만큼 이쁜 내 아이들과 함께 일궈가는 전원적 삶. 경제적 현실이 아득하지만 꿈꾸는 건 내 자유니 맘껏 누려보리라.

돌아오면서 언뜻 본 벚나무에 꽃망울이 맺혀 있음을 본다. 많은 나무들 중에 유독 한 나무만 꽃을 피우고 있다. 성급함인가, 부지런함인가, 무모함인가, 계절을 알리는 정령인가. 바삐 걷던 걸음을 멈추고 그 벚꽃나무를 한동안 바라보았다. 올 봄 들어 내가 본 첫 꽃망울이다. 고맙다.

두 아들이 온라인 수업하느라 웹캠을 켜고 있어 집에 있기가 조심스럽다. 큰아들은 제 방에서 노트북으로 하기에 상관없는데 이번 학기부터 실시간학습으로 바뀐 중3 둘째가 거실 컴퓨터에 웹캠을 설치해 얼굴에 마스크를 쓰고 수업을 듣고 있다. 온라인이라도 여드름 난 제 얼굴을 다른 이들에게 무방비로 오픈하기 싫은가 보다. 캠이 비추는 동선 밖에서 움직이자니 아예 오늘 산책을 오전중에 해야겠다는 생각이 들었다. 환기하면서 창밖을 보니 햇볕이 좋은 것 같다. 빨래를 널자마자 10시쯤 집을 나선다.

사실 오늘 산책은 마음이 좀 무거운 채로 나섰다. 산책 끝에 피부과를 들러야 해서다. 1월말부터 마스크가 덮은 입 주변이 빨개지고, 뭐가 도돌도돌 나는 것 같은 피부 트러블이 있어왔는데 어차피 마스크를 쓰는 한 계속 될 현상이니 코로나 끝나면 좋아지겠지, 안일하게 생각했던 것이 잘못이었다. 입 주변이 원숭이 얼굴처럼 다른 얼굴 부분과 선명히 차이가 나기 시작하더니 빨갛게 착색이 되었다. 사정이 이러해도 우매한 나는 이러다 나아지겠지, 자가진단만 했다. 어제 남편과 아이들의 성화가 없었다면 오늘도 나는 아마 피부과를 찾지 않았을 것이다. 병원에 가는 걸 즐겨하지 않는 내 게으름 때문이다.

피부과에는 사람이 많았다. 다들 마스크를 쓰고 있어 무슨 이유로 병원에 왔는지 모르겠지만 코로나 시대에 성황인 곳은 따로 있는 것 같다. 마스크로 얼굴이 가려지기에 작년부터 지금까지 성형외과가 문전성시를 이룬다는 이야기를 듣기도 했다. 아무튼 30분 이상을 기다려 만난 의사는 마스크 벗은 내 얼굴을 보더니 이렇게 심해질 때까지 왜 치료를 안했냐고 한다. 마스크 때문에 생긴 접촉성 피부염인데 내 피부가 약해 마스크를 이기지 못해서 생긴 거란다. 하루종일 마스크를 써도 아무렇지 않은 사람들이 있는가 하면 나처럼 마스크에 트러블을 일으키는 피부도 있다며 요즘 이런 증상의 환자들이 많이 온단다. 나는 그 중에도 심한 편이지만 약을 먹고 연고를 바르고 치료를 하면 좋아진단다. 반대로 치료하지 않으면 더 심해질 수 있다는 거겠지. 치료 받으면 좋아진다는 말이 그래도 위안이 된다. 얼굴에 적외선 소독과 드레싱을 하고 연고를 펴바르며 의사는 오래전부터 이렇게 되었을 텐데 빨리 오시지, 하며 내일도 다시 오란다.

주사도 한 대 맞고 잔뜩 펴바른 연고가 번들거리는 얼굴에 다시 마스크를 쓰고 약을 받아 집으로 간다. 병원에 가기 전 산책을 했으니 망정이지 지금 이런 모습으로는 걷기가 좀 부끄러울 것 같다. 나는 왜 이리 미련할까, 급 우울해진다. 둘째 아들 여드름 때문에 피부과에 갈 때 나도 진료받았으면 좋았을 것을 내 문제로 병원에 가는 건 쉽게 실행하지 못한다. 게으름과 안일함, 주기적으로 병원 검사를 해야 했던 이전 경험 때문에 병원을 기피하는 이유도 있을 것이다. 아니, 가장 큰 이유는 이러다 좋아지겠지 하는 셀프 진단과 착각이다. 잔뜩 기가 죽어 집에 가니 수업중이던 둘째가 병원에서 뭐라고 하냐며 묻는다. 의사의 말을 그대로 전했더니 그러게, 안 갔으면 어쩔 뻔했어, 내 보호자처럼 말한다. 그러게 말이다. 이젠 아이들에게 내 말 좀 들으라고 하는 것 외에 나도 아이들 말을 들어야겠다. 세상이 다 내 맘 같지는 않으니 나를 비추는 거울을 여러 개 설정해 놓아도 좋을 듯하다.

저녁 6시, 이제야 짬이 난다. 대학원 오전과 오후 수업을 마치고 집에 와서 바로 어제 갔던 피부과에 또 갔다. 여전히 사람이 많았고, 30여 분을 기다려야만 했다. 집에 가서 아이들 저녁을 챙겨줘야 하고, 어제 다 못한 과제도 마저 해야 해서 마음이 급하지만 어찌하겠는가. 기다리는 수밖에. 하루종일 보지 못한 카톡을 확인하고, 포털 사이트 기사를 읽으며 시간을 보내다 어제와 똑같은 진료를 받고 밖으로 나오니 어느새 어스름 저녁이 오고 있었다. 집으로 얼른 돌아갈까, 하다가 지금이 아니면 걸을 시간이 없다는 생각에 일부러 집과 반대로 방향을 틀어 걷기로 했다. 30분 더 늦게 간다고 그리 큰 일이 생기지는 않을 테니 느긋하게 마음 먹기로 했다.

늦은 오후이기도 하고 이른 저녁 시간이기도 한 이 시간에 걸어본 적이 올해는 아직 없다. 여름철이 오면 햇볕을 피해 이 시간을 선호하겠지만 아직은 햇빛이 더 좋은 계절이다. 낮에는 일지 않던 바람이 조금씩 불어온다. 아직 낮과 밤의 기온 차이가 심한가 보다. 하루종일 강의실에 묶여 있던 몸이라 조금 센 바람이 정신을 번쩍 들게 하고 몸에 신선한 에너지를 주는 듯하다. 나쁘지 않은 상쾌함이다.

교복 입은 아이들이 핸드폰을 보며 서둘러 길을 가고, 노란 학원차들에서 한 무리의 학생들이 내리고 또 탄다. 저녁 먹을 시간인데 저 아이들은 저녁을 먹기는 한 걸까. 편의점 앞에서 저녁 바람을 맞으며 컵라면을 먹고 있는 아이들이 보인다. 아고 참, 안에 들어가서 먹기나 하지. 추울 텐데.

그네들을 보니 급격히 집에 있는 내 아이들이 보고 싶어진다. 아침 8시에 보고 온종일 못 본 아이들이다. 학교는 잘 다녀왔는지, 온라인수업하면서 게임은 하지 않았는지, 점심 차려먹고 설거지는 해놨는지 급 궁금해진다. 그래도 타이머 30분은 놓치지 않고 채워 알람이 울리자마자 집으로 향한다. 배도 고프고, 아이들도 고프다.

낮 12시 30분, 거리엔 점심시간을 활용하는 직장인들로 붐빈다. 오전 수업 마치고 밥집을 찾고 있는 나도 슬쩍 그들 속에 섞인다. 삼삼오오 떼지어 식당으로, 카페로 향하는 직장인들은 젊고 활기차 보인다. 오전 내내 사무실에서 일하다 풀려난 해방감일까, 주고받는 이야기들이 왁자지껄하다. 내가 다니는 대학원 근처에 관공서와 크고작은 회사들이 밀집해 있어 이 황금 같은 점심시간의 여유를 나도 그들과 함께 누려본다.

나도 저럴 때가 있었다. 삼십대 초반, 마포대교 근처에서 인터넷 쇼핑몰 회사에 근무할 때 점심시간이면 팀원들과 사다리를 타 메뉴를 고르고, 수다 떨며 점심을 먹으러 가고, 돌아오는 길이면 점심시간이 왜이리 짧냐, 아쉬워하던 때. 결혼 전 마지막 회사였던 출판사 편집장을 할 때는 그럴 여유조차 없었다. 눈코뜰새없이 바쁜 작은 출판사 일정에 사무실이 인사동 거리에 있으면서도 점심시간 인사동 맛집들을 다닐 시간이 너그럽게 주어지지 않았다. 사무실에서 배달밥을 먹거나 잠깐 나가 급하게 먹고 또 원고더미 속에 파묻혀야만 했던 시절이었다. 지금 생각해보면 그때 나는 무슨 재미로, 어떤 정신으로 살았는가 싶다. 좋은 책을 만들어야 한다는 일념이었을까? 백번 생각해도 그건 아니다. 그때 나는 다만 살아야 했다. 생존과 잊어야 할 사람을 잊기 위한 투쟁, 그것이 나를 살게 했었다. 돌이켜보면 참 고단한 삼십대 중반이었다.

지금 서초 효령로, 조금씩 산수유꽃이 움터오는 거리를 걸으며 나는 내 지난날들을 생각한다. 치열하게 살았고, 열심히 살았고, 노력하며 살았다. 그래서 탈진했고, 쓰러졌고, 허무함도 컸다. 이 모든 과정들이 모여 지금의 나를 만들었다. 그래서 인생에 어느 한 점 시간이라도 쓸모없는 때는 없다. 나는 내 지나온 시간들을 사랑하고, 앞으로 다가올 시간들에도 미리 감사한다. 테이크아웃 커피잔을 들고 멋스러운 직장인룩을 뽐내며 하늘하늘 걷고 있는 무리 속에서 나는 인생필름을 되감고 있는 기분을 느낀다.

미세먼지와 초미세먼지가 심한 날이다. 흐리지만 날씨는 따뜻한데 육안으로 보기에도 먼지가 가득찬 것 같은 거리를 걷고 있다. 마스크 코 부분을 꽉 눌러 조금이라도 먼지와 코로나 바이러스균이 들어가지 못하도록 신경을 쓴다. 걷기는 해야겠고, 미세먼지가 신경이 쓰이기도 하니 조금 예민해진다.

오전에 볼일을 보고 도서관에 왔다. 집 근처 자주 다니는 도서관이 아니라 다른 곳이다. 빌려야 할 책은 많은데 우리 동네 도서관엔 없고, 상호대차로 빌리자니 시간이 걸려 아예 직접 온 것이다. 이 도서관 주변엔 걸을 만한 작은 숲길도 있다. 오늘은 이 길을 걸으려 한다.

도서관 바로 앞에 새로이 건물을 짓는 공사가 한창이라 먼지가 더하다. 그래도 길거리에서 한 발 들어간 숲길은 고요하고 나무들이 많아 숨이 좀 쉬어지는 느낌이다. 책이 잔뜩 든 가방을 차에 놓아두고 조용한 숲길 속을 반복해서 걷는다. 우리 동네에 도서관이 세워지지 않았을 때 어린 아이들을 데리고 이곳에 와서 책을 보고 숲속을 뛰어다니며 놀곤 했다. 나선형 구조로 휘어진 숲길이라 한참 뛰기 좋아할 나이의 아이들은 쉼없이 오르락내리락거렸고, 겨울에 눈이라도 쌓일라치면 세 아이들이 서로 밀어주며 미끄럼을 타기도 했다. 내가 사는 동네에 신설 도서관이 생기며 아이들은 이곳에 다시 오지 않았다. 하긴 도서관이 생기지 않았다 해도 찾지 않았을 터이다. 엄마 따라 도서관 다니며 놀던 동심이 사라진 지 오래이므로.

잠시 숲길을 걸으며 숨을 돌이키니 아침부터 바쁘게 휘몰아쳤던 일상이 언제 있었냐싶게 현실감이 느껴지지 않는다. 오전과 오후의 딱 중간쯤 되는 이 시간, 오직 나 자신을 위해 걷고 도서관에서 책을 빌리고 있는 이 여유로움이 새삼 감사하다. 이제 삼십분이 되었으니 그만 집으로 돌아가 온라인수업 마치고 점심 먹어야 할 둘째의 식사를 챙겨주어야 한다. 내가 집에 있는 날만이라도 엄마 노릇을 해야지. 하루종일 컴퓨터 앞에 앉아 수업을 듣고, 중간중간 게임도 빠짐없이 하는 아들도 쉬운 일은 아닐 터이다.

미세먼지냐 기온이냐 이것이 문제였는데 과감히 미세먼지를 택해 산책을 나간다. 어제부터 미세먼지와 초미세먼지가 아주나쁨 단계였는데 오늘 아침 또한 여전하다. 비 소식이 있긴 하지만 흐리기만 할 뿐 아직 비는 오지 않고 아침인데도 상쾌한 날이 아니다. 오전보다 오후에 기온이 내려간다 하여 어차피 미세먼지와 동행하여야 한다면 조금이라도 따뜻한 오전에 걷기로 한다.

산을 끼고 있는 동네라 내가 사는 곳은 그리 미세먼지가 심하다고 느껴지지는 않는다. 대기가 좀 뿌옇긴 하지만 다른 곳에 비하면 숨 쉬기가 편한 동네다. 오랜만에 수변 공원길로 들어선다. 공원엔 이미 부지런한 어르신들이 목하 운동중이시다. 아직 등교 전인 어린이집 아이 손을 잡고 바쁜 길을 가는 엄마들 모습도 보인다. 나는 한가로이 길을 걸으며 냇물 소리를 듣는다. 겨우내 얼었던 얼음이 다 녹아 냇물이 되어 흐르고 있다. 미세한 먼지로 가득차 있는 대기 상태와 달리 물 속은 맑아 보이고 경쾌하게 흐른다. 동무 따라 학교 가는 초등학교 1학년 같은 발랄함이다.

물 따라 나는 순리대로 걷고 있다. 요며칠, 아니 3월 개강 이후 걷는 시간이 부족했는지 오늘 아침 잰 몸무게가 내 눈을 의심케 했다. 70일을 넘게 걸었는데도 살이 빠지지 않은 건 도대체 왜인지. 빠지기는커녕 오히려 더 늘어난 몸무게가 웬 말이란 말인가. 30분 이상은 날마다 걷고, 뭘 그리 많이 먹는 것도 아닌데 봄을 몸으로 먹는지 이해불가한 몸무게에 오늘은 조금 더 파워 워킹으로 걷기로 한다. 적당히 오르막길도 찾아 걷고, 최대한 팔을 운동각으로 휘두르며, 심박수를 높이며 걷는다. 그러나 이내 지쳐 팔은 아래로 떨어지고, 걸음은 느려지는 나를 본다. 나는 어슬렁거리며 동네를 산책하는 자이지 파워 워킹으로 다이어트를 하려는 건 아닌데. 원래 걸음이 좀 빨라 빨리 걷기는 하지만 무리한 걸음은 하지 않으려 하는데 오늘은 내 페이스에서 좀 벗어난 듯하다. 다시 내 몸에 맞는 순리로 돌아오는데 그리 긴 시간이 걸리지 않았다. 그러니 몸과 마음이 편해진다. 집에 있는 몸무게 저울을 없애면 더 편해질까. 마음을 비워야겠다.

　　13일의 금요일을 비껴간 13일의 토요일이다. 온 가족이 느긋하게 주말아침을 보낸다. 늦은 아침과 여유있는 커피 타임이 평화 그 자체이다. 어제부터 붙잡고 있던 과제 하나를 마치고 1시경 집을 나선다. 원래 계획은 남편과 큰아들의 산행에 동행하는 것이었으나 남편 사정상 오늘 그 둘은 집에 있어야만 해서 여느 때처럼 나 혼자 주말 산책을 나간다. 이도 좋고, 저것도 좋다. 혼자 있는 시간은 남편이 집에 없을 때나 있을 때나 언제나 내게 필요급하다.

　　어제에 비해 공기 질이 한결 좋게 느껴진다. 여리기는 하지만 가끔 파아란 하늘에 흰 구름이 선명하게 보이고, 온화한 공기 속에서 불어오는 바람도 신선하다. 나는 칠보산과 아파트 단지 사이 매실길을 크게 심호흡을 하며 걷는다. 칠보산 쪽에서 건너오는 풀과 나무 냄새가 느껴지는 듯하고, 거름을 뿌려가며 밭을 일구고 있는 도시농부들 모습에서 진한 흙내음도 풍겨온다. 찢어진 비닐하우스를 손보고 있는 가족들을 보니 작년까지 원주에서 저렇게 농사를 지었던 큰언니와 형부가 떠오른다. 10여 년 동안 형부가 길러준 채소와 김치와 된장 고추장을 먹으며 살았다. 해마다 봄이 되면 밭에 씨 뿌리는 걸 도우러 가고, 가을이면 고구마를 캐러 가고, 겨울에 김장하러 갔던 그 시간들이 이제는 아득한 옛일 같다. 눈앞에 그림이 그려지기만 해도 정겨운 영화 「리틀 포레스트」 같은 시절이었다.

　　꽃집 앞에 잔뜩 놓아져 있는 꽃화분들을 보니 문득 꽃이 사고 싶어졌다. 이 봄에 프리지아 한 다발 집에 들여놓는 것도 좋을 듯하여 가게 안으로 들어가려다가 지금 당장 집에 갈 게 아닌데 들고 다니면 귀찮지 않을까, 멈칫한다. 잠시 동안 내 경로를 생각하며 살까 말까 고민하다 발길을 돌린다. 필시 지금 꽃다발을 사서 들고 다니면 신경이 쓰여 집으로 바로 갈 것 같아서이다. 지금은 걷는 게 목적이니 원래 계획대로 홀가분하게 그냥 걷기로 했다. 다음에 언제라도 꽃을 들고 다녀도 좋을 때에는 꼭 노란 꽃을 사리라 마음 먹는다. 내게 꽃은 노란색과 동격이다. 다른 색보다 노란 꽃을 보고 있으면 기분이 아늑해진다. 다음 산책에 그 기분을 느껴보리라.

편의점마다 넘치는 사탕 바구니 중 한 개를 남편이 사들고 들어왔다. 어제저녁, 담배 피러 나갔다가 눈에 띈 모양인지 지난달에 자신이 얻어먹은 걸 생각하고 안 사면 큰일 나겠다 싶어 사왔단다. 받은 사람은 자기가 받았다고 기억하는데 정작 주었다는 나는 기억이 없다. 지난달 발렌타인 데이 때 남편은 한국에 있지도 않았는데 어떻게 받았단 말이지? 나는 분명 두 아들에게만 사탕 한 개씩을 주었을 뿐인데 남편은 자기가 받은 걸로 기억하고 있다. 작년 일을 착각하는 건지 아들들에게 준 걸 자기가 받았다고 생각하는 건지 알 수가 없다. 어쨌든 선물을 받았으니 더 좋은 걸로 갚아주어야 한다는 남편의 투철한 사명의식으로 나와 딸은 사탕 바구니를 받고 즐거워했다. 그러면 되었다.

오늘은 초미세먼지가 심한 야외 대신 백화점 순례를 하며 걷고 있다. 초미세먼지 속이라도 야외에서 걷는 것이 건강에 좋은지 사람들 간에 피어나는 먼지 마시며 실내에서 걷는 게 나은지 잘 모르겠지만 남편 따라 쇼핑 온 김에 백화점 안에서라도 부지런히 걸어다니려 한다. 이렇게 걷는 것도 걷기라고 말할 수 있다면 나는 오늘 충분히 걷는 셈이다.

자연과 사람들만 보며 걷다가 이쁜 옷들과 멋드러진 구두, 악세서리들을 구경하며 걸으니 기분이 새롭다. 작년 한 해 동안 백화점이나 쇼핑몰에 몇 번이나 갔을까. 아마 코로나 이전과 비교하면 1/5 정도 수준일 것이다. 원체 사람 붐비고 선택할 물건이 많은 곳에서 이것저것 비교하며 쇼핑하는 건 피곤해하고 재주도 없어 잘 가지 않았지만 그래도 1년에 몇 번 아이들 옷과 운동화 등을 사러 갔다. 작년에는 그 몇 번조차 꾹 참고 되도록 사람 많은 곳은 피하며 살려고 애썼다. 비록 마스크 속 조심스런 일상이지만 올 봄에는 이렇게라도 평온하게 이어지는 생활이 새삼 감사하다.

그리 많이 걸은 것 같지 않은데 핸드폰 속 걸음 수는 어느새 만 보에 가깝다. 동네에서 이 정도 걸으려면 두 시간쯤 걸리는데 벌써 시간이 그렇게 되었나. 실내 걷기라고 무시할 건 아닌가 보다. 소기의 성과를 거두고 집으로 돌아간다.

현관문을 소리 안 나게 손으로 붙잡아 닫으며 집을 나선다. 세 아이들이 제각각 자기 공간에서 실시간 온라인수업을 듣고 있어 일찌감치 산책을 나가기로 했다. 실시간으로 바뀐 이후 아이들은 학교에 가는 때와 별반 다르지 않은 시간에 일어나 아침을 먹고 외모를 정리한 후 컴퓨터 앞에 앉는다. 온라인 세상에서조차 언제나 자신을 바라보고 관찰하는 군중이 있다고 믿는 바야흐로 사춘기 시절의 아이들인 것이다. 덕분에 학교를 가든 안 가든 생활리듬이 규칙적으로 잡혀가는 듯하여 흐뭇한 엄마 마음이다.

아침인데도 날씨가 온화하다. 아직 초미세먼지는 호전되지 않았지만 어제보다는 나은 것 같다. 마스크 접촉으로 인한 피부염 치료를 위해 피부과를 가야 해서 먼저 병원에 들러 접수를 한다. 9시가 조금 넘은 시각인데도 벌써 사람들로 꽉 차 있다. 나는 이름을 적어놓고 밖으로 나와 산책길에 오른다. 일주일 중 가장 여유로운 오늘, 충분히 걷기로 한다.

수변공원으로 들어서 걸으며 오늘 새벽인가 아침인가에 꾼 꿈에 대해 생각한다. 아침이 되어도 사라지지 않고 계속 머릿속에 남아 있는 꿈.

길가에 주차해놨던 나의 아우디 자동차(아우디라니 꿈이라지만 참 나답지 않은 선택이다)가 어느 순간 순식간에 사라졌다. 남자친구를 집에 데려다주려고 자동차 리모콘키를 아무리 눌러대도 내 차는 반응이 없다. 당황한 나는 주차돼있을 법한 곳을 사방팔방 찾아다니지만 끝내 자동차는 감쪽같이 사라져버렸다. 정말이지 귀신이 곡할 노릇이다. 그 큰 차가 하늘로 솟았는가 땅으로 꺼졌는가. 자포자기하여 울음도 나오지 않게 된 때 갑자기 폐차 수준으로 전락한 내 차가 길가에 나타났다. 신형 새 차였던 내 차는 더 이상 아무 기능도 할 수 없을 만큼 망가져 있었다. 아까보다 더 놀란 내가 차로 다가가니 갑자기 일단의 무리들이 나타나 내가 자기 차 앞에서 무리하게 주차를 하여 자기를 놀라게 했기 때문에 내 차에 보복을 한 거라고 당당하게 말한다. 고로, 네 차의 그 꼬라지는 네 자업자득이라는 것이다.

자동차에 대한 꿈을 그리 많이 꾸지는 않았다. 차를 타고 어딘가로 정신없이 달려가다가 혼잡한 도로에 차를 그냥 두고 뛰어가는 꿈을 몇 번 꾸긴 했지만 이런 류의 꿈은 처음이다. 왜 이런 꿈을 꾸었을까. 아우디 자동차라... 어제 남편과 외출했다 오면서 벤츠와 제네시스에 대한 얘기를 했었다. 벤츠를 살 수 있다면 나는 타이거 우즈를 살린 제네시스 GV80을 사고 싶다고 했더니 남편이 그 차 가격이 벤츠보다 더 비싸다고 말했다. 나는 꼭 제네시스 GV80를 사고 싶다기보다 벤츠니 아우디니 하는 브랜드값이 아니라 내가 좋아하는 자동차 스타일이 하필 제네시스 GV80일 뿐이라고 대꾸했다. 그것뿐이었던 것 같다. 자동차 꿈을 꿀 만한 낮 동안의 기억은.

아마 저녁식사를 하며 남편과 나눈 대화가 꿈의 재료가 되었을 거라는 생각이 들었다. 가장으로서 책임을 다하려는 남편이 지금 우리집 상태와 앞으로의 계획과 희망에 대해 성실하게 이야기할 때 나는 그의 말을 들으며 그런 생각을 했다. 사람이 계획한다고 다 그렇게 살 수 있나. 내일 아침에 무슨 일이 생길지 모르는 게 사람인데, 하는 생각. 희망으로 앞날을 이야기하는 남편에게 내 생각을 말하지는 않았지만 남편 또한 내가 자기 이야기를 귀담아 듣지 않고 있다는 걸 알았을 것이다. 그 자신도 말은 그렇게 하지만 앞날에 변수가 많다는 걸 알고 있을 것이다. 지금까지의 삶이 증명하듯이.

그런 생각이 배경이 되어 오늘 이 꿈을 꾼 것 같다. 아우디 자동차를 사서 남자친구를 (남편도 아니고 남자친구를) 집에 데려다준다고 거들먹거렸을 나는 멋짐을 부리다가 내가 가장 아끼는 대상을 잃어버린다. 인생에는 내가 알 수 없는 온갖 일들이 언제든 일어날 수 있다는 것, 아무도 나를 보지 않는 것 같아도 내 말과 행동을 완전히 숨기기는 어려운 세상이라는 것, 그런 이야기들을 들려주고 싶었던 것이리라, 내 꿈은 나에게. 아, 어제 둘째 아들과 이런 이야기를 나눴던 것 같다. 인생의 예측불가능한 변수에 대해. 그것이 꿈에 반영되었구나.

꿈에 대한 나름대로의 명쾌한 해석을 내리며 걷다가 다시 피부과로 돌아간다. 거의 한 시간을 걷고 돌아갔는데도 여전히 내 차례는 오지 않았다. 이렇게 시간을 활용한 것이 다행이라 여기며 숨을 돌린다.

점심시간 한 시간을 최대한 활용해보려 한다. 대학원 오전 수업이 끝나는 12시 30분쯤 되면 나와 같은 학생들과 직장인들이 식당으로 몰린다. 그중에서 맛 좋고 값이 비싸지 않고 사람도 북적거리지 않는 곳을 찾아야 한다. 세 조건을 다 만족시키는 건 쉬운 일이 아니다. 여기에 나는 한 가지 조건을 더 추가한다. 30분 걷기를 할 만한 거리에 있을 것. 오늘은 함께 공부하는 선생님과 점심을 같이 해 마지막 내 조건은 만족시키지 못했다. 대신 그와 헤어지고 남은 30분을 최대한 아껴가며 걷는다. 무거운 가방을 멘 채 중국발 황사로 뿌연 서초동 거리를 커피를 홀짝거리며 조심스레 걷는다. 오후 수업을 듣기 전 조금이라도 머리를 이완시켜야 한다.

어제 저녁 남편과 둘이 영화 「미나리」를 보았다. 말 그대로 남편과 '둘이'서만 보았다. 세상에, 그 넓은 극장에 영화를 보는 사람은 정말 남편과 나 둘뿐이었다. 「미나리」뿐 아니라 다른 상영관으로 들어가는 사람이 아무도 없더니 자리에 앉아 영화가 시작되어도 입장하는 이가 없었다. 우리는 상영관 전체를 대관해 프라이빗한 영화관람을 하게 된 것이다. 예상치 못하게 호사를 누린 우리들은 영화 자체보다 그 환경에 감동해마지 않았다.

지금 걸으며 「미나리」를 생각하는 이유는 긍정의 말 한마디가 주는 힘 때문이다. 한국인 최초로 아카데미영화제 여우조연상 후보에 올랐다는 배우 윤여정이 영화 속에서 심장에 문제가 있어 뛰기는커녕 빨리 걷지도 못하고, 날마다 심장박동을 체크하며 애면글면 키워지고 있는 일곱 살짜리 손자 데이빗에게 이렇게 말한다. "넌 스트롱 보이야!" 늘 보호받아야 하고 신경써줘야 하는 나약한 소년이 아니라 할머니가 본 사람 중에 제일 강한 아이라는 긍정의 메시지를 들은 데이빗은 수술하지 않아도 될 정도로 심장 상태가 좋아지고, 급기야 뛸 수 있게까지 된다. 영화를 보고 나서 나는 내 아이들에게 얼마나 많이 긍정의 말을 해줬나 생각했다. 시간을 되돌릴 수 있다면 아이들이 어렸을 때로 돌아가 몸에 나쁜 거 주지 않으려 노력하는 만큼 마음과 정신에도 영양분을 주는 순하고 긍정의 말들을 아낌없이 줄 걸, 하는 후회를 해본다. 지금이라도 늦지 않았다고 생각할 수는 있다. 그러나 나이가 들어가니 지나간 시간들이 다 아쉬움과 미련으로 남는다.

영화는 순하게 흘러간다. 두 시간 가까운 상영시간이 언제 지났는지 모르게 조용히 흘렀다. 잔잔한 물 같은 영화. 이 영화를 제작한 브래드 피트의 대표작 「흐르는 강물처럼」을 떠올리게 하는 영화. 순하고 잔잔한 이야기 영화를 좋아하는 나는 오랜만에 좋은 영화를 보았다. 그리고 그 감동이 1980년대 미국 아칸소 주의 드넓은 농장을 벗어나 2021년 봄날, 서울 거리를 걷고 있는 내게 잔잔한 물결로 번져온다. 오늘 나의 걷기에 친구가 되어준 배우 윤여정과 정말 일곱 살짜리 데이빗인 것만 같은 배우 앨런 김에게 고마운 마음을 전한다.

봄볕 따스한 길마중길을 걷는다. 수요일마다 내가 애용하는 코스다. 걷기 전에는 얇은 초록빛 스카프를 맨 목이 춥게 느껴졌는데 조금 걸으니 딱 좋을 만큼 쾌적하다. 땀이 조금씩 나지만 잔잔히 불어오는 바람이 금세 식혀주어 걷는 발걸음을 가볍게 한다. 오늘은 시간여유가 좀 있으니 느긋하고 오래 걸어 볼 생각이다. 등에 착 달라붙은 가방이 걸을 때마다 위아래로 리듬을 타고 흔들린다. 쌕쌕쌕, 소리가 재미있다.

길가 목련나무에 목련꽃봉오리들이 유치원 아이들처럼 여릿여릿 피어 있다. 이제 막 백미터 출발선에 웅크리고 앉아 요이땅, 신호를 기다리는 아이들마냥 목련꽃은 목하 만개 일보 직전이다. 활짝 핀 꽃도 이쁘지만 아직 수줍음을 간직한 듯한 지금 상태가 나는 더 좋다. 기대감과 희망과 바람이 그 속에 숨어 있을 때가 더 좋다. 다음 주에 이 길을 다시 걸으면 그때는 성년으로 폭풍성장하려나. 시간의 흐름이 너무 빠르다.

학교로 돌아가는 길에 꽃집에 들러 보랏빛을 뿜내는 캄파눌라 화분을 산다. 선물할 분이 있는데 뭘 살까 고민하다 이 꽃을 보는 순간 바로 사기로 마음먹었다. 작은 화분 가득 초롱초롱 피어 있는 보랏빛이 너무 마음을 끈다. 며칠 전 나를 위해 동백꽃을 닮은 빨간색 꽃화분을 샀었다. 빨간색 한 송이가 고고이 피어 있는 화분이 눈길을 끌어 샀는데 이름은 벌써 잊어버렸다. 일주일에 세 번은 물을 흠뻑 주어야 한다는 것만 기억난다. 이름이야 어떻든 우리집 거실에서 오래오래 살아주었으면 좋겠다. 식물을 잘 키우지 못하는 내 똥손이 이번에는 비껴가기를.

봄내음이 피어오르는 수변공원을 걷는다. 확실히 봄은 냄새가 다르다. 풀과 꽃과 나무와 바람과 흘러가는 냇물에서조차 겨울과는 비교할 수 없는 달콤함이 올라온다. 벚꽃과 목련, 산수유꽃이 내가 지나갈 때마다 반갑게 맞아준다. 이제 막 올라오기 시작하는 봄의 기운이 모처럼 쾌적한 공기 속에서 느껴진다.

어느 순간, 개나리와 진달래가 보기 어려워졌다는 생각이 든다. 봄을 알리는 정령이 개나리와 진달래라고 생각했는데 언젠가부터 그 자리에 목련과 벚꽃, 산수유꽃이 대신하는 듯하다. 내 기억이 맞다면 개나리가 먼저 피고 목련은 그 다음이었는데 내가 살고 있는 동네와 서울 학교 근처에서도 개나리는 보지 못했다. 서부간선도로에 가면 볼 수 있으려나. 예전 그 길을 오갈 때 천변을 흐드러지게 장식했던 개나리의 노란 향연이 그리워진다. 지구 온난화로 겨울에서 봄 날씨로 옮겨가는 과정에서 기온이 급격히 올라 개나리가 설 자리가 없어졌는지, 사람들이 개나리보다는 다른 꽃들을 선호하는지 잘 모르겠다. 그리 눈여겨보지 않던 꽃들이었는데 못 보니 보고 싶다. 나태주 시인의 시「풀꽃」이 떠오른다.

자세히 보아야/예쁘다//오래 보아야/사랑스럽다//너도 그렇다.

우리 동네 어느 중학교 본관에 붙어 있는 LED전광판에 아침마다 이 시가 학생들을 맞이했었다. 나도 중학생과 함께 하는 치유글쓰기 수업에서 가끔 참가자들과 함께 음미해보는 시이기도 하다. '너도 그렇다'라고 말하기는 쉬운데 '나도 그렇다'라고 바꿔 쓰는 건 어색해하는 학생들도 있고, '내가 그럴까?'라고 자문하는 아이들도 보았다. 자세히 보면 예쁘지만 그냥 쓱 봐도 이쁘고, 오래 보면 사랑스럽지만 어제 처음 만나도 사랑스럽다고 느끼는 존재가 있다면 그건 자연이리라. 내가 발 붙이고 사는 이 자연 속에서 나는 나로 살 수 있으리라.

오늘도 나는 나를 나이게 하는 자연 속을 걷고 있다.

오산 꿈두레 도서관에 왔다. 거의 2년 만에 대면수업을 하기 위해서이다. 오늘부터 14주 동안 '삶을 어루만지는 치유자서전'이란 제목으로 프로그램을 진행한다. 오랜만의 수업이라 가슴이 설렌다. 초행길이고 도서관 분위기를 보고 싶어서 30분 전에 도착했는데 장대한 도서관 외관이 우선 눈길을 끈다. 점자를 형상화한 것 같은 디자인이 인상적인, 낮고 넓게 펼쳐진 멋진 곳이란 게 첫인상이다. 도서관 주변에 형성되어 있는 산책로와 12채나 되는 프라이빗한 독서캠핑장 공간들이 눈길을 끈다. 아무것도 필요없이 몸만 와서 도서관 장서들을 빌려 보며 몸과 마음을 쉴 수 있는 곳인 것 같다. 독서캠핑장이란 아이디어도 좋고 공간 자체도 너무 멋지다. 이렇게 잘 조성된 도서관을 보면 가슴이 뛰며 행복한 기분이 든다.

도서관 주변으로 나 있는 나무데크길을 따라 좀 걷기로 한다. 아직 강의시간이 남아 있어 미리 한번 둘러보면 좋을 것 같다. "죽미공원 숲속 무장애 나눔길." 길 입구 안내판에 붙어 있는 길 이름이다. 무장애 나눔길, 남녀노소 누구나 편하고 안전하고 장애물 없는 산책을 즐길 수 있는 것에 초점을 맞춘, 충분한 산림복지혜택을 누릴 수 있도록 조성한 길이란다. 길 이름도 멋지고 그 마음씀도 복지스럽다. 장애물 없는 산책, 이란 말에 눈길이 머문다. 산책을 하면서 한 번도 그런 생각을 해본 적이 없다. 내가 편하게 가는 길에 있는 무언가가 누군가에는 장애물로 여겨질 수도 있겠구나 하는 마음을 써본 적이 없다. 낯선 말이지만 나를 반성하게 하는 좋은 글귀란 생각이 든다.

산림복지를 누리러 나무데크를 따라 숲속으로 들어간다. 도서관 자체가 높은 지대에 있어 데크를 따라 걸으니 마치 구름다리를 걷는 듯하다. 주위 풍광을 높은 곳에서 조망하며 걷는 기분이 시원하다. 아파트단지와 상가주택들, 학교들이 어우러져 보이는 동네 모습이 오목조목 아담하며 시원스럽다. 일하러 왔다가 멋진 산책길을 덤으로 얻은 것 같아 기분이 좋다. 이곳에서 앞으로 펼쳐질 만남도 바쁘게 살아온 삶에 선물을 받은 것 같은 행복한 시간들이 되었으면 좋겠다.

　남편이 골프연습하러 간다기에 따라나와 연습장 주변 경기상상캠퍼스 안을 걷고 있다. 비가 가는 점선처럼 약하게 내리며 땅을 촉촉이 적셔주고 있다. 덕분에 세상은 고요하고, 미세먼지 걱정도 없어 비 세기보다 턱없이 큰 우산을 받쳐들고 걷느라 팔은 아프지만 걷기에는 좋은 날이다.

　상상캠퍼스는 예전 서울대 농대 자리에 조성된 복합문화공간이다. 다양한 문화예술 공간이며 실험정신이 엿보이는 창작인들에게 창업과 창작 인큐베이터 역할을 하기도 한다. 그러나 무엇보다 침엽수 우거진 산책로에서 피톤치드 사치를 누리며 걸을 수 있는 자연이 있고, 장정 몇이 감싸안아야 할 만한 아름드리 나무들이 그대로 보존되어 있는 드넓은 숲속 같은 곳이기도 하다. 내가 지금 걷고 있는 이유도 이 좋은 자연 속에 있고자 함이다. 길 하나를 사이에 두고 번잡한 현대에서 아날로그 과거로 돌아간 듯 시간이 멈춰있는 이곳에서 옷깃을 세우고 어깨를 움츠린 채 걷던 카뮈처럼 홀로 걷고 있다.

　토요일인데다 비가 와서 상상캠퍼스 안에서 산책을 즐기는 사람이 거의 없다. 마스크를 벗고 다녀도 무방할 정도다. 가끔 서둔동에서 이곳을 가로질러 탑동으로 빠져나가는 차들이 지나다닐 뿐 우산을 쓴 채 걷는 사람은 아마도 나밖에 없는 듯하다. 내 눈에 띄지 않은 사람들까지 내가 알 수는 없지만 말이다. 덕분에 나는 이 넓은 캠퍼스를 전세내어 오로지 내 집 정원처럼 여유자적 걷는 호사를 누리고 있다.

　이곳을 자주 왔었던 큰아들 덕분에 알게 된 익숙한 건물들말고 발길 닿는 대로 구석구석 걸으니 새로운 공간들이 자연스레 눈에 뜨인다. 오래된 다른 건물들과 달리 새로 지은 것 같은 공간에서 무궁화 전시를 하고 있어 들어가볼까 하다가 우산을 접고 다시 펴고 하는 과정이 귀찮아 그냥 곁에서만 일갈한다. 건물마다 숫자가 붙어 있는 오래된 빨간 벽돌 건물들을 처음 보아서 가까이 갔더니 "서울농대 농업창업센터"라는 이정표가 있다. 아마 농업에 관련된 회사들의 인큐베이터 역할을 하는 곳인가 보다. 실제로 각 건물들에 회사이름이 붙어 있는 걸 보니 내 짐작이 맞는 것 같다. 몇몇 회사에 불이 켜져 있고 기계가 돌아가는 듯한 소리도 새어나온다. 젊은 청년들이 이곳에서 창업의 꿈을 꾸고 있다고 생각하니 발걸음이 절로 조심스러워진다.

목련과 산수유가 활짝 피어 있는 이곳은 마치 비밀의 정원 같다. 사람보다 꽃과 나무와 새들이 주가 되는 세상인 듯 느껴진다. 비에 젖어 땅바닥에 착 달라붙은 나뭇잎들을 밟으며 산책로를 걸으니 제주 곶자왈에서 걸었던 기억이 떠오른다. 2017년에 그곳에 갔을 때도 비가 왔었다. 축축한 숲길 따라 온갖 풀과 나무에서 강렬하게 퍼져나오는 향기에 취해 비현실세계를 거니는 듯 걸었던 기억.

주머니 속 핸드폰 소리에 곶자왈에서 다시 이곳 상상캠퍼스로 돌아온다. 남편이 연습을 마쳤나 보다. 시계를 보니 50분쯤 걸었다. 나도 남편도 적당히 운동을 잘 했다. 청년들이 만든 수제버거 두 개를 산 종이봉지를 가슴에 안고 캠퍼스를 빠져나간다. 남편 차가 저기 보인다.

해가 서쪽에서 뜰 일이다. 남편이 도서관에 가서 책을 빌리고 싶다고 한다. 집에 있는 시간 동안 텔레비전 보며 무의미하게 보내지 않고 가벼운 소설책이라도 읽으며 보내는 게 좋겠단다. 이미 며칠 전 도서관에서 대학원 공부와 관련된 책들을 잔뜩 빌려온 나이지만 기꺼이 남편의 도서관길에 동행해 주기로 했다. 걸어가기로 했는데 마침 큰아들도 함께 산책하러 나가겠단다. 예상치 못한 세 사람의 산책길이다. 살다 보니 이런 날도 온다.

밖에 나오니 햇볕은 따스한데 바람이 드세다. 변덕 심한 사람처럼 제 마음대로 이 방향, 저 방향에서 불어오는 바람이 제법 추위를 느끼게 한다. 수변공원을 통해서 가는데 양지바른 잔디 위에서 할머니들이 뭔가를 뜯고 있는 모습이 보인다. 가까이 가서 보니 쑥이다. 초록색 여린 쑥을 뜯어 검정 비닐봉지에 담는데 제법 양이 많다. 지금이 쑥을 캘 때인가 보다. 웃자란 쑥은 써서 못 먹는다고 하는데 지금이 딱 맛있는 철인가. 저 쑥으로 개떡을 해먹으면 얼마나 맛날까, 생각한다. 내가 제일 좋아하는 개떡. 큰언니가 원주 치악산 밑에 살 때는 해마다 이맘때면 손수 쑥을 뜯어 개떡을 만들어 주어서 원없이 먹었다. 언니가 해주는 음식은 무엇이든 다 맛있지만 나는 특히나 개떡을 좋아했는데 이젠 먹을 수가 없다. 아무리 잘한다는 떡집에서 사먹어도 언니의 그 맛을 따라가진 못하고 그렇다고 내가 만들어 먹을 재주는 없으니 올해는 개떡도 못 먹고 봄을 넘기는가, 생각하니 아쉬움 한 가득이다.

공원길에 매화가 조금씩 피어 있다. 날이 더 따뜻해지면 이곳 매화공원길에 매화가 길 따라 활짝 피어나리라. 그때에도 또 이렇게 남편과 아이들과 도서관이든 어딘든 목적지를 향해 함께 걷는 시간들이 이어졌으면 좋겠다. 가족은 고정되어 있는 것 같아도 계속 변화한다. 어제 가족 간에 원망이 있거나 우리 가족은 틀렸어, 라고 체념하는 일이 있었다 해도 오늘은 다른 모습으로 변하고, 내일은 또 다른 모습의 가정이 기다리고 있을 것이다. 변하지 않는 건 없다. 어떤 방향으로 변하는가, 그것이 문제지만 방향은 의지와 노력의 결과이니 다만 살아볼 뿐이다.

하늘이 파아랗다. 오늘 하늘은 정말 이렇게 표현해야 할 것 같다. 파란도 아니고 푸른도 아닌, 파아란 하늘. 여린 파란 빛 속에 선명한 흰색 구름들이 바람에 밀려 빠르게 지나다닌다. 날은 맑고 좋은데 바람은 어제만큼 차갑다. 그래도 어제보다는 덜 차가워 따뜻하게 옷을 입고 걸으니 견딜 만하다. 어제 남편과 큰아들과 함께 한 산책길에서 돌아오는 길에 순댓국에 막걸리 한잔을 들이킨 남편은 춥다고 택시를 불렀다. 10분만 걸으면 되는 길인데 바람이 너무 세서 안 되겠다나, 술에 노곤해진 몸을 일으키기가 싫었을 테니 바람 핑계를 삼아 게으름을 피운 것이다. 덕분에 바람은 피했다.

오늘은 다시 나 혼자 걸으니 바람을 온몸으로 맞으며 걷는다. 3월 개학 이후 처음으로 등교한 중3 아들은 신이 나서 교복 위에 봄점퍼를 입고 갔는데 아들이 학교 갈 시간쯤에는 지금보다 더 추웠겠다. 코로나가 준 선물이 있다면 아이들이 학교 가는 걸 좋아하고 기다리게 되었다는 것이다. 온라인 수업이 그만큼 힘들다는 의미이기도 할 테지만 역시 아이들은 학교라는 공간에서 서로 얼굴을 마주하고 부딪히며 사람과 사람 관계를 배워야 하는 존재들이라는 뜻이기도 할 터이다. "수업은 온라인이 되지만 급식은 되지 않는다."는 공익광고 카피처럼 온라인상에서의 관계는 한계가 있을 것이다. 이번 주는 거실에서 수업과 게임을 담당하는 아이가 학교를 가니 집이 조용하겠다.

핸드폰 데이터가 어느덧 다 되어 음악을 들으며 걸을 수가 없다. 아쉽기는 하지만 음악 대신 새소리를 들으며 걷는 것도 괜찮다. 까치와 까마귀 소리는 기본이고 소리는 너무 많이 들었으나 이름은 알지 못하는 무명 새들의 소리가 수변공원에 가득 울려퍼진다. 이름을 아는 꽃이나 나무, 풀들, 새들, 동물들, 구름이나 바람의 종류들이 그리 많지 않다는 생각이 든다. 책을 많이 읽고 늘 잘 생각하며 살겠노라 다짐하며 살아도 정작 알아야 할 것은 잘 알지 못하고 이름모를 꽃 같은 책임감 없는 말로 얼버무리며 사는 존재, 그것이 나인 듯하다. 모르는 꽃은 사진을 찍어 검색하면 되지만 새소리는 녹음해서 검색하면 알 수 있을까. 문득 궁금해진다.

개나리가 피어 있었다. 봄의 전령 같은 개나리는 안 보이고 목련과 벚꽃이 먼저 피었다고 했던 내 말을 스스로 취소해야겠다. 개나리는 피어 있지 않은 게 아니라 피어 있는 걸 내가 보지 못한 것이다. 점심을 먹으러 학교 옆 골목길로 들어서려는데 아파트 담장을 따라 피어 있는 한 무더기의 개나리꽃을 보았다. 선명한 노란색이 나 여기 있는데, 하며 반겨주는 것 같았다. 그러고보니 아침 등굣길에 의왕과천고속도로에서 우면산터널로 들어서는 길가에도 개나리가 피어 있던 장면이 생각난다. 일주일에 두 번, 학교에 갈 때면 늘 지나치는 길인데 그동안 스쳐지나갔는지 거기에 개나리가 있다는 사실을 알지 못했다. 오늘 새삼스레 발견한 개나리가 반갑기도 하고, 알아주지 못해 미안하기도 하다.

노란 개나리는 활짝 피었는데 오늘도 바람이 좀 차다. 아침까지는 춥고 오후부터는 기온이 올라간다고 했는데 아직 체감하지는 못하겠다. 함께 공부하는 동료 선생님들과 따뜻한 밥을 먹고 학교로 돌아가는 길을 천천히 걸었다. 시간 여유가 많지는 않지만 삼십분 정도는 걸을 수 있다. 걷기 위해 밥을 먹는 것인지, 밥을 먹기 위해 걷는 것인지 분간할 수 없을 만큼 점심을 후닥닥 먹어서 다른 선생님들에게 미안한 마음이 든다.

그래도 오전 수업과 오후 수업 사이 이 한 시간을 이렇게라도 움직여 주지 않으면 허리가 아프고 다리도 붓는 느낌이 드니 이 잠깐의 산책이 약이 될 것이다. 노란 개나리와 은은한 미색 목련꽃, 수줍은 핑크 벚꽃과 발랄한 노랑 산수유. 다양한 색의 향연을 보며 걷는 기분은 찌뿌드한 마음까지 활짝 펴지게 한다. 나와 다른 선생님들 세 명은 그 꽃들 아래서 마치 여중생들처럼 이야기꽃을 피우며 이 시간을 즐기고 있다. 혼자 걸을 때는 고적한 맛이 있고, 지금처럼 이렇게 여럿이 함께 걸으면 발랄한 멋이 있다.

이제 시간이 되었다. 잘 먹고 잘 걸었으니 아메리카노 한잔을 마시며 오후 수업 준비를 해야 한다. 나른한 1시 20분, 강의실에도 웃음꽃이 벌써 피어 있다.

바람이 잦아들은 봄날이다. 햇볕이, 며칠간 차가운 바람으로 움츠린 몸을 녹여준다. 따사로운 오후의 햇살을 받으며 길마중길을 걷는다. 학교 옆에서 시작되는 쪽부터 남부순환로까지 이어진 길을 천천히 걸으니 10분 정도 걸린다. 한 번 보니 자주 보이는 개나리와 목련꽃을 벗 삼아 유유자적 걷는다. 지금 보니 아파트 단지와 고가도로 사이에 이 길을 만들어 놓은 것이 아니라 이 길이 먼저 있었고, 길을 훼손하지 않는 방향으로 아파트와 도로가 생겼다는 생각이 든다. 인공물보다 자연이 먼저 있었을 테니 말이다. 뭐가 먼저였든 길마중길은 참 매력적이다. 아파트와 고가도로를 보지 않고 길 자체만 본다면 여느 산림욕장이나 숲길 못지않다.

12시 30분에 오전 수업이 끝났고 2시에 오후 수업이 시작된다. 고로 오늘은 어제보다 30분 더 시간 여유가 있다. 그래서 먼저 30분 동안 걷기로 한다. 직장인들 점심시간이 끝나는 시간을 기다려 홀가분하게 밥을 먹을 수 있고, 밥 먹기 전 미리 걸어 밥맛을 좋게 하는 효과도 있기 때문이다. 무엇보다 좀 걷고 싶었다. 서울 시내에서 이렇게 좋은 길을 일부러 찾아가지 않아도 지척에서 만날 수 있는 행운을 누려보고 싶었다. 길마중길을 지나 큰길로 나가 아직 점심시간이 끝나지 않은 직장인들 틈에서 골목골목을 탐험하듯 걸었다. 사람들이 많은 식당과 카페를 지나치고 담배 피는 남자들로 붐비는 어린이공원 앞을 지나간다. 아이들이 없는 곳에서 담배를 피는 것까지 어찌할 수 없다면 제발 담배꽁초는 흔적을 남기지 말고 가져가주길 바라는 마음이다.

1시가 좀 넘으니 길에 직장인들 모습이 현저히 줄어든다. 아까 그 많던 사람들은 다들 어디서 와서 어디로 갔는지 거짓말처럼 지금은 썰물 상태다. 물이 다 빠져나간 갯벌에 남은 작은 게처럼 홀로 거리를 탐험하다 눈에 뜨인 중국요리점으로 점심을 먹으러 들어간다. 사람 없는 식당에서 느긋하게 먹을 수 있으리라 기대하며 들어갔지만 웬걸, 이곳은 맛집인가 보다. 아직 손님이 많다. 메뉴판을 받아들고 잠시 고심을 한다. 시킬 음식이 뻔하긴 하지만 뭔가 새로운 게 있을까 한번 더 마음써본다.

 요양원에서 근무하는 작은언니가 오늘 쉰다기에 모처럼 시간이 맞은 세 자매가 반나절 나들이를 했다. 92세 노모와 같은 아파트 단지에 살면서 날마다 엄마 점심을 차려주는 큰언니와 작은언니, 그리고 내가 오랜만에 함께한 외출이다. 언니들은 형부와 함께 가끔 짧은 여행이라도 가지만 내가 언니들과 함께 밖에서 시간을 보낸 건 실로 오랜만이다.

 우리집에 온 언니 차로 어디를 갈까 하다가 서울대공원을 끼고 걷는 둘레길을 가기로 했다. 이맘때면 벚꽃터널이 장관을 이루던 길이 생각났고, 공원 둘레로 산책로가 조성되어 있는데 한번도 가보지 않은 게 기억나서다. 점심을 먹고 출발하니 차가 막히지 않아 30분이면 갈 수 있으리라는 점도 좋았다. 집에서 혼자 온라인수업하는 딸에게 미안해서 빨리 갔다 올 수 있는 그곳이 딱이었다.

 평일이라 한적한 주차장에 차를 세우고 산책로 이정표를 따라 걷기로 한다. 청계호수를 끼고 한 바퀴 돌 수 있게 산책로가 조성되어 있다. 좀더 먼 코스인 청계산 등산로를 따라갈까 하다가 오늘은 우선 산책로를 걸어 보기로 한다. 아이들과 함께 오면 늘 매표소에서 코끼리열차를 타고 이동하던 길을 한번 걸어보고 싶었기 때문이다. 동물원 쪽으로 들어서 하늘에 매달려 있는 리프트와 그 밑에 넓게 펼쳐져 있는 호수를 따라 걷는다. 우리처럼 봄을 즐기러 나온 사람들이 많다. 중년 부부들, 중년 친구들, 노년 부부들, 할머니 친구들, 아저씨 혼자, 할아버지 혼자. 다양한 층의 사람들이 개나리와 진달래꽃 앞에서 사진을 찍고, 나무테이블에 앉아 음식을 나눠먹으며(이 시국에 이건 아니다 싶은 장면도 가끔 보여 안타까웠다) 한가롭고 따뜻한 봄날 오후를 즐기고 있다. 봄은 벌써 사람들을 집 밖으로 끄집어내고 있는데 코로나가 복병이다. 꽃구경도, 산책도 다 좋지만 사회적 거리두기는 더 잘 지켜야겠다는 생각을 한다. 세 자매가 함께 하는 이 좋은 봄날 산책에도 코로나 묵상을 하다니, 참 슬픈 일이다.

 아직 벚꽃은 피지 않았지만 테마가든 앞에 조성된 작은 꽃밭들에 꽃들이 너무 이뻐 발걸음을 멈추고 연신 사진을 찍어댄다. 아네모네, 팬지, 수선화, 양귀비 등 빨갛고 노랗고 하얀 원색의 꽃화단이 사랑스러워 보인다. 예전에는 꽃들을 보며 그렇게 감탄하지

않았는데 나도 나이가 드나 보다. 꽃이 이뻐 보인다. 배우 윤여정이 어느 방송에서 나이가 드니 꽃이 이뻐 보인다고 말한 게 백프로 공감된다. 나에게 없는 것, 시간이 가져가 버린 것, 나에게 없을 것 같은 게 아련해서 이뻐 보이나 보다. 언니들과 한동안 꽃사진을 찍으며 꽃이 주는 기쁨을 누린다.

　호수를 따라 크게 한 바퀴 도는 데 땀이 나서 겉옷을 벗어 허리에 맨다. 햇볕은 좋고 가끔 호수에서 불어오는 바람이 시원하게 느껴진다. 한 시간을 좀 넘게 걸으니 8,000걸음 정도 됐다고 핸드폰이 알려준다. 아직 더 걸을 힘은 남아 있는데 근처에 오래되고 맛있는 칼국수집이 있다기에 오늘은 이만 멈추기로 한다. 다음에 다시 온다면 등산로를 따라 걸어 보자고 언니들과 이야기는 하지만 그 다음이 언제가 될지는 기약이 없다. 햇볕만큼이나 따뜻하고 봄꽃들만큼 생생한 오늘 산책길을 함께한 것만으로도 감사하다.

오산 꿈두레 도서관 치유자서전 강의 두 번째 날이다. 오늘은 20분 정도밖에 여유가 없어서 도서관 둘레 산책로를 걷지 못했다. 다음 주에는 집에서 10분만 더 일찍 나와 이 좋은 길을 워밍업삼아 걷고 하루를 시작해야겠다. 마치 이 동네 주민들처럼. 강의를 마치고 걸어도 되긴 했는데 너무 배가 고파 빨리 집으로 가야겠다는 마음밖에 들지 않았다. 평상시 아침을 먹지 않는 편인데 강의를 하고나면 기운이 빠져 뭐라도 먹고 올 걸, 하는 후회가 든다.

집에 와서 점심을 먹고 한숨 잤다. 어제 잠을 잘 못 자서 사실 집으로 돌아오는 운전길부터 식욕보다 수면욕이 더 강했다. 우선 낮잠을 좀 자고 나서 따스한 기운이 남아 있을 때 산책을 나가기로 했다. 한 시간 정도 단잠을 자고나니 몸이 개운해진다. 밤에도 이렇게 달게 자면 얼마나 좋을까. 수면의 질이 낮 동안의 생활 질을 향상시킨다는 당연한 결과가 내게도 적용되었으면 좋겠다. 낮에는 일을 하고, 밤에는 글을 썼던 카프카는 늘 불면증에 시달렸다는데 그처럼 주경야작하는 사람도 아닌 나는 왜이리 잠드는 게 힘이 드는지. 잠자리에 누워 바로 잠을 못 이루면 침대를 벗어나라는 꿀잠 전문가들의 말을 실천해 봐야겠다.

오늘은 다시 미세먼지가 나쁘다. 대낮인데도 세상이 별로 환해 보이지 않고, 음울한 미래세계를 그린 영화처럼 회색빛이다. 큰아들이 학교에서 칠보산 등산을 간다고 했는데 산속 공기는 괜찮으려나 모르겠다. 미세먼지와 코로나는 이제 생활에서 떨어뜨려놓는 존재들이 아니라 불편하지만 함께 갈 수밖에 없는 그림자들인 것 같다. 버릴 수 없다면 잘 구슬려서 데리고 다닐 수밖에 없겠다는 생각이지만 우리 아이들이 살아나갈 미래에는 잊혀진 단어가 되었으면 정말 좋겠다.

동네를 거닐며 아까 낮잠중에 꾼 꿈을 생각한다. 내가 남사친의 외국인 여자친구에게 내 이름을 영어로 소개하고 있다. 나도 남사친도 내 영어실력이 별로 좋지 않다는 걸 알고 있는데 나는 느리지만 또박또박 그녀에게 이렇게 말한다. My name is a Lee Nan Suk. If you hard pronounce, you can call me, Soul. 아무리 꿈이라지만 상황설정이 참 황당하다. 나에게 남사친은 누구이며, 그의 여친은 또 왜 외국인이며, 내 이름을 발음

하기 힘들다면 나를 'Soul'이라 부르라니. 어느 것 하나 이해되고 연결되는 상황이 없다. 나를 영혼으로 불러라. 내 영혼이 대접을 받고 싶은 건가? 내 영혼이 이름 불리길 원하나? 나를 모르는 누군가에게 인정받고 싶은 건가? Soul이란 단어가 주는 의미를 한참이나 생각하며 걷는다. 잠시잠깐 스쳐간 꿈인데 산책 내내 머릿속에서 떠나지 않는다.

의미를 다 해석하지 못한 채 동네 한 바퀴를 돌고 집으로 돌아온다. 현관 입구에 여학생 하나가 전화통화를 하며 서 있다. 언뜻 보니 딸의 친구 같아 너 누구 아니냐고 물었더니 맞단다. 딸과 통화를 하고 있었는지 내가 누구 엄마라고 했더니 핸드폰 화면을 보여준다. 우리 딸 이름이 화면에 보인다. 딸이 밑으로 잠깐 내려와 친구를 만나기로 한 모양이다. 아, 기억해 보니 그 아이는 우리 딸과 영화 「Soul」을 함께 본 친구다. 이 아이를 보려고 그런 꿈을 꾼 건가? 신기하고 재미있어 혼자 웃으며 엘리베이터 앞에 선다. 문이 열리고 딸이 내린다. 벌써 친구와 상황 이야기가 끝났는지 딸은 나를 보고 놀라지도 않는다.

지난주 토요일에 비가 내렸는데 오늘도 비 오는 토요일이다. 내일도 온단다. 주말을 비와 함께 보내며 코로나와 미세먼지를 가까이 하지 말라는 뜻인가 보다. 차분한 봄비가 거리에도, 내 마음에도 촉촉이 내린다. 오후 세시가 지날 때까지 비가 잦아들 기미가 보이지 않는다. 그냥 나가기로 한다. 어차피 오늘까지 반납해야 하는 책들이 있어 도서관에 가야 하니 운전하고 가서 그 주변을 걷기로 한다. 며칠째 먼지를 뒤집어쓰고 있는 내 차에 레인샤워를 시켜주는 것도 괜찮겠다.

간단히 도서관 용무를 마치고 차에 있던 낡은 삼단우산을 받쳐들고 도서관 주변을 걷기 시작한다. 빨간우산 파란우산 찢어진 우산, 이 있다면 내 우산은 찢어진 우산이다. 너무 오래 쓴 우산이라 여기저기가 찢어져 있다. 그런데도 왜 고이 접어 차에 모셔놨는지 모르겠다. 아마 매번 이제 버려야지 버려야지 하면서 까먹고 또 넣어놨을 공산이 크다. 이번에는 정말 버려야겠다. 우산으로서 수명을 다한 것 같다.

호매실 도서관 주변을 크게 돌면서 내가 사는 동네에서 꽃구경을 제대로 한다. 목련은 이미 만개해 있고, 담장을 감싸 안은 채 환하게 피어 있는 개나리꽃무리가 빗속에서 선명히 빛나고 있다. 여태까지 본 개나리꽃들 중에 내 동네의 이 담장밑이 제일 이쁘다. 등잔밑이 어둡다더니 이렇게 지척에 두었으면서도 개나리가 안 보이네, 서울대공원에서 보았네, 호들갑을 떨었다, 내가.

꽃도 이쁘지만 걸으면서 만난 사람꽃도 아름다웠다. 휠체어 탄 아버지에게 허리를 굽혀가며 우산 씌워드린 채 옆에서 천천히 걷는 아들과 어린 아들 키에 맞춰 우산을 씌워주며 걷는 젊은아빠, 딸과 우산 하나를 같이 쓰며 꼭 붙어 걸으면서 행여 딸이 젖을까봐 딸 쪽으로 우산을 기울이는 아빠. 개나리와 목련 못지않게 아름다운 사람들 모습에 이 노래 가사가 절로 떠오른다. 사람이 꽃보다 아름다워. 사람과 사람 사이에 섬이 있는 게 아니라 사람과 사람 사이에 꽃이 있다.

12시가 넘자 비가 그쳐 축축하지만 신선한 공기 속으로 산책을 나간다. 우산 쓰고 걸었던 어제보다 좀 쌀쌀하게 느껴진다. 아직 비 기운이 남아 있어서 그런가 보다. 물기를 그대로 머금고 있는 풀과 꽃과 나무들의 싱그러움을 부러워하며 수변공원으로 들어선다. 작은 이파리, 가느다란 줄기 어디에도 수분이 골고루 공급되어 파릇파릇하고 연한 초록빛이 도는 자연을 보니 내 마음에까지 수분이 원활히 돌고 있는 듯하다. 자연 속 식물들은 누가 따로 물을 주지 않아도, 주 3회 햇볕을 충분히 쬐어주지 않아도, 스스로 알아서 잘 자란다. 얼마 전 내가 산 봄꽃은 주 3회 햇볕과 물을 충분히 잘 주었음에도 벌써 시들어간다. 왜인지 이유를 알 수 없어 마음이 씁쓸하다. 생명을 사기만 하면 살리지를 못하니 우리집에 찾아온 그 봄 생명에게 정말 미안하다. 생명을 키우는 일을 함부로 할 수 없는 이유다.

공원을 오가는 사람이 별로 없어 전방주시를 하고 당당히 걸으려 했는데 그럴 수가 없게 됐다. 시선을 아래로 내려 땅바닥만 보며 걷는다. 지렁이 때문이다. 비가 그쳤는데 아직 땅속으로 돌아가지 못한 지렁이들이 공원바닥에 그대로 남아 사람들에게 밟혀 뭉개져 있다. 죽은 지렁이는 그렇다쳐도 아직 꿈틀거리는 지렁이를 내 발바닥으로 압살하지 않도록 주의를 기울이며 걷는다. 덕분에 진도가 잘 나가지 않는다.

한참 발끝만 보며 걷다가 무언가와 부딪힐 뻔한다. 길 위에 통통한 까치 한 마리가 떡하니 버티고 있다. 사람이 자기 앞으로 다가오는데도 그 용맹무쌍한 까치는 날아갈 생각을 하지 않고 여전히 자리를 지키고 있다. 나는 순간 그 까치와 눈이 마주친다. 비둘기도 아닌 것이 어찌 이렇게 사람을 무서워하지 않는단 말인가. 여긴 내 집이나 다름없는데 니가 침입자니 니가 비켜야지. 까치와 나는 그렇게 서로 실갱이를 한다. 충돌 일보 직전에 까치가 제발로 몇 발짝 걸어 나를 비켜난다. 날지도 않고 느긋하게 걸어가는 까치란 참말로…. 어쩌면 사람이 없을 때 공원은 지렁이와 까치와 나무와 꽃들의 세상일지 모르겠다. 사람이 없을 때면 살아 움직여 그들만의 세상을 만드는 토이스토리의 장난감들처럼.

일주일 중에 가장 여유로운 월요일, 주말 동안 어수선해진 집안 청소도 하고, 학교 간 딸이 없는 틈에 이불빨래도 하려 했는데 창문을 열어 환기하기가 겁이 난다. 아침부터 황사주의보가 내려진 글루미 먼데이. 음울한 미래도시 같은 창밖 풍경에 쉽사리 창문을 열지 못한다. 한동안 켜지 않았던 공기청정기를 세게 틀어놓고 안방부터 차례대로 창문을 재빨리 열었다 닫았다. 이렇게라도 집안의 묵은 공기를 빼내야 숨을 쉴 수 있을 것 같았다. 세상이 점점 살기 좋아지는 게 아니라 조심하고 신경쓸 일이 더 많아지는 것 같다.

오후, 아침보다는 햇볕이 나고 하늘이 맑아 보여서 용기를 내어 나가보기로 한다. 황사가 심하니 가급적 필요하지 않은 외출은 삼가라고 라디오에서 연방 경고를 해 나갈까 말까 망설여지기는 했다. 지금 내 외출이 필요한 것인지 그렇지 않은 건지 5초 정도 생각했다. 그러다 그냥 운동화를 신고 있는 나를 발견했다. 생각하다가는 그냥 주저앉을 것 같고, 머리는 벌써 하던 습관대로 나가서 걸으라고 채근하고 있다. 앞뒤 가리지 말고 해야 하는 거면 정면돌파하라고.

막상 밖으로 나오니 햇볕이 좋다. 하늘도 조금씩 본연의 파람을 회복하고 있고, 언뜻 봐서는 황사나 미세먼지가 심해 보이지 않는다. 그래도 가급적 차도 옆길보다 나무가 많은 길을 따라 걷는다. 나무에 의지해 걷는다는 게 더 정확한 표현이다. 더울 때는 태양을 피하고, 비 올 때는 비를 피하고, 바람이 불면 그 아래에서 바람을 피하게 허락하는, 아낌없이 주는 나무처럼 사람은 나무에게 의지하는데 나무는 사람에게 의지할까? 나무들에게 과연 사람이 필요하기나 할까?

시간이 되어 집을 향해 가는데 횡단보도를 건너는 어떤 꼬마를 보곤 슬며시 미소가 떠오른다. 마스크 쓰는 걸 까먹었는지 옷에 달린 후드를 최대한 입가로 끌어당겨 입을 가리며 빠르게 걷고 있는 그 꼬마가 너무 귀여워보인다. 황사와 초미세먼지로 가라앉은 내 마음에 레몬 같은 웃음을 준 꼬마야. 다음엔 꼭 마스크 잊지 말고 나오렴!

아침에 의왕과천고속도로를 타고 서초동 대학원으로 가는데 서울이 가까워지면 질수록 하늘이 더 뿌얘지는 걸 느꼈다. 어제에 이어 오늘도 황사경보라는데 수원 집에서 출발할 때는 잘 못 느꼈다가 서울이 가까워지면서 거짓말처럼 시야가 흐려졌다. 아이구야, 싶었다. 오늘도 청명한 하늘을 기대하기는 틀렸구나.

오전 수업을 마치고 점심을 먹으러 나왔는데 하늘이 생각한 것만큼 흐리지 않았다. 대기 질도 마스크를 써서 그런지 나쁘다는 걸 잘 못 느꼈고, 햇볕이 적당히 비치는 거리가 찬란하게도 보였다. 그러다 깨달았다. 하늘과 공기와 거리가 왜 괜찮아 보였는지.

학교 옆길에 대궐을 이룬 벚꽃들 때문이었다. 학교 건물과 주차장을 둘러싼 길가에 벚꽃나무가 있는데 지난주까지만 해도 못 봤던 꽃이 오늘 만개해 있다. 지난주 수요일 이후 일주일 만에 학교에 왔으니 그동안 피어 있던 꽃을 내가 오늘에서야 만났다는 표현이 맞겠다. 점심을 빨리 먹고 나는 그 벚꽃터널 밑을 취한 듯 걷는다. 그곳에서는 정말이지 취할 수밖에 없다. 세상에 어떤 화가가 이처럼 아름다운 그림을 그릴 수 있을까. 자연은 색감이 뛰어난 화가다. 나는 그 대가의 작품을 아무 값없이 감상한다. 감사한 일이다.

시간이 되어 학교로 들어가야 하는데 그러기가 싫다. 이 벚꽃나무들 밑에서 버스커버스커의 「벚꽃엔딩」이나 들으며 하릴없이 꿈을 꾸고만 싶다. 그러나 오늘은 요기까지. 대학 때처럼 수업을 땡땡이칠 수는 없는 일. 내일엔 내일의 꽃이 또 필 것이다.

아, 벌써 3월이 진다. 개강하고 한 달을 참 바쁘게 살았다. 열심히 공부하고, 열심히 일하고, 열심히 걷고, 열심히 글을 썼다. 이런 나에게 칭찬과 감사의 박수를 보내고 싶다. 물론 이는 나처럼 열심히 살아온 모든 사람들에게 보내는 박수이고, 열심히는 아니더라도 존재 자체로 감사한 모든 이들을 위한 박수이기도 하다. 열심히 최선을 다해 사는 건 좋은 일이나 꼭 열심히 살 필요는 없을 것 같다. 아니, 열심히 산다고 어깨에 힘 잔뜩 주고 긴장하며 살지는 않았으면 하는 마음이다. 그러다 보니 지쳐버린 삶이었던 게 내 지난날의 모습이기 때문이다.

오늘은 오전 수업이 끝나고 한 시간 반의 여유가 있는 날이다. 그래서 3월의 마지막날을 음미하며 여유롭게 걸을 수 있었다. 마침 함께 수업을 듣는 선생님 둘이 자신들이 발견한 멋진 길을 알려주겠다고 나를 이끌었는데 가보니 내가 즐겨 걷는 길마중길이다. 그분들도 걷는 걸 좋아해서 점심시간을 이용해 학교 주변을 걷는데 이 길을 발견하곤 너무 마음에 들었다고 한다. 역시 좋은 건 누구나 알아본다. 따로 소문내고 광고하지 않아도 찾는 이들이 많다.

늘 가던 대로 학교에서 남부순환로 쪽으로 가지 않고 반대로 가보기로 했다. 육교를 통해 큰길을 건너 반대편 신동아 아파트 쪽으로 사람들이 많이 오가는 걸 보니 그쪽으로도 길이 있는 듯하다. 길마중길이 어디까지 이어지는지 한번 가보고 싶었다. 함께 한 선생님들도 흔쾌히 동의해서 셋이 새로운 길을 탐험하는 기분으로 육교를 건너간다. 그 길도 역시 길마중길인데 남부순환로쪽 길보다는 좁다. 새로 대단지 아파트 공사를 해서 먼지와 소음도 만만치 않다. 그러나 그 공사 구간을 지나가니 온갖 봄꽃들이 만발한 신동아 아파트가 나와 감탄이 절로 나온다. 세상에, 꽃으로 둘러싸인 동네다. 오래되어 특색없는 외관의 아파트지만 봄꽃들이 최고의 장식이 되고 있다. 눈과 마음이 즐겁다.

날 걷게 해준 3월의 봄날이여, 잠시만 안녕!

거짓말인 줄 알았다. 만우절은 우리나라뿐 아니라 중국에서도 지나치지 못하는 통과의례 같은 날인 줄 알았다. 거짓말 소재가 배우 장국영의 죽음이라니, 중국이라 거짓말 정도도 센 줄 알았다. 2003년 중국에서 어학연수중이던 내게 전해진 믿을 수 없는 소식, 배우 장국영의 자살. 18년 전 오늘 그는 호텔에서 뛰어내려 죽었다.

오전에 잠시 볼일을 보고 집에 돌아와 점심을 먹고는 봄빛 찬란한 수변공원을 걷는다. 꽃도 꽃이지만 물이 오르기 시작한 수양버들이 연한 초록빛 가지를 바람에 맡긴 채 생명력을 뿜내고 있다. 나는 삶이 다시 올라오기 시작하는 이때에 삶을 버린 그의 노래를 들으며 걷고 있다. 한때 너무 좋아했던 배우이자 가수의 죽음이 사실 지금 내게 별다른 감정을 주지는 않는다. 그러기에 시간이 너무 많이 지났다. 그는 영원히 46살에 머물러 있지만 나는 그보다 10여 년을 더 살고 있다. 그래도 오늘만큼은 그의 슬픈 음색이 듣고 싶다. 그의 영화 중에 제일 좋아하는 「아비정전」도 다시 보고 싶다. 오늘만큼은 그를 기억하고 싶다. 내 인생의 스타를.

걷기 시작할 때는 햇볕이 있었는데 시간이 갈수록 날이 흐려진다. 덥지도 춥지도 않아 걷기엔 좋으나 이어폰 속 그의 노래와 흐린 하늘이 한 덩어리로 섞여 가슴에 내려앉는다. 하늘을 바꿀 수는 없으니 이어폰을 빼 노래를 그만 듣기로 한다. 지금 이 순간은 내 눈앞에 펼쳐진 싱싱한 봄의 생명력을 즐기고 싶기 때문이다. 예년보다 조금 일찍 벚꽃이 피었다 하니 꽃이 지는 것도 더 빠를 터이다. 돌이킬 수 없는 과거와 도래하지 않은 미래를 붙잡다 지금 여기, 현재를 보지 못하는 실수는 하고 싶지 않다.

황사와 미세먼지 걱정 없이 걸었던 어제와 오늘은 참 좋았다. 모처럼 걷는 맛이 있었다. 4월 첫날을 잘 걸으며 시작할 수 있어서 감사하다.

구름이 멋진 날이다. 아침에 오산으로 가는데 온 하늘을 뒤덮고 있는 흰구름들이 다양한 모양으로 변하며 내가 가는 길을 인도했다. 신호에 걸려 잠시 정차할 때마다 나는 구름구경을 하느라 창밖 하늘을 바라보았다. 뭔가 기분 좋은 일이 일어날 것 같은 기대감을 주는 아침 풍경이었다.

강의를 마치고 집에 와서 온라인수업이 끝난 둘째 아들과 함께 피부과에 간다. 아들도 나도 주중에 할 일을 다 마친 홀가분함으로 기분 좋게 나선다. 둘째와 나의 데이트 시간이다. 한달치 약을 받아들고 아들과 근처 마트까지 걸으며 진짜 데이트다운 데이트를 한다. 그애와 평소 집에서 하지 못했던 이야기들, 가족에 대한 걱정, 장래에 대한 고민 등을 솔직하게 나누며 길을 걷는데 마음속에 충만한 감정이 올라온다. 아들과 이런 얘기를 나눌 수 있다는 게 너무 고맙다.

마침 병원 근처에는 둘째를 낳고 2주 동안 있었던 산후조리원이 있다. 남편은 중국에 있고, 친정식구들이 큰아들을 돌봐주어 오로지 나 혼자 산후 시간을 감내했던 기억이 난다. 모유가 잘 안 나와 틈만 나면 유축기로 모유를 압착하듯 짜냈던 기억이 나고, 마흔이 다 되어가는 나이에 아들 둘을 어찌 키우나 염려했던 밤들도 생각난다. 그랬던 아이가 16년이 지나 지금 코밑이 시커먼 청소년이 되어 내 옆에서 제법 듬직한 이야기를 하며 걷고 있다. 시간의 흐름이 참 놀랍다.

아들과 걷는 길 건너편에 수원종합운동장이 있다. 야구장과 실내체육관, 축구장이 있는 곳이다. 야구장 앞에 자동차들이 많이 서 있고, 멀리서 봐도 뭔가 분주한 움직임들이 느껴진다. 바야흐로 내일이면 프로야구가 개막하는 것이다. 올해는 경기장에 들어갈 수 있으려나. 이제는 여자배구를 지나 야구의 계절이다. 아이들에게 야구 좀 그만 보라는 타박을 듣는 계절이기도 하다.

마음 같아선 야구장 한 바퀴를 걷고 싶었지만 오랜만에 바깥외출을 한 아드님이 피곤해하셔서 적당히 걷고 돌아간다. 한 달 뒤 다시 병원에 올 때는 잘 꼬셔서 함께 더 걸어야겠다.

또 비가 오는 토요일. 3주 연속 주말마다 비가 온다. 그러나 오늘은 하늘에서 내리는 비가, 단지 비가 아닌 날이다. 73년 전 제주에서 일어난 한국 현대사의 슬픔과 원통함이 빗물이 되어 온 나라에 내려앉고 있다. 오전에 희생자 추념식을 보다가 다 보지 못하고 그냥 집을 나섰다. 마음이 아프고 답답해서 끝까지 볼 수가 없었다.

우산을 쓰고 밖으로 나오니 잔잔하게 비는 내리지만 바람은 한 점도 없어 춥지가 않다. 길바닥이 온통 분홍색 벚꽃잎으로 도배가 되어 있다. 이렇게 약한 빗줄기에 여린 꽃잎들이 떨어져 바닥을 물들이고 있는 중이다. 어제 벚꽃나무가 터널을 이루고 있는 길이 너무 멋있어서 둘째 아들에게 함께 걷자고 했더니 아이가 그랬다. 내일 비 오면 다 떨어질 걸 뭐하러 걸어. 맞다. 오늘 비가 오니 그렇게 찬란하던 벚꽃나무 가지들이 홀쭉해졌다. 아니, 꽃잎이 매달린 장소가 바뀌었을 뿐이다. 나뭇가지에서 바닥으로. 떨어졌다고 꽃이, 꽃이 아니겠는가. 밟히고 날아가도 꽃은 그저 본질상 꽃일 뿐이다.

봄비가 어떤 이에게는 떨어짐을 주었지만 또 다른 이에게는 생명의 도약이 되기도 하나 보다. 어제까지만 해도 보지 못했던 철쭉 봉오리들이 조금씩 열려가고 있는 걸 본다. 이들에게 오늘 봄비는 얼마나 단 생명수이랴. 내일 비가 그치면 한껏 더 부풀어 있으리라. 자연은 돌고돌아가며 끝없는 변주를 하는 오케스트라 같다.

나는 조용히 봄비가 내리는 거리를 걷다가 케이크를 사러 간다. 오늘이 큰아들의 18번째 생일이기 때문이다. 해마다 아이들 생일에 케이크를 카톡으로 쏴주는 큰오빠가 올해도 어김없이 선물을 보내주어서 빵집에서 교환만 하면 되니 사러 간다는 표현은 맞지 않겠다. 아침에 미역국은 먹었고, 아빠가 생일선물로 등산복 사준다며 데리고 나갔으니 케이크는 저녁에나 먹어야겠다. 아들이 좋아하는 치즈 케이크는 없어 초코 케이크를 사 들고 행여나 비를 맞을까 조심히 집으로 돌아간다.

비 개인 후 청명하게 바뀐 하늘과 구름과 미세먼지 하나 없는 신선한 공기 속에서 휴일 산책을 여유롭게 즐긴다. 파란 하늘에 흰 구름들이 뭉텅뭉텅 떠다니고, 핑크빛 벚꽃잎과 은은한 목련꽃, 새롭게 피어나기 시작하는 조팝나무꽃잎들이 바람결에 흩날리는 세상은, 참 아름답다. 비 오기 전보다 더 풍성해진 아름다움을 느끼며 칠보산과 엘지빌리지 사이 매실길을 걷는다. 이맘때 아니면 보지 못할 벚꽃터널을 보기 위해서다.

나와 같은 구상을 한 사람이 역시 나뿐만이 아니다. 평상시엔 산책하는 사람 몇몇만 한적하게 걷던 이 길이 사람들로 붐빈다. 차도에는 주차돼 있는 차들이 양방향으로 가득하고, 좁은 인도에는 유모차를 밀고 나온 젊은 부부들과 손 잡고 데이트하는 연인들, 여러 가족이 함께 나온 나들이객들이 물결처럼 떠다닌다. 여기가 우리 동네 벚꽃명소라는 걸 깜박했다. 내일 올 걸, 후회했지만 이미 때는 늦으리였다.

그래도 코로나 이전보다는 한결 적은 편이다. 발 디딜 틈 없이, 마치 진해나 여의도 벚꽃축제 행사장같이 꽃구경하는 인파로 붐빌 때도 있었다. 그에 비하면 지금은 여유있는 편이지만 한동안 우리 동네에 이렇게 사람이 많은 장면을 보지 못해 지금 이 순간이 생소하게 느껴진다. 칠보산 등산을 간 남편과 큰아들도 산에 사람이 많아 놀라고 있을까.

꽃길 따라, 사람물결 따라, 매실길을 한 바퀴 돈다. 다른 때보다 훨씬 느린 걸음걸음이다. 걸음이 빠른 편인 나지만 오늘은 사람들을 피해 느릿느릿 걷는다. 덕분에 벚꽃잎들 사이로 손바닥만큼 드러난 청명한 하늘을 감상하는 여유도 생기고, 아파트 담을 둘러싸고 있는 담쟁이에 연한 새잎이 나오는 것도 발견한다. 산책은 자연을 유심히, 자세히 볼 수 있는 시선과 마음과 여유를 준다. 확실히 자세히 보아야 이쁘고 사랑스럽다.

볕이 좋은 월요일, 벚꽃과 목련과 조팝나무꽃과 민들레와 키작은 들꽃들이 비밀의 정원을 이루고 있는 수변공원을 걷는다. 바람에 날아온 꽃비를 맞으며 걷는다. 길바닥에도 내 머리 위에도 꽃잎들이 비처럼 내려앉고 있다. 뿐인가, 냇물 속으로도 분홍꽃비가 떨어지고 있다. 그 풍경이 마치 어제 예능 프로그램에서 본 경남 함안의 '낙화놀이' 불꽃 같다. 지상에서 하늘로 쏘아올리는 불꽃놀이의 화려함보다 위에서 아래로 떨어지는 은은한 불씨가 피워내는 잔잔한 불꽃들이 뭔가 아련한 추억을 불러일으킬 것 같은 감성적인 불꽃놀이였다. 오늘 우리 동네 금곡천에서는 벚꽃잎들이 낙화처럼 아련하게 떨어지고 있다.

오늘은 한식이자 식목일이다. 지난주 토요일에 큰오빠가 빗속을 뚫고 친정아버지 산소에 다녀왔다고 했는데 이제 이유를 알겠다. 한식을 미리 다녀온 거였다. 나는 오빠가 찍어 보내준, 아버지 산소에 핀 제비꽃을 신기하게 보며 제비꽃 보러 가야겠다는 생각만 했다. 이런이런.

해마다 식목일이 되면 어쩔 수 없이 떠오르는 사람이 있다. 이미 40년도 더 전의 일이지만 난 아직도 그애 이름과 그날의 충격을 기억한다. 국민학교 4학년, 11살 나이에 연탄가스를 맡고 죽은 내 친구를. 아침에 늘 만나서 함께 학교로 향하던 그애는 그날 아침 이후 나를 만나지 못했고, 학교에도 가지 못했다. 그애가 죽고 한동안 주인이 오지 않아 텅 비어 있는 자리에 그애 아빠가 흰국화다발을 슬그머니 놓고 가시는 날들이 이어졌다는 게 기억난다. 5학년과 6학년 식목일마다 비가 왔었다는 것도 기억난다. 참 이상한 일이었다. 학교에서 단체로 나무 심으러 갈 때마다 비가 와서 중간에 서둘러 식목행사를 마치고 집에 오면서 나는 내 친구의 부재를 떠올렸다.

오늘은 비가 오지 않는다. 대신 흩날리는 꽃비 속에서 나는 10년을 살다 하늘로 올라간 내 친구와 친구의 죽음이라는 상실을 겪은 11살, 어린 나를 그리워해본다. 시간이 아무리 흘러도 변함없이 좋은 이름, 친구.

점심을 학교 바로 옆 김치찌개집에서 먹어 오늘은 낮 동안에 충분히 걸을 수가 없었다. 아쉽긴 했지만 이런 날도 있다. 대신 맛있는 식사와 아이스라테와 선생님들과의 즐거운 이야기가 걷는 시간을 대신해 주었으니 부족함은 없다.

집에 와서 가방만 내려놓고, 구두를 운동화로 갈아신고 동네 한 바퀴를 돌았다. 기온이 빠르게 올라 집에 오는 길에 차 유리를 내리고 와야 했다. 차 안 공기가 답답하게 느껴졌기 때문이다. 한낮도 아니고 오후 5시가 다 되어가는 시각인데도 햇빛이 사그라들지 않았다. 아침과 낮, 낮과 밤의 기온차가 심한 이때에 건강을 더욱 신경써야겠다. 그래서그런지 요즘 다시 편두통이 나를 괴롭힌다. 오후 수업을 듣는데 머리 전체로 옮겨다니며 연필로 콕콕 찌르는 듯한 통증이 찾아와 애를 먹었다.

신선한 공기를 쐬어 편두통을 잊기 위해서라도 걸어야 했다. 30분만이라도 내 시간을 가져야 했다. 멀리 가진 않고 그저 동네 한 바퀴 도는 것만으로도 기분이 한가로워지는 이 시간을 포기할 수는 없다. 아직 햇빛은 따스하고, 바람도 조금씩 일어 더 기분이 좋다. 이 바람에 편두통도 날아갔으면 좋겠다.

대학원 3학기째. 이번 학기에 나는 졸업시험을 봐야 하고, 과목도 4과목이나 들어 바쁘고 여유없기는 하다. 벌써 중간고사 일정이 다가오고, 해야 할 과제와 읽어야 할 책들도 많다. 그러나 조금 여유를 갖고 천천히 가도 좋으리라. 하루를 마감하는 걷기 시간에 나는 여유라는 단어를 계속 마음에 새겨본다. 내 몸과 마음에 여유가 있기를!

12시에 오전 수업이 끝났다. 30분 일찍 끝났다. 고로 오후 수업까지 두 시간의 여유가 생긴 것이다. 나와 다른 선생님 둘은 뱅뱅사거리까지 천천히 걷다가 칼국수 맛집에서 낙지칼국수를 먹고 남부순환로 앞으로 해서 넓은 궤적을 그리며 걸었다. 이쪽으로 걸어서 온 건 처음이었는데 생각보다 학교에서 뱅뱅사거리까지, 그리고 학교에서 양재역까지가 그리 먼 거리가 아니었다. 걸어서 충분히 다닐 만하고, 볼거리도 많아 심심하지 않은 길이었다.

나는 아주 오랜만에 강남역에서 양재역으로 이어지는 강남대로를 따라 걸었다. 이 길 어디쯤에 있는 오피스텔에서 일한 적이 있고, 그 일 때문에 KBO건물에도 자주 갔었고, 양재역 근처 회사에서 근무한 적도 있다. 그래서 이 길은 내게 아주 낯익고, 당당한 커리어우먼으로 살았던 젊은날을 떠올리게 해줘서 기분 좋은 그런 곳이다. 함께 일하던 친한 동료들과 퇴근 후 술 한잔에 힘들었던 하루를 위로받기도 한 거리다. 이 거리에 지금 내가 서 있다. 새로운 건물들이 많이 생겼고, 그 자리에 있어야 할 추억의 장소가 흔적 없이 사라지기도 했지만 거리는 그대로 있다.

한낮의 햇빛과 가끔씩 불어오는 바람이 잘 조화를 이루어 걷는 내내 기분이 좋다. 적당한 나른함과 다리에서 느껴지는 뻐근함마저 부담스럽지 않다. 참 좋은 봄날의 오후다. 우리는 외교본부 뒤로 보이는 산의 싱그러운 초록나무들을 멀리 바라보며 눈을 씻는다. 서울은 참 아름다운 도시다. 빽빽한 도심에서도 눈을 들어 보면 산이 보인다. 빽빽한 도시생활에서 숨을 쉴 수 있는 구멍이 되어주는 초록초록의 산들이.

남부순환로에서 학교로 이어지는 길마중길을 따라 다시 학교로 돌아간다. 지난주까지만 해도 그저 마른 가지만 높게 뻗어 있던 나무들에 새순과 잎들이 매달려 다른 모습을 보여주고 있다. 다음 주에는 또 어떻게 변해 있을까. 눈여겨보는 마음만 있다면 미세한 변화라도 발견할 수 있으리라. 관심과 애정이 있다면.

오전에 수원 더함파크에 볼일이 있어 6주째 가고 있다. 덕분에 한동안 가지 않던 서수원 도서관에도 다시 갈 일이 생겼다. 더함파크 가는 길에 도서관이 있기 때문이다. 책을 반납하고 다시 대출하는데 인기도서라고 전시된 책 제목 하나가 눈길을 끌었다. 정확히 다 기억나지는 않지만 『1분 안에 가는 여행…』이라는 내용의 제목이었다.

집에 돌아와 동네를 걷는데 그 책 제목이 문득 생각났다. '여행'이라는 단어와 '1분'이라는 시간 개념이 잘 연결되지 않아서일거다. 여행을 좋아하고 즐겼했던 내게 1분 안에 후딱 책을 통해 훑어보는 여행은 별 의미가 없지만 요즘은 정말 그렇게라도 해서 여행이라는 걸 다녀오고 싶다. 아니, 어디론가 좀 떠나고 싶다. 지금의 내 삶과 생활에 만족하며 감사하고 있지만 새로운 떠남이라는 걸 하고 싶다. 코로나 이전에는 아이들 때문에 쉽게 결단하지 못했고, 이제는 전세계적인 핑곗거리가 있으니 더더욱 실행하지 못하는 여행. 참 좋은 그 단어.

나는 여행을 참 좋아했다. 고등학교 때까진 학생 신분에 충실히 생활하느라 어디 여행갈 일이 없었지만 대학생이 되고부터는 시간과 여건만 맞으면 참 분주히 돌아다닌 것 같다. 20대에는 남자친구 또는 여자친구랑, 남자친구들 또는 여자친구들이랑. 써클 모임 또는 교회 모임이랑 주로 짝을 이뤄 다녔다. 그때는 혼자보단 둘이, 둘보단 셋이 더 좋은 때였다. 나 혼자 있을 때의 나보다 여럿이 같이 있을 때의 내가 더 나답다고 생각했다. 아니, 그런 생각을 할 필요도 없이 혼자 있을 때의 나는 이미 내가 아니었다. 군중 속에서, 무리 속에서 같이 있을 때의 내가 참된 나라고 여기며 무리에서 떨어져나가는 것을 가장 두려워하던 시

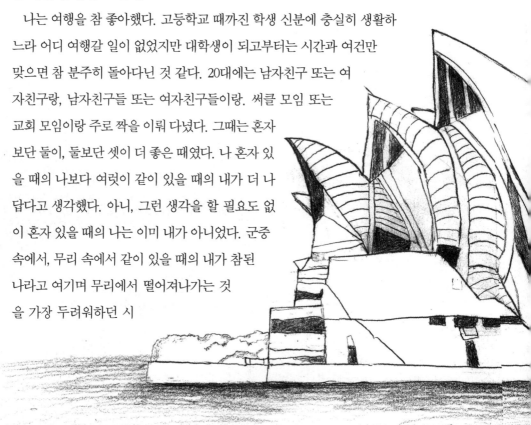

절이었으니까.

30대쯤 되니 조금씩 생각에 변화가 찾아왔다. 나를 둘러싼 환경이 변해 생각이 변한 것인지도 모를 일이다. 우선 내 주위에 사람들이 사라져갔다. 결혼이나 이민, 유학 등으로 모래알처럼 하나둘씩 슬금슬금 빠져나간 사람들이 그때까지도 내 곁에 남아 있는 사람들보다 더 많아졌다. 어느 순간 나는 혼자 아니면 아직도 나와 같이 다닐 수 있는 솔로 친구나 선후배와 둘이 여행을 다니기 시작했다. 여럿이 함께 하는 왁자지껄함은 없지만 그런 소박한 여행도 나쁘지 않았다.

언젠가부터 그 한 사람도 없어지기 시작할 무렵, 나는 급기야 혼자 여행을 다니기 시작했다. 아니, 둘이 함께 다니던 때부터도 어느 순간 혼자만의 여행을 갈망해왔었는지 몰랐다. 며칠씩 전국을 같이 돌아다녀도 의 상하지 않고 맘 다치지 않을 만한 친구들과 함께 다닌다 해도 둘보다는 혼자가 편해졌다. 나 혼자 내 맘 내키는 대로 돌아다니며, 쉬며, 먹으며, 놀며 생각하는 여행이 점점 필요해졌다는 뜻인지도 몰랐다.

코로나 시대라고 1분 안에 후딱 책을 통해 다녀오는 여행은 하지 않으련다. 대신 좋은 날이 오면 혼자 훌쩍 떠나 제주에 있는 친구를 만나고, 캐나다로 이민 간 선배도 찾아가고, 나 살던 중국 항주 집에도 다시 가보고, 아일랜드에서 아일랜드 남편과 살고 있는 후배의 pub에도 가고 싶다. 지금은 비록 동네 한 바퀴를 돌며 머릿속으로 생각만 하는 여행이지만 언젠가 꼭 좋은날이 오면 미루지 말고 해 보리라. 한 가지씩 마음의 여유를 갖고.

동네 걷기 여행을 마치고 일상으로 돌아간다.

오산 꿈두레 도서관에서 수업을 마치고 집에 가는 길에 친정에 들렀다. 지난주 금요일에 코로나 백신 주사를 맞은 엄마 상태도 궁금하고, 매일 엄마 점심을 챙기는 큰언니 수고를 덜어주고 싶어서이다.

요리하기를 귀찮아하지 않는 큰언니지만 남이 해준 맛난 음식을 먹는 건 요리만큼 기쁜 일일 테니 친정 근처 맛집에서 명태조림을 포장해서 들고 갔다. 엄마도, 언니와 형부도, 나도 모두 맛있게 푸짐히 먹을 수 있을 음식을 사가지고 가는 기분이 좋았다. 다행히 엄마는 백신 주사 후유증 없이 괜찮다고 하신다. 만약을 위해 미리 타이레놀을 사서 준비해놓은 딸들의 걱정이 무색하지만 별일이 없다니 감사한 일이다.

언니가 바리바리 싸준 반찬들이 잔뜩 든 가방을 차에 두고 잠시 지상으로 올라와 주변을 걷기로 한다. 어차피 집에서 수업 듣고 있는 아이 둘은 이미 점심을 챙겨먹었을 테고, 나도 점심 먹은 후 소화시킬 필요가 있기에 오늘은 친정 아파트 주변을 산책코스로 잡은 것이다.

친정 아파트 단지는 걸을 수 있는 길이 잘 조성되어 있다. 단지 안에 육상경기장 같은 초록색 트랙이 깔린 운동장이 있고, 지상으로 차가 다니지 않으니 안전하게 걸을 수 있다. 단지 밖으로 나가면 바로 황구지천으로 갈 수 있어 벚꽃터널을 이룬 길을 산책하는 재미도 있다. 황구지천을 따라 쭉 걸어가면 우리 동네까지 갈 수 있을 것 같지만 아직 그렇게까지 걸어본 적은 없다. 걸으면 두 시간쯤 될까. 더 될까. 한번 시도해보려 하다가 완주할 자신은 없고, 중간에 멈추면 차편도 마땅치 않아 주저앉았다. 체력이 더 붙으면 다시 도전해볼까 생각만 한다.

30분 동안 얼굴이 탈 만큼 따사한 햇볕을 쬐고 걷다 지하주차장으로 들어가니 시원함이 싹 밀려온다. 벌써 이렇게 시원한 게 좋으니 큰일이다.

이 시간에 산책을 하는 건 처음이다. 아침 9시도 되지 않은 이른 시각. 난 자의반타의반으로 아침의 신선한 공기 속을 걷고 있다. 호매실 도서관 주변이다.

학력인정이 되지 않는 대안학교에 다니는 큰아들이 오늘 고졸 검정고시를 본다. 시험 장소가 집에서 가까운 거리에 있는 학교라서 아들을 태워주고 집으로 돌아오는 길에 도서관에서 상호대차 책을 대출해야 했기에 잠깐 들렀다 오려 했다. 도서관 문이 열려 있어 입장이 되는구나 싶었는데 종합자료실 개관은 9시부터란다. 아직 오픈할 시간이 안 되었다. 15분 정도 남았는데 그냥 무료하게 기다리기보다 산책을 택했다. 한번 집에 들어가면 다시 나오고 싶은 마음이 쉽사리 들지 않으니 나온 김에 걸어야 한다.

아침 공기가 맑다. 지난 3주 동안 토요일만 되면 비가 왔는데 오늘은 맑고 포근한 주말이다. 거리에 사람들이 많지 않다. 느긋한 주말 아침을 즐기나 보다. 평일에 할 수 없는 늦잠과 늦은 아침, 늦은 세수, 늦은 볼일. 오늘은 그런 날이다. 나는 도서관에서 집에 가면 10시부터 줌으로 하는 회의가 있다. 그 회의를 마치면 나도 느긋하게 쉴 수 있으리라. 큰아들은 시험을 마치고 혼자 걸어온다고 하니 그때까지는 나도 휴일을 여유롭게 즐겨보리라.

참, 오늘로 걷기 시작한 지 100일이 되었다. 이제 나는 비로소 사람이 되었다. 쓴 마늘이 아니라 자연이라는 달콤함을 먹고 푸근해진 사람이.

121

내가 좋아하는, 성적과 관계없이 오래된 관습처럼 가족 같은 마음으로 응원하는 팀의 야구경기가 시작되는 2시 전 얼른 산책을 나선다. 야구가 시작되면 5시 전엔 끝나지 않을 거고 저녁으로 갈수록 걸을 시간 내기가 어려울 것 같아서다. 봄볕을 만끽하며 걷고 싶기도 했다. 창문을 열어놔도 바람이 전혀 차갑지 않은 걸 보니 봄이 무르익었나 보다.

아파트 단지 안 산책길을 따라 걷기로 한다. 멀리 가기에는 마음이 급하다. 산책길을 따라 형형색색 피어 있는 꽃들과 파릇파릇한 나뭇잎들 사이에서 그 생명력에 감탄하며 걷는다. 철쭉들도 점점 피어가고 있고, 키작은 민들레도 땅바닥에 붙어 가득 피어 있다. 세상은 바야흐로 봄, 죽어 있던 것 같은 나무들도 믿겨지지 않는 생명력을 뽐내며 존재감을 드러낸다. 어느 뛰어난 의사들이 그리 생명을 잘 살릴 수 있을 것인가. 때맞춰 내리는 비와 적절하게 부어주는 햇볕과 살랑이는 바람결 그리고 그 모든 걸 허락하신 신의 온화한 사랑이 자연 속에 스며있다. 봄 산책을 하며 나는 정말이지 경이로운 자연을 느낀다. 아니, 발견한다. 세상과 사람과 일 속에서 오직 눈앞의 일들에 급급해 살 때는 미처 보지 못했던 자연이라는 존재가 이제 인생 중반기에 오니 느껴지고 보아진다. 내가 알고 살던 세계와 또 다른 세계가 있음을, 있었음을 알게 된 것이다. 산책이 내게 준 여유로움.

남편과 큰아들은 광교산에 갔다. 산은 또 얼마나 화려하고 웅장한 생명력을 보여줄 것인가. 그 생명력을 가득 안고 그들이 돌아왔으면 좋겠다. 돌아오면 피곤하고 나른하겠지만 그들 마음속에 스며든 그 힘으로 살아가는 하루하루가 되었으면 좋겠다.

조용히 봄비가 내리는 차분한 월요일이다. 자전거 타고 학교 가던 큰아들이 다시 돌아와 자전거 대신 우산을 챙긴다. 분명 아들이 나가기 전 창밖을 내다봤을 때는 우산 쓰고 다니는 사람들이 없었는데 아주 잠깐의 시간차에 상황이 바뀌었다.

나도 산책을 나간다. 어차피 일기 예보상으로 하루종일 비 소식이 있으니 지금부터 언제든 나가도 별 차이 없을 것이다. 오전보다 오후가 기온이 내려간다 하고 지금 시간이 가장 여유로우니 비 오는 봄날 월요일 아침 걷기를 하려 한다. 우산을 펴고 밖으로 나가니 비 양은 많지 않다. 빗줄기가 눈에 보일 만큼 드문드문 내리는 듯하다. 우산에 떨어지는 빗소리도 간간이 들리는 걸 보니 우산을 쓰기도 뭐하고, 안 쓰자니 안경이 젖을 것 같은 정도의 비다. 이런 비는 반갑지 않다. 오면 오든가 안 오면 안 오든가, 딱부러지는 게 좋다. 그러나 이 비는 나를 위한 게 아니라 자연과 대지와 공기를 위한 것임을 느끼기에 겸손히 우산을 받쳐들고 걷는다.

지난주에 벚꽃구경 나온 사람들로 인간터널을 이뤘던 우리 동네 벚꽃맛집 매실길로 가보았다. 예상대로 한 주 만에 벚꽃들은 대부분 떨어져 나뭇가지에 붙어 있는 것보다 길바닥을 장식하고 있는 꽃들이 더 많다. 한때 찬란했던 벚꽃들이 시름시름 떨어지는 걸 보는 것은 그리 유쾌한 일은 아니나 이것이 저들의 끝이 아니기에 담담히 그네들의 모습을 받아들인다. 꽃들이나 나나 아무 일이 없다면 내년에도 또 만날 수 있을 것이다. 그때까지 잠시 안녕.

비가 와서 그런지 거리에 사람이 별로 없다. 덕분에 나는 사람이 안 보일 때 마스크를 잠깐잠깐 내리고 걸으며 꽃과 나무들에서 풍겨오는 진한 자연의 냄새를 맡을 수 있었다. 숲속에 들어와 있는 느낌이었다. 순간 숲에 가고 싶다는 생각이 들었다. 산림욕까지는 아니더라도 나무와 풀내음이 진한 숲에 들어가 앉아 있고 싶다는 생각. 그속에서 혼자 조용히 있고 싶다는 바람. 바람은 커다란 희망봉지에 담아두었다 언젠가 꺼내 이뤄보리라 마음먹으며 오늘은 그만 현실로 복귀한다.

오늘 새벽까지 비가 왔나 보다. 아침에 창밖을 보니 우산 쓴 사람들은 보이지 않으나 거리가 축축히 젖어 있었다. 해가 나지 않고 흐려서 기온은 높지 않은 것 같다. 이번 주 등교학습을 하는 둘째에게 어제보다 따뜻하게 입으라 일러주고 서둘러 외출 준비를 한다.

둘째보다 더 먼저 집을 나서야 하는 나도 따뜻하게 옷 입고 학교로 간다. 운전하는 중에 무심코 왼편을 돌아보니 파아란 하늘이 번져오고 있다. 앞쪽과 오른쪽 하늘은 아직 흐리고 어두운데 왼편(동서남북 중 어느 쪽에 해당하는지는 모르겠다)부터 하늘이 맑아오고 있나 보다. 막 피어오르기 시작하는 청소년들의 해맑은 얼굴처럼 파란 하늘이 흐린 그것과 대비되니 더욱 색감이 선명하다. 정신이 번쩍 나는 극한 대비였다.

오전 수업을 마치고 잠시 걷는데 함께 한 선생님이 그런 말을 하셨다. 자연은 촌스러운 색깔이 없어요. 적절한 표현이다. 보랏빛, 분홍빛 철쭉도 색감이 이쁘다고 느끼지 촌스럽다고 보이지 않는다. 사람이 보라, 분홍색으로 온몸을 감싸는 옷을 입으면 어떨까. 언제나 이쁘고 보기좋게 여겨지지만은 않을 것이다. 그러나 자연은 정말 촌스러운 색깔도, 감촉도 없다. 그것은 그 색이 그들만의 고유함이기 때문이리라. 일부러 꾸미거나 치장하려는 게 아닌 본질 자체가 주는 아름다움이리라.

흐렸던 하늘이 어느새 다 맑아지며 햇볕이 반갑게 몸을 감싸준다. 간간히 돌풍 같은 바람도 불어 긴장감을 주긴 하지만 아침보다는 완연히 따뜻해진 오후, 아이스 아메리카노 한 잔을 들고 길마중길을 걷다가 학교로 돌아간다. 세상이, 돗수를 올려 쓴 안경을 끼고 선명하게 바라보는 것처럼 모든 게 뚜렷해 보인다. 커피를 마시지 않아도 졸음이 올 것 같지 않은 극강의 선명함이다. 꽃이 떨어진 대신 초록색 기운이 올라오기 시작하는 길을 더 걷고 싶었으나 지금은 시간이 여의치 않다. 다음을 기약해야겠다.

바람이 차가워졌다. 오후 5시, 재활용 쓰레기를 잔뜩 들고 나와서 분리수거를 한 후 걷는데 오랜만에 춥다, 는 느낌이 들었다. 낮에 학교에서 집으로 돌아올 때는 별로 못 느꼈는데 저녁이 가까워지니 기온이 급 떨어지나 보다.

오늘은 오전 수업 마치고 바로 집으로 왔다. 두시부터 시작하는 오후 수업이 줌으로 열리기 때문이다. 덕분에 다섯시까지 전혀 걸을 시간을 내지 못해 수업이 끝나자마자 쓰레기 버린다는 핑계를 나에게 주며 걷기에 돌입했다. 아주 작은 핑계라도 내세우지 않으면 걸을 만한 이유와 동력을 내기 힘들다는 걸 지금까지의 경험에서 알게 됐기 때문이다. 몸이라는 건 게을러지는 게 본능인지 가만히 있고 싶고 움직이기 싫을 때가 다반사다. 나를 강제하지 않으면 저절로 되어지지 않는 게 운동인 듯하다. 아까 수업중 어떤 선생님이 그랬다. 건강하기 위해 운동을 해야 하지만 30년째 못하고 있다고. 나 역시 이렇게 걷고 글쓰기를 하지 않았다면 날마다 30분 걷기는 애저녁에 끝났을 것이다. 글쓰기가 나의 동력이다.

하늘은 쨍하게 맑은데 바람이 차가워 겉옷 지퍼를 끝까지 올리고 고개를 숙인 채 걷는다. 이렇게 서늘한데 14살 딸내미는 반바지를 입고 자전거를 타다 왔다. 안 춥냐고 했더니 자전거를 타서 오히려 덥단다. 자전거를 타면 바람을 맞아 더 춥게 느껴지는데 젊다못해 어린 딸내미는 그게 아닌가 보다. 그애의 젊은 기운이 부럽긴 하지만 감기 걸릴까 걱정하는 엄마 마음도 부정하진 못하겠다.

어제오늘, 이틀 동안 네 과목을 듣는 이번 주 대학원 생활이 끝났다. 벌써 다음 주면 중간고사. 시험준비도 해야 하고 과제도 많다. 내가 원해서 하는 공부고, 하면 할수록 재밌다는 생각이 들지만 힘에 벅찬 건 사실이다. 공부에 나이가 어딨어, 라는 말과 공부에는 다 때가 있다, 는 말 두 개가 모두 맞는 것 같다. 나에겐 지금 대학원 공부가 적당한 때이긴 하지만 조금더 일찍 그 때를 맞이했다면 좋았을 걸 하는 마음도 든다. 그러나 지금이라도 내게 공부의 때가 와줘서 감사하다. 나를 둘러싼 모든 환경에.

오전에 볼일을 마치고 집에 가는 길에 짬을 내어 동네를 걸었다. 딸내미 점심시간인 12시 40분 전에 집에 돌아가서 점심을 준비해줘야 하는데 딱 30분 정도 여유가 있을 것 같아 정말 막간을 이용해 걸었다. 어제 오후는 바람이 차가웠는데 오늘은 그런 느낌이 없다. 햇빛이 좋아서 아, 오늘은 날이 참 좋다, 고 느껴지는 날이다. 제주에 있는 친구는 날은 좋은데 바람이 좀 분다고 했다. 어제 수원에 불던 바람이 밤 사이 제주로 내려갔나 보다, 고 생각했다.

볕을 받으며 걷는데 아침에 돌려놓고 꺼내지 않은 세탁물들이 문득 생각난다. 볕 좋은 날 빨아 널려고 아들들 침대시트를 돌려놨는데 꺼내서 너는 걸 깜박하고 집을 나온 것이다. 햇볕 좋은 날이면 그 볕이 아까워 빨지 않아도 되는 이부자리들을 빨아 바짝 말리는 건 중국생활부터 얻은 나의 취미이자 생활방식이다. 건조기는 당연히 없고 햇볕조차 빨래를 말릴 만큼 신통하지 않던 중국의 겨울날. 어쩌다 햇볕이 반짝 나면 그걸 놓치면 안 되었다. 빨래 타이밍인 것이다.

그러지 않아도 되는 날들이 한참이나 지난 한국에서의 나는 아직 그 버릇을 못 고치고 있다. 아침에 일어났는데 볕이 좋으면 뭐 빨 거 없나 방들을 들락거린다. 아무것도 건진 게 없으면 걸레라도 빤다. 언젠가부터 일찌감치 빨아놓고 정작 세탁기에서 꺼내는 걸 까먹어 하루를 묵히는 때가 생겨났다. 나이가 들어가는 증거인가.

다용도실의 세탁기에 정신이 쏠리자 걷는 시간이 더디게 느껴졌다. 그까짓거 집에 가서 널어도 충분히 마를 시간이 있고, 걷는 시간은 기껏해야 삼십분인데 뭘 그리 신경을 쓰는지. 아마 오늘은 걷고 싶지 않은 이유리라. 꾀가 나는 것이리라. 그러나, 그래도, 나로부터 오는 유혹을 이기고 충분히 걷고 집으로 돌아간다. 집에 가서 제일 먼저 할 일은 정해졌다.

 꿈두레 도서관에 가는 날이다. 갈 때부터 날이 흐리고 금방이라도 비가 올 것 같았지만 내리지는 않고 하늘이 무겁게 가라앉아 있다. 오늘은 하루종일 비가 내려도 이상하지 않을 슬픈 날이라 어두운 하늘만큼 내 마음도 습기에 젖어든다. 벌써 7주기라니, 어제 큰아들이 그랬다. 그 아이들이 살아 있다면 직장에 다니겠네, 라고. 그렇네, 그네들에게 그 일이 없었다면 스물네다섯살 에너지 넘치는 청년들이 되었겠지, 라고 답하며 무심한 세월의 흐름에 우리 가족 모두 무상함을 느꼈다. 나는 수업하러 가는데 큰아들은 학교에서 단체로 주현숙 감독의 영화 「당신의 사월」을 보러 갔다. 영화관 하나를 전체 대관해서 보는 거라 아침 일찍 집에서 나갔다. 아들은 재작년 오늘에는 영화 「생일」을 보면서 마음이 아팠다고 했다. 오늘의 감상평은 어떨지 기대가 된다.

 청소년기의 나를 보듬어주는 글을 쓰는 도서관 수업을 마치고 집으로 돌아오는 길에 드디어 비가 내린다. 힘차게 내리지도 못하고 앞유리를 살그머니 적시는 빗줄기다. 비에 반응하는 와이퍼가 간간이 움직여도 운전에 지장없을 정도로 약한 비다. 아직 걷지 못해서 집에 돌아가 점심 먹고 걸을 생각인데 이 정도라면 충분히 걸을 수 있겠다. 비가 그치길 기다릴까.

 집에 거의 다 왔을 때 비가 완전히 그쳤다. 대신 바람이 차갑다. 딸과 점심을 먹고 나서 비 멈추고 바람은 일어나기 시작한 동네를 걸었다. 비가 씻어간 깨끗한 공기에 바람결에 묻어온 비릿한 냄새가 맡아지는 듯하다. 저 먼 바다 밑바닥부터 올라오는 냄새인가.

 정혜신과 진은영의 대담집 『천사들은 우리 옆집에 산다』를 다시 읽고 싶은 날이다.

황사와 미세먼지가 볕좋은 토요일을 흐려놓았다. 시력이 맞지 않아 희뿌연 렌즈를 끼고 바라보는 세상처럼 막이 끼어 있는 듯한 날이다. 12시 정도부터 황사가 더 심해지고 비가 온다기에 그 전에 산책을 나간다.

아파트 단지 안 잔디 위에서 남자아이들이 야구를 하고 있다. 마스크를 쓴 채 공을 치고 달리면서도 아이들은 쉴새없이 떠들며 소리를 지른다. 마스크와 황사로도 막을 수 없는 에너자틱한 아이들이다. 저렇게 뛰어놀며 자라는 거겠지. 그러나 자라나는 건 비단 아이들만이 아니다. 꽃이 졌든, 피고 있든, 봉오리가 맺혀 있든 식물들은 위로 옆으로 새로운 가지를 내뻗으며 키가 자라고 있다. 꽃도 이쁘고 기특하지만 새롭게 뻗어나오는 여린 가지들과 순한 새잎들이 내 눈과 마음에 신선함을 준다. 짧은 밤톨머리 소년 같은 생기가 절로 느껴진다.

서수원체육관 앞에 있는 미니골프장에 어르신들이 삼삼오오 모여 골프를 즐기는 장면이 보인다. 사람들이 오가는 공원에 있기에 딱딱한 골프공이 아닌 말랑한 소프트볼 같은 공을 치고 있다. 코로나로 이마저도 금지됐었는데 이제 그 금지가 풀렸나 보다. 8홀로 이루어진 미니구장인데 제법 사람들이 보인다. 하긴 골프장도 정상운영되는데 어르신들의 이 작은 여가활동지를 막을 필요는 없을 것 같다. 서로 조심만 한다면 말이다.

집에 돌아오는데 점점 하늘이 더 뿌예진다. 봄날 황사, 언제나 이런 말을 안 듣는 세상이 올까. 내가 어른이 되었을 때 세상은 지금보다 더 살기 나빠지지 않을까, 진지하게 고민하는 중3 아들의 걱정이 기우가 되기를 간절히 바란다.

　파란 하늘에 흰구름 몇 점만 떠다니는 평온한 휴일이다. 그런줄 알았다. 집안에서 볼 때는 그러했는데 막상 밖에 나가보니 바람이 불었다. 어제 부산 사직구장에서 펼쳐진 야구경기에서 회오리바람이 세차게 일어 선수들의 옷자락이 연방 펄럭거리고, 눈에 흙 먼지가 들어가 게임이 원활히 진행되지 못하는 걸 봤는데 그 돌풍이 오늘 우리 동네로 온 것 같다. 잔잔할 것 같은 휴일 풍경이 바람에 휩쓸려 다닌다.

　바람이 좀 잔잔할까 해서 사람들이 많이 다니는 수변공원 쪽으로 들어갔다. 사람들 속에 묻혀 바람을 피해다닐까 하는 요량이었지만 걷다 보니 별로 도움이 되지 않는다. 그냥 바람을 맞으며 당당하게 걷기로 한다. 이 와중에도 수변공원 공동경작지에 가족 단위로 나온 사람들이 텃밭을 일구고 있다. 이미 채소들이 심어져 있는 밭도 있고 어린 아이들까지 나와서 모종을 심고 물을 주는 구역도 있다. 휴일 풍경에 이보다 더 평화로운 장면이 있을까 싶다.

　아이들이 어린이집에 다닐 때 우리도 텃밭을 일군 적이 있었다. 어린이집에서 공짜로 분양해준 작은 텃밭이었지만 우리 가족은 호미며 삽이며 농기구들을 새로 사서 차 트렁크에 넣고 다니며 틈나는 대로 열과 성을 다했다. 한여름 땡볕도 겁내지 않고 우리 가족 첫 텃밭에 매달렸지만 폭우에 밭이 완전히 잠기면서 도시농부의 꿈을 내려놓았다. 남편과 가끔 그때 얘기를 하지만 아이들은 하나도 기억하지 못했다. 아이들에게 흙을 만지고 밟아보게 하는 소중한 경험을 주고자 노력했던 우리 부부의 노력은 그렇게 기억 속으로 잠겨버렸다.

　첼로연주곡을 들으며 걸으니 흙에 물을 주는 아이들의 동작도 리드미컬해 보이고, 옆에서 흐르고 있는 금곡천이 아름답고 푸른 도나우 강으로 보인다. 「사랑의 인사」가 흘러나올 때는 누구와라도 부드러운 인사를 주고받고 싶을 만큼 마음이 부드러워진다.

　음악과 함께 바람에 떠밀려 다니다 집으로 돌아간다.

남편과 막내딸이 출근과 등교를 한 후 아침 8시 30분부터 책상 앞에 앉았다. 그전에 이미 청소를 했고 세탁기까지 돌리고 있으니 내가 생각해도 너무 많은 일을 하는 것 같다. 이렇게 아침부터 부지런을 떨었던 건 내일 보는 시험공부를 하기 위해서다.

그래도 산책 나가는 건 빼먹지 않는다. 걷기 위해서이기도 하지만 졸음을 이기기 위해서이기도 하다. 아침부터 너무 열심히 달렸더니 허리도 아프고 점심까지 먹고 나니 졸음에 겨워 의자에 앉을 수가 없다. 30분 산책한다고 큰일 날 일은 없을 듯하여 과감히 집을 나선다.

어제 불었던 바람은 다 지나갔는지 오늘은 햇볕만이 거리에 가득하다. 집을 나서서 아파트 단지와 상가 사잇길로 접어드는데 어디선가 까마귀 소리가 요란하게 들린다. 산책 후 처음 듣는 소리가 까악까악, 이라니. 나의 자동적 사고는 아 참, 듣기 싫네 였다. 그러다 왜 나는 까마귀 소리를 듣기싫어하는지 다시 생각해보았다. 까마귀가 흉조이며 울음소리가 재수없다고 하는 건 우리나라 사람들 대부분의 인식일 것이다. 까마귀가 길조로 대접받는 나라들도 있으며 실제 까마귀는 머리가 좋아 학습능력이 있는 새라고도 하니 꼭 재수없는 새는 아닐 텐데 나도 아무 고민 없이 다른 사람들을 따라간 것이리라. 까마귀가 나를 기분 나쁘게 하려고 소리를 내는 건 아닐 테니 싫다 좋다를 떠나 그냥 다른 새소리처럼 자연스럽게 받아들여야겠다고 고쳐 생각해본다. 하지만 수원의 겨울 하늘을 뒤덮는 시커먼 까마귀떼와 아무 데나 떨어지는 하얀색 똥은 정말 싫다.

집에 돌아가는 길에 딸이 좋아하는 빨간 딸기를 산다. 무거운 가방을 메고 힘들게 학교에서 올 딸아이가 딸기 앞에서 함박 웃을 걸 생각하니 기분이 좋다. 이제 남은 오후 동안 다시 공부에 매진해보자. 가수 이적이 자신이 서울대에 들어간 비결이 있다면 어머니가 거실 큰 탁자에서 대학원 공부를 하기에 자신도 공부할 수밖에 없었다고 말한 게 생각나지만 나는 여성학자 박혜란이 아니고 내 아이들도 이적 형제들이 아니니 욕심은 내지 말고 우선 나라도 열심히 해보자.

드디어 끝났다. 며칠 전부터 부담스러웠던 중간고사가 오늘 끝났다. 잘 봤든 그렇지 않든 끝났으니 좋다. 4시 30분에 끝나는 수업 시간인데 일찍 시험을 마쳐서 평상시보다 한 시간이나 먼저 집으로 향해서 더 좋다. 맘 같아선 한낮의 텅 비어 있는 도로를 쌩 달리고 싶었지만 5030 속도제한을 신경쓰느라고 그러지 못했다. 4월 17일 이후 오늘 처음으로 운전을 했는데 속도 맞추는 게 여간 어려운 게 아니었다. 50km라니, 속도를 줄이면 사람이 보인다고 했는데 속도를 줄이니 허리가 꼿꼿이 세워진다. 속도 표시를 보며 운전하느라 그렇다. 교통사고 예방에 일조하는 거라고 애써 마음을 먹어 보지만 영 적응이 되지는 않는다.

한낮의 차 안이 덥다. 창문을 열어야 했는데 꽃가루가 들어온다. 창문을 닫고 꽃가루를 피할지 창문을 열고 바람을 맞이할지 선택해야 하는데 나는 전자를 택했다. 더위는 조금만 참으면 되지만 꽃가루는 옷에 묻어 재채기를 일으키니까.

집에 돌아와 잠시 집안을 정리하고 산책을 나간다. 시험이 끝난 홀가분함을 걸음에 담아 가뿐하게 걷는다. 운전할 때는 덥다고 느낀 날씨가 금세 선선해진다. 몸도 마음도 시원한 상태로 동네를 걷는다. 내 마음이 가뿐하니 지나다니는 사람들 모습도 경쾌해 보인다. 이런이런, 마음에 답이 있다. 내 마음이 편안하면 세상도 편안하다. 이런 상태가 항상성있게 지속되면 좋겠지만 그렇지 못한 것 역시 마음이 하는 일이다.

천천히 걷고 집에 돌아가는 길에 시험 보느라 애쓴 나를 위해서 시원한 아이스라테를 한 잔 사준다. 오늘 하루도 이렇게 지나간다. 감사한 일이다.

오후 5시, 거리의 공기가 아직 온화하다. 줌으로 진행된 문학평론가 양경언의 특강수업이 끝나자마자 산책을 나왔는데 낮 동안의 열기가 남아 있다. 기온이 빠르게 올라가고 있다. 걷는 시간을 잘 조정해야겠다.

현관 앞에 이사트럭 두 대가 꽉 들어차 있고 연방 바구니들이 운반되고 있다. 누군가 새로 이사를 오는가 보다. 이사를 온다는 건 먼저 간 집이 있다는 건데 그 장면은 보지 못했다. 누군지 알지는 못하지만 같은 아파트 같은 라인에서 몇 년을 함께 살았을 이웃이 어디로든 좋은 곳으로 이사가고, 새로 오는 가족도 좋은 이웃으로 공존했으면 좋겠다는 생각을 한다. 나 역시도 그들에게 좋은 이웃이 되어야 하리라. 내가 잘돼야 남이 잘 되는 게 아니라 남이 잘 되어야 나도 좋은 것이다. 나와 내 가족만 중요한 게 아니라 너와 당신들도 소중하다는 생각을 하고 지켜나간다면 조금 더 웃는 사회가 될 텐데. 산책을 하는 동안 그런 생각을 하며 내 삶을 돌이켜본다. 남에게 먼저 손 내미는 내가 되어야겠다고, 내가 공부하고, 강의하고 있는 치유글쓰기와 문학상담이 나와 너와 우리를 이롭게 하는 일이 되면 좋겠다고 생각해본다.

아직 거리에 남아 있는 온기를 몸과 마음에 받으며 걷다 보니 벌써 저녁때다. 집으로 돌아왔는데 이삿짐 하차는 아직 진행중이다. 이사 오는 집의 오늘 저녁메뉴는 짜장면일까. 오지랖 궁금중이다.

  점심을 먹기 전, 따스한 햇볕을 받으며 산책을 나간다. 오늘은 아무 일과 없이 쉬는 날이라 아침부터 집안일을 하고 내일까지 제출해야 할 과제를 하다가 머리가 돌아가지 않아 바람을 쐬러 나간다. 여러 책들을 읽고 종합해 한 편의 글을 만들어야 하는데 머릿속에서 엉켜있기만 할 뿐 이야기로 정리되어 나오지 않으니 엉켜있는 실타래, 그 자체다. 신선한 공기를 쐬면 풀릴까.

  삶의 결에는 참 많은 이야기들이 있다. 때로는 내가 이야기를 만들기도 하지만, 때때로 우연히 생겨난 이야기가 나를 이끌기도 한다. 나와 가족과 내가 사랑하고 사랑받는 사람들과 나와 아무 상관없는 타인들과 함께 어우러져 살아가는 이 세상에는 얼마나 많은 이야기가 떠다니는가. 그래, 나는 이야기를 남기고 싶었다. 어렸을 때부터 지금까지 쭉. 내가 만든 이야기를 다른 사람들이 읽고 듣기를 원했고, 세상의 그 많은 이야기 속에 내 이야기도 버젓이 끼어 있기를 원했다. 그도저도 아니면 공기 중에 부유하는 이야기들을 하나로 모아 새로움을 덧입히고도 싶었다. 그렇게 해서 몇 편의 책을 내기도 하고, 책으로 나온 것보다 더 많은 기사를 썼고, 지금은 나 아닌 다른 사람들의 인생 이야기를 끄집어내어 경청하는 일을 하고 있다. 그러고보면 나는 한평생 글과 이야기와 연결되어 살고 있는 사람인 듯하다. 아니, 나라는 사람 자체가 하나의 이야기인 것이다. 삶이 곧 살아가는 이야기일 터이니.

  산책을 다닐 때마다 스쳐지나가는 많은 카페 안 사람들은 때로 혼자 앉아 책을 보거나 공부를 하기도 하지만 대개는 둘 또는 그 이상이 모여 이야기를 나눈다. 나는 그들의 입모양과 표정을 보며 지금 무슨 이야기를 나누는 걸까, 상상해본다. 삶을 신나게 하는 이야기, 아름답게 하는 이야기, 풍성하게 하는 이야기, 나와 남을 살리는 이야기. 그런 이야기들이 오갔으면 좋겠다. 천천히 동네를 이야기처럼 떠다니다 보니 시간 가는 줄도 모르고 걸었다. 12시 40분, 중3 아들의 원격수업 중 점심시간이 5분 남았다. 서둘러 집으로 돌아간다.

화장기 하나 없이 본연의 모습 그대로를 드러낸 젊은 여인 같은 날씨다. 햇빛은 바람에 묻혀 드러나지 않고, 바람은 나무 사이를 돌아다니며 거리를 휩쓸고 있다. 덥지도 춥지도 않고 적당한 온기와 습도를 지닌 바람 속에 무언가 하고 싶은 말이 몰려다니는 듯하다. 바람이 전하는 말, 조용필의 노래 제목처럼.

1주일 등교학습을 마친 중1 딸이 집에 오자마자 햄버거를 먹고 싶다기에 그것도 살 겸 산책도 할 겸 겸사겸사 동네를 돌아다닌다. 수업 마친 학생들이 무거운 가방을 메고 터덜터덜 걷고 있고, 옷가게 앞에서 원인을 알 수 없는 다툼이 터져 길 건너편에 있는 나에게까지 큰소리가 들려오고, 노란색 학원차들이 쉴새없이 아이들을 실어나르고, 드라마 「라이브」의 이광수와 정유미를 닮은 듯한 남녀 경찰관들이 순찰하고 있다. 금요일 오후 4시경, 동네 풍경은 이렇다. 사람들 삶과 상관없이 낮게 모여 있는 흰 철쭉꽃들은 온 얼굴로 활짝 웃는 것 같아 그 앞에서 나도 기분이 좋다.

오늘은 책의 날이라고 한다. 예전에는 이날을 기점으로 책과 관련된 행사가 많이 열렸고 도서박람회도 여러 곳에서 개최되어 출판계가 들썩거렸는데 코로나 이후에도 이어지고 있는지는 모르겠다. 오전에 오산 꿈두레 도서관에서 치유글쓰기 수업을 하면서 나도 아직은 책과 연관된 일을 하며 살고 있구나, 하는 안도감이 들었다. 책을 쓰고, 책을 만들고, 책을 읽고, 책을 통해 삶을 나누는 일. 내가 평생 하고 싶은 일이며 그 중심에는 책이 있다. 나는 책을 사랑한다.

산책을 마치고 아이들 줄 햄버거 세 개를 사들고 집으로 돌아온다. 내것도 함께 사면 좋을 텐데 언제나 아이들 것만 사게 된다. 내가 햄버거를 좋아하지 않는가, 그것은 아니면서 말이다. 내가 먹는 것도 좋지만 아이들 먹는 거 보는 것만으로도 행복해서인가, 그것도 아니다. 그냥 버릇인 것 같다. 나보다 아이들 위주로 사게 되는 것. 나를 위해서는 돈을 잘 못 쓰는 것. 에고, 그러지 말자, 나 자신.

알람을 맞추지 않아도 되는 느긋한 주말 아침이다. 금요일밤 힐링예능을 보고 잠든 나도, 일주일 동안 기다린 프로그램 「고등래퍼 4」 끝나고 잠든 아들들도 모두 늦게까지 푹 잤다. 과제들과 시험준비로 긴장했던 나도 오랜만에 무방비상태로 단잠을 자고 나니 느긋하게 아침을 맞는다. 진한 커피 한 잔을 마시며 신문을 읽는다. 행복이 따로 없다.

딸이 친구들과 짚라인을 타겠다고 나간 후 나도 산책을 한다. 어제부터 매달린 과제를 쓰느라 의자에 오래 앉아 있었더니 허리가 그야말로 뻑적지근하다. 공부에 가장 방해가 되는 건 내 신통치 않은 허리상태다. 원래 좋은 편이 아닌데 조금 무리한다 싶으면 여지없이 통증이 오고 펼 수가 없다. 신경외과 치료를 오래 받았는데 한참 병원을 가지 않으면 다시 또 도진다. 특히 의자에 오래 앉아 있는 건 정말 쥐약이다. 앉는 자세를 반듯하게 잡아준다는 보조의자도 써 보는데 별 도움은 되지 못한다.

허리가 안 좋다 싶으면 일어나 몸을 펴는 게 좋다. 더 좋은 건 아픈 허리를 부여잡고라도 걷는 것이다. 날마다 30분이라도 걷는 버릇을 계속 들이다 보니 전처럼 허리가 자주 아프지 않은 것만 봐도 알 수 있다. 공부하고 수업 듣느라 아팠다 나았다를 반복하지만 그래도 전처럼 침대에서 일어나지 못할 정도로 허리가 아프지 않은 건 순전히 걷기에 은혜를 입은 거라고 나는 생각한다. 그래서 지금도 이렇게 걷고 있다.

딸이 놀고 있을 짚라인 놀이터 쪽으로 가보았는데 딸의 모습은 보이지 않는다. 벌써 다 놀고 다른 데로 갔나 보다. 하긴 한 군데에 오래 붙어 있을 나이들이 아니다. 14세, 에너지의 흐름이 과다하게 왕성한 소녀들인 것이다. 딸과 친구들이 지나다녔을 법한 길을 따라다니며 동네 한 바퀴를 돌고 집에 돌아가는 길에 딸에게 전화를 하니 지금은 옆동네 아파트 놀이터에 있다고 한다. 내 예상 루트에 없는 곳이다. 오랜만에 친구들과 자유를 만끽하는 딸의 목소리가 높고 뚜렷하다. 딸이 행복해하니 나도 행복하다. 평화로운 주말 오후다.

휴일 정오 무렵의 수변공원 산책. 날이 덥다. 20도를 훌쩍 넘긴 초여름 날씨다. 반팔 반바지 차림의 사람들이 제법 보인다. 나도 그래야 할까보다. 이제 낮 시간의 산책은 무리라는 생각이 한 걸음 한 걸음마다 새록새록 든다. 더욱이 걷고 있는 날 힘들게 하는 게 또 있다. 눈송이처럼 휘날리는 꽃가루다. 수변공원은 온통 꽃가루 천지다. 모자와 안경과 마스크로 가렸지만 내 몸 틈틈이 꽃가루가 박힐 것만 같다. 예전에는 안 그랬는데 언젠가부터 꽃가루에 자꾸 재채기가 나니 더 신경이 쓰인다. 두 아들은 요즘 코막힘과 재채기로 알레르기 비염을 앓고 있다. 페퍼민트 오일을 떨어뜨린 가습기를 틀어주고, 침구의 먼지를 주기적으로 털어주고, 물을 자주 마셔도 아들들은 몇 년째 어느 한 철, 비염으로 고생한다. 이놈의 비염, 정말 싫다고 산책 나오기 전 둘째 아들이 한 말이 생각난다.

유튜브 알고리즘이 찾아준 경쾌한 풍의 그리스 음악을 들으며 걷고 있다. 행진곡처럼 빠르고 신나는 음악이라 걸음이 저절로 빨라진다. 햇볕은 뜨겁고 음악 때문에 빨라진 걸음에 금세 목이 마르다. 편의점 없는 공원길이라 물을 사마실 수가 없다. 이제는 물을 갖고 다녀야겠다고 생각한다. 오늘 산책은 앞으로 다가올 여름 대비 생각으로 바쁜 것 같다. 나 혼자 마음 속으로.

궁여지책으로 한대수의 「물 좀 주소」와 이적의 「물」 노래를 찾아 듣는다. 이적의 「물」은 이승윤 버전으로도 들었다. 둘다 좋다. 직접 마시지는 못하니 노래로라도 신나게 물을 마신다. 오늘 산책은 힘이 든다. 마스크 속 입안이 타들어가지만 걷다 보니 알람은 울리고, 끝이 난다. 이제 물을 마실 수 있다.

다시 월요일이다. 이제 이번 한 주만 지나면 4월도 끝난다. 며칠 안 남은 4월 하루하루를 알차게, 성실하게, 아름답게 살아야겠다. 잔인한 달 5월이 오기 전에. 영국 시인 T.S. 엘리엇은 4월이 잔인한 달이라고 했지만 나에게는 5월이 그러하다. 왜인지는 5월 달력을 보면 알 수 있다. 막내딸이 중학생이 되면서 어린이날 하나는 빠져서 그나마 다행이다.

어제보다 햇볕이 약해진 거리를 가벼운 몸으로 걷는다. 낮 산책은 피해야겠다고 생각했는데 버릇처럼 점심 먹고 나와버렸다. 긴팔 하나 입고 걷기에 딱 좋은 날씨다. 꽃가루를 피해 수변공원길로 가지 않고 차도 옆 인도로만 다닌다. 꽃가루 대신 차들의 소음이 시끄럽지만 이어폰을 끼고 있으니 그런대로 괜찮다. 정호승 시에 안치환이 곡을 붙인 「수선화에게」라는 노래가 경적소리 틈을 헤집고 들려온다.

무선이어폰을 끼기만 하면 눈앞에 펼쳐져 있는 실제 세상과 다른 자기만의 세상이 열리는 광고처럼 나도 나만의 세상 속에서 거리를 걷는다. "살아간다는 건 외로움을 견디는 일"이란 시인의 말이 하나하나 음표가 되어 마음에 들어온다. 사는 것도 외롭고, 이렇게 걷는 것도 외롭다. 그래도 외로움 견디며 살아가는 게 인생이라니 오늘도 나는 혼자 조용히 걷고, 내 삶을 산다. 어찌하겠는가. 삶의 길을 묵묵히 걸어갈 밖에.

오전 수업이 휴강이 되어 여유로운 아침에 산책을 간다. 집에서 아이들과 점심 먹고 오후 수업을 위해 학교에 가면 되니 시간 있을 때 미리 걷기로 한다. 비가 올 것 같기도 하고 괜찮을 것 같기도 한 애매한 날씨라 부지런을 떨기도 했다. 학생들은 다 등교한 후고 엄마 손 잡고 유치원이나 어린이집에 등원하는 꼬마들만 간간이 보이는 조용하고 한적한 아파트 단지 둘레길을 걷기로 한다.

요즘 우리 아파트는 동산이자 숲이다. 희고 분홍하고 자주하고 생생하거나 시들어가는 철쭉과 작고 노란 황매화, 그보다 더 낮은 곳에 노랗게 피어 있는 민들레와 고들빼기, 보라색 밥알이 뭉쳐있는 듯한 박태기나무, 부들, 줄, 자작나무, 소나무, 상수리나무 등 내가 알고 모르는 꽃과 나무와 풀들이 한데 어울려 살고 있다. 그들 내부 속사정이야 모르겠지만 인간의 눈으로 보기에 그들은 서로 싸우지 않고 각자 자기만의 삶을 성실히 살아가고 있다. 이 평화로운 동산을 걷는 오늘 아침 기분이 산뜻하다.

어제 오스카 여우조연상을 받은 배우 윤여정 덕분에 기분이 더 업된다. 나보다 딱 20년 많은 그를 보며 나도 저렇게 자연스레 늙어가고, 나이들어도 자기 일을 당당히 하고, 겸손과 유머와 자기 생각과 성실성을 가지면 좋겠다고 생각한다. 「미나리」에서 그가 연기한 할머니가 내가 보기엔 뭐 그리 대단한 걸까, 세계 다양한 영화제에서 30번이나 상을 받을 만한 연기였을까, 생각하지만 외국 사람들 생각은 다른가 보다. 할머니 같지 않은 할머니, 서양 할머니 같지 않은 동양 할머니가 색달라 보였을까. 늘어만 가는 동양인 혐오범죄를 조금이라도 누그러뜨려보자는 정치적 계산도 있지 않았을까. 이런저런 생각을 해보긴 하지만 어제 시상식을 보며 윤여정, 이름이 브래드 피트 입에서 나왔을 때 나도 모르게 환호성을 질렀으니 그의 수상이 그저 좋은가 보다.

영화 「아이 캔 스피크」의 배우 나문희가 국내 영화제에서 여우주연상을 받으면서 "할머니인 나도 할 수 있다."고 말했던 수상소감이 생각난다. 나문희든 윤여정이든 얼마 전에 세이집을 펴낸 양희은이든 70대 80대에도 건강하게 자신이 잘 할 수 있는 일을 하며 쿨하게 살아가는 우리 시대의 언니들이 더 많아졌으면 좋겠다. 나 역시 그렇게 되길, 될 수 있길, 바라며 아침 산책을 마친다.

시간은 흘러간다. 한번 흘러가면 되돌릴 수 없는 강물처럼, 한번 지나가면 다신 돌아오지 않는 바람처럼, 한번 떠나가면 다시 내 사람이 되지 않는 무정한 옛애인처럼, 시간은 흘러간다. 그래야 한다.

그러나 나의 시간은 잘 흘러가지 않았다. 가다 서다를 반복하는 명절 귀성길처럼 내 몸 속에서, 아니 마음 속에서 시간은 정체되어 있었다. 그것이 나의 병이었다. 오늘, 현실에 살지 못하고 이미 날 떠나버린 시간, 과거 속에 묶여 있는 것, 그래서 오늘이 슬픈 것, 그래서 미래도 잘 보이지 않는 것, 그게 나의 병이었다. 알면서도 못 고치는 병, 알고도 짓는 자범죄처럼, 예전엔 이랬다.

어제 대학원 수업 시간에 '시간'에 대한 철학자들의 사유를 토론한 이후 오늘까지 그 여파가 남아 나의 시간을 생각해본다. 오전 수업만 대면수업하고 얼른 집에 돌아와 오후 수업은 줌으로 하느라 오후 5시까지 걸을 시간이 나지 않았다. 물리적 시간은 흘러갔는데 나는 하루종일 시간이 없다고 느꼈다. 수업이 끝나자마자 저녁 준비를 해서 식구들 밥을 먹이고 재활용 분리수거할 쓰레기들을 들고 나가며 걸을 시간을 확보한다. 잘 흘러가지 않는다고 느끼는 나의 시간들은 이미 오래전 일, 이젠 시속 50km 속도로 적절하게 지나가고 있다. 20대에는 시간이 20km로 가고, 50대에는 50km로 간다 하지 않는가. 전에는 50km라는 속도가 결코 빠르다고 생각하지 못했는데 요즘 5030속도를 지키며 운전하다 보니 멈추지 않고 그 속도로만 꾸준히 간다면 나름 속도감이 있다고 느끼게 된다. 마치 50대의 내 하루하루처럼.

저녁의 조금은 서늘한 공기를 느끼며 걸으니 하루가 정리되는 기분이 든다. 오늘 하루의 시간이 잘 마무리되는 느낌. 앞으로 날씨가 더워지면 점점 밤산책이 늘어나겠지. 오늘은 예행연습삼아 걷는다. 이렇게 오늘 하루 나의 시간이 저물어간다.

오전 할 일을 다 마치고 일찌감치 산책을 다녀올까 했는데 아늑한 침대가 자꾸 끌어 당겨 정돈한 이불 속으로 다시 들어갔다. 몸이 원하나 보다 생각하고 클래식방송을 들 으며 누워 있는데 어느샌가 스르르 개잠에 들었다. 영화 「사랑의 블랙홀」의 톰 행크스처 럼 저절로 눈이 번쩍 떠졌는데 시계를 보니 한 시간 정도가 지나 있었다. 한숨 자고나니 정신은 말짱하고 좋은데 일어나고 싶은 마음은 들지 않아 그냥 더 밍기적거렸다. 오늘 은 게을러지고 싶은가 보다, 나 자신이. 창밖을 보니 황사인지 안개인지 하늘이 뿌예서 더 늘어지고 싶은 것 같기도 하다. 어느새 목요일, 지난 삼일 열심히 달렸으니 이 잠깐 느그적거린다고 안 될 건 없다. 어제 함께 대학원 수업 듣는 어느 선생님이 내게 그랬 다. 미친 듯이 너무 열심히 달리는 거 아니냐고. 하나 끝나면 또 다음 거, 그 다음 할 일 을 위해 매진하는 내가 너무 급해보였나 보다.

충분히 쉴 만큼 쉬고 일어나 산책을 나간다. 구름이 변화무쌍하게 움직이고 먼지와 습기 먹은 바람도 지 멋대로 동네를 휘젓고 다닌다. 햇볕이 잠깐 나왔다 또 들어가며 숨 바꼭질을 한다. 변덕스런 날씨다. 나는 어디라고 목적하지 않고 그저 발길 닿는 대로, 신호등이 이끄는 대로 걸음을 걷는다. 어느 초등학교에서 행사를 하는지 스피커 소리가 온 동네에 가득하다. 코로나 이전에는 학교에서 울리는 수업멜로디 소리가 시간마다 들 려왔지만 이제 그 소리는 더 이상 들리지 않는다. 수업을 하지 않으니 들을 수가 없다. 지금 저 초등학교에서 나는 소리가 전에는 소음으로 들렸을 법하지만 지금은 그마저도 반가운 마음이다. 사람이 살고 있다는, 아이들이 커간다는 뜻일 것이므로. 아이들은 교 실 안에서 낭랑한 목소리로 책을 읽고 있을까.

집에 돌아가면 오늘은 시집을 읽으며 하루를 릴랙스해야겠다. 오늘 하루는 나에게 주 는 휴식, 여백이라 생각하자.

마법 같은 날씨였다. 아침에 눈을 떴을 때 햇볕이 짠하고 나서 이제 비가 그쳤나보다 했다. 새벽녘에 비 오는 소리를 들었기 때문인데 일기 예보상으로도 새벽에만 비 소식이 있어 예보가 맞구나 했다. 그래서 수업을 가기 전에 반짝 난 햇볕에 아들 이불을 빨아 널어주려고 급하게 세탁기를 돌렸다. 널어놓고 갈 시간은 안 돼 유연제까지만 넣고 오산으로 향하는데 가는 도중 별로 흐리지도 않은 하늘에서 비가 쏟아지기 시작했다. 집을 출발한 지 몇 분 안 돼 주유를 할 때까지도 괜찮았는데 정말 갑자기 비가 내렸다. 와이퍼가 자동으로 반응하는 걸 보고서야 비가 오는구나 느꼈을 정도로 전조 없이 급작스런 비였다.

오산에 가는 내내, 그래서 걱정이 되었다. 비 오면 나가기 귀찮아지는 게 사람 마음인지라 혹여나 결석자가 생기지 않을까 염려되었다. 그런데 정말 마법처럼 도서관에 도착해 주차하는 순간 비가 딱 그쳤다. 9시 42분이었다. 우연의 일치이겠지만 나는 순간 감사합니다, 를 외쳤다. 잠깐 비가 와서 황사가 조금이라도 씻겨 감사하고, 비가 그쳐서 감사하고, 걷거나 자전거 타고 오는 수강생들이 편하게 올 수 있어서 감사했다.

수업을 마치고 집에 돌아오는 길에 우리 동네 도서관 주변을 걸었다. 상호대차 책을 대출받으러 온 김에 여기서 걷기로 한다. 어차피 오는 길에 친정에서 점심을 얻어먹었고, 집에 가도 아이들이 수업을 듣고 있을 거라 서둘러 귀가할 필요가 없다. 엎어진 김에 쉬었다 간다고 주차한 김에 비 그친 오후의 동네를 걷는다. 비에 씻긴 말갛고 초록한 잎사귀들이 말끔해 보인다. 꽃은 한때지만 잎들은 오래 남아 자기 자리를 지킨다. 꽃에 눈길을 빼앗기지만 잎들은 그저 자기 자리에서 자신의 삶을 산다. 나도 그러하지 않을까 이입해본다. 누구에게 눈길 가득 받는 삶은 아니지만 내 자리에서 충직하게 내 삶을 사는 삶. 지금까지의 삶도 그러했고 앞으로도 그러할 것이다. 때로 그 역할수행이 지겹고 힘들고 외롭지만 어쩌겠는가, 나는 꽃보다 잎과인 걸. 어느 시인의 싯구처럼 "초록이 지쳐 단풍드는" 게 아니라 초록을 다 겪고 단풍들기를 선택하는 삶을 살리라. 산책에 깃든 생각이다.

5월의 첫날, 중학교 1학년 딸아이 여름 교복을 사러 간다. 오늘부터 삼일 동안만 교복을 맞출 수 있는데 주말에 딸과 데이트삼아 나간다. 팔달구청 주차장에 주차를 하고 5분 정도 걸어 교복집으로 간다. 바람이 세게 분다. 옷을 따뜻하게 입었는데도 춥다는 말이 절로 나온다. 딸과 팔짱을 끼고 딱 붙어 교복집에 가서 여름옷을 산다. 계절감각이 참 이상하다.

교복을 받아들고 근처 오래된 문구점에 들어가 문구와 완구를 구경하던 딸이 몇 가지를 사들고 나온다. 집으로 바로 가지 않고 이렇게 시간을 보내고 있는 건 언니들과 합류하기 위해서다. 마침 시간이 맞은 언니들과 나와 딸, 넷이서 화성행궁 근처에서 거닐고 놀고 먹으려 한다. 버스를 타고 온 언니들과 한옥기술전시관에서 만나 나무 냄새 가득한 전시관 내부를 구경하고 행리단길로 들어선다. 지금이야 이곳을 행리단길이라 부르지만 우리 자매에게는 신풍동, 우리들이 살던 옛집이 있는 정겨운 홈타운이다. 나혜석 생가터가 있는 거리 뒷길에 내가 태어나서 9살까지 살았던 집이 있다. 나 혼자, 또는 작은언니와 몇 번 와본 적은 있으나 세 자매가 모두 오기는 처음이다. 거기에 내 딸까지 2대가 함께는 더더욱 처음이다. 지금 그곳엔 4층짜리 연립주택이 들어서있다. 초록색 양철 대문에 마당이 길쭉하게 나 있고 본채와 사랑채, 별채에 세 가구가 살았던 196, 70년대 단층집 기억을 갖고 있는 건 우리 가족만의 특권이리라.

이곳엔 친구 집이 있었고 저기엔 방앗간이 있었다고 기억하는 언니들과 달리 내가 기억하는 건 우리집 골목을 지나 큰길이 나오고 그 길 너머에 있는 친구 집까지 서로 데려다주기를 반복했던 국민학교 1학년 시절 친구다. 이름도 기억난다, 김혜성. 우리집에서 놀다 그애 집까지 같이 가고, 다시 우리집까지 함께 오고갔던 골목친구. 나는 지금도 그 길에 서면 자연스레 그 아이가 생각나고 함께 걸었던 길이 생각난다. 사람은 없지만 추억은 남아 있다.

언니들과 골목길 추억여행을 하다가 어느 식당에서 피자와 떡볶이를 먹고 다시 길을 가려고 했는데 밖에 비가 내리고 있다. 우산이 하나밖에 없는 우리들은 잠시 고민하다가 나 혼자 우산을 쓰고 주차장에 가서 차를 가지고 오기로 했다. 중요한 임무를 띤 첩보원처럼 선경도서관 근처에서 팔달구청 주차장까지 빠르게 걷는다. 식당에 들어갈 때까지도 맑았던 하늘이 순식간에 잿빛으로 변해 우산 없이 거리에 떨어진 사람들이 내 옆을 빠르게 스쳐간다. 이런 날 나 혼자였다면 창가 자리 카페에 앉아 맥주를 마시며 비구경을 했을 텐데 타이밍이 아쉽다는 생각을 한다.

무사히 임무를 완수해 언니들과 딸을 태워 집으로 간다. 주말을 즐기고 싶었지만 비 내린 거리에서 더 이상 할 게 없다. 이 정도로 만족.

중3 둘째 아들과 집을 나선다. 학교를 가지 않아 신경쓰지 않는 새 덥수룩하게 자란 머리를 자르고 자기 방안 어딘가에서 잃어버린 소프트렌즈 한 짝을 대신해 새로 렌즈를 맞추기 위해 나선 외출이다.

동네 단골 미장원에 들러 머리를 자르는데 주인 아주머니가 연신 아들이 키가 많이 컸고 인물이 난다고 칭찬한다. 사춘기 시큰둥한 아들은 키가 그대로라고 나지막히 대답한다. 초등학교 때부터 다닌 미장원이라 아주머니가 보기에 하루하루 커가는 게 달라보이나 보다. 내 눈에는 별 차이 없게 느껴져도 오랜만에 보는 눈은 또 다를 텐데 이 청소년은 남의 관심이 별로 기쁘지 않은가 보다. 사춘기는 아직 사춘기다.

온라인수업하느라 컴퓨터를 오래 보고, 쬐그만 핸드폰 액정으로 세상을 보다 보니 아들의 눈은 더 나빠졌다. 잃어버린 렌즈 한 짝 대신 새로 온전한 두 짝을 맞추고, 안경도 돗수를 높여 하나 더 장만한다. 눈 나쁜 엄마를 닮는 것 같아 안경점에 갈 때마다 아들에게 미안하지만 어쩔 수 없는 일. 더 나빠지지 않기 위해 나나 아들이나 서로 노력해야 할밖에.

어찌됐건 거의 집에서만 지냈던 아들과 간만에 바깥외출을 하고 둘만 오붓하게 걷는 휴일 기분이 나쁘진 않다. 몇 년 전만 해도 한 달에 한 번꼴로 아이들 한 명 한 명과 일대일로 시간을 보냈는데 요사이는 이런저런 핑계로 하지 못했다. 오늘, 둘째 아들에게 필요한 일을 해결해 주고자 함께 나온 둘만의 시간이 그래서 정말 좋다. 걸으면서 이런저런 얘기를 나누다 보면 옆에서 나보다 더 큰 키로 걷는 아들이 듬직하게 느껴진다. 이렇게 아들도 커가고 나도 나이가 먹어가나 보다.

마트에 가서 아들이 먹고 싶어하는 오징어볶음 재료를 사서 집으로 돌아간다. 오후 2시가 좀 넘은 시각, 얼른 집에 가서 야구를 봐야 한다. 내가 근 40년간 응원하는 팀이 요사이 1등을 하고 있다. 살다 보니 이런 날도 온다. 요즘은 야구 볼 맛이 난다. 그 즐거움은 아무리 아들이라도 양보할 수 없다. 집으로 돌아가는 발걸음이 급하다.

오후 네시, 수변공원에 가득한 햇볕을 받으며 산책을 하고 있다. 오늘은 큰아들과 동행이다. 아침부터 아들과 함께 걸으려 이 시간을 기다렸다. 온라인수업이 끝나자마자 아들과 산책을 하는 건 행정복지센터에 가서 만 17세가 된 아들의 주민등록증을 발급받기 위해서다. 지난 4월 생일이 지나자마자 주민증 발급신청서가 집으로 날아왔다. 이렇게 이른 나이에 주민증이 나오는지 예전에는 미처 몰랐다. 나는 고3 때 받은 것 같은데 나 때와 지금을 비교하면 말 그대로 라떼부모가 되겠지. 아무튼 신기하고 대견하고 부담도 되었다. 그 한 장의 종이를 받고는.

5월 1일부터 내년 4월 안에 신청하면 되는데 성질 급한 나는 잊어버리기 전에 당장 가고 있다. 아들보다 내가 더 궁금해서이기도 하다. 주민증을 발급받아 바야흐로 성인 대열에 합류하는 아들의 모습이. 이제 좋은 시절 다 갔네, 라고 아들은 걸으면서 혼잣말을 한다. 성인살이의 고단함을 아들도 아는지 청소년으로 보호받고 살지 못하는 것에 대한 아쉬움인지 아들의 말에 여운이 남는다.

수변공원 나무들은 꽃이 진 대신 가지와 잎들이 무성해졌다. 전에는 내 키보다 한참 컸던 나뭇가지들이 이제는 머리 위에 와 있다. 그 밑에는 민들레홀씨들이 솜뭉텅이처럼 둥글게둥글게 모여 바다를 이루고 있다. 좀 멀리 가지 도로 제자리네. 아들이 한마디한다. 나도 그렇게 생각한다. 아들아, 너도 성인이 되면 멀리 가서 살아라. 도로 제자리에 머물지 말고. 이런 생각도 덧붙인다.

15분 정도 걸어 주민증을 만들러 갔다가 다시 그 시간만큼 걸어 집으로 오고 있다. 주민증 신청은 못했다. 기껏 사진을 가지고 갔는데 어깨가 나오지 않아 안 된단다. 3.5*4.5 사이즈는 맞는데 어깨가 나와야 하는 사진에 얼굴만 크게 보여서 주민증 사진으로 쓸 수가 없다네. 이런 일도 있다. 다음에는 아들 혼자 가라고 했다. 급할 거 없지 뭐, 아들이 어른스럽게 말한다. 그래, 급할 거 없지. 증이 성인을 만드는 게 아니라 속이 여물어야 어른이 되니까. 헛걸음은 아닌 성싶다.

오후 수업이 한창 진행중인데 창밖에 비가 내리고 있었다. 양면이 통창으로 시원하게 나 있는 강의실인지라 비 오는 풍경이 고스란히 내 시야에 들어왔고 나는 그 고즈넉함에 빠져 살짝살짝 창밖을 컨닝했다. 세상이 조용하다.

점심 먹기 전과 후 길마중길을 산책할 때는 비가 오지 않았다. 그래서 잘 걸었다. 함께 걸은 선생님과 이야기꽃을 피우며 오후의 나른함을 즐겼다. 그때 비가 왔더라도 아마 우산 속에서 잘 걸었을지 모른다. 그러나 어쨌든 비 내리는 창밖 거기에 내가 있지 않고 여기에 있어 다행이라 생각한다. 빗속을 걷는 것보다 비 오는 걸 보는 것을 더 좋아하기 때문이다.

집에 가는 길에 비는 더 거세어졌고, 라디오에선 계속 비에 관련된 노래가 나왔다. 나는 막걸리에 빈대떡만 생각났다. 오늘은 그저 빗소리 안주 삼아 막걸리에 부침개를 먹었으면 좋겠다는 생각. 내일부터 아이들은 단기방학을 해서 집에 온종일 머물 것이고 이번 주 여유 있는 내 시간은 아마 오늘이 전부일 것이다. 그 마음가짐 대비로 내가 좋아하는 시간을 가지고 싶다는 마음이 빗속에 녹아 막걸리로 스며든다. 막상 집에 가면 그 마음이 사라질지도 모르겠지만 라디오에서 나오는 부활의 「비와 당신의 이야기」를 들으면서는 그런 마음이 불쑥불쑥 들었다. 너무나도 자동적인 사고의 전형이다. 비 오는 날, 막걸리에 부침개.

집에 거의 다 왔을 때 빗줄기는 많이 약해져 우산을 쓰지 않은 사람들이 몇몇 보인다. 그렇다면 저녁메뉴를 바꿔볼까. 운전하고 오는 40여 분 동안 이랬다저랬다 혼자 북치고 장구치고 변덕스럽다. 어찌됐든 빗길을 안전하게 잘 왔다. 일단 그걸로 감사하다.

　어린이날이라고 해서 예전에도 그리 요란한 가정행사는 아니었지만 올해부터는 어린이날과 우리집은 관계가 없을 줄 알았다. 그냥 공휴일 중 하나라고 생각했는데 중1 막내딸은 아직 아쉬움이 남는지 만으로는 아직 12살이니 자신도 어린이라고 선물을 받아야겠다고 떼 아닌 떼를 쓴다. 웃으며 넘겨도 됐지만 생각해보니 딸의 말이 틀린 것도 아니었다. 올해까지만 딸에게 어린이날을 허락하기로 쿨하게 마음을 먹었다.

　딸이 원하는 건 단 하나, 굿즈샵에 가서 자기가 사고 싶은 굿즈를 사는 거다. 수원역에 있는 샵에 같이 가는 것까지가 딸이 원하는 것이고, 계산은 자기 용돈에서 까라고 하니 나는 동행만 해 주면 되는 일이다. 그래서 딸과 버스를 타고 수원역 애경백화점으로 간다. 그 안에 굿즈샵이 있기 때문이다.

　시내버스를 타면 되는데 먼저 온 마을버스를 탔더니 20분이면 족히 갈 수원역에 그 배나 걸려 도착했다. 우리 동네부터 친정집이 있는 오목천동과 수원산업단지를 두루두루 거쳐 낯익은 장소에 낯설게 도착했다. 어차피 급할 건 없으니 드라이브 삼아(내가 운전하는 것은 아니지만) 바깥풍경을 천천히 구경했다. 어린이날 노래가 절로 울려퍼질 것 같이 맑고 파란 하늘에 민들레홀씨들이 나무 위로 올라가 엉겨붙은 것 같은 하얀색 아카시아꽃들이 바람에 흩날리는 창밖풍경은 평화 그 자체였다. 저 나무들 사이사이를 걷고 싶다는 마음이 들었지만 아마 오늘 걷기는 백화점에서 하지 않을까 싶다.

　딸에게 선물을 안겨주고 서둘러 실내를 빠져나와 밖으로 나온다. 마스크를 쓰고 사람 많은 실내에 있는 게 점점 힘들어진다. 숨이 차고 머리가 지끈거린다. 이번에는 집까지 단번에 오는 시내버스를 타고 집으로 돌아온다. 백화점에 갈 때부터 버스를 탈 때까지 걸었던 시간이 두 시간쯤 된다. 뭘 그리 여기저기 다닌 것 같지도 않은데 시간이 후딱 가버렸다. 3시가 넘은 시각인데도 아직 점심을 안 먹고 있을 두 아들을 위해 집 앞에서 짜장면을 포장해서 들어간다. 어린이날엔 역시 짜장면이 최고다.

까딱하다간 늦잠을 잘 뻔했다. 아이들이 모두 단기방학이라 일찍 일어날 필요가 없어 아침에 느긋하게 눈을 떴다. 알람이 울리기도 했지만 알람보다 무서운 습관의 힘으로 눈을 뜨고 보니 오늘이 휴일이 아니고 누군가에게는 그저 평범한 목요일이라는 게 생각이 났다. 오늘 우리집에서 유일하게 출근하는 남편 아침을 차려줘야 한다는 뜻이기도 하다.

그렇다. 오늘은 휴일이 아니고 평일이다. 아이들은 온라인수업도 없으니 평화로운 늦잠을 자고, 나는 남편 출근 후 조용조용 집안일을 하다가 산책을 나간다. 산책 나가는 길에 요사이 다시 도진 마스크 발진 치료를 위해 피부과에 들러야겠다고 생각한다. 병원에 사람이 많을 테니 접수를 해놓고 동네 한 바퀴 돌고 오면 되겠다고 계산도 세워 놓았다.

그러나 계산대로 되지 못했다. 12시가 좀 못 되어 병원에 도착했는데 출입문에 "접수 마감"이라는 흰 종이가 벌써 붙어 있다. 오전진료는 끝났다는 뜻이다. 지금 접수를 받으면 점심시간인 1시 전까지 진료가 다 안 끝난다는 뜻이기도 하다. 아쉽지만 하는 수 없이 돌아서 나왔다. 오후에 다시 오기는 그렇고 그냥 아들 피부과 갈 때 같이 진료를 봐야겠다고 생각한다.

어제보다 한결 차분해진 거리를 걷는다. 바겐세일 지난 쇼핑가처럼 조용한 일상의 모습이다. 아니면 한 타임 바쁜 시간 후 잠시 숨고르며 다음 피크타임을 기다리는 것 같기도 하다. 어린이날 시즌은 지났고 이제 이틀 후면 어버이날이 오는 것이다. 거리에 카네이션 생화를 파는 사람들이 많이 보인다. 친정에 갈 때 가져갈 것을 미리 사놓을까 생각하다가 나중에 사지 뭐, 한다. 나는 아직도 어버이날이라고 카네이션을 사서 엄마에게 드리는 게 쑥스럽다. 아이들에게 받는 것도 그렇다. 어쩌면 별로 의미를 두지 않는 건지도 모른다. 어버이날과 카네이션의 연관성에 대해.

오랜만에 동네산책을 찬찬히 마치고 집으로 돌아간다. 오후에는 할 일이 많다. 우선 아이들 점심부터 먹여야겠다.

아침이 저녁 같은 날이었다. 오산 꿈두레 도서관 강의실에 앉아서 창밖을 보니 비바람에 나뭇잎이 마구 흔들리는데 어둠이 배경색이었다. 오전 수업이라는 걸 잊었다면 저녁 어스름 속에 있다고 오해할 정도였다. 다행히 어둠은 그리 오래가지 않아 제 시간에 자리를 비켜주었다. 금요일마다 마법이 펼쳐지고 있다.

오후 세시, 난 양평 두물머리를 걷고 있다. 오늘부터 삼일간 가족여행을 왔다. 아이들 단기방학이라 남편이 시간을 내어 모처럼 완전체 여행을 떠났다. 남편이 베트남에 있을 때부터 별러왔던 가족여행을 양평 용문사 근처로 정했고 가는 길에 두물머리 산책을 하기로 했다. 내겐 두물머리라는 이름보단 양수리라는 이름으로 더 추억이 많은 곳이다. 이곳에 내 가족과 함께 온 건 처음이다. 기분이 색다르다.

소원나무 밑에 사람들이 많이 모여 사진을 찍고 있다. 나와 아이들은 각자 그 밑에서 마음속 소원을 빌었다. 소원 비는 거보다 잠시 머물러 강물을 바라보는 게 넘 좋았다. 미세먼지가 매우나쁨이라 뿌연 대기 속인 게 아쉽긴 하지만 강을 바라보고 그 옆에 서 있는 이 시간은 힐링, 그 자체다. 연잎 핫도그 하나씩 먹고 이제 숙소를 향해 간다. 안전하고 고요한 여행이 되기를.

참 많이 걸었다, 고 한다. 내가 아니라 용문산 등반을 한 남편과 아들이 장장 6시간 동안 오르고내렸다. 그래서 그 둘은 녹초가 됐고 등산을 좋아하지 않는 나와 청소년 둘은 숙소에서 뗑가뗑가 쉬면서 슬로우힐링을 했다. 이제 여행을 가도 두 팀으로 나뉘는 게 이상하지 않은 우리집 풍경이 됐다.

내 조는 쉬자파크라는 곳에 가서 걸었다. 이름이 특이해서 가봤는데 산속 깊은 곳에 조성된 숲과 꽃과 풀들의 정원이다. 그렇게 높고 비탈진 곳에 인공적으로 조성하기보다 자연을 최대한 살려 치유공간을 만든 게 맘에 들었다. 걷기에 좋은 풍광이긴 하나 경사가 급한 길이 많아 숨이 찼다. 걷기를 좋아하지 않는 두 청소년은 연방 힘들다고 난리였지만 오늘만큼은 내 뜻대로 하기로 했다. 오늘은 어버이날이니까.

바람이 가끔 강하게 불어 모래바람이 물보라처럼 날린다. 모래를 맞으며 걷는 건 별로라서 오르던 발걸음을 돌려 주차장으로 내려간다. 다음 목적지는 근처 냉면집이다. 냉면킬러인 둘째 아들과 빈대떡대장인 내 기호를 모두 만족시킬 수 있는 집이라니 한번 가본다. 결과는 글쎄, 다.

얼추 남편조가 내려올 시간이라 그들을 맞이하러 용문산으로 간다. 옆에서 딸은 졸고 있고, 뒷자리 아들은 운전하는 나에게 가수 적재의 노래를 계속 틀어주고 있다. 단란하고 편안한 가족 모습을 부각시킨 자동차 광고의 한 장면 같지만 광고는 현실과 다르다. 리얼 그렇다. 여행지에서 맞이한 어버이날이 슬로우모션처럼 흘러가고 있다.

색다른 아침 풍경이다. 여행 마지막날 아침식사를 중미산 근처 조그만 동네빵집에서 갓 나온 빵에 커피로 하고 있다. 아침은 밥의 등식이 존재하는 남편이 동의해서 나온 결과다. 나와 아이들은 아침은 빵이 좋아파.

어제 저녁부터 오늘 아침 갈 빵집을 검색해 보았다. 양평에 빵집이 참으로 많다. 이름난 베이커리 체인점부터 으리으리한 외관을 자랑하는 베이커리 카페 그리고 1인샵의 조용한 동네빵집까지. 지역과 평점을 모두 고려해 우리 가족이 정한 곳은 바로 어제 점심으로 냉면을 먹었던 동네에 있는 작은빵집이다. 빵과 커피가 모두 맛있다는 평이 우리를 이끌었다.

중미산을 바라보고 먹는 빵이 맛이 없을 수가 없다. 아침으로 먹은 것보다 더 많은 양의 빵을 사들고 이제 수원으로 간다. 집에 가는 길에 어제 가지 못한 친정부터 가야 하기 때문이다. 아침을 먹고 나와 고즈넉한 휴일 아침의 낯선 동네를 걷고 싶었지만 공상처럼 후일을 도모한다.

다행히 차가 거의 막히지 않아 1시간 30분 정도 걸려 친정 근처에 도착한다. 아이들이 엄마와 아빠, 할머니와 이모들, 이모부 카네이션까지 다 사야 한다고 꽃집에 들렀는데 마땅히 사리라 예상했던 카네이션이 보이지 않는다. 다 팔렸단다. 몇 군데를 거쳐 도착한 조그만 꽃집에 생화 두 송이와 조화를 이용한 장식품 하나만 남아 있다. 둘째가 그냥 좋은 거 하나로 할머니한테만 드려야겠다고 노선을 바꿔 겨우 샀는데 값이 어마어마하다. 어버이날 지났으니 가격이 떨어졌을 거라 예상했던 내 계산이 완전히 빗나갔다. 아무리 대목이라지만 동네꽃집에서 이건 너무 과한 금액이다. 아이들이 서로 돈 모아 사는 거라 깎기도 뭐해 그냥 샀다. 할머니가 좋아하시면 됐다고 말하는 아들에게 왠지 미안한 마음이 든다.

2박3일의 짧은 양평 가족여행과 온 가족이 할머니를 뵙고 오는 어버이날 행사가 모두 끝나고 집으로 간다. 집에 가면 세탁기를 몇 차례 돌려야 할 테고, 다시 내일부터 시작될 일상을 준비하느라 분주해지겠지만 오랜만에 자연 속에 있다와서 기운이 좋으니 힘들지 않게 할 수 있을 것이다. 한시름 돌리면 나가서 걷다와야겠다. 오늘은 아직 잘 못 걸었으니 말이다.

지난주 금요일과 토요일은 몽골발 황사가 나 사는 수원을 넘어 양평까지 뒤덮었고, 어제는 맑고 쾌청한 하늘을 되찾았다. 다시 오늘은 비 오는 월요일이다. 아침부터 계속 비가 오며 어제 따뜻했던 기온을 다 까먹어버렸다. 날씨가 참 변화무쌍하다.

오전과 오후에 할 일이 많아 3시 30분에야 산책을 나갈 수 있었는데 어느새 비가 그쳐 있었다. 우산을 들고 나갈까 하다가 잠깐 창밖을 확인한 보람이 있어 우산 들고 걷는 수고를 덜었다. 하늘에서 내리는 비는 그쳤으나 나뭇잎에 고여 있던 빗물방울들이 똑똑 떨어지는 곳에서는 비가 온다고 느낄 수도 있을 것 같았다. 비를 피해 나무 밑으로 들어가는 게 아니라 나무 주변으로 나와야 한다.

아이들은 젖은 우산을 탈탈 털면서 걸어가고, 나이 드신 분들은 비 그친 줄 모르고, 아니면 접는 게 귀찮아서 그냥 우산을 쓰고 걸으신다. 어떤 이는 장우산을 팔에 걸고 가고, 또 어떤 이는 접은 삼단우산을 원래부터 몸에 있었던 것처럼 가볍게 손에 잡고 걷는다. 실내에 들어갈 때는 비가 와서 우산꽂이에 꽂아놨다가 나올 때는 비가 그쳐 깜빡하고 다시 돌아와 찾아가는 사람들도 있다. 아마 우산을 들고 나왔다면 나 역시 그러했을 것이다. 비 오다 그친 환경은 같은데 사람들 모습은 다양하다. 이게 사람살이의 맛이 아닌가 싶다. 다름이 조화로운 맛.

월요일이지만 쉬는 날이라 나에게는 오늘까지가 연휴다. 잘 쉬고, 잘 먹고, 비가 그 많던 황사까지 다 쓸어갔으니 내일부터는 다시 맑고 밝은 날이 될 것이다. 날씨도, 나도, 우리들도.

장학금을 받았다. 나만 받은 줄 알았는데 나를 포함해 5명이 받았단다. 그 5명 중 나와 다른 1인이 친한 선생님에게 밥과 커피를 샀다. 주는 것이 받는 것보다 꼭 즐겁지는 않지만 오늘은 기분 좋게 주었다. 며칠 전에 우리집 청소년들에게 치킨턱을 쐈고, 언니들에게도 밥을 샀다. 내가 장학금 받는 데 그들이 뭘 일조했는지는 모르겠으나 따지고 보면 그들이 있어 내가 마음 편히 대학원에 다닐 수 있으니 그냥 쏘는 건 아닐 것이다.

점심을 먹고 남은 30분 동안 학교 주변을 한 바퀴 돌았다. 목적지 없이 그저 발길 닿는 대로 한 바퀴 빙 돌았다. 학교 건물을 거점 삼아 학교가 보이는 만큼 갔다가 회전해서 돌아오는 길이 생각보다 좋았다. 조용한 아파트 단지와 경로당과 시끌시끌한 어린이공원을 지나 새로 오픈한 듯한 작고 아담한 베이커리 카페에서 아이스 아메리카노 한 잔씩을 사들고 기업 같은 사찰 앞으로 해서 학교로 돌아왔다. 점심으로 먹은 중화요리가 적당히 소화될 만한 산책코스다. 새로 발굴해 기분 좋은 코스. 선생님들과 수다를 떨며 식후 나른함을 털어낸다.

오늘 오후 수업에서는 철학상담과 여성주의상담에 대해 발제와 토론이 이어질 것이다. 공부는 재밌고 좋은데 오후 수업은 아무래도 졸음이 밀려온다. 점점 실내온도가 높아지고, 열어놓은 창문을 통해 적당한 미풍이 들어오면 선생님들의 말소리가 자장가처럼 들려온다. 잘 버텨야 한다. 버티는 자에게 복이 있나니.

오후 5시, 왔던 곳으로 돌아가는 해가 아직 뜨겁다. 수업이 끝나자마자 밖으로 나왔는데 늦은 오후라고 하기엔 왕성한 햇볕에 놀랐다. 정오에서 1시 사이, 운전해서 집에 오는데 차 안이 후끈후끈했다. 에어컨을 켜고 싶진 않아 창문을 여니 시끄러워 닫고 결국 에어컨을 켰다. 그 열기가 이제까지 이어지는 듯하다.

거리는 남아 있는 햇볕 열기로 뜨겁고, 내 머릿속은 방금 수업에서 들은 들뢰즈와 가타리, 푸코 철학에 대한 텍스트로 뜨듯하다. 내 것으로 잘 소화하지 못한 탓이다. 이전에도 어려워서 읽기를 포기했던 들뢰즈와 푸코를 문학상담 시간에 집중해서 배우고 있는 이번 학기다. 조금 더 머리가 말랑말랑할 때 배웠으면 좋았겠다는 생각을 하지만 필요할 때 배우는 게 가장 적기라는 마음으로 열심히 수업을 듣고 책을 읽고 있다. 그러나 에너지가 딸리는 것 또한 사실이다.

동네 한 바퀴를 빠른 걸음으로 걷는다. 저녁 준비로 마음이 급하기도 하고, 앉아 있느라 굳어진 몸을 풀고 싶기도 해서다. 머릿속에 잔뜩 든 생각의 찌꺼기를 털어버리고도 싶다. 경보 수준으로 빨리 걷다 보니 숨이 차서 다시 속도를 조절한다. 이건 내게 맞는 속도가 아닌가 보다. 다시 내가 가장 편안한 걸음속도로 돌이켜 걷는다. 나의 나 되기, 나에게 맞는 나 되기. 아까 배운 들뢰즈의 '-되기' 개념이 생각난다. 나는 그저 '나'가 되기를 원한다. 엄마 되기, 학생 되기, 선생 되기, 중년여자 되기, 좋은 사람 되기. 이 모든 되기의 중심에 있는 건 나 자신 되기다. 밖에서 보는 나가 두려운 게 아니라 내 안에서 내가 보는 나가 두려운 나 자신. 온전한 나 자신이.

아침에 분리수거를 위해 잠깐 나갔는데 해가 벌써 뜨거워져 있다. 아직 9시도 되지 않았는데 아니 벌써 이렇단 말인가? 오늘은 집에 있는 날이니 대청소를 하고 아들들 침대 매트리스 소독을 할 예정이었는데 일을 하나 더 추가해야겠다고 생각했다. 여름옷을 꺼내고 두꺼운 옷들을 세탁해서 집어넣는 일이다. 겨울옷을 정리하면 꼭 다시 추워지는 루틴이 있었지만 여름은 안 그러겠지. 이젠 옷장에 계절변화를 줘야 할 때인가 보다.

그 결과, 지금 내 허리는 아작이 나 있다. 한동안 하지 못한 걸레질과 욕실 청소에, 몇 차례 세탁에, 결정적으로 아들들 침대의 오래되어 곰팡이 슬고 냄새나는 매트리스 두 개를 끌어내어 집밖에 내다 버렸다. 10년 전부터 써오던 아들들의 이층침대에서 두꺼운 매트리스를 들어내는 것만도 내겐 벅찬 일이나 손 댄 김에 해야 할 거 같아 혼자 끙끙 애를 썼다. 집에 있는 사람이라곤 원격수업 듣고 있는 딸밖에 없어 누구에게 도움 청할 수도 없다. 이러다 오늘 허리 또 도지겠다고 생각하면서도 정리와 청소에 매달리는 나를 어떨 땐 나도 이해하지 못하겠지만 더러운 걸 버리고 침대의 나무상판 위를 싹 청소하고 침대 주변도 청소기로 마무리하니 힘들어도 기분이 좋다. 누가 시켜서는 도저히 못할 나만의 즐거움이다. 비록 허리통증을 동반하긴 하지만.

점심을 먹고 난 다음부터 소파에서 낮잠을 잤다. 커피를 두 잔이나 연거푸 마셨는데도 실실 졸음이 와 그대로 쓰러져 잤는데 그야말로 꿀잠이었다. 한숨 자고 나니 정신은 말짱해졌는데 허리는 나을 것 같지 않아 산책을 나간다. 창문을 열어 보니 간간이 바람이 불어 오전만큼 덥지 않을 것 같다. 아픈 허리 잡고 주저앉고 싶은 마음 애써 누르고 내 허리와 건강을 위해 조금이라도 걸으려 한다. 오늘 좋아지지 않으면 내일 수업이 두 개나 있어 고생할 수 있기에 미리 예방주사를 맞아야 한다. 오늘의 아픔은 오늘로 족하다. 그래야 한다. 집을 나가니 바람이 좋다. 이소라의 「바람이 분다」 노래가 생각나는 풍경이다.

둥지를 잘못 찾아온 듯한 여름 날씨가 하루종일 이어졌다. 오전에 오산 꿈두레 도서관으로 수업을 갈 때부터 기온이 수직상승하더니 오후 늦게 딸과 치과에 다녀올 때까지 하강할 줄 몰랐다. 내일부터 비가 오려 더운 거라고 어떤 분이 말했지만 내일은 내일이고 오늘은 번지수를 잘못 찾은 더위가 한창인 날이었다.

오전에 도서관 수업을 마치고 오후에는 새로 시작하는 중학교 위클래스 수업이 있었다. 전에도 몇 번 글쓰기 집단상담을 했던 학교인데 이번에는 일대일 개인상담이다. 오랜만에 우리집 청소년 외에 다른 청소년을 만나는 거라 설레기도 하고 긴장도 되었다. 그러나 글쓰기를 통해 만나는 상담은 언제나 기대가 된다. 어떤 이야기가 나올지, 어떤 역동이 일어날지, 이른 더위 속에 첫 만남을 하는 그 청소년은 어떤 모습일지.

두 시간 상담을 마치고 집에 돌아왔다. 3시 30분경, 지금부터 한 50분 정도 시간이 있다. 5시까지 딸과 치과에 가야 해서 4시 20분쯤에는 출발해야 하기 때문이다. 모처럼 아무도 없는 집안으로 돌아와 창문을 다 열어 환기를 시켜놓고 바로 걸으러 나갔다.

기분 좋고 여유로운 산책을 하기에는 와, 해가 뜨겁다. 이건 정말 여름날씨라 해도 되겠다. 지나다니는 사람들의 반팔 반바지 차림이 전혀 어색해 보이지 않고 시원하게 느껴진다. 여름교복을 입고 간 둘째는 괜찮을 것 같은데 긴팔과 긴바지 입고 자전거 타고 올 첫째 아들은 더울 것 같다. 자전거 타고 바람을 맞으며 오니 괜찮으려나. 아이들보다 우선 내가 너무 덥다. 양산이나 모자라도 쓰고 나올걸. 이제는 여름 산책을 대비해야 되겠다. 세탁소에서 남편 바지를 찾아 들고, 이렇게 더운 날 힘들게 공부하고 집에 왔는데 아이스크림이 없다면 풀죽을 우리집 청소년들을 위해 아이스크림을 산다. 아이스크림 냉동고를 열 때가 오늘 하루 중 가장 행복한 순간이었다. 엄마가 사들고 온 아이스크림에 행복해 할 아이들을 생각하며 집으로 무거운 발걸음을 옮긴다.

비 온다는 예보가 있으니 언제라도 비가 올 것이지만 오후 산책을 나갈 때까지 아직 내리지 않는다. 하늘이 꾸물꾸물한 걸 보며 서둘러 나간다.

습하고 후텁지근한 바람이 나를 맞아준다. 중국에 살 때 익숙했던 바람이다. 청량, 산뜻, 이런 단어와 영 거리가 먼 소금기 잔뜩 끼고 찐득찐득해서 살갗에 악몽처럼 달라붙던 바람. 그 정도는 아니지만 그 막내동생뻘쯤 되는 오늘 바람을 느끼며 아파트 단지 안을 돌기로 한다. 비가 쏟아지면 재빨리 귀가할 수 있게 최대한 집과 가까운 원심력으로 걸으려 한다.

높은 가지에 월남미처럼 길고 하얀 꽃들이 다닥다닥 붙어 있는 이팝나무꽃이 제일 먼저 나를 반긴다. 사실, 난 여태 이 꽃을 아카시아라 알고 있었다. 높은 나무에 하얗게 피어 있는 꽃은 당연히 아카시아, 이런 공식이 내게 존재했었나 보다. 걸으면서 우연히 나무에 붙은 팻말을 봤는데 이팝나무라 쓰여 있었다. 조팝나무꽃은 확실히 아는데 이팝나무와 아카시아는 여태 헷갈려서 알고 있었다는 데 새삼 놀랐다. 이름을 잘못 불러준 이팝나무여, 아임 쏘리. 누가 내게 다른 이름을 부른다면 나는 얼마나 황당할까.

노란 영춘화도 곳곳에 피어 있었다. 나 살던 중국 항주의 봄은 영춘화로 시작됐었다. 산책길 곳곳에 수줍게 피어 있는 영춘화를 보니 고향집처럼 항주가 그리워진다. 그곳에서 보낸 내 지나간 시간들이 보고 싶은 건지도 모르겠다. 곳곳에 노랑 잔치다. 노란 민들레, 노란 서양민들레, 노란 선씀바귀. 그 와중에 단연 돋보이는 건 보라색 제비꽃과 사시사철 새빨간 공작단풍이다. 내가 좋아하는 보라와 빨강이 노랗고 하얗고 초록빛 세상에서 시선을 잡아끈다. 기분 좋은 끌림이다.

산책중 버릇 하나가 새로 생겼다. 모르는 꽃이나 나무가 보이면 핸드폰 렌즈를 들이대고 찍어 검색하는 것이다. 그러면 금방 검색결과로 내가 궁금해하는 대상 이름을 알려준다. 새로 알게 되는 재미가 새록새록 좋다. 자세히 보아야 이쁘기도 하지만 자세히 보아야 더 자세히 알 수 있다.

어? 머리에 빗방울이 똑 떨어진다. 올 게 왔구나 싶어 집으로 향한다.

오늘은 비를 피할 수 없다. 아침부터 계속 내리는 비를 거를 시간이 없어 1시 30분경 집을 나선다. 잠깐 나갔다 온 딸이 말리려 펴놓은 우산을 다시 들고 우중산책을 나간다. 사실 빗속을 걷는 건 왕년에 좋아했던 나의 색깔이었는데 우산을 들고 걸을 팔의 힘이 떨어지기 시작하면서 그리 즐기지 않는 일이 되었다. 그저 창밖으로 내리는 비를 하염없이 바라보는 수동형에 만족할 뿐이었지만 날마다 걷기를 하다 보니 피해갈 수가 없다, 비를.

생각보다 많은 양이 내리지는 않고 있다. 우산에 떨어지는 빗줄기 소리가 강하지 않고 부드럽고 온화하다. 이런 날 따로 귓속에 음악을 집어넣는 것보다 자연의 소리를 듣는 게 더 좋을 것 같아 이어폰을 꽂지 않고 걷는다. 우산에 떨어지는 비 소리, 자동차가 쓸고 지나가는 비 소리, 나뭇잎에 톡톡톡 떨어지는 비 소리들이 따로또같이 들린다. 심심할 겨를이 없다.

길가에 나무와 꽃들이 하늘에서 거저 내려주는 빗물을 달게 빨아들이고 있다. 생생한 하이틴스타같이 생동감 있어 보인다. 나무들은 좋겠다. 애써 수고하고 노력하지 않아도 때에 따라 햇빛과 수분을 공급해주는 신이 있어서. 내가 더 많이 벌겠다고, 받겠다고, 가지겠다고 싸우지 않아서 행복하겠다. 우리들 속사정을 몰라서 그런 말 하는군, 이라고 나무들은 내게 말하고 싶을까. 그네들의 이야기를 들을 귀 없는 나는 나대로 생각할밖에.

거리의 모든 것이 비에 젖고 있다. 가게 간판들도, 공유 자전거도, 공유 전동킥보드도, 사람들 우산도, 보도블럭 사이사이 땅속 지렁이의 출구가 되었을 모래구멍도, 내 바지 무릎도, 우산을 쓴 채 우두커니 서서 담배를 피는 남자의 담배연기도, 모두 빗물을 받아들인다. 젖지 않은 건 단 하나, 우산 안쪽인 것 같다. 고장나고 찢어진 우산이 아니라면 젖어선 안 될 우산 안쪽. 빗속을 걷고 있는 지금의 나를 지켜주는 나의 보호막이다.

내가 애정하는 시인 정호승은 이런 시를 썼다.

이른 아침에/먼지를 볼 수 있게 해 주셔서 감사합니다.//

이제는 내가/먼지에 불과하다는 것을 알게 해 주셔서 감사합니다.//

그래도 먼지가 된 나를/하루 종일/찬란하게 비춰 주셔서 감사합니다.

누구에게 바치는 헌사일까. 「햇살에게」- 이 시의 제목이다. 어제부터 계속 흐리고 비오는 날이 이어지니 진심 햇님이 그립다. 아쉽다. 시인처럼 간결하고 겸손하고 진솔한 시를 쓸 재주는 없지만 그동안 내가 먼지를 볼 수 있게 해 주고, 먼지에 불과하다는 것을 알게 해 주고, 먼지가 된 나라도 하루종일 비춰준 존재가 있었다는 걸 깨닫고 있다. 나를 둘러싸고 키워준 존재들에 대한 감사의 자각.

어제 우산을 받쳐들고 산책을 다녀온 후 잠깐 비가 그쳤었다. 조금만 늦게 나갈걸, 아쉬움도 잠시뿐 금세 다시 이전보다 더 세찬 비가 내려 가벼운 안도를 했다. 오늘도 아침부터 내리다말다 변덕스러운 날씨에 굴하지 않고 산책을 나간다. 그리 요란하게 내리지는 않는데 어쨌든 비가 계속 내린다. 피할 수 없다면 즐기기라.

도서관에 반납해야 할 책이 있어 갔는데 오늘은 휴관일이라 무인반납기를 이용한다. 온 김에 반납과 대출을 동시에 해야 시간절약을 할 수 있는데 그러지 못하니 뭔가 허전하고 아쉽다. 된장찌개에 감자만 있고 호박은 없는 느낌. 대신 차 안에 있던 우산을 펼쳐들고 주위를 걷는다. 실비처럼 내리는 비에 동네가 조용히 젖어들고 있다. 거리에 지나다니는 차도 잘 보이지 않고, 사람도 별로 없다. 모두가 시에스타에 빠진 이국의 어느 마을 같다. 나 역시 빗속을 걸으며 마음의 오수를 즐기고 있다. 이 시간만큼은 몸과 마음과 온갖 생각들이 쉬어가는 중이다. 꼭 필요한 나만의 휴식시간이다.

3학기째 대학원에 다니면서 오늘 처음으로 수업에 지각을 했다. 아니, 소소하게 5분 정도 지각은 몇 번 한 것 같다. 9시 30분 수업인데 10시 30분이 넘어서 강의실에 들어갔으니 늦어도 너무 늦은 지각이다.

그러나 이유라면 이유가 있었다. 오늘 아침 큰아들이 제주에 가서 아이 배웅을 하고 보니 늦었고 교수님께 미리 양해도 구했다. 18세 다 큰 아들이지만 2박3일 제주 교육길을 성의껏 환송하고 싶었기에 상담시연이 이루어지는 실습 시간임에도 우선순위를 아들에게 두었다. 아이 학교 프로그램 중 하나로 '스승을 찾아서'라는 시간이 있는데 하필 아들이 찾고자 하는 스승이 제주에 있는 건축가라서 청운의 꿈을 안고 아들은 떠났다. 미리 코로나 검사를 받아 음성임이 확인됐고, 다녀와서도 또 검사를 한다고 하지만 요즘 코로나 비상으로 모든 학교가 원격수업으로 전환했다는 제주 사정에 조심스러운 마음이 든다. 그러나 아들은 거의 성산에 있는 건축가 스승이 운영하는 게스트하우스에서 머물며 그분을 인터뷰하고 올 예정이니 조금은 안심이 되기도 한다.

늦게 간 만큼 일찍 끝난 오전 수업을 마치고 다른 선생님과 점심식사 후 길마중길을 걸으니 이제 좀 정신이 나는 것 같다. 어제부터 오늘 아침까지 뭔가 마음이 안정되지 않았다. 아들은 원체 학교에서 여행을 자주 갔고, 올 가을에는 40일 제주 올레길 완주여행도 앞두고 있어서 2박3일 여행엔 걱정도 되지 않는 편이다. 그럼에도 식구 하나가 며칠 집을 비운다는 게 왠지 신경이 쓰였다. 아들이 어릴 때는 어려서 걱정이었는데, 이제 좀 크니 커서 걱정이다. 자식이 나이 먹는다고 걱정이 줄어드는 게 아니라 새록새록 새로운 근심거리가 생겨난다는 어느 분의 말이 떠오른다. 눈앞에 있으면 보여서 걱정, 없으면 안 보여서 걱정. 그게 자식일까.

그러나 나뭇잎 덩굴이 하늘을 가려 축축한 길마중길을 걸으며 학교로 다시 돌아오는 동안 아들 생각은 잊었다. 지금은 엄마가 아닌 나 학생-되기만 신경쓰리라, 마음먹는다.

　아침산책을 한다. 식구 하나 없어서 더 여유로운 공휴일 아침에 여느 때처럼 일찍 일어나 동네를 걷고 있다. 이 시간이면 아직 자고 있어야 할 공휴일 아침 8시 40분, 모처럼 수업 없는 날에 신나게 놀고 싶다고 친구들과 에버랜드에 간 딸 때문에 노는 날 늦잠을 잃어버렸다. 중학교 1학년이 돼 원격과 대면수업을 나름 열심히 들은 딸이 작년부터 가고 싶다고 노래를 부른 에버랜드에 친구 엄마 차를 타고 간다는데 반대를 하지 못했다. 코로나 시국이라 조심해야 하며 더욱이 내일부터 당장 대면수업이 진행되니 조심또조심해야 하는 걸 누구보다도 본인이 잘 알고 가능하면 마스크 내리지 않고 줄도 스마트줄서기로 한다고 하니 나는 잔소리 대신 입장권을 끊어주었다.

　옆 동네에서 오는 친구 엄마 차에 타는 딸과 친구들에게 인사를 건네고 혼자만의 시간을 갖는다. 딸도 친구들도 모두 텐션이 높다. 마치 열심히 일한 당신, 떠나라 했던 광고 속에 나올 법한 기대감과 설레임으로 가득 찬 몸짓들이다. 이제 겨우 14살, 아직 소녀의 경계선에 간신히 서 있는 싱그런 나이들이다. 잠시도 몸이 가만있지 못하는 때인 것이다.

　방금 차 타고 떠난 그네들과 달리 동네는 아직 조용하다. 문 연 가게가 몇 개 없어 동네는 고요 속에서 서서히 아침을 준비하고 있다. 눈에 보이는 모든 것이 내 것 같은 착각 속에 나 홀로 동네를 어슬렁거리니 지금 이 순간이 비현실적으로 느껴진다. 딸이 떠난 것도 꽤 오래전 일인 것 같다. 30분도 채 되지 않았는데 시간의 이물감이 느껴진다. 이상한 기분이다.

　점차 익숙한 동네 가게들이 문을 열고 있다. 아직 단잠을 자고 있을 둘째의 아침을 대신할 만한 빵과 남편을 위한 콩나물국과 내가 좋아하는 토스트를 사들고 집으로 돌아간다. 딸 덕분에 오늘 하루는 길고 나른할 것 같다. 나의 하루는 이제 시작이다.

남편과 딸이 출근하고 덧잠을 잤다. 어제 특별히 한 일도 없는데 몸이 무거워 아침에 일어나기가 힘들었다. 너무 많이 쉬어서 그런 모양이리라, 여기며 한 시간 정도 침대에서 미적대다가 문득 하늘을 봤는데 날이 꾸물거린다. 오후에 비 소식이 있으니 그 전에 다녀와야겠다는 역사적 사명이 떠올라 몸을 일으켜 조용히 밖으로 나간다. 거실에 원격수업 듣는 둘째가 떡하니 버티고 있어서다.

아파트 단지 바깥길을 따라 발걸음을 옮기는데 문득 내 시선을 잡아끄는 꽃나무를 본다. 어쩌면 그 길에 노상 거기 있었을 텐데 내가 오늘 처음 그 나무를 본 건지도 모르겠다. 평범한 키에 하얀색 꽃망울들이 방울방울 매달려있다. 그렇다. 이 나무의 꽃은 모두 거꾸로 매달려있다. 하늘을 향해 두 팔 벌리진 않아도 위를 향해 피어 있는 다른 꽃들과 달리 이 하얀색 꽃은 초롱꽃처럼 대롱대롱 땅을 향해 매달려있다. 그래서 오늘 나는 이 꽃나무에 마음이 갔고, 사진을 찍어 검색해 이것이 때죽나무라는 것도 알게 되었다. 새로운 발견에 몸 전체로 전율이 흐른다. 참 많이 알려고 노력하며 살아왔다고 생각하는데 알고 보면 나는 모르는 것 투성이다.

칠보산 앞 매실길을 따라 걷는 동안 걸음 족족 나를 반겨주는 빨간 덩굴장미와도 인사를 한다. 한 송이씩, 여러 송이씩 피어 있는 그 빨간 장미가 나는 너무 좋다. 외롭지만 고고한 듯, 아름답지만 외로운 듯, 강인해 보이지만 속은 여린 듯해 보이기 때문이다. 활짝 피어 있는 꽃, 이제 막 살짝 피기 시작하는 꽃, 수줍은 봉오리 속에 자신을 감추는 꽃, 모두가 사랑스럽다. 내가 너무도 애정하는 꽃, 그 이름 장미. 정홍일이 부르는 백지영의 「총 맞은 것처럼」을 들으며 장미를 보니 느낌이 더 진하다. 이 가수의 이 노래, 정말 최고다.

개심사 앞길에는 어제 부처님오신날에 활짝 꽃을 피웠을 연등이 매달려있다. 밤이 되면 낮보다 더 화려한 등불꽃이 피어나리라. 그 밑에서 산책을 해도 좋겠다는 생각이 든다. 그때까지 이 연등이 그대로 매달려 있기를 바라며 걷다 보니 딸이 공부하고 있을 중학교 앞을 지난다. 어제 저녁 7시쯤 남편과 내가 에버랜드에 가서 데려온 딸은 오늘 아침 간신히 일어나 누텔라잼 바른 빵 한 조각도 다 못 먹고 학교에 갔다. 딸과 함께 간 친

구들은 불꽃놀이까지 보고 9시 넘어 떠난다고 해서 딸만 먼저 데려왔는데 다른 친구들의 아침 컨디션은 어땠을지 궁금하다. 지금 저기 어느 교실에서 자꾸만 내려가는 눈꺼풀과 씨름하고 있지는 않을는지. 맛집 옆 숨은 맛집처럼 중학교 옆에 있는 초등학교 운동장에서 저학년 아이들이 선생님과 체육활동을 하고 있다. 한동안 체육 시간조차 줌으로 수업했던 시절이 있었는데 비록 마스크를 썼지만 운동장에서 소리지르며 뛰노는 모습을 보니 내 자식들처럼 반갑다. 학교에는 교실만 있는 게 아니라 운동장도 있다.

제주에 간 큰아들이 저녁 무렵 올 것이다. 아들이 좋아하는 불고기감 고기를 사들고 집으로 돌아간다. 아들은 또 어떤 이야기꽃을 피울 것인가. 그에게서 터져나올 이야기들을 준비를 해야 한다. 신난 이야기는 나도 신나게 듣고, 힘들었던 이야기는 나도 힘들게 들어야 한다. 청소년과 함께 살아가는 나만의 방법이다.

전에는 토요일마다 비가 오더니 몇 주 전부터는 금요일이면 비가 오거나, 올 것 같거나, 오다 그치거나 하는 날씨가 이어지고 있다. 오늘도 비가 왔다 그쳤다를 반복하여 창문을 열고 닫게 하며 나를 훈련시키고 있다.

꿈두레 도서관 수업을 마치고 충만한 마음으로 수원에 있는 중학교 위클래스 상담을 하러 갔다. 중3 남학생과 하는 문학상담이다. 지난주에 이어 오늘은 또 어떤 이야기가 펼쳐질까 기대하는 마음이 자못 비장하다. 청소년 한 명과 하는 두 시간이 성인들 세 시간 수업보다 배는 더 힘들다.

어제 6시가 넘어 집에 온 우리집 1호 청소년은 저녁을 먹으면서 잠시도 쉬지 않고 다녀온 이야기를 했다. 함께 간 선생님이 찍어준 사진으로도 그렇고, 신나서 이야기하는 아들 모습이 행복해 보였다. 나는 그게 너무 좋아서 행복했다. 제주에 사는 내 친구가 자기 동생이 만든 케이크를 들고 아들을 보러 갔는데, 스케줄이 안 맞아 만나지 못했지만 게스트하우스에 함께 머물렀던 청년들과 그걸 나눠먹으며 좋았다는 이야기도 했다. 케이크에 써 있는 '아진아! 너의 꿈을 응원해!'라는 문구를 다른 청년들이 직접 말로 해줘서 더 좋았노라고도 했다. 그런 행복한 순간을 행복으로 느끼는 아들이 너무 고맙고 대견했다. 쉬는 날 일부러 제주 시내에서 성산에 있는 게스트하우스까지 40분을 운전해서 찾아가준 내 친구도 넘 감사했다.

오늘 하루의 모든 일정을 마치고 동네를 잠시 걸었다. 지금도 비가 오다말다 해서 우산을 펼쳤다 접었다 하고 있다. 어제 아들이 올 때까지 내리지 않던 비가 저녁을 먹고 나서 쏟아지기 시작한 걸 보고 아들은 참 운이 좋다고 여겼었다. 가위바위보를 해도 이기고, 사다리타기를 해도 꽝이 되지 않는 아들의 운도 그애의 능력이라고 생각한다. 거기에 더해 앞으로 살아가는 동안 좋은 사람들과 좋은 관계를 이어가는 행운도 계속 아들과 함께 하기를 바라는 마음 간절하다. 비가 오면 우산이 되어주고, 햇볕이 뜨거우면 양산도 되어주는 그런 관계들이 서로서로 만들어져가기를.

시간이 다 되어 집으로 발걸음을 옮기는데 갑자기 아까보다 세찬 비가 내리기 시작한다. 내게는 아들만한 운이 없나 보다.

파아란 하늘에 구름 한 점 없이 맑고, 선선한 바람이 불어오는 봄날 오후 산책. 사람이 날씨에 따라 얼마나 기분이 달라질 수 있나 테스트하는 요즘 같다. 어제는 비로 인해 축축한 기분이었다면 오늘은 투명한 초가을 같은 맑은 날이라 내 마음속 습습함도 햇볕을 쬐는 듯 기분 좋아지는 날이다. 선글래스를 끼지 않아도 세상이 초록초록해 보인다.

발 닿는 대로, 신호등이 초록불로 바뀌는 대로 길을 걷다 보니 아이들이 다녔던 초등학교 뒤편 길로 접어들게 되었다. 세 아이가 모두 다닌 초등학교. 아이들이 다닐 때는 그곳이 아이들과 나의 유일한 세계처럼 넓어 보였는데 철문이 굳게 닫힌 학교를 보니 언제 관계가 있었나 싶게 낯설어 보인다. 사람 마음이 이렇게나 간사하다.

슬리퍼를 질질 끌고 천천히 걷고 있는 나와 달리 검은색 티셔츠에 선글래스를 끼고 턱스크를 한 채 숨 가쁘게 뛰고 있는 중년남자 모습이 보인다. 바람이 불지 않으면 더운 날씨인데 덥고 힘들겠다, 생각했다. 나는 돈을 주며 하라고 해도 잘 하지 못할 달리기인데, 그런 생각을 하며 한 5분쯤 걸었을까. 앞에서 어떤 중년남성이 달려오는데 아까 봤던 그와 동일한 차림새다. 아무리 봐도 같은 인물인데 어떻게 다시 내 앞에서 달려오는 거지? 아까 분명 내 뒤로 뛰어가셨는데 벌써 한 바퀴를 돌고 오는 건가? 그러기에는 시간이 너무 짧았는데. 하, 정말 신기한 체험이었다. 나는 이렇게나 느릿느릿인데 저분은 저렇게나 빠르구나. 그러나 그에게는 그에게 맞는 속도가 있듯 내게는 나의 속도가 있는 법.

좋았던 바람이 집으로 돌아갈 즈음이 되니 사라졌다. 덥다.

　우리집 남자조가 영화 「분노의 질주」를 보러 갔다. 이 시리즈가 개봉될 때마다 세 남자는 굳이 영화관에 가서 관람을 한다. 이런 액션류의 영화를 좋아하지 않는 나와 딸은 집에 남았다. 남자들이 영화를 보는 대신 우리는 치킨을 사 먹기로 했다. 치킨을 살 겸 산책도 할 겸 나 혼자 집을 나선다.

　바람이 선선하게 불어 기분을 살랑이게 한다. 그러나 그리 유쾌한 기분이 들지는 않는다. 오늘은 그런 날이 아니다. 벌써 12년이 흘렀지만 아직도 믿기지 않는, 마음이 아려오는 그 날이다. 나는 오늘 그곳에 가고 싶었다. 그곳을 걷고 싶었다. 안 가본 지 10년쯤 된 것 같다. 그곳에서 바람에 사정없이 돌아가던 노란 바람개비들이 지금도 생각난다. 내년쯤에는 마스크 벗고 갈 수 있지 않을까 기대해본다. 그때가 되면 그곳에서 마냥 조용히 걸어 보리라, 생각한다.

　그러나 살아 있는 나는 딸과 먹을 치킨을 사러 간다. 동네를 어슬렁거리며 낭만 고양이처럼 이곳저곳을 기웃거린다. 동네를 참 많이 돌아다녔다고 생각했는데 그새 못보던 가게들이 새삼스레 눈에 띈다. 잘 되는 줄 알았던 가게들에 임대문의 딱지가 붙어 있기도 하다. 참 부침이 많고 변화무쌍하다, 세상은. 바깥세계만 그런 건 아니리라. 내 내면세계에도 사계절이 너무나 명확하다. 계절의 흐름을 나조차 따라가지 못할 정도다. 고요하게, 평안하게 살고 싶은데 아직 그런 날은 오지 않는다.

　삼십분을 걷고 냄새만으로도 식욕이 동하는 치킨을 사들고 집으로 돌아간다. 미리 마트에 들러 먹을 걸 잔뜩 사서 들고 가느라 양손이 너무 무겁다. 양손만큼이나 마음도 왠지 무겁다. 이성복 시인의 「날마다 상여도 없이」 싯구들이 마음속에서 샘물처럼 차오른다. 더 이상 들고 갈 손이 없어 시는 마음에 담는다.

　낮에는 기온이 올라간다니 조금이라도 서늘하고 쾌청할 때 걷고자 아침산책을 나간다. 오늘은 쉬는 날이지만 온전히 쉴 수만은 없고 이런저런 할 일들이 많아 시간을 잘 활용하고자 하는 마음도 있다. 학교 갔다 오면 숙제를 미리 해놓고 가방까지 다 싸서 마루 끝에 놓아야 마음 편히 놀 수 있었던 어린시절부터 지금까지 쭉 이어온 내 습관이기도 하다. 할 일을 미루지 않고 미리 해버리는 것, 그것이 귀찮고 싫은 일이라면 더더욱. 날마다 걷기가 귀찮은 일은 아닌데 이제 관성이 붙다 보니 어느 날은 숙제처럼 여겨지는 것이 솔직한 고백이기는 하다.

　그 추웠던 겨울에도 눈을 맞으며 꾸역꾸역 걸었는데 걷기에 딱인 요즘엔 왠지 집밖에 나가기가 힘이 든다. 집에 있는 날은 그냥그냥 집에만 있고 싶어진다. 막상 밖에 나가면 날마다 다른 모습으로 빛나는 세상이 너무 감사한데 신발을 신고 현관문을 여는 것이 잘 안 된다. 몸이 아니라 마음이 게을러졌나 보다. 고로 나의 걷기 일기는 내 게으른 마음을 다독이고 어루만진 결과이다. 윽박지르지 않고 사랑해준 보람이다.

　생각해보면 겨울에는 마땅히 할 일이 없었으니 걷기라도 해야겠다는 마음이 들었던 것도 같다. 대학원 강의도, 내 글쓰기 수업도, 아이들과 남편 등교와 출근도 없던 겨우내 내가 할 수 있는 일이라곤 책을 읽거나 글을 쓰고 걷는 것밖에 없었다. 날마다 걷고 글쓰기라는 나와의 약속이 없었다면 참으로 무력하게 보냈을 겨울이었다. 마스크 안에 입김이 물처럼 차올라 그 결과 마스크 발진이라는 부작용을 앓고 있는 것 빼고는 나를 살아 있게 했던 걷기였다.

　아침 공기가 좋다. 가볍고 쾌적하고 뭔가 좋은 일이 생길 것 같은 기대감이 든다. 오늘 살아 있는 내 하루는 어제 죽은 누군가가 그토록 바라던 내일이었음을 생각하는 비장함이 아니더라도 어느 누구에게나 공평하게 주어진 하루라는 시간을 온전히 내 것으로 잘 살고 싶다는 소소한 바람으로 살 수 있을 것만 같다. "오늘 하루도 당신 거예요!"라고 아침마다 끝인사하는 어느 라디오방송 멘트처럼 오늘 하루도 내 것이다.

아침 등굣길에 비가 흩뿌리듯 내렸다. 그때문인지 도로사정이 꽉 막힌 위처럼 답답했다. 덕분에 지각도 했다. 안 좋은 삼박자가 딱딱 들어맞은 날이다. 어쩌면 다른 때보다 조금 더 안전에 신경을 쓰며 운전했기 때문에 늦었는지도 모른다. 이유는 오늘 새벽 꾼 것 같은 꿈 때문이다.

실제 내 차 같은 차를 운전하며 어딘가로 가고 있었다. 내 앞에 버스가 가고 있었는데 왜인지 모르겠지만 그 차가 고장인가 사고인가가 나면서 차 번호판이 튕겨져 나갔다. 반사적으로 몸을 움찔했는데 아뿔싸, 번호판이 차 앞 유리를 뚫고 들어와 내 옆좌석으로 떨어졌다. 유리가 깨진 것도 아니고 번호판이 얇지도 않은데 마치 슬라이스치즈처럼 싹 밀려들어와있었다. 나는 신기해하며 그 번호판을 돌려줘야 한다고 생각해서 버스 뒤를 따라갔으나 버스는 보이지 않고 갑자기 도로가 놀이공원 레일처럼 좁아져갔다. 길에서 이탈할까 겁내하며 그 길을 통과하고나니 생판 모르는 길이 눈앞에 펼쳐진다. 게다가 날도 어둡다. 나는 이정표도, 내비게이션도 없는 그 길에서 창문을 열고 차 밖의 사람들에게 고속도로 들어가려면 어디로 가야 해요, 라고 다급하게 물었으나 아무도 대답을 해주지 않았다. 시작도 없고 끝도 없는 것 같은 그 길에서 난 맴돌고 있었다.

이 꿈이 왜 내게 왔는지 분석해볼 여유도 없이 바로 아침을 맞았기에 실제 운전하는 내내 꿈이 신경쓰였다. 오전과 오후 수업을 잘 마치고, 집에도 잘 돌아오고, 아침에 못 한 설거지를 해놓고 산책하러 나왔을 때까지 나는 이 꿈에 매달렸다. 아침에 입고 나간 옷 그대로 동네를 걸으며 생각해본다. 이 꿈이 내게 뭘 말하고자 하는지를.

내 차는 내게 안전하고 지극히 개인적인 나만의 공간이다. 내가 가장 편안해하고, 혼자 있어도 외롭지 않은 든든한 공간이다. 운전은 나의 자유를 뜻하며 내 맘대로 운전해서 어디든 가는 것을 나는 좋아한다. 그런데 그 공간이 외부 요인에 의해 침범을 당했

169

다. 어떤 외부적 압력이 없었는데도 내 안전한 공간에 이물질이 침입했다. 나는 또 그걸 원주인에게 돌려주려 한다. 바보인가, 지독한 착함인가, 도덕에 길들여진 건가, 아니면 쫓아가서 따지고 싶었던 건가, 잘 모르겠다. 이어진 장면들은 불안한 내 마음과 상황을 말해주는 듯하다. 레일에서 이탈하면 앞으로 나아가지 못할 것 같은 상황, 출구를 알 수 없는 상황, 도와달라는 외침을 외면당하는 상황. 나는 뭐가 이렇게 불안하고 외통수에 있는 것처럼 느끼는 걸까. 수면 위로 드러나 있는 내 생활은 아무 일 없이 잘 굴러가고 있는데.

동네 한 바퀴를 돌며 꿈에 대해 묵상했다. 눈에 보이는 빙산의 일각보다 그 밑에 거대하게 잠겨 있는 내 불안과 두려움의 뿌리에 주목해보자고. 거기에 눈길을 줘보자고. 그래서 얼음을 좀 녹게 해보자고. 서 있을 때 넘어질까 조심하라는 성경구절을 떠올려보자고.

아침부터 뭔가 답답했던 마음이 좀 사그라드는 걸 느끼며 집으로 돌아간다.

비가 오려나, 저녁 6시가 못 되어 집을 나섰는데 날이 꾸물꾸물하다. 무엇보다 공기 속에 멀리서 밀려오는 비바람 냄새가 나는 듯하다. 축축하고 어둑어둑한 그림자 같은 냄새.

"저녁을 바라볼 때는 마치 하루가 거기서 죽어가듯이 바라보라. 그리고 아 침을 바라볼 때는 마치 만물이 거기서 태어나듯이 바라보라."

앙드레 지드의 『지상의 양식』 중 한 대목이 생각난다. 어제와 달리 원활하게 뚫린 등 곳길을 따라 오전 수업을 듣고 바로 집에 돌아와 오후 수업은 줌으로 들었다. 5시에 모든 수업이 끝났고, 저녁 준비를 한 후에야 비로소 산책 나갈 짬이 생겼다. 붉은 노을 지는 강렬한 산책길을 기대했는데 꾸물꾸물한 하늘이 내 기대감을 등돌린다. 신문 타이틀만 봐도 혈압이 오르는 정치뉴스 같다.

그러나 오늘 할 일을 다 하고 느긋하게 저녁산책을 하니 뭔가 하루가 정리되는 기분이 든다. 아직 식구들 저녁도 먹어야 하고, 설거지와 걷기 일기 쓰기도 남아 있지만 야구경기에서 선발투수가 7회까지 이기는 경기를 하고 교체되는 것 같은 홀가분함이다.

30분을 충만히 걷고 집에 돌아간다. 이제 8, 9회 승리를 지키는 불펜투수가 되기로 한다. 요즘 잘 나가는, 내 애정팀의 진짜 야구를 보면서.

비가 그쳤다. 아침부터 내린 비에 오늘 점심은 원격수업 듣고 있는 둘째 아들이 좋아하는 김치수제비를 해 주리라 마음먹었고, 아들 점심시간에 딱 맞춰 대령했다. 수제비를 끓이면서 한편으로 어제 열린 여자배구, 우리나라와 태국 경기를 음소거로 해놓고 보았다. 우리나라 시각으로 어제 저녁 7시에 열린 경기였는데 프로야구 중계에 밀려 제시간에 방송되지 않아 보지 못했다. 결과를 보니 캡틴 킴이 나오지 않았는데도 우리나라가 이겼다 하여 오늘 재방송으로 보고 있다, 수업 듣고 있는 아들 옆에서. 정작 수업 듣는 본인도 수업과 게임을 병행하니 한 시간 반 정도 엄마가 텔레비전을 본다 하여 나를 나무랄 수는 없을 것이다. 최대한 아이에게 멀찍이 텔레비전을 돌려놓았으니 더더욱. 아들은 아무 소리 안 하는데 도둑이 제발저린다고 나 혼자 말이 많다.

아들과 수제비를 맛나게 나눠먹고 비 그친 오후를 걷고자 집을 나선다. 비는 말끔히 그쳤지만 바람이 차다. 바람막이 점퍼를 입고 나오기 잘한 것 같다. 공동현관을 나와 조금 걷는데 꽃 한 송이에 눈길이 머문다. 말 그대로 꽃 한 송이다. 다른 친구꽃은 이미 다 졌는데 아직 혼자 외롭고도 강인하게 머물고 있는 흰 철쭉꽃 한 송이. 처음엔 마치 『마지막 잎새』 담장에 진짜처럼 그려진 가짜꽃인 듯한 착각이 일 정도로 그 꽃은 비현실적으로 보였다. 오늘 바람이 많이 불면 그 바람에 떨어지려나. 내일 산책길에서도 만날 수 있기를 바라본다. 하지만 떠날 때를 알고 떠나는 자의 뒷모습도 아름다운 법이다.

신호등을 따라 걷다가 산울림공원 뒤편 숲속길로 들어선다. 축축하고 어두운 진짜 숲길 같은 곳이다. 비 그친 지 얼마 안 돼 아직 오가는 산책자들이 별로 없다. 나는 마스크를 내리고 숲 냄새를 몸에 흠씬 들이마신다. 어떤 인공향수와 비교할 수 없는 진한 자연의 냄새가 내 몸을 깨어나게 한다. 이어폰에서 건즈앤로지스의 「November Rain」이 흘러나온다. 내가 좋아하는 이 노래를 어둡고 오래된 듯한 숲길에서 들으니 영화 「폭풍의 언덕」 속 히스클리프의 외침처럼 더 강렬하게 다가온다. 오래도록 걷는다.

기상청에 물어볼 일이다. 왜 금요일마다 비가 오는지. 기상청에서 명쾌한 답변을 해줄 것 같지는 않지만 하늘에 물어볼 수는 없으니 그렇게라도 하고 싶다. 오늘도 지난주 금요일에 이어 오전에 요란한 비가 내렸다. 천둥도 치고 세상이 금방 망할 것처럼 어두웠다. 수업 갈 때는 그러했는데 끝나고 수원 친정에 갈 때는 개이기 시작하더니 친정에서 점심 먹고 집으로 올 때 완전히 비가 그쳤으며 집에 와서 한숨 낮잠을 자고 산책을 나간 4시쯤에는 여린 파란빛 하늘이 등장했다. 참으로 다이내믹한 하루 날씨다.

딸이 다니는 중학교 앞길을 걷는데 전에 못 보던 공사현장이 보인다. 사방팔방 다 뚫려 있던 곳이었는데 펜스를 치고 뭔가 짓고 있는 것 같다. 여기 무슨 건물이 들어서지, 하고 다가가 보니 유치원 건립중이라는 안내판이 붙어 있다. 아, 여기 유치원이 들어오는구나. 초등학교와 중학교가 붙어 있는 곳인데 유치원까지 생기면 이 근처 아파트에 사는 사람들은 원스톱 교육망에 편하겠다는 생각을 한다. 공사하면서 생기는 먼지와 소음이 인근 초등학교와 중학교 학생들에게 피해를 주지 않았으면 하는 생각도 한다. 펜스로 쳐져 있는 둘레에 각종 무궁화가 심겨져 있는 꽃밭이 있는데 그곳 역시 훼손되지 않기를 바라는 마음도 있다. 이제 겨우 펜스만 쳤을 뿐인데 내가 참 혼자 생각이 많다.

어버이날 다음 날 이후 간 친정에서 92세 노모의 잔소리를 들으면서 노인네가 참 말도 많다고 투덜거렸는데 나 역시 걱정도 많고 잔소리도 많다. 걱정이 많은 건 내가 느끼겠고, 잔소리 많은 건 아이들에게 들어 알게 된 부분이다. 이건 이래서 걱정, 저건 저래서 걱정 하는 부분은 엄마에게 닮고 싶지 않은 거였는데 그렇게 되어가는 나를 발견할 때 참 허탈해진다. 공사현장 하나만 보고도 생각이 많아지는 나는 영락없이 근심걱정이 하늘을 찌르는 우리 엄마를 닮았다.

불금을 방지하기 위해 금요일마다 비가 오는 거라고 어떤 분이 말했는데 날씨가 이렇게 개이고 좋아지니 그 의미는 없을 것 같다. 집에 돌아가기 아까울 만큼 하늘이 좋지만 이제는 엄마-되기를 위해 컴백홈해야겠다.

느긋한 주말 아침이다. 온 식구가 편하게 늦잠을 자고 각자 먹고 싶은 대로 아침을 먹고 게으름을 피울 수 있는 날. 오늘은 맘껏 빈둥거리리라 맘먹고 침대 위를 뒹굴거렸지만 허리가 아파 일어날 수밖에 없었다.

둘째 아들과 함께 나왔다. 아들은 친구와 만나 시험공부하러 가는 길이고 나는 단지 내 산책을 하려 한다. 중3 1학기 기말시험을 앞두고 있는 아들이 요즘 부쩍 공부에 긴장을 한다. 수학 문제집을 새로 사서 스스로 풀어보는 중이고, 좋아하는 게임시간도 줄였다. 덕분에 저녁에 공부하는 아들 방에 간식을 갖다주는 엄마로서의 즐거움을 느끼기도 했다. 신기한 일이다.

하늘은 맑은데 가끔 한 방울씩 비가 떨어진다. 나뭇잎에 매달려있던 물방울들이 떨어지는 건가 싶었는데 차도를 건널 때도 머리에 몇 방울 비를 맞았으니 그건 아닌 것 같다. 다시 돌아가서 우산을 가지고 나올까 하다가 그만두었다. 비가 계속 올 만한 하늘이 아니었기 때문이다. 그냥 지나가는 비이겠거니 넘겼다.

하얀색 개망초와 노란 고들빼기꽃과 금붓꽃이 사이좋게 어울려 피어 있는 산책로를 지난다. 금붓꽃 더미를 지나는데 꽃속에서 꿀을 빨고 있는 벌들을 보고 겁이 나서 빠르게 걸음을 옮겼다. 벌들은 인간인 나에게 관심이 없고 오직 자신만의 양식에 열중하는데 나는 그 작은 벌을 무서워한다. 혼자 피식 웃는다.

여전히 비가 한두 방울씩 떨어진다. 안경에 비 떨어지는 것이 싫어 집으로 돌아간다. 그래도 뛰지는 않으련다. 천천히 마지막까지 이 산책시간을 여유롭게 즐겨보리라.

며칠 전부터 마지막잎새처럼 붙어 있던 집 앞 흰 철쭉꽃 한 송이가 아직도 그 자리에 그대로 있다. 산책을 나가면서 이 한 송이의 안부를 확인하는 것이 습관이 됐다. 금요일 내린 비에도 지지 않고 생존하고 있다니 참 강인한 꽃이다.

오늘은 날이 덥다. 맑은 하늘에서 간간이 바람이 불어오지만 바람 속에 여름이 스며 있다. 오랜만에 수변공원으로 들어섰는데 저절로 나무그늘 밑으로 걷게 됐다. 집을 나오기 전 보았던 류현진 야구경기를 떠올린다. 어제 경기였는데 류뚱마저 날아갈 듯한 태풍급 강한 비바람 속에서 거둔 값진 승리였다. 어제 미국 클리블랜드 날씨와 오늘 이곳 날씨를 섞어놨으면 좋겠다는 생각을 한다. 연신 손에 입바람을 불어넣는 장면이 안쓰러웠다.

노란 큰금계국이 바람에 흔들리며 나를 맞아준다. 대학원 등교하는 길에 운전중 창밖을 보면 흐드러지게 피어 있는 노란 물결이 눈길을 잡아끈 꽃이다. 나는 코스모스인 줄 알았는데 이 계절에 코스모스는 아닐 터라 검색을 해보니 큰금계국이라는 이름을 얻었다. 보통, 사람들이 금계국으로 알고 있는 꽃이 실은 큰금계국이라고 하는 부연설명도 들었다. 이 꽃은 주로 경사진 땅에서 자라나 보다. 대학원 가는 길에도, 여기 수변공원 길에도 모두 비탈진 곳에 피어 있지 평평한 땅에서는 보지 못했기 때문이다. 어찌됐거나 이 꽃은 참 매력 있다. 그 매력에 흠씬 빠져든다. 내가 좋아하는 자주빛 붓꽃에 오늘은 눈길이 잘 가지 않는다.

지금 5월 마지막 주 휴일의 수변공원에는 꽃들의 향연이 펼쳐지고 있다. 새들은 나무 사이를 옮겨 다니며 쉴새없이 재잘거리고, 성급한 어린아이들은 냇가에 들어가 뭔가를 잡으며 놀고 있다. 솔순이 길게길게 자라고 있는 걸 보니 원주 언니네서 솔순을 잘라 깨끗이 씻어 솔순주를 담갔던 시절이 떠오른다. 아직도 집에 몇 병 남아 있지만 이제는 더 이상 할 수 없는, 우리 가족의 추억이 됐다. 땀으로 범벅된 몸을 끌고 집으로 돌아간다.

"오후 3시다. 3시, 이 시간은 무엇을 하려고 해도 항상 너무 늦거나 너무 이른 시간이다. 오후의 어중간한 시간."이라고 사르트르는 『구토』에서 말했지만 내게 있어 오후 3시의 산책은 너무 늦지도 이르지도 않은 적당한 할 일이다. 어젯밤과 오늘 새벽까지 이어진 천둥번개를 동반한 요란한 봄비 때문에 잠을 설쳐 오전 내내 헤롱거렸다. 커튼 밖으로 번쩍, 번개가 칠 때 방안 실루엣이 힐끔 보이는 게 이 나이에도 무서워 눈을 감지 못했다.

이번 주 안에 내야 할 리포트를 쓰면서 오전시간을 보내고, 집안에 셋 다 있는 아이들에게 비빔면으로 점심을 주고, 음악 들으며 한숨 자고 나니 움직일 기력이 든 게 오후 3시. 이제부터 나의 하루가 시작되는 듯하다.

간밤의 비바람에 잠 못 든 건 나만이 아닌가 보다. 마지막 잎새가 드디어 떨어졌다. 보이지 않는다. 세상 끝날 것처럼 쏟아지던 비와 천둥번개에 화들짝 놀라 툭 떨어졌나 보다. 늘 있던 자리에 그 꽃이 없으니 소중하게 간직해오던 내 꽃잎 하나가 스러진 기분이 든다. 그래서 이름을 불러줄 때 꽃이 나의 그 꽃이 되는가 보다. 언제 비가 왔었는가 무색할 만큼 청량한 날씨지만 저물어간 꽃 한 송이를 애도하며 산책을 하니 날씨가 기분으로 이어지지 않는다. 이성복 시인의 「하지만 뭐란 말인가」란 시를 그 꽃에게 바친다.

> 한 잎의 결손도 없이/봄은 꽃들을/다 불러들인다/해 지면 꽃들의/불안까
> 지도//하지만 뭐란 말인가,/저렇게 떨어지고 밟혀/변색하는 꽃들을/등불
> 처럼 매달았던/봄의 악취미는?

6월이 시작됐다. 더위도 함께 찾아왔다. 아침 등굣길부터 후텁지근했는데 강의실에 에어컨을 켜야 쾌적한 느낌을 받을 정도가 되었다. 마스크 쓰고 공부하는 게 쉽지 않은 철이 되었나 보다. 그러나 화요일 수업은 오늘로 종강을 한다. 본격 더위가 시작되기 전에 마치는 게 다행이긴 하지만 종강은 언제나 아쉽다. 한 학기의 배움과 나눔이 부족한 느낌이 든다.

오전 수업 종강소감을 나누고, 오후 수업까지 함께 듣는 선생님과 점심을 먹고, 학교 주변을 산책한다. 이제 4학기 졸업을 앞둔 이 선생님과 함께 산책하는 것도 오늘이 마지막이다. 시간여유가 있었다면 정말 맛있는 점심을 먹고 느긋하게 산책을 하고 싶었으나 우리에게 허락된 시간은 딱 한 시간뿐이다. 그 시간 동안 밥을 먹어야 하고 산책도 하고 커피 한잔 사들고 학교로 복귀해야 한다.

그러나 우리는 그 모든 걸 다 했다. 알맞게 먹었고, 적당히 걸었다. 나는 3학기가 후딱 간 것 같다고 했고, 선생님은 4학기도 금방 지나가는 듯하다고 했다. 하고자 하는 공부, 좋아서 하는 일은 이렇게 시간이 아쉽다. 이 선생님은 좋은 상담자가 되실 것이다. 함께 있는 것만으로도 따뜻한 에너지를 주시는 분이다. 지난 1년 반 동안 참 많이 배운 선생님인데 오늘로 함께 수업을 듣는 게 마지막이라니 진짜 섭섭하다. 나도 다음 학기에 졸업할 때 누군가에게 그런 느낌을 주는 사람이 되고 싶다는 생각을 한다.

함께 걸어 더 좋았던 길마중길 산책을 마치고 아이스 카페라테 한 잔씩을 들고 학교로 돌아간다.

저녁 8시. 이제야 산책을 나간다. 낮에 그토록 뜨거웠던 공기의 열기가 다 빠졌고 대신 시원한 바람이 그 자리를 차지한다. 낮과 저녁 일교차가 어마어마하다. 때문에 요즘 소아과에 아이들이 많다고 한다. 건강관리하기가 쉽지 않은 날씨다.

5시에 모든 수업이 끝났다. 오늘은 미셸 푸코에 대한 발표가 있는 날이다. 발표를 맡은 선생님이 PDF 파일로 장장 49페이지에 달하는 발표문을 준비하셔서 열정적인 수업이 되었다. 발표는 그 선생님이 했는데 듣는 내가 더 힘든 느낌이 든다. 운전자 옆자리에 있을 때 더 피곤한 것처럼.

수업이 끝나자마자 텔레비전을 켜서 여자배구 우리나라와 벨기에 경기를 봤다. 오늘 스케줄 중에 가장 기다린 시간이다. 결과는 세트스코어 2-3으로 역전패. 졌지만 잘 싸웠다, 는 말은 하고 싶지 않다. 진 건 진 거고, 잘 싸운 건 잘 싸운 거다. 둘 사이에 연결고리는 없다. 다만 경기를 보는 내내 안쓰럽다는 생각이 든다. 국내리그가 너무 길어 선수들이 힘이 다 빠진 것 같다. 선수층도 넓지 않은데 경기 수가 많다는 생각을 한다. 덕분에 우리나라 선수들은 피곤과 부상을 안고 뛰는 느낌이다.

배구경기가 끝나고 설거지하고 그제야 집을 나오니 밖은 어둡다. 이렇게 걷고 집에 돌아가 샤워를 하면 오늘 하루가 끝이 나겠지. 시간이 평온하게 가는 것이 감사하다.

아침 산책을 나간다. 오후부터 비가 온다는 예보가 맞는지 불어오는 바람이 축축하다. 기분나쁜 습기는 아니지만 바람 속에 어느 정도 수분기가 느껴진다. 이 바람에 얼굴을 전부 다 오픈하고 걸으면 그대로 수분마스크 효과를 볼 것만 같다.

비 온다는 예보를 어제부터 들어 알았음에도 이불빨래를 하고 나왔다. 쉬는 날이면 밀린 빨래를 하는 습관 탓이다. 생각보다 몸이 먼저 움직여 아이들 방에서 이불을 걷어 습관으로 움직였다. 습관이란 게 무섭다. 얼마 전에 싱크대 절수패드가 고장나서 새로 교체하는 일이 있었다. 우리집에서 가장 편한 도구인 발로 누르는 패드가 고장나자 한동안은 무심결에 패드를 밟다가 아차했고, 고친 후에는 또 무심코 수도꼭지에 손을 대 물을 끄고 켜는 나를 발견했다. 처음엔 없으면 안 될 것 같고 너무 불편하다 싶었던 것도 조금만 시간이 지나면 어느새 몸에 익어 또 적응하고 사는 나를 보며 습관의 힘을 다시금 발견했다.

오늘 아침에도 나는 습관의 힘을 따라 밖으로 나왔다. 습관이 익숙해지면 나의 태도가 될 것이고, 방향성이 될 것이고, 어느샌가 삶이 될 것이다. 나에게 해악을 주는 습관을 경계해야 하는 이유이기도 하겠다. 나의 습관, 더 나아가 습관보다 더 주기적이며 규칙적인 의식(ritual)에 대해 생각해본다. 무엇보다 요즘 나의 가장 확고한 의식은 날마다 30분 이상 걷고 글을 써서 블로그에 올리는 거다. 오늘로 154일째, 올해 365일을 목표로 했으니 아직 갈 길이 멀지만 이만큼 걸어온 거에 스스로 대견함을 느낀다. 아니, 나 자신의 힘보다 습관의, 의식의 힘을 믿자. 그 힘이 나를 끝까지 인도해 줄 것이다.

오후 5시가 넘자 조금은 열기가 식은 바람이 불어온다. 어제 비가 와서 깨끗해진 공기에 오늘 반짝 나온 햇볕이 더해져 하루종일 맑고 밝은 날이 이어졌다. 시간이 갈수록 뜨거워지는 열탕처럼 기온이 점점 올라가는 것 같았다. 이 시간을 기점으로 조금씩 내려가는 느낌이다.

아침부터 바쁜 하루였다. 오전과 오후에 각각 강의와 상담을 진행했고, 집에 오자마자 다음 주부터 등교하는 중3 둘째녀석 머리컷을 위해 함께 미장원에도 갔다. 자기 돈으로 자기 혼자 가도 될 나이인데 머리 자르러 갈 때는 꼭 엄마와 함께 가려 한다. 혼자 가기가 아직은 쑥스러운가 보다. 자른 지 얼마 안 되는 것 같은데도 덥수룩하게 자란 머리를 슴덩슴덩 자르니 한결 깨끗하고 단정해 보인다. 그걸로 등교준비는 끝이다. 다음 주부터는 2개 학년씩 학교에 가서 어쩌면 세 아이들 다 학교에 가고 나 혼자 집에 있는 놀라운 역사가 일어날 수도 있다. 그날이여, 어서 오기를.

아들은 집으로 돌아가고 나는 동네산책 겸 먹을 것을 사러 열기가 식어가는 동네 속으로 들어간다. 하루종일 정신없이 달렸더니 저녁을 차릴 만한 기운이 없다. 아니, 식구들에게 뜨거운 밥과 국을 올릴 자신이 없다. 지친 입맛과 열기를 식혀줄 게 뭐가 있을까 궁리하며 걷다 보니 낙지집이 보인다. 그래, 저거다 했다. 낙지덮밥의 낙지볶음만 사서 집에 있는 밥 위에 얹어줘야겠다.

주문을 해놓고 기다리는 동안 골목을 왔다갔다 걷는다. 아직 6시도 안 된 시각인데 골목 술집들에 사람이 꽤 있다. 불금인가 보다. 나는 가족과 함께 집에서 불금을 맞으러 낙지볶음을 들고 집으로 돌아간다. 일주일이 평온히 지나간 것에 감사하며.

큰아들과 남편이 새벽같이 나갔다. 지하 주차장에서 기다리는 내 큰오빠까지 함께치면 남자 세 명이 새벽외출을 감행했다. 등산을 좋아하는 세 남자는 소백산 등반을 하러 일찌감치 길을 나섰다. 최대한 차가 막히기 전에 가서 조금이라도 사람이 없을 때 산행을 하기 위해서란다. 나로서는 도저히 상상할 수 없는 새벽출발에 그들이 가는 것도 보지 못했다. 아침 10시쯤 느긋하게 일어났더니 두 남자는 없고 흔적만 남아 있다.

좀 색다른 주말이다. 다섯이 바글거릴 주말에 셋밖에 없고 그나마 남은 두 아이들은 각자 자기 방에서 할 일을 하니 집이 조용하다. 그래도 이 조용함이 오랜만에 찾아온 여유같이 평온하다. 이제 6월이 됐으니 찾아올 더위에 대비해 에어컨 필터를 세척하고, 선풍기들도 꺼내 닦아내고, 다용도실 물청소를 해도 시간이 가지 않는다. 식구 수에 비례해 빨리 지나간 시간이 그만큼 반비례로 천천히 흘러가는 듯하다.

남편 대신 거실 소파에 길게 누워 텔레비전을 보다 깜빡깜빡 졸다를 반복하다가 오후 4시에 산책을 나간다. 창문을 통해 들어오는 바람이 시원해진 것 같아서다. 오늘 안에 올지도 모를 아들과 남편을 위해 고기와 막걸리를 사야겠다고 생각하며 걷는데 아들에게 전화가 왔다. 자고 온단다. 정상에 올랐을 때 바람이 많이 불고 추워서 몸이 안 좋은데 하룻밤 자고 나면 괜찮아질 거 같단다. 남자 셋의 하룻밤, 맛난 거 많이 먹고 편안히 자고 오기를.

덕분에 가벼운 마음으로 산책을 하고 집에 있는 세 식구가 먹을거리를 사서 집으로 돌아간다. 별로 많이 사지도 않았는데 양손 가득 손이 무겁다. 둘째 아들이 다음 달에 보는 기말고사 공부를 한다고 제 방에 있는 걸 보고 나왔으니 오늘밤은 그 아이가 좋아하는 음식을 해줘야겠다. 평온한 오늘밤이 잘 지나가기를. 여기도, 또 거기도.

아침 8시 30분, 아직 꿈나라를 헤매고 있는데 큰아들에게 전화가 왔다. 소백산에서 떠날 때 전화하라고 했는데 벌써 떠났나 싶어 받았더니 아침을 먹었고 조금 있다 부석사에 갈 거라고 한다. 영주하면 내게는 부석사와 소수서원인데 아들도 좋은 곳을 둘러보고 온다니 잠결에 기분이 좋다.

오후 세네시쯤에 도착한다는 두 번째 전화를 받고 두시쯤 산책을 가려 하는데 딸이 갑자기 앞머리를 자르고 싶다고 미장원에 가자 한다. 엄마인 내가 자르기를 원하는 건 길고 치렁치렁한 뒷머리인데 거기는 절대 건드리지 않고 앞머리만 살짝 자르고 싶단다. 이마가 참 예쁜 아인데 그걸 머리로 가린다니 적극 반대를 했지만 본인이 하고 싶어하니 어쩔 수 없다. 산책길에 동행한다.

바람이 조금 시원한 감은 있는데 햇볕이 뜨겁다. 내일부터는 최고기온이 높다는데 등교하는 아이들이 건강하게 잘 학교생활을 했으면 좋겠다. 단골 미장원에 갔더니 "개인 사정상 오늘 휴무"라는 안내문이 붙어 있어 또 다른 미장원에 갔는데 그곳은 사람이 너무 많았다. 일요일이니 그런가 보다. 동네를 걷다가 문이 열려 있고 손님도 없는 곳을 찾았다. 딸은 머리를 자르고, 나는 산책 후 노곤한 몸을 믹스커피 한 잔으로 다독이고 있다.

커피 한잔의 여유를 즐기고 있는데 아들에게 세 번째 전화가 왔다. 집 근처에 다 왔는데 집에 밥이 있냐다. 맙소사, 아직 점심을 먹지 않았나 보다. 급히 집으로 돌아간다. 집 밖에 있어도 손이 참 많이 가는 사람들이다.

새로운 한 주가 시작됐다. 아이들은 등교를 하고, 나는 다음 주 금요일까지 2주 정도 남은 종합시험 준비를 시작한다. 내일까지 써야 할 과제도 두 개나 있다. 느긋한 월요일은 되지 못하겠지만 마음의 여유를 가져보려 한다. 아직 선선한 바람이 부는 오전에 산책을 나간다. 낮 기온이 27도까지 올라가던데 아침 날씨는 선선하다. 흐리지만 비 예보는 없으니 믿고 나가본다.

번잡했던 주말이 지나간 동네는 조용하고 여유롭다. 길거리에 아무렇게나 버려져 있는 쓰레기들이 지난 시간들의 들뜸을 말해주는 것 같다. 나이드신 남자 어른이 기다란 집게와 봉투를 들고 다니며 쓰레기를 줍고 있는 장면을 본다. 줍깅을 하는지 봉사를 하는지는 모르겠지만 왠지 그분 앞을 지나가기가 미안하다. 동네에 있는 여러 자원봉사모임에서 주기적으로 마을쓰레기줍기를 하고 있는데 이렇게 홀로 쓰레기줍기를 실천하고 계신 분은 처음 본다.

나이 든다는 것, 지난 주 도서관 수업에서 참여자들과 함께 나눈 이야기가 '노년의 삶'이었다. 참여자들이 대체로 그려보는 노년은 시골에서 텃밭을 일구며 가끔 찾아오는 자식과 손주들을 반갑게 맞이하는 건강하고 주체적인 모습이었다. 몸은 늙었지만 마음은 언제까지나 청춘일 거라고도 했다. 내 마음은? 청춘은 못 되는 것 같다. 세상사 겁날 게 많은 마음 늙수구레한 기성세대가 된 지 한참인 듯하다.

오늘 아침, 검정봉투를 들고 다니며 거리의 청소부를 자처하는 이 어르신을 보며 나도 나에게만 말고 남에게도 이로운 일을 실천하며 살아가는 현재와 노년의 삶을 영위하길 바라본다. 각자 남을 이롭게 하는 방식이 다를 터이니 나는 나에게 맞는 방식으로 살면 될 것이다. 지금 내가 찾은 방법은 단연 문학상담이다. 나와 너를 살리고 우리를 회복시키는 일을 오래도록 하며 나와 남을 행복하게 하는 삶을 살고 싶다. 그러자면 우선 리포트부터 써야 하는데 그건 또 싫으니 참. 할 수 없다. 이제 들어가 몸과 마음을 정돈하고 오늘 내 과업을 이행해보자.

창을 통해 거실로 들어오는 햇빛이 오늘 날씨를 짐작케 한다. 어제 못 본 우리나라와 미국의 여자배구 경기 재방송을 보자마자 오전산책을 나간다. 이제는 점심 먹고 느긋하게 산책, 은 안 될 것 같다. 그러다간 얼굴이 새카맣게 타거나 햇볕에 지쳐 걷는 시간보다 건널목 앞 넓은 그늘막 밑에 서 있는 시간이 더 길 듯하다.

한동안 집 앞에서 내가 외출할 때를 기다려 미소지어주던 철쭉꽃이 지고 대신 요사이 내게 기쁨을 주는 꽃은 노란 장미다. 나는 언제나 빨간 장미파였는데 어느 순간부터 노란 장미가 매력있어졌다. 한 송이만 매달려 있거나 여러 송이가 모여 있거나 간에 노란 장미는 은은하고 고고한 자태를 뽐낸다. 어린왕자가 사랑한 장미는 빨간 장미였나? 노란 장미는 아니었던가? 기억이 가물가물하다. 어찌됐든 노란 장미는 내가 사랑하련다.

아파트 단지를 넘어 큰길가로 나선다. 한쪽은 도로고, 반대쪽은 아파트 담벼락 밑 녹지구역이다. 크고 우람한 나무들 세상 밑 땅 위는 온통 토끼풀 천지다. 토끼 없는 세상에는 토끼풀이 대장인가 보다. 흩어져 있으면 한없이 약해 보였던 식물인데 이리 여러 개체가 모여 있으니 안개꽃다발처럼 몽롱한 매력이 있다. 어릴적 손가락에 끼워졌던 토끼풀 반지가 생각난다.

날이 덥다. 조금만 걸었는데도 숨이 턱턱 막힌다. 이제 여름이 본격적으로 시작되는가 보다. 이 여름을 잘 보내야겠지. 지치지 말고 아프지 말고 하루하루 잘 살아내기를 바라본다. 오늘 저녁엔 학교공부를 하고 지쳐 돌아올 아이들을 위해 불고기덮밥을 해줘야겠다. 한우로 사고 싶지만 한우 같은 수입산으로 만족하며 불고깃감 담은 검정봉투를 들고 시원한 내 집으로 복귀한다.

아침 등굣길부터 에어컨을 켰다. 웬만하면 차 안 에어컨과 히터를 잘 틀지 않는데 창문을 열면 너무 소란스러운 고속도로에서 밀폐상태로 운전을 하니 찜질방이 따로 없었다. 벌써부터 낮 기온이 30도까지 오른다고 하니 큰일이다. 차 안부터 학교 강의실로, 다시 차 안으로 이어진 에어컨 바람에 재채기를 한다. 일종의 냉방병이다.

줌 오후 수업마저 마치고 이열치열 매운 고추장찌개를 끓여놓은 후 잠시 산책을 한다. 아침부터 더운 열기 속에 이어온 나의 하루가 조용히 정리되는 시간이다. 오늘 저녁엔 큰아들 학교 엄마들 반모임이 있어서 아직 내 일과가 끝나진 않았지만 그래도 할 일을 다 마친 후의 여유로움을 느낄 수 있다. 아이스믹스를 한 잔 마시고 싶지만 오늘 커피를 많이 마신 탓에 애써 참는다.

6시가 다 되어가는 시각인데도 바람이 별로 시원하지 않다. 바람은 시원한데 아침부터 워낙 덥혀진 공기가 쉬 식지 않은 탓이다. 하긴 손바닥 뒤집듯 휙휙 날씨가 변하면 사람 몸에 좋을 게 없을 것 같긴 하다. 서서히, 차츰차츰, 요즘 많이 쓰는 말처럼 ~며들다, 경계가 확실히 느껴지지 않게, 그런 게 좋을 때도 있겠다. 나는 확확 변하는 사람이었다. 이쪽과 저쪽의 경계가 너무 뚜렷해 나도, 내 주변인들도 힘들게 하는 사람이었다. 그러나 이제 그럴 기운이 점점 없어진다. 힘이 빠지니 조금씩 경계선이 옅어지고 이래도 흥, 저래도 흥, 하는 사람이 되어간다. 전엔 별로 좋아하지 않았을 내 삶의 모습이지만 이제는 그것 또한 나임을 천천히 깨닫고 있다. 스며들다, 참 좋은 말인 것 같다. 조용하지만 힘 있는 말.

D+161 6월 10일 목요일

어제 학교에 자전거를 두고 온 큰아들이 걸어가면 지각할 것 같다기에 내 차로 데려다줬다. 어젯밤 반모임에 갔을 때 학교에 세워져 있는 아들 자전거를 차에 실어올까 하다가 귀찮아서 관뒀더니 오늘 아침 움직이지 않아도 될 일을 겪게 됐다. 청소기를 돌리다말고 세수 안 한 얼굴에 모자만 푹 눌러쓰고 아들을 데려다준 후 내친 김에 칠보산 주변을 걷는다.

산 밑에 있는 초등 대안학교 등교 시간이라 학생들이 열심히 자전거를 타고 줄지어 오고 있다. 학교 가는 길에 약간 오르막과 과속방지턱이 있어 자전거타기가 쉽지 않을 수도 있지만 이 아이들은 이미 몇 년 동안 그 길로 자전거통학을 한 터라 엉덩이를 들고 열심히 페달을 돌린다. 햇빛은 강하지 않지만 후텁지근한 날씨라 마스크 쓴 아이들의 숨소리가 헉헉거린다.

우리 동네에 칠보산이 있다는 건 큰 복이다. 바라볼 산이 있다는 것, 덕분에 눈과 마음이 시원해지는 것, 덕분에 미세먼지가 그나마 깨끗한 것, 푸르고 붉고 하얀 산의 변화를 철마다 경험할 수 있다는 것, 이 모두가 축복이다. 그 자락에 아들의 학교가 있고, 그 속에서 보낸 5년 세월이 감사하다.

오전 9시, 이 시간에 한적한 칠보산 주변 자목마을을 걷고 있으니 마치 한적한 시골마을로 여행을 온 것 같다. 집에서 차로 불과 5분 정도 거리인데 산과 논과 예쁜 전원주택들이 있는 이곳은 딴 세상 같다. 그러나 나는 다시 나 사는 아파트로 돌아가야 한다. 아직 못다 한 집안일을 마저 끝내놓고 시원하게 샤워한 후 하루를 시작해보자. 오늘 하루도 파이팅이다!

오후에 중학교 상담실에서 하는 상담이 예정보다 일찍 끝나 학교 주변을 걷는다. 우리 동네 산책이 아니고 남의 동네 산책이다. 학교 주변은 주택가와 먹자골목이라 자연을 보는 맛은 없지만 대신 가게 간판과 사람들을 구경하는 재미가 있다.

한낮에서 조금 비켜나 늦은 오후로 접어드는 시각. 식당에는 늦은 점심을 먹는 사람들이 자리를 차지하고 있고, 식당 수만큼 있는 카페는 서너 명씩 모여앉아 차와 담소를 나누는 사람들로 비좁다. 마트 앞에 세워져 있는 차에 장바구니를 싣는 사람들도 있고, 반려견과 산책하는 사람들도 보인다. 비록 마스크를 썼지만 완벽한 일상의 모습이다. 평화로운 어느 초여름날 오후, 동네의 모습. 이제 마스크마저 스킨이 된 듯 자연스럽게 흘러가는 일상. 그 일상 속에서 나는 아침 신문에서 읽은 김길녀 님의 「묘비명 ─ 미완성 교향곡, 1964」 시와 도서관 수업내용을 복기해본다.

오늘로 13회기를 맞이하는 수업에서 '죽음'에 대해 생각하면서 '나의 묘비명'을 써보았다. 마침 오늘 아침 신문에 실린 시도 바로 「묘비명」이었다. 절묘한 일치네, 싶어 시가 있는 부분을 오려 수업에 가지고 가서 수강생들과 함께 나눴다. 나눌수록 커지는 건 기쁨만이 아니다. 시 역시 그렇다. 함께 읽고 느낌을 나눌 때 시인의 시는 내 것이, 우리 것이 된다. 그럴 때 기쁘다. 오늘 수업에서도 그 기쁨을 누렸다.

비 오기 전 후텁지근함 속을 걸으며 나는 아침부터 지금까지의 시간을 돌이켜본다. 그리고 언제 내게 찾아올지 모르는 죽음을 늘 준비하며 살아야겠다는 생각을 한다. 뜬금없는 생각인 것 같지만 어쩌면 가장 현실적인 실존의 문제이기 때문이다.

방 안에서 맞는 바람에 시원한 감이 있어 오후 3시쯤, 겁도 없이 산책을 한다. 어제까지 반납해야 할 책이 연체되어 도서관에 가는 길에 그 주변을 걷고자 한다. 웬만하면 도서연체를 잘 하지 않는데 이번에는 읽을 시간이 정말 부족했다. 이미 빌려온 책들이 있어 다시 대출받지 않아도 되니 눈 딱 감고 하루 연체를 감수하며 어젯밤 늦게까지 책을 다 읽었다.

오늘 문제의 그 책을 반납하고 한낮의 해가 정상에서 약간 비껴가고 있는 거리를 산책한다. 어젯밤에 마지막 장을 덮은 책은 알베르 까뮈의『페스트』이다. 중학교 땐가 뜻도, 감도 모르고 무작정 읽어댔던 느낌과 이번에 다시 읽은 페스트는 완전 느낌이 달랐다. 작년부터 시작된 코로나 시국과 높은 싱크로율로 주목을 끌었던 이 책을 코로나 해방이 보일 것 같은 이 시점에 찬찬히 읽었다. 모르고 볼 땐 몰랐는데 알고 보니 정말 작년부터 이어진 우리네 세상 모습이 행간마다 녹아 있었다. 한편으로 섬뜩했고, 또 다른 한편으로 놀라웠다.『이방인』도 좋지만 이 작품에도 까뮈의 놀라운 작가적 재능이 담겨져 있어 내게 감동을 준다. 좋은 책을 읽었다.

> "그는 그 기쁨에 들떠 있는 군중이 모르는 사실, 즉 페스트균은 결코 죽거나 소멸하지 않으며, 그 균은 수십 년간 가구나 옷가지들 속에서 잠자고 있을 수 있고, 방이나 지하실이나 트렁크나 손수건이나 낡은 서류 같은 것들 속에서 꾸준히 살아남아 있다가 아마 언젠가는 인간들에게 불행과 교훈을 가져다주기 위해서 또다시 저 쥐들을 흔들어 깨워서 어느 행복한 도시로 그것들을 몰아넣어 거기서 죽게 할 날이 온다는 것을 알고 있었기 때문이다."
> - 알베르 까뮈『페스트』마지막 단락

내게는 까뮈 같은 문호의 재능은 없으나 날마다 하는 의식을 꾸준히 실천하는 생활인의 재능은 있나 보다. 모자 하나로 달랑 가린 얼굴에 내려쬐는 햇빛 속에서 오늘 산책을 마친다.

둘째 아들 심부름 겸 산책을 한다. 다음 달에 있을 기말고사 공부를 하던 아이가 어젯밤에 갑자기 영어와 과학 문제집을 사달라고 했다. 학원이나 과외, 인터넷강의 없이 오로지 학교수업과 문제집으로 혼자 공부하는 아들 부탁이라 오늘 당장 기쁜 마음으로 들어주려 한다. 아직까지는 학원에 다니지 않고 혼자 해볼 수 있으나 고등학교부터는 다녀야 할 것 같다고 아들이 말한다. 가능하면 사교육 없이 공부했으면 하는 게 내 마음이지만 아이가 하겠다고 하니 막을 수는 없을 듯하다. 지금까지도 혼자 잘 버텨온 아들이 고맙고 대견하다.

어제보다 더 더운 것 같다. 나는 왜 시원한 아침과 저녁 놔두고 이리 더운 시간에 산책을 나왔는지 모르겠다. 아침엔 늦잠을 자고 저녁엔 야구를 봐야 하니 그런가 보다. 내일부터는 되도록 아침이나 저녁 산책을 해야겠다. 아직은 일교차가 커서 해만 져도 날이 선선하다.

동네를 천천히, 가능하면 땀이 나지 않을 정도의 속도로, 나무늘보처럼 걷는다. 이렇게 걷는 건 성질 급한 내게는 무척 힘든 일이나 오래 걸으려면 이렇게 해야 한다. 빨리 걷고, 빨리 지치지 않으려면 천천히 느긋하게 가야 한다. 걷기뿐 아니라 일이든 사람관계든 다 마찬가지다. 요사이 내 몸과 마음에 여유가 없는 건 조급하기 때문인가 보다. 빨리 결과가 나와야 하고, 빨리 뭔가 되어야 하고, 빨리 끝맺으려고 하는. 걷는 시간만큼은 한 박자 느리게 가야겠다. 파워 워킹으로 살을 빼려는 의도는 에지녁에 버렸으니 이제 마음에 쌓인 군더더기를 털어내는 산책을 해야겠다.

올들어 처음으로 수박을 샀다. 김치 냉장고에 넣어두었다가 저녁에 먹어야겠다. 아이들이 좋아할 것이다.

오늘은 아침산책을 한다. 오전 10시니 아주 이른 아
침은 아니지만 내게 아침은 아직 덥지 않은 때를 말하니
선선한 바람이 부는 이 시간이 나의 아침이다. 권정생
작가의 『강아지똥』이 연상되는 키작은 민들레에 눈길을
주며 조용한 아침 속으로 나를 밀어넣는다. 길가에 핀
노란 나리꽃이 바람에 하늘거린다.

산책을 마치고 앞동네 아파트 13층에 갈 일이 있어 그
집 현관으로 들어섰는데 아뿔싸, 엘리베이터 점검중이
다. 돌아갈까 1초 고민하다가 그냥 계단으로 올라가기
로 했다. 운동 삼아 걸으면 걸어지리라 호기롭게 마음먹
으면서. 10층 우리집에서 내려와 30분 걷고 13층 계단으로 오르기가 기력없는 내 몸에
벅차다는 걸 그땐 미처 몰랐다. 몇 번을 쉬엄쉬엄 해서 드디어 다 올랐다. 이미 숨은 턱
에 차고 다리도 무겁다. 잠시 볼일을 보고 다시 계단으로 내려가야 한다. 내려가는 길은
비록 무릎관절에 무리가 갈지언정 힘들지는 않으니 다행이다.

오늘 산책은 복병을 만나 두 배로 한 것 같다. 예전 30대 중반 중국에서 공부할 때 혼
자 살던 집은 엘리베이터 없는 6층이었다. 하루에도 몇 번씩 잘만 오르고 내려다녔는
데 이제는 그럴 만한 창창함은 없나 보다. 기진맥진하여 내 집 현관으로 들어선다. 혹시
나? 휴, 다행이다. 우리집은 엘리베이터가 멀쩡하다.

비가 오락가락하며 종일 시원하다. 아침엔 우산을 써야 할 만큼 비가 내려 집에서 시험공부를 하고 점심 무렵 외출을 한다. 큰아들과 함께 가야 할 곳이 있어서다. 먼저 중국집에 가서 짜장면 한 그릇씩을 먹었다. 내가 다닌 고등학교 옆 오래된 단골집이다. 중국집에서는 날 기억하지 못하나 나는 그집 짜장면을 좋아하니 나 홀로 단골이지만 가끔 옛날맛이 그리울 때 찾아가곤 한다. 이번엔 오랜만에 갔는데 실내 인테리어가 싹 바뀌었다. 좌식 테이블 자리가 다 빠지고 대신 칸막이한 식탁들이 빼곡하다. 코로나 이후 변화를 주었나 보다. 변화하지 않고는 살아남을 수 없었겠지. 변화와 적응. 살아가는 방식.

큰아들과 함께 교육청에 갔는데 아직 점심시간이라 업무가 시작되지 않았다. 무료히 기다리기보다 주차를 해놓고 주변을 아들과 함께 걷기로 한다. 경기도 교육청은 수원 농생명과학고등학교와 연계되어 있어서 건물 뒤편으로 돌아 걸어가면 학교 교정을 걸을 수 있다. 학교도 점심시간인가 보다. 학생들이 자유로이 교정을 걸어다니며 휴식시간을 보내고 있다. 앞머리에 큼지막한 분홍 헤어롤을 매단 어떤 여학생은 걸어가면서도 연신 핸드폰 거울로 머리 모양을 만진다. 남학생 넷이 복식조로 배드민턴을 치고 있는 모습도 보인다. 선생님인 듯한 어른들도 아름드리 나무 밑에서 커피타임을 즐기고 있다. 선생님들 옆에 은은한 옥잠화가 수줍게 피어 있다.

작은 연못도 있다. 지금은 제주도민이 된 친구가 이 학교에서 근무했을 때 친구와 연못 주변 벤치에 앉아 이야기를 나누던 장면이 생각난다. 9년쯤 전이다. 내가 막 유방암 진단을 받고 얼마 안 되었을 때라 선명하게 기억한다. 아주대학교병원에서 진료를 받고 그냥 집으로 돌아가기 싫어 무작정 학교로 찾아가 친구를 만났었다. 그때는 9살이었던 큰아들은 18세 청년이 되어 지금 내 옆에서 걷고 있다. 10년 여 세월이 어찌 지났는지 돌이켜보면 그저 감사한 일뿐이다. 순간순간 아등바등 살지만 내 힘으로 살아온 것이 아님을 새삼 깨닫는다.

교육청으로 돌아간다. 감성시간여행을 하고 현재로 돌아온 느낌이다.

아침에 눈을 떠서 오후 늦게 산책을 할 때까지 하늘이 정말 예술이었다. 파아란 하늘에 튼실튼실한 흰구름이 뭉게뭉게 피어 떠다니는 가을하늘 같은 하늘. 하늘 어디에다 대고 사진을 찍어 바로 SNS에 올려도 좋아요, 몇 개를 얻을 만한 작품 중의 작품. 어제부터 오늘까지 내 상태가 한가하게 하늘 감상을 할 시점은 못 되지만, 그래서, 더더욱 하늘에 눈을 돌린다. 고개를 내리면 맘속의 걱정이 솟아오를 것 같아서.

> "이불 가장자리에 비어져 나와 있는 작은 털실 하나가 강철로 된 바늘처럼 딱딱하고 뾰족하지는 않을까 하는 불안, 잠옷의 작은 단추가 내 머리보다 더 크지나 않을까, 크고 무겁지나 않을까 하는 불안, …(중략)… 내가 내 비밀을 털어놓지나 않을까 하는 불안, 모든 것이 말로써는 표현될 수 없는 것이기 때문에 아무것도 말할 수 없게 되지나 않을까 하는 불안, 그리고 그밖에 다른 여러 가지 불안들…. 불안들이 꼬리를 물고 놓아주지 않는다."

릴케의 『말테의 수기』에서 내가 가장 인상깊게 읽은 부분이다. 무려 2페이지에 걸쳐 릴케는 주인공이 내면에 갖고 있는 온갖 불안에 대해 자세히 묘사한다. 읽으면서 세상에 참 이런 불안 민감자가 있나 했는데 책장을 덮고 생각해보니 나 또한 불안의 종류와 이유가 만만치 않게 있는 사람이라는 생각이 들었다. 이렇게 구구절절 묘사하지만 않았을 뿐이다. 그러나 대학원 공부를 하면서 그렇게 불안이 많은 나를 있는 그대로 받아들이고 인정하며 나처럼 불안에 민감한 다른 사람들과 함께 그것에 대해 이야기하며 치유하는 작업의 소중함을 배웠다. 그리고 공부하는 동안은 불안하지 않았다. 나를 온전히 집어넣어 집중할 수 있었던 것, 공부였다.

바람이 불어 하늘 지형도를 바꿔놓고 있는 늦은 오후, 아니 이른 저녁 산책을 하며 이번 학기를 정리해본다.

남편과 아이들 출근하고 집에서 원격수업하는 둘째까지 컴퓨터 앞에 앉은 아침 9시. 나는 벌써 청소기를 돌렸고, 화장실 두 개를 닦았고, 내일 수업과 시험에 필요한 가방까지 싸놓았다. 그리곤 날씨가 아직 덥지 않은 것 같아 일찌감치 산책을 나가기로 한다. 산책을 마치고 집에 돌아와 오늘 남은 하루는 꼬박 내일 시험공부를 해야지, 일단 마음은 먹는다. 잘 될지는 모르겠지만.

어제보다 기온이 한결 내려갔다. 해도 쨍하게 나지 않고, 바람도 선선하다. 걷기에, 바람쐬기에 좋은 시간이다. 동네도 조용하니 번잡하지 않아 더 좋다. 나는 슬리퍼를 신고 동네마실을 한다. 모자에 마스크까지 꼈으니 아무도 날 알아보지 못할 것 같다. 별로 아는 사람도 없지만 오늘은 왠지 아무하고도 마주치고 싶지 않다. 그냥 조용히 하루를 혼자만의 시간으로 시작하고 싶다.

트럭에서 내려진 상품박스를 가게 안으로 나르는 사람들의 움직임이 여기저기서 보인다. 야채가게도, 잡화점도, 약국도. 물건을 내리는 사람, 내린 물건을 가게 입구까지 나르는 사람, 가게 안으로 가지고 들어가 언박싱하는 사람. 자세히 보니 분업적이고 조직적이다. 손발들이 척척 맞는 것 같다. 그러니 일이 금방 끝나고 트럭이 후딱 움직인다. 차량이 많은 도로니 신속함이 필요하겠지. 뒤에서 오는 차들을 위해 빨리 움직여준 그 트럭은 그나마 괜찮은 것 같다.

며칠 전 큰아들과 교육청에 갔을 때 내 차 앞에 승합차와 트럭이 이중주차를 해서 차를 뺄 수가 없었다. 두 차 모두 전화번호도 적혀 있지 않았다. 순간, 반사적으로 혈압이 올랐다. 몇 분을 기다려도 차 주인들은 내려오지 않았고, 결국 관리하시는 분께 말씀드려 방송을 하게 했다. 그러고도 한참 후에 내려온 두 차주들은 차 앞에 서 있는 나에게 가타부타 아무 말도 없이 차를 뺐다. 나와 아들의 시간을 20분쯤 잡아먹은 댓가로 미안하다는 말 한마디쯤은 해야 하는 것 아닐까. 나였다면 당연히 그랬을 것 같은 상황에서 그들은 그냥 쌩하고 가버렸다. 두 차 모두 학교 간판을 부착하고 있어 더 화가 났다.

그냥 아무렇지 않게 넘겨도 되는 일에 가끔 예민하게 구는 나 자신을 본다. 지켜야 할 규칙을 지키지 않을 때, 시간 약속을 지키지 않을 때, 내 시간을 낭비하게 할 때, 남들에 대한 배려심이 일도 없어 보일 때, 내 거 아니라고 공공장소의 물과 전기를 마구 쓰는 사람을 볼 때, 나는 화가 나고 마음이 안 좋다. 특별히 도덕적인 사람이 아니라 나 자신이 규제하고 있는 항목들이 많아서이다. 나이가 들면서 조금씩 눈 감고 귀 막고 마음 접고 살자 생각도 해보지만 글쎄, 잘 될지는 모르겠다. 설사 꼰대 소리를 듣는다 해도 아닌 것은 아닌 것이다.

살다 보면 기쁨은 천천히 오고, 힘듦은 약속이나 한 것처럼 한번에 휘몰아치는 듯한 때가 있다. 어제 오늘 나와 남편이 그랬다. 마냥 좋은 일만 있을 것 같을 때 갑자기 힘든 일이 생기고, 어둠만 이어질 듯할 때 쉬어갈 숨구멍이 어디선가 뚫린다. 나와 남편은 이틀째 그 변덕스러운 인생사를 함께 통과하고 있다. 남편이라는 이름은 여러 삶의 결들을 함께 통과하는 길동무와 동격이다. 더울 땐 멀찍이 떨어져가고 추울 땐 꼭 붙어가는.

오늘 산책은 그런 의미에서 참 홀가분하고 마음 한편이 탁 풀리는 시간이었다. 어젯밤부터 잠을 거의 못 잤고, 오늘 새벽부터 하루를 시작해 저녁 7시쯤 산책할 이 시간까지 고된 일정과 마음이 이어졌다. 아침 일찍 나와 남편은 각기 해결해야 할 일을 수행하기 위해 다른 곳으로 향했다. 오전 10시부터 12시까지 나는 오산 꿈두레 도서관 치유자 서전쓰기 14회기를 마무리했다. 4개월 여 긴 시간이었는데 참여자 7분이 완주를 해 마지막 시간까지 모두 함께한 것이 가장 의미있었다. 다양한 사람들의 삶 이야기를 솔직하고 진솔하게 듣고 쓰고 나누는 이 문학상담 시간이 나는 너무 좋고 행복하다. 이번 참여자들의 면면도 넓고 깊었다. 이끔이인 나와 함께 호흡하고 발을 맞춰 자신에 대해 새로운 이해를 얻어낸 참여자 모두에게 머리숙여 감사를 전한다.

수업이 끝나고 비가 조금씩 내리는 고속도로를 달려 대학원으로 갔다. 1시 30분부터 3시간 동안 종합시험을 보기 위해서다. 며칠 전부터 갑작스럽게 생긴 걱정거리로 사실 공부를 잘 하지 못했다. 더욱이 어젯밤을 거의 뜬눈으로 보냈기에 지금은 그저 잠을 자고 싶을 뿐이었다. 하지만 어찌됐든 내가 해야 하는 일은 감당해야 하기에 커피를 물처럼 마시며 학교로 간다. 운전하는데 어디선가 탄내가 나는 듯하다. 계기판을 보니 타이어 공기압이 낮다는 안내메시지가 뜬다. 그래서 그런가 보다. 엎친데겹친격이다. 그저 학교까지 가는 동안 무사주행해주기를 바랄 뿐 달리 할 수 있는 일이 없었다.

학교에 가서 시험을 봤다. 너무 잘 봐서 만점을 받아야겠다는 욕심이 없으면 합격은 할 정도로만 최선을 다했다. 예전 자동차면허를 딸 때 내 필기점수가 96점인가 그랬다. 합격하고도 한참이나 남는 점수였다. 96점도 합격이고 60점도 합격이면 61점 받는 게 가장 경제적일 것 같은데 이번 종합시험도 그 정도만 받았음 좋겠다. 더 욕심부리기에는 힘이 딸린다.

4시 20분, 드디어 종합시험이 끝났다. 오늘 하루의 모든 공식일정도 끝이 났다. 집에 가는 길은 정말이지 긴장도 풀리고 졸리고 배고프고(오늘 하루 거의 먹은 게 없어서) 악조건이었지만 그래도 내 아이들이 있는 스위트홈에 간다는 게 마음이 놓인다.

집에 도착하자마자 침대에 쓰러져 한숨 잤다. 30분도 못 잤는데 세상을 다 얻은 것처럼 푹 잤다. 저녁으로 먹을 고기를 사기 위해 집을 나선다. 나도 고기가 땡기고, 둘째도 '저기압일 때는 고기앞으로 가라'는 문자 이모티콘을 보내 고기 먹고 싶다는 신호를 보내서다. 시원한 바람 속에 여유롭게 걷는 지금, 오늘 하루 중 가장 행복하고 느긋한 시간이다.

느긋한 토요일이지만 7시쯤 눈이 떠졌다. 어제 너무 피곤해 일찍 잠자리에 들어 한 번도 깨지 않고 푹 잤는지 아쉬움 없이 일어날 수 있었다. 잠은 깼지만 침대에서 좀 뒹굴거릴까 하는 마음이 들지 않았다. 그럴 만한 마음의 여유가 없기 때문이다. 눈을 뜨면 생각도, 이런저런 생각의 줄달음도 함께 깨어나 이럴 땐 몸을 움직이는 게 차라리 낫다.

나처럼 잠을 잘 못 이룬 남편도 곧이어 눈을 떴고 우리 둘은 늙은 부부처럼 아침 일찍부터 하루를 시작했다. 친정에 다녀오고, 내 자동차 타이어 교체를 위해 타이어샵에도 함께 가고, 저녁 찬거리를 위해 마트에 가는 길에도 함께 했다. 그러면서 함께 걷고 있다. '함께'라는 말이 요며칠 참 위안이 된다. 기쁠 때 함께도 좋으나 힘들 때 함께함이, 그럴 수 있음이, 요사이 너무 감사하다. 함께 걷고, 함께 삶을 가꾸고, 함께 인생의 고비를 서로 의지하며 넘을 수 있는 사람. 그가 남편이든 자녀든 친구든 스승이든지 인생의 동반자가 있으면 힘든 인생도 웃으며 갈 수 있으리라.

> "우리 모두는 우리 안에 숨겨진 정원과 식물을 갖고 있다. 우리 모두는 언젠가 분출하게 될 활화산이다. 그러나 그것이 얼마나 가까운 시간에 혹은 먼 후일 이루어질지는 아무도 모른다. 심지어 신조차."

니체의 『즐거운 학문』에 나오는 글이다. 우리 모두가 언젠가 분출하게 될 활화산이라는 말이 지금 나에게 너무 위안을 준다. 그러기 위해선 지금 나의 정원을 잘 가꾸어야겠지. 오늘 산책도 또 계몽이다. 아마 당분간은 그럴 것 같긴 하다.

내가 무슨 짓을 한 걸까. 머리에서 열이 막 나는 것 같다. 샤워하고 얼굴에 마스크팩을 붙이고 누워있는데 허리도 편치가 않다. 배낭을 메고 걸은 건 남편인데 왜 내 허리가 아플까. 너무 힘을 주며 걸었나 보다.

남편과 큰아들과 셋이 함께 2시간 30분, 11km 정도를 걷고 왔다. 걷기를 좋아하는 셋이 모처럼 시간이 맞아 우리집 근처에서 연결되는 매실길을 통해 왕송호수까지 걸어갔다온 것이다. 황구지천 매실길을 따라 왕송호수까지 걸어가 호수둘레를 돌아 다시 매실길로 오는 코스다. 황구지천을 따라 걷는 산책길은 호젓하고 조용하고 평온했다. 저녁에 나 혼자 가라면 좀 꺼려지겠지만 휴일 대낮에는 여자 혼자 산책러도, 자전거 라이더도 많아 괜찮은 산책길이 될 것 같다. 이렇게 좋은 길을 이제야 알게 된 게 신기했다. 역시 관심이 있어야 보이는 법이다.

나무로 둘러싸인 길을 걸을 때는 덥기는 하지만 뒤에서 불어오는 바람에 땀이 식고 걸음도 밀려가며 쉽게 걸을 수 있는데 나무도 바람도 없이 태양에 그대로 노출되어 걸을 때는 머리가 어질어질했다. 집에서 출발한 시간이 10시 40분쯤, 자외선지수가 가장 높은 이 시간에 우리 셋은 길을 걷고 있다. 물론 걷는 사람들이 우리들만 있는 건 아니다. 참 많은 사람들이 걷거나 자전거 타기로 휴일 여름을 건강하게 보내고 있다. 집에 있었다면 보지 못했을 사람들의 역동적인 모습이 열기를 통해 내게도 전해진다. 삶들이 다양하게 펼쳐지고 있다.

갈 때는 어찌어찌 걸었는데 점심을 먹고 잠깐 벤치에서 아이스 아메리카노를 마시며 쉬었다 다시 걸으니 몸에 진이 빠졌는지 더 이상 걷기가 힘이 들어졌다. 집에 도착하기 전 10분 정도를 남기고 결국 택시를 탔다. 더는 한 걸음도 걸을 수 없을 것 같았다. 이쯤 하면 많이 걸었으니 미련 없이 편하게 택시로 집에 돌아왔다. 오늘은 되었다.

"대중은 행복을 쾌락, 부, 명예처럼 명백하고 확실한 것으로 여긴다. 그러나 그들도 저마다 의견을 달리한다. 때로는 같은 사람이 다른 대답을 제시하기도 하는데, 예컨대 병들면 건강을 행복이라 여기고, 가난하면 부를 행복이라 여기는 식이다. 그리고 대중은 자신들이 무식하다는 것을 알기에, 누가 자신들이 이해할 수 없는 거창한 무엇인가를 말하면 경탄해 마지않는다."

아리스토텔레스의 『니코마코스 윤리학』 제4장 20-27절에 나오는 구절이다. 오늘 저녁, 무식한 대중 중 하나인 나는 산책을 하며 행복을 느끼고 있다. 낮에는 너무 더워 나갈 엄두를 못 냈고 저녁 먹고 선선할 때 남편과 함께 산책하는 이 시간, 이 행위 자체가 나는 행복하다.

그래, 참 행복이라는 게 즐겁고, 돈이 많고, 이름 석 자를 널리 알리는 것처럼 뭔가 뚜렷하고 과시적인 거라 생각한 적도 있었다. 지금 역시 그 생각에서 완전히 벗어나지는 못한 게 사실이다. 그러나 내가 아팠을 때는 이 아픔이 내게서 지나가기만 하면 행복이 올 거라고 여겼고, 돈이 한푼도 없던 시절에는 지갑에 만원짜리 몇 장을 넉넉히 가지고 다니기만 해도 세상 다 가진 것 같이 느끼기도 했다. 그러나 지금은? 이렇게 남편과 함께 또는 아이들과 다 함께 같은 곳을 향해 바라보고, 걸어가고, 시간을 공유하는 이 순간 자체가 행복이라는 걸 너무 확실히 알게 됐다. 아무 일도 일어나지 않는 삶에 진저리를 친 때도 있었으나 이제는 아침마다 기도한다. 오늘 하루도 아무 일 없이 그저 잘 흘러가게 해달라고. 그래서 아침기도보다 잠자리에 들기 전 기도가 더 감사하다. 아무 일 없이 하루를 잘 살게 해 주셔서 감사합니다, 라는 겸손의 기도가.

낮에는 그렇게 더웠는데 해가 지니 바람이 선선하고 숨이 쉬어진다. 수변공원을 걸으며 보랏빛 토끼풀을 실컷 구경했다. 내가 좋아하는 보라색이 카펫처럼 깔려있는 저녁 무렵 수변공원 산책. 행복하고 감사한 순간이다.

아침 9시, 아직 더위가 시작되지 않은 동네를 걷고 있다. 집안에 아무도 없어 나도 일찌감치 산책을 다녀오려 한다. 아이들은 다 등교를 했고, 남편은 새벽 5시 30분쯤 출장을 갔다. 덕분에 나도 5시에 일어나 남편 밥을 차려주고, 배웅하고, 아이들 기상시간인 7시 30분까지 다시 잤다. 밤 사이 잔 거보다 고 2시간쯤이 더 달콤하고 푹 잔 것처럼 개운하다. 아이들 학교 가고 더 잘까 하는 생각이 안 든 것 보니 진짜 그러한가 보다.

낮에 소나기가 내린다고 하는데 아직은 그럴 기미가 보이지 않는다. 해가 강하지 않고 약간 습기 먹은 바람이 불어와 살갗에 찐득찐득 묻는 느낌이다. 비가 오긴 올 건가 보다. 우산 들고 간 아이들 손이 쑥스럽진 않을 것 같다. 세탁기를 돌리고 나왔는데 비 오기 전에 아이들 교복과 체육복이 다 말랐으면 좋겠다. 날마다 학교를 가니 세탁기도 연신 돌아간다. 여름이니 널기만 하면 금방 마른다. 아이들이 매일 학교를 간다는데 빨래가 대수겠는가. 얼마든지 해댈 터이니 안정적으로 학교 가는 일상이 변함없이 이루어졌으면 좋겠다.

아침부터 나는 아이스크림을 잔뜩 산다. 학교 다녀온 아이들이 젤 먼저 찾는 게 냉동실 속 아이스크림이기 때문이다. 수박을 썰어 시원하게 김치냉장고에 넣어놔도 아이스크림만은 못한가 보다. 동네 무인아이스크림 할인점이 내 방앗간이 됐다. 무인가게라 자주 가도 쑥스럽지 않다.

하루가 시작되려 하는 동네를 차분히 걷고, 아이스크림 봉지를 앞뒤로 휘두르며 집으로 돌아간다. 오늘 하루는 꼬박 내일 있을 이번 학기 마지막 기말시험 공부를 해야지, 라고 독하게 마음을 먹어본다. 지난주 금요일에 종합시험을 보고나니 긴장이 풀렸는지 다시 책을 들여다보는 게 쉽지는 않다. 그래도 내일이면 3학기의 모든 과정이 끝나니 하루만 더 힘을 내보자. 끝이 좋아야 다음 시작도 좋을 테니까.

재활용 분리수거하는 날이라 몽땅 들고나와 버리고 아침산책을 한다. 오후에는 어제
처럼 또 비소식이 있고, 비가 오지 않는다 해도 걸을 수 있는 시간 여유가 별로 없을 것
같아서이다. 어제는 예보와 달리 비가 오지 않았다. 오늘도 우산을 들고 가라고 아이들
에게 이야기했더니 오늘은 꼭 오지, 하며 되묻는다. 글쎄다, 하늘이 하는 일을 내가 어
찌 장담하겠니, 다만 대비할 뿐이지 확답은 못하겠다, 고 철학적으로 대답해줬다. 내 대
답이 다 끝나기도 전에 아이들은 벌써 현관문을 열고 나가버린다.

아침 공기가 전혀 더운 감이 없다. 바람이 서늘하게 여겨질 정도다. 아파트 단지 안에
피어 있던 장미들도 이제 거의 다 졌다. 오늘 비가 오고, 바람이 세차게 분다면 다 떨어
져내릴 것 같다. 장미가 지고나면 누가 그 자리를 대신할까. 또 다른 자연의 흐름이 이
어지겠지. 이성복 시인의 「귓속의 환청같이」라는 시구절이 떠오른다.

> 꽃이 진다/신경증적 야심도 없이/꽃이 진다/서럽다고 하지 마라/넌 잘못
> 생각하는 것이다/꽃이 진다/귓속의 환청같이 꽃이 진다/쭈그러진 귓바퀴
> 같이 꽃이 진다고/과장하지 마라/지는 꽃이 맥반석 위에 타들어가는/마른
> 오징어 같다고/착각하지 마라/넌 분명 잘못 생각하는 것이다

꽃이 져서 서럽다고 잘못 생각하지는 않는다. 이 꽃이 지고 다른 꽃이 피고, 다른 꽃
이 지고 또 다른 꽃이 피고, 근엄하게 흘러가는 자연의 순환에 서럽다는 것은 유한한 인
간이 느끼는 감정일 테니까. 정작 피고지는 꽃은 아무 말도, 감정도 없이 본질에 충실할
뿐이다.

 꿈을 꾸었다. 우리 가족이 속초 어느 아파트로 이사를 갔다. 집 앞에는 바다가 펼쳐져 있어 1층인 듯한 우리집을 나가면 바로 바다가 전개되고 언제든 수영을 즐길 수 있다. 나는 그점을 너무 좋아한다. 실제로 물을 굉장히 무서워하고 수영할 줄 모르는 현실의 나와 대조적이다. 이사온 지 얼마 안 됐는지 집안에는 아직 풀지 않은 짐들이 가득하다. 어디서부터 손을 대야 할지 난감해한다.

 오늘 아침 산책을 하며 이 꿈을 회상한다. 어제 기말시험이 다 끝나고 방학을 맞이한 해방감이 넓은 바다로 형상화되었다고 생각한다. 물에 빠지는 건 두려운 일이나 바다 앞에서 멍하니 바라보는 건 엄청 좋아하는 내게 가장 큰 힐링인 바다 앞 내 집은 내 감정상태를 드러낸 것이라고도 생각해본다. 1층인지 확실치 않지만 낮은 층의 집은 내 무의식이 깊지 않고 낮아서 의식화하기 쉬운 상태인 거라고 해석한다. 그러나 안타까운 건 그 많은 짐들이다. 아직 풀지도 않고, 그러기에 그 안에 뭐가 있는지 모르는 짐들. 그것은 뭘 의미하는 걸까. 아직 내 맘 속에 꽁꽁 싸매고 있는 짐들이, 어마어마한 부피의 짐들이 남아 있다는 뜻일까.

 처음엔 바다앞 내 집만 떠오르며 기분 좋았던 꿈인데 짐박스에 생각의 시선이 멈추니 뭔가 해결되지 않은 일이 산더미처럼 있는 것처럼 찜찜하다. 그러나 산책을 하며 한 걸음 한 걸음 걸어 앞으로 나아가는 것처럼 짐이 아무리 많더라도 하나하나 풀고 정리하면 되지 않냐고 마음을 고쳐먹는다. 안에 뭐가 있는지 알지 못한다 해도 어차피 먼저 살던 집 물건을 싸온 것이라면 익숙한 내 물건들일 것이다. 낯설고 위험하고 필요없는 것이 아닐 것이다. 내가 할 일은 겁내지 말고 차근차근 하나씩 풀어 정리하는 것이다. 그건 어렵지 않을 것이다. 다만 시간은 걸릴 테지만 이제 방학도 했으니 남는 건 시간밖에 없다. 첫단추를 끼기만 하면 된다. 우선 내가 좋아하는 바다구경을 하며 몸과 마음에 쉼을 준 후 해야 할 일을 하자.

 지금은 쉴 때이지 새로운 무언가 일을 할 때는 아니라고 꿈은 내게 알려주는 듯하다. 뭔가 하고 있어야만 잡념을 떨쳐버릴 수 있는 내게, 꿈은.

도서관에 간다. 학기가 끝났으니 이제 어렵고 무거운 책들 반납하고 말랑말랑한 책들 실컷 빌려 볼 생각으로 도서관 문 열자마자 간다. 덥기 전에 후딱 가서 책을 빌린 후 차 안에 책가방 넣어놓고 산책하고 올 심산이다. 아침 9시 30분쯤, 벌써 도서관 주차장이 꽉 찼다. 할 수 없이 도서관 앞 골목길에 주차를 한다.

이번에 빌렸던 책 중 아우렐리우스의 『명상록』을 재미있게 읽었다. 스테디셀러이지만 저자의 무게에 눌려 읽을 엄두를 못 냈던 책인데 막상 읽어 보니 재미있는 잠언집같이 한 줄 한 줄 고개를 끄덕이며 편하게 읽을 수 있었다. 이 책은 한 번 빌려 보고 말 것이 아니라 소장해야 할 것 같기에 인터넷 주문을 하려 한다. 나에게도, 내 치유글쓰기 수업에도 적극 활용할 생각이다. 좋은 텍스트를 얻은 것 같아 기분이 좋다.

시집과 가벼운 소설, 에세이 등을 10권 넣은 가방이 무겁다. 차에 넣어두고 도서관 주변을 걷기로 한다. 도서관 맞은편 마트에 들어가고 나오는 차들이 드문드문 보인다. 마트가 이제 막 문을 연 것이다. 도서관 분위기와 마트의 그것은 완전 다른 세상이다. 정(靜)과 동(動)이 길 하나를 사이에 두고 어우러지고 있다.

나는 마트를 지나 아파트와 도서관 사잇길로 멀리 돌며 걷는다. 아직 크게 덥지는 않지만 그래도 햇빛이 뜨겁다. 챙 넓은 모자를 쓰고 있어 얼굴은 괜찮은데 몸에 열기가 쌓이는 듯 후끈후끈해온다. 넓은 길에 걷는 사람은 나밖에 없으니 온 햇빛을 혼자 받는 것 같은 착각이 든다. 런어웨이 독무대다. 무대 체질이 아닌가 보다. 삼십분 무대를 걸으니 벌써 다리에 힘이 풀린다. 이제 그만 내려올련다. 내 몸만큼이나 후끈한 차 안으로 숨어 들어간다.

습관의 힘을 따라 오후에 산책을 나간다. 4시쯤, 아직 더울 시간인데 오늘은 해가 별로 존재감이 없다. 덥지도, 그렇다고 안 덥지도 않은 밋밋한 날씨다. 덕분에 걷기에는 좋다.

어제 비가 와서 연기된 야구경기가 오늘 2시부터 더블헤더로 열린다. 나와 남편은 어제 못 본 아쉬움을 달래며 야구관전모드로 텔레비전 앞에 앉아 있어 산책할 시간을 계속 놓치고 있다. 이러다간 두 번째 경기 끝날 때까지 못 나갈 것 같아 5회가 끝나자 산책을 감행했다. 야구는 길고, 산책은 길어야 30분이다. 현관문만 나서면 된다.

남편과 집을 나서는데 재활용쓰레기를 두는 곳에 사진액자들이 몇 개 놓여있는 것을 본다. 지금은 다 커버렸는지 아이 유치원 사진이 큼지막하게 끼워져 있는 액자다. 사진이 너무 선명히 아이 얼굴을 말해준다. 나는 왠지 그 사진을 보는 게 민망하다. 만약 내 애들 사진 액자라면 이렇게 무방비로 버리진 않을 것 같다. 사진은 사진일 뿐 실재는 아니지만 길바닥에 아무렇게나 버려져 있는 남의 집 귀한 아이 얼굴이 내 발걸음을 잡는다.

> "2010년, 런던대학교 제인 워들 교수는 96명의 참가자를 대상으로 습관 형성에 필요한 기간을 실험했다. 실험결과, 반복적인 행동은 평균 66일이 지나면 무의식의 영역에 습관으로 자리잡는다."

김우정의 『기획자의 생각식당』에 나오는 구절이다. 오늘로 날마다 걷기 177일째, 평균 66일의 2배도 훨씬 넘었으니 나의 걷기는 무의식 영역에서 완벽히 습관으로 자리잡았나 보다. 어찌됐든 이렇게 걷고 있으니 말이다. 한 가지 일을 두 달 정도 꾸준히 하면 습관으로 몸에 배인다니 나쁜 습관을 들이지 않는 게 중요하겠다는 생각이 든다. 좋은 건 잘 못 배워도 나쁜 건 기가 막히게 빨리, 잘 습득하는 게 우리네 사람, 아니 나이니 말이다.

남편은 혼자 산에 가고, 아이들은 각각 친구와 만나 공부를, 쏘다님을 하고, 나는 이제 나그제나 별다를 바 없는 풍경 속을 부유하듯 떠다녔다. 어찌어찌 나오다 보니 때는 한낮, 산책이라기보다 가게에서 새어나오는 에어컨 바람에 이끌리듯 밀려다녔다는 게 맞는 말 같다. 왜 지금 나왔을까, 후회는 이미 늦었고 최대한 그늘로 순간이동하며 걸었다. 참 영양가 없고 이상한 산책이지만 어쨌든 두 다리는 계속 움직이고 있으니 걷기의 본분은 채웠다.

오가는 사람이 별로 없는 조용하고 그늘진 산책로를 걷고 집으로 돌아오는데 아파트 입구 자전거 보관대에 줄지어 서 있는 자전거들이 자꾸 신경쓰인다. 녹슬어 방치되어 있는 그 자전거들은 대부분 버려진 것들이다. 아이들이 커서 작아져 못타는 자전거들부터 바퀴가 빠지고 핸들이 고장난 것들까지. 한때는 아이들 있는 집의 필수품이었으나 이제는 처치곤란거리로 전락한 그 자전거들을 깔끔하게 처리할 방법은 없을까, 하는 생각을 한다. 뭔가 해결방법이 있으면 좋겠다.

더위 속을 허우적허우적 걷는데 걸으면서도 영 피곤하다. 더위를 먹었나 보다.

D+179 6월 28일 월요일

저녁을 먹고 남편과 산책을 나간다. 아침나절엔 잠깐 비가 왔고, 비 그친 후에는 햇볕이 강렬해 나갈 엄두를 못 냈다. 대신 낮에는 내 집 소파에서 북캉스를 했다. 그동안 전공서적에 밀려 못 읽었던 시집과 소설을 소파에서 뒹굴거리며 읽었다. 누운 채로 책을 들고 보느라 팔이 아파오면 엎드려 보고, 그러다 잠이 오면 깜박깜박 자고, 목이 마르면 아이스커피를 타 마시며 쉬었다. 멀리 가지 않아도 맛볼 수 있는 이 여유로움을 나는 얼마나 바랐는지 모른다. 한동안 복잡한 일과 고민거리들이 연달아 터지는 폭죽처럼 내 삶에 끼어들어 몸과 마음에 여유가 없었다. 이제 조금 잠잠해졌고, 좋은 소식들이 며칠 상간으로 나를 찾아온다. 이제 숨이 좀 쉬어지고 있다, 감사하게도.

오늘 읽은 책 중에 코닐리아 매그스의 『고집쟁이 작가 루이자』가 내 흥미를 끈다. 분홍꽃으로 장식된 표지가 이뻐 도서관에서 빌렸는데 책을 펼쳐보니 내가 좋아하는 소설 『작은 아씨들』을 쓴 작가 루이자의 평전이었다. 이 소설을 몇 번이나 읽었고, 영화화될 때마다 챙겨서 봤는데 작가가 누구인지는 알지 못했다는 게 새삼 놀라웠다. 작가와 작품을 이토록 연결시키지 못했던 적은 없는데 왜 나는 이 소설의 작가를 몰랐던 걸까, 생각해보았다. 아마 작품 속에 내가 좋아하는 캐릭터인 둘째딸 조가 너무 리얼해서인 것이라 생각한다. 모든 이야기를 서술하고 있는 조가 진짜 작가처럼 여겨졌던 것 같다. 책을 읽다 보니 조는 작가 루이자의 분신이라고 한다. 작가와 작품 속 화자가 너무 동일해 구별이 안 된 케이스, 작가 루이자 메이 올컷과 그의 작품 『작은 아씨들』 새로운 발견이다.

저녁 바람이 선선하고 상쾌하다. 지난주에 하지가 지났으니 이제 낮 시간이 조금씩 짧아지는 건가. 줄어드는 시간을 강도로 채우려는지 하지 이후로는 본격적인 더위가 시작된다는데 아직은 견딜만 한 것 같다. 낮 더위를 참으면 저녁은 조금 너그러운 바람이 불어주니까. 앞으로도 이렇게 남편과 여유로운 저녁산책을 즐기는 평온한 날들이 계속 이어지기를 걸음걸음마다 기도한다. 가시는 걸음마다 진달래꽃은 즈려밟지 못했지만 말이다.

오늘 산책도 남편과 함께한다. 다른 건 시간과 장소다. 어제는 저녁, 오늘은 오전과 오후 경계. 어제는 우리 동네, 오늘은 다른 동네. 어제는 평상복에 슬리퍼, 오늘은 외출복에 단화. 어제는 걷기 위해 나갔고, 오늘은 시간을 보내기 위해 걷는다. 두 시간 정도의 공백을 메꿔야 하기 때문이다.

덕분에 남편과 함께 걸은 곳은 내 아들 둘이 태어난 산부인과 근처다. 큰아들은 그 병원에서 태어나 그곳 산후조리원에서 2주를 보냈고, 둘째는 태어난 지 3일 되는 날 다른 산후조리원으로 옮겨갔던 기억이 난다. 그때 마침 병원 산후조리원 확장공사를 해서 있을 수가 없었다. 그 이후 버스 타고 지나다닐 때 몇 번 스쳐볼 뿐 오늘처럼 병원을 자세히 바라보는 건 처음인 것 같다. 남편과 나는 아들들의 고향을 올려다보며 잠시 옛추억을 떠올렸다. 말로 표현하지는 않았지만 아마 둘다 같은 속말을 하고 있었을 것이다. '그땐 좋았지.'

서른일곱과 서른아홉 살 때 낳은 귀한 아들들. 누가 봐도 예쁘고 사랑스러웠던 아이들. 그 아기들이 자라 지금은 여드름투성이 청소년들이 되었다. 그사이 우리 부부는 얼굴과 몸과 마음에 주름이 잡혀간다. 세월이 참 도도한 강물처럼 흘러가고 있다. 일부러 찾아가기 전에는 가보지 않을 곳을 우연히 걷다 보니 나는 오늘 또 옛생각이 자꾸 난다. 그때로 다시 돌아간다면 나는 아이들을 지금보다 훨씬 잘 키울 수 있을까. 자신도 없고 그러기도 싫다. 차라리 빨리 앞으로 나아갔으면 좋겠다. 나도, 세 아이들도. 박우현 님의 「한 세월」이라는 시 구절처럼 나의 세월은 되돌아갈 수 없는 추억으로 흘러가고 있다.

어느새 6월의 마지막날이다. 한 달이, 반 년이 지나가고 있다. 참 많은 일들이 있었고, 복잡한 감정을 앓아야 했던 날들이었다. 내 감정과 상황에 상관없이 시간은 어김없이 흘러 이제 올해의 반환점에 서 있다. 반환점을 돌고 길가에 준비되어 있는 시원한 물 한 잔을 마시면 결승선이 눈앞에 다가올 것이다. 나는 숨을 헐떡이며 다리를 쉬지 않고 움직여 앞으로 나아갈 것이다, 느리더라도 천천히.

아침 일찍 나와 산책을 한다. 상반기 마지막날 산책이니 천천히 오래 걸었다. 반 년 동안 하루도 쉬지 않고 걷고, 글 쓰자는 나와의 약속을 지킨 내게 걸으면서 격려인사를 전한다. 말로만? 하는 마음의 소리가 들린다. 그래, 오늘은 그냥 넘어가지 말고 나를 위한 선물을 해야겠다고 답한다. 비가 오려는지 후텁지근한 공기 속을 걸으며 뭐를 할까 궁리하다 오래지 않아 답을 찾았다.

머리 염색이다. 한동안 경황이 없어 집에서 하는 염색조차 하지 않아 흰머리가 보기 싫은 상태였다. 이대로 방학을 보내고 다음 학기 개강 전에나 염색을 해야겠다고 생각했는데 오늘 해야 할 이유가 생겼다. 내일 수원의 어떤 기관에서 문학상담 강의시연테스트를 해야 하는데 허연 머리로 가기보단 남의 손길 닿은 단정한 머리로 가는 게 좋을 것 같다. 내가 정말 강의를 하고 싶던 기관인데 강의 내용이든 외양이든 좋은 인상을 주고 싶다. 그래야 한다.

예약을 하지 않았는데 단골 미장원에 마침 손님이 없다. 반 년을 잘 보낸 나를 위한 선물 증정식이 시작된다.

한낮 더위가 수그러지고 있는 저녁 6시경, 나는 즐거운 마음으로 산책을 한다. 산책 끝에는 내가 좋아하는 순대와 순대볶음을 사서 올 것이다. 오늘 내게 좋은 일이 두 가지가 생겨 스스로 축하해주고 싶기 때문이다. 목요일인 오늘은 집 앞에 맛있는 순대트럭 아저씨가 오는 날이라 미리 전화로 주문해놓고 산책부터 한다. 양념맛이 일품인 순대볶음에 시원한 맥주 한잔으로 치어업할 이유는 바로 이거다.

2주 전 금요일에 본 종합시험에 합격했다는 문자를 아침에 받았다. 그 전날, 예기치 못한 일이 터져 거의 잠을 못 자고 무거운 몸과 마음으로 치른 시험이었다. 딱 패스할 수 있는 점수만이라도 받자 생각하고 힘들게 본 시험이라 합격했다는 문자가 그 어느 때보다 기쁘고 감사하다. 아침부터 두둑한 월급봉투를 받은 기분이었다.

오후에는 어제 공들여 염색까지 하며 준비한 강의시연테스트를 하고 왔다. 직접 강의를 하는 것보다 심사위원들 앞에서 모의강의를 하는 게 훨씬 더 힘들고 떨린다. 잘하고 못하고를 떠나 떨지만 말게 해달라고 기도했는데 다행히 마음 너그러운 신께서 기도를 들어주셨는지 심사위원 세 명 앞에서 15분간 하는 강의PT를 편하게 할 수 있었다. 결과야 어찌됐든 좋아하는 내 일의 지경을 넓혀가는 것 같아 기분이 좋다.

7월의 첫날, 반환점을 돌아 시작점으로 다시 뛰어가는 첫걸음이 희망차서 행복하다. 기다렸던 좋은 소식을 듣고, 일하기 원했던 기관에 발을 들여놓고, 안 좋은 일보다 좋은 일이 더 많은 날로 기억될 수 있어서 너무 감사하다.

내일 얼마나 많은 비가 내리려는지 오늘은 해가 몹시 뜨겁다. 점심 약속이 있어 나갔다가 커피까지 마시고 헤어진 후 내친김에 걸었다. 세시가 거의 다 되어가는 시각, 이 시간에 걷는 건 현명한 선택이 아닌 줄 알지만 집에 들어가면 다시 나오고 싶지 않을 것 같기에 땀을 각오하고 태양 속으로 걸어들어갔다. 땀이 날 만큼 덥다기보다 해가 내 피부 속으로 그대로 침투해들어오는 바늘처럼 따갑게 느껴진다. 마치 베트남 휴양지에서 경험했던 원색의 태양처럼.

걷다 보면 나무그늘도, 횡단보도 앞 그늘막도 있어서 테트리스 게임처럼 폴짝폴짝 옮겨 다니며 걷는 재미가 있다. 그 와중에 하굣길 중학생들이 한쪽 손가락 두 개에 슬리퍼를 끼고, 다른 손에는 핸드폰을 들고 고개를 숙인 채 건널목을 걸어오는 모습이 보인다. 우리 둘째도 저러고 오겠지. 길을 걸을 때는, 더욱이 횡단보도 건널 때 핸드폰 보는 건 절대 금하라고 백번쯤 얘기했지만 아마 아들은 지키지 않을 것이다. 다른 친구들 무리 속에 우루루, 또래 간에 동질감이 중요한 나이, 중3.

30분을 걷고 집에 가는 길에 세탁물을 찾으러 갔더니 세탁소 문이 잠겨 있다. 잠깐 외출한다는 종이가 문에 붙어 있어 가게 앞에서 기다리기로 한다. 가게 앞은 완전 땡볕, 그늘 한 점이 없다. 손부채를 부쳐가며 좁은 인도를 왔다갔다하는데, 고등학생쯤으로 보이는 청소년들이(대학생인데 내가 잘못 본 것이길 간절히 바란다) 내가 서 있는 곳에서 열 발자국쯤 떨어진 공터에서 담배를 나눠 핀다. 저 뜨거운 태양 밑에서 담배를 통해 열기를 들이마시고 있는 그들을 나는 무심한 눈길로 바라본다. 슬프고 야속하게도 새로운 장면이 아닌 것이다.

10분쯤 기다려 세탁물을 찾아 들고 집으로 돌아간다. 가는 길에 자전거 한 대가 내 옆을 쌩 지나간다. 배낭을 멘 뒷모습이 낯익다. 학교에서 돌아오고 있는 큰아들이다. 우리 집이나 다른 집이나 청소년들이 행복하고 안전한 나라, 그런 공약을 내세운 대선주자는 없는가. 눈에서 멀어지는 아들의 뒷모습을 보며 부질없이 생각해본다.

일기 예보가 너무 정확하다. 오후 세시경부터 비가 오기 시작한다고 했는데 정말 그 러했다. 좀더 정확히 말하면 세시 조금 전부터 하늘이 어두워지기 시작하더니 금세 우산 쓴 사람들 모습이 나타났다. 나는 내 방 침대에서 시시각각으로 변하는 하늘과 바깥 풍경을 관찰자 시점에서 바라보고 있다. 창 하나 사이로 다른 모습이다.

남편이 9시쯤 부여에 볼일이 있어 나갔다. 오늘부터 장마 시작이지만 꼭 가야만 하는 자리라 휴일 아침도 반납하고 나간 남편 길이 안전하길 바라며 나는 조금 더 잤다. 자는 중에 제주 친구가 제주에 장마가 상륙했음을 톡으로 알려준다. 남부 지방부터 서서히 올라올 터이니 수원보다 부여에 더 먼저 비가 내릴 것이다. 비를 향해 가고 있겠네, 지금 남편은.

아직 맑고 멀쩡한 창밖을 보다 급하게 옷입고 산책길에 나섰다. 비 오기 전에 얼른 걸어야 한다. 오늘부터는 시간시간마다 하늘 동향을 잘 살펴 비를 피해 다녀야 소기의 목적을 이룰 수 있을 것이다. 비 와서 못 걸었다는 핑계는 남기지 말자, 나 자신.

걷기 시작할 때는 바람이 시원했는데 집으로 돌아올 때쯤에는 후텁지근하게 느껴졌다. 바람과 내 땀이 만나 화학작용을 일으켰나 보다. 걷고 난 후 약간의 상쾌함과 더 약간의 기분나쁜 끈적임을 꽃가루처럼 몸에 묻히고 집으로 돌아왔다. 우산을 들고 다니는 사람들은 아직 보이지 않았다. 아직은 때가 아닌 듯하지만 필히 장마는 우리 동네 거리에도 찾아올 것이다.

어제 3시경부터 줄기차게 내린 비가 오늘 오전 11시가 지나자 서서히 그치기 시작했다. 40일 동안 지구를 휩쓴 홍수 이후 지면에 물이 말랐는지 확인하기 위해 비둘기를 방주 밖으로 내보낸 노아처럼 나는 창문을 열고 손을 내밀어 완전히 비가 그친 걸 확인한 후 부랴부랴 산책을 나간다. 언제 다시 소나기가 올지 모르니 오늘 산책은 아파트 안 산책로를 걷기로 한다. 최대한 집에서 멀리 떨어지지 않는 동선을 택한다.

비 그친 후 축축한 땅을 걷는 기분은 그리 좋지 않지만 촉촉이 물기를 머금은 나뭇잎들을 보는 건 내 마음도 보습이 되는 듯 행복하다. 신나게 물기를 받아먹고 한결 키가 자란 나뭇잎들이 뿜어내는 신선한 초록 기운이 나에게도 전해지는 듯하다. 그야말로 초록초록한 길이다.

이제 꽃들은 거의 다 졌고 무성한 잎의 시간이 왔다. 이리 좁은 길이었나 싶게 아파트 산책로가 좁아져 보인다. 길 양옆에 심겨진 나무 잎들이 터널을 이룬 탓이다. 비가 와도 그곳에서는 비를 그을 수 있을 것 같다. 언제 이리 성해졌나 싶다. 사람들이 원색의 꽃에 핸드폰 카메라를 찍어댈 때 초록 잎들은 조용히 자신의 때를 기다리며 조금씩 자라고 있었나 보다. 무던하고 조용한 그들의 성장에 나 역시 이제야 눈길이 간다. 장미꽃의 아름다움을 지키기 위해 장미 가시가 제몫을 감당하며 존재하고 있었음을 잊은 것과 동격이다.

산책로를 세 번쯤 도니 삼십분 타이머가 울린다. 집에 들어갈 때까지 비는 오지 않고 있다. 오늘 하루 산책도 감사하게 마친다.

큰아들이 주문한 지단 덮인 오므라이스를 저녁으로 해먹고 남편과 산책을 나간다. 낮에는 덥기도 했고, 집안일도 할 게 많았고, 오늘부터 기말고사를 보고 온 둘째 아들 비위도 맞춰줘야 했다. 두 달 여 동안 나름 열심히 준비했는데 모르는 문제가 많이 나와서 망쳤다는 아들에게 괜찮다고, 내일 시험 잘 보면 되지 뭐, 라고 위로와 격려를 보내주었다. 공부해온 과정을 모두 보아왔으니 결과 앞에서 실망하는 아들 모습이 더 안타까웠다. 그러나 이 과정들을 겪으며 아들은 성장해 나갈 것이다.

오랜만에 수변공원을 걷는다. 어제 걸었던 아파트 산책로만큼이나 길 양쪽으로 나뭇잎과 꽃들이 무성하게 자라 넓은 공원산책길이 좁게 느껴진다. 양방향에서 걷거나 자전거를 타거나 뛰는 사람들이 많은 탓이기도 하다. 저녁 무렵 선선한 때 느긋하게 산책과 운동을 즐기는 주민들 속에서 우리 부부도 함께 길을 걷는다. 개를 무서워하는 내 앞에 큰 개가 나타나거나 빨리 지나가는 자전거가 옆을 스쳐가면 남편은 반사적으로 나를 막아준다. 혼자 걸을 때는 못 느끼는 안도감이다.

수변공원길은 지금, 이효석의 『메밀꽃 필 무렵』에서 허생원과 아들 동이가 우연히 함께 걸었던 달밤의 하얀 메밀꽃 흐드러진 산길처럼 작고 하얀 옥스아이데이지꽃 세상이다. 길 양옆으로 굵은 소금을 흩뿌려놓은 것 같은 꽃이 길의 주인처럼 피어 있다. 나는 처음에는 개망초꽃인 줄 알았는데 검색을 해보니 아니었다. 개망초와 거의 유사한 이 꽃은 데이지의 일종인 다른 꽃이다. 이왕이면 개망초였으면 더 좋았겠다는 생각이 들었다. 이름도 예쁘고 정겨운 개망초꽃이.

오늘은 평상시보다 많이 걸었다. 급할 게 없었다. 둘째가 거실에서 에어컨을 틀어놓고 공부를 하고 있어 집에 들어가도 우리 부부가 있을 곳이 없기 때문이다. 오늘은 집을 비워주는 게 아들을 도와주는 것이다. 그 핑계로 오래 걷고 천천히 집으로 돌아간다.

　아침에 좋은 소식을 들었다. 지난주에 머리염색까지 해가며 모의강의 테스트를 본 기관에서 강사로 확정됐다는 메시지를 받은 것이다. 햐, 정말 기뻤다. 마음으로는 하늘을 날아갈 것 같았는데 의외로 차분하고 덤덤한 나를 발견했다. 정말 좋은데 뭐라 설명할 방법이 없는 게 아니라 좋음을 표현하는 정도가 원숙해졌다고 할까. 아니, 그냥 나이가 드니 좋고 나쁘고가 큰 차이 없이 무던해졌다는 편이 맞겠다. 좋다고 팔짝팔짝 뛸 나이는 지난 것이다.

　굿뉴스로 하루를 시작한다는 건 어찌됐든 기분 좋은 일이다. 오후에 큰아들과 볼일이 있어 외출하면서 아들을 기다리는 동안 화성시 능동 어느 골목골목을 산책하는데 발걸음이 가벼웠다. 9월부터 두 군데 강의가 잡혔다. 1주일에 2일은 대학원 수업 듣고, 2일은 강의하고, 나머지 3일은 쉬고 하면 되겠다. 나의 역량과 시간배분에 딱 맞는 스케줄이다. 뭔가 내가 원하고 바라는 대로 삶이 흘러가고 있다는 느낌이 낯선 곳에서의 산책임에도 무장해제를 하게 한다. 살갗에 찐득찐득 붙는 습한 바람도 얼마든지 털어낼 수 있을 듯하다.

　시험 보고 온 둘째 아들에게 전화했더니 어제보다는 잘 본 것 같다고 한다. 이 또한 좋은 일이다. 시험을 잘 봐서도 좋고, 그로 인해 아들이 기분 좋으니 더 좋다. 나도, 우리 가족도 멈춰있지 않고 앞으로 나아가는 듯한 느낌이 든다. 조금씩이라도 좋아진다는 느낌, 그게 나를 살아 있게 한다. 날마다 걷기의 실천, 이 또한 내 삶을 앞으로 나아가게 할 것이다.

아침부터 후텁지근하다. 큰아들이 다른 날보다 한 시간 정도 일찍 가고, 남편과 둘째도 뒤따라 나가고 난 후 집안 청소며 빨래며 하다못해 가스레인지 청소까지 했는데도 9시가 되지 않았다. 움직이는 동안 땀이 저온한증막에 있는 것처럼 비질비질 새어나온다. 땀흘린 김에 산책을 하고 와야겠다고 생각한다. 시원한 아침에, 산책은 불가능하지만 그래도 아침은 아침이니까. 덕분에 오늘은 긴 하루가 될 것 같다.

밖으로 나오니 거리에 그 많은 나뭇잎 한 점도 정지된 그림처럼 꼼짝하지 않는다. 미풍조차 없는 고요한 동네 거리를 걷는다. 태풍전야 같은 비장한 고요가 느껴진다. 한바탕 세찬 비가 동네를 휩쓸고 갈 것 같은 느낌. 이미 남부지방에는 많은 비가 내려 피해 보는 가구가 생겼다고 한다. 매년 되풀이되는 안타까운 뉴스를 올해도 어김없이 듣는다. 내가 사는 이곳 수원은 내일과 모레 비 소식이 있다. 얼마나 많은 비가 오랫동안 내릴지 모르나 수해는 나지 않았으면 좋겠다.

거의 모래바닥을 드러낸 금곡천가를 걸으며 나는 걸음마다 겸손한 마음을 담아 신께 기도한다. 물이 있어야 할 곳에만 적당한 비를 내려주소서. 비가 생명을 쓸어가진 말게 해 주소서. 사람의 생각과 신의 계획이 같지는 않겠지만 자비하신 신이 사람 손을 들어 주셨으면 좋겠다, 이번에는.

오후에 비가 온다기에 등교하는 아이들에게 우산을 챙겨가라 했는데 하늘이 쨍쨍하기만 하다. 어제는 비가 올까봐 걱정, 오늘은 너무 더워 걱정, 으이그, 내 마음은 우산장수와 부채장수 어머니 같다. 비가 와서 좋고, 더워서도 좋고, 허허실실, 그랬으면 좋으련만.

나는 쨍쨍한 하늘과 가시같이 살에 꽂히는 태양 아래 길을 걷는다. 해가 가장 뜨거울 시간대인 오후 두시경, 볼일을 보고 집으로 돌아가는 시간을 이용해 걷는 중이다. 오전중에는 요즘 다시보기로 몰아보고 있는 드라마 「괴물」을 보느라 시간 가는 줄 몰랐고, 저녁에는 야구를 봐야 하니 나올 수가 없다. 요 며칠 우천으로 경기가 계속 취소됐는데 오늘 대구에 비 소식은 없으니 볼 수 있을 것이다. 야구가 없는 저녁은 내게 참 고역이다.

이래저래 텔레비전에 밀린 나의 걷기는 힘들지만, 그래서, 더욱 소중하다. 여름 한낮이라도 나를 위해 하고 있는 일. 생각해보면 내가 나를 위해 하는 좋은 일이 그리 많지는 않은 것 같다. 건강에 안 좋은 걸 알면서도 밀가루음식을 끊지 못하고, 눈이 점점 침침해진다 하면서도 손에서 책과 핸드폰을 놓지 못하고, 정신건강에 안 좋은 줄 뻔히 알면서도 근심걱정을 내려놓지 못한다. 하루에 단 30분이라도 걷는 이 시간처럼 내게 유익하고 좋은 일만 하고 산다면 지금보다 좀더 나은 내가 되어 있을까. 글쎄올시다, 그렇게 살 자신도 없지만 산다해도 재미는 없겠다.

30분 타이머가 울리자 방향을 턴한다. 이제 집으로 돌아가서 땀흘린 뒤 좋은 일인 샤워를 하고 더운 날 공부하느라 고생한 아이들을 위해 간식을 준비해야겠다.

코로나 확진자가 1,300명도 넘게 나온 오늘, 조심스럽게 양평에 간다. 두 달 여 전부터 계획하고 약속했던, 대학원 동료 선생님 두 명과의 두물머리 산책을 위해서다. 이맘때쯤이면 백신접종이 늘어나고, 덕분에 코로나도 쬐끔은 잠잠해질 거라 예상했는데 현실은 정반대가 되어 버렸다. 야외를 걷는 거니 조심히 다녀오면 괜찮겠다 싶으면서도 마음이 편치는 않았다. 학기 끝나고 오랜만에 다시 만난 선생님들과 양평 세미원에 들어가기 전까지는.

두 달 전에 가족과 양평여행을 왔을 때 가고 싶었지만 걷기를 좋아하지 않는 아이들 때문에 포기했던 세미원을 걸었다. 세미원, 洗美苑, 아름다움을 씻는 정원이란 뜻일까. 아름다움을 가꿔가는 정원이 아니고 미를 씻는다, 는 표현이 새로워서 명칭에 담긴 뜻을 찾아봤더니 "관수세심, 관화미심(觀水洗心 觀花美心)"하라는 옛 성현의 말에서 따왔다고 세미원 홈페이지에 적혀 있다. 물을 보며 마음을 씻고, 꽃을 보며 마음을 아름답게 하라, 는 의미란다. 역시, 씻어야 할 건 아름다움이 아니라 내 마음이었네. 맑은 물에 마음을 비춰 씻어낸 후 꽃을 보며 마음 안에 아름다움을 담으라는 뜻이었네. 물과 꽃의 정원으로 걸음을 옮긴다.

그곳은 온통 연꽃 세상이었다. 수면 위에 작고 나지막히 붙어 핀 연꽃이 아니라 연못 물이 보이지 않을 정도로 무성하게 자란 줄기와 내 손바닥의 족히 세 배는 될 듯한 연잎 그리고 엄지공주가 살림을 차려도 충분할 것 같은 커다란 연꽃들. 나는 여태껏 이렇게 크고 몽환적인 느낌을 주는 연꽃들을 본 적이 없다. 무엇이든 커야 직성이 풀리는 중국 항주 서호의 연꽃도 이렇게 크지는 않았던 것 같다. 은은한 베이지부터 연한 색에서 짙은 분홍으로 그라데이션하는 듯 다양한 색감을 주는 연꽃들은 봉오리 상태부터 조금 피기 시작하거나 활짝 피거나 아니면 넓은 초록매트 같은 연잎에 한 잎 한 잎 떨어진 상태까지 모두가 매력적이었다.

눈 앞에 펼쳐지는 모든 정경이 활짝 핀 7월의 연꽃밭인 이곳 세미원은 비현실적인 이상세계 같았다. 연꽃에 눈이 팔려 미처 다 보지 못한 아기자기 야생화와 키 큰 나무에서 우릴 내려다보는 능소화와 개울가에 놓인 돌다리를 건너 소설 『소나기』의 세상으로 들어가는 듯한 이곳이 정말 집에서 한 시간 반 정도만 운전해 오면 만날 수 있는 현실이라는 게 믿기지 않았다. 양평군민들은 정말 좋겠다. 날마다 무료로 이 천상의 화원에서 걸으며 마음을 씻고 아름다움을 볼 수 있어서. 양평에 좋은 곳이 많고 많지만 나는 이곳, 세미원의 매력에 푹 빠져버렸다.

작은 배로 연결된 다리를 건너 두물머리까지 걸었다. 실내정원이라는 상춘원을 거쳐 세미원 안의 그것을 통째로 옮겨놓은 듯한 연꽃밭도 지나 강물을 따라 걷다 보니 습한 더위가 목까지 차올라 에어컨을 찾아 통창으로 강이 보이는 카페에 자리를 잡고 앉아 잠시 쉬었다. 시원한 아이스 아메리카노도 맛있고, 선생님들과의 대화도 좋았지만, 역시나 제일 좋은 건 강뷰였다. 지난 3주 정도 롤러코스터를 타며 희비를 오락가락했던 삶의 긴장감을 위무해주는 강과 산이 어우러지는 정경이 너무 고맙게 느껴졌다. 맑았던 하늘이 서서히 흐려지더니 갑자기 스콜 같은 장대비가 쏟아지는 장면까지 펼쳐졌다. 비오는 강물 또는 바다를 바라보는 것, 내가 제일 좋아하는 힐링인데 자비하신 신이 내게 그런 선물을 주신다.

거짓말처럼 비가 그치고 맑아진 세상 속으로 다시 걸어들어간다. 방금 세찬 비가 내린 흔적이 연잎에는 보이지 않는다. 언제 비가 왔느냐는 듯 벌써 뽀송뽀송 말라있는 초록색 연잎이 마냥 신기하다. 비 오는 야구장을 보호하는 방수포가 덮여있나, 배수능력이 놀라운 연잎에 감탄하며 세미원 출구까지 걸어나왔다. 출구 앞에 있는 작은 세족대에서 흘러나온 물에 신발바닥만 적셔 씻어내는 것으로 오늘 도원결의 같은 우리의 걷기는 끝이 났다. 이제 천상에서 지상으로 발걸음을 옮긴다.

　12일부터 사회적 거리두기 4단계가 시행되어 아이들은 원격수업으로 전환된다고 한다. 다시 올 것이 오고야 말았다. 좋아질 만하면 또 재를 뿌리는 이 지독한 코로나 바이러스. 우주를 정복할 계획과 야심을 불태우는 인간이 눈에 보이지 않을 정도로 초미세한 바이러스에 꼼짝없이 휘둘리고 있다니. 사람의 위대함과 미천함이 가히 극과 극이다.

　우리집은 오늘부터 다섯 식구가 재택 동거에 돌입하기 시작한다. 주말이니 출근하지 않는 남편까지 모두 집에 콕 박혀 있다. 잠시 산책과 장보기 시간 빼고 내내 가족이 함께 있다. 각자 제 방에 있다가 가끔 거실과 식탁에서 함께 모이는, 따로또같이 일상이 평온하게 유지되었으면 좋겠다. 온다는 비는 언제 올 건지 쏟아지지는 않고 후텁지근한 날씨 덕에 에어컨을 끌 수가 없다. 여러모로 험한 시절이다.

　멀리 갈 만한 마음의 여유가 없어 집 앞을 왔다갔다 하면서 잠깐이나마 걷고, 마트에서 장을 보면서 움직인 거 외엔 거의 소파와 침대에서 시간을 보냈다. 점심도 남편이 준비해 주었다. 뭔가 움직거릴 기운이, 그럴 여유도 없다. 어제 많이 걸어서 그런가, 오늘은 그냥 쉬고만 싶다. 오늘부터 본격적인 여름 개학이 시작된다는 게 미리 의욕상실을 가져오게 하는 건지도 몰랐다. 아이들 방학이 나에겐 개학이니까.

　시인 최승자의 시 「일찌기 나는」을 읽고 있다. 내가 살아 있다는 것, 인간이라는 종족이 살아 있다는 것, 그것은 어쩌면 시인의 말처럼 "영원한 루머에 지나지" 않을지 모른다는 생각이 든다.

어제 갑자기, 앞으로 규칙적인 생활을 하겠노라며 계획표를 만들던 둘째 아들이 아침 7시에 일어났다. 다른 때 같으면 12시도 좋다고 늦잠 잘 휴일 아침, 스스로 일어나 물을 마시고 스트레칭을 한다. 시간표상으로는 30분 후에 아침을 먹어야 한단다. 덕분에 나도 평일처럼 일찍 일어났다. 하긴 요사이 골반이 아파 오래 누워있지도 못하고, 해가 뜨면 눈도 떠지는 생체리듬이 생겨 일어나기가 어렵지는 않다. 휴일인데 게으름 부릴 여유가 날아간 건 좀 아쉽다.

그래도 제 스스로 만든 시간표대로 움직이며 누가 강요하지 않은 훈육권력 속으로 들어간 아들이 신기해 휴일아침 홀로식사를 차려준다. 아들이 밥을 먹는 동안 나는 아침 커피를 마시며 정신을 차린다. 거실의 우리 둘뿐, 다른 식구는 일어날 기척이 없다. 아마 큰아들과 딸내미는 쉽게 일어나지 못할 것이다. 오늘 새벽 늦게까지 일본 만화『하이큐』를 보며 모처럼 일탈을 감행했기 때문이다. 내가 만화책으로 재미있게 본 이 작품을 아이들은 애니메이션으로 몇 번이나 보고 있다. 보고 또 봐도 재밌다나.

이때다 싶어 홀로 조용히 밖으로 나간다. 아직 해가 뜨겁지 않고, 식구들도 일어나지 않은 아침, 독서를 한다고 몇 장 책을 보던 아들이 다시 스르르 잠이 들고 나 혼자 깨어 있는 이 아침에 할 수 있는 일 중 가장 좋은 일이 걷기 빼고 뭐가 있겠는가. 살그머니 문을 닫고 나가 집 앞을 걷는다. 우리집뿐 아니라 바깥세상도 아직 하루가 시작되지 않은 듯 조용하다. 어느 집인지 안에서 울려나오는 개 짖는 소리만 정적을 흔든다.

평화, 평화로다, 하늘 위에서 내려오네. 찬송가 구절이 절로 입밖으로 새어나온다. 마스크를 썼으니 입과 마스크 사이 그 어디쯤에선가 사라질 노래가닥이 내 마음에 퍼져나간다. 휴일 아침, 나뭇잎조차 미동 없는 조용한 시간에 내가 느낀 이 평화로움은 결코 내가 노력해서 만든 것이 아니고, 만들 수도 없고, 하늘 위에서 빛처럼 자애롭게 쏟아져 내리는 것임을 내 영혼은 안다, 느낀다. 나는 다만 이 평화가 나와 우리와 이 나라에 골고루 임해지기를 기도할 뿐이다.

닭백숙을 해먹고 남편과 저녁산책을 나간다. 초복은 어제였는데 오늘 먹었다, 닭백숙. 어제 늦은 점심에 둘째가 수제버거를 한다고 온 주방을 뒤집어놔서 그 뒷정리하다 보니 새로 뭘 할 마음이 동하지 않았다. 소고기와 돼지고기를 반반씩 섞어 만든 두툼한 패티 덕분에 하나만 먹어도 배가 든직했던 수제버거를 먹고나니 저녁무렵까지 식욕이 생기지 않은 탓도 있다. 사먹으면 가뿐할 수제버거를 제 손으로 만들어 먹겠다고 시도한 정성 때문일까. 중3 아들의 생애 첫 수제버거는 맛이 괜찮았다.

닭백숙 끓이느라 땀 한 바가지, 먹는 동안 한 바가지, 설거지하면서 또 한 바가지. 땀을 서 말이나 쏟은 듯 진이 빠진다. 시원한 바람 맞으며 산책을 하고 개운하게 샤워하면 세상 행복할 것 같았다. 그러나 웬걸, 밖에 바람이 없다. 나뭇잎 하나 까딱하지 않는다. 벌써 열대야인가. 저녁이라 해서 시원한 산책은 이제 기대할 수 없는 것인가. 공기가 찐득찐득 콜타르처럼 몸에 달라붙는 느낌이다. 남편은 계속 모기에게 팔다리를 뜯기는 모양이다. 같이 걷고 있는데 남편만 물린다. 나도 물것에 약한 편인데 남편은 나보다 더하다. 이래저래 쉽지 않은 산책이다.

그러나 오늘부터 2주간 일상은 멈춰지고, 프로야구마저 멈춤 상태인 이 시국에 마음 놓고 할 수 있는 일이 그리 많지 않다. 마스크 단단히 쓰고 공원을 산책하는 것 외에 달리 할 일이 없다. 하루종일 함께 지낸 아이들 곁에서 잠시 떨어질 수 있어서, 아이들도 엄마아빠 없는 집에서 자기들끼리 유유자적 있게 돼서, 아직 식지 않은 열기와 모기에 팔다리를 내어줄지라도 산책을 포기할 수 없는 것이다.

저녁을 먹을 때만 해도 이제 술을 좀 줄여야겠다고 큰소리치던 남편이 목이 타는지 시원한 생맥주 한 잔씩만 마시고 들어가자고 나를 꼬신다. 남편의 마른 등짝을 한 대 쳐주는 것으로 답을 대신했다. 이 시국에 어디 가서 술을 먹는단 말인가. 조심또조심. 대신 무인가게에서 아이스크림을 사서 들어가는 길에 식당에서 셋 이상씩 앉아 있는 사람들을 본다. 6시 이후는 3인 이상 집합금지인데. 찝찝하고 씁쓸한 기분이 든다.

어제처럼 바람 없이 더운 저녁이다. 하루종일 에어컨 바람을 쐰 몸이 집밖에 나오자마자 열기를 흡수해 뜨거워진다. 갑자기 이게 뭐하는 짓인가, 하는 생각이 든다. 땀내지 않으려고 에어컨을 끄지 못했는데 일부러 땀을 내려고 걷고 있다니. 일부러, 낼 생각은 없지만 몇 걸음 걷자마자 삐질삐질 새어나오는 땀. 순서가 바뀐 것 같다. 이럴바엔 아침에 걸을걸.

걷는 데 상념이 많아진 걸 보니 꾀가 났나 보다. 덥고 힘드니 걷지 않으려고 마음이란 놈이 핑계를 만드나 보다. 담배를 끊어야 하는데 자꾸 피워야만 하는 이유를 스스로 만들어내는 남편처럼 나 역시 그러한가 보다. 남편한테 그깟 담배 하나 끊지 못하냐고 핀잔할 게 아닌 것 같다. 습관을 바꾸는 일이, 하고 싶은 걸 계속 하려는 힘이 누구에게나 작용하니 말이다.

이런저런 생각을 하며 동네에 새로 생긴 캠핑장까지 걸어갔다. 칠보산에 캠핑장이 들어서는 것에 대해 찬반 양쪽의 현수막이 걸렸던 게 엊그제 같은데 벌써 오픈했나 보다. 집에서 걸어서 5분 거리에 캠핑장이 있다니 신기하고 궁금해서 남편과 탐방을 간다. 너른 땅에 글램핑과 카라반, 캠핑을 할 수 있는 데크까지 구비한 동네 캠핑장. 가까운 내 집 놔두고 우리 가족이 이곳에서 캠핑할 이유가 있을지 모르겠지만 동네가 더 좋아지는 것 같아 기분은 좋다. 다만, 청정 칠보산을 훼손하지 않고 쓰레기를 함부로 투기하지 않으며 동네 주민들에게 피해를 주는 일은 없었으면 좋겠다.

캠핑장을 나와 수변공원으로 들어선다. 시민농장으로 분양받은 텃밭들에 농작물이 탐스럽게 자라고 있다. 빨갛게 익어가는 토마토가 먹음직스러워 보인다. 텃밭가에 빨간 백일홍도 복스러운 농작물만큼이나 소담하게 피어 있다. 세상이, 마음만 편하면 세상이, 참 아름답다. 철마다 바뀌피는 원색의 꽃과 나무와 그걸 가능하게 해주는 햇볕과 바람까지. 모든 게 서로 제자리에서 아름답게 자리하고 있다. 그 아름다움을 알아보는 것은 다름아닌 내 마음이다. 아름다움을 느끼는 마음의 감각이 살아 있어야 한다. 그걸 살리기 위해 나는 산책을 하는 건지도 모르겠다.

남편이 어제 코로나백신 2차 주사를 맞았다. 1차 AZ에 이어 2차는 화이자 백신으로 교차접종했다. 어제 오후에 주사 맞고 집에 와서 저녁에 산책도 하고 아무렇지 않아하던 남편이 밤이 되자 주사부위 통증을 호소하기 시작했다. 1차 때도 그랬다. 저녁무렵까지는 괜찮았는데 밤이 되자 주사 맞은 데가 욱신욱신하고 몸 전체에 근육통이 올라오고 오한이 들어 끙끙거리며 앓았다. 미리 준비한 타이레놀을 먹어가며 이틀을 바짝 아팠다.

이번에도 마찬가지였다. 밤새 주사 맞은 팔을 들지 못할 정도로 통증을 느끼며 앓았는데 지난번과 다른점은 타이레놀을 미리 구비하지 못했다는 것이다. 회사에 있는 걸 깜박하고 안 가져왔다나, 아프기 시작하면서부터 생각난 타이레놀을 밤 사이 사올 수가 없었다. 그래서 약국 문 열자마자 사러 간다. 핑계김에 산책도 같이 한다. 아침부터 햇볕은 쨍쨍, 모래알은 반짝, 하는 날씨다. 일어나서 조금 움직거리니 벌써 옷이 땀에 젖었다.

걷고, 약을 사서 집에 가는 길에 아파트 지하주차장 창문과 철난간 사이에서 푸드덕거리는 작은 참새를 본다. 짹짹거리는 소리에 눈길이 갔는데 가만보니 창문과 난간 사이 좁은 틈새로 날아오르지 못해 안간힘을 쓰는 것 같았다. 위가 아니라 옆으로 빠지면 충분히 날 수 있을 것 같은데 이 작은 참새는 계속 위쪽으로 빠져나오려고만 하고 있다. 창문 밖 나무 사이에서 또 다른 참새가 날아다니며 소리를 질러대는 모습도 보인다. 서로 어떻게 할 수 없어 애타하는 듯하다. 참새를 잡아 빼줄까, 막대기 같은 걸로 유인해 빼내줄까, 여러 생각이 교차됐지만 나는 그냥 돌아서 집 쪽으로 걸어갔다. 참새를 손으로 잡기가 무서웠고(동물을 무서워하는 나로서는 작은 참새도 쉬운 대상이 아니다), 참새가 어떡하든 제 스스로 힘으로 빠져나올 수 있겠지 하는 비겁한 눈감음이 나를 아무 행동도 하지 못하게 했다.

그래서 글을 쓰는 이 순간, 그 참새가 계속 생각난다. 아직도 그대로 있을까. 빠져나갔을까. 다른 선량한 누군가가 그 새를 도와줬을까. 궁금증과 죄책감에 몇 시간 후 나가봤더니 그 자리에 새는 없었다. 휴, 안도의 한숨이 터진다. 새를 위한 건지, 나를 위한 건지 모를 한숨이.

가끔/내가 날 흉내 낸다/사실/날 따라하기란 쉽지 않다/별다른 특징도 없고/밋밋한 위인이다//목소리, 버릇, 습관/모두를 감쪽같이 속이고/나는 오늘도 나였다//내가 온전히 나이기 쉽지 않은 무대에서/차라리 그렇게/흉내라도 내야 나일 수 있게 된다

저녁 산책을 하면서 오늘 아침 읽은 이 시를 생각한다. 슴슴한 평양냉면 같은 맛의 이 시는 김준철 님의 「개인기」이다. 몇 번 읽으면 저절로 외워지는 야나두! 광고같이 호락호락해 보이지만 쉽사리 암송은 되지 않는다. 머리가 더위를 먹었는지 성능이 좋지 않은가 보다.

낮 동안 그렇게 뜨겁던 태양이 오후 늦게부터 시원한 바람에 자리를 내주어 저녁에는 좀 살 것 같았다. 어디선가 천둥 치는 소리는 들리는데 비는 오지 않고 바람만 박력있게 불어 모처럼 창문을 다 열어 귀한 바람을 맞이했다. 하루종일 에어컨 바람을 쐬어 산소가 부족했던 머리에 숨이 도는 듯하다. 저녁 먹고 집 앞을 하릴없이 왔다갔다 걸으며 바람 속에 서 있었다. 한 줄기 바람만으로도 생명이 유지될 수 있음을 깨닫는다.

나는 별다른 특징도 없고 밋밋한 위인인지 그 반대인지, 개인기가 있는지 없는지 있다면 무엇인지, 잘 모르겠다. 내가 오늘도 나였는지, 나를 흉내내는 내가 나인지 구분이 되지 않는다. 다만, 확실한 건 오늘 하루도 나는 어떤 모습, 어떤 역할이든 성실히 최선을 다해 내 앞에 주어진 길을 걸었다는 것이다. 하루를 마감하는 이 시간에 되돌아본 내가 온전히 나일 수 있어서 다행이다.

일주일 동안 온라인수업 듣느라 고생한 아이들 욕구를 충족시켜주기 위해 치킨을 사러 간다. 다음 주 월요일이면 방학이라 사실상 수업은 오늘로 끝이다. 더운데 열 뿜뿜 나는 노트북 끼고 책상 앞에 앉아 수업 듣고, 과제하고, 시험도 본 아이들이 원하는 건 치킨과 피자. 둘째놈 데리고 피부과에 다녀오고, 줌으로 온라인회의도 하고, 도서관 다녀오느라 지친 나도 땀흘려가며 밥 하기 싫어 오늘은 치킨 콜?에 화답했다. 치맥 콜!

집에서 편하게 배달을 시켜도 되지만 동네 치킨과 피자집에 가서 주문을 하고 기다리는 동안 걸을 시간을 확보하기 위해 일부러 나가기로 한다. 오후 6시경, 바람이 솔솔 일긴 하지만 아직 덥다. 그래도 한낮 땡볕에 비하면 한결 양반 날씨다. 치킨이 포장되기까지 30분 정도 걸린다고 하니 시간배분도 좋다.

거리두기 4단계가 발표되고나서 확실히 거리에 사람이 줄었다. 식당 안도 그렇다. 가장 안전한 집에서 집캉스와 베터파크로 코로나에 거리 두기를 하려는 사람들이 늘었다고 하는데 과연 그러한가 보다. 코로나상황 2년 여 동안 우리 가족 전체가 외식을 한 적이 있던가. 아마 없는 것 같다. 꼭 필요한 자리 외에 몇 년 안 봐도 우정에 금갈 것 같지 않은 사람들과 만남도 자제하고, 가고 싶은 곳 두루 돌아다니는 방랑생활도 절제했다. 그런데도 코로나는 잡히지 않고 계속 변이를 일으키며 질기게 생존하고 있다. 언제 끝날 수 있다는 희망이 보이니 않으니 그게 참 사람을 미치게 한다.

비록 나 사는 게 답답하다해도 내가 코로나 때문에 힘들다고 말하면 안 되기에 애써 답답하고 암담한 심정을 가라앉히려 한다. 더위와 격무에 지쳐 의자에 철퍼덕 무너져내린 의료진 사진을 보면 내 힘듦을 차마 말할 수가 없다. 에어컨을 틀어놓고도 덥다 더위를 연발하는데 겹겹의 방호복과 마스크와 고글로 온몸을 가린 그분들은 이 여름이 얼마나 힘겨울 것인가. 치킨과 피자는 그분들에게 돌려야 하는데. 아니, 시원한 음료수나 아이스크림이라도 드리고 싶다는 마음이 든다. 생각만 하지 말고 실천할 수 있는 방법을 찾아봐야겠다. 오늘의 걷기 중 내가 얻은 생산적인 결론이다.

제헌절이 태극기를 달아야 하는 국경일인지 아닌지도 모른 채로 하루가 지나가고 있다. 그저 늦잠 자도 좋은 주말 아침 풍경에 태극기는 없었다. 창밖, 다른 집 태극기를 보며 오늘이 무슨 날이더라, 했다. 날짜보다 요일이 더 중요한 현대인의 삶이다.

오후 3시쯤 되자 바람이 비 오기 전처럼 불어오고, 열어놓은 창밖에서 빗방울이 바람에 흩날려 들어왔다. 하늘은 아직 맑은데 비가 오려나 싶어 서둘러 산책을 나간다. 오후부터 비가 온다 하였으니 선제산책을 하는 것도 나쁘지 않겠다. 방금 영화 「글러브」를 보며 막판에 얼굴이 젖도록 울었더니 바깥바람을 쐬고 싶기도 했다. 서로 최선을 다한 고교야구 경기를 보여 준 영화 속 군산상고와 충주성심학교 선수들이 승패와 상관없이 서로에게 박수와 존중을 보내는 장면에서 나도 모르게 눈물이 흘러내렸다. 요사이 뉴스에 오르내리는 프로야구 모습과 너무 달라서.

오늘은 수변공원이 아니라 칠보산쪽 둘레길을 걷기로 한다. 차도와 인도 사이에 나무가 우거져 걷다 보면 그늘을 만날 수 있는 길이다. 그래서 수변공원보다 시원하다. 간간이 사람 없는 구간을 걸을 때면 마스크를 잠시 내릴 수 있는 여유도 있다. 오르막길을 걸으며 숨이 차오를 땐 1초라도 마스크로부터 자유로운 게 얼마나 감사한지 모른다. 다행히 토요일 오후 3시 30분경, 이 길을 걷는 사람이 별로 없어 그런 호사를 누린다. 좋다.

중학교 운동장에서 검정티셔츠에 검정반바지로 맞춰입은 남학생 몇 명이 축구하는 모습이 보인다. 가만 있어도 더운 이 날씨에 마스크를 쓴 채로, 그늘 한 점 없는 운동장에서. 안타까움을 표하는 나와 달리 남편은 아이들이 이쁘단다. 저 나이대 남자애들은 저래야 한다고, 한여름에도 땀 뻘뻘 흘리며 몸을 움직여야 한다고, 모여서 나쁜짓 안 하고 핸드폰만 들여다 보지 않아서 얼마나 이쁘냐고, 아이스크림 하나씩 사주고 싶다고. 아이스크림? 나는 어제 코로나 의료진에게 선물하고 싶다는 생각을 했는데 오늘 남편은 저 남학생들에게 주고 싶단다. 아이스크림 선물 릴레인가.

집에 돌아올 때까지 비는 내리지 않고 하늘이 다시 쾌청해진다.

창문을 다 열어놓고 거실 창가 옆에 앉아 있으니 한낮임에도 바람이 쏠쏠하게 들어온다. 창밖 세상은 완전쾌청한데 바람에 속아 3시쯤 남편과 산책을 나간다. 햇볕보다 바람의 힘을 믿고 나갔건만 수변공원에 바람은 실종, 그늘 한 점 없다. 왜 지금 이 시간에 나왔을까, 후회가 땀으로 흘렀지만 이미 늦었다. 그저 내 앞에 놓인 길을 묵묵히 걷는 수밖에. 덥고 숨막혀 대화를 나눌 수도 없으니.

아침에 큰언니집에 가서 언니가 만들어놓은 콩국을 받아 왔다. 해마다 여름이면 몇 차례 직접 갈아 만들어 식구들을 먹이는 언니다. 우리집에 콩국수를 좋아하는 청소년이 있어 더운데 땀흘리며 만들었을 언니에게 미안하지만 고마운 마음으로 받았다. 콩국뿐인가, 열무김치와 오이지도 잔뜩 챙겨왔다. 손이 무거워지고 마음이 든든해지는 순간이다.

언니 집에서 엎어지면 정말 코가 닿을 거리에 있는 엄마 집에도 갔다. 원래 엄마 집으로 바로 갈 거였는데 거리두기로 4인 이상 모일 수 없으니 각각 둘씩 있는 엄마와 언니 집에 나와 남편이 합세해 4명퍼즐을 완성했다. 지킬 거 지켜가면서 가족들 얼굴을 오랜만에 보니 마음이 뿌듯하다. 이번 추석에는 가족들 다 모일 수 있을 거라 예상했던 때가 있었는데 지금으로선 또 기약이 없다.

집에 와서 콩국수를 해먹고 좀 쉬니 벌써 이렇게 오후도 지나가고 있다. 7월의 휴일 오후 3시에서 4시 사이. 산책하기에 적당하진 않으나 어느 시간이든 몸을 움직이면 덥고 땀이 나는 계절에 걷지 못할 이유는 없다. 해가 뜨겁게 이글거리는 한낮 베트남의 어느 거리를 걷고 있다 생각하며 오늘의 산책을 마친다. 남편이 참새처럼 방앗간 편의점에 들러 제주맥주를 산다. 집에 가서 찬물샤워 후 마시는 씨원한 맥주. 여름 산책의 힐링이다.

기다림의 하루였다. 해가 나면 비가 오길 기다리고, 맑은 하늘에 소나기가 흩뿌려지면 비가 그쳐 창문을 열 수 있기를 기다렸다. 큰아들이 코로나백신을 맞는 오늘을 기다렸고, 주사 맞으러 간 뒤에는 아무 이상 없이 잘 맞고 오기를 기다렸다. 저녁 8시부터 드디어 내가 코로나예방접종 사전예약할 수 있는 가능시간이 되어 7시 50분에 알람을 맞춰놓고 기다렸건만 이 기다림은 결실을 맺지 못했다. 기다리고 기다리고 또 기다려도 예약완료까지 도달할 수 없었다. 시작한 건 끝을 내야 하는 성격상 수차례 시도해봤건만 동시접속자 수가 어마어마해 성공가능성은 희박해 보였다. 에라, 모르겠다, 10시부터 다시 시작된 접속에서도 실패하자 자정 무렵에 잠을 잤다. 내일 해도 되니 아침에 일어나서 해야겠다 하고.

아침에 잠깐 걷고 온 후로 밖에 나가지 않은 채 거의 하루종일 에어컨을 켜놓고 집안에 있었다. 머리가 멍하면 잠깐씩 환기. 더위와 에어컨 바람에 정신이 나지 않는다. 오늘이 지나면 짧은 장마가 끝나고 진짜 폭염이 찾아온다는데 이 여름이 참 힘겹겠다. 아무것도 하지 않고 집에만 있는 내가 할 얘기는 못 되지만 오늘로 중학생 두 아이들이 방학을 해서 본격적인 집콕모드로 들어간 터라 삼시세끼 밥상을 차려야 하는 엄마 역할을 생각만 해도 등에서 땀이 주루르 흐른다. 방학 첫날부터 나는 다시, 개학을 기다린다.

어제 코로나백신 맞은 큰아들은 밤새 열이 나거나 근육통이 올라오거나 주사 맞은 팔에 통증이 생기는 등의 이상반응 없이 오늘까지 정상컨디션을 유지했다. 단지 차이가 있다면 여느 때보다 잠을 많이 잤다는 정도. 먼저 맞아본 경험자로서 밤사이 이상반응이 있을까봐 거실에서 아들과 함께 자며 예의주시한 남편의 정성이 무색하지만 아프지 않으니 그저 감사한 일이다. 오늘 감사한 일 첫 번째.

어제 실패한 코로나백신 예방접종 사전예약에 성공했다. 사이트로 몇 번이나 예약에 실패해서 콜센터로 전화해 겨우 날짜를 받을 수 있었다. 제일 빠른 날이 8월 23일, 아이들이 개학하는 날이다. 애들 방학중에 맞고 며칠 아프고 나서 컨디션 회복하려 했는데 내 뜻대로 되지는 않았다. 그래도 드디어 백신을 맞게 되다니, 코로나가 전 세계를 휩쓴 지 2년도 안 돼 예방백신을 맞는다는 게 어찌보면 너무 놀라운 일이다. 오늘 감사한 일 두 번째.

주사 맞은 아들보다 더 헤롱헤롱 잠을 못잔 남편이 아침에 대구 출장을 갔다가 저녁에 바로 돌아왔다. 다른 때 같으면 적어도 하룻밤은 자고 오는데 이번에는 시국이 시국인지라 그냥 왔단다. 덕분에 늦은 저녁을 차리긴 했지만 아침에 집을 나가 건강하게 귀가하는 남편이 고마웠다. 오늘 감사한 일 세 번째.

며칠 전 춘천지역에 단수가 되어 주민들이 생수로 쌀을 씻고, 설거지도 한다는 뉴스를 보면서 이 더운데 고생이겠네 했던 일이 오늘 우리집에도 일어났다. 아파트 내 노후된 배수관을 교체해야 해서 오늘 하루 아침 10시부터 오후 5시까지 단수를 한다고 며칠 전부터 관리사무소에서 안내방송을 했기에 미리 물을 받아놓기는 했지만 시원한 물로 샤워를 못한다는 거 하나만으로도 불편했다. 춘천지역 단수에 비하면 아무것도 아니지만 말이다. 다행히 예정시간보다 조금 일찍 물이 다시 나와 불편함이 오래 가지는 않았다. 감사한 일이다. 오늘 감사한 일 네 번째.

230

해가 지고 바람이 선득해질 때 비로소 산책을 한다. 낮 동안은 덥기도하거니와 샤워를 할 수 없어 뒤로 미룬 오늘의 걷기다. 하루를 잘 마치고 조금은 선선해진 바람을 쐬며 걸을 수 있어서 기분이 좋다. 몸 안에 갇혀 있던 열기가 바람에 조금씩 날아가는 느낌이다. 걸을 수 있는 다리와 마음의 여유가 있어서 감사하다. 오늘 감사한 일 다섯 번째.

오늘 내 걷기와 감사일기는 이런 이야기들로 채워졌다. 내일은 또 내일의 감사가 나를 기다릴 것이다.

바쁜 하루였다. 오후 5시, 지금 걷고 있는 이 길도 온전한 산책은 아니다. 누군가를 만나기 위해 가는 길에 조금 일찍 나와 걷고 있는 중이다. 가는 길에 30분 정도 걷고, 만나고 집에 돌아가는 길에 걸으면 오늘 걷기는 마무리될 것이다.

요즘 읽고 있는 로제 폴 드루아의 『걷기, 철학자의 생각법』에 칸트의 고정불변 하루 생활방식과 걷기법이 잘 소개되어 있다. 칸트가 매우 규칙적으로 산책을 해서 그와 같은 마을 사람들이 칸트를 보면서 시간을 알았다는 스토리는 알고 있었지만 그가 그렇게 많은 규칙과 철저한 준수 속에 살았는지는 몰랐다. 나도 규칙과 계획을 중시하는 편이지만 도저히 칸트 아저씨의 발끝에도 미치지 못하겠다. 그렇게 살고 싶지도, 살 자신도 없지만 말이다.

날마다 일정한 시간에, 같은 장소만 걷는다면 나의 걷기는 재미가 없을 것 같다. 이런 때는 이 시간에, 저런 날은 저 시간에 걷기도 하고, 여기도, 저기도 다녀봐야 걸음과 사유의 폭도 넓어지고 재밌지 않을까.

아침부터 이런저런 볼일로 나갔다가 집에 돌아왔다를 몇 차례 반복했다. 점심은 아이들 스스로 차려먹었고, 내 점심은 막내딸이 끓여 준 라면이었다. 고맙고 미안했지만 이런 날도 있는 법이다.

5시가 넘었지만 아직도 해는 강렬하다. 집에 돌아가는 길에는 좀 누그러졌으면 좋겠다, 해님이.

여기가 중국인가 한국인가. 아니, 정확히 말해 7년을 내가 살던 중국 항주의 여름인가 한국 수원인가. 봄가을은 짧고 여름과 겨울은 무지 덥거나 추웠던 항주와 수원이 바뀐 건 아닐까. 새벽에 더워서 눈을 뜰 때부터 밤에 자면서도 에어컨을 끄지 못했던 항주의 후텁지근한 여름 속에서 세 아이들을 키운 내가 또다시 체감하는 무더운 날의 연속이다. 다른점은 습한더위냐 맑은고온이냐의 차이. 후텁지근하지 않아 그나마 낫다고 말하기에는 지금 겪는 더위가 너무 심각하다.

중학교 1학년 딸이 자궁경부암 예방백신 2차접종을 해야 해서 함께 나갔다가 주사 맞고 아파하는 딸은 먼저 집으로 보내고, 나 혼자 동네를 걷는다. 한낮에서 조금 비껴간 4시경인데도 햇볕은 바늘이 되어 그대로 피부에 꽂히는 듯 기세가 대단하다. 그래도 죽으라는 법은 없는지 중간중간 거짓말처럼 바람이 훅 불어와 열기를 식혀줘 걸음을 옮길 수 있었다. 요사이 그림 같은 하늘과 구름을 감상할 여유가 이때 생긴다. 구름이 정말 멋있고 예쁘다. 암만봐도 구름은 정말 신기하다. 어떻게 저런 모양과 색을 띨 수 있는 걸까. 과학으로 설명하기엔 너무 오묘한 신의 작품이란 결론을 나 혼자 내린다.

땅을 쳐다보며 걸으면 답답하고 힘겹지만 고개를 들어 구름 따라 길을 걸으니 더위도 덜한 것 같고 뭔가 방랑자가 된 듯한 기분이 든다. 예전에 구름 나그네, 라는 노래가 있지 않았나 싶다. 내가 지금 딱 그런 모양새다. 구름을 이정표삼아 떠도는 한여름의 나그네, 하하하.

방랑을 마치고 집으로 돌아와 냉수로 시원하게 샤워를 한다. 항주에서 공부할 때 6층 숙소까지 걸어올라와 열기에 지친 몸을 식히고자 냉수샤워를 하는데 미지근하다못해 뜨듯한 물이 나와 당황했던 기억이 난다. 그만큼 더웠던 여름의 항주. 그때는 몰랐다, 머잖아 우리나라도 그렇게 기온이 치솟아오를 거라는 걸. 요즘은 자꾸 사소한 기억에서 옛날이 떠오른다. 여름 햇살이 나를 늙어가게 하나 보다.

　더위를 먹어도 살이 찔까. 초복과 중복을 거쳐 무르익는 더위에 입맛이 없어 별로 먹는 것도 없는데 살이 찐다. 요즘들어 덥다는 핑계로 건성건성 걸어서 그런가 자책하며 저녁산책을 한다. 저녁 먹고 설거지한 후 가뿐하게 나왔다. 열기는 남아 있지만 바람이 불어 숨통이 트인다. 아파트 주변을 다람쥐 쳇바퀴 돌 듯 몇 바퀴째 걷는다. 걷다 보니 어느 구간에서 맞바람이 불어와 시원한지 어디는 바람이 한 점도 없는지 알게 되었다. 바람이 있는 곳만 골라서 걸으니 괜찮았다.

　꽃과 녹음의 계절은 가고 지금은 매미의 시간이다. 아니, 내가 뭉뚱그려 매미라고만 알고 있는 다양한 매미과 곤충들의 계절이다. 나무마다 님을 찾는 매미들이 내는 소리가 고요한 저녁나절 아파트 산책로에 울려퍼진다. 내 눈에 보이지 않아도 세상은 온갖 생명들로 가득차있다. 소리가 있는 곳에 생명이 있다. 삶의 이야기가 있다.

　어디를 걷든 바로 앞에서 울리는 것 같은 서라운드 매미소리를 들으며 느긋하게 걸으니 하루의 피로가 풀리는 듯하다. 에어컨 켜진 거실에서 세 아이들과 북작거리며 한 놈은 게임하고, 한 놈은 컴퓨터하고, 그와중에 또 한 놈은 영어공부한다고 책을 펴놓고, 나는 소파 한쪽 끝 내 자리에 앉아 플로베르의 『마담 보바리』를 읽으며 지냈다. 더위는 우리 가족을 떨어뜨려놓지만 에어컨은 다시 가족을 한곳에 모이게 한다. 그래서 좋기도 하고, 넷이 우르르 모여 있으니 피곤하기도 하다.

　걷기를 마치고 집으로 들어가는데 우편함에 관리비 명세서가 꽂혀 있다. 전기세가 장난이 아니겠다.

하루가 길다. 열대야로 창문을 활짝 열어제치고 자니 날이 일찌감치 밝아온다. 너무 환해서 도저히 잠을 잘 수가 없다. 방학이니 늦잠을 자면 좋을 아이들은 깨우지 않아도 일찍일찍 일어난다. 셋 중에 안 그런 놈도 있긴 하지만 대체로 그렇다. 덕분에 나의 하루가 길어졌다. 아침부터 밤 늦게까지 식구들이 다들 깨어 있는 주말인 오늘은 유난히 긴 것 같다.

불쾌지수도 덩달아 늘어났다. 에어컨을 켜면 시원해서 좋긴 한데 가슴이 답답하다. 밀실에 오랫동안 갇혀 있는 기분마저 든다. 식구들 식사 차리고 설거지하고, 또 돌아서면 점심이 되고 저녁이 되는 도돌이표가 막 짜증이 난다. 늘 내가 해야 하던 일들이 하기 싫고 뒤로 미루고만 싶다. 그냥 기분이 나지 않는다. 누가 보면 딱 생리전우울증 같을 텐데 완경을 예즈녁에 한 내게 그런 일은 없으니 더워서 불쾌지수가 올라갔다고밖에 말할 수가 없다. 어찌됐든 유쾌한 감정상태는 아니다.

책으로 도망갔다. 앙드레 지드의 『지상의 양식』이 나의 좋은 친구다. 바람 들어오는 창가 침대에서 누웠다 앉았다 자세를 고쳐가며 고전을 읽는 재미가 오늘 나의 피서법이자 스트레스 해소였다.

8시쯤 드디어 밖으로 나간다. 바람은 없지만 조금씩 어둑해지는 거리에 한낮의 열기는 많이 감추어진 상태다. 아파트 단지 산책로를 걷는데 오가는 사람들이 별로 없다. 가끔 배달 오토바이만 요란한 소리를 내며 내 옆을 지나가거나 어느 동 입구에서 멈춰서는 모습만 보인다. 보도블럭 사이사이 웃자란 잡초들이 인적 없는 거리에 홀로 주인 행세를 하고 있다. 적막한 주말저녁이다.

　오늘 나는 작가 안녕달의 『수박 수영장』 속으로 피서했다. 여름이면 꺼내 보는 내 그림책 피서지다. 더워도 너무 더운 요즘이다. 35도를 넘기는 날이 이어지고 있다. 세상사 또한 구름 양산과 먹구름 샤워 같은 뉴스는 찾아보기 힘들어 사람들의 화와 짜증이 하늘을 찌른다. 그 많은 사람들의 뜨거운 화가 모이고 모여 점점 더 날이 더워지는 거 같다.

　이것도 신통찮고 저것도 별볼일없는 요즘, 나도 수박 수영장에서 빨간 수박물이 온몸에 차오르도록 노닐고 싶다. 저녁에 산책을 하고 돌아오는 길에 커다랗지는 않지만 우리 가족이 먹기에 적당한 크기의 수박을 사왔다. 하루 정도 냉장고에 푹 시원해지도록 넣어두었다가 내일 수박파티를 하려 한다. 수박 수영장 속에 입수하는 즐거움은 누리지 못하겠지만 빠알간 수박물이 입가와 손만이라도 적실 수는 있겠지.

　수박만으로는 아쉬워 아이스크림도 잔뜩 사서 돌아오는데, 아파트 잔디밭 놀이터에서 우리 딸내미 또래로 보이는 여학생들 몇 명이 모여 빈 생수병을 뒤집어세우는 놀이를 하는 장면을 본다. 딸 나이와 비슷해 보이는 학생들이 있으면 아무래도 한번 더 눈길이 가는데, 그네들은 생수병을 세우며 이런 주문을 걸고 있다. "누구누구는 누구누구를 좋아한다." 남자애 누구가 여자애 누구를, 여자애 누가 남자애 누구를 좋아하는지 아닌지를 외치고 생수병을 던져 세워지면 참이라고 믿는 놀이인가 보다. 그네들의 순진무구한 신종놀이에 저절로 웃음이 난다. 예전에는 자기가 좋아하는 누가 나를 좋아하는지 아닌지를 나뭇잎을 떼어가며 점을 쳤는데 요즘 애들은 남의 연애사를 두고 생수병 점을 치고 있다. 삼삼오오 모여 핸드폰 게임을 하거나 비속어가 99.9%인 남 욕을 해대지 않고, 별것아닌 장난으로도 활짝 웃을 수 있는 저 학생들이 이뻐보인다. 들고 있던 아이스크림 봉지에서 몇 개를 꺼내 줄까 하다가 그들 놀이를 방해하기 싫어 그냥 돌아서 간다. 마음으로는 주고 싶었다, 애들아.

흰색 가로등이 켜진 수변공원을 걷는다. 8시가 넘으니 빠르게 어두워진다. 하루는 길어도 시간은 빠르게 지나간다. 조금씩조금씩 어둠이 쉬이 오는 걸 보니 말이다. 어둠은 왔지만 바람은 애석하게도 오지 않는다. 바람이 정말 한 점도 없다. 물가에 길게 가지를 내리운 수양버들이 깻잎 한 장만큼도 흔들리지 않는다. 예능 프로그램에 자주 쓰이는 '정지화면 아닙니다' 자막 같다. 이런 시간에 나와 남편은 산책을 하고 있다.

산책을 하거나 뛰거나 자전거를 타는 사람들로 수변공원은 붐빈다. 조금이라도 시원한 때에 나오자고 약속이나 한 듯이 공원은 동네 사람들로 넘쳐난다. 조금더 늦은 시간이나 아님 새벽에 나와야 할까보다. 새벽에 운동하는 부지런함은 자신이 없으니 더 늦은 시간을 노려야겠다. 수변공원이 아닌 다른 곳으로 방향을 잡는 것도 방법이다.

바람 없이 무미건조한 이 시간에 산책하고 러닝하는 사람들 대부분이 마스크를 잘 쓰고 있다. 메이저리그 야구를 볼 때마다 관중석을 꽉 채운 사람들이 노마스크인 걸 보고 저기는 코로나가 끝났나, 하는 의구심을 갖는다. 프랑스에서 열린 LPGA 골프대회에서도 갤러리들이 마스크를 쓰지 않았다. 야외니까 괜찮다는 것이다. 우리나라는 야외에서 달리기를 하는 사람들도 KF94 마스크를 쓰고 있는데. 어느 쪽이 절대적으로 맞다고는 말할 수 없으나 극명한 대비임에는 틀림없다. 우리나라나 미국이나 프랑스나 그 어디든 코로나가 빨리 끝나기만을 바랄 뿐이다.

오늘도 길고 더웠다. 이 더위가 지나가면 좋은 일들이 알알이 열매로 맺혔으면 좋겠다. 그런 희망이 이 시간을 버텨준다.

큰아들 주민등록증 신청을 하고 왔다. 몇 달 전 갔을 때 사진에 어깨가 보이지 않아 안 된다고 퇴짜맞은 전적이 있어 오늘로 두 번째 시도다. 사진관에서 용도에 맞게 찍은 새 사진을 들고 아들과 함께 갔다. 오늘은 성공이다. 이삼주 후에 찾으러 오란다.

라떼는 말이야, 는 아니지만 내 주민증 신청과 발급과정은 기억이 나지 않는다. 그런 데 오늘 보니 주민증에 열 손가락 지문이 다 필요하다. 이렇게도 찍고, 저렇게도 찍고, 지문을 등록하는 시간이 가장 오래 걸렸다. 과정을 보고 있으니 신기하기도 하고, 이제 성인 문턱에 이른 아들이 대견하기도 하다. 자유와 권리에 따른 책임과 의무. 그 시소에 서 균형감을 유지하는 현명한 어른이 되었으면 좋겠다.

먼저 아들을 집으로 돌려보내고 아직 더운 오후지만 홀로 동네를 걷기로 한다. 차 안 에서 계속 쐰 찬바람기운이 남아선가 걸을 만하다. 느낌에 어제 이 시간보다는 덜 더운 것 같다. 햇빛은 약해지고 바람은 조금씩 인다. 일본에 태풍이 상륙한다던데 그때문일 까. 가게 문을 여닫을 때마다 새어나오는 에어컨 바람 때문일까. 어제저녁 수변공원 산 책보다 오늘 더 수월하게 걷고 있다.

30분을 천천히 걸으며 오늘 저녁은 또 뭘 해먹나 고민한다. 마음으로는 맨날 똑같은 밥과 반찬을 주는 게 미안해 뭔가 기운나고 색다른 메뉴를 개발해볼까 생각한다. 그런 데 막상 식사시간이 되어 주방에 들어서면 아무 의욕이 나지 않고 만사가 귀찮다. 집안 일 중 내가 가장 싫어하는 음식 만들기. 그럼에도 불구하고 오늘은 가족을 위해 의지를 좀 불태워볼까나. 전장으로 출전하는 장수처럼 집으로 돌아간다.

갑자기, 느닷없이, 세찬 소나기가 내렸다. 하긴 아침부터 회색빛 구름이 조금 보이긴 했다. 오늘은 습하고 더운 날이겠거니 생각했는데 그게 비구름이었나 보다. 창문이 물줄기로 덮인 후에야 비가 오는 줄 알았다. 폭염 속 한 줄기 소나기 소리가 시원하다.

조금 일찍 퇴근해 집에 있던 남편이 떡본 김에 제사 지낸다고 비 오는 와중에 창틀 청소를 한다며 나와 아이들에게 미션을 주었다. 계속 물을 떠와 창가까지 운반하는 릴레이가 이어졌다. 창틀 물청소는 비가 와야 할 수 있으니 기회가 날이면 날마다 오는 건 아니지만 더위에 지친 아이들은 느릿느릿 움직였다. 그새 소나기는 그치고 더 이상 물청소를 할 수 없게 되었다.

비 그친 창밖을 보니 한풀 더위가 꺾인 듯하여 저녁 먹기 전에 잠깐 나가 걸었다. 한차례 비가 싹 세상을 뒤엎어놨으니 열기가 식었겠다 생각했다. 오산이었다. 소나기는 더위를 씻어낸 게 아니라 습습하고 후끈후끈한 날씨로 바꿔놨을 뿐이다. 살갗에 착착 달라붙는 끈끈한 습기와 비가 온다고 보도 위로 올라온 지렁이와 벌레들을 피해 걷느라 산책이 유쾌하지 않았다. 소나기를 내가 너무 과신했나 보다.

여기도 이렇게 무덥고 높은 습도로 힘들어하는데 올림픽이 열리는 일본은 얼마나 더울까, 생각한다. 태풍까지 밀려와 야외경기는 차질이 예상된다는데, 아니 그보다 철인들도 구토하며 쓰러지게 만드는 살인적인 폭염과 습도 높은 날씨 속에 치러지는 올림픽이 과연 누구를 위한 건지 알 수가 없다. 부디 무사히 올림픽이 끝나고 각국의 선수들이 무사귀환했으면 좋겠다. 거미줄처럼 달라붙은 찐득한 습기를 뒤로 하고 나도 집으로 돌아간다.

바람이다. 오후 6시쯤 집 앞 커피전문점에서 지인들과 즐거운 수다를 떨고 밖으로 나와 못다한 이야기는 다음에 하자고 작별인사를 하는데 선뜻 바람이 왔다. 피부로 확연히 느낄 수 있을 정도의 시원한 바람이었다. 그러고보니 오늘도 덥긴 했지만 어제만큼은 아니었던 것 같다. 바람 한 줄기에 기분이 한결 업이 된다.

업된 기분으로 내친김에 산책을 한다. 어쩌면 산책을 핑계삼아 저녁 먹을거리를 준비하러 다닌 건지도 모르겠다. 오늘 저녁은 치맥이다. 올림픽 야구 경기를 봐야 하기 때문이다. 야구엔 치맥, 그것도 국가대표 경기를 보면서는 치맥, 이 부동의 공식을 거를 수가 없다. 여자배구도 도미니카공화국과 승부에서 신승을 거뒀으니 치맥의 이유가 하나 더 추가되었다. 밥은 하기 싫고 치맥으로 저녁을 때우려는 내 게으름에 여러 이유들을 갖다붙이고 있음을 나 자신, 실은 너무 잘 안다. 그래도 오늘은 치맥이다.

우리 가족이 다 먹을 수 있을 정도 양의 치킨을 시켜놓고 마트에 가서 마실거리를 산다. 치킨이 다 되길 기다리면서 바람이 피부를 간지럽히는 거리를 걷는다. 오늘도 어제와 똑같은 날인데 왠지 기분이 좋다. 기대감 때문인 것 같다. 뭔가 재밌고 즐거운 일이 기다리고 있을 것 같은 느낌, 나를 살아 있게 하는 승부세계의 생동감에 빠질 수 있다는 소소한 희망, 그런 것들이 바람을 타고 내게 와닿는다. 오늘이 어제보다 나으리라는 희망, 오늘보다 내일이 더 좋아질 수 있다는 기대, 사람이 살아가는 데 없어선 안 될 바람 같은 것이리라.

30분을 걷고, 그 사이에 완성된 치킨과 마실 것들이 담긴 쓰레기봉투를 들고 집으로 돌아간다.

침대가 여러 개 있는 어떤 군대막사 같은 곳이었던 것 같다. 나는 바닥에 물을 뿌려 청소를 한다. 물을 뿌리니 구석구석 박혀 있던 빨랫감들이 물에 밀려 나타난다. 오래된 양말짝이나 팬티 같은 속옷들이다. 나는 청소를 하지 않았으면 못 찾았을 그것들을 발견해 뿌듯했던 것 같다. 한데 모인 그것들을 손으로 움켜잡아 세탁기에 처넣는다. 내가 잡는 순간 그 더러운 옷들은 오징어나 문어, 낙지, 쭈꾸미 같은 다리 여럿 달린 연체동물로 변한다. 그것들을 세탁기에 넣고 나는 뚜껑을 덮는다. 그것이 옷이 아니고 낙지 같은 먹을거리였다는 생각도, 그것들을 왜 세탁기에 넣을까 하는 의구심도 없었다. 그저 모든 게 너무 자연스러웠다.

오후에 딸과 남편과 함께 외출해서 걸을 때까지 나는 이 꿈에 대해 생각했다. 세탁기를 돌리는 꿈(어떨 땐 똥덩이를 세탁기에 넣은 적도 있었다, 물론 꿈에)은 자주 꾸었는데 오늘 같은 패턴의 꿈은 처음이었다. 군대막사 같은 침대들과 물청소와 케케묵은 듯한 빨랫감들과 게다가 연체동물까지. 도대체 이 꿈이 내게 무얼 말하고 싶은 건지 오래도록 생각했다. 책을 읽으면서도, 소파에 앉아서도, 지금 이렇게 걸을 때도 생각한다.

우선, 어제까지 다 읽은, 빅터 프랭클의『죽음의 수용소에서』잔상이 남아 있었다고 생각한다. 침대들과 군대막사와 청소와 빨랫감들이 이 책에서 내가 받은 이미지와 연관이 된다. 물론 책 내용은 이것과 직접적 상관이 없다. 그저 내가 받은 이미지가 그렇다는 것이다. 그런데 낙지 같은 연체동물은? 잠시 후 답이 나왔다. 큰언니가 누가 문어를 보내줘서 삶아놨으니 뜨거울 때 와서 가져가라고 전화를 해왔다. 아, 그래서 연체동물이? 라고 쿨하게 생각한다. 어쩌면 내가 꾼 꿈과 내가 연관 지은 낮 동안 잔상과 앞날에 일어날 일이 아무 상관이 없는지도 모른다. 그러나 산책을 하면서 나 스스로 생각하고 내린 결론에 만족한다. 하루종일 신경쓰였던 일이 해결되는 듯한 속시원한 느낌. 오늘 산책의 결과물이다.

늦은 오후, 산책을 나간다. 온 가족이 텔레비전 앞에 일렬로 앉아 하루를 보내다 보니 정신도 멍하고 이게 도대체 뭐하는 시추에이션인가 싶다. 책 보다 올림픽 보다 밥 먹다 설거지하다 그렇게 어영부영 보내기에는 하루가 너무 소중하다. 오늘은 7월의 마지막 날, 걸으며 한 달을 정리해본다.

거리엔 햇빛과 햇빛에 이글거리는 보도와 햇빛을 가리기 위한 파라솔과 햇빛에 그늘 지어진 그림자만 있다. 사람은 별로 보이지 않는다. 내 앞에 걸어가는 중학생 둘이 떡볶이가게 로고가 새겨진 비닐봉투를 들고 간다. 내가 집에서 나왔을 때부터 보았는데 어쩌다보니 그들과 나의 걷는 방향이 일치한다. 이열치열, 더운 날 매운 떡볶이를 먹으며 그들은 더위를 다스리려나 보다. 걸으면서도 연방 손부채를 해대는 그들이 이 동네에서 맵기로 소문난 저집 떡볶이를 먹는 장면을 상상해본다. 매운 걸 절대적으로 먹지 못하는 나는 할 수 없는 경험이다.

나무가 촘촘히 세워진 인도를 걸으니 한결 낫다. 해가 그리 강하게 느껴지지 않고 간간이 바람도 분다. 걷다 보니 내 그림자가 앞에 길게 드리워져 있다. 그림자가 내 뒤에 딸려 오는 줄 알았는데 지금은 앞에서 날 인도하고 있다. 그림자는 터벅터벅 맥아리없어 보인다. 자아와 그림자, 의식과 무의식 속 나. 그림자가 힘이 없다는 건 자아 역시 풀죽어 있다는 뜻일게다. 맞다. 나는 오늘 좀 풀이 죽어 있다. 왜인지는 모르겠다. 그냥 기분이 안 난다. 일주일을 살아오느라, 더운 여름 7월 한 달을 견뎌오느라, 에너지가 고갈된 것 같다. 주유 경고등 들어온 자동차 같다. 내일부터는 다시 새 에너지를 얻어야겠다. 8월이 시작되니까.

어느새 내 그림자는 희미해져 보이지 않는다. 아파트 건물로 해가 가려진 거리를 걸으니 그림자가 사라져버렸다. 아니, 내 속으로 쏙 들어왔을 것이다. 어차피 그와 나는 한몸이니 우리는 따로또같이 살아갈 것이다. 내가 내 그림자를 받아들이고 인정할 때 그 역시 숨을 쉬며 에너지를 발할 것이다. 놀라운 창조 에너지로 자아인 나를 살려줄 것이다. 우리 서로 상생하며 기운을 내자, 나의 분신 그림자야.

비가 오락가락한 날이라 언제 나갈까 호시탐탐 창밖을 보다가 사람들이 우산을 쓰지 않아서 이때다 싶어 산책을 나갔다. 비 온 뒤라 눈에 보이는 모든 것들이 젖어 있었다. 바람만 빼고 말이다. 좀 시원해진 줄 알았는데 역시나 아니었다. 바람이 없는 비 내린 거리는 습기와 온갖 날것들만 남아 있다. 그래도 좋다. 해가 없는 것만 해도 어딘가. 4시가 좀 지난 이 시간에 모자를 쓰지 않고 걸을 수 있다니. 오늘은 30분 동안 걸어도 땀이 나지 않을 것 같다. 천천히 걸어야겠다.

아파트 둘레길을 걷고 있는데 아이 둘이 커다란 우산을 쓰고 가는 걸 보았다. 지금은 비가 안 오는데 저 아이들은 비가 그친 걸 모르나 보다, 자기 몸보다 큰 우산이 무겁겠네, 생각했다. 그런데 어라, 빗방울이 떨어지기 시작한다. 나무 위에 맺혀 있던 물방울인가 했는데 아니었다. 머리와 안경이 젖을 만큼 비가 내리는 게 확실했다. 아까 봤던 우산 소년들이 맞았던 거다, 이런이런.

비 맞지 않으려 뛰기는 해야겠는데 몸이 움직이지 않는다. 오늘은 땀내지 않으려 했는데 비에 젖게 생겼다. 가랑비에 옷 젖는다고, 슬금슬금 맞은 비로 머리가 땀에 절은 것 같다. 어차피 젖은 거 그냥 처음 나올 때처럼 걷기로 한다. 참 오랜만에 맞아 보는 비다. 예전엔 비 맞는 거 참 좋아했는데 이젠 귀찮음이 앞서니 나도 늙었나 보다.

지하주차장 입구를 발견한다. 저기로 들어가야겠다. 오늘 산책은 이걸로 끝이다.

딸이 심심하다고 주리를 튼다. 늘 심심했지만 오늘은 더욱 심심하단다. 방학인데 나가서 친구랑 놀지도 못하고 집안에서 뒹굴거리는 데 한계가 왔나 보다. 올림픽 야구를 보고 있는 내 옆에서 심심해, 를 노래부르길래 공기하자 카드게임하자 등등 다양한 놀이로 꼬셔봤지만 넘어오지 않는다. 그래, 명색이 방학인데 집콕을 하고 있으니 얼마나 힘들겠냐 싶어 함께 나가자고 했다. 딸과 나만의 데이트 방식이 있다.

우리는 버스 여행을 한다. 집 앞 버스정류장에서 가장 먼저 오는 버스 아무거나 목적 없이 타서 몇 번째 정류장에서 내려 그 근처를 걸으며 맘 내키는 대로 먹고 놀고 지내다 오는 거다. 코로나 이후 자유롭게 외출하지 못했을 때부터 나와 딸은 그렇게라도 가끔씩 나가 바람을 쐬고 왔다. 그러고나면 기분이 좀 나아지고 무엇보다 시간이 잘 간다.

오늘 딸이 정한 룰은 세 번째 오는 버스를 타고 15번째 정류장에서 내리는 거다. 세 번째 오는 버스가 초록색이든 빨간색이든 노란색이든 상관없이 탄다는 규칙이 하나 더 첨가되었다. 까딱하다가는 서울에 가서 놀게 생겼다. 시내버스가 오기를 애써 기다린다. 하나, 둘, 세 번째 버스가 왔다. 다행히 초록색 시내버스. 15번째 정류장은 성빈센트병원 앞. 우리는 거기서 내려 다시 오던 방향으로 걷기 시작한다. 길 방향과 무얼 먹고, 무얼 할지 모두가 딸의 결정이다. 웬만하면 터치하지 않고 딸 의견을 들어주기, 이게 내 할 일이다.

날씨가 나의 우군이다. 비가 올 거라고 해서 우산을 챙겨 나왔는데 비도 없고, 햇빛도 없다. 30분 넘게 닥치고직진!으로 걷고 있는데도 덥지가 않다. 야, 이게 웬일이냐, 땀이 안 나! 딸과 나는 여름 끝자락 산책을 하듯 쾌적하게 걸었다. 부국원을 거쳐 수원 향교를 지나 매산초등학교까지 걷다가 목이 말라 눈에 띈 어느 조그만 카페에서 잠시 쉬었다 가기로 한다. 허브식물과 다육이 화분들이 올망졸망 놓인 그 카페에 손님은 우리 둘밖에 없어 시원한 음료를 내 집에서 마시는 듯 편하게 쉬었다. 14살짜리 딸과 티라미수 조각케이크 하나를 가위바위보 하며 나눠먹는 기분은 연애할 때 저리가라다. 케이크가 줄어드는 대신 행복과 충족감이 차오른다.

한 시간 정도 걸은 것 같다. 딸이 이제는 집에 가자고 해서 수원역에서 버스를 타고 집으로 돌아간다. 하루가 시원한 에어컨 버스 안에서 저물어간다.

외출했다 집에 오는데 한바탕 소나기가 요란하게 내린다. 운전중이었으니까 망정이지 걷고 있었다면, 그것도 우산 없이 걸었다면 싸리빗자루로 몸을 맞는 듯한 강렬한 경험을 할 뻔했다. 차 지붕에 떨어지는 빗소리와 오토로 돌아가는 와이퍼가 숨 가쁘게 움직이는 걸 보니 예사 비가 아니었기 때문이다. 신호등에 잠깐 정차해 있는데 왼편 하늘이 말갛게 파란색을 띠기 시작하는 걸 본다. 여우비치고는 굵은 비, 호랑이비인가 보다.

화성시에 있는 어느 사회복지관에 다녀오는 길이다. 볼일이 있어 갔다가 시간이 남아 그 안에서 실컷 걷기도 했다. 그곳은 지은 지 얼마 안 되는 엄청 큰 건물이라 30분을 걸어다녀도 건물 구경을 다 하지 못한다. 5층까지 걸어올라다니며 오늘의 걸음 수를 충족했다. 에어컨이 빵빵 터지는 시원한 실내에서 이리 기웃, 저리 기웃하며 걸었다. 강의실도 많고, 소규모 인원이 모일 만한 빈 공간도 여유롭다. 나는 아담한 책상과 편해 보이는 의자가 있는 깨끗한 공간을 보면 탐이 난다. 이런 공간에서 치유글쓰기와 문학상담 모임을 정기적으로 열고 싶은 소망 때문이다. 딱 보니 비어 있는, 어떤 프로그램도 운영되지 않는 곳인 것 같은데 일반인에게 장기대여 같은 거 하면 좋겠다고 생각한다. 함 알아봐야겠다. 공간이 너무 좋다.

실내에서 30분도 넘게 돌아다녔더니 좀 답답해서 건물 밖으로 나간다. 옥외정원 같은 곳이 있어 몸을 환기하며 걸었더니 금세 에어컨이 그리워진다. 볼일도 끝나고 걷기도 다했으니 이제 집으로 돌아가야겠다. 오늘 산책은 실내에서 이렇게 때운다.

머리가 아프다. 목이 쉬었다. 손바닥도 얼얼하다. 이게 다 여자배구 때문이다. 아니, 덕분이다. 우리나라 여자배구팀이 올림픽 8강전에서 터키와 벌인 2시간 30분이 넘는 드라마를 너무 몰입해서 보았기 때문이다. 그 결과 우리나라가 5세트를 15-13으로 승리했을 때 나는 녹다운됐다.

이 나이에도 스포츠를 보며 이렇게 몰입하고, 열광하고, 온 동네가 떠나가도록 승리의 함성을 질러대는 나 자신이 스스로 놀랍다. 아이들 보기 쬐끔 창피하기도 하다. 승부에 민감한 엄마라, 좋아하는 건 누가 뭐라 해도 열렬히 좋아하고 싫어하는 건 그림자도 쳐다보지 않는 편협한 엄마라, 일면식도 없는 김연경이 뭐라고 그렇게 환호와 박수와 지지를 보내는 엄마라, 탈진해 소파에 철퍼덕 쓰러진 뒤에 현타가 오니 민망함이 찾아왔다.

분위기를 좀 바꿔보려고 대낮임에도 불구하고 산책을 나왔다. 지금은 햇볕이 쨍쨍 내리쬐어도, 바람이 없어도, 개의치않고 걸을 수 있을 것 같다. 내 몸이 이미 열기로 가득 차 있고, 마음 속에 기쁨의 바람이 용솟음치는데 무슨 상관이랴. 그래서인지 바깥날씨가 그리 많이 덥지 않았고 바람도 적당히 불어와 내 등을 밀었다. 중요한 건 환경이 아니라 마음이다. 마음력과 정신력의 승리, 오늘 아침 난 그걸 또 한번 보았다. 그래서 더 뭉클하다.

산책을 하면서 아마 나는 계속 웃고 있었을 것이다. 마스크 속 내 입가에 웃음이 떠나지 않았음을 나 자신, 느낀다. 마스크 생활 1년 반이 넘어가니 마스크를 쓰고 있어도 얼굴에 웃음이 새어나온다는 걸 알게 되었다. 오늘 산책하는 나를 누군가 봤다면 저 사람은 뭐 좋은 일이 있나 보다, 생각했을지도 모른다. 불행인지 다행인지 대낮 거리에는 지나다니는 사람들이 별로 없다.

나날이 똑같은 날들 속에 생일과 기념일 같은 이벤트를 베풀어주는 스포츠를 나는 사랑한다. 스포츠를 통한 감동과 카타르시스와 대리만족에 고마워한다. 아무도 이길 수 없다고 예견할 때 모두가 하나되어 불가능에 도전하는 자신감을 부러워한다. 오늘은 아침부터 기분이 좋다.

큰일이다. 비가 좀 와야 할 것 같다. 강렬한 태양에 한 방울 비도 내리지 않으니 세상이 너무 건조하다. 수변공원 금곡천도 완전히 말라버려 모래바닥을 고스란히 드러냈다. 이렇게 심각한지 이제사 알았다.

저녁 어둠이 내려앉은 후 남편과 수변공원으로 산책을 갔다. 확실히 조금씩 어둠이 일찍 찾아오고 바람도 일렁거린다. 그러나 수변공원은 위치 때문인지 바람이 별로 없다. 대신 사람들이 많다. 얼마 전까지만 해도 금곡천 냇가로 뛰어들어 물놀이를 하는 아이들의 목소리가 들렸지만 오늘 보니 물이 거의 말라버려 노는 아이들도 별로 없다. 칠보산 쪽에서 내려오는 초입의 물은 어느 정도 있는데 점점 하류로 가면서 그나마 있던 물이 증발해버렸다. 여기가 원래 냇가가 아니라 모래밭이었다 해도 믿을 정도다. 가뭄에 쩍쩍 갈라진 논밭을 보는 듯한 안타까움이 올라온다. 비님이 좀 와주시기를, 적당히만, 마음속으로 바라본다.

남유럽에 닥친 폭염으로 터키와 그리스, 이탈리아, 루마니아 등지에 산불이 번지고 있다 한다. 우리나라도 절대 지구온난화로 인한 기후위기에서 자유롭지 못하고, 나 또한 알게 모르게 기후온난화에 일조하고 있음을 자각하니 세상 살기가 참 흉흉하다. 아이들이 살아갈 미래 세상에 대한 걱정과 미안함도 있다. 우선, 에어컨 온도를 1도라도 높여야겠다. 포장음식 사러 갈 때 내 그릇을 가져가야겠다. 생수를 살 때 라벨 없는 걸 골라야겠다. 비행기 타고 멀리 가는 여행 대신 탄소배출을 줄이는 친환경 여행에 도전해 봐야겠다. 뭐 하나라도 정말이지 해야겠다. 이대로 가다간 다음 세대에게 면목이 없겠다.

"바람이 서늘도 하여 뜰 앞에 나섰더니"라는 동요가 어제부터 입가에서 맴돌고 있다. 오늘은 어제보다 더욱 바람이 좋다. 에어컨 켜는 시간이 줄었다는 뜻이기도 하다. 집안에서 맞이한 바람이 선선해 산책을 감행한다. 노래처럼 바람이 서늘하여 거리로 나선 셈이다. 아직 오후인데 말이다.

상점 앞을 지나가는데 여기저기서 동일한 노래가 흘러나온다. 김광석의 「너에게」다. 어, 갑자기 저 노래가 왜 이리 많이 들리지, 의아했는데 곧 이유를 깨달았다. 어제 방송된 드라마에 나왔기 때문이다. 다섯 주인공들이 밴드를 만들어 함께 부른 곡. 드라마의 힘이 대단하다. 김광석의 많은 노래 중 그리 잘 알려지지 않은 이 노래를 거리에서 들을 줄이야. 어쨌거나 나는 뭐, 좋다. 그의 노래를 들으며 산책하는 셈이니.

열려있는 상점 문 앞을 지날 때마다 안에서 찬 에어컨 바람이 훅 빠져나온다. 그 바람이 시원한 게 아니라 선뜻하게 느껴진다. 그만큼 걷고 있는 내가 땀을 흘리지 않는다는 뜻이다. 아니면 가게 안의 에어컨 온도가 너무 낮은 걸까. 오늘 뉴스를 보니 그리스 전역에서 산불이 번지고 있다 한다. 인간의 능력으로 할 수 있는 모든 것을 다하고 있다는 그리스 총리의 말이 엄중하다. 불로 인해 살던 곳에서 무방비로 도망쳐나올 수밖에 없는 사람들 심정이 어떠할까. 그리스나 북마케도니아, 알바니아 이런 나라들에 강풍이 멈추어 진화작업을 할 수 있기를 기도한다.

나의 안락함이 남의 불행이 되지 않기를. 그들 일이 우리의 일이 될 수도 있음을 자각하는 그레타 툰베리가 전세계 곳곳에서 많이 나오기를 걸음걸음마다 바라본다.

아침 9시 30분에 집을 나선다. 운전을 하고 나서지만 목적지는 없다. 신호등이 이끄는 대로, 차가 덜 막히는 쪽으로 방향을 틀어 자유롭고 여유롭게 드라이브를 한다. 아직 잠이 다 깬 것 같지 않아 커피를 마시려고 적당한 카페를 찾는다. 그러다 찾은 곳은 아주 한적한 시골풍경 속 넓은 단층카페. 이런 곳에 이런 카페가 있다니, 할 정도로 커피 맛이 일품이다. 브라질산 원두를 쓴다는데 시큼하고 깔끔한 커피에 달달한 크로플을 곁들인다. 그리고 황정은의 소설『百의 그림자』를 읽는다. 이른 시간인지 그 넓은 카페에 손님은 나 혼자. 나를 위해 통째로 전세낸 것 같은 호사를 누린다, 오직 나 혼자만을 위해. 한 시간도 넘게 토요일 아침 낯선 카페에서의 자유로운 시간을 누리다 또다시 다른 곳을 향해 출발한다.

그저 마음이 끌리는 대로 운전해 가다 보니 갑자기 하천이 흐르는 곳에 이른다. 이쪽 저쪽을 다 살펴봐도 오가는 차와 사람은 없고 물 위에 한 방향을 보며 앉아 있는 흰 새들 몇 마리만 오롯이 존재한다. 여기가 어딘가 싶어 길 한쪽에 주차를 하고 내려서 걷는다. 도로 이정표에 "삼남길"이라 적혀 있다. 수원 걷기 코스 중 삼남길이라는 곳이 있다는 걸 본 적이 있다. 경기옛길 중 하나라고 알고 있는데 가본 적은 없다. 지금 내가 걷는 이 길이 삼남길 첫 행보다. 하천 따라 조용히 이어지는 길이 금방 마음에 든다. 흰 새들과 구름을 벗 삼아 길 따라 물 따라 호젓하게 걷는다. 길 위에 있는 거라곤 나와 내 그림자와 햇빛밖에 없다. 우연히 발견한 이 길에서 누리는 여유가 너무 뿌듯해 쉽사리 차로 돌아가지 못한다.

친정에 가서 언니들이 사준 샤브샤브를 먹었다. 선물도 받았다. 그리고 집에 돌아와 남편이 사준 꽃바구니를 받고 황홀해하며(마음속으론 이게 돈이 얼마야 했지만) 케이크를 먹었다. 오늘은 내 생일이었다. 생일 선물로 아이들이 내게 준 건 오늘 하루 동안 집안일 면제권과 자유와 여유였다. 나는 오늘 자정부터 24시간 동안 그 권리를 오붓하게 누리고 있다. 이제 한 시간도 안 남은 오늘, 내 생일 걷기 일기는 이쯤에서 마무리해야겠다.

4등이라고 다 똑같은 4등이 아니다. 아무도 관심 갖지 않은 채 고개 푹 숙이며 인천공항을 빠져나가는 4등이 있는가 하면 웃을 자격이 충분하니 4위를 해도 웃을 수 있는 4등도 있다. 무슨 차이가 있을까. 답은 하나다. 죽을 만큼 열심히 노력했느냐 아니냐다. 자신이 자신에게 난 정말 최선을 다해 열심을 내었으니 져도 후회 없다고 말할 수 있는 이들은 당당하다. 그건 자신이 가장 잘 안다.

오늘 아침 난 동메달결정전에서 져 4위를 했지만 담담하게 웃는 우리 여자배구 선수들을 보며 아름답다는 생각을 한다. 감동과 행복을 넘어 내겐 아름다움이었다. 경기를 보고 나서 아쉽다는 마음이 들지 않았다. 그저 빨리 선수들이 무사히 한국에 돌아와 가족들 품에 안겨 푹 쉬었으면 좋겠다는 생각뿐이었다.

오후에 산책을 한다. 비가 내린 끝이라 열기가 많이 식었다. 전에는 비 온 뒤에 더 습습했는데 오늘은 바람이 시원하다. 걸으며 마음을 추스르고 생각을 정리하기에 좋은 날씨다. 반가운 비에 세상이 깨끗해 보이고 활기를 띤다. 이 비가 산불지역 유럽에도 내렸으면 얼마나 좋을까. 우선, 가물어 메마른 우리나라 땅에 내려오니 감사한 일이지만 이 비구름이 고대로 저 멀리까지 옮겨가기를 바라는 마음이다.

이제 올림픽과 여름휴가들이 끝나니 다시 정상적인 하루하루가 시작되겠네, 라고 남편이 말했다. 비수기도, 코로나도 같이 끝났으면 좋겠다고도 했다. 코로나에 하루하루 버티기가 이제 좀 벅차다고도 말했다. 앓는 소리 잘 안 하는 남편이 힘들다면 정말 힘든 것이다. 덩달아 내 마음도 무거워진다. 남편의 바람이 모두의 바람이 되어 하늘에 올라갔으면 좋겠다. 하루하루 최선을 다해 살고 있는 이 땅의 4등들이 환하게 웃을 수 있도록.

우리집 코로나 백신접종 완료자가 두 명이 되었다. 지난달 2차까지 다 맞은 남편에 이어 오늘 큰아들도 2차 접종을 했다. 가족 5명 중 2명, 접종률 40%다. 이번 달 23일로 예정되어 있는 내가 9월에 2차까지 맞으면 60%. 우리나라 인구증가에 일조한 우리집이 백신접종률 올리기에도 한몫하고 있다. 물가만 올라갈 게 아니라 백신접종률이 쭉쭉 올라가야겠다. 10대 청소년인 둘째와 막내는 아직 계획이 없다는 게 유감이긴 하다.

친구 엄마 차를 얻어타고 친구들과 함께 주사 맞으러 가는 큰아들을 배웅하러 나온 김에 산책을 한다. 집을 나설 때는 기온이 좀 떨어졌나 보다, 별로 안 덥다, 대화를 나눴는데 금방 나의 경솔한 말을 후회했다. 아파트 건물 그늘이 드리워진 곳은 바람이 통하고 햇빛이 차단돼 좋았으나 건널목을 건너 길가로 나아가니 태양이 나 여기 있지롱, 하며 나타났다. 방심은 금물이다.

덥다고 뭐 못 걸을소냐, 나에겐 한낮 걷기 노하우가 있다. 아파트 건물이 만들어주는 넓은 그늘 속으로만 걷는 것이다. 우리집 앞으로 이어진 그늘길을 따라 걸으면, 햇빛은 사라지고 적당한 바람이 부는 높고 파란 하늘에 뭉게뭉게 떠 있는 흰구름을 실컷 구경할 수 있다. 한낮의 뜨거움을 참고서라도 걸을 만한 충분한 이유, 그건 저 은혜로운 하늘을 보기 위함이다.

길지 않은 그늘길을 몇 번이나 반복해 걷다 보니 여러 사람들과 택배차와 배달 오토바이가 오가는 걸 본다. 더위와 상관없이 세상은 여전히 바쁘게 돌아간다. 바쁘게 움직인 만큼 삶이 윤택해지면 더 좋으련만 세상일이 그렇게만 돌아가지 않으니 참 알 수 없는 게 사람살이인가 보다.

올해 92세이신 우리 엄마가 해마다 여름이면 하신 말씀이 있다. 제아무리 여름이 덥고 길어도 입추 지나고 말복 넘으면 아침저녁으로 샛바람이 부니 조금만 참으면 된다고. 엄마 말처럼 요사이 입추와 말복을 기점으로 더위가 조금씩 누그러들고 에어컨을 켜지 않아도 되는 시간들이 길어지고 있다. 오늘은 말복. 삼계탕이 중요한 게 아니라 더위를 잡는다는 게 중요한 날. 오늘 나는 닭요리 대신 가지덮밥으로 저녁을 준비한다. 아이들은 가지요리를 잘 먹지 않으나 가지와 다진고기를 볶아 전분물 풀어 덮밥용으로 만들면 신기하게 잘 먹는다. 오늘 우리집 말복 요리는 보라색 가지.

저녁 찬거리를 준비할 겸 잠깐 볼일을 볼 겸 오후 늦게 산책을 한다. 오늘은 거의 에어컨을 틀지 않고 창문을 열어봐도 그리 더운 줄 몰랐다. 바람이 잘 불어오는 창가 의자에 앉아 책을 읽으면 피서가 따로 없을 정도였다. 계절이 잘 짜여진 니트처럼 착착 맞아떨어지고 있다. 자연을 거스르는 건 오직 인간뿐이다. 요즘 기후 관련 뉴스들을 볼 때마다 옆에 있는 아이들 얼굴을 유심히 건네본다. 아이들도 묻는다. 엄마, 우리가 어른 되면 살기가 정말 힘들겠네. 그렇다고도, 안 그럴거라고도 대답하지 못한다. 마음이 무겁다.

거리를 걸으니 무거웠던 마음이 좀 풀린다. 머리를 가볍게 하고 몸을 움직이니 마음도 덩달아 아래로 내려가는 것 같다. 역시 몸을 움직여야 한다. 책상 앞에 앉아 이거 할까 저거 할까, 이렇게 하자 저렇게 하자 공론할 게 아니라 직접 몸을 움직여 뛰어들어봐야 답이 나온다. 지금껏 내 삶은 맨땅에헤딩이었다. 두드려보고 찔러보고 시도해보고, 그러면서 수백 번 실패하고 몇 번 성공했다. 그래서 내 팔과 다리는 튼튼하다. 지나온 흔적들이 고스란히 각인돼 있기 때문이다.

오늘 주민등록증을 받은 큰아들도 땅을 굳건히 딛고, 하고 싶은 일을 다양하게 시도해보고, 실패를 두려워하지 않으며 튼튼한 몸과 마음과 정신으로 삶을 살아가는 건실한 어른이 되었으면 좋겠다.

수원시 매탄동 일대를 아침부터 걷고 있다. 검정고시 보는 큰아들을 매원중학교에 내려주고 점심시간이 되기까지 기다리고 있다. 이런 기다림이 오늘이 마지막이기를 바라며 처음 걸어 보는 동네 골목을 둘레둘레 감상하며 걷는다. 학교 주변은 나지막히 이어진 상가와 갑자기 나타나는 대단지 아파트와 사이사이 녹지공원으로 이루어져 있다. 낯선 나라 거리 구경을 하듯 찬찬히 둘러보며 걸으나 내가 사는 동네 풍경과 그리 다르지 않다. 우리 동네에 있는 것과 동일한 체인점 두부집, 만두집, 치킨집 등등. 이 동네를 색다르게 규정짓는 가게는 별로 보이지 않는다.

큰길 따라 걷는데 경찰차가 사이렌을 울리며 급하게 어디론가 향하다 멈추는 걸 본다. 사람들 시선도 그 차를 좇아 멈췄고 나 또한 무슨 일인가 궁금해하며 소리 나는 쪽으로 향한다. 경찰차 뒤에 "코로나백신 운반차량"이라 써 있는 차가 서 있다. 아하, 백신 운반차를 안전하게 경호하기 위함이었나 보다. 잠시 후 운반차량에서 한 남자가 백신상자를 들고 나왔고 그를 호위하는 사람은 놀랍게도 군복을 입었다. 영화에서 봄직한 007 수송작전 같은 장면이다. 이렇게 철저한 호위와 안전 속에 코로나 백신이 운반되는구나 싶으니 백신 한 방울 한 방울이 소중하게 여겨진다. 노쇼 없이 누구나 다 귀한 백신을 귀하게 여기며 맞으면 좋겠다는 생각도 든다.

아침이라 그런지 아직 날이 덥지는 않으나 40분 여 걷다 보니 목이 마르다. 발길 닿는 곳에 눈에 띈 조그만 카페에 들어간다. 마스크 쓰지 않은 주인여자와 역시 노마스크로 전화를 하고 있는 여자손님 한 명이 앉아 있다. 돌아서 나갈까 하다가 그냥 주문을 한다. 창가쪽 자리에 앉아 물보다 아주 조금 진한 아이스 아메리카노를 마시며 막스 베버의 『프로테스탄트 윤리와 자본주의 정신』을 읽는다. 내가 도서관에서 왜 이 책을 빌렸는지 나 자신도 알 수 없으나 한번쯤 정독을 하고 싶어 며칠째 읽고 있다. 마스크 안 쓴 주인 핸드폰에서 쉴새없이 울리는 '까톡' 소리에 집중이 되지 않아 진도가 잘 나가지 않는다. 그래도 난 여기서 아들 점심시간까지 버텨야 한다. 견디자. 시험 잘 보고 웃는 얼굴로 나올지도 모를 아들을 생각하며.

새들이 너무 부지런하다. 여명이 밝아오는 새벽부터 새들의 하루는 시작되나 보다. 활기차다 못해 시끄러운 새소리에 아침잠을 잘 수가 없다. 높이 나는 새가 멀리 보고, 일찍 일어나는 새가 먹이를 찾는지는 모르겠지만 부지런한 새들은 내 잠을 깨운다. 까마귀의 아침 생목 까악~ 소리에 알람맞춘 듯 일어나는 요즘이다.

어제 큰아들 일정에 맞춰 하루를 보내느라 피곤했는지 일찍 잠자리에 든 나는 여지없이 침대에 눕자마자 잠이 깨는 신기한 불면세계가 열려 새벽녘까지 이리 뒤척, 저리 뒤척을 반복했다. 그렇게 잠들었는데 7시도 못 되어 다시 일어났으니 아침 내 컨디션은 꽝이다.

컨디션을 끌어올리기 위해 걷는다. 오늘은 아주대병원 안에서 걷고 있다. 큰아들 정기진료를 위해 왔는데 병원 전경이 많이 변해 있다. 입구에 주차빌딩이 새로 생기면서 공간이 정비된 것 같다. 내가 오랜만에 왔나 보다. 하긴 병원이야 자주 안 가는 게 좋지. 아주대학교 출신인 나는 대학생활 한 것보다 더 많이, 빈번하게 이 병원을 다닌 것 같다. 10년쯤 전 항암하고 방사선할 때 한 달을 꼬박 매일 출근했으니까. 병원 직원처럼 말이다. 그래서 아주대병원이 마치 내 병원 같다. 구석구석 모르는 데가 없다고 생각했는데 오늘 보니 아니다.

그래도 병원 주변으로 해서 대학 건물들 사이사이로 걷는 이 길이 나는 참 좋다. 학교 다닐 때 추억과 친구들과 잊지 못할 아픈 기억들까지 차곡차곡 쌓여 있는 캠퍼스를 걸으면 과거의 나와 조우할 수 있다. 어설프고 풋풋하고 세상 고민 다 짊어지고 시대에 아파하던 20대 초반의 나.

아고, 오늘 산책은 30년을 거슬러올랐다.

　우리집 에어컨에 한 3주쯤 전부터 문제가 생겼다. 물이 새어나온 것이다. 처음엔 날이 하도 더워 냉매도 녹아서 그런가 보다, 고 바보 같은 단정을 지어 버렸는데 며칠 후에 에어컨 옆 소파 밑으로 물이 흥건히 젖어 있는 걸 보았다. 뜯고, 고치고, 박는 걸 좋아하는 남편이 에어컨을 뜯어 요모조모 살펴보더니 마침내 물이 새는 곳을 찾아 임시방편으로 콜라페트병을 잘라 물받이로 대체해 놓았다. 몇 주 동안 우리 가족은 2, 3시간마다 한 번씩 물통을 갈아주는 원시적인 방법으로 에어컨을 보존했다.

　2주 전에 예약한 에어컨 수리기사가 오늘에야 와서 에어컨 해체쇼를 벌였다. 특별한 부품 이상이나 고장은 아니고 실리콘처리를 좀 하면 될 거라고 해서 일단 마음을 놓았다. 그러고나서 바람이 나오는 부분을 보니 허걱, 이런 바람을 맞고 살았나 싶게 더러운 걸 보고 식겁했다. 해마다 필터 청소는 했어도 선풍기로 치면 날개에 해당하는 이 부분이 이렇게 더러울 줄이야. 핑계김에 물티슈로 닦고 또 닦았다. 떡본 김에 제사 지냈다.

　오늘 하루는 에어컨 작동을 하지 말라고 해서 바람 쐬러 밖으로 나간다. 아침부터 오후까지 에어컨을 틀지 않고 선풍기와 자연바람만으로도 덥다는 느낌을 받지 못했다. 다행이다. 예전에 항암으로 머리가 다 빠졌을 때 나는 집안에서도 두건을 쓰고 있었다. 더운 여름, 가만히 있어도 땀이 질질 흐르던 때였지만 아직 어린 아이들이 내 민머리를 보고 놀랄까봐 아이들 앞에서는 두건을 벗지 못했다. 그때 우리집엔 에어컨이 없었다. 지금 생각하면 어떻게 그 더위를, 땀을 참으며 살았는지 이해되지 않지만 더위보다 더 힘든 병과 싸울 때라 에어컨 바람 따위는 내게 중요하지 않았다.

　살다 보니 그때 일들을 웃으며 말할 수 있게 되었고, 지금은 에어컨 없이는 못 사는 삶이 되었다. 이렇게 걸을 때마다 피부에 청량하게 감기는 바람만으로도 자족할 때가 있었는데 지금은 너무 많은 것을 가지고도 끊임없이 다오, 다오, 하며 사는 것 같다. 자족하며 사는 삶, 가진 것을 감사히 여기는 삶, 내겐 아직 먼 얘기인가 보다.

하루를 느긋하게 쉬었다. 이번 주에는 외출할 일도, 신경쓸 일도 많아서 몸도 정신도 피곤했나 보다. 늦게까지 잤는데 하루종일 침대에서 일어나지지가 않았다. 자고, 조금 먹고, 또 자고, 하루가 거의 저물어가는 오후까지 게으름을 부렸다. 아무것도 하지 않을 자유, 그걸 충분히 누린 날이었다.

이제 좀 몸을 일으켜야지 싶을 때 일어나 가족들과 대청소를 했다. 남편과 아이들이 창틀과 바닥청소를 하고 나는 화장실을 닦았다. 버려도 되는 물건들은 과감하게 버렸고, 잘 쓰지 않는 것들은 서랍에 집어넣었다. 그렇게 땀 흘리고 샤워를 하니 몸이 개운해진다. 적당한 휴식과 적당한 몸 쓰기는 시소의 양쪽 자리처럼 나를 균형있게 만들어준다. 이제 좀 정신이 든다.

샤워까지 다 하고 시원해진 마음으로 산책을 나간다. 바람이 시원해 땀이 나지 않을 것 같다. 시간의 흐름이 참 오묘하다. 아침저녁으로 시원한 바람이 불기 시작하더니 오늘은 낮에도 에어컨을 틀지 않고 지낼 만했다. 이렇게 여름이 가는가 보다. 가는 여름이 코로나도 업어서 가주면 얼마나 좋을까.

아까 침대에서 뒹굴거리며 읽은 시를 되새김하며 걷는다. 파블로 네루다 시집을 읽던 중 「충만한 힘」이란 시가 눈에 들어왔다. 시집 제목이기도 한 그의 대표시인가본데 나는 오늘에사 이 시를 접했다. 제목부터 마음에 울림을 준다. 충만하다. 힘이 충만하다. 어떤 힘이고 어떻게 충만하다는 걸까. 시인이 말하는 충만한 힘은 무엇일까. 궁금했다.

지금 낮의 환한 빛 속에서 걷고 있는 나는 나 자신이라는 충만한 존재의 힘에 의지해 앞으로 나아가고 있다.

어제 저녁부터 우리집엔 태극기가 걸렸다. 오늘 아침 잊어버릴까봐 생각났을 때 미리 걸어두었다. 밤하늘에, 그리고 오늘 아침 파란 하늘에 휘날리는 태극기를 보니 다른 때 보다 더 가슴이 뭉클했다. 광복절인 것이다.

뭉클한 광복절에 나는 남편과 큰아들과 함께 영화 「모가디슈」를 보러 갔다. 나는 류승완 감독 영화 팬이고, 배우 조인성을 좋아한다. 두 접점이 딱 맞은 이 영화를 진작부터 보고 싶었지만 코로나시국에 영화 보기가 조심스러워 뒤로 미뤄두었다. 오래 묵힌 장이 맛도 좋듯 기다림 끝에 본 영화는 깔끔하니 좋았다. 군더더기 없는 내용과 주제의식, 과하지 않은 배우들 연기, 절제된 미장센 등 깔끔한 국물의 멸치국수 같은 영화였다. 엔딩 크레딧조차 담백하다.

습관처럼 쏘아대는 기관총 소리에 귀가 먹먹했던 영화를 보고 나와 걸으니 바깥세상 풍경이 비현실적으로 느껴졌다. 생과 사의 갈림길, 서로 고개 돌려 눈짓조차 주고받을 수 없는 참혹한 현실의 남과 북 사람들, 사람을 장난처럼 쏘아대며 웃어제끼던 소말리아 아이들, 그런 세상에서 누구는 죽고 누구는 살아 삶은 이어진다. 최루탄 터지는 소리와 민중가요 노래 속에서 대학 청춘을 보냈던 내 삶 또한 이렇게 휘돌아 이어지고 있다. 살아 있다는 건, 목숨을 부지한다는 건 이념과 국가와 허울뿐인 관념보다 절대적으로 우세하다. 그 어떤 가치와도 바꿀 수 없는 목숨을 바쳐 독립을 위해 애쓴 순국선열들이 있었기에 지금 나의 삶과 행복이 존재함을 함께 살고자 분투한 사람들 이야기를 보며 다시 한번 생각한다. 좋은 영화를 보고난 후 걷는 산책은 걸음걸음이 깊다.

아이들 개학을 일주일 앞두고 가족여행을 간다. 먹을 것 잔뜩 사가지고 펜션에서 2박 3일 동안 머물며 푹 쉬다 올 예정인 여름휴가다. 가급적이면 사람 많은 곳에 가지 않으려 결정한 휴가지는 경기도 연천. 포천과 철원, 파주 같은 곳에는 갔었지만 연천은 처음이다.

오전에 출발해 막히다 뚫리다 하던 고속도로를 달려 점심 무렵 연천에 도착한다. 영화 「강철비 1」에서 정우성이 먹었다는 비빔국수집에 들러 점심을 먹는다. 가게 규모가 어마어마하다. 국수맛보다 정우성 사진이라도 맛볼까 하여 찾아갔는데 정우성 흔적은 아무 데도 없다. 매운 걸 못 먹는 내가 먹기에 어마무시하게 매운 국수였는데 맛은 있어 아쉬움을 달랜다.

입안의 매운기를 달래주는 옛날맛 설탕식혜를 마시며 재인폭포에 간다. 허브가 심겨져 있는 데크길을 따라가니 아담한 규모의 폭포가 나온다. 텔레비전에서 볼 때는 웅장해 보였는데 직접 보니 물이 말라서 그런가 그리 크지 않다. 하지만 출렁다리에서 본 폭포 주변은 시원해 보였다. 폭포 둘레길을 따라 물소리를 들으며 걸으니 선녀탕이라는 곳이 나온다. 어디나 선녀탕은 다 있다고 옆에서 걷던 딸이 말한다. 나도 그렇게 생각한다.

이제 숙소로 향한다. 남편과 내가 찾은 펜션은 임진강을 바라보는 언덕에 있는 조용한 곳이다. 손님도 우리 가족뿐이라 펜션 전체와 한눈에 다 들어오지 않을 정도로 넓은 임진강변 경치를 다 전세낸 것 같다. 해가 떨어지기 시작하니 불어오는 시원한 바람을 맞으며 상수리나무 아래 벤치에 앉아 강을 하염없이 바라본다. 아까 재인폭포 둘레길을 걸으며 고단했던 몸이 바람에 녹아내리는 듯하다. 강물에 몸을 담그고 플라잉낚시를 하는 사람들도 보인다. 영화 「흐르는 강물처럼」에서 낚시하던 브래드 피트와 오버랩된다. 멀리서 보니 평화가 따로 없다.

아이들은 복층에서 장난치며 놀고, 남편은 데크에서 막창을 구우며 저녁준비를 하고 있다. 나는 아이들 소리와 막창 냄새를 맡으며 소파에 누워 부정확한 가사의 노래들을 되는대로 불러제끼고 있다. 2박3일의 여름휴가가 평화롭게 열린다.

　남편도 나도 나이가 들었는지 이제 여행을 와서도 아침잠이 없다. 아이들은 아직 곤히 자는 강변에서의 아침. 우리 부부는 강바람을 맞으며 모닝커피 마시는 여유를 누리고 있다. 어제 아침만 해도 예상하지 못했던 풍경이다. 강에서 불어오는 서늘한 바람을 타고 블루투스로 듣는 음악이 여유롭다. 살다 보니 이런 호사를 누리기도 한다.

　강가엔 어제 낚시하던 사람들이 두고 간 것으로 보이는 빨간 플라스틱통만 덩그러니 남아 있다. 소설가 윤흥길의 『아홉 켤레의 구두로 남은 사내』가 아니고 빨간 플라스틱통으로 남은 아저씨, 판이다. 남기고 간 물건이 있다는 건 다시 오겠다는 뜻이니 취미 낚시가 아닌 생업으로 고기를 낚는 사람인가 보다. 누군가에는 평화로운 강 풍경이 다른 누구에게는 생업현장임이 알아지니 여기서는 저기가 보여도, 저기서는 여기가 안 보였으면 좋겠다는 생각이 든다.

　느즈막히 일어난 아이들과 간단히 아침을 먹고 이름도 호리호리한 호로고루를 찾아간다. 그곳이 뭐하는 곳인지 어떤 볼거리가 있는지 알지 못한 채 우연히 눈에 띈 이름이 너무 특이해 가보고 있는 중이다. 내비게이션상으로는 목적지에 다 왔다고 알려주는

데 도무지 뭐가 보일 만한 곳이 아니다. 황량한 공사장에 덤프트럭만 몇 대 지나가는 그야말로 허허벌판 공터다. 맞다. 그곳은 공터, 아니 옛 성이 있던 자리였다. 성곽조차 남아 있지 않은, 옛날 고구려 성벽이 남아 있던 성터. 황량한 공터일 뿐이었다. 그나마 9월이 되면 넓은 땅에 심어놓은 해바라기를 볼 수 있다는데 지금은 아무것도 없다. 다만 고구려와 신라 시대 사람들의 치고밀리던 역사 흔적만 남아 있을 뿐이다.

　나는 그래도 이곳이 나쁘지 않다. 비록 아무것도 남아 있지 않은 빈 언덕이지만 임

진강을 수직으로 내려다볼 수 있는 높은 고지 위를 걷고 있다는 게 싫지 않았다. 경기도 땅에서 고구려 역사를 느낄 수 있다는 것도 신기했다. 햇볕만 너무 뜨겁지 않았다면, 해바라기만 만개했다면 더 좋았을 터지만 이런 쓸쓸함도 나는 좋다.

더위에 걷는 걸 무엇보다 싫어하는 두 아이들은 숙소에 떨궈두고 남편과 나와 큰아들은 숭의전과 당포성을 거닐었다. 조선시대에 고려 왕건과 충신들을 제사지냈다는 숭의전은 기품 있었고, 호로고루처럼 윤곽만 남아 있는 당포성은 빈 언덕에 드문드문 심어진 나무가 외롭지만 운치있어 보였다. 당포성에서는 별을 잘 볼 수 있다고 하나 별은 우리 숙소에서도 잘 보이므로 저녁 전에 걷기를 마치고 숙소로 돌아간다.

연천에 와서 걸어야겠다고 생각한 곳을 뜨거운 햇볕 아래 모두 걷고 숙소에 돌아가 데크에 앉으니 세상 시원한 바람이 여기 다 모여 있었다. 당포성을 걸을 때 불었다면 좋았을 바람을 숙소에서 맛본다. 아침저녁 수미쌍관으로 내게 평화를 주는 이 바람이 이번 여행의 하이라이트다.

　연천여행 마지막날이다. 어젯밤 음주여흥으로 피곤할 법하지만 온돌바닥에서 자고 일어나도 허리가 아프지 않은 걸 보니 아직 나는 쌩쌩한가 보다. 혹 그렇게 믿고 싶은 중년의 마음. 새벽녘에 잠든 아이들이 투덜거리지 않고 잘 일어나 11시 체크아웃 시간을 지켰다. 첫날 들어올 때처럼 떠날 때도 깨끗하게 흔적을 남기지 않아야 하는 법, 그러려면 마지막날 아침이 제일 부지런해야 한다. 박진감 넘치는 파도소리 바다뷰를 좋아하는 내가 잔잔하고 고요한 강뷰에도 젖어들 수 있음을 알게 해준 임진강변 이 숙소에 다음에 또 오고 싶은 마음이 든다. 다음에 또, 라는 말이 얼마나 무색한 말인지 알지만 번잡한 생활이 힘들면 이곳에 다시 와서 쉬었다 가고 싶다.

　아침에 소나기가 한바탕 내렸다. 덕분에 햇빛은 그늘 속으로 숨고, 온 하늘에 뭉게구름이 가득한 멋드러진 하루가 열렸다. 하늘만 보면 완전 가을날이다. 이렇게 신비로운 구름을 볼 수 있는 눈과 마음과 시간을 허락하신 그분께 감사가 저절로 나온다.

　연천은 떠났지만 아직 우리 여행은 끝나지 않았다. 포천 아트밸리에 들렀다 가기로 한다. 둘째가 2년 전에 학교에서 견학을 다녀와서는 돌밖에 볼 게 없어, 라고 했던 곳이다. 과연 그러한지 확인차 간다. 포천, 하면 산정호수와 이동막걸리밖에 떠오르는 게 없는 내게 다른 추억거리가 되어주기를 바라는 마음으로.

깊은 산속으로 한참 들어가니 넓은 아트밸리 주차장이 나온다. 가는 길에도 돌 가공 장이 많이 보였는데 이곳에 오니 아들 말대로 사방에 돌 천지다. 화강암을 채석하던 폐 채석장을 복원하여 만든 문화공간이라니 돌투성이인 게 당연하긴 하겠다. 입구 한편에 누워 있는 거대한 돌 인간을 보고 감탄하며 우리가 올라가야 할 길을 올려다보니 과연 이것이 사람이 걸을 수 있는 경사인가 싶다. 모노레일이 수리중이라 운행하지 않으니 걸어올라가서야 해요, 했던 매표원의 말뜻이 뭔지 알겠다. 경사가 쉽지 않으니 걷기 힘 드실 거예요. 그래도 표를 끊으시겠어요, 하는 뜻이었을 게다. 남자들은 그래도 씩씩하 게 올라가는데 나와 딸내미는 자연스레 뒤로 처졌다. 비 그친 후 투명하게 쏟아지는 햇 빛 속에서 가쁜 숨을 몰아쉬며 걸어올라간다. 공원산책이 아니라 등산이다.

더 이상은 못 가, 딸과 내가 만세를 부를 때 마침 눈앞에 초록빛 호수가 나타난다. 돌 을 파낸 자리에 빗물이 고여 저절로 만들어진 호수인 천주호다. 물이 맑아 1급수 물고 기가 살고 있다는 그곳이 딸과 내 종착지였다. 남자들은 꼭대기까지 더 올라가보겠다며 호기를 부리고, 나와 딸은 아이스크림을 사먹으며 비어 있는 모노레일 승차장에서 선풍 기를 틀어놓고 쉬었다. 거기만 해도 지대가 높아 마치 산 정상에 오른 것처럼 세상을 내 려다볼 수 있다. 이거면 되었다고 나는 만족한다. 아무도 없는 그곳에서 맑고 푸른 하늘 과 멀리까지 보이는 산 정경을 한눈에 다 담는다. 거기 해먹이라도 달고 낮잠을 자면 딱 좋겠다는 마음이 든다.

천문과학관까지 올라갔다 온 남자팀이 내려와 함께 내리막 경사로를 걷는다. 올라가는 것은 숨이 찼고, 내려가는 길은 무릎에 힘이 들어간다. 돌처럼 굴러떨어지면 안 되니까.

아트밸리 근처 식당에서 콩요리가 주를 이루는 건강한 밥을 먹고 집으로 간다. 나와 아이들은 내일도 방학이지만 남편은 오늘로 휴가 끝이라 반나절은 쉬게 해줘야 한다. 오늘은 수요일, 집에 가면 재활용쓰레기부터 버려야겠다. 다시, 일상이 나를 기다리고 있다.

아침저녁 시원한 바람은 연천 임진강변에만 부는 게 아니었다. 일상으로 돌아와 가족 중 유일한 출근자 남편을 보낸 후 어제 다 버리지 못한 재활용 쓰레기를 들고 나갔다가 바람이 좋아 그대로 동네산책을 했다. 낮에는 기온이 올라가겠지만 아침나절은 벌써 가을 같은 날씨다. 기분 좋게 동네를 거닌다.

어제 내 집으로 돌아왔다는 편안함 때문인지 9시도 못 되어 솔솔 잠이 왔다. 놓치기 싫을 정도로 나른한 잠에 그대로 빠져들어 오늘 새벽까지 푹 잤다. 아무리 여행이 좋아도 내 집 침대만큼은 아닌가 보다. 열어놓은 창문 사이로 들어오는 바람이 차갑게 느껴져서 새벽녘에 깨지 않았다면 남편 출근시간까지 못 일어날 뻔했다. 이제 이불을 덮고 자야겠다.

오랜만에 거니는 동네풍경이 며칠새 달라져 보인다. 뭔가 어수선하지 않고 차분하게 정돈된 느낌이랄까. 마른 땅에 새겨진 싸리빗자루 자국처럼 깨끗하고 단정한 느낌이랄까. 아직 내 눈이 여행자 시점에 머물러 있어서 그런가 모르겠지만 아무튼 느낌이 다르다. 눈매만 보이지만 지나다니는 사람들 표정도 그리 힘들어 보이지 않는다. 더위가 조금씩 누그러지면서 우리네 마음도 여유로워지고 있나 보다. 뜨거운 햇빛 때문에 찡그렸던 눈매가 풀리고 있는지도 모른다. 어쨌거나 마스크 밖 표정들에 여유가 생기는 것 같아 보기에 좋다. 나 역시 그런 얼굴이어야 할 텐데 내 얼굴을 내가 못보니 알 수가 없다.

시간이 빠르게 간다. 살같이 흘러가는 시간 속에서 중심을 잡고 서 있기가 쉽지 않지만 마음만은 좀 진득하니 묵직해지고 싶다. 몸이 아니라 마음이 묵직한 나의 하루를 기대해본다.

비가 오려나보다. 요며칠 나의 기쁨이던 바람 색깔이 변했다. 새벽과 오전만 해도 서늘했던 바람에 오후 들면서 습기가 스며들었다. 창문을 열어놔도 바람이 온전히 들어오지 않는다. 주말에 비 소식이 있는데 그 영향을 받나보다. 덕분에 오늘은 산책이 상쾌하지가 않다. 그래도 해야지, 산책.

오후에 잠시 볼일 보고 온 것 빼곤 하루를 잘 쉬었다. 일주일쯤 읽고 있는 장 자크 루소의 『사회계약론』을 마침내 다 읽었다. 정치하는 사람들이, 아니 모든 시민들이 다 읽고 한 글자 한 글자 필사하면 좋을 만한 명저였다. 내가 만약 정치를 하려고 마음먹는다면 책장에 꼭 킵해두어야 할 책이겠지만 정치뉴스만 들어도 머리가 아픈 나에겐 필수 교양서적쯤 될 것 같다.

좋은 책을 읽고 마음에 소화시킬 겸 산책을 나갔다. 저녁이 되어가는 시간이라 바람을 맞으러 나갔는데 예상했던 바람은 없다. 하루 사이에 이게 무슨 일인고, 싶지만 햇볕은 사위어가니 그나마 다행이다. 개학을 한 학교가 있는지 교복 입은 학생들이 간간이 보인다. 학교 파하고 집으로, 학원으로 향하는 중인가 보다.

무심히 거리를 걷다가 싸이렌 소리에 깜짝 놀란다. 뭔 죄를 그리 많이 지고 살았는지 경찰차나 응급차 싸이렌 소리가 들리면 일순 긴장하고 호흡이 멈춰 쉰다. 죄짓고는 절대 살지 못할 새심장인 내게 싸이렌 소리는 너무 요란하다. 경찰차가 지나가는 방향을 바라보며 안도의 한숨을 쉰다. 대학시절, 학교 앞 경찰차만 보아도 긴장하던 87학번 세대의 흔적이다.

남편이 저녁 먹고 온다니 아이들과 먹을거리를 사가지고 집으로 간다. 싸이렌 소리 없는 안전한 내 집으로.

우산을 쓰고 걷는 산책길. 오후 늦게 비가 그친다고 하지만 기세로 봐서는 하루종일 내릴 것 같아 오전에 그냥 산책을 감행했다. 빗소리 들으며 걷는 건 내가 좋아하는 일 중 하나니까. 착착착착, 우산에 떨어지는 빗소리가 리드미컬하다. 빗소리에 걸음을 섞어 걸으며 오늘 내 할 일을 정리해 본다. 자잘한 집안일에 덧붙여 친정에 가서 김치를 얻어와야 하는 일정이 추가되었다. 작년 김장김치가 거의 동이 났다. 아이들이 어렸을 때는 우리집 김치통이 가장 오래 차있었는데 청소년이 된 세 아이들 덕분에 이제는 전세역전이다. 김치부심이 충만한 남편은 자기랑 나랑 둘이 김치를 담궈먹어 보자고 하지만 부추김치 빼고 여태껏 한 번도 담궈본 경험 없는 내겐 쉽지 않은 일이다. 큰언니가 담궈주는 김치가 세상에서 젤 맛있는데 왜 보장할 수 없는 맛에 도전할까. 받아먹을 수 있을 때까지 나는 그냥 열심히 받아먹을란다.

커다란 우산을 든 팔이 아파와 이쪽저쪽 번갈아 든다. 나 혼자 쓰기에 우산이 너무 크다. 덕분에 사선으로 내리는 빗줄기에도 몸은 멀쩡하지만 우산 무게가 만만치 않아 팔에 쥐가 난다. 크지만 가볍게, 우산을 만들 수는 없을까 생각한다. 아님 다음부터는 비옷을 입을까도 생각해본다. 비옷 입고 산책하는 내 모습을 상상하니 웃음이 절로 나온다. 뭘 그렇게까지 할 필요가 있을까 싶다.

아, 차가워! 빗물이 고여 있는 구간을 지나가다 잘못 디뎌 슬리퍼만 신은 맨발이 그대로 물에 빠져버렸다. 하늘에서 내리는 비는 우산이 막아주지만 지면에 흥건한 빗물은 피할 길이 없다. 그냥 터벅터벅 걸을 수밖에.

여우비가 한바탕 쏟아지고 난 오후에 한층 더 시원해진 거리로 나간다. 아침부터 해와 바람이 적당히 섞여 맑고 시원하고 빨래가 잘 마를 날씨를 보여줬는데 갑자기 비가 내려 창문들을 급하게 닫았다. 그리곤 또 거짓말처럼 금세 하늘이 말개지며 거리의 우산들이 접혔다. 다시 또 창문 활짝.

아직 빗물을 머금고 있는 나뭇잎 사이를 걷는다. 아파트 담벼락 밑에서 해맑게 피어 있는 무궁화가 군계일학처럼 빛난다. 싱그런 푸름 속에 숨었지만 무궁화의 아름다움은 은은함인 것 같다. 그리 화려하거나 뛰어난 미는 아니지만 고고하고 당당히 자신을 사랑하는 존재 같다. 무궁화 옆에 하얀색으로 나풀거리는 꽃이 보여 검색을 해봤더니 그 역시 무궁화란다. 무궁화일 확률이 98%라니 무궁화가 맞겠는데 저렇게 하얀 카네이션꽃잎 같은 무궁화는 본 적 없기에 다른 앱으로 또 검색해봐도 무궁화다. 홍시에서 홍시맛이 나서 홍시라 했는데 왜 홍시라고 물으면 어찌하냐던 어린 장금이도 아니고 무궁화가 무궁화니 무궁화라 했는데 왜 무궁화냐 물으면 어찌하냐고 그 무궁화가 내게 항변해도 할말이 없겠다. 미안하다, 몰라봐서.

아파트 둘레길을 걷고 있는데 풀숲 우거진 인도에 까치 한 마리가 오도카니 서서 걸어오는 나를 마주본다. 마치 이 구역 주인은 자기이고 나는 영역을 침범한 적인 듯한 눈빛이다. 당당한 이 까치, 내가 걸어가도 날아가지 않다가 겨우 몇 걸음 총총거리며 자리를 옮긴다. 비둘기에 이어 까치까지 인간세상에 적응이 너무 됐나, 사람을 무서워하지 않는다. 먹을 게 많은 땅 위에 미련이 많은지도 모르겠다. 재물이 있는 곳에 마음이 있다 했으니 저 까치도 그러한가 보다.

　개학 첫날, 등교하는 둘째에게 우산을 들려보낼 때도 설마 했다. 오후에 비 예보가 있 긴 했지만 아침에는 오지 않고 있으니 그야말로 만약을 대비해 보냈을 뿐이었다. 오전 11시가 지나니 부슬부슬 비가 내리기 시작했고, 저녁 먹을 시간인 지금까지 여전히 내 리고 있다. 나는 그사이 서울에 잠깐 다녀왔고, 드디어 기다리고 기다리던 코로나백신 화이자 1차 접종을 했다.

　주사 맞기 전에 미리 나가 동네를 걸었다. 접종 후의 몸 상태는 장담할 수 없으니 앞시 간을 활용해 천천히 산책을 한다. 어제부터 계속 조금이라도 몸이 좋지 않으면 백신접 종을 하지 말라는 메시지가 와서 혹여나 피곤함을 느끼지 않게 조심조심 걷는다. 어떻 게 온 백신인데 놓치면 나만 손해니까.

　그리 많은 양은 아니지만 우산은 써야 할 만큼의 이런 비가 나는 제일 싫다. 오면 팍 오든가 아님 그치든가 해야지 이슬이슬 가랑가랑 아기오줌발만큼 내리는 비는 감질난 다. 우산에 떨어지는 빗소리도 들리지 않아 더 매력이 없다. 그래도 폭우로 피해 보는 것보다는 낫겠지. 나의 기호보다 만인의 안전이 우선이니까.

　자기 몸집보다 큰 우산을 쓰고 핸드폰을 들여다보며 걷는 아이들 모습이 위태위태해 보인다. 횡단보도 건널 때만이라도 핸드폰 보는 고개를 들었으면 좋겠는데 아이는 멈추 지 않는다. 애야, 라고 말을 걸고 싶지만 우산끼리 스쳐지나갈 뿐 입을 열지 못했다. 건널 목을 다 지나도록 쳐다보고 싶을 만큼 재밌는 뭔가가 핸드폰 세상 안에 있는 아이를 멈출 수 있는 좋은 방법은 뭐가 없을까. 내 집이나 다른 집이나 참 핸드폰이 신경쓰인다.

　삼십분을 천천히 걷고 접종 병원으로 향한다. 엘리베이터 앞에 사람들이 많아 3층 병 원까지 걸어올라간다. 다행히 병원 안은 한산하다. 아싸, 나도 백신접종자가 되는 순간 이다.

"날은 춥고 어둡고 쓸쓸하다"는 롱펠로우의 시처럼 하루종일 어둡고 침침한 날이었다. 창문을 열어놓지 못하니 집안이 후텁지근하여 에어컨을 제습기능으로 틀어 습기를 막았다. 습하고 축축한 날은 내 몸도 축 늘어진다.

어제 백신주사 맞고 타이레놀 준비해서 몸 상태를 지켜봤는데 다행히 아무 이상이 없었다. 오늘 출장을 가야 하는 남편이 혹시나 싶어 내일로 출장을 연기할 정도로 내 몸은 우리집에서 중요한 이슈다. 내가 아프면 가족의 의식주가 해결되지 않기 때문이다, 하하하. 열나거나 몸살기는 없는데 다만 주사 맞은 팔을 위로 들어올릴 수가 없다. 180도까지 올라가던 팔이 90도 정도에서 멈춰버린다. 유일한 부작용이다.

저녁 6시쯤 퇴근한 남편과 산책을 간다. 창밖을 보니 우산 쓴 사람과 안 쓴 사람이 반반 정도 되지만 비가 많이 내리지는 않는 것 같아 우산 하나를 들고 밖으로 나갔다. 실비가 아주 조금씩 흩날려 우산을 쓸까말까 고민스러웠지만 가랑비에 옷 젖는 건 싫으니까, 안경에 물기 차는 건 더 싫으니까 우산 하나를 모아잡고 걷는다. 날은 시원하고 어두워지려 하고 쓸쓸하다.

연애 때 이후로 이렇게 남편과 우산 하나를 나눠 쓰며 걸었던 적이 있었나 싶다. 영화 「클래식」 같은 인물들과 낭만은 아니지만 오랜만에 남편과 사이좋은 투샷을 연출하며 걸으니 기분이 좋다. 기분이 좋으니 빗속을 걸어도 상쾌하다. 좋은 마음으로 집에 돌아가 가족 저녁을 준비하려 한다.

며칠 동안 책 두 권을 읽었다. 제목은 다『철학의 위안』인데 저자만 다르다. 보에티우스와 알랭 드 보통. 전자는 6세기 초 고대 로마 철학자이고, 후자는 스위스 태생의 철학자이자 소설가, 수필가이다. 전자의 책은 처음 읽었고, 후자는 한국인이 사랑하는 작가 중 한 명이듯 나 역시 좋아해마지않는 작가이기에 익숙하다. 그러나 같은 제목의 이 두 책으로 배틀을 한다면 나는 단연 보에티우스 손을 들어줄 것이다. 성경 욥기와 비슷한 서사구조 같은 느낌을 받기도 했지만 첫 장부터 마지막 장까지 군더더기 없이 깔끔했다. 반면, 보통 책은 이번 경우는 좀 산만한 느낌을 받았다. 나는 정리된 상태를 좋아한다. 그것이 무엇이든 간에.

산책을 하며 보에티우스의 책 구절들을 생각한다. 요즘의 인간상과 어찌나 같은 부분이 많은지 무릎을 쳤다. 어쩌면 6세기나 21세기나 사람 사는 모양은 그것이 로마든 대한민국이든 같은지도 모르겠다. 근심하고 행복해하는 이유, 걱정하는 대상, 고민하는 근거가 별 차이 없는지도 모른다. 사람이란 이것이 충족하면 다른 데서 탈이 나고, 이것이 해결되면 또 다른 문제가 있다고 느끼는 존재인지도. 고로 지금 21세기 대한민국에서 살고 있는 내가 늘 행복하지도, 늘 근심하지도 않고 하루하루 조금의 행복과 걱정 속에 사는 건 아주 당연한 귀결일 것이다.

가장 큰 위로가 되는 건 역시, 나 만 그 런 게 아 니 라 는 것 이 다.

아침 공기가 시원해 일찌감치 산책을 한다. 등교시간이라 고등학교 교복 입은 학생들이 바쁜 걸음을 걷는 사이 나는 느긋한 걸음을 옮긴다. 여학생이나 남학생이나 거의 모든 학생들이 슬리퍼를 손에 들고 학교로 향한다. 오늘부터 원격수업 듣는 둘째도 1학년까지는 슬리퍼를 신발주머니에 담아서 가지고 다니더니 언젠가부터 손으로 고이 모셔 들고 갔다. 더러운 신발을 왜 손에 들고 다니는지 나는 그 이유를 도저히 알지 못하겠지만 아들은 숨쉬기마냥 당연한 수순으로 또래문화를 따라갔다. 가끔은 왜, 가 필요없는 부분도 있는 법인가 보다.

어제 예능 프로그램에서 양궁 금메달리스트 김제덕 선수가 슬리퍼를 손에 든 채 버스를 타고 학교 가는 영상을 봤다. 그걸 보니 코리아 파이팅, 을 큰소리로 외쳐대던 국가대표 선수이기 전에 그 역시 우리나라의 평범한 청소년인 듯해서 영상을 보는 내내 웃음이 나왔다. 국가대표도 손에 들고 다니는 교내용 슬리퍼.

학생들의 얼굴표정이 가방만큼이나 무거워 보인다. 하늘 대신 발끝만 쳐다보며 구부정하게 걷거나 핸드폰에 시선을 뺏긴 채 걷는 폼이 안타까웠다. 충분히 어깨 펴고 당당히 걷고 숨쉬고 살아도 되는 좋은 나이에 우리 아이들은 벌써부터 삶의 고민과 무게를 어깨에 잔뜩 짊어지고 걷는 순례자들 같다. 좀 가벼워졌으면, 좀 밝아졌으면, 좀 내려놨으면 좋겠다는 마음이 든다.

학생들과 함께 걷다 보니 그들은 학교로 쏙 들어가고 나만 거리에 남아 있다. 어찌됐건 건강하게 학교를 간다는 것 자체가 기쁨이고 행복일 것이다. 지금은 몰라도 나중엔 알게 될 만고의 진리일 것이다.

　아침부터 내리던 비가 그쳐갈 때쯤 이어폰을 꽂고 산책을 나갔다. 우산 대신 모자를 쓰고 걸었는데 모자가 젖는 느낌이 없다. 걷다가 비가 오면 아무 데나 들어가 비를 그을 생각이었는데 산책중에 비를 만나지는 않았다. 덕분에 서늘하고 축축한 공기 속에서 여유롭게 동네를 걷는다.

　오랜만에 음악을 들으며 걸었다. 내가 애정하는 영화음악 라디오 방송을 들으며 걷는 이 시간이 참 좋다. 음악을 들으면 스토리가 생각나고, 영화를 보면 어울리는 음악이 떠오르는, 영화와 음악의 관계는 누이 좋고 매부 좋고의 관계다. 지금 내 귓속에서 흐르는 음악은 「Calling You」, 영화 「바그다드 카페」에서 흘렀던 노래다. 아, 이건 내가 좋아하는 영화와 음악이다. 주제곡과 선명한 색상, 환상과 현실을 교차시키는 화면처리, 어느 누구 하나 뛰어난 사람 없이 다 평범한 사람들의 역시 평범한 일상 중에 흐르는 따스함을 그린 영화. 가슴이 따뜻해지는 이 영화를 봤던 건 내가 스물여덟살 때였다. 그런데도 당시 비디오테이프로 영화를 보며 느꼈던 감정이 지금 동네를 거닐고 있는 나를 콜링한다. 시간이 지나도 옅어지지 않고 더 깊숙이 각인되는 것, 그것은 추억이리라.

　음악에 묻혀 걷다 보니 어느새 한 시간 가까이 시간이 흘렀다. 걸으려고 음악을 듣는 건지 음악을 듣기 위해 걸었던 건지 잘 모르겠지만 걷기와 음악 역시 영화와 음악처럼 잘 맞는 복식조임에 틀림없다. 아쉽지만 영화음악 시간이 다 끝나간다. 마지막 노래는 집으로 올라가는 엘리베이터 안에서 들어야 할 것 같다.

모처럼 비가 한 방울도 내리지 않은 날인 듯하다. 비가 안 올 때는 오기를 바라고, 몇 날며칠 이어지는 비에 지쳐가니 이제 그만 좀 오기를 바란다. 수변공원을 걸으며 그 생각을 한다. 몇 주 전만 해도 이곳을 거닐며 하천에 물이 없는 걸 보고 비 오기를 바랐었는데 오늘은 딴마음인 나를 발견한다. 그러나 자연은 사람 마음대로 운행하지 않는다. 사람이 자연에 순응해야지 별 도리가 없다.

엉겅퀴인지 토끼풀인지 모를 보라색꽃들이 나를 맞아준다. 오랜 비 때문인지 수변공원에 풀과 꽃들이 성하다. 수양버들가지는 더 넓고 멀리 뻗쳐 있어 하천물이 보이지 않을 정도다. 호랑나비를 닮은 들꽃과 보라색으로 뒤덮인 하천가에 희고 노란 나비들이 날아다니며 몽롱한 분위기를 낸다. 눈에 보이는 요 그림만으로는 세상이 너무 평화롭고 고요해 보인다.

늦은여름에서 가을로 접어드는 주말, 수변공원엔 적당한 바람과 햇볕이 가득하다. 산책하는 사람들 밀도도 높지 않아 좋다. 어린 아이들이 철봉에 매달려 거꾸로돌기를 연습하고 있고, 부모는 아이가 성공할 뻔하면 탄성을 지르며 아이를 응원한다. 아이의 행동 하나하나가 다 대견해 보이는 그런 때의 부모들이다. 아직은 가정에 평화가 임하는 그런 때.

30분 타이머가 울릴 때 돌아서 가니 한 시간쯤 걸었을 거다. 집에 거의 다 왔을 때 친구에게 전화가 와서 통화하느라 더 걸었더니 팔도 아프고 다리도 힘이 빠진다. 산책+전화통화로 늦어졌지만 아이들은 내가 집을 나갈 때 모습 고대로들 있다. 컴퓨터와 노트북의 힘이 세긴 세다.

남편과 화성시 매향리 평화생태공원을 걷고 있다. 아이들 없이 집에서 한 시간 거리쯤인 이곳까지 와서 둘이 걷는 이유는 결혼기념일 때문이다. 내일, 우리 부부는 결혼한 지 18주년이 된다. 평일이고 월말이라 바쁜 남편을 백번 이해한 내가 오늘 전야제로 화성 반나절 내맘대로 돌기 투어를 제안했고, 기념일 고민할 여유가 없는 남편이 동의해 둘만의 시간을 즐기게 된 것이다. 이곳 매향리에 조성된 너른 공원을 꼭 한번 와보고 싶었는데 그날이 오늘이다. 평화와 생태라는 말이 지극히 평화스러워 보이지만 사실 이곳은 아픔이 많은 곳이다.

1951년부터 2005년까지 주한미군이 이곳에서 공군 폭격훈련을 해왔다. 하루에 400회 이상 쏘아댄 포탄이 공원으로 들어가는 입구에 산더미처럼 쌓여져 있다. 녹슬어 뻘건 알몸으로 남아 있는 그것들을 보니 54년 동안 울려댔을 폭격소리와 비행기 소리가, 그 소리에 숨죽여 했을 매향리 마을 사람들의 낮은 숨소리가 가슴으로 들려오는 듯했다. 방금 지나온 화성드림파크라는 유소년 야구장들의 녹색잔디와 묘하게 대조된다.

평화생태공원은 드넓었다. 그리고 아무것도 없었다. 아직 다 조성이 안 됐는지 원래 거기 터 잡고 살았을 법한 나무와 풀과 새들 외에 공원이라는 이름에 어울릴 만한 시설은 없었다. 간간이 보이는 그네와 정자쉼터가 이곳이 공원임을 말해주지만 마냥마냥 걸을 수 있는 길 외에 볼거리는 없다. 기실 나는 그저 이곳에 와보고 싶었고, 걷고 싶었고, 철조망으로 막혀 있는 개펄을 바라보고 싶었을 뿐이니 볼거리가 없다한들 나와 상관은 없다.

김민기의 노래 「철망 앞에서」가 떠오르는 기나긴 철조망 앞을 걸으며 남편이 어서빨리 이 철망이 걷혀야 우리 아들들이 군대를 안 갈 텐데, 한다. 결혼기념일이지만 아이들 생각은 떠나보내지 못하는 중년부부, 나와 남편이다.

어제 저녁에 먹은 회가 안 좋았나 보다. 평소보다 많이 먹어서 그런가. 밖에서 남편과 둘만 먹을까 하다가 회 좋아하는 아이들이 눈에 밟혀 황광어 두 마리를 포장해 집에서 먹었다. 검정에 가까운 일반 광어와 달리 누런색 광어는 처음 보아 맛이 어떨까 궁금해 하며 사왔는데 다른 가족들 입맛에는 별로였나 보다. 너무 쫄깃해서 씹기가 힘들다나. 우리집에는 회 킬러가 몇 명 있어서 회를 사오면 늘 금방 동이 나는데 이번에는 별로 젓 가락이 가지 않는다. 덕분에 음식 버리는 거 아까워하는 내가 주섬주섬 먹다 보니 평상 시 식사량을 초과한 것 같다. 오늘 새벽부터 하루종일 몸이 좋지 않다. 결혼기념일을 침 대에서 요양하듯 보냈다.

잠이 부족했던 사람처럼 깨어 있는 거의 모든 시간에 잠을 잤다. 속이 니글니글해 점 심으로 달콤한 단팥죽을 먹었더니 더 복잡하게 힘들다. 아들들 점심을 챙겨주고 다시 침대로 간다. 책 읽을 기운도 없어 침대에 비스듬히 누워 창밖 하늘을 올려다본다. 비는 오지 않지만 흐릿한 날씨라 하늘 보는 맛도 없다. 왠지 우울하다는 느낌도 든다. 명색이 결혼기념일인 오늘, 몸이 안 받쳐주니 만사가 다 귀찮다.

오후가 되면서 차츰 기운이 돌아왔다. 죽 한 그릇 외에 먹은 것 없이 속을 비웠더니 좀 진정되나 보다. 허리가 아플 정도로 잠을 자니 일어나 앉고 싶어지기도 했다. 저녁에 남 편이 올 때쯤에는 어제 회 뜨며 받아온 매운탕감으로 광어매운탕을 끓일 정도의 에너지 가 생겼다. 저녁을 잘 먹지 않는 나도 한 그릇 하고 싶을 맛이다. 그러나 오늘까지는 생 선은 자제해야지 싶다. 가족들이 맛있게 먹는 걸 보며 마음이 평온해짐을 느낀다.

남편과 이미 어둠이 내린 서늘한 저녁거리를 걷는다. 몸에 힘이 없어 남편을 붙들고 천 천히 걷는다. 잠깐이라도 남편과 둘만 있고 싶었다. 같이 늙어가는 처지에 나와 18년 동 안 살아주니 고맙다 말하고 싶었다. 내 입에서 나가려 했던 말인데 남편 입에서 나와 내 귀에 들린다. 지금까지 잘 살아줘서 고맙고 앞으로도 더 잘 살자. 남편의 말에 기운이 돌 아 집으로 향하던 발걸음을 다시 뒤로 돌려 한 바퀴 더 걷기로 한다. 밤이 깊어간다.

275

길고 힘들었던 여름이 가는 소리가 들린다. 시작과 끝에 의미부여 하길 좋아하는 내게 오늘, 8월 마지막날은 여름이 마무리되고 가을이 시작되는 분수령 같다. 지난 봄과 여름을 정리하고 다가올 가을과 겨울을 준비하는 알곡창고 같기도 하다. 지금껏 써왔던 일기를 다시 읽어 보고 그 진부함과 일상성에 부끄러워하고 앞으로 남은 4개월도 잘 달려보자고 혼자 으쌰으쌰하는 몰래카메라 같기도 하다. 아무튼 오늘의 나는 어제의 나와 다르고 내일의 나와도 다를 것이다.

나는 열심히 살았다. 열심히, 라는 말은 언제나 내가 나에게 붙이는 수식어다. 내가 생각하는 열심히, 는 한순간도 헛되이 보내지 않고 내 앞에 주어진 하루하루를 정신 바짝 차리고 달렸다는 뜻이다. 그러니 어쩌면 난 열심히 살았다, 는 말은 지극히 주관적인 견해일 수도 있다. 내가 내게 허락한 적당한 열심 속에 날 가둬놓고 타협하며 열심히 살고 있어, 라는 자기암시를 하는 것일지도 모른다. 내가 열심히 살았다는 확실한 증거 하나는 날마다 걷고 글을 쓰는 삶을 살았다는 것이다. 이거 하나만은 나 자신, 부인할 수 없는 나의 열심이다.

며칠 전 본 황현산 산문집 『밤이 선생이다』에서 보석 같은 구절을 발견했다.

"남녀의 봄은 찾아올 때 이미 난숙하다."

나를 위해 이 문장을 이렇게 패러디하며 오늘, 8월 마지막날을 시작해 본다.

'나의 가을은 다가올 때 이미 난숙하다.'

개강을 했다. 대학원 마지막 4학기 일정이 시작됐다. 마지막이 될지 5학기까지 다녀야 할지는 모르겠지만 마지막이 되었으면 좋겠다는 희망을 안고 오늘 첫수업을 받았다. 9월 한 달간 우리 학교는 원격수업을 한다. 코로나 상황이 엄중하고 추석연휴가 끼어 있어 조심스레 첫 발걸음을 떼려는 학교의 결정이다. 나도 이 결정에 동의한다. 줌으로 시작한 대학원 생활이 이리 길게 이어질 줄 누가 예상이나 했을까. 코로나라는 복병으로 인해 초등학교 졸업식과 중학교 입학식을 하지 못한 비운의 내 딸도 미처 몰랐을 것이다.

아이들과 짜장면을 시켜먹고, 아니 포장해와서 먹고 도서관에 갈 겸 집을 나선다. 어제 저녁부터 오늘 새벽까지 줄기차게 내린 비로 거리는 아직 젖어 있지만 공기는 시원하니 좋다. 점퍼를 입고 걸어도 덥게 느껴지지 않는다. 가을이 이렇게 화끈하게 다가온 듯하다. 여름아 비켜, 이제 시간은 내가 접수한다!

걷는 시간을 잘 확보해야겠다. 일주일에 세 번, 수업을 들어야 하고 주2회 강의를 해야 한다. 지금 계획으로는 그렇다. 올해 각각 졸업반인 큰아들과 둘째 생활도 챙겨줘야 하고, 사춘기를 야물딱지게 보내고 있는 딸도 신경써야 한다. 오랜 코로나 불황으로 힘든 내색을 감추지 못하는 우리집 가장 기도 살려줘야 하고, 무엇보다 내 건강에 힘써야 한다. 할 일은 많고 머리와 가슴은 복잡하지만 그럴수록 시간을 내어 걷자. 그래야 힘이 날 것이다. 앞으로 남은 4개월, 고지의 봉우리가 조금씩 보이기 시작한다. 걷는 습관, 잊지 않으려면 계속 걸어야 한다.

아침에 일어나 블라인드를 올리고 창문을 여는데 잊혀진 여인 같았던 맑고 여린 파란색 하늘이 살짝 보였다. 오랜만에 뽀얀 생얼 보는 듯한 신선함을 느꼈다. 반갑다, 하늘아. 인사를 했다. 이렇게 순한 하늘을 보는 것만으로도 하루가 감사함으로 시작되는 것 같다. 오늘 하루도 저 청한 하늘 같은 청명함이 나와 우리네 삶에 가득하기를!

아침 10시에 산책을 나간다. 오후에는 수업이 있기도 하지만 신선한 아침 공기를 쐬고 싶었다. 아직 잠이 덜 깨 부스스한 정신을 차려야 하기도 했다. 밤에 잘 못 자고 아침에 개잠자는 버릇을 이제 고쳐야 한다. 나는 분명 아침형 인간이 아니지만 세상 속에서 어울려 살려면 약속한 시간을 지켜야 하니까 아침부터 정신이 맑아야 한다. 내게는 좀 힘든 일이지만 어찌하겠는가. 버둥겨 살아야 하니 따를 수밖에.

아직 정신이 몽롱한 내 앞을 한 마리 작은 흰나비가 앞장서 날갯짓을 한다. 내 몇 걸음 앞에서 계속 길안내라도 하듯이 나풀거리며 날고 있다. 나비를 보는 순간 며칠 전 우연히 넷플릭스에서 보았던 영화가 생각난다. 「미러클 프롬 헤븐」 하늘로부터 온 기적쯤으로 해석될 만한 단도직입적 감동영화. 온 가족이 다같이 볼 만한 순한 실화 바탕 영화라 골랐는데 영화가 끝나는 순간 나와 남편 눈에는 눈물이 맺혀 있었다.

영화 마지막에 흰나비 한 마리가 중요한 메신저 역할로 나온다. 하늘로부터 내려온 기적을 죽어가는 주인공 애나와 그 가족들에게 전해주는 메신저. 큰아들은 똑같은 장면을 보고 유체이탈이네, 하며 내 영혼의 감동을 깨는 말을 했지만 나는 그렇게 느꼈다. 저건 하늘이 보내준 기적의 전령이네. 미러클 프롬 헤븐.

나를 인도하는 줄 알았던 저 작은 나비는 어느틈에 어디론가 사라져버렸다. 서늘한 아침바람이 한자락 불어 나뭇잎을 흔들리는 거리에 나만 남아 있다. 내 걷는 이 길 어디쯤에서 또다시 만날지도 모르는 흰나비가 오늘 하루 건강한 날갯짓으로 생존하시기를 오랜만에 돌아와 마주보는 누이 얼굴 같은 하늘을 보며 바라본다.

하늘이 돌아왔다. 높고, 푸르고, 청아한 가을 하늘이 다시 돌아왔다. 어제 조금씩 비치기 시작하던 푸른빛이 오늘은 완연한 제 색을 띠었다. 바라만 봐도 마음 좋아지는 것, 자연이 주는 신비한 힘인 듯하다.

아침거리를 걷는다. 오늘은 하루종일 여유있는 날이니 느긋하게 이 좋은 가을아침을 즐기려 한다. 어제 사람 사는 세상의 분주함과 어지러짐이 아직 거리 곳곳에 남아 있어 눈살이 찌푸려지는 때도 있지만 신선한 아침공기와 말간 하늘이 그 마음을 감싸주고도 남는다. 시선을 땅에 두지 말고 하늘에 두어야 할 이유다.

산책을 하고 마트 문이 열리자마자 장을 본다. 내일 남편과 큰아들은 오랜 숙원사업이었던 설악산 등산을 하러 간다. 아들의 여름방학 계획 중 하나였는데 여름은 너무 덥고 힘겨워서 뒤로 미뤄지던 일정을 드디어 내일 실행하고자 한다. 아들과 아들 친구 한 명과 함께 가는 남편은 들뜨기도 하고, 부담스럽기도 하다고 한다. 이런 조합으로는 처음 가는 산행이 기대되면서도 아이들이 새벽부터 시작되는 산행에 지치지 않고 잘 따라올까 걱정도 되는 것이다. 돌이라도 씹어 소화시킬 수 있는 청소년 이미지와 거리가 먼 내 아들과 친구의 호리호리한 체격이 나도 불안불안하기는 하다. 그러나 내 역할은 그들이 내일 가서 먹을 것을 준비해주는 것. 역할에 충실하고자 마트로 들어간다.

비몽사몽이다. 새벽 2시 30분에 일어나 설악산으로 향하는 남편과 아들을 배웅했다. 남편은 눈을 뜨면서 이렇게 말했다. 긴 하루가 시작되네. 맞는 말이다. 3시경에 집을 출발해 바로 한계령으로 운전해 갈 남편이 걱정스럽기도 하고 딱하기도 했지만 커피를 진하게 타서 싸주는 것 외에 내가 할 수 있는 일은 없었다. 일어나자, 한 마디에 벌떡 일어나 준비하는 아들이 대견한 마음도 금할 수 없다. 남편과 아들, 대단한 사람들이다.

엘리베이터 앞까지 나가서 빠이빠이를 하고 다시 누웠는데 잠이 오지 않는다. 그들을 보내고 얼른 못다 잔 잠을 자려는 내 생각이 너무 얄팍했는지 방금 전까지 둘이 있던 침대에 홀로 남겨지니 쉬이 눈이 감기지 않는다. 그렇게 뒤척뒤척하다 꿈을 꾸었다. 꿈인지 가위눌림인지 모를 정도로 생생한 꿈인데 내가 누운 채로 끊임없이 땅밑으로 추락해 내려가고 있었다. 내려가면서 내 앞에 스크린처럼 펼쳐지는 화면은 보고 싶지 않은 내 과거 모습들이었다. 나는 누운 채로 엄마, 엄마를 외치며 몸을 일으켜보려 하지만 목소리는 쉰 채로 안으로 스며들 뿐 밖으로 내뱉어지지 않고 몸도 일으킬 수 없다. 거의 바닥 끝까지 떨어져 이제 죽었구나 싶기 전에 어떻게 일어났는지 잠이 깼다. 자동적으로 시계를 보니 5시 55분. 반사적으로 남편과 아들 생각이 났다. 그때 마침 카톡이 왔다. 한계령 휴게소에서 찍은 사진과 함께 이제 정말 산으로 출발한다는 남편의 메시지였다. 내 꿈과 달리 사진 속 아들과 아들 친구는 해맑게 웃고 있었다.

아, 그 기막힌 타이밍에 이후 나는 잠을 이루지 못했다. 산에 올라가는 가족이 있는데 아래로 곤두박질치는 꿈을 꾸고 났으니 왠지 모를 불안감에 눈이 감겨지지 않았다. 아침이 될 때까지 뜬눈으로 버둥거리다 거의 잠들었다 싶었는데 딸아이가 일어나는 기척이 들린다. 날이 밝은 것이다.

정신을 맑게 하려고 일어나자마자 동네를 걸었다. 날은 맑고 청아하고 깨끗하다. 나무터널이 우거진 거리를 걸으며 이 멋진 계절 정취 속에서 힘겹게 산행할 남편과 아들을 생각한다. 무지 힘들겠지만 성취감을 느끼는 하루가 되길 소망한다.

어제 하루 동안 한계령에서 시작해 대청봉을 찍고 오색으로 내려오는 대망의 설악산 등반일정을 마친 남편과 아들은 완전 녹다운이라고 전해왔다. 같이 간 아들 친구만 쌩쌩하단다. 산을 좋아하는 아들과 아들과 함께 등산하는 걸 기뻐하는 남편에게는 강력한 체력은 없었나 보다. 그래도 젊은 아이들은 오늘 아침 일어나니 기력을 회복했다는데 남편은 계속 골골이다. 불쌍하고 미안하고 고맙다.

11시에 숙소에서 나와 아침 먹고 바로 출발했다는데 차가 많이 밀려 오후 늦게나 도착한다는 문자를 받고 일찌감치 산책을 나간다. 그들의 걸음에는 비할 바 못 되겠지만 나도 오늘은 충분히 걷고 싶다. 그러나 돌아올 시간이 멀었는데도 마음이 급하다. 뭘 맛있는 걸 해서 멕일까 궁리하면서 걷는다. 남편에게는 막걸리와 그에 곁들일 안주거리가 필요하고 아들은 힘이 날 만한 음식이 필요하다. 궁리 끝에 수육을 하기로 한다. 둘다에게 좋은 선택인 듯하다. 음식하기 싫어하는 나로선 꽤나 큰 결심임을 그들이 알란가 모르겠다.

휴일 풍경이 한산하다. 거리에 별로 사람이 없다. 시원한 바람만이 거리를 휘젓고 다닌다. 간간이 따뜻한 햇볕이 한줄기 빛처럼 거리를 비춘다. 날씨 변화가 참 급하다. 어느새 이렇게 시원하고 상쾌한 날이 우리네 세상에 허락될 줄이야. 나무에 몇 마리가 모여 있는지 매미소리가 하늘을 찌를 듯이 울려퍼진다. 그들도 이제 자기네에게 허락된 시간이 얼마 없음을 알고 있는 것이다.

문득 삶이 참 아름답다는 생각을 한다. 거칠고 힘들고 못 견디겠는 것만은 아닌 게 삶이라는 생각을 한다. 하루하루 참 버겁게, 애써서 살고 있지만 그 속에서 한줄기 바람처럼, 빛처럼 전해오는 느낌과 마음과 생각을 부여잡으면 그래도 세상살이에 아름다움이란 게 존재하는구나, 라는 자신만 느낄 수 있는 감각을 얻게 된다. 그러기에 가장 좋은 방법은 아마 느긋하게 걷는 산책이지 싶다.

주말의 번잡함과 왠지 모를 들뜸이 가라앉아 차분해진 월요일 아침이다. 둘째와 남편은 등교와 출근을 하고, 다른 아이들도 원격수업으로 하루를 시작한다. 나 역시 아침 할 일을 부지런히 마치고 출근도장 찍듯 산책을 나간다. 둘째 학교 주변을 돌고 있는데 1교시 수업을 알리는 멜로디가 들려온다. 아들도 나도 하루가 시작된다.

며칠 정신 번쩍 나도록 보여준 맑고 파란 하늘이 오늘은 자취를 감췄다. 대신 흐린 하늘과 한층 더 시원해진 바람이 자리를 차지했다. 바람 부는 모양새가 언제라도 비가 올 것만 같다. 예상하지 못한 어떤 일이 생길 것 같은 긴장감이 바람 속에 숨어 있다. 그래도 나는 지금 이 시간을 살고 있으니 지금 여기, 현재에 충실히 걷는다. 그게 지금 내 할 일이다.

흐린 하늘은 매력이 없는지 시선이 자꾸 땅으로 향한다. 키 작고, 가느다란 몸피에 달랑 한 송이 피어 있는 작은 꽃들이 덕분에 눈에 뜨인다. 노란색의, 파란색의, 보라색의 화려한 원색꽃들이 거기 있는 줄 오늘 처음 본다. 저렇게 강렬한 원색으로 자기 존재를 알리고 있었음에도 내 눈높이로 세상을 보던 나는 알지 못했다. 거기, 생명이 숨쉬고 있었음을.

문득 한 사람의 감수성은 시야가 어디를 향하고 있느냐에 따라서도 달라질 수 있겠다는 생각을 한다. 하늘 한 번 보고, 땅도 한 번 보고, 하늘과 땅 그 사이도 한 번씩 눈을 돌리며 살아야겠다.

우산 없이 걸으려 했더니 타이밍이 맞지 않는다. 내가 산책할 수 있는 시간과 비가 그친 상태가 맞았으면 좋겠는데 오후가 될 때까지 그러지 못했다. 하늘만 쳐다보고 있다가는 아무것도 할 수 없을 것 같아 비 오는 거리로 과감하게 나간다. 어제 밤과 오늘 아침보다는 확연히 빗줄기가 약해지긴 했다. 그래도 우산은 내릴 수 없다. 오늘은 하루종일 이리 오실 모양이다, 비님이. 우산 쓴 팔이 아파 그렇지 비 오는 거리산책은 나쁘지 않다.

어느샌가 우산에 떨어지는 빗소리가 약해졌다 싶었는데 앞에서 오는 한 무리의 초등학생들이 하나둘 우산을 접는 모습이 보인다. 오락가락하는 비가 가락하는 타임인가 보다. 나도 우산을 접을까 하다가 폈다 접었다 하는 게 귀찮아 그냥 쓰고 걷는다. 걷다 보면 또 비가 오락할지도 모른다. 맨하늘에 우산 쓰고 걷는 모습이 나는 괜찮은데 행여 다른 사람들이 나를 보고 비 그친 줄 모를까, 그건 신경쓰인다. 부디 나를 보지 말고 다수를 보고 판단하시길.

물먹은 나뭇잎이 터널을 이루는 오솔길을 걸으니 가뜩이나 흐린 하늘이 더 어두워 보인다. 아니, 하늘이 초록색이다. 무성한 나뭇잎에 가려 하늘도, 빗줄기도 보이지 않는다. 숨기에 완벽한 공간이다. 영화 「Net」에서 주인공 산드라 블록이 "컴퓨터는 숨기 좋은 곳"이라고 말했던 게 생각난다. 우산을 잠시 내려 나뭇잎천장을 올려다본다. 일순, 어느 고요한 휴양림 속에 나 홀로 있는 기분이 든다. 아침부터 분주했던 오늘 하루가 이곳의 고요함에 위로받는 것 같다.

등은 따스하고 얼굴엔 바람결이 와닿는다. 오후에 산책을 나갔더니 며칠 존재감 없던 햇살이 당당히 거리에 가득하다. 집안에 있으면 창문으로 들어오는 바람이 시원하다는 느낌만 있었는데 밖으로 나오니 안과 밖이 다르다. 지금 걷는 방향으로는 해가 등 뒤에 있는데 집으로 돌아가는 길에는 반대가 될 터이다. 지금이 딱 좋다. 배부르고 등따수운 자의 여유로운 걸음으로 걸을 수 있으니.

오전에 줌 수업이 있었는데 인터넷이 불안정해서 계속 끊겼다 이어졌다 불안한 가운데 세 시간을 보냈다. 노트북이 그 모양이라 핸드폰도 켜놓고 이중으로 수업을 들었지만 집중할 수가 없었다. 오늘 수업에 접속한 사람이 스무명이 넘어서 그런가 생각하니 내일도 걱정이 된다. 내일은 오늘보다 더 많은 사람이 함께 줌 수업을 듣는다. 다음 달부터는 줌으로 강의진행을 하는 문학상담 실습 시간도 있는데 그때도 오늘 같은 일이 생기면 어쩌나, 벌써부터 신경이 쓰인다.

오늘따라 전투기는 왜 또 그리 많이 날아다니는지 창문을 열어놓으면 전투기 소음이 귀를 찢는다. 내가 사는 동네가 전투기 비행길이라 언제나 요란하지만 다른 때는 늘 그러려니 잘 의식하지 못했다. 그러나 조용한 환경이 필요할 때면 꽤나 신경쓰인다. 그뿐인가, 아파트 주변 잔디 깎는 날이 오늘인지 아침부터 온 동네가 시끄럽다. 10층까지 이리 소리가 울리니 잔디 깎는 분들은 얼마나 귀가 아플까, 생각이 들긴 하지만 수업에 집중할 수 없으니 우선 내코가석자였다. 엎친데덮친격이다.

그 모든 시간들을 보내고 지금은 한가롭게 걸으니 아침나절의 초조함과 불안이 먼 옛날 일처럼 거리감이 느껴진다. 아직 동네 제초작업은 계속 진행중이라 기계소리는 여전히 시끄럽지만 걷고 있으니 소리에 귀기울여지지 않는다. 그보다 풀냄새가 더 온몸을 휘감는다. 거기 있는 것과 여기 있는 건 이렇게 차이가 난다. 거기 있어 좋을 때도 있고, 여기 있어 이로운 때가 있다. 또 그 반대일 때도 있다. 거기와 여기에, 있어야 할 때를 적절히 선택할 수 있는 지혜, 살아가는 데 필요하겠다.

저녁에도 오늘은 바람이 별로 없다. 어제 신청한 국민지원금이 들어와 모처럼 가족 외식을 하러 걸어가는데 등 앞뒤로 바람이 일어나지 않는다. 아, 바람은 내 속에서 일고 있다. 신바람. 코로나로 숨죽이며 살던 차에 우리 다섯 식구가 모두 함께 외식을 할 수 있는 여건이 되니 마음속에서 신명나는 바람이 분다. 백신접종 완료자가 두 명인 우리 가족은 가족관계증명서를 지참하면 한 테이블에서 밥 먹는 게 가능하단다. 조건은 까다롭지만 그래도 이렇게 온 가족이 일렬로 쭉 걸어가며 함께 시간을 보낼 수 있다는 게 얼마나 감사한 일인가. 신바람이 날 수밖에.

나와 남편은 그저 이 순간이 좋아 콧노래가 절로 나온다. 2년 전쯤 코로나 이전 시대에 베트남 가족여행을 갔을 때 이렇게 우리 가족만으로 길을 꽉 채워 걸었던 장면이 기억난다. 그때 이후로 가족이 다함께 걷는 때는 처음인 것 같다며 남편은 뿌듯해 과장된 웃음과 노래를 부르고, 옆에서 터덜터덜 걷고 있는 청소년들은 그런 아빠 모습에 부끄러워한다. 항상 자기를 지켜보고 있는 누군가가 있다고 믿는 사춘기 아이들에게는 이해되지 않는 모습일게다. 너희들은 알지 못하겠지. 지금 이 순간, 가족이 다 건강하게 함께 있다는 것만으로도 얼마나 행복한 일인지. 하긴 나도 너희들 나이 때는 몰랐다. 온 가족이 함께 할 수 있는 시간이 생각보다 그리 오래가지 않는다는 걸.

저녁을 먹고 집으로 돌아오는 길은 벌써 어두워졌다. 아까 집을 나섰을 때보다 한 시간 반 정도밖에 안 지났는데 벌써 밤이 온 것 같다. 이제 어둠이 길어지겠네, 라며 내 옆에서 걷고 있는 큰아들이 말한다. 그러게, 어둠이 길어지면 엄마 걱정도 늘어난다고 내가 답한다. 걱정할 일도 많다며 아들은 의아해한다. 어둡고 추운 겨울이 오면 엄마들은 자식걱정이 더 많아지는 법이란다, 말하고 싶었지만 하지 않았다. 나도 이리 걱정 많은 내가 잘 이해가지 않는데 하물며 자식일진대.

두 아이들은 먼저 집으로 들어가고 우리 부부와 큰아들은 함께 조금 더 걸었다. 저녁 공기를 좀더 쐬고 싶었다. 오늘 산책은 이제부터 시작이다.

산책을 두 번 했다. 다음 주 월요일부터 전면등교를 하기 위해 코로나 검사를 다시 받은 큰아들이 돌아온 늦은 오후, 함께 안과에 가는 길에 걸었다. 큰아들은 이미 백신접종 완료자이지만 전교생이 모두 검사를 받고 음성확인이 돼야만 등교를 허락한다는 경기도 교육청 안내를 따라 또다시 검사를 받은 것이다. 아들은 벌써 이번이 세 번째 검사다. 코가 뚫리겠다.

햇살이 제법 따가웠다. 초가을 늦은 볕이 농익고 있었다. 살갗에 닿는 햇볕이 가시광선 그대로 피부 속으로 들어가는 느낌이다. "봄볕에는 며느리 내보내고, 가을볕에는 딸 내보낸다."는 속담이 생각난다. 활동하기에 딱 좋은, 몸에 쏘이는 비타민 같은 햇볕이라 그런가 보다. 그러나 지금은 따뜻하다못해 따가운 햇볕이니 피부에 썩 좋아 보이지는 않는다. 아무튼 햇볕이 아직 살아 있는 오후에 동네를 걸었다.

남편과 둘이 저녁을 먹고 어두운 밤거리를 걸은 게 두 번째 행보다. 남편이 먹고잡다는 해물찜을 거하게 먹고 밖에 나오니 거리엔 어둠이 내려 있었다. 어제처럼 바람 없는 저녁 거리다. 남편과 적당히 배부르고, 적당히 얼큰한 기분으로 밤산책을 한다. 담배 피는 청소년들 앞을 지날 때는 숨을 죽여 걸었다. 내 남편 담배냄새도 싫지만 거리 아무 데서나 새어나오는 담배연기는 정말 싫다. 거리 산책중 맞닥뜨리는 고역 가운데 하나다.

오늘은 이런저런 일로 분주했던 하루였다. 남편과 이렇게 밤거리를 걸으며 하루를 이야기하고, 앞날의 계획과 걱정을 나누고, 감정을 공유하며 하루를 마감하는 것도 그 자체로 좋은 일기가 되는 것 같다.

긴 하루였다. 아니, 아직 진행중인 하루다. 오늘 나의 걷기는 주로 병원 복도와 병원에 딸린 야외정원에서 이루어졌다. 갑작스런 나의 병원생활을 선사한 이는 우리 엄마다. 92세 우리 엄마.

연세에 비해 기억력과 인지능력이 너무 탁월한 엄마가 3주쯤 전부터 어지럽고 혈압이 오르는 증상을 보이기 시작했다. 그전에는 고혈압이 없었는데 갑자기 혈압이 오르며 어지러워 픽픽 쓰러질 뻔하자 엄마를 100세까지 건강히 책임지겠다는 야심찬 포부를 가진 오랜 단골 동네병원 의사가 급성중풍을 의심하면서 가족들의 걱정이 시작되었다. 급기야 다음 달에 대학병원에서 뇌 MRI검사를 하기로 예약을 해놓았다. 그게 어제 일이다.

오늘 새벽 4시 30분쯤, 곤히 자고 있는 남편 핸드폰으로 전화가 왔다. 처형이라 뜬 걸 보니 내 언니다. 엄마가 새벽에 화장실에서 넘어져 쓰러져 있는 걸 언니가 119 불러 우리집 근처에 있는 종합병원으로 모시고 왔는데, 놀란 언니가 열이 나서 보호자로 들어갈 수가 없으니 우리가 좀 와줄 수 있겠냐는 것이다. 새벽에 오는 전화의 불길함을 알고 있는 터라 벨소리에 이미 정신이 든 나와 남편은 부리나케 일어나 병원으로 향했다. 엄마도 엄마지만 혼자 그 모든 상황을 치러낸 작은언니가 놀라고 당황했을 걸 생각하니 마음이 아팠다. 그 와중에 내가 놀랄까봐 남편에게 전화했단다. 남편이라고 왜 놀라지 않을까. 다 같은 자식인데.

그렇게 새벽 5시부터 나는 엄마와 병원에 있었다. 응급실에서 CT와 MRI, X-ray까지 모든 검사를 한 결과 골절부위는 없지만 머리에 이상소견이 보여 입원해서 관찰하기로 했다. 열이 떨어지지 않아 발만 동동 구르는 언니 대신 내가 보호자로 입원수속을 하고, 병실로 올라가 의사와 간호사들을 만났다. 낮 동안에는 큰언니와 교대해 집에 돌아와 잠깐 쉬고, 저녁에 다시 가서 엄마 옆에서 잤다. 엄마가 잘 때 나는 슬금슬금 복도를 걷거나 야외정원에 나가 바깥공기를 쐬며 생각을 정리했다. 우리 엄마는 지금 연세까지 그래도 깨끗하게 늙어왔는데 앞으로 이런 상태가 좀더 오래 유지되게 해달라는 기도를 하늘을 올려다보며 했다. 밤하늘은 어둡기만 하다.

텅 빈 가을 거리에 햇살이 눈부시다. 10시 30분이 좀 지난 시각, 아직 아침인데도 오늘은 볕이 뜨겁다. 고추나 무말랭이나 다른 건나물들 말리기에 좋은 볕이다. 그러나 잠을 잔 건지 만 건지 묵지근한 밤을 보내고 나온 내게는 너무 원초적인 햇살이다. 어디 숨을 데가 없다, 이 솔직한 햇빛 밑에서는.

어젯밤 엄마 옆 비어 있는 침대에서 잠을 자고 큰언니와 교대하며 방금 나는 병원을 나왔다. 남편이 오늘 아침 일찍 출장을 가서 집에 아이들밖에 없고, 내일 내가 다시 병원에 가야 하는 상황이라 이제 그만 퇴근해야 해서이다. 기침하는 큰언니와 바톤터치하고 나오는 게 미안하긴 하지만 이제 엄마 간병은 장기전이 될 것 같다. 누구 하나라도 지치면 안 될 터이다.

택시를 타고 가려 했는데 잘 잡히지 않는다. 택시가 올 만한 곳까지 걸어가다 보니 어느새 버스정류장이 보인다. 집까지 그리 멀지 않은 길이니 버스를 타고 가야겠다 마음을 고쳐먹고 정류장까지 걷는다. 뜨거운 햇살이 눈부셨지만 밤새 경직된 몸을 펴고 싶어 일부러 걷는다. 휴일 아침 풍경치고 좀 색다른 내 모습이다.

병원에 있으니 건강은 있을 때 지켜야 한다는 말이 생각난다. 너무 자명한 진리임에도 잘 실천하지 못하는 말이기도 하다. 아울러 너무 당연한 말이지만 우리 엄마가 백발의 노인이라는 것도 실감했다. 자식들에 대한 잔소리가 아직도 하늘을 찌르고, 세상사 모든 것에 관심이 짱짱하시고, 그 많은 텔레비전 드라마 스토리와 배우들 근황까지 나보다 더 꿰차고 있는 우리 엄마도 언젠가 힘든 상황을 맞이할 수 있다는 사실에 그동안 너무 무심했다. 밝고 투명한 가을 대로를 걸으며 나는 좀 부끄럽다.

아침 9시에 출근, 저녁 7시 퇴근했다. 엄마에게다. 월요일 아침 아이 셋 다 학교 보내고, 집안 쓸고 닦으며 내 마음도 닦고, 어젯밤 엄마 옆에서 잔 큰언니와 교대하려고 부지런히 병원에 갔다. 전화해보니 엄마는 벌써 여러 검사를 받고 있단다. 혼자 끙끙 댈 언니를 생각하니 마음이 더 조급해진다.

그렇게 긴 하루가 시작됐다. 엄마는 오전 내내 여러 검사가 예정돼 있었다. 검사 사이사이 휠체어에 앉은 엄마를 밀고 야외정원에도 나가고, 복도를 왔다갔다 하기도 하고, 아예 병원 밖 산책로를 걷기도 했다. 몸을 움직이기 힘든 엄마를 나 혼자 감당하는 게 마음 놓이지 않은 큰언니가 집에 바로 가지 않아 오전 내내 우리 세 모녀가 함께 그렇게 시간을 보냈다.

참, 살다 보니 이런 날이 있다. 병원에 오기 전까지 혼자 거동하는 데 불편 없고, 자기 몸 하나 간수하는 데 어려움 없던 엄마가 며칠새 중환자가 되어 가족들과 의료진의 도움을 받고 있다. 중년이 훨씬 넘은 막내딸이 너무 늙은 엄마를 휠체어로 모시고 있다. 불과 며칠 전만 해도 상상하지 못했던 그림이다. 선 줄로 생각하는 자는 넘어질까 조심하라는 말씀이 생각난다. 부모가 언제까지 자식의 효도를 기다려주지 않는다는 옛말도 떠오른다. 지금 이렇게 엄마와 함께 산책하는 내 모습이 나도 낯설다.

저녁 7시경, 내 집으로 돌아가는데 눈 앞에 펼쳐져 있는 하늘은 완전 붉은 노을이다. 이문세의 붉은노을. 하늘이 온통 붉게 물들어 있다. 어지럽고 복잡하고 누군가 붙들고 울고 싶은 내 마음이다. 6시에 병원에서 엄마를 퇴원시켜 엄마집에 모셔다드리고 돌아오는 길이다. 퇴원에는 두 가지 경우가 있다. 병이 다 나아서와 그럴 수 없을 때. 엄마는 후자다. 며칠 동안 여러 검사를 한 결과, 오늘 우리 가족은 엄마에 대해 예상 못한, 아니 어쩌면 예상은 했지만 인정하고 싶지 않았던 이야기를 들었다. 저 붉은 하늘에 내 마음을 숨기며 집으로 돌아간다.

아침에는 좀 흐릿했던 날씨가 오후 되면서 해가 나며 기온도 올라갔다. 오후 2시, 하루 중 가장 해가 정점에 있는 시간인가. 아직 한낮은 덥다. 모자와 선크림 없이 햇볕에 무방비로 얼굴이 노출되어 있지만 이 시간밖에는 걸을 시간이 없기에 햇살 속으로 걸어들어간다.

어제처럼 아침에 엄마집에 가서 있다가 지금 오는 길이다. 오후에 내 수업이 있고, 학교 갔다 오는 아이들을 고생했네, 따뜻한 말로 맞이하고 싶어서 오늘은 좀 일찍 돌아왔다. 무거운 짐들을 집에 내려놓자마자 뒤돌아보지 않고 바로 밖으로 나왔다. 잠시라도 소파에 앉으면 그대로 쓰러질 것 같고, 못 일어날 것 같아서이다. 조금만 걷고 돌아와 쉬자, 마음을 먹는다.

정신이 좀 멍하다. 요며칠 잠을 잘 못 잤고, 머리가 복잡하고, 마음은 착잡해서 어디 하나 나사 풀린 사람 같다. 생각할 게 많은 것 같기도 하고 아무 생각 안 하고 싶기도 하다. 그냥 상황이 더 나빠지지 않았으면 좋겠다는 마음뿐이다. 소소한 하루하루 일상이 참 행복이라는 걸 또 한번 깨닫기도 한다. 하지만 그런 생각도 든다. 예전과 다른 나날이 펼쳐지겠지만 그 또한 소중한 일상이고 시간이라는 것. 원했든 원하지 않았든 주어진 현실에 적응하며 그 속에서도 웃음 포인트를 찾아 살아야 한다는 것. 아까 몸을 제대로 움직이지 못하면서도 엄마는 계속 웃었다. 왜 자꾸 웃음이 나지, 하면서 실실실 웃었다. 웃으면 좋지, 우는 것보다. 나와 큰언니가 말했다. 엄마가 계속 웃는 것이 정상은 아닌데 그냥 그걸 정상으로 받아들이면 정상이 될 것이다. 무슨 말을 하고 있는 건지 나 자신도 잘 모르겠지만 상황이란 받아들이기 나름이라는 데 생각이 모아진다.

가을 한낮 거리를 걷는 사람들 모습이 분주해 보인다. 저 사람들은 다들 어디서 와서 어디로 가고 있는 것일까. 무엇을 위해 바쁘게들 살고 있을까. 나는 지금 무엇을 위해 이렇게 걸으며 시간을 보내고 삶을 영위하고 있을까. 답이라는 게 있을 수 있을까. 그냥 사는 거지 뭐, 전에는 무기력하게 들렸던 이 문장이 진짜 답이라는 생각이 든다. 특별한 이유와 목적은 없어도 그냥, 그냥 하루하루 사는 거지 뭐. 그냥그냥.

어젯밤 늦게까지 줌 수업을 했고, 오늘 1교시에도 수업이 있어서 노트북 앞에 너무 오래 앉아 있었나 보다. 허리가 아프다. 수업이 끝난 후 간단히 점심을 먹고 바람은 시원하지만 볕은 뜨거운 한낮 거리로 나갔다. ㄴ과 ㄱ자로 접혀 있던 몸을 일자로 쫙 펴고 싶었다. 집에 아이들이 있을 때는 걸으러 나가는 게 쉬운데 이렇게 혼자 있는 집을 벗어나기는 쉽지 않다. 나 혼자 있는 집에서 누리는 여유와 자유를 잠시라도 포기하고 싶지 않은가 보다. 한껏 게을러질 수 있는 자유는 악마의 속삭임처럼 달콤하다.

그러나 마음보다 몸 건강을 신경써야 하는 나이이기에 달콤한 유혹을 뿌리치고 밖으로 나간다. 몸을 펴고 한 발 한 발 옮기며 세상과 마주한다. 솔직히 지금은 눈에 보이는 세상이 마음까지 내려가지 않는다. 머리와 마음 속에 다른 생각이 꽉 차 있기 때문이다. 그럼에도 집을 나와 이렇게 거리 속으로 들어가는 시간이 내게는 절대 필요하다는 걸 알기에 기계적으로라도 걷는다. 걸어야 한다. 날마다 산책하는 정도로는 장마철 물줄기처럼 불어나는 뱃살을 막을 수 없고 다이어트에도 별로 도움이 되지 않는다고 한다. 고로, 이제 걸어서 살 빼자는 욕심은 버렸다. 다만, 발을 땅에 디디며 뇌에 자극을 주어 행여나 노년에 생길 여러 질환들을 막아 보자는 마음만 먹는다. 이제 그럴 만한 나이다.

우리 엄마는 2년 전 구순잔치를 할 때만 해도 십년은 더 거뜬히 사실 거라 할 정도로 잘 늙어오셨다. 얼마 전만 해도 다림질을 하고 계신 엄마를 본 적도 있다. 그러나 세월의 흐름 앞에 우리 엄마도 예외는 아니고, 신의 섭리와 계획에 오차는 허용되지 않나 보다. 언제까지나, 로 여겼던 일상이 어느 순간에 홀연 무너질 수 있다는 걸 난 가장 가까운 근거리에서 경험하고 있다.

지난 일요일밤, 잠을 청하는 내게 와서 할머니를 보니 삶은 참 무의미한 것 같아, 라고 인생상담을 하던 둘째 말처럼 삶은 정말 무의미할까. 살아 있다는 자체에 의미가 있는 거야, 라고 아들에게 말해줬지만 글쎄, 나 역시 마음은 혼란스럽다. 삶의 의미. 그것이 무엇인지.

아파트 잔디광장에서 초등학교 아이들이 야구놀이를 하고 있다. 바닥에 가방이 놓여 있는 걸 보니 학교나 학원 끝나고 바로 놀고 있는 모양이다. 캐치볼만 하는 아이들이 있고, 알루미늄 방망이로 투수친구가 던지는 공을 맞추는 아이도 보인다. 산책을 하다 말고 그들 모습을 한동안 바라본다. 알루미늄 배트에 땅, 하고 부딪치는 공소리가 듣기 좋다. 살아 있음을 느끼게 해주는 소리다.

그러고보니 야구를 안 본 지가 한 달쯤 됐다. 올림픽 이전에 호텔음주사건으로 프로야구가 중단되면서 못 봤고, 올림픽 이후로는 우리나라 프로야구에 애증이 쌓여 안 봤다. 나는 프로야구 원년부터 줄곧 한 팀만 응원해온 골수야구팬인데 나 같은 야구광조차 이번 올림픽에서 보여준 선수들의 모습을 계속 보고 싶지 않았다. 그동안 내가 기울여온 열정과 애정이 한순간에 화딱지와 분노어린 흥분으로 변해 나는 야구 보기를 그만두었다. 남편도 합세하여 이제 우리집에서 프로야구는 중계되지 않는다. 아이들이 엄마아빠가 언제까지 그러할까 의심은 하지만 좋아한다. 얼마만이라도 엄마아빠가 야구만 보는 모습을 안 볼 수 있으니.

오늘은 아파트를 둘러싸고 있는 녹색 낮은 철조망을 중심으로 아파트 안과 밖을 연달아 돌았다. 안쪽으로 한 바퀴 돌고, 밖으로도 그렇게 돌았다. 밖으로 한 바퀴는 사실 동네 한 바퀴다. 덕분에 어제보다 더 오래 걸었다. 오후 수업 끝나고 걷는지라 시원할 줄 알았는데 아직 햇볕이 질기게 남아 있다.

오래 걷고 돌아오는 길에 보니 야구하던 아이들은 돌아가고 없다. 대신 그들이 남기고 간 음료수병과 과자봉다리만 잔디광장 여기저기에 휩쓸려 다닌다. 노는 데 정신이 팔려 쓰레기 처리에는 신경을 쓰지 못했나 보다. 하긴 그 아이들이 버린 게 아니라 그 전부터 거기 있었던 쓰레기인지도 모른다. 내가 쓰레기 버리는 현장을 직접 보지 못했으니 속단할 수는 없겠다. 그냥 내가 눈에 보이는 몇 가지만이라도 주워 재활용봉투에 집어넣는다. 줍깅한다 생각하며.

태풍 찬투 영향으로 비가 올 듯 흐린 금요일이 될 거라 여겼는데 순전한 하늘을 볼 수 있는 날이었다. 아이들 학교에 보내고 난 후 하늘을 보니 금세라도 비가 올 것 같아 창문을 조금씩 닫았다. 오전중에 대학원에 잠깐 갈 일이 있어 외출해야 하니 아무도 없는 집 창문을 활짝 열고 갈 수가 없었다. 그러나 웬걸, 서울 가는 길에 조금씩 하늘 한 귀퉁이가 여린 파랑색을 띠기 시작했다. 그러다 우면산터널을 빠져나가자 하늘 전체가 파아란 색을 회복했다. 긴 터널을 지난 후 선물처럼 주어지는 밝은 희망처럼 감동적인 장면이었다.

집으로 돌아오는 길에 흐릿함은 다 물러나고 순전한 블루의 하늘과 여린 햇빛이 피어나기 시작했다. 아침과 달라진 하늘에 덩달아 내 기분도 변해갔다. 유리창밖으로 가득 보이는 하늘이 뭉클하게 여겨졌다. 오늘 오후부터 시작되는 추석연휴 영향인지 평일 오전치고 통행량이 많은 고속도로도 답답하지 않았다. 저 맑은 하늘이 나를 인도해주고 있으니 운전하는 시간은 온전히 내 것이었다.

집에 돌아와 잠시 쉬고 온전히 내 시간인 산책을 나간다. 아이들 하교하기 전에 걷고 들어와야 할 것 같다. 명절연휴가 시작된다는 건 왠지 모르게 마음이 분주해진다는 뜻이다. 오늘부터 수요일까지 온 가족이 다 쉰다고 생각하니 먹을 것을 쟁여놔야 할 것 같고, 이참에 집안에 손봐야 할 것들도 가족이 합심하여 움직여야 할 것도 같다. 느긋하게 쉬어야 할 명절은 사실 엄마들에게는 초과근무와 야간근무를 합친 것 같이 부담스런 시간이다. 적어도 나에게는 그렇다.

그래도 명절은 명절인가 보다. 거리를 오가는 사람들 손에 무언가 하나씩 선물상자가 들려 있다. 장바구니도 무거워 보인다. 과일가게 앞에는 인도까지 선물용 과일박스가 쌓여져 있다. 풍성해 보이는 그림이다. 바라만 봐도 풍요로워지는 보름달 같은 여유로움이 내가 사는 동네 거리거리에, 이 나라 방방곡곡에 환하게 퍼져나갔으면 좋겠다. 현실이 어두울수록 판타지는 더 빛을 발하는 법이다.

　머리 위로 내리쪼이는 햇살이 제법 뜨겁다. 곡식을 영글게 하는 고마운 햇볕이지만 지금 걷는 내 앞에 퍼져 있는 볕은 눈을 뜨지 못할 만큼 강렬하다. 이런 때에 나와 남편은 떡을 사러 걷고 있다. 추석 송편이 아니라 남편이 며칠 전부터 먹고 싶다고 노래 부르는 가래떡을 사기 위함이다.

　남편은 며칠 전에 또다시 금연을 선언했다. 이미 하도 많은 공수표를 남발한지라 별 기대는 하지 않았다. 그러나 이번 남편 결심은 좀 더 확고한 것이 혼자 힘으로 안 될 것 같으니 보건소 금연클리닉 도움을 받았나 보다. 보건소에 갔더니 금연하라고 은단부터 껌, 운동기구, 산에 다닐 때 쓰고 다닐 마스크, 금연패치, 가글액까지 금연하는 데 조금이라도 보탬이 될 만한 일체를 주더란다. 조그만 종이가방에 잔뜩 받아온 남편의 금연 구호물품을 보고 나와 남편은 동시에 외쳤다. 우리나라가 좋은 나라구나.

　결혼할 때도 담배를 끊겠다 했고, 아이들 셋을 낳을 때도, 내가 아팠을 때도, 남편 자신이 몸이 안 좋다 느낄 때도, 담배 피러 집밖으로 나가는 게 귀찮을 때도, 남편은 작심삼일씩 금연을 했었다. 집에서 쉴 때는 어찌어찌 성공하다가 회사에 나가 사람들을 만나면 여지없이 깨지기도 했고, 금단현상이 올라오면 신경이 날카로워져 가족들에게 날선 모습을 보여 차라리 도로 담배 피라고 나와 아이들이 권하기도 했다. 이번엔 좀 다르려나, 기대를 하기도 하지만 도로아미타불이 될 가능성도 배제하지 않는다. 중독된 그 무엇이든 끊고 돌아서기가 쉽지 않음을 너무도 잘 알기 때문이다.

　그런 남편이 요사이 입이 궁한지 자꾸 가래떡 타령을 했다. 떡집마다 송편은 있어도 가래떡은 팔지 않아 못 먹고 있다가 오늘 엄마집 근처 떡집에서 판다는 것을 확인하곤 그걸 사러 걸어가고 있다. 왕복 30분 거리라니 오늘 산책을 할 겸 바람도 쐴 겸 고대하던 가래떡도 살 겸 일석삼조의 걷기다. 간간이 가로수 그늘이 햇볕을 잠시 가려주지만 뜨거운 햇볕에 집으로 돌아가는 길에 떡이 쉬지 않을까 걱정은 된다. 국민지원금으로 가래떡 두 팩과 송편 한 팩을 사서 엄마집으로 돌아간다.

멍 때리러 갔다가 멍만 들고 왔다. 남편이 안락한 휴대의자를 두 개 사서 차에 싣고 다니며 어디든 멈춰 앉아 멍 때리고 싶다는 새로운 소망을 피력했다. 뭔가 사는 쪽으로는 실행력이 좋은 남편은 며칠 고민하며 마음에 드는 의자를 골라 샀다. 그리고 오늘 그 의자를 개시하여 멍 때려보자 해서 내가 백운호수 둘레길을 걷다가 조용한 곳에 앉자고 제안했다. 남편은 두말없이 그쪽으로 차를 몰았다.

거의 다 가서야 알게 됐다. 백운호수 주변에 새로 쇼핑몰이 생겨 차가 많다는 것을. 이렇게 막히고 힘든 곳이 아닌데 교통정리를 해주는 분들이 여럿 나와있을 정도로 도로가 혼잡했다. 멀리 커다란 돔구장 지붕 같은 쇼핑몰 모습이 보였다. 저거 때문이었구나, 알게 됐을 때는 신호등을 몇 개나 놓치고도 직진하지 못하고 있었다.

그래서 백운호수는 포기하고 어디 다른 데 갈까 하다 이 근처에 청계사가 있다는 게 생각났다. 청계산 주차장에 차를 대고 그곳까지 올라가는 길이 멋있다는 말을 들은 터라 우리는 그곳으로 방향을 틀어 한적한 일차선도로를 타고 산속으로 들어갔다. 그리고 높다란 나무들이 즐비하게 서 있는 산길을 따라 올라가기 시작했다. 처음에는 둘레길 수준이었는데 나중에는 등산이 됐다. 나는 등산엔 쥐약이라 숨은 헐떡여지고 다리는 금세 무거워졌다. 아이고, 내가 괜한 말을 했구나 싶었다.

청계사로 바로 올라가는 길을 몰라 에둘러 산길을 가다 보니 힘이 두 배로 들었다. 남편 손을 잡고 간신히간신히 한 발자국씩 옮겨 드디어 청계사에 도착했을 때 내 몸은 이미 천근만근이었다. 사실, 따지고보면 그리 오래 걸은 것이 아니고 경사가 심한 산길도 아닌데 내 몸은 이런 경사진 길 오르는 데는 특화되지 않았나 보다. 평지 둘레길은 몇 시간이고 걸을 수 있는데 산길은 힘들다.

나이탓을 하기에는 예전부터 이러했으니 설득력이 없다. 이게 내 취약점일 뿐이다.

살을 빼고 건강히 살려면 숨이 턱까지 차오를 만큼 힘든 운동을 해야 하는데 운동을 하기에 몸이 너무 무겁다. 악순환이다. 매일은 못하더라도 어쩌다 한번씩이라도 이렇게 힘들어 못하겠다 할 만한 운동을 하기는 해야겠다. 그래야 땅만 보고 걷다가 허리 폈을 때 저 높게 보이는 가을 하늘을 볼 수 있고, 얼음 아이스박스에서 방금 꺼낸 천원짜리 생수의 달고 시원함을 느낄 수도 있을 것이다. 내려가는 길은 숨이 차지 않으니 남편과 아이들 얘기를 하면서 걷는 여유도 생겼다. 언제 힘들었냐는 듯 금세 잊혀지는 기억들. 살게 마련인 것이다.

달을 따라가며, 달빛이 인도하는 대로, 수변공원을 걸었다. 내일이 추석이지만 흐린 날씨로 보름달을 못 볼 수도 있다 하여 볼 수 있을 때 미리 달구경을 하러 나왔다. 어젯밤, 거실에 앉아 있는데 블라인드 틈으로 둥근 달이 보여 쬐끔 맛보기를 했다. 완전히 둥글지는 않지만 노랗고 커다란 달이 자애롭게 나를 바라보고 있었다.

오늘 산책은 아예 달과 함께 하려고 낮에는 쉬었다. 국민지원금을 받아 나를 위해 선물한, 염색하고 확 자른 머리를 하늘하늘 바람결에 휘날리며 보름달이 휘영청 뜬 밤 산책을 하는 기분이 가볍다. 아파트 안에서는 볼 수 없던 달이 수변공원에 가니 기다렸다는 듯 하늘에 걸려 있었다. 나는 오래된 친구를 만난 듯이 보름달과 함께 있는 내 사진을 찍었다. 금연 후 나흘째, 괜한 짜증과 분노가 올라오기 시작한 남편은 내 옆에서 무덤덤하게 걷는다. 지금 그에게는 보름달이 문제가 아닌 것이다.

달빛 아래 작고 흰 들꽃들이 조금조금 피어 있었다. 이효석의 『메밀꽃 필 무렵』에서 달밤에 흐드러지게 핀 메밀꽃을 '소금을 뿌린 듯이'라고 묘사한 것은 정말이지 탁월한 비유라는 생각이 들었다. 소금을 흩뿌린 듯 피어 있는 작고 흰 들꽃들과 저 높은 데서 어둔 세상을 비추는 보름달은 환상의 짝꿍 같다. 너무 잘 어울리는 조합이다.

우리도 늙었나봐, 보름달 보는 게 좋으니. 남편이 말한다. 나는 어렸을 적부터 달 보는 거 좋아했어. 남편의 말에 쿵짝을 맞춰주지 않고 나는 소신발언을 한다. 늙었다는 걸 인정하고 싶지 않나 보다.

코로나 이후 명절은 나와 별 상관없는 이벤트가 되었다. 대구 시댁에 2년째 가지 않고 있고, 친정은 엎어지면코닿을데라 명절과 관계없이 아무 때나 가니 굳이 4인, 8인 이상 집합금지일 때 대가족이 다 모일 필요가 없다. 특히 이번 추석은 엄마 건강도 안 좋아 가족이 한 날에 우르르 모였다가 흩어지면 다시 엄마와 작은언니 둘만 남는 일회성이 아니라 가족들이 돌아가며 엄마 곁에 있기로 해서 더더욱 가족이 다 모인 시끌법적한 장면은 연출할 수 없게 됐다.

어젯밤부터 오늘 새벽까지 요란한 비가 내려 아침엔 흐렸지만 시간이 지날수록 하늘은 높고 말은 살찌는 계절이 됐다. 푸른 하늘과 흰구름, 밤에 어쩌면 볼 수 있을지 모르는 한가위 보름달이 명절 분위기를 내줄 뿐 텔레비전 프로그램도 새로울 게 없어 나는 여느 때 같은 일상을 살고 있다.

그래도 명색이 추석인데 아이들 입에 송편이라도 넣어줘야 할 것 같아 뒤늦게 남편과 시장에 갔다. 어제까지가 추석 대목이라 오늘은 가게 문을 열지 않은 곳이 많아 시장은 어떨까 했는데 다행히 몇 군데는 문을 열었다. 내 입장에서는 다행이지만 시장 상인들은 오늘도 쉬지 않고 일을 하시니 미안한 마음이 든다. 어찌됐든 송편과 다른 먹을거리들을 사고팔 수 있어 서로 좋은 일이면 되었다. 흰 송편, 쑥 송편, 단호박 송편과 재료를 알 수 없는 보라색 송편까지 골고루 샀다. 나는 콩송편을 좋아하나 아이들을 위해 깨송편도 같이 샀다. 이것저것 골고루 한 팩 가득 담은 송편을 받아 드니 비로소 추석 같은 느낌이 든다.

내가 추석 때 가족들과 함께 송편을 빚었던 적이 언제였나 싶다. 언니들이 내가 좋아하는 빈대떡을 부치고, 한편에서는 오빠들도 합세해 송편을 빚고, 사이사이 이어지는 엄마의 잔소리. 그렇게 온 가족이 만든 음식을 차려놓고 추석예배를 드린 후 교잣상 두 개를 이어붙인 식탁에서 함께 식사하던 때. 불과 몇 년 전일 텐데 이제는 먼 옛날 같고, 다시는 그런 날이 오지 않을지 모른다는 생각도 든다. 그때는 별것 아닌 것 같던 왁자지껄함 속에 살아가는 재미가 있다는 걸 지금은 알고 그때는 몰랐다.

길었던 추석연휴 마지막날이다. 어떤 이에게는 더 쉬었으면 하는 마음이 있겠지만 체 감상 내게는 길게 느껴졌다. 집 아닌 곳에 여행 가서 혼자 5일을 쉬라면 얼마든지 그리하 겠는데 집과 산책, 간단한 외출 외에는 달리 할 일 없는 연휴는 힘이 든다. 몸은 편한데 마음이 편치 않다. 식구들이 각각 회사와 학교에서 반나절을 보내고 오후에 함께 하는 일 상이 제일 속편함을 다시 한번 실감한다. 이제 내일이면 다시 그리할 수 있을 것이다.

밤새 여름 소나기 같은 비가 창문을 때렸다. 어젯밤 보름달은 끝내 못봤다. 남편은 구 름 사이로 보인다며 나에게 창가로 와서 보라고 했지만 일어나기 귀찮아 거실바닥에 앉 아서 암만 고개를 들춰봐도 보름달은 내 눈에 걸리지 않았다. 보름달이 아니라 열나흗날 둥근달을 본 것으로 만족했다. 언제가 중요한가. 내 눈에 둥글게 보이면 그걸로 되었다.

오늘 아침, 늦은 아침식사를 한 뒷정리를 하고 산책을 갔다. 한바탕 비가 쓸어간 거리 의 깨끗함과 신선한 공기를 맛보고 싶었다. 한 번 비가 올 때마다 점점 더 날씨가 선선 해진다. 청명한 가을하늘과 바람을 맞으며 홀로 걷는다. 연휴 내내 남편과 가족과 함께 했으니 혼자 있는 시간이 필요하다. 따로또같이, 적당한 거리는 고슴도치 가족에게만 필요한 건 아니다.

연휴 동안 알랭 드 보통의 『불안』을 다 읽었다. 읽고 싶던 책인데 도서관에서 이제야 내 차례가 되었다. 내가 좋아하는 이 작가가 '불안'에 대해 어떻게 기술해 나갈까 자못 궁금했었다. 책장을 다 덮고 나서 든 생각은 역시 보통은 근원을 탐구하는 능력이 있는 작가라는 것이다.

불안을 이기는 법. 불안을 견디는 법. 내게 있어 그것은 무엇일까, 생각해본다. 내 앞 에 펼쳐진 세상을 넓은 눈과 마음으로 돌아보면 불안으로부터 조금은 자유할 수 있다. 그래서 나는 걷는 사람인지도 모르겠다. 연휴 동안 내 가족과 엄마에게 아무 일이 일어 나지 않음에 감사하며 얼마 안 남은 이 시간들을 잘 마무리하고 싶다.

아파트 아니면 학교 진입로 같은 누구나 다니는 길에 어느날 무덤 세 개가 생겼다. 가운데가 좀 크고 나머지 두 개는 그보다 작다. 무덤 자체는 그리 크지 않은데 거기는 아무리 봐도 무덤이 있을 자리가 아니다. 나는 너무 어이없고 여기에 이런 게 있다는 게 화가 나 그걸 만든 사람을 찾아 벌을 내리고 싶은데 누군지 모르겠다. 그러면서도 왠지 그 사람은 뻔뻔하게 자신이 뭘 잘못했는지 모를 것만 같다.

아침 산책하며 머릿속에서 떠나지 않은 오늘 새벽 꿈이다. 새벽임을 기억하는 건 꿈에서 깨어 물을 마시러 나왔을 때 시계를 보았기 때문이다. 무덤 세 개. 그것도 가운데 큰 무덤이 양옆 작은 무덤들을 거느리는 듯한 형상. 그것도 누구나 아무렇지 않게 다니는 큰 길에 떡하니 자리잡은 무덤들. 이미지가 강렬하여 아침부터 머릿속을 어지럽힌다.

처음엔 어제 텔레비전에서 영화 「도굴」을 봐서 그런가 생각했다. 졸려서 끝까지 다 보지는 않았지만 이제훈이 무덤에서 보물을 도굴하는 역할로 나와서 그 잔상이 남았나 보다, 생각했다. 그러기에는 다른 의미가 있지 않을까, 가 산책중 화두가 되었다. 거기 그게 없을 것 같은 곳에 새로 생긴 죽음. 누가 왜 만들었는지도 모르는데 정죄부터 하는 나. 내가 정해놓은 틀에서 벗어나면 이상하다 여기는 고정관념과 선입견, 내 안의 어두운 면을 다른 이들에게 투사하여 자꾸 남탓을 하려 하는 내 모습을 꿈은 말해주고 있는 게 아닐까. 그래, 그런 생각이 든다. 누구나 다니는 큰길에 생긴 무덤은 죽음이라는 게 일상을 사는 삶과 연결되어 있음을 알려주는 것일지도 모르겠다.

어쩌면 내가 이리 꿈에 의미를 두는 건 아마 엄마 때문인지도 모르겠다. 뭔가 엄마를 연상시키는 어떤 연관관계라도 있으면 좀 예민해지는 요즘이라서 그런가 보다. 선선한 바람에 걸으며 곱씹어 보니 마음이 좀 차분해졌다. 생각이 정리되는 아침이다.

큰아들에게 추석 즈음은 비염 절정기이다. 해마다 8월말부터 9월에 걸쳐 10월초까지 이어지는 알레르기 비염이 올해도 여지없이 찾아와 아이를 괴롭혔다. 어릴 적부터 이어진 고통에 비염은 완치가 안 되는 거잖아, 하며 수용한 아이와 달리 엄마 마음은 미안할 뿐이다. 둘째도 비염이 있긴 하지만 큰아들만큼 심하진 않다. 비염은 체질이라고 큰아들 단골 이비인후과 의사가 말했는데 그런 체질을 물려준 것이 엄마로서 짠하다. 좋은 체질과 건강을 물려줬으면 좋았을걸.

추석 연휴 동안 병원에 가지 못해 더 심해진 비염 때문에 오늘 아이가 하교하고 난 후 바로 이비인후과를 찾았다. 연휴 끝 환자들과 코로나 백신접종자들이 섞여 병원은 발디딜 틈이 없었다. 1시간 30분을 기다려 진료를 본 후 아이는 집으로 보내 쉬게 하고 나는 걸었다. 동네에서 자잘하게 해야 할 일도 있고 병원에서 오랜 동안 허리를 펴지 못하고 앉아 있어 좀 걸어야 했다. 이젠 앉았다 일어나면 허리와 무릎이 한번에 쫙 펴지지 않고 우둑우둑 소리가 난다. 그래서 더 걸어야 한다. 몸을 일자로 유지하며 신선한 바람과 공기를 쐬는 이 시간이 내겐 건강의 시작이다.

이제 늦은 오후 산책에는 가디건 같은 웃옷이 필수다. 반팔만으로는 바람이 차갑게 느껴진다. 어느덧 9월 마지막주가 다가오고 시간이 살같이 빠르게 지나간다. 산책을 하며 봄과 여름, 가을을 피부로 맞이하는 것. 이 또한 산책의 묘미인 듯하다. 그 계절 중 내가 좋아하는 가을에 좀더 오래 머무르고 싶다.

 잠시 비가 내렸는지 우산 들고 다니는 사람들이 제법 보인다. 해가 안 나 어두운 오후에 칠보산 둘레길을 조용조용 걷는다. 휴일치고는 거리에 사람들이 별로 없다. 아파트 잔디구장에서 남자 초등학생 하나가 홀로 운동기구에 매달려있다. 아무도 없는 놀이터에 혼자 나와 운동하는 모습이 좀 쓸쓸해 보였는데 금세 답이 나왔다. 가까이 있는 아파트 복도 창문에서 누군가가 그 아이를 불렀다. 엘리베이터 올라오고 있으니 조금만 기다리란다. 그럼 그렇지. 만나기로 한 친구가 조금 늦었나 보다. 그냥 뛰어내려. 운동하던 친구가 소리지른다. 헉! 나는 놀란다. 뻥이야. 뛰어내리라던 친구가 덧붙여준 한마디에 마음이 놓이고, 둘의 대화가 간만에 순수해 보여 마음이 풀린다.

 칠보산 둘레길을 따라 걷다가 칠보산자락에 새로 짓고 있는 테라스하우스 현장도 둘러보았다. 숲세권 테라스하우스라는 광고를 본 터라 어디쯤인가 궁금했는데 내가 늘 걷는 이 둘레길 자락에 있었다. 산밑 좋은 공기 속에 사는 것이 매력있어 유심히 살펴보았는데 좀 외지다는 생각이 든다. 아직은 학교를 더 다녀야 하는 우리 아이들이 살기에는 그렇다. 나중에 아이들 다 독립시키고 우리 부부만 산다면 조용하고 호젓한 주거지가 되지 않을까 싶다. 훗날을 도모해본다.

 집에서 나올 때는 시원했는데 걷다 보니 땀이 난다. 가로수들은 벌써 조금씩 물이 들고, 또 벌써 조금씩 떨어지기도 한다. 가을이 동시다발적으로 진행되고 있는 듯하다. 떨어지는 나뭇잎을 바라보며 걷다가 아뿔싸, 앞으로 고꾸라질 뻔했다. 보도블럭 사이 조그만 돌출부위에 발끝이 걸린 것이다. 순발력과 평형감각이 아직 살아 있는지 다행히 넘어지지는 않았다. 맨무릎이 깨질 뻔.

흐린 어제는 가고 맑고 투명한 오늘이 시작됐다. 세탁기에 잔뜩 쟁여 있었으나 날씨 관계로 어제 못한 이불빨래를 해서 햇볕 잘 드는 베란다에 널었다. 이럴 때 내 기분은 최상이다. 해만 잘 나면 오늘 하루동안 충분히 바짝 마를 것이다.

휴일에 해야 하는 모든 집안일을 해놓고 산책을 나갔다. 적당히 시원한 공기가 반팔과 반바지 차림에 쾌적하게 달라붙는다. 덥다거나 춥다는 느낌이 전혀 없이 그저 맞춤 상태다. 하늘은 파아랗고 흰구름들이 드문드문 떠있다. 비행기 한 대가 하늘을 가로지르며 비행운을 대각선으로 그어 보인다. 오랜만에 보는 하늘 장면인 것 같다.

날이 참 좋다. 소풍이라도 가고 싶은 날이지만 코로나 상황이 더 심각해졌으니 당분간 불필요한 외출과 모임과 만남은 자제하려 한다. 끝날 듯하면서 끝나지 않는 코로나가 끊어질 듯하며 다시 이어지는 지난한 젊은날 연애 같다. 앞이 잘 보이지 않던 그 시절의 답답함이 지금 코로나시대에 오버랩된다.

그래도 운동화만 갖춰신고 나가면 얼마든지 걸을 만한 길이 새록새록 나타나는 우리 동네가 참 좋다고 생각한다. 도시와 자연이 적당히 어우러져 있다. 골라먹는 재미가 있는 회전초밥집처럼 오늘은 어느 길로 갈까 길 위에서 잠시 고민해본다. 그러다 고민하는 중에도 걷고 있는 나를 발견한다. 내 몸은 생각과 별개로 길 위에 서니 그저 걷고 있다. 어디로 갈지에 대한 고민 없이 길을 따라 가고 있다. 나를 걷게 하는 건 머리로 하는 생각이 아니라 발이 움직여주는 힘이라는 걸 깨닫는다. 그냥 걷는다.

학교 갔던 아이들을 기분 좋게 맞이한 후 산책을 나갔다. 집에 있는 날만이라도 문 열고 들어오는 아이들이 다녀왔습니다, 하는 인사에 반갑게 대응해주려 한다. 이왕이면다 홍치마니까.

아무 생각 없이 나갔는데 밖에는 비가 내리고 있다. 아이들 중 마지막으로 큰아들이 돌아온 게 불과 5분도 안 되었는데 아이는 전혀 젖지 않았다. 자전거를 타고 와서 그런가 싶지만 몸 어디에고 비 자국이 없었다. 그 5분 사이 갑자기 비가 내리기 시작한 것이다. 소나기처럼 막 쏟아지지는 않지만 제법 굵은 빗방울이 안경에 묻을 만큼 내렸다.

집에 들어가서 우산을 가지고 나올까 하다가 귀찮아서 그냥 걸었다. 오늘 비 소식은 없었고, 지금 내리는 비에 몸이 홀딱 젖을 것 같지는 않으니 오랜만에 비를 맞고 걷기로 했다. 대신 안경은 벗어 주머니에 넣었다. 몸 어느 부위보다 안경에 비 맞는 건 질색이기 때문이다. 갑자기 내린 비에 자전거 타던 아이들이 페달을 빨리 밟으며 집으로 돌아가고, 유치원 하교 후 엄마와 놀러나왔던 아이는 비가 와서 못 놀겠다는 엄마 말에 그래도 괜찮다며 실강이한다. 그 와중에 어느 준비성 철저한 사람들은 자랑스럽게 우산을 펴들고 천천히 걸어간다. 나는 한껏 몸을 움츠린 채로 그 사이를 걷는다. 아직 맞을 만한 비다.

갑자기 내리는 비처럼 예상치 못하고 마주하는 여러 상황들 속에서 어떻게 반응하는지에 따라 인생의 방향과 깊이가 달라지는 것 같다. 피하고 도망치고 반항하던 젊은날들과 달리 이제 나는 순응하는 인생이 된 듯하다. 오면 오는 대로 맞는 이 비처럼.

아침에 아주 잠깐 비가 내린 후 조금씩 맑아지는 하늘을 보고 점심산책을 나간다. 열어놓은 창문으로 들어오는 바람이 제법 시원하다. 집에서 입고 있던 반팔과 반바지에 긴 가디건 하나 걸치고 바람을 맞으며 걷고 있다. 가을은 햇볕도 좋지만 소화 안 된 속에 마시는 사이다처럼 시원한 바람도 역시 좋다. 해도 바람 속으로 숨어 마냥마냥 걸어도 땀 흘리지 않을 것 같은 날이다.

이 좋은 바람을 놓치지 않는 건 나뿐이 아닌 듯하다. 거리를 걷는데 어디선가 노래 소리가 다소 시끄럽게 울려온다. 어디 새로 오픈하는 상점 이벤트가 있나 둘러봐도 그런 곳은 보이지 않고 노래연습장에서 나오는 소리라기에는 아직 시간이 이르다. 귓가를 쾅쾅 울려대는 소리를 따라 걷다 보니 열려있는 창문 사이로 무방비하게 새어나오는 진원지를 발견했다. 음악에 맞춰 몸을 움직이며 운동하는 곳이다. 안에서 틀어놓은 음악 소리가 창문을 열어놓으니 밖으로 스피커를 돌려놓은 것마냥 쏟아지고 있다. 큰 소리는 그게 아무리 좋은 음악이라 해도 내겐 소음일 뿐이다.

그곳을 빠져나와 걷다가 갑자기 이율배반적인 내 모습이 떠올라 혼자 어이없어 한다. 나는 텔레비전이든 라디오든 볼륨이 큰 걸 싫어하는데 정작 내 목소리는 점점 소프라노 중에서도 하이 레벨로 올라가고 있다. 아이들과 남편이 내게 그런다. 목소리 좀 낮추라고. 나는 살살 말했다고 생각하는데 가족들 반응은 여지없다. 아이 셋 낳아 18년 동안 키워오면서 목소리 톤이 올라가지 않는다면 그건 정말 대단한 내면의 소유자겠지. 마음속으로 핑계를 대본다. 그래도 내가 싫어하는 걸 남에게 하는 우는 범하지 말자고 한번쯤 나를 다독인다, 길 위의 생각은.

오늘은 비를 옴팡 맞았다. 얼마 전부터 피부미용과 몸 건강을 위해 밀가루를 끊겠다 폭탄선언한 둘째 점심을 준비하기 위해 나가는데 그때는 마침 비가 멈췄다. 이때다 싶어 우산도 겁도 없이 산책을 하고 꼬마김밥을 사서 집에 가려는데 종잡을 수 없는 비가 다시 내리기 시작했다.

어젯밤부터 오늘 오전까지 계속 내렸고, 늦게까지 비 예보가 되어 있으니 조금 기다린다고 그칠 만한 비가 아니었다. 기다릴 시간도 없었다. 집에서 줌 수업을 듣고 있는 아들 점심시간이 다 되어가기 때문이다. 과감하게, 가 아니라 어쩔 수 없이 빗속으로 들어가 집을 향해 걷기 시작했다. 이 잠깐 비를 피하자고 새로 우산을 사기도 애매했다. 행여 김밥에 한 방울 비라도 들어갈까 가슴에 모아들고 걸었다. 에고 참.

횡단보도 앞에 그렇게 서 있는데 영화 같은 일이 벌어졌다. 갑자기 내 머리 위로 우산이 쓱 덮어졌다. 어느 마음 좋은 분이 비 맞고 서 있는 내게 자기 우산품을 내어준 것이다. 영화 속 두근두근거리는 짝사랑은 물론 아니었지만 그분의 친절함에 나는 행복해졌다. 우산이 작아 내 오른쪽 어깨는 그대로 비에 노출되었지만 한쪽이라도 온전한 게 어딘가. 내가 그라면 나도 누군가 타인에게 이런 친절을 베풀 수 있을까. 글쎄다. 내 손에 여분의 우산이 있다면 그걸 내어줄 수는 있겠지만 내 것을 함께하기는 쉽지 않을 것 같다. 점점 아주 당연하다 여겨지는 일도 실행에 옮기기 전 여러 생각을 하게 된다. 솥뚜껑 보고 놀란 가슴처럼.

내게 선한 웃음과 친절을 베풀어준 그분에게 신영복 님의 시「함께 맞는 비」를 돌려드린다.

9월 마지막날인데 낮더위도 마지막을 향해 가려는 듯 사그라지지 않은 날이다. 오후 수업 끝나고 산책하는데 덥다, 라는 느낌이 들었다. 그 느낌은 저녁까지 이어졌다. 노모 생신이라 저녁에 엄마집에 갔는데 나는 더워더워를 연발했다. 갱년기가 다시 오는지 가족 중 나만 유난히 더워했다. 오늘 내 컨디션은 열받는 중인가 보다.

집에서 수업을 들은 나와 딸, 무거운 책가방 메고 기진맥진 돌아온 두 아들이 휴식에 들어갈 즈음 나는 산책이라는 휴식을 택한다. 힘들어서 침대에 눕고 싶을 때, 그때가 산책이 필요한 적기다. 침대에서 몸을 쉬는 것만큼이나 몸을 움직이며 마음을 쉬는 것 또한 쉼의 다른 모습이니까.

몸에 더운 기운을 느끼며 동네 한 바퀴를 돌고 엄마 생신 케이크를 사러 빵집에 들른다. 엄마가 좋아하는 슈크림빵이 맛있는 집이다. 이곳에서 케이크를 사기는 처음인 것 같은데 엄마 생신을 위해 사는 것도 처음이라는 생각이 든다. 늘 언니들과 오빠들이 샀지 나는 안 샀던 것 같다. 여태 뭐하고 살았나 싶다. 언니들과 오빠들이 하니까 나는 안 해도 된다, 라는 프리패스의식이 있었나. 나는 막내니까 내가 뭘 해, 라는 면책특권이 있었나. 나 자신에게 내가 좀 놀란다.

그래도 큼직한 샤인머스캣이 촘촘히 박힌 케이크를 예쁜 상자에 담아 들고 오는 길은 뿌듯했다. 이 맛있어 보이는 케이크 주변에 다 같이 모여 한마음이 될 엄마와 가족들 장면을 떠올리니 저절로 피어오르는 기분 좋음이다. 내년에도 이런 행복감이 이어질 수 있을까. 그건 신만이 아실 것이다. 우리는 하루하루 오늘이 마지막인 것처럼 살아갈밖에.

코로나백신 2차접종을 했다. 예정대로라면 다음 주 월요일인데 잔여백신으로 미리 당겨맞았다. 3일 빨리 맞는다고 뭐가 다를까 하지만 오늘부터 연휴이니 행여 백신 후유증으로 몸이 아프더라도 부담없이 아플 수 있다.

먼저는 산책부터 했다. 1년 중 내가 가장 좋아하는 계절인 10월이 시작되는 날, 서늘한 오후 바람을 맞으며 거리를 걷는다. 10월은 '10월의 어느 멋진 날'이 아니라 31일 꽉 채워 멋진 날이다. 나는 이 계절에 충분히 센티멘털해질 수 있고, 한없이 멜랑꼴리해질 것이다. 이성보다는 감성을 더 발휘하려 한다. 아주 옛날에 본 영화 「결혼하는 남자」에 이런 대사가 나온다. "그녀의 감정이 풍부해졌어." "무슨 뜻인지 알겠지?" "고독함이야." 여기서 그녀는 배우 킴 베신저다. 지금도 기억나는 인상깊은 이 대사처럼 10월은 내게도 그런 시간이다.

그러나 현실은 저녁에 뭐 해 먹을까 하는 실질적인 고민부터 내가 진행하는 강의들이 많아지는 10월의 바쁜 일정에 대한 걱정까지 머릿속에 생각거리들이 가득차있다. 10월과 11월은 가장 바쁘고 중요한 시간이 될 것이다. 강의도 많고, 대학원 과제들도 수두룩하다. 어쩌면 감상에 빠져 있을 절대적 시간이 부족할지도 모른다.

그러나 아무리 바쁘고 정신없다 해도 걷는 이 시간만큼은 빼먹지 말아야겠다. 어디를 어떻게 걸어도 예술작품이 될 10월의 날마다 멋진 날을 온전히 잘 경험하고 싶다. 걷고, 자연이 주는 예술적 시간에 머무르며, 몸과 마음의 여유를 잃지 않는 것. 그것 또한 이 10월에 내가 누려야 할 우선순위일 것이다.

지난 1차 때와 비슷한 양상이다. 어제 백신 맞은 후유증으로 근육통이나 몸살 기운은 없이 주사 맞은 팔이 내 팔 같지 않은 불편함만 느꼈을 뿐 별다른 증상 없이 오늘까지 지내고 있다. 다만, 잠이 계속 쏟아진다. 어젯밤도 아직 이른 밤인 9시쯤 자고 싶다는 마음이 들어 잠자리에 들었다. 그리곤 12시간쯤을 내처 잤다. 몸살약 먹으면 몸이 나른해지며 졸린 것처럼 딱 그런 증상이었다.

그래서 오늘 가볍게 산책을 했는데 걷다 보니 이런 것도 후유증인가 싶은 몸의 변화가 나타났다. 천천히 조금만 걸었는데도 금세 피곤해지고, 몸에 기운이 쑥쑥 빠져나가는 것 같고, 급기야는 걷다가 주저앉을 정도로 힘이 들었다. 마치 예전 항암주사 맞은 후 회복기에 천천히 걷다가 느꼈던 증상 같았다. 그때만큼이나 몸 컨디션이 꽝이다. 특별히 아프고 불편한 데는 없는데 피로감을 쉽게 느끼는 것. 이게 내 백신접종 후유증인가 보다.

날은 참 좋은데, 하늘은 이쁘고, 햇볕은 적당히 따땃하고, 간간히 시원한 바람도 불어오는데 내 몸에선 식은땀이 난다. 안 되겠다 싶어 남편과 서둘러 돌아간다. 오늘만 날이 아니니까 오늘 산책은 이 정도로 해야겠다. 지금은 골골대도 추석 연휴 끝나는 화요일부터는 다시 쾌청해진 내 모습을 기대한다.

태극기를 밖에 내걸었는데 우리집 태극기는 자꾸 감기기만 하고 휘날리지가 않는다. 다른 집에 걸린 태극기들은 바람에 잘도 나부끼는데 우리집 건 왜 비비 꼬이기만 하는지. 태극기는 비에 젖어서도 안 되고 해가 떨어지면 고이 접어 보관해야 된다고 배운 세대인 나는 펄럭이지 않는 태극기가 영 신경쓰인다. 어쩌면 국민학교 3학년 때 시험문제 때문에 아직도 태극기 강박증이 있는지도 모른다. 다음 중 가장 바람이 부는 날 태극기는 어떤 모습일까요, 라는 문제였고 나는 잠자코 깃대에 붙어 있는 태극기를 골랐다. 틀렸고, 그래서 올백을 놓쳤던 아련한 기억.

어제보다 나아진 컨디션으로 하늘이 열린 날, 가을 햇볕이 뜨거운 거리를 걸었다. 모자를 쓰지 않으면 자외선지수 높은 햇볕에 얼굴이 그을릴 것 같다. 낮과 아침, 저녁의 온도 차가 점점 더 벌어진다. 설악산에는 단풍이 물들기 시작했단다. 바야흐로 단풍과 낙엽의 계절이 시작된 것이다.

어제부터 오늘 아침까지 길고 긴 잠 속에 다양하게 꾼 꿈 중 하나가 머릿속에 남아 있다. 내 차가 없어진 것이다, 꿈에서. 차 안에 가방도 있다. 가방 안에는 지갑과 신분증 등 나를 증명하고 활용할 만한 모든 것들이 들어 있다. 실제 내 자동차인 그 차가 감쪽같이 사라진 것이다. 그리고 아무도 그 행방을 모른다. 나는 금방이라도 울 것처럼 여기저기 돌아다녀보고 주변 사람들에게 물어본다. 한참 그렇게 혼이 빠지게 돌아다니다 포기할 즈음 내 차가 갑자기 눈 앞에 나타난다. 다른 사람들이 내 차를 임의로 사용한 것이다. 내게 한 마디 말도 없이. 그리곤 그들은 내게 당당히 말한다. 잠깐 우리가 썼어.

꿈에서 깨고나서도 기분이 영 좋지 않았다. 자동차는 차 안에 있는 가방만큼이나 내가 아끼는 애착물건(이라고 표현하기는 좀 크지만)이다. 아니, 자동차는 내 발이자 안락한 친구다. 그 자동차를 내게 일언반구 허락도 구하지 않고 무단으로 사용한 그들은 누구일까. 그들은 내게 왜 사과를 하지 않고 당당하게 말할까. 걷는 동안 계속 생각을 해도 답이 내려지지 않는다. 계속 차에 관련된 비슷한 꿈을 꾸는 이유가 무엇인지 도통 모르겠다.

바람 속에 비가 들어 있는데 온다는 비는 내리지 않는다. 하늘이 맑았다 흐렸다 변화무쌍하다. 잠깐 해가 났다가 다시 흐려지기를 하루종일. 저녁이 다 되어가는 시각까지 종잡을 수 없는 날씨다. 그래도 비가 오지 않아 잘 걸었다.

연휴 마지막날이다. 추석연휴 5일은 길다는 느낌이었는데 이번에는 적당히 잘 쉰 것 같다. 하루만 더 쉬었으면 좋겠다는 마음이 살짝 들기도 한다. 아마 내일부터 할 일이 많아 스스로 방어막을 치는 것 같기도 하다. 부족하다 싶을 때가 멈출 때라는 걸 알기에 아쉬워하는 마음을 거둬들인다. 잘 쉰 만큼 또 열심히 달려가보자.

홀로 동네를 걸었다. 쉬는 동안 내내 가족과 함께 했으니 오늘은 나 혼자 있을 시간이 필요하다. 큰아들 친구 엄마들과 만나 차를 마시고 헤어진 후 오붓하게 걷는 시간이 좋았다. 아들은 학교에서 곧 울릉도로 여행을 간다. 원래는 제주도로 한 달쯤 가는 졸업여행이었는데 코로나로 제주도 사정이 안 좋아지면서 오래 준비했던 여행지를 울릉도로 변경했다. 울릉도, 참 가고 싶은 곳인데 나는 아직 갈 수 없는 섬이다. 배를 타고 거기에 갈 자신이 없기 때문이다. 몇 년 후 헬기로도 갈 수 있다 하니 그때나 시도해 볼까. 아이들 여행 이야기만으로도 엄마들은 시간 가는 줄 몰랐다.

매번 그렇듯 이번 여행을 다녀오면 아이는 조금 더 성장해 있을 것이다. 아들 키에 맞게 엄마인 내 키도 커져야 한다. 몸과 마음의 성장속도가 빠른 아들에 맞추려면 늙은 엄마는 그만큼 더 힘이 든다. 그래도 어느새 이렇게 커 있고, 커지는 중인 아들이 뿌듯하다. 아들과 나 사이에 참 많은 일이 있었다. 앞으로도 더 많은 변수가 우리를 기다릴 것이다. 믿어야 한다. 어른이 되어가는 아들을 위해 내가 할 일은 이제 믿음, 기다리는 믿음밖에 없는 듯하다.

아, 참 날 좋다, 고 느꼈다. 점심식사 후 배 부르고 졸린 오후에 거리에 나가자마자 그런 느낌이 자동적으로 들었다. 날 참 좋구나. 그리고 역시 반사적으로 노래 하나가 떠올랐다. 김광석의 「나른한 오후」 하늘이 곱고 바람이 좋아 나선 길에 사람들은 드라마 속 거리 풍경처럼 무심히 스쳐지나가고 이 좋은 날 누군가와 함께 걸을까 생각해보다가 생각하는 것만으로도 피곤해하는 날 발견하고서이다.

아이들 편에 우산 들려 학교 보낸 것이 무색할 만큼 하늘도, 바람도, 햇볕도 좋은 날이다. 바람 입은 나뭇잎새는 평화롭게 흔들리고, 하교 후 축구하며 노는 사내아이들의 함성은 맑은 하늘로 울려퍼진다. 집 앞 성당 화단가에 코스모스가 한들거리고, 그 앞에서 커다란 국화 화분 하나를 만원에 팔고 있는 어느 아주머니 모습도 그림 속에 잘 어울린다.

나는 그 속에서 이방인처럼 길을 걷는다. 늘 걷는 내 동네가 갑자기 낯설어지고 아무도 날 아는 이 없는 먼 곳만 같다. 내 마음이 그렇게 투사해서 세상을 보고 있다. 외로움이 필요한가 보다, 지금 내 영혼은. 적당한 외로움, 그것은 죽비처럼 내 영혼을 일깨우는 유용한 도구다.

　오후 3시, 이제야 노트북에게서 해방되었다. 어제 저녁 7시부터 10시 30분이 지나서까지 줌으로 문학상담 실습수업을 했고, 오늘 오전에는 문학상담 강의를 들었다. 점심 먹고, 내용은 하나도 재미없는데 내가 애정하는 배우가 나오는 드라마 마지막회 재방송을 보고는 실습보고서를 썼다. 매 회기 수업이 끝난 뒤에 보고서를 써야 하고 수퍼비전을 받아야 한다. 나 혼자 하는 수업에서는 해본 적 없는 경험이라 수업하는 것보다 이게 더 힘들다.

　할 일이 다 끝난 시간이 세시다. 그제야 문밖을 나선다. 아침엔 비가 조금씩 내렸는데 지금은 하늘이 맑아지며 바람이 시원하게 일고 있다. 덕분에 재활용쓰레기를 들고 나가는 사람들이 바람에 한두 개씩 쓰레기를 떨어뜨린다. 나 역시 그랬다. 종이가 하나 날아가 주워오면 작은 플라스틱이 휙 날아간다. 이 또한 나를 운동시키는 일이다. 그래도 의자에 앉아 있던 것보다 몸을 움직이는 게 더 좋다.

　비 그친 뒤 불어오는 바람이 상쾌하다. 긴 가디건을 바람 부는 대로 휘날리며 나는 유유히 거리를 걷는다. 가을만 되면 젊은날의 나는 트렌치코트를 입고 평소 신지도 않던 하이힐을 신은 채 또각또각 발자국 소리도 요란하게 덕수궁 돌담길을 걸었다. 홀로 또는 둘이, 때로는 여럿이. 아 참, 그럴 때가 있었다, 나도. 지금은 비록 집에서 입던 옷에 가디건을 코트 삼아 휘날리며 슬리퍼 질질 끌고 동네를 기웃기웃 걷는 중년 아줌마지만 이 계절에 되새어보는 내 모습은 한때, 보기에 좋았다. "과거가 언제나 좋았으리라는 소망은 버리라."고 얼마 전 읽은 얄롬박사 책에 적혀 있지만 가끔 과거가 좋았던 때가 한두 번쯤은 있기 마련이다.

아침까지 내린 비로 거리가 아직 축축하다. 오전과 오후 줌 수업을 마치고 4시 30분쯤 파김치가 된 몸을 데리고 밖으로 나간다. 의자에서 일어나자마자 바로 침대에 눕고 싶은 욕구를 간신히 참았다. 누우면 그걸로 끝이다. 아마 저녁준비할 시간까지 내처 잠이 들 것만 같다. 그리고나면 걸을 만한 동력을 얻기 쉽지 않을 것이다. 고로, 수업이 끝나자마자 바로 나가야만 한다.

날이 좀 쓸쓸하다. 기온이 많이 내려간 것 같고, 비 온 뒤끝이라 눈에 보이는 거리 풍경이 젖어 있다. 쓸쓸한 가을 오후에 기지개를 길게 늘여하고선 산책을 한다. 집안 생각만 하고 얇게 입고 나온 옷이 좀 춥게 느껴지지만 조금만 걸으면 금세 바깥온도에 적응할 것이다. 더 빨리 적응하기 위해 걸음속도를 높인다.

나뭇잎들이 별로 미동을 않는 걸 보니 바람은 없는 것 같다. 가만히 정물처럼 서 있는 나뭇잎을 보니 위쪽부터 조금씩 색이 변하고 있음을 발견한다. 언제나 초록일 것 같았던 이파리가 노랗거나 불그스레하거나 아님 벌써 퇴색하여 떨어질 듯 간당간당 매달려 있기도 하다. 그네들을 보니 변해야 할 때 변하지 않으면 자연스럽지 않은 거라는 생각이 든다. 떠나야 할 때를 알고 떠나는 자의 뒷모습처럼 옷을 갈아입어야 할 때 자연스레 변신하는 자연풍광은 그래서 아름답다는 생각도 든다. 억지를 부리지 않고, 고집부리지 않고, 텃세 부리지 않으니 말이다.

이번 주 일들은 오늘로 마감, 내일부터는 다음 주 일정들을 준비해야 한다. 체력이 딸린다는 느낌이지만 잘 해 나갈 수 있을 것이다. 피하거나 두려워하지 말고 흘러가는 대로 당당히 주어진 내 삶을 기투해보자. 오늘밤에도 별이 바람에 스치우겠지.

나 빼고 모든 가족이 출근과 등교를 한 금쪽 같은 아침, 우선 못다 잔 잠부터 잤다. 어제 손흥민의 결승골 축구를 보다가 너무 졸려 침대에 누웠는데 그 상태로 새벽까지 뒤척거리며 잠을 못 잤다. 불면증 약이라도 먹어야 할는지 정말 침대에만 누우면 잠이 달아나는 마법은 고쳐질 기미가 안 보인다. 몸을 절대 게을리하지 않는 나인데도 왜 그럴까. 그렇다고 잠 못 자고 뒤척일 만큼 고민이 많은 것도 아닌데 참 답답한 노릇이다.

그 잠이 아침이 되면 스르르 온다. 단 30분이라도 달게 잔다. 비 오는 창밖을 바라보다 저절로 눈이 감겨 단잠을 자고 난 뒤 오늘 약속이 생각나 서둘러 밖으로 나왔다. 우산을 받쳐들고 비에 관련된 노래들이 흘러나오는 라디오방송을 이어폰으로 들으며 걷는다. 큰아들 학교 선생님과 만나기로 약속한 장소에 도착할 무렵 멜라니 세프카의 「The Saddest Thing」이 흘러나온다. 내가 좋아하는 노래다. 국민학교 6학년 수학여행 가는 버스 안에서 맨 뒷자리에 어두운 얼굴로 앉아 있는 내게 건네진 마이크를 붙들고 불렀던 노래. 뭔 억하심정이 있었는지 흥겨운 소풍길 분위기를 다 망쳐버린 노래. 일찍 온 사춘기, 외롭고 어두웠던 내 영혼을 감싸줬던 이 노래.

나는 약속장소 앞에 잠시 멈추어서서 노래를 마저 듣는다. 비는 추적추적 계속 내리고, 눈앞에 펼쳐진 칠보산에는 옅은 물안개가 피어오른다. 세상에서 가장 슬픈 일, 노래를 가슴으로 듣고 있는 내 마음에 추억이 뭉글뭉글 모여든다. 노래가 끝났다. 잠시 정지돼 있던 시간이 다시 흘러간다.

정말 오랜만에 느긋하게 잠을 잤다. 어제는 12시쯤 잠자리에 들었는데 뒤척임 없이 바로 잤다. 그리곤 오늘 아침 알람 없이 평화롭게 눈을 떠 한글날 아침이 여유롭게 시작됐다. 반면, 오늘 새벽까지 「쇼미더머니 10」 방송을 보고 잔 아들들은 일어날 기미가 안 보인다. 학교 다닐 때 못 잔 잠을 푹 자라고 깨우지 않는다.

남편과 마트를 다녀온 후 동네를 걷는데 아침에는 서늘했던 공기가 오후 되니 다시 더워진다. 일교차가 점점 벌어지는 것 같다. 옷입기도, 건강관리도 어려워지는 때이다. 걷기 위해 집을 나서는 것도 자꾸 꾀가 난다. 바람 불면 바람이 불어서, 비가 오면 비가 와서, 더우면 더워서 뒤로 미루는 경향이 늘고 있다. 어떤 행동을 지속적으로 하기 위해서는 목표를 길게 잡기보다 딱 10분만, 딱 30분만 하고자 하는 일을 해 보자고 자신에게 주문을 거는 게 효과적이라는 말을 들은 적이 있다. 나도 하루에 30분만이라도 걸어 보자고, 그건 할 수 있지 않겠냐고 나 자신에게 물어 보며 타협했는데 조금씩 게을러지는 나를 발견하고 있다, 요사이.

그래서 뭔가 밖에 나가 해야 할 일을 매일매일 만들어 낸다. 동네 마트에 갈 때도 한꺼번에 필요한 걸 다 사오지 않고 그날 딱 필요한 것만 산다. 내일도, 모레도 가야 할 핑곗거리를 만들어 그걸 목표 삼아 집을 나선다. 먼저 산책하고 돌아오는 길에 해야 할 일을 한다. 게을러진 내가 계속 걸을 수 있으려면 지금은 이 방법이 딱인 것 같다. 돈이 좀 드나? 어차피 먹어야 하고 써야 하는 것들을 사니까 걷기가 낭비로 연결되진 않을 것이다. 궁여지책이란 생각이 들기는 하지만 말이다.

또 하나, 요즘 내가 사는 아파트 주변에 출입구를 새로 만든다고 외부에서 아파트로 통하는 통로마다 다 펜스를 쳐놔서 밖으로 나가려면 어쩔 수 없이 문을 이용해야 한다. 그러자면 전보다 더 오래 걸어야 한다. 바로 가깝게 갈 수 있는 길을 돌아가는 불편함은 있지만 불편함을 걸을 수 있는 기회로 여기니 이 또한 나를 도와주는 고마운 일이 된다. 이래저래 나를 움직이게 만드는 환경들 속에 어울려 살아가며 걷고 있다. 감사한 일이다 비가 하루종일 오는 휴일. 남편은 아침일찍 일어나 출장 갔고, 나는 남편 배웅하느라 못 잔 잠을 오전내내 잤다. 그래서 오후부터 내리기 시작한 비가 내게는 하루종일로 느껴진다. 쓸쓸한 가을비가 휴일을 적시고 있다.

우산을 쓰고 거리를 걷는다. 비 때문인지 기온이 떨어진 탓인지 마스크 쓰고 걸으니 안경에 김이 서린다. 안경 벗고 걷기엔 가시거리가 나오지 않아 불편하다. 사람이 없을 땐 살짝살짝 마스크를 내리고 걷는다. 비가 오는 거리에 거리두기를 할 만큼 사람들이 많지 않은 게 고맙다.

운동화가 비에 젖어간다. 물이 고여 있는 곳을 모르고 강하게 디뎠다가 물이 튀겨 바지자락도 젖는다. 아 참, 이런 상황을 참 싫어하는 나인데도 이렇게 걷고 있다니 나 자신이 신기할 뿐이다. 담배를 끊지 못하는 사람처럼 나도 이제 걷기를 끊지 못하는 걸까. 남편은 벌써 근 한 달 동안 금연을 실천하고 있다. 이번에는 성공하려나. 조금씩 기대감이 올라가지만 방심은 금물이다. 습관을 바꾸는 건 정말 초인적인 힘이 필요하기 때문이다.

아이들과 함께 먹을 저녁거리로 초밥을 사서 들어간다. 어제 한글날을 맞아 외국어 쓰지 않기 시합을 해서 가족이 벌금으로 낸 돈으로 사고자 했는데 모인 돈보다 초밥이 더 비싸다. 아이들이 먹고 싶어하는 배스킨라빈스 아이스크림도 산다. 엄마는외계인, 체리쥬빌레, 슈팅스타. 아이들마다 주문도 다 다르다. 그래도 기분은 좋다. 아이들 입에 음식 들어가는 거 보는 게 가장 즐거운 사람, 나는 엄마이기 때문이다.

하루 24시간을 온전히 보낸 듯한 날이다. 어젯밤부터 나는 잠을 안 자고, 고질적인 불면증 때문이 아니라 일부러 잠이 안 들려 버티고, 오늘 새벽을 맞이했다. 울릉도로 졸업여행을 가는 큰아들이 오늘 새벽 1시 30분에 집 앞에서 대절버스를 타고 가기 때문이다. 잠을 자면 그 시간에 일어날 수 없을 것 같아 아들은 조금이라도 자라고 하고선 나는 1시까지 버텼다.

다른 때 같으면 보통 새벽녘에야 잠이 드니 그 시간까지 안 자는 게 일도 아니라고 생각했는데 사람 마음이란 게 얼마나 변덕스러운지 못 잔다 생각하니 자고 싶고 실제로 깜빡깜빡 졸아지기도 했다. 형 가는 거 배웅하겠다고 1시에 알람 맞춰놓고 일어난 둘째 때문에 제시간에 눈을 뜰 수 있었다. 하루가 시작된 것이다.

큰아들은 오늘부터 10박11일 울릉도 여행을 한다. 원래 예정은 오늘 강릉으로 가서 하루를 자고 내일 배를 타는 거였는데 풍랑 관계로 내일부터 당분간 배가 안 뜨고 오늘 새벽 5시 30분 배만 출항으로 일정이 바뀌었다. 그래서 밤도 아니고 새벽도 아닌 어중간한 시간에 부모들의 배웅을 받으며 아들과 친구들은 여행길에 올랐다. 그러나 바다가 호락호락 길을 열어주지 않아 결과적으로 오늘 배편이 결항되었단다. 아마도 그네들은 플랜B를 가동하며 강릉에 머물고 있을 것이다.

한번 깬 잠이 다시 오지 않아 그 시간부터 하루를 깨어 있다. 차갑게 느껴지는 바람을 맞으며 산책을 했지만 정신이 계속 몽롱하다. 주인없는 방을 정리하고 이불빨래며 걸레질까지 몸을 연신 움직여도 정신이 빠짝 차려지지 않는다. 아마도 마음은 강릉 어딘가에 있을 아들에게 가 있기 때문일 것이다. 대안학교에 보낸 이후 다섯 번째이자 마지막으로 가는 여행이지만 이번 여행길은 다른 때보다 좀더 신경이 쓰인다. 울릉도 자체는 너무 좋은데 뱃길이 걱정스러워서이다. 그래도 나를 포함한 다른 부모들 모두 믿고 있을 것이다. 부모들의 배웅을 받으며 웃는 얼굴로 갔던 모습 그대로 건강하고 안전하게 돌아올 것을. 인생사 계획대로 되는 것만은 아니구나, 깨닫고 오는 여행이 될 것임을. 긴 하루가 차가운 바람 속에 저물어간다.

아침에 환기하느라 열어놓은 창문을 빠르게 닫았다. 전처럼 창문을 계속 열어놓기엔 기온이 차갑다. 창밖으로 학교 가는 아이들을 내려다보니 옷차림들이 두꺼워졌다. 흐린 하늘과 낮은 기온이 을씨년스럽게 느껴지기도 하는 오늘은 월요일 같은 화요일이다.

점심을 먹고 옷을 몇 겹 껴입고 산책을 한다. 막상 나와보니 집에서 느껴진 것보다는 춥지 않다. 멀리서 바라보는 것과 직접 피부로 체험하는 건 이리도 다르다. 해가 안 나 따뜻하지 않을 뿐 그리 춥지 않아 걷기에 좋은 날씨다. 이런 날이면 오래도록 걸을 수 있을 것 같은데 여유시간이 많지 않아 좀 아쉽다.

선듯 부는 바람을 따라 나무 끝으로 시선을 올린다. 며칠 비가 와서인지 하늘과 더 가까운 나뭇잎 색이 많이들 변해 있다. 햇빛을 받아 반짝이는 나뭇잎을 볼 때는 내 마음에도 뭔가 알 수 없는 희망과 삶의 기쁨이 일렁이는 듯 느껴지는데 오늘처럼 흐리고 무채색인 날의 나뭇잎은 쓸쓸한 삶의 뒤안길 같은 마음이 들게 한다. 그래서 난 오늘 같은 날 나뭇잎 쳐다보는 걸 더 좋아한다, 적어도 이 계절 10월에는.

마음속으로 김경미 시인의 「각도」라는 시를 떠올리며 시인인 듯 걷는다. 시선은 여전히 나뭇잎을 올려다보며.

　오늘 처음 알았다. 내가 사는 아파트에 감나무와 모과나무가 있다는 것을. 10년을 쭉 살아온 아파트 산책로를 걷는데 마치 낯선 곳에 이사 가 마주하는 첫 풍경 같은 느낌을 받았다. 나는 그동안 뭘 보고 살아왔던 걸까.

　아침부터 오후 네시까지 수업과 과제로 강행군을 하고 마침내 여유시간이 생겨 집을 나섰다. 창밖 하늘은 예술 그 자체였고, 빨래가 바짝바짝 잘 마를 만큼 볕 좋은 오후에 피곤하다고 집에 있을 수가 없었다. 바람이 차가울 줄 알고 긴팔을 입고 나갔는데 조금 걷다가 후회했다. 볕이 바람을 이겨, 아니 바람이 햇볕에 녹아들어, 더웠다. 서늘했다 더웠다, 변덕스러운 내 성격 같은 요즘 날씨다.

　처음엔 사과인 줄 알았다. 하늘과 물들어가는 나뭇잎을 바라보느라 고개를 들어 이리저리 둘러보며 걷던 내 눈에 사과처럼 파랗고 탐스러운 열매가 보였다. 여기에 사과나무가, 하며 자세히 보았더니 사과 같은 감이었다. 크고 붉고 또는 푸르스름한 감이 가지마다 매달려있는 명실공히 감나무. 내 것도 네 것도 아닌 그 감나무에 감탄하며 다시 걷는데 이번에는 멀리서 봐도 한눈에 모과임을 알 수 있는 형체의 열매가 나무에 달려 있음을 본다. 우리 아파트에 이런 나무들이 있었다니. 나는 어째 10년 동안 못 봤지. 얼마 전에 심은 건가, 싶지만 그러기엔 너무 터를 잘 잡고 있는 나무들이다. 내가 못 본 것뿐이다. 그 자리에 한결같이 뿌리내리고 있었는데 땅과 놀이터에서 노는 내 아이들과 가슴 속 걱정만 바라보며 걷느라 내가 못 본 것이다.

　참 좋은 계절이다. 어디 훌쩍 떠나고픈 마음 간절하지만 지금은 현실에 충실해야 할 때이다. 오늘 아침 큰아들은 마침내 울릉도 가는 배를 탔다고 한다. 나 대신 내 1/3쪽인 아들이 울릉도의 청정함을 잘 보고, 맛보고, 느끼고 왔으면 좋겠다.

聖
人
亭

오후 5시 30분에서 6시 사이, 동네를 걷는데 하늘에 반달이 떠 있다. 아직 파랗고 밝은 하늘에 부지런한 하얀 달이 멀뚱히 떠 있다. 지금은 하얗지만 조금만 더 어두워지면 본색을 드러낼 것이다. 원을 가운데로 반 뚝 자른 듯한 달이 나를 인도하고 있다.

바빴던 하루가 지나간다. 오전 수업 듣고, 점심 먹고, 오후 수업도 듣는데 중간 휴식 시간 10분 동안 잠깐 잠이 들었다. 너무 졸려 그 10분이라도 자야 했다. 아뿔싸, 정신을 차리고 보니 교수님의 클로징멘트가 들린다. 비디오 기능을 끄고 잠을 잤는데 잠깐만 잔다는 것이 한 시간 정도를 내처 잔 것이다. 이런 일이, 줌 수업 들은 지 2년 동안 이런 일은 처음이었다. 수업을 듣다가 잠을 자다니. 내가 이렇게까지 피곤했나. 회의실 나가기를 하며 정신이 번쩍 들었다. 이런이런.

산책을 하며 시원한 바람을 쐬니 그제야 정신이 난다. 뒤늦은 정신차림이지만 맑은 정신으로 세상을 바라본다. 길가에 한때 수북히 피어 있던 수국이 고대로 잿빛으로 시든 채 달려 있음을 본다. 동백은 때가 되면 꽃봉오리가 장렬히 뚝 떨어지는데 수국은 시들어도 싸리비처럼 뭉텅이로 함께 매달려있다. 비록 원색의 아름다움은 이미 사라지고 없지만 늙은 모습 그 자체로 존재하고 있는 수국도 나름의 맛이 있다.

남편은 늦게 온다 하고, 아들 하나는 집에 없고, 셋만 남은 저녁상 차릴 의욕이 없어 둘째가 원하는 피자를 사러 간다. 일주일에 하루, 밀가루 음식을 먹는 아들의 철저함에 박수를 보내며 비싸지만 아들의 원픽 피자를 사려 한다. 산책도 충분히 했겠다, 서늘한 바람에 정신도 났겠다, 가벼워진 몸으로 피자집으로 향한다.

버스로 세 정거장 거리의 병원에 걸어서 갔다왔다. 왕복 40분쯤 걸린 것 같다. 어쩌면 만추의 거리를 아주 천천히 걸었으므로 더 걸렸을지도 모른다. 거리를 제법 채운 낙엽을 밟으며 쓸쓸한 가을 거리를 걸었다. 내일부터는 추워진다고 하니 걷기 좋을 때 마냥 걷고 싶다.

막내딸 낳고 13년 만에 산부인과에 간 듯하다. 산부인과를 가야 할지 내과인지 신경외과인지 알 수 없는 복부통증을 더 이상 방치할 수 없을 것 같아 오늘 큰맘먹고 갔다. 더 이상이라고 함은 낮에는 괜찮은데 자려고 누우면, 그것도 밤에만, 양쪽 난소 자리를 중심으로 아프고 불편하고 뭔가 묵지근한 느낌이 들어 자세를 바꿀 때마다 힘이 들고 아팠던 증상이 1년 넘게 지속되었고, 어제는 너무 아파 이제 병원 갈 타이밍이 됐구나, 스스로 느꼈음을 의미한다. 침대에만 누우면 사라지는 잠도 이 통증과 관련있지 않나 생각될 정도로 이상한 증상이다.

원래 계획은 내게 척추협착증을 진단내린 단골 신경외과를 찾아가는 거였는데 남편이 여자니까 산부인과를 먼저 가는 게 좋지 않겠냐 해서 일단 가까운 데 있는 산부인과를 무작정 찾아나섰다. 완경을 10여 년 전쯤 한 중년여자가 산부인과 갈 일은 없어 어느 병원이 좋은지 나쁜지 정보도 없이 그저 동네에 있다는 이유로 병원에 갔고, 자궁초음파 결과 아무 이상 없다는 의사 소견을 들었다. 다행이고 좋은 일인데 느낌은 이상하다. 여전히 나는 아프고 불편한데 이상이 없다니. 내 생각대로 척추와 관련된 통증이 아니었을까. 헛다리 짚었나. 여러 생각이 교차했지만 자궁과 난소 쪽은 괜찮다는 결과를 얻었으니 헛고생은 아닐 것이다.

초음파를 받고 나니 몸에 기운이 쫙 빠져 병원 1층에 있는 작은 까페 구석자리에 앉아 따뜻한 카페라테를 마시며 창밖 풍경을 바라보았다. 날은 조금씩 흐려가고, 환자복 입고 돌아다니는 사람들과 임신한 아내를 에스코트하며 걷는 젊은 부부와 위아래 초록색 운동복을 입고 당당히 걷는 청춘들이 보인다. 드라마 「오징어게임」 여파로 예전엔 줘도 안 입을 것 같은 깔맞춤 상하의 운동복이 거리에 자주, 아주 많이 보인다. 유행이란 참 오묘하다. 보는 시각을 바꾸면 얼마든지 기가 아닌 게 되고, 아닌 게 기가 되는, 마법의

지팡이 같다.

　남편에게 진료결과를 알려주고, 남은 커피를 마저 마시고, 다시 길을 나선다. 빗방울이 한두 방울 머리 위로 떨어진다. 누가 내 머리에 똥 쌌어, 하는 식으로 간헐적으로 떨어지는 비다. 가을을 재촉하는 비. 내일부터 추워질 테니 각오해, 하는 비. 그 비를 맞으며 집을 향해 걷는다.

11월 16일이라고 해도 믿을 날씨다. 하루 사이에 세상이 확 뒤집어진 듯하다. 찬바람에 나무들이 사정없이 휘날리고, 온기 하나 없는 공기에 거리는 을씨년스럽다. 보도 위를 맴돌며 몰려다니는 낙엽들이 두서없이 아무 데나 자리를 잡아 만만한 지하주차장 안에 그득하다. 내일 서울 아침기온이 0도라고 하는데 체온관리에 신경써야겠다. 다음 주 월요일부터 새로 시작하는 강의가 있는데 갑자기 날씨가 추워져 참여하는 분들 발걸음이 돌아가지 않을까 염려가 된다. 기온이 낮아도 해만 좀 나면 좋겠다.

둘째 아들은 친구들과 「베놈 2」를 보러 가고, 남은 세 식구는 다음 주 화요일에 컴백예정인 큰아들 환영파티 준비를 위해 마트에 다녀왔다. 여행만 다녀오면 고기가 먹고 싶다는 아들을 위해 소고기를 잔뜩 사와 맛있게 구워주는 게 전부인 파티이지만 아들 생각을 하며 뭔가를 하고 있다는 게 행복하다. 몸은 멀리 있어도 마음은 닿아 있는 느낌. 울릉도에서 어찌 지내는지 소식을 전해오지도, 묻지도 않으니 그저 잘 있겠거니 하는 믿음밖에 줄 게 없는 아들.

거리를 걷는 사람들 옷차림이 두꺼워졌다. 어떤 이는 벌써 롱패딩을 입고 있고, 옷을 날씨에 맞게 두껍게 입지 못하는 나는 7부 티셔츠 바람으로 한껏 몸을 움츠리고 걷는다. 며칠 전에 옷정리를 하다 보니 내게 두꺼운 옷이 별로 없다는 걸 발견했다. 추위를 별로 타지 않는지 나는 한겨울에도 니트나 털옷, 목폴라 같은 옷을 입지 못한다. 가뜩이나 뚱뚱한 몸이 더 비든해 보이고, 답답하고, 운신하기 불편한 이유에서다. 웬만한 곳은 운전을 하고 다니니 우리집 지하주차장에서 다른 주차장으로 이동을 위해 굳이 두꺼운 옷 입을 필요를 못 느끼기도 한다. 그러나 며칠 전 본 내 옷장은 너무 빈약하다는 인상을 받았다. 털 달린 겨울신도 몇 년 안 신고 방치되어 있다가 버린 관계로 겨울부츠도 없다. 올 겨울은 큰맘먹고 겨울 대비를 위해 내 몸을 따뜻하게 할 옷가지와 신발류를 사야겠다는 생각이 든다. 몸이 그걸 원한다는 본능적 느낌. 겨울에 걸으려면 따뜻한 옷이 필요하겠다는 현실적 계산. 둘다 맞을 것이다.

어제 소망이 이루어졌다. 기온은 낮아도 해가 났으면 좋겠다는 소망. 어제보다 기온이 떨어졌는지 모르겠지만 바람이 없고 무엇보다 햇볕이 있어서 생각보다 춥지 않은 날이었다. 더욱이 하늘에 구름 한 점 없었다. 맑고 시린 것 같지만 햇볕은 좋은 가을 휴일이었다.

경기상상캠퍼스 주변을 한 바퀴 걸었다. 남편이 근처에서 일이 있어 같이 왔다가 나는 걷고 그는 나중에 합류하기로 했다. 마스크를 내리고 걸어도 아무에게 피해 주지 않을 만큼 한적하고 오가는 사람 없는 호젓한 길이었다. 나무에서 영글지 못하고 떨어진 은행열매가 발걸음마다 밟히고 코에 악몽처럼 번질 악취가 마스크 덕분에 맡아지지 않는다. 마스크 덕을 본다.

상상캠퍼스 안으로 들어가니 갑자기 사람 사는 세상이 펼쳐진다. 가을 휴일을 가족과 자연에서 보내려는 사람들이 많이 보인다. 하늘은 맑고, 높디높은 나무 꼭대기가 바람에 살랑거리고, 아이들은 잔디에서 뛰어놀고, 그 옆에서 젊은이들은 캠핑을 한다. 나는 남편과 그들 곁에서 간이의자를 펴놓고 앉아 유재하와 여행스케치를 들으며 멍때렸다. 세상이 이렇게 평화롭고 안정되다니. 내가 이런 힐링을 하고 있다니. 믿기 힘든 평화가 잠깐 이루어졌다. 걷지 않고 앉아 있으니 햇볕보다 바람이 몸 안에 스며들어 추워진 탓에 오래 앉아 있지 못한 탓이다.

걷는다는 것, 걷다가 머문다는 것, 머물며 주위에 스며든다는 것, 스며들다가 다시 떠날 수 있는 것 그리고 다시 그 모든 걸 그리워하는 것. 이 모든 게 가능한 가을날의 여유다.

오랜만에 치유글쓰기 수업을 했다. 수원 신중년 인생이모작지원센터에서 진행하는 신중년 대상 시간이다. 〈문학과 상담의 유쾌한 만남〉은 내가 붙인 이름이고 '기억이 문학이 되는 치유글쓰기'는 센터에서 첨언해 주었다. 내가 정한 수업 타이틀보다 센터에서 창조해준 설명글이 더 마음에 들기는 처음이다. 갑자기 차가워진 날씨에도 불구하고 신청인원 12분이 전부 다 참석한 것도 문학적이며 멋들어진 타이틀과 무관하지 않은 듯하다.

수업을 마치고 엄마집에 들렀다가 집에 돌아왔다. 엄마는 이제 혼자 식사를 차려드시고, 설거지까지 해놓고 믹스커피 드시는 여유를 찾으셨다. 현대의학의 놀라운 힘과 엄마의 강인한 생명력이 엄마를 예전 모습으로 조금은 돌려놓은 것 같아 신비함을 느낀다. 건강하게 오래 산다는 것, 누구나 꿈꾸는 장수의 모습이겠지만 아무에게나 허락되지는 않는다. 우리 엄마는 분명 신의 축복을 받은 분이다. 달리 설명할 방법이 없다.

집에 돌아와 한시름 쉬고 산책을 한다. 햇볕이 따스해서 좋았던 몇 시간 전과 달리 네 시가 좀 지났건만 벌써 햇빛이 시들어간다. 내일 비가 오고 더 추워진다는데 그 전초현상인가 보다. 아직 해 기운이 남아 있는 밝은 곳으로 걸음을 옮겨 다닌다. 여름엔 그늘을 찾아 다녔는데 이젠 햇빛 한 가닥이 아쉬운 계절이다.

살진 고양이 한 마리가 길가에 버려진 쓰레기더미를 헤치며 뭉개뜨리고 있는 장면을 본다. 동물이나 사람이나 어질러놓는 거 싫어하는 내가 멈춰서서 그 고양이를 쳐다본다. 내 시선을 느꼈는지 그도 나를 빤히 올려다본다. 시선을 돌리지 않는 당돌한 고양이다. 오기가 붙은 나도 계속 그를 응시한다. 그러다 내가 먼저 눈길을 돌려 가던 길을 간다. 이 무슨 시츄에이션인가, 스스로 웃음이 나와서다. 수업도 했고, 좋아진 엄마도 보고 왔고, 한숨 낮잠도 잤고, 내가 여유가 생겼나 보다. 하릴없이 어슬렁거릴 여유.

코끝이 훌쩍거려질 만큼 공기는 차갑지만 해가 나서 걷기에 좋은 날이다. 아침은 좀 흐리게 시작해서 비 예보도 있었으나 정오 무렵 산책할 때는 맑고 환한 가을날이 펼쳐졌다. 해 있는 데로 걸으면 등이 따숩고, 그늘진 곳을 걸으면 얼굴이 시리다. 고마운 햇볕을 따라 산책을 한다.

동네 고등학교가 시험기간인지 거리에 교복차림 학생들이 가득하다. 분식집마다 모처럼 몰려든 학생손님에 분주해 보인다. 집에서 수업 듣고 있는 우리집 청소년 점심을 사기 위해 식당에 갔다가 자리마다 앉아 있는 그네들을 보고 놀랐다. 그들이 뿜어내는 말의 열기로 식당 안이 후끈후끈하다. 나는 차라리 서늘함을 택해 밖에서 음식을 기다린다.

요새 둘째 아들은 고등학교 진학에 대한 고민이 많다. 어느 학교에 가야 할지 아직 확신이 안 서나 보다. 뺑뺑이로 정해진 학교에 군말없이 진학했던 old X세대인 나와 달리 선택지가 많은 요즘 아이들은 그래서 더 힘든가보다. 그냥 집에서 가까운 데 아무 곳이나 가면 좋겠구만 뭘 고민하는지 나로선 잘 모르겠다. 속편한 엄마와 달리 친구관계도 생각해야 하고 대학진학도 신경써야 하는 아들은 쉽게 결정을 못 내리는 듯하다. 거기다 아들의 고려사항 중 하나는 교복이 멋있는지 여부다. 여러가지로 애쓴다.

걸을 때는 괜찮았는데 식당 밖에 가만히 서서 음식을 기다리니 어깨가 춥다. 가게 앞을 공연히 왔다갔다하며 몸을 움직여봐도 그늘진 곳이라 별 효과가 없다. 게다가 아들의 점심은 판모밀이다. 냉기가 느껴지는 비닐봉지를 들고 집으로 돌아간다. 점심에 밥은 먹기 싫고, 밀가루는 건강상 안 먹는 아들의 점심 해결하는 게 쉽지 않다. 차라리 다시 밀가루음식을 먹으라고 권하고 싶지만 아들의 좋은 결심을 무너뜨릴 수는 없지. 으이그, 참 에렵다.

집 나갔던 큰아들이 돌아왔다. 어제 밤 9시 30분쯤 울릉도 졸업여행 갔던 아들이 묵호에서 버스를 타고 수원에 도착했고, 남편이 터미널로 가서 데리고 왔다. 함께 갔던 친구 부모들도 마중을 나가 아이들에게 꽃다발을 건네주는 환영이벤트를 하기도 했단다. 5년간 대안학교 생활 중 마지막 여행이라는 데 의미부여를 한 것 같다.

10시까지 줌으로 수업중이던 나는 아들이 돌아오는 소리를 귀로 먼저 듣고, 수업 끝나자마자 얼굴을 보았다. 집 나갈 때보다 추레하고 꼬작지근한 모습이지만 파도 높은 배를 네 시간 타고, 세 시간 동안 시외버스 타고 온 아들 얼굴엔 웃음이 돌았다. 이제 온 식구가 집안에 꽉 차 있으니 다시 예전 우리집으로 돌아온 것 같아 충만한 느낌이 들었다. 내가 살아야 하고, 살아가야 할 이유 중 하나, 큰아들.

오늘은 아들을 데리고 코로나 검사하러 다녀왔다. 오늘 검사해 내일 결과를 들어야만 학교에 등교할 수 있기 때문이다. 아들은 벌써 다섯 번째 검사라 느긋하다. 점심시간이 한시까지인 줄 알고 갔는데 두시부터 검사가 재개된다기에 30분 정도 시간이 떠서 검사소 주변을 빙빙 걸었다. 햇볕이 따뜻하고, 노랗고 붉게 물든 가로수들은 꼿꼿하게 서 있

고, 관공서가 많이 들어서있지만 사람이 많지 않은 그곳은 천천히 걷기에 좋았다.

두시가 되자 다시 검사소로 갔는데 아까는 짧았던 줄끝이 어느새 저만치로 늘어져 있었다. 중국인 노동자들이 줄의 절반을 차지했고, 어린아이들을 동반한 가족 모습도 더러 눈에 띄었다. 아들은 줄을 서서 차례를 기다리고 나는 그 주위를 어슬렁거렸다. 비닐장갑을 끼고, 안내문을 받고, 자기 정보를 기입하고, 검사를 받는 일련의 과정이 공장 컨베이어벨트처럼 절도있게 기능했다. 사이사이 어린아이들이 검사 받으며 치과에서처럼, 주사 맞을 때처럼 소리 높여 우는 소리가 여기가 공장은 아님을 일깨워주었다.

그 사이에 나는 어슬렁거리다 검사소 주차장 한 모퉁이에 핀 하얀 들꽃을 본다. 아스팔트 주차장 어디에도 흙 한 덩이 보이지 않는데 어느 틈에 이 꽃은 이런 데서 생명을 키우고 있는가. 아주 작은 틈새 사이에서도 가늘지만 흰 꽃을 피워내는 이 생명력은 무어란 말인가. 2년 여 동안 전국 곳곳에서 이렇게 긴 줄을 서가며 생명과 안전을 유지하려는 우리네 사람들도 들꽃 못지않은 강인함으로 지금까지 버팅기고 온 듯하여 작디작은 꽃을 바라보는 마음이 애틋했다. 조용하지만 힘있는 정중동의 기운이 여기저기서 뿜어져 나온다.

저녁, 아니 어두워졌으니 밤이라고 해야 하나. 7시 30분이 지나 다른 날보다 퇴근을 일찍 한 남편과 밤산책을 나갔다.

밤마실 나온 우리를 처음 반겨준 건 보름달이었다. 정면으로 보이는 낮은 하늘에 크고 둥글고 영롱한 오렌지빛 밝은 달이 환히 떠서 우리를 맞이해 주었다. 이런, 오늘이 보름인가 싶어 얼른 핸드폰 달력을 보니 음력 16일. 보름 다음날 달이 가장 크고 충만하다는 말이 맞는가. 더할나위없이 완벽한 달이 나와 눈을 마주치고 있다. 내 기분도 저 달처럼 둥글둥글해졌다. 누리호가 저기로 갔나, 하고 조금 전까지 누리호 발사 광경과 소식을 보고 나온 남편이 한마디 한다. 이름도 이쁜 누리호.

가을밤이 참 빨리 열리는 느낌이다. 아직 8시도 안 됐는데 달이 선명히 보일 정도로 어두워졌다. "밤이 깊을수록 별은 밝음 속에 사라지고 나는 어둠 속으로 사라진다."는 유심초의 옛노래 가사가 떠오른다. 밤이 깊을수록 별과 달이 하늘을 차지할 텐데 별이 밝음 속에 사라진다니 노래 속 화자가 네온사인 휘황한 거리에 서 있나 보다. 노래 속 나는 어둠 속으로 사라지고, 지금-여기의 나는 황달에 걸린 듯 누런 달을 향해 걸어간다. 멀리 있을 때는 잘 보였던 달이 걸을수록 보이지 않는다. 높은 건물 뒤로 숨어 버렸다.

오랜만에 밤산책을 하니 여유있는 느낌이다. 할일을 다해놓고, 오늘 하루도 열심히 산 내가 내게 주는 선물 같은 시간이다. 혼자 호젓하게 걸어도 좋았을 테지만 남편과 함께 두런두런 이야기하며 걷는 것도 좋다. 추워지기 전에 이런 시간을 더 가져야겠다. 하루를 이렇게 정리하면 잠도 잘 올 것 같은 느낌적인 느낌.

가을이 돌아왔다. 오후 세시에서 네시 사이, 산책길에 만난 오늘의 가을은 진짜 가을이었다. 낮의 열기가 조금씩 시들어가며 온기 꺼져가는 아랫목 구들장처럼 편안한 온도와 잊을 만하면 한번씩 불어오는 시원한 바람, 게다가 높고 맑은 하늘까지. 가을바람에 살랑거리는 나뭇잎들과 높은 나무 꼭대기 어디에서 재잘거리며 노니는 까치들. 아름다운 오후의 가을 속으로 걸어들어간다.

아파트 산책로를 걷다가 계수나무라 적혀 있는 나무팻말을 본다. 늘 지나치는 길에 늘 보았을 법한 나무인데 그가 계수나무인지 몰랐다. "계수나무 한 나무 토끼 한 마리" 동요 속 계수나무가 실제로 존재하는 실체인지도 몰랐다. 달에서 방아 찧는 토끼처럼 공상 세계에서나 있는 나무인지 알았다. 이름을 보고 나무를 다시 올려다보았는데 뭐 그리 특별할 것 없는 평범한 나무였다. 이파리가 무성한 것도 아니고, 굵고 아름진 몸통도 아닌 어디에서나 볼 수 있을 장삼이사 같은 나무. 계수나무를 보니 어제 본 보름달이 다시금 떠오른다. 보름달 밑에서 이 나무를 보았다면 더 잘 어울릴 것 같다는 생각.

수변공원길로 들어선다. 가을이 무르익고 있는 산책로를 걷는데 문득 세상이 아름답다는 생각을 한다. 시시각각 변화하는 자연과 그를 즐길 만한 마음의 여유만 있다면 이 아름다운 세상에서 지지고볶고, 입만 열면 거짓말하고, 남 헐뜯고 모욕하고 끌어내리는 싸구려 말을 하고, 하지 말아야 할 말과 행동을 하곤 재미로 그랬다고 얼토당토한 반응을 보이는, 그렇게 살 필요가 무에 있을까 싶다. 사람답게, 진짜 사람답게 자족하며 한 세상 조용히 살다가면 족할 것을. 사색의 계절, 가을에 나는 안빈낙도를 생각한다.

이 가을 우리 동네 수변공원은 한 번도 가본 적 없는 뉴욕 센트럴파크공원 못지않다. 한 생명 다 하고 길바닥을 적시는 낙엽을 밟으며 길을 걸으니 가슴이 조금 뚫리는 것 같다. 오전에 갑자기 신경쓸 일이 생겨서 점심 먹은 게 그대로 가슴에 얹혀 아래로 내려가지 못하고 뭉쳐 있었다. 소화제와 사이다가 하지 못한 일을 걷기가 해주어 이제 속이 좀 편하다.

햇볕이 따뜻한 가을 주말이다. 어디를 둘러보아도, 어디를 걸어도 눈이 호강하는 날들이지만 오늘은 오랜만에 화성성곽길을 한 바퀴 돌았다, 남편과 함께. 아이들에게 같이 가자 했더니 아무도 따라나서는 이가 없어 결국 우리 부부만 길을 나섰다. 젊은애들은 집에서 쉬고, 늙어가는 우리 둘만 이 가을을 만끽하고자 한다. 안타깝지만 각자 좋을 대로 사는 것이다.

팔달구청 주차장에 차를 대고 방화수류정부터 서장대 쪽으로 걷기로 한다. 날이 좋아 성곽을 걷는 사람들이 많다. 연인끼리, 가족끼리, 중년 친구들끼리, 외국인끼리, 나와 남편처럼 부부끼리, 끼리끼리 성곽길을 즐기며 걷는다. 플라타너스 가로수를 바 아이스크림 모양처럼 깎아놓은 거리를 보고, 코스모스 빼곡이 피어 있는 꽃밭도 보고, 누런 억새도 보고, 공원에 돗자리 펴고 앉아 여유를 즐기는 가족들 모습도 본다. 무엇보다 가을을 본다. 노란 은행잎이 앞다투어 떨어지고, 바람에 춤추듯 떨어지는 나뭇잎들 속에 숨 쉬고 있는 가을을 보며 느낀다.

나는 오리지널 수원 사람으로서 화성성곽길 걷는 걸 참 좋아한다. 높은 데서 내려다보는 풍경도 좋고, 그다지 심한 경사 없이 평지 걷듯(물론 한두 군데 숨이 턱에 차는 구간도 있긴 하다) 편하게 걸을 수 있는 것도 좋고, 걸음을 옮길 때마다 달리보이는 시야도 좋고, 옛날 우리 조상들은 어떻게 여기에 이런 걸 만들어 놨을까 감탄하며 내뱉는 탄성도 좋다. 아니, 그냥 이 길을 걷는 것 자체가 좋다. 어딜 가도 이만한 산책길은 없을 것 같은 자부심이 있다. 어느 카페에서 본 글귀처럼 I am a Suwoner이기 때문이다.

한 시간 정도 걸은 것 같다. 방화수류정부터 시작해 서장대에서 탁 트인 수원 전경을 내려다보며 한숨 돌리고 팔달문 쪽으로 돌계단을 디디며 내려온 시간이 그 정도 걸렸다. 젊은이들로 번화한 거리를 지나 그야말로 슴슴한 평양냉면을 먹고 오래된 루틴처럼 지동시장에서 만두와 꽈배기 등등을 사서 주차장으로 향한다. 이대로 돌아가지 않고 조금 더 걸어도 괜찮을 법하지만 집에 있는 아이들 생각에 이쯤에서 멈추기로 한다. 어서 빨리 애들 키우고 우리끼리 여행 많이 다니자는 공염불 같은 다짐과 함께.

별 좋은 가을 걷기 2탄. 오늘도 남편과 휴일을 잘 걸었다. 어제보다 조금 더 온화해진 듯해 집에서 뒹굴거리기 싫은 날, 먼저는 도서관에 가서 통창 가득 들어오는 햇볕을 받으며 책을 읽었다. 뭐라도 손에 들고 읽어야 안절부절하지 않는 활자중독인 내가 요 며칠 읽을거리와 정신적 여유가 없었다. 마트에서 먹을거리를 사서 쟁여놔야 마음이 든든한 것처럼 도서관에서 읽고 싶던 책을 잔뜩 대출해와야 부자가 된 것 같은 나는 오늘 다시 마음부자가 되었다.

책으로 마음이 부유해졌으니 이제 몸이 좋아질 시간이다. 남편과 일월저수지 주변을 한 바퀴 걸었다. 저수지 가득 수초가 자리잡아 물인지 풀밭인지 구분하기 힘든 공원을 빙 둘러 걸으니 아이들 어릴적 생각이 났다. 내가 항암할 때 나를 위해 아이들이 함께 걸어준 길이다. 공원 잔디밭에서 뛰어놀고, 해맑게 웃고, 내 손을 잡고 자석처럼 내 옆을 떠나지 않던 어린시절 아이들 모습이 산책길 곳곳에서 튀어나온다. 그때, 아이들이 부모를 따라 다니는 걸 좋아할 때, 조금더 많이 걸어주고 놀아주고 함께 해 주었으면 좋았을 것. 이제 미리 약속을 잡지 않으면 스케줄 잡기 어렵고, 부모와 함께 나가는 걸 탐탁지 않아하는 청소년 아이들을 생각하며 우리 부부는 아쉬워한다. 지금 알고 있는 것을 그때도 알았더라면, 하는 식이다.

나무가 우거진 공원 산책로가 참 아름답고 평화롭다. 공원 한편에 펜스가 쳐져 있어 옥의 티였는데 안내판을 보니 거기에 수원 수목원을 짓고 있단다. 내년말쯤 완공예정으로 공사중이라니 그 수목원이 완공되면 공원과 더 시너지를 내서 시민들에게 양질의 휴식공간을 줄 것 같다. 내 고장 수원이 점점 더 살기 좋아지는 듯해 기분이 좋다.

한 바퀴 돌고 어디 좀 앉았다 갈까 하다가 나무벤치엔 이미 사람들이 가득 차 있고, 차 트렁크에서 간이의자를 꺼내오는 건 귀찮고 해서 그냥 돌아가기로 한다. 다리가 적당히 피곤하고, 따뜻한 햇볕에 몸도 노곤하다. 이제는 집에 가서 잘 쉬어야 할 시간이다. 주말과 휴일이 아무 일 없이 평온하게 흘러가고 있다.

지난주 월요일부터인가 자동차 계기판에 '타이어 공기압이 낮습니다'라는 문구가 계속 떴다. 친절하게 오른쪽 뒷바퀴임도 알려주었다. 바로 정비소에 가야 했는데 게으름을 부리다 오늘 신중년센터 치유글쓰기 수업 2회기를 마치고야 찾아갔다. 갔더니 마침 딱 점심시간에 걸렸다. 한 시간이 붕 뜨게 생겼다.

그래서 걸었다. 우선 추어탕으로 점심을 먹고 주변 길을 걸었다. 산책로나 걸을 수 있는 좋은 길이 아니라 그저 대로변 인도였지만 붉은 가로수를 벗 삼아 거닐었다. 날은 따뜻한데 그만큼 얇게 입은 옷차림에 바람이 송송 들어가는 걸 느꼈지만 햇볕이 좋으니 걷다 보면 괜찮아질 것이다. 열심히 밥을 먹고, 열심히 걸었다. 먹고 소화시키면 먹은 게 소용없지 않나, 혼자 큭큭거리며.

정말 주변에 아무것도 없는 대로변이다. 공장이나 서비스센터 같은 큰 건물은 있지만 행인이 자주 오갈 만한 길이 아니라 그 넓은 도로변 인도를 나 혼자 오붓하게 걷는다. 오히려 이곳은 사람을 만나면 이상할 것 같은 길이다. 저 앞 사거리까지 갔다가 다시 되돌아오고, 길 건너서 반대편에서도 그리하고 하면서 시간을 메꿨다.

어느새 10월 마지막 주, 일분일초가 아쉬운 10월이 한 주밖에 남지 않았다. 10월의 마지막 밤을 노래하는 가수의 오래된 스테디셀러가 들려오기 시작하면 이 계절은 절정에 이를 것이다. 그 노래를 듣고 싶기도 하고, 조금 더 천천히 듣고프기도 하다. 11월이라고 가을이 아닌 건 아닌데 10월의 가을과 11월의 그것은 느낌이 천지차이다. 얼마 안 남은 10월에 어디라도 잘 걸으며 가을 속에 잘 있어 볼란다.

어디선가 바람이 새어들어오는 듯 한기가 느껴진 집안과 달리 햇볕이 있는 거리는 오히려 춥지 않았다. 햇볕 속에서 광합성으로 생명을 이어가는 나무들처럼 해를 좇아다니며 오후의 거리를 슬슬 걷는다.

어제 텔레비전에서 식물에 관한 다큐멘터리를 보았다. 전에도 한 번 본 적 있는 것 같은데 다큐는 언제봐도 처음인 것 같아 호기심으로 끝까지 본 내용은 식물에 관한 새로운 시각을 주는 것이었다. 땅에 붙박혀 고정되어 있기에 자손번식을 위해 다양한 방법을 창안하고 진화시켜온 식물의 생존능력은 번식의 주요 도구인 꽃을 화려하고 벌과 개미 눈에 잘 띄는 방향으로 변화시켜왔다는 건 전에도 알고 있었다. 달콤한 꿀과 향기로 개미나 유충을 유인해 잡아먹는 식물도 본 적이 있다. 그러나 동물의 발처럼 지형지물을 탐색하며 웅켜잡듯 뻗쳐가는 담쟁이나 자식나무를 어미나무 몸에서 어느 정도 키워 막대기 내다꽂듯 뚝 떨어뜨려 그대로 번식하는 맹글로브 이야기는 처음 들었다.

나무들 사이를 산책하면서 어제 본 다큐가 생생하게 떠올라 나무가, 풀이, 꽃이 보이는 모습 그대로 조용한 풍경으로 보이지 않고 인간인 내가 예상하지 못할 만큼의 지능을 갖춘 고도의 생명체처럼 보였다. 마치 매일 산책하며 내가 그들을 보는 게 아니라 그들도 자신 앞을 오가는 나를 관찰할 것 같은 느낌이 들었다. 어느 것 하나 예사로 보이지 않고 식물들 안에 담긴 놀라운 분투의 현장을 내가 엿보는 듯한 찝찝한 느낌도.

오늘 아침 수업에서 한 선생님이 물었다. 나무가 된다면 침엽수와 활엽수 중 뭐가 좋으세요? 나는 침엽수라고 답했다. 넓고 푸근한 품과 풍성한 열매를 맺는 활엽수보다 나는 하늘을 향해 곧고 높고 의연하게 뻗어가눈 침엽수에 더 마음이 갔다. 그러나 너무 뾰족하지도, 너무 덩치만 크지도 않은, 딱 내 분량만큼의 키와 몸피로 나다운 열매를 맺으며 꿋꿋하게 사는 나무라면 어느 것이라도 좋을 것 같다는 생각이 들기도 한다. 이거냐, 저거냐 구분하는 건 인간들의 오래된 사고습관일 뿐 그닥 큰 유익을 주는 것 같지는 않다. 산책길 나무숲 사이에서 빠져나오며 오늘 생각들도 접는다.

지난주부터 대면수업으로 전환된 대학원 수업을 들으러 아침부터 서둘러 서울로 간다. 참 오랜만에 가는 서울길이다. 출근길 서울로 가는 차들은 여전히 많고, 나는 또 5분 정도 지각을 했다. 아침길은 예측이 불가능해 집에서 일찍 나왔는데도 길에서 버리는 시간이 더 많다. 시간도 아깝고 휘발유도 아깝고 지각한다는 자체도 아쉽지만 이보다 더 일찍 집을 나설 수는 없으니 눈 딱 감고 말년병장 같은 4학기를 보내려 한다. 임기 말년 레임덕이다.

대면수업 마치고 집으로 쏜살같이 돌아와 오후 줌 수업을 또 듣는다. 오후 수업은 대학원 강의가 아니라 내가 나의 심신안정을 위해 선택한 마음치유 집단프로그램이다. 오늘부터 5주 동안 진행되는데 그동안 강의를 듣거나 하거나 하면서 나의 내면은 다독이지 않고 사회적 활동만 한 것 같아 온전히 나를 위해 집중하는 시간으로 삼으려 한다. 자꾸 고갈되어가는 내 마음의 풍요를 채울 외부의 안전한 공간, 그것이 내게 필요했음을 오늘 프로그램을 하면서 또 한번 느낀다.

자, 수업이 다 끝났고, 5시까지 제출해야 할 보고서도 교수님 메일로 보냈으니 이젠 다시 걸을 시간이다. 아침부터 고대로 쌓여 있는 설거지를 하고 나갈까 하는 유혹을 뿌리치고 우선 나가기로 한다. 몸을 좀 움직이고 들어와야 정신이 날 것 같고, 오늘 바람이 조금 차가워졌으니 더 춥기 전에 걷는 게 좋을 것 같다.

이미 밖은 조금씩 어둑해지고 있다. 어둑한 잔디밭 위에서 초등학교 아이들이 열심히 딱지를 치고 있다. 딱지, 가만히 들여다보니 ○ △ □가 그려져 있는 오징어게임 딱지다. 색깔도 빨간 것과 파란 것으로 선명하게 구분되어 있다. 얼마 전, 역시 초등학생들이 동그라미, 세모, 네모가 박힌 명함 비슷한 종이를 주고받는 장면을 봤는데 이번에는 아예 딱지가 상품화되어 팔리고 있다. 유행은 빠르고, 상술은 기막히다. 손에 핸드폰 대신 전통놀이도구를 들고 있는 건 좋으나 좀 찝찝한 마음이 든다. 설마 아이들이 딱지치며 서로의 뺨을 때리는 건 아니겠지. 그러길 바란다, 간절히.

1시 30분부터 시작되는 오후 수업을 위해 학교에 왔는데 어제 지각한 것 때문에 너무 일찍 서둘렀나 수업 시작 40분 전에 도착했다. 뭐할까 고민할 것도 없이 차를 학교 앞에 세워두고 주변을 걸었다. 일부러 내지 않아도 얻은 것 같은 이런 시간은 선물이자 짜투리땅 같다. 학교 주변을 구경하듯 거닐며 나는 오늘 아침에 읽은 보들레르의 산문시집 『파리의 우울』 중 「취해라」라는 제목으로 쓴 시를 생각한다.

"항상 취해 있어야 한다."는 시의 첫 구절이 인상적이어서일 것이다. 내 어깨를 무너지게 하는 시간의 무게를 느끼지 않기 위해 항상 뭔가에라도 취해 있으라는 말이 내 마음에 와닿았다. 그것이 술이든, 시이든, 책읽기든, 글쓰기든, 뜨개질이든, 걷기든, 청소든, 선행이든 그 무엇이든 취해서, 그것에 푹 빠져서, 내 앞에 놓여 있지만 의지와 상관없이 움직이는 거대한 시간의 흐름에 매몰되지 않고 하늘을 바라보며 살 수 있으려면 쉴 새 없이 취해 있어야 한다. 열중해 있어야 한다. 깊이 관여해야 한다. 나를 잊지 않으면서도 나를 지워야 한다.

나는 무엇에 취할까. 낮에는 일에 취하고, 밤에는 술에 취할까. 지금은 걷고 있으니 이 시간만큼은 걸음걸음에 취해 있으려나. 다리는 걷고 있지만 머릿속은 맑지 않으니 걷기에 취해 있다고 말할 수 있을까. 나를 취하게 하는 것, 내가 항상 취해 있을 수 있는 것, 그것을 사유해 보고자 한다. 그냥그냥 술에 물 탄 듯 흐리멍텅하게 살지 않고 확실히 빠져 있는 삶을 살고 싶다. 앞으로 내게 남은 반백년 동안은.

모처럼 동네 도서관에 걸어서 가려고 집을 나섰다. 바람이 생각보다 세게 불어 거리에 낙엽들이 마구 흩날리고 있었다. 점퍼 지퍼를 끝까지 올리고 어깨를 움츠린 채 걸어간다. 아구, 벌써 가을도 다 가나 보다. 이리 바람이 차가워지다니, 생각했다. 수변공원으로 들어서니 바람 대신 햇볕이 걷는 내 몸을 포근히 감싸주었다. 건물들 사이를 떠도는 바람이 거리두기가 없는 공원에서는 미풍으로 불어와 걸음 사이로 스며들었다.

나는 눈을 들면 어디서도 보이는 만산홍엽을 보며 걷는다. 칠보산은 지금 바야흐로 단풍이 흐드러지고 있다. 만~산~홍~엽, 시조라도 읊조려야 할 것 같은 멋스러운 가을산이 동네에 있다는 건 참말로 복이다. 계절에 따라 다른 멋을 풍기는 저 산이 있기에 동네살이가 지루하지 않다.

30분쯤 걸려 도서관에 갔더니 사람들이 입구에 서 있다. 아차, 소독시간이구나. 12시부터 30분간 방역하느라 입장이 불가능한데 하필이면 고 시간에 걸린 것이다. 시간을 보니 12시 25분. 5분만 기다리면 된다. 핸드폰을 보며 기다리기보다 잠깐이지만 밖으로 나와 도서관을 한 바퀴 크게 돈다. 노란 국화가 피어 있는 길모퉁이 화단에서 진한 국화 내음이 마스크 안 콧속으로 스며들어온다. 한껏 들이마셔 몸 안에 가을의 향기를 저장한다.

책을 반납하고 몇 권 더 대출하여 집으로 돌아왔더니 다리에 힘이 풀렸는지 오늘은 피곤하다. 아마도 오늘은 쉬는 날이라는 걸 몸이 아나 보다. 시간에 쫓기지 않아도 되는 여유있는 휴식의 날. 긴장의 끈이 풀리니 몸도 가라앉는다. 오늘은 그냥 내 몸이 원하는 대로 해야 할 것 같다.

날씨가 너무 좋다. 볕은 따뜻하고, 하늘은 곱상하다. 거실 창문을 통해 보이는 놀이터 한편에 은행나무 한 그루가 노란 존재감으로 시야에 들어온다. 멀리 가지 않아도 아파트 안에 단풍과 가을이 가득한데 놀이터의 그 나무 한 그루는 그중에도 독보적 존재감을 뿜낸다. 창문 액자와 함께 보면 그대로 그림이다. 나는 틈나는 대로 그 그림 같은 나무를 내려다본다. 보암직하다.

가을을 걷는다는 건 그림 속에 담겨 있다는 뜻이다. 하늘과 나무와 햇볕과 바람이 있는 한, 그 모든 걸 보고 느낄 수 있는 마음이 있는 한 어디나 가을은 왕성하다. 거리에 그득히 밟히는 낙엽들 아스락거리는 소리를 들으며 걷는 산책길은 귀가 호강한다. 이 많은 낙엽은 누가 쓸어담을까, 이것들은 어떻게 마지막 쓰임을 하는가 생각하면 머리가 복잡해지니 걸을 때는 생각없이 그저 귀만 쫑긋거리며 걸으련다.

낙엽 밟는 소리가 좋으냐고 시몬이 아닌 내게 묻는다면 나는 구르몽 시인에게 주저없이 답할 것이다. 겁나게 좋아한다고. 바짝 말라붙은 낙엽의 바스락거림도, 운동화 밑창에 붙어 버리는 젖은 낙엽의 소리없음도 좋아한다고. 아니, 낙엽 밟는 소리뿐 아니라 낙엽을 밟으며 거니는 그 길이 좋고, 한껏 감정의 사치를 부리는 여유가 좋다고.

따뜻하고 평화로운 주말 오후. 멀리 갈 수는 없지만 온전히 낙엽과 벗할 수 있는 짧고 굵은 산책길이었다. 쓸쓸하면서도 충만한 가을 기운을 오롯이 받으며 거리 속에 머문 날. 10월의 마지막 토요일이 고즈넉하게 지나간다.

어제 둘째 아들 학급에서 코로나 확진자가 나왔다고 반 아이들 모두 코로나 검사를 받으라는 메시지가 온 후 오전중 급하게 검사를 받는 일이 생겼다. 금요일 오전 수업만 하고 간 학생 하나가 검사결과 확진이 되었다는 것이다. 아들은 그 아이와 학급 내에서 거리도 멀고 교류가 없어 감염될 가능성은 없다고 하지만 코로나는 모르는 거라 어제 이후 우리 가족은 마음을 졸이며 지냈다. 만약 ~라면, 남편은 회사를 못 나갈 거고, 나도 일과 학업을 감행할 수 없을 터이고, 아이들 모두 발이 묶이는 그야말로 불상사가 생길 거였다.

다행히 오늘 아침 아들이 받은 문자에 음성이라고 쓰여 있었다. 온 식구가 한숨을 돌렸고, 가슴을 쓸어내렸다. 감사합니다, 연신 기도하며 안도했다.

그러고보니 오늘은 10월의 마지막날. 내가 일년 중 가장 의미부여하는 날이다. 왜냐고 누가 묻는다면 할말은 없다. 그저 오늘을 기점으로 한 해가 기울어가고, 가을이 절정에 다다르는 듯한 느낌. 그냥 아무것도 안 하고 지내면 안 될 것 같은 느낌.

하루가 저물어가는 저녁 무렵 남편과 파스타에 하우스와인 한 잔 마시고 「잊혀진 계절」 노래를 둘이서 떼창하며 동네한바퀴를 걸으면서 10월을 접는다. 낙엽이 바스락거리는 길을 귀와 발로 걷는 것도 내겐 낭만이고, 파스타에 와인 한 잔도 평상시 안 하던 신선놀음이다. 오늘은 일상보다 낭만이 더 중요한, 가슴을 뛰게 하는 그런 날. 그러나 이렇게 10월이 간다.

새로운 달이 시작되는, 새로운 한 주가 열리는, 바야흐로 위드 코로나 시대가 도래하는, 의미부여를 하자면 서너 개가 되는, 가을의 어느 날이다. 11월 첫날이라고 하기엔 지나치게 온화한 날씨가 기분 좋게 아침을 열었다. 파란 하늘 밑에 단풍 든 나뭇잎들이 바람에 한가로이 살랑거리고, 나무 밑 세상에선 제 생명 다한 낙엽들이 수북수북하다.

수원 신중년센터 치유글쓰기 3회기 수업을 하러 갔다오면서 나는 내 차가 지나갈 때마다 흩날리는 은행잎들을 원없이 보았다. 수원 구도심에는 잎은 미학적으로 이쁘나 냄새 고약한 열매가 말썽인 은행나무가 가로수로 많기 때문이다. 창문을 열고 달리면 차 안에까지 은행잎이 날려들어온다. 어디고 가을이 지천이다.

오후에 딸아이와 함께 일이 있어 나갔다가 마치 낙엽이 주인인 것 같은 거리를 걸었다. 사람보다 길가에 빼곡히 들어선 가로수마다 떨궈놓은 낙엽들이 더 많은 것 같다. 그들 세상에 인간인 나와 딸이 잠깐 꼽사리낀 듯한 느낌. 바짝 말라 사각사각 소리가 나는 나뭇잎들을 밟으며 걸으니 거리에 사람은 없지만 누군가 옆에서 동행하는 것 같다. 나를 둘러싼 배경음악 같기도 하고.

딸과 함께 걷는 길에 아이가 유치원 시절 체육대회했던 곳이 있어 그 옛날 기억을 불러올렸다. 당연히 기억하고 있을 줄 알았던 나의 기억이 아이 기억 속에는 없다. 한 장소에 대해 서로 다른 기억을 갖고 있다. 그리 오래된 일이 아니고 불과 7, 8년 전인데 이리 상반된 기억이라니. 자기가 기억하고 싶은 것만 기억 저장소에 보관되는가 보다. 지나간 일은 그렇다치고 지금 여기에서의 오늘은 또 어떤 모습으로 우리 모녀 기억 속에 각인될까. 딸을 생각하면, 엄마를 생각하면, 미소지으며 떠오르는 그런 모습이었으면 좋겠다.

반 친구 한 명이 코로나 확진자가 되어 검사 결과 음성 판정을 받았지만 방역지침에 의해 자가격리중인 둘째 아들 앞으로 택배가 왔다. 격리중에 필요한 마스크며 체온계, 커다란 공공용 쓰레기봉투 등이 담긴 키트였다. 자가격리 앱을 깔아서 체크하는 방법이 적힌 안내문도 몇 장이나 되었다. 그걸 보니 울 아들이 지금 격리중이라는 게 실감났다. 같은 반이라지만 별로 접촉점이 없었고, 음성을 받았음에도 이렇게 신중하고 철저하게 사후조치를 취하는 게 놀랍기도 했다. 다들 이렇게 애쓰는데 왜 확진자는 팍, 줄지 않는 지 이해불가이기도 했다. 코로나는 생각을 뛰어넘는, 메타인지 영역에 있나 보다.

오후 1시 무렵, 산책을 나간다. 하루 한 끼, 점심을 든든히 먹고 아침과 저녁은 웬만해 선 먹지 않는 식습관 때문에 너무 많이 먹었나보다. 몸이 무겁다. 얼마나 걸어야 이 몸 이 가벼워질까. 먹고, 기도하고, 사랑하라가 아니라 내 경우엔 먹고, 걷고, 소화시키고, 또 먹고의 연속인 것 같다. 어느 것 하나 소홀히 할 수 없는 것들이니 잘 먹고, 잘 걷고, 잘 소화시키련다.

겨울끝 푹해지는 2월 날씨 같다. 맨발에 슬리퍼를 신었는데도 차갑게 느껴지지 않는 다. 그러다 감기 걸린다, 내 모습을 봤다면 꼭 한마디 했을 엄마 목소리가 들리는 듯하 다. 아마 나도 내 딸에게 똑같이 말하는지도 모른다. 눈에 보이지 않아도 마음속에 살아 있는 어버이자아가 내 경우엔 끊임없이 걱정하고 잔소리하는 엄마 이미지다. 내 걷는 이 길에 엄마를 연상시키는 건 하나도 없는데 나는 마음속에서 저절로 들려오는 엄마 목소리를 자발적으로 듣는다. 웬일인지 모르겠다.

집에 돌아가면 쇠락하는 낙엽 같은 우리 모친에게 전화라도 해야겠다.

343

바쁜 하루가 지나가고 있다. 아침부터 방금 전 6시까지 말 그대로 정신이 없었다. 공부하는 엄마로서 그 중간쯤에 나 혼자 있는 시간을 갖기 위해 옷을 여며입고 산책을 나간다. 낮과 비교할 수 없을 만큼 공기가 차가워졌다. 살면서 이렇게 춥지도 덥지도 않은 좋은날을 얼마나 경험하겠냐고 오전 수업을 같이 듣는 선생님들과 이야기했었는데 저녁이 되니 날씨가 확 바뀌었다. 차갑고 쓸쓸한 가을저녁이다.

조금씩 어둑어둑해져서 가로등 기운이 아직 확 올라오지 않은 거리를 주머니에 손을 넣고 걷는다. 밖에 나오긴 했지만 아직 정신은 깨어 있지 못하고, 노동하듯 마구 쳐댄 노트북 작업으로 팔이 저릿저릿하다. 내가 감당할 수 있을 것 같아 오늘 일정을 몰아서 잡았는데 조금 벅차긴 하다. 다음 주부턴 바쁠수록 돌아가야겠다. 조금 더 여유를 갖고, 허리도 한번씩 펴고, 눈도 마사지해주면서 내 몸을 챙기며 해야겠다. 몰입의 즐거움이 아니라 과부하되어 괴로우면 안 되니까.

처음엔 쌀쌀하다 느꼈던 저녁공기가 걷다 보니 몸에 딱 맞는 옷처럼 쾌적하다. 바깥공기가 차가운 게 아니라 창문 꼭꼭 닫고 있던 집안 공기가 너무 답답했던 건 아닐까 생각한다. 어찌됐거나 이렇게 걸으니 좋다. 비록 몸은 땅쪽으로 끌려가지만 영혼만큼은 높고푸른 하늘로 수직상승하는 것 같다. 내친김에 고개의 각도를 높여 하늘을 올려다본다. 어둠 밖에는 아무것도 보이지 않는 하늘이 가만히 나를 내려다본다. 알 수 없는 고요와 평안이 저 멀리에서 퍼져내려오는 듯하다.

아침산책을 한다. 산뜻한 아침공기를 맡으며 새벽에 비가 왔는지 축축한 거리를 조용히 걷는다. 아직 아침인 이 시간, 행여나 덜 깨어 있는, 잠이 더 필요한 생명들을 깨우지 않기 위해서.

비 냄새와 낙엽 내음이 섞여 무언가 태우는 듯 구수한 향기가 난다. 마스크 속으로도 속절없이 스며드는 이 냄새가 정겹다. 이효석의 아름다운 수필 「낙엽을 태우며」에서처럼 세상에 비길 데 없이 좋은 낙엽 태우는 냄새 같기도 하다. 지금 태우면 물기 때문에 연기만 나고 쉬이 태워질 것 같지 않은, 흐릿한 아침에 이런 냄새가 난다는 게 신기하다. 어찌됐든 소리보다는 냄새로 다가오는 낙엽을 밟으며 거리를 걷는다.

어찌보면 밥 짓는 냄새 같기도 하다. 전기밥솥에서 뜸 들기 전 수증기가 쫙 빠지고 3분 정도 타이머가 돌아갈 때 나는 냄새. 없던 식욕도 자극될 만한, 밥 익어가는 냄새. 그것 같기도 하다. 아침을 먹지 않아 배가 고픈가, 사방에서 밥을 느끼는 내가 우스워진다.

오늘 아침은 밥을 하지 않고 햇반으로 식사를 대신했다. 어제 자가격리하는 둘째 아들 앞으로 생존키트가 왔는데, 거기에 햇반과 각종 국, 3분 요리, 햄, 참치 그리고 이쁜 통에 담긴 쌀 2kg도 들어 있었다. 1주일 정도 격리하는 중딩에게 이렇게 과분한 배려를 해주다니, 우리나라 참 좋은 나라라는 말이 저절로 나왔다. 참 감사했고, 성의에 감복해 오늘 아침은 햇반을 소비했다. 아마 오늘 하루는 밥을 하지 않아도 될 터이다.

냄새에 취해 걷다가 너무 오래 걸었다. 눈과 코가 호강한 오늘 아침 산책길, 이 기운이 하루를 지탱시켜주면 좋겠다.

『내 이름은 빨강』 터키 작가 오르한 파묵의 흥미로운 소설 제목이다. 작가의 상상력과 치밀한 전개력, 지치지 않는 필력에 감탄했던 작품. 산책을 하며 불현듯 이 문장이 떠올랐다. 거리를 색색깔로 물들이고 있는 단풍과 낙엽 속에서 이상하게 오늘은 빨강색에 꽂혀 그 색만 선명하게 보였기 때문이다. 원래 빨강을 좋아하기도 하지만 오늘따라 유난히 진하게 눈에 들어오는 빠알간 나뭇잎들을 보며 선처럼 이어진 낙엽들을 따라 걷는다.

자애로운 햇볕이 거리를 빛나게 한다. 낙엽잔디가 원주민처럼 사방에 깔려 있고, 볕을 받은 쪽은 바삭거림으로, 그늘진 쪽은 는적는적함으로 존재를 드러내고 있다. 이 많은 낙엽들은 누가 다 치울까. 나에게는 삶을 이벤트로 만드는 존재인 낙엽이 다른 누군가에는 그저 해치워야 할 일거리로 부담이 될 수도 있겠다는 데 생각이 미치자 마음이 좀 겸손해졌다.

동네를 한 바퀴 돌다 보니 어느 길모퉁이에서 자전거를 고치고 있는 아저씨를 본다. 어제 학교수업을 마치고 거의 집에 다 왔을 무렵 큰아들에게 전화가 왔다. 자전거에 바람을 넣으려 했더니 휠이 고장나서 수리까지 해야 하는데 돈을 안 가져왔다고 계좌이체를 시켜달라는 내용이었다. 어딘고 물으니 바로 지금 내가 걷고 있는 여기라고 답했다. 나는 이체 대신 엄마가 그 근처니 조금만 기다리라 하고 지나가는 길에 두리번두리번 나를 기다리며 미어캣처럼 서 있는 아들에게 오천원을 건네주었다, 어제 오후 이 자리에서. 길에서 만난 아들은 집에서 맨날 볼 때보다 커져 보였다. 내 아들이라는 지엽적 느낌보다 세상 속에 존재하고 있는 한 청년 같은 든든함.

아들 자전거에 바람이 빠져 못 타고 다닌 지 일주일도 넘었다. 학교에 자전거를 타고 가는 대신 걸어간 날들도 그만큼 되었다. 전 같으면 바람 넣어야지, 몇 번이고 잔소리했을 텐데 이번에는 그냥 두었다. 이젠 잔소리한다고 들을 나이도 아니고 또 그럴 필요 없다는 걸 깨달아가고 있는 중에 아들 스스로 움직인 걸 보고 무감히 기다린 내가 대견하게 느껴졌다. 앞으로도 이래야 해, 믿고 기다리고 안전하고 큰 틀만 세워줄 뿐 엄마와 아들이라는 경계를 점점 허물어야 해. 혼자만의 다짐이 걸음마다 묻어나온다.

날이 좋다. 낮 기온이 21도까지 올라간 따사로운 11월 첫 주말, 나는 칠보산 밑에서 반나절을 보냈다. 깊어가는 가을을 만끽하려 나선 자발적 산책길은 아니었지만 부모로서 꼭 참여해야 하는 행사가 있어 피할 수 없다면 즐겨보리라는 마음으로 가을 속에서 노닌 시간이었다. 하늘과 바람과 햇볕과 단풍과 낙엽과 그 밑에서 하나로 어우러지는 사람들의 말소리와 웃음방울이 애드벌룬처럼 피어올랐다. 세상에 슬픔과 애통함이란 애초에 존재하지 않는 듯 해맑간 칠보산 둘레길을 걸으며 나는 아이러니하게도 어제 읽은 소설가 김연수의 『청춘의 문장들』속 한 단락을 생각한다. "꽃이 떨어질 때마다 술을 마시자면 가을 내내 마셔도 모자라"다고 말하는 작가의 윤선도식 풍류가 내게로 옮겨와 여운이 길게 남았나 보았다.

칠보산에는 꽃이 지는 게 아니라 단풍이 만발하다. 울긋불긋한 자연에 못지않게 형형색색 등산복을 입은 사람들로 인해 단풍은 산에만 있지 아니하고 산 아래에도 운무처럼 떠돌아다닌다. 아무리 물감을 풀어 색을 조합해도 나올 것 같지 않은 자연 수채화를 보는 사람들 얼굴에도 발그레한 감동이 피어오른다. 가을 경포대에는 보름달이 다섯 군데 뜬다고 했던가. 이곳 가을 칠보산에도 단풍이 여기저기 물들어 있다.

한낮 따뜻한 햇볕을 받으며 걸으니 졸음이 밀려온다. 걸으면서도 깜빡깜빡 졸 판이다. 기분 좋고 평화로운 나른함이 몸에 퍼져갈 즈음, 나를 태우러 온 남편 차가 내 앞에 미끄러져 온다. 여유로운 주말 반나절의 야유(野遊)가 끝난다.

 어제와 오늘, 우리 주변의 가을은 작정하고 화양연화다. 입동이라는 절기가 무색할 만큼 포근한 햇볕과 모자를 살살 뒤로 제끼려는 미풍이 어우러진 수변공원길은 이보다 더 아름다울 수 없을 정도다. 길가에 주단처럼 덮여있는 낙엽에 바람이 한 자락 불어오면 낙엽들은 떼지어 이동하는 작은 철새들처럼 우루루 이곳에서 저곳으로, 저쪽에서 이쪽으로 옮겨 다닌다. 이 모습을 보니, 가을 나무 밑에서 오빠들이 날리는 낙엽을 머리에 고스란히 얹은 채로 웃으며 찍은 내 어린시절 사진 한 장이 오버랩된다. 왜인지는 모르겠다. 이 장면과 옛날 그 장면이 묘하게 닮았다는 느낌. 아득한 옛날로 빨려들어가는, 들어가고 싶은 느낌.

 남편과 나는 아름다운 수변공원길을 따라 황구지천 산책로로 접어들어 까치들이 터줏대감처럼 나무마다 앉아 있는 오솔길을 걷는다. 이 길은 사람보다 까치와 떼지어 다니는 작은새들이 더 많다. 그들만의 리그에 나와 남편이 이방인처럼 침입한 듯하다. 가끔 자전거 탄 사람들이 지나다녀 이 길이 원래 사람들이 오가는 산책로임을 일깨워준다. 그들이 지나가면 다시, 길 위에는 우리 둘과 새들밖에 없다. 내가 자기 옆을 걸어가도 날아가지 않고 태연히 나를 쳐다보는 당당한 까치와 푸드덕거리며 쉼없이 옮겨 다니는 새들.

 왕송호수지까지 걸어가기엔 너무 힘이 들어 오늘은 한 시간쯤 걸은 지점에서 회귀하기로 한다. 금곡초등학교 앞 좁은 인도를 따라 집 쪽으로 걷다가 서수원체육관 앞을 지나는데 마침 농구단 버스가 도착해 선수들이 내리는 장면을 본다. 그 앞에는 열 명 남짓 팬인 듯한 소녀들이 서서 사진을 찍고 있다. 세시부터 이곳 체육관에서 전주 kcc와 수원 kt 팀의 프로농구 경기가 열린다고 한다. 이충희와 허재의 농구대잔치 세대인 내가 알 만한 선수는 없어 그냥 지나쳐간다.

 많이 걸었다. 아무래도 어제 오늘 너무 무리했나 보다. 아랫배가 땡기는 듯 아픈 걸 보니 이제 그만 멈춰야 할 때이다. 내 집에 도착하기 100m 전 편의점 의자에 앉아 음료수를 마시며 길었던 오늘 산책을 갈무리한다.

수원 신중년센터 치유글쓰기 마지막 강의를 했다. 갑자기 추워지고 비 오는 날 아침에 어딘가로 가기 위해 일어나 옷을 챙겨입고 집을 나선다는 건 정말 대단한 결심이고 부지런함임을 알기에 오늘 오신 참여자들이 진정으로 고맙다. 집밖을 나서기는 어려우나 막상 길 위에 서면 무언가 하나는 얻어감을 아는 분들이다. 함께 하는 사람들이 있다는 건 언제나 감사하고 가슴뭉클한 경험이다.

거의 하루종일 비가 와서 우산 없이 걷기는 불가능하다. 잠시라도 비가 소강상태일 때를 노려 걸으러 나간다. 그래도 우산은 꼭 챙긴다. 이런 날씨에 비 잘못 맞았다가는 감기 걸리기 십상이다. 따뜻하게 차려입고 온기라고는 하나도 없는 오후 속을 걷는다. 거리에 사람은 없고 떨어진 낙엽만 그득하다. 나무에 붙어 있는 잎들보다 밑에 쌓여 있는 그것들이 더 많은 듯하다. 이제 이렇게 비바람이 불면 나무들은 앙상해질 테고, 낙엽들은 소담히 쌓여가겠지. 그러면서 겨울이 오겠지. 하루 지난 입동 추위가 이번 주 내내 이어진다니 생각만 해도 몸이 추워지는 듯하다.

비가 조금씩 오락가락, 우산을 폈다 접었다 반복하며 걷다가 집으로 돌아간다. 이따 저녁에 중딩 두 아이들을 데리고 다시 나와야 한다. 코로나백신 예방접종을 하기 위해서다. 아이들이 접종을 원하고, 남편과 나도 맞으면 안전하겠지 싶긴 한데 아무래도 걱정이 되기는 하다. 우리집 백신접종 완료자 세 명은 모두 무사했으니 남은 두 아이들도 그러하리라는 기대심이 있기는 하지만 사실 지금도 마음이 갈팡질팡이다. 부디 아무 후유증 없이 잘 맞고 코로나 아웃이 되었으면 좋겠다.

어제보다 더 추워졌다. 어둡고 침울한 아침이 오래도록 이어졌다. 창밖 풍경도, 몸 상태도, 마음도 어느 하나 밝은 게 없다. 어제 백신주사 맞은 아이들은 간밤에 다행히 아프지 않고 잘 잤다. 딸내미는 나와 같이 자고, 아들은 남편이 거실에서 자면서 수시로 몸 상태를 체크했는데 둘다 별탈없이 밤을 보내고 아침을 맞았다. 그래도 학교는 가지 않았다. 백신 맞고 이틀은 공식적으로 쉴 수 있다는데 굳이 학교 가겠다고 나설 아이들이 아니다. 나도 오늘과 내일은 춥고 비 온다니 집에서 푹 쉬라고 했다. 고로 오늘 아침은 남편 빼고 모두 다 집에 있다. 그래서 더 아침이 힘든가 보다.

점심 무렵 잠깐 나가 걸었는데 추웠다. 내가 춥다고 말할 때는 정말 추운 것이다. 추위에 민감하지 않은 내가 어깨를 움츠리고 걸었다. 비가 계속 내리기도 했고, 기온 자체가 많이 내려간 것 같다. 이렇게 겨울이 오나. 문득 한 해가 정말 빨리 지나간다는 생각이 든다. 이 걷기 일기를 시작한 지도 벌써 313일째다. 일년 중 그만큼이 흘렀다는 뜻이다. 올해 남은 날 수가 50여 일 정도라는 뜻도 된다. 아, 참, 시간 빠르다. 하루하루는 두산 베어스 유희관 투수 공처럼 느릿느릿 흘러가는데 지나고보면 시간이라는 놈은 앞만 보고 달려가는 레이싱카 같다. 그 빠른 차 안에서 멀미하지 않고 살아가고 있는 내가 대단하다는 생각도 든다. 내리겠다고 포기하지 않고 계속 나아가는 내게 격려를 해야겠다는 마음도 든다. 때려치우고 싶고, 바퀴를 갈거나 차 자체를 바꿔타고 싶은 마음이 얼마나 많이 들었겠냐만 그걸 묵묵히 견디며 멈추지 않는 건 또 어디냔 말이다. 누가 물어보는 사람도 없는데 나 혼자 나를 변호하고 있다, 빗속을 걸으며 오늘 나는.

하늘이 잠깐 개이며 반짝 밝아지는 것 같다가 다시 장대비가 조용히 쏟아진다. 내리는지 어떤지 소리가 들리지 않는 얌전한 비다. 걷다가 몸을 녹이려 작은 찻집에 들어가 저 먼 하늘로부터 얌전히 내리는 빗줄기를 바라본다. 세상도 고요하고, 아침엔 번잡했던 내 마음도 고요하다. 이대로 잠깐 여기서 비를 그어가도 좋을 것 같다. 엎어진 김에 쉬었다 간다.

두 사람이 노를 젓는다./한 척의 배를./한 사람은/별을 알고/한 사람은/폭
풍을 안다.//한 사람은 별을 통과해/배를 안내하고/한 사람은 폭풍을 통과
해/배를 안내한다./마침내 끝에 이르렀을 때/기억 속 바다는/언제나 파란
색이리라.

라이너 쿤체. 어려운 말 대신 심플한 말로 시를 쓰는 독일 시인. 「두 사람」이라는 제목
의 이 시는 독일에서 결혼식 축시로 낭독되는 대중적인 시라고 한다. 독일에서 수만리
떨어져 있는 대한민국의 나는 어제 저녁 이 시를 처음 알았다. 그럼에도 듣자마자 시가
좋아졌다. 한두 번 소리내 읽으면 암송도 할 수 있을 것 같았다. 나의 '두 사람'이 떠올랐
기 때문이다.

나의 두 사람 중 다른 한 사람으로 인해 어제는 몹시 힘들었다. 아니, 지금까지 숨을
쉬기 버거울 정도로 힘들고 앞으로 오랫동안 쭉 힘들 것 같다. 살아 있다는 게 부끄럽
고, 지나온 세월들이 한심하게 여겨질 것도 같다. 하늘 아래 한 점 부끄럼 없이 살고자
했던 나는 지금 온통 부끄러움뿐이다. 나의 두 사람 중 다른 한 사람 때문이지만 어쩌면
방치했던 나에게 원인이 있을지도 모른다.

오늘 나는 걸으면서 한 걸음 한 걸음마다 나의 그 사람에 대한 간절한 기도를 실었다.
애타고, 부끄럽고, 억장이 무너지는 마음 한편에 그래도 한 줄기 희망의 빛을 버리지 못
한 건 어찌할 수 없는 나와 그의 관계 때문일 것이다. 끊을래야 끊을 수 없는, 그래서 엄
중한 관계. 사는 게, 쉽지 않다.

그래도 언젠가 이 또한 지나왔다고 말할 수 있는 때가 올 것이다. 그때가 되면 지금,
돌아가며 앓고 있는 세 아이 사춘기도, 나와 남편의 갱년기도, 돌이켜보니 좋은 시절이
었노라 웃으며 회상할 수 있을 것이다.

무거운 걸음들이 모여 시간을 이룬다.

"시간에 맞게 늙어가는 것, 그것이 바로 시의성이다."라고 에드워드 사이드는 그의 책 『말년의 양식에 관하여』에서 말했다. 말년이라는 말이 아직 중년인 나와 맞지 않는 것 같지만 요즘 내가 느끼는 정서가 극에 달해있다 보니 도서관에서 빌려온 후 아직 못 읽고 있는 이 책에 눈이 갔다. 그리고 이 구절을 발견했다. 어쩌면 너무 당연한 말인 듯한데 시간에 맞게, 빠르거나 느리거나 뒤처지지도 서두르지도 않고, 타이밍에 맞춰 몸도 마음도 정신도 감정도 늙어가는 것. 늙어지는 게 아니라 주체적으로 늙어가는 것. 그것이 시의성이라는 화두가 머릿속에서 영글고 있다.

오늘은 오전과 오후 수업 모두 대면으로 진행되어 아침부터 오후 늦게까지 학교에 있었다. 점심시간에 다른 선생님과 학교 주변을 걷는데 날씨가 추웠다. 가로수들이 세차게 흔들릴 만큼 바람이 강하게 불어 옷깃을 여미게 되는 날씨였다. 바깥 날씨보다 더 시베리아 같은 마음상태인 나는 계절감각도 없이 옷을 얇게 입어 추위에 오들오들 떨어야 했다. 걸어서는 안 될 복장으로 걷고 있는 내가 스스로 이해되지 않았다. 추우면서도 괜찮다고 허스레 떠는 내 모습은 더욱 가관이었다. 아마 이래저래 내가 싫었던 것이다, 요즘 나는 내가.

그 와중에 바람을 뚫고 걷다가 먹은 돌솥비빔밥은 눈물나게 따뜻하고 맛있었다. 『죽고 싶지만 떡볶이는 먹고 싶다』던 어느 작가의 책 제목처럼 호흡하며 살아 있는 게 힘들고 부끄러운데도 밥을 맛있게 먹고 있는 나에게 눈물이 났다. 이리도 여린 인간일 줄이야.

그러나 밥을 먹고 걷는 길은 먹기 전보다 덜 추웠다. 어깨를 덜 움츠려도 되었다. 그래서 생각했다. 이런 거라고, 살아가는 데 굴곡 없는 인생이 어디 있겠냐고, 지금은 깊고 음침한 골짜기에 처박힌 것 같아도 내일엔 내일의 태양이 뜰 거라고, 힘을 내야지 어떡하겠냐고, 살아야 하니까, 시간에 맞게 잘 늙어가야 하니까, 그게 순리니까, 그래야 되니까.

옆에서 팔짱을 껴서 내 몸과 마음을 따뜻하게 해주는 동료가 있다는 게 훈훈한 동행 길이었다.

모처럼 집에서 쉬는 날이다. 일주일 동안 찬찬히 하지 못했던 집안일을 하느라 오전에는 나름 바빴다. 차가운 공기 속 잠깐잠깐 쨍하고 비치는 햇볕이 아까워 침대시트를 후딱 돌려 빨았다. 깨끗해지는 느낌, 보송보송해질 것에 대한 기대, 현재와 미래에 대한 희망이 동시에 피어오르는 이 순간이 나는 행복하다.

그리곤 낙엽 후두둑 떨어지는 거리로 산책을 나갔다. 바람이 좀 불어 춥기는 하지만 어제보다는 덜한 것 같다. 얼마 안 남은 단풍 사이로 바람이 살그머니 지나가기만 해도 기다렸다는 듯 낙엽이 떨어졌다. 소리 없는 바람에 낙엽 흩날리는 소리가 섞여 오디오가 서라운드다. 가던 길 멈추고 가만히 서 있으면 나를 중심으로 어디서 시작되어 어디로 흘러가는지 모를 바스락거림들이 끊임없이 맴돌았다. 덕분에 오늘은 가다서다를 반복하고 있다.

오후에 서울 사당역 쪽에 일이 있어 갔다가 도심 속을 걷기도 했는데 걷는맛이 나지 않았다. 울 동네가 훨씬 걷기 맛집이다. 높은 빌딩숲을 맴도는 바람은 살아 있는 소리를 만들지 못하고 웅웅웅, 괴이한 에코만 만들어 냈다. 매연에 찌든 가로수잎은 낙엽이 되어도 상큼하지 못하다. 무엇보다 거리 풍경이 너무 바쁘다. 한가롭게, 여유롭게 걸을 수 없는 길. 하긴 바쁘게 돌아가는, 이수역에서 사당역까지 길에서 여유를 찾는다는 발상자체가 어울리지 않는 일일지 모른다. 그냥 걸을 뿐, 의미부여는 하지 말자.

나는 걷는다, 고로 나는 존재한다. 걷는다는 건 내가 살아 있다는 뜻이고, 삶을 이어갈 의지가 있다는 뜻이다. 철학자 데카르트가 들으면 감히 내 말을 표절해? 하겠지만 지금은 생각하기보다 그저 걷고 싶다. 걸을 뿐이다.

드라마나 영화를 찍는 사람들끼리 엠티를 간 것 같다. 나는 배우인지 모르겠다. 다 놀고 실내로 들어가는데 나는 혼자 수영장에 남았다. 물 위에 가만히 떠있다가 용기를 내어 물 밑으로 가라앉았다. 그대로 물 속에 누워있었던 거다. 난 물을 무서워하는데 갑자기 어느 순간에 이게 가능해졌다. 나 스스로 놀라 다른 사람들에게 자랑삼아 보여줬더니 그들은 그건 아무것도 아닌 듯이 말한다. 거기서 나와 샤워를 하러 가려는데 샤워실마다 사람들이 많고, 또 어떤 샤워실은 경사진 비탈길을 올라가야 해서 포기하고 숙소로 돌아와 27번이라 적힌 내 옷장에서 갈아입을 옷을 꺼냈다. 그러자 옷장 안에 있던 수영복도 딸려나왔다.

어제보다 한결 따뜻해진 주말 산책길 화두는 바로 이 꿈이었다. 어젯밤부터 오늘 아침, 그 어느 순간 꾸었을 이 꿈이 잠에서 깨어난 후에도 생생히 머리에 남아 있다. 물과 배우라는, 나와 어울릴 것 같지 않은 생소한 이미지 때문인 듯하다. 실제의 나라면 전혀 될 수 없을 것 같은 배우에, 물에 풍덩 몸을 담그는 꿈 속 내 모습이 낯설어서일 것이다.

엠티, 요즘은 모꼬지라고 하는, 여러 사람들이 같은 목적으로 같은 장소에서 쉬고, 즐기고, 마시고, 놀고, 어우러지는 행사에 나는 배우로 참여했다. 배우, 연기하는 사람, 마음은 울고 있어도 얼굴은 웃어야 하고, 지극히 내성적인 성격이어도 활달한 인물을 연기해야 하고, 나이도 직업도 때론 성별도 바꾸어야 하는 사람, 그게 직업인 사람, 작품마다 가면을 수시로 바꿔써야 하는 사람, 그래서 어떤 모습이 진짜 자기 자신인지 헷갈릴 수 있는 사람. 그런 배우가 나란다. 내가 지금 그런 마음상태인가. 속은 슬퍼도 겉으로는 웃어야 하고, 마음은 진이 빠지지만 외양으로는 기운을 내야 하는, 누군가의 위로를 받고 싶지만 가족을 감싸안아야 하는 엄마라는 위치. 그게 꿈 속 배우인 내가 현실의 나에게 보여주고 싶은 내 모습인가. 어제 아주 잠시 명상을 하며 '괜찮아 괜찮아'를 나를 향해 다독였던 자기위로가 이런 꿈을 꾸게 했을까.

물 속에 완전히 몸을 담그는 일은 현실의 나라면 꿈에도 생각 못할 어마어마한 미션이

다. 꿈에선 그 일을 간단히 해내고 다른 사람들의 인정을 받으려 한다. 다른 이들에게는 대수롭지 않은 일이지만 나에게는 대단한 일, 그게 무엇일까. 아, 걷다가 문득 생각이 났다. 엄마 역할이다. 자식들을 아무 탈 없이 잘 키우는 엄마, 그게 내게는 물에 풍덩 들어가는 일만큼 어렵지만 인정받고 싶은 대단한 일이다. 아니, 지금 내게는 그렇다. 또 다른 때라면 다른 연상이 떠오를 수도 있겠지만 요즘의 내겐 이것 외에 떠오르는 게 없다.

내 옷장이 왜 27번일까는 아무리 생각해도 답이 나오지 않아 오늘은 27분에서 걷기를 돌아섰다. 그러면 깨달아질까 했지만 다시 27분을 돌아걸어와도 생각나지 않는다. 오늘은 여기까지, 연상되지 않는 데는 그만한 이유가 있을 것이다. 그래도 혼란스러웠던 꿈이 걷다 보니 실타래가 조금 풀려 발걸음이 가뿐해졌다.

날이 푸근해지니 몸을 움직이는 게 한결 낫다. 걸으러 막 나갔을 때도 춥지 않고, 걷다 보면 몸이 후끈거릴 정도다. 바람이 있고 없고가 이렇게 차이가 난다. 햇볕이 나지 않아도 바람이 없으니 몸이 움츠러들지 않는다. 몸이 펴지니 마음도 조금씩 펴지는 것 같다. 마음을 펴니 몸이 꼿꼿해지는 걸까. 뭐가 먼저인지는 모르겠지만 몸과 마음은 정말 하나로 연결되어 있음이 확실하다. 몸과 마음을 분리하는 이원론은 이제 더 이상 맞지 않는 이야기라는 게 다른 누구도 아닌 나를 보니 알겠다. 살다가 다시 넘어야 할 큰산을 만난 이번 주 내 몸과 마음은 확실히 일원이었다.

일상을 살았다. 작년 2월 이후 가지 않았던 교회 예배에 참석했고, 도서관에 다녀왔고, 대형마트가 쉬는 날이라 열려 있는 동네마트 찾아 다녀왔고, 둘째 아들놈 머리 자른대서 함께 가줬고, 희망도서로 신청해 봤던 책 두 권을 반납하러 동네서점에도 들렀다. 그리고 걸었다. 평화로운 일상이었다. 마음이야 수면 속 바삐 움직이는 오리의 발장구 같지만 표면적으로는 미풍을 맞으며 한가로이 물 위를 유영하는 물새들의 유유자적함 같은 일상이다. 그래도 이런 일상을 다시 맞이하는 게 얼마나 감사한 일인가. 넘어야 할 큰산은 높이를 어찌 할 수 없으니 내가 올라갈밖에. 올라가서 멀리 둘러보면 또 다른 골짜기가 보일 것이다. 조금만 기운을 내보자.

고개를 들어 하늘을 보니 연한 파랑색 하늘에 역시나 희미할 정도로 연한 흰구름이 떠 있다. 둘 다 너무 연한 색이라 하늘과 구름의 경계가 보이지 않는다. 대비는 되지 않지만 둘 사이는 좋아 보인다. 하얀색에 가까운 하늘과 파랑을 닮아가는 구름이 서로 어우러져 그대로 하늘이 되었다. 높고 푸른 하늘에 흰 뭉게구름이 가을 하늘의 정석은 아닌 것이다. 이런 모습도, 저런 모습도 얼마든지 담을 수 있는 것. 가을 하늘도 나의 삶도 그런 것이다. 저 구름처럼 내 삶에 뭉쳐 있는 구름도 흘러갈 것이다.

수능이 이번 주 목요일이다. 조카와 친구 딸이 시험을 본다. 생각난 김에 격려 메시지를 보냈다. 수능일도 오늘처럼 포근하고 평화로운 날이기를 저 하늘에 바라본다.

그 많던 낙엽들이 어디로 가는지 알았다. 거리를 걸을 때마다 이것들을 누가 쓸어담을까, 혼자 근심이 많았는데 오늘 그 답을 알게 됐다. 거리에 그득그득한 낙엽은 쓰는 게 아니라 강풍기를 이용해 한데로 모아 마대자루에 담는 거였다. 산책중에 잔디 깎는 듯한 굉음이 들려 고개를 돌려 보았더니 아저씨 한 분이 어깨에 커다란 진공청소기 같은 것을 메고 바람을 내어 중구난방 쌓여 있는 낙엽들을 한쪽으로 몰아가고 있었다. 낙엽은 바람에 밀려 얌전히 한쪽으로 밀려났고 곧장 마대자루에 담겼다. 아하, 이제 저렇게 하는구나. 새로운 깨달음을 얻었다. 세월이 변했으니 낙엽 치우는 방법에도 새로움이 추가된 것이다.

바람도 없고 봄날같이 포근한 가을 오후, 걷다 보니 플리스가 덥게 느껴졌다. 벗어들고 걸으니 몸은 가볍고 날아갈 것 같은데 옷을 받아든 한쪽 팔이 무겁다. 내 몸에 걸쳤던 옷 무게가 이리 무거웠던가, 예전엔 미처 몰랐다. 몸이 가벼우니 이리 좋은걸. 오르막길을 걸을 때도 발걸음 가볍게, 씩씩하게 걸어간다.

날이 좋아선지 수변공원에 삼삼오오 모여 여가를 즐기는 어르신들이 많이 보인다. 한쪽에선 남자 어르신들이 장기를 두고 있고, 텃밭 근처 정자에는 여자 어르신들이 모여 윷놀이를 하고 있다. 텃밭에서 잘 자란 배추와 무를 수확하는 손길들도 보이고, 확성기를 단 듯 요란한 노래소리를 울리며 산책하는 발걸음도 줄을 잇는다. 마치 긴 겨울이 지나고 얼음이 녹으며 새봄을 맞이하는 해빙 분위기다. 얼음 밑에 숨죽이며 흘렀던 물줄기가 당당하게 흘러가는, 일상의 느낌. 살아 있음이 느껴지는 감사한 하루하루. 그속에서 무심히 관찰하듯 걷고 있는 나.

행복이란 무엇일까. 오후 햇살을 받으며 산책하는 순간, 나는 행복했다. 적당히 시원한 바람과 미지근한 온기를 뿜는 햇볕이 조화를 이루어 춥지도 덥지도 않은 쾌적한 날씨를 만들었고 덕분에 힘들이지 않고 걸을 수 있었다. 거리를 지나가는 사람들을 구경하고, 옷가게 앞에 진열해놓은 옷가지들을 사지도 않을 거면서 들춰보고, 새로 오픈 준비중인 상점 공사 장면도 유심히 보고, 편의점 앞에서 모락모락 김을 풍기며 익어가고 있는 호빵도 흘끗 쳐다보며 걷는 산책길. 다른 무엇도 아니고 지금 이 순간, 나는 행복하다.

대학원 수업을 함께 듣는 선생님들과 행복이 무엇인지, 어떨 때 우리는 행복을 느끼는지, 작은 위안거리에도 행복을 느낄 수 있는지 등등 이야기들을 나눴다. 산책길에 그 대화내용을 곱씹으며 걸으니 나는 이렇게 산책하고 있을 때 행복하다는 사실을 깨달았다. 내가 무엇을 얻거나, 되거나, 이루거나, 하거나, 쌓아놓지 않아도 being의 형태로 존재하기만 해도 행복할 수 있다는 걸 나이가 들면서 느끼게 된다. 행복에 대단한 조건과 전제와 공식이 필요한 게 아니라 순간순간 찾아오는 행복하다는 느낌을 부여잡으면 행복함을 알게 되었다.

젊었을 때는 날마다 무슨 일이 생기기를 바랐다. 아무 일도 일어나지 않는 삶은 너무 권태로웠고, 새로운 일과 사건, 이벤트가 있어야 사는 것 같다고 생각했다. 그러나 지금은 아니다. 인생에 아무 일이 일어나지 않아도, 하루하루 아무 일이 생기지 않아도 그게 행복일 수 있다는 걸 알게 되었다. 언젠가부터 나의 기도제목은 아무 일도 없이 평온한 하루를 보내게 해 주세요, 이다. 그 안에 행복이 숨어 있음을 알기 때문이다.

좋은 날씨와 벗하며 걷고 돌아와 욕조 가득 거품비누를 풀고 페퍼민트 오일 두 방울을 떨어뜨린 뜨거운 물에 몸을 담근다. 이 또한 내게는 행복이다. 행복이란 게 파랑새를 좇아다녀야 얻을 수 있는 게 아니라 무엇인지 알 수 없지만 느낄 수는 있는 자신만의 충족감 아닐까. 뜬금없는 행복론에 홀로 빠져본 오늘 산책길이었다.

쨍한 밤공기를 가르며 둥근 달이 떠 있다. 달무리도 함께 보인다. 내일 비가 오려나? 궁금함에 날씨앱을 열어 보니 진짜 비 소식이 있다. 하루종일은 아니지만 오후 몇 시간 동안 가끔 비가 온단다. 하늘의 예기와 옛사람들의 지혜가 새삼 대단하게 여겨진다. 얼마나 많은 경험과 확률이 쌓여 '달무리지면 다음날 비가 온다'는 이야기가 입에서 입으로 전해져 나에게까지 오게 됐을까. 나 또한 아이들에게 달무리를 볼 때마다 내일 비 올지 몰라, 하는 말을 하겠지. 아니, 지금까지도 그리 했을 것이다.

아침부터 바삐 돌아갔던 하루가 조용히 접혀가고 있다. 저녁 7시가 다 되어서야 산책을 나갈 수 있었는데 동글고 노란 달이 나를 맞아주었다. 오늘 하루도 수고했구나. 어서 와, 나와 함께 걸어 보자. 달이 건네준 따뜻한 위로를 마음속으로 들으며 퇴근길 분주한 거리를 걷는다. 저녁을 먹기 위해 또는 먹고 나서, 학원에 가기 위해 또는 집에 가기 위해 거리를 메운 사람들이 횡단보도 앞마다 소복소복 서 있다.

밤공기가 좋다. 하루종일 분주함에 달떠있던 몸의 열기가 서서히 식어간다. 코끝이 싸할 정도의 서늘함이 적당히 기분 좋다. 나는 지금 이 순간을 즐긴다. 걸으면서 발에 느껴지는 감각을 음미해 보라는 말을 들었는데 아직 그 경지까지는 가지 못했다. 그냥 무심히 걷는다. 아무 감각도, 생각도 없이. 아무 일 없이 평온한 하루, 내 기도제목다운 하루가 평화로이 저물어간다.

운전하는 차 앞유리 저 너머 하늘가에 해가 넘어가는 장면을 보며 집으로 향한다. 오전부터 오후까지 이어진 대학원 수업. 벌써 해가 하루임무를 마치고 제 있던 곳으로 돌아가고 있다. 나도 집으로 간다. 나에게 일주일은 목요일로 끝이다. 주4일제 근무자는 아니지만 목요일이 지나면 바쁜 일정은 끝나 여유가 있다. 고로, 목요일 저녁이 가장 꿀맛 같은 휴식시간이다. 마누라가 집에 와봤자 밥할 기운이 없다는 걸 아는 남편이 저녁거리를 사오겠다고 먼저 연락이 왔다. 땡큐다.

구름 속으로 숨는 저문 해와 숨바꼭질하며 집에 도착하자마자 가방을 내려놓고 걸으러 나간다. 아이들은 제각각 자기 방에서 할 일을 하고 저녁은 남편이 사온다고 했으니 마음 급할 건 없다. 남편 오기 전까지 충분히 걸을 시간을 확보할 수 있다. 수능일이라고 믿어지지 않을 만큼 푸근한 늦은 오후 거리를 휘적휘적 걷는다. 하루를 반추하고 월요일부터 오늘까지 애쓰며 살아온 나 자신을 다독이며 걷는다. 열심히 살았다. 이 정도면 훌륭하다. 너니까 이런 힘듦도 감당할 수 있는 거다. 네가 최선을 다해 살았다는 거 내가 안다. 걱정하지 마라. 내 안의 내가 나에게 건네주는 메시지를 듣는다. 아니, 내가 나에게 하고 싶은 말이기도 할 것이다.

수능을 끝낸 청년들인가. 거리가 꽉 차 보인다. 시험 끝나면 돌아다니지 말고 집에 가서 편히 쉬라는 어른들 말은 격언에 가까운가보다. 홀로 삭힐 수 없는 홀가분함과 자유로움, 한편으로 미래를 알 수 없는 불안함을 안고 거리를 떠다니는 젊은 영혼들이 보인다. 왜 안 그러고 싶을까. 그냥 아무 이유 없이, 목적지 없이, 오라는 곳 없어도 집과 학교 밖 어딘가에 있고 싶지 않겠는가. 사람들은 시험 보기 전 수험생들을 응원하지만 나는 이제부터의 그들 앞길을 격려하고 싶다. 꽃길만 걸으세요, 같은 무릉도원식 멘트가 아니라 앞으로 어떤 길이 열릴지 모르는 무한한 가능성의 그들 젊음에 박수를 보내고 싶다. 이렇게 말하면 꼰대가 되려나. 젊은 세대 앞에 놓인 세상이 얼마나 힘든데 그런 말을 하냐고 핀잔을 들을까. 그러나 너도 힘드냐, 나도 힘들다. 그래도 살아지는 게 인생이더라. 수고했다, 우리 모두.

몇 번을 다시 봤다. 산책길에서 돌아오는데 우리 아파트 담장 밑에 노란 장미 같은 꽃이 피어 있길래 설마 하며 가까이 가서 꼼꼼히 들여다봤다. 이렇게 저렇게 봐도 그는 분명 장미였다. 노랑과 분홍의 경계를 넘나드는 색감의 장미 네 송이. 6월도, 8월도 아닌 입동 지난 11월 오늘에도 굳건히 피어 있는 장미. 오늘 날씨가 아무리 푹하기로서니 시절을 모르는 저 장미를 한참이나 들여다보며 살아 있고자 하는, 존재를 드러내고자 하는, 아직 생의 역할이 남아 있는 것 같은 그의 생명력에 숙연해지는 마음이 들었다. 살아 있는 것들은 어쩜 이리도 어깨가 무거운 것이더냐.

4시 30분, 하늘에 해인지 달인지 모를 주황빛 둥근 원이 떠 있다. 나는 50년을 넘게 살았으면서도 아직 이맘때쯤 하늘에 걸린 저것이 해인지 달인지 구분하지 못한다. 아직 할 일이 남은 해인 것도 같고, 나처럼 성질 급한 달인 것도 같다. 내가 해를 달이라고, 달을 해라고 해서 본질이 변하지는 않을 것이다. 어떻게 이름 붙이든 원래 가지고 있는 성질 그대로 그들은 존재할 것이다. 그러니 내가 잘 모른다고 해도 크게 달라지는 것은 없다. 그냥 가을녘 이 시간 하늘에 떠 있는, 저 크고 둥글고 따뜻한 광채를 내는 원을 보고 느끼면 된다. 그를 보며 나는 따뜻함과 안도감을 느낀다. 나를 묵묵히 지켜봐주는, 갈 길을 인도해주는, 말하지 않아도 내 속마음을 알아줄 것 같은 그런 존재로 느낀다. 그래서 좋다. 하늘을 보는 것이.

날이 정말 푹하다. 이렇게 안 추워도 될까 싶다. 저 장미 네 송이는 추워진다는 다음 주에도 자기 자리에 있으려나. 비를 맞고 땅에 떨어질지언정 얼어죽지는 않았으면 좋겠다.

김장을 마치고 홀가분한 마음과 묵지근한 허리로 산책을 한다. 오전 9시 넘어 시작한 김장이 11시 30분경 끝이 났다. 뒷설거지와 마무리, 어질러진 집안 청소까지 다 하고 수육에 굴 채장아찌를 노란 배추에 싸서 점심을 먹은 시각은 12시가 넘어서다. 세 시간 정도 만에 올해 겨울 최대행사가 끝이 났다. 아울러 엄마와 언니들과 함께하는 친정에서의 마지막 김장도 문을 닫았다.

큰언니가 원주 치악산 밑 전원주택에서 살았던 15년 정도, 그리고 우리 가족이 한국에서 살기 시작한 12년 시간의 교집합 시절에는 늘 온 친정식구들이 언니네로 가서 김장을 했다. 언니와 형부가, 또는 주변 이웃들이 재배한 배추와 무, 고춧가루 등으로 10여 명이 넘는 어른들과 내 아이들이 함께 하는 김장은 잔치이자 송년회였다. 누구는 김장 하면서 함께 먹을 가래떡을 뽑아오고, 누구는 치악산 막걸리를 잔뜩 사오기도 했다. 초등학교 5학년인가 6학년이었던 내 둘째 아들이 빨간 고무대야에 그득 담긴 속을 버무리고, 눈 덮인 마당에서 다른 두 아이들이 뛰어놀던 장면도 잊지못할 추억거리 중 하나다. 이젠 옛날일이 되어 버렸지만.

2년쯤 전에 큰언니가 수원 아파트로 이사온 이후에도 언니 집에서 90이 넘은 노모와 세 딸들만 모여 약식김장을 했다. 남편은 베트남에 있었고 아이들은 이제 어른들 일에 따라다니지 않는 나이가 되어 어쩌다 보니 네 모녀만 오붓하게 앉아 김치를 담그며 내년부터는 김장하지 말고 사먹자고 다짐했다. 그런데 올해 또 넷이 모여앉아 그 다짐을 되풀이했다. 작년과 다른점은 올해는 남편이 함께했다는 것과 내년에는 정말 김장 담그는 일을 할 만큼 우리들 체력이 남아나지 않을 거라는 예상이었다.

집에 돌아와 꿀맛 같은 낮잠을 자고 오후에 산책을 하면서 나는 이제 다시 오지 않을 기억들 속에 언제나 나와 남편, 내 아이들에게 든든한 버팀목이 되어주었던 친정식구들에 대한 고마움을 다시 한번 되새김해본다. 인간이란 절대 혼자서는 살아갈 수 없는 존재임을 나이 들면서 점점 깨달아 알아지는 걸 보면 나도 철이 들어가나 보다.

다행히 김장뒤끝은 없었다. 허리가 뻐근하고 다리가 저릴 만큼 많이 하진 않았으니 당연한 귀결이지만 아침에 잘 자고 일어나 개운함을 느끼니 내 몸에 감사한 마음이 들었다. 아직은 괜찮구나, 내 몸. 남편도 적당한 노동 결과 밤새 잘 잤다고 하니 감사함 두 배로 휴일 아침을 시작했다.

2년 동안 못 갔던 교회 현장예배를 지난 주에 이어 드리고 도서관에 잠시 들렀다 오면서 아예 걷고 돌아왔다. 일단 집에 들어가면 다시 나오고 싶지 않은 내 게으름을 알기 때문이다. 오전의 거리는 아직 춥지 않다. 내일부터 비나 눈이 오며 추워진다고 하는데 아직은 좋은 날씨다. 날씨도, 거리 흐름도 여유있는 산책을 천천히 한다.

발바닥에 닿는 땅의 느낌과 얼굴에 와닿는 미세한 바람을 느끼며 걸으려 한다. 미세먼지 심했던 어제보다는 한결 덜하지만 오늘도 여전히 공기 질은 좋지 않은 것 같다. 얼굴이 푸석푸석한 느낌이고 어디선가 매캐한 내음이 나는 것 같다. 텅 비워진 논두렁 어디선가 전해져오는 구수한 냄새 같기도 하다. 잘은 모르겠으나 나쁘지 않은 냄새다. 가을걷이 다 끝난 한적한 농촌마을로 훌쩍 공간이동한 느낌이다. 문득, 「향수」 노래가 떠오른다. 정지용 시인의 시이지만 노래로 더 잘 알려진 구수한 시 구절들이 냄새 사이로 올라온다.

가족이 다 집에 있는 휴일 오전에 잠시라도 나 혼자만의 시간을 가졌다는 게 기분 좋다. 이 기분 좋음으로 오늘 하루 남아 있는 시간은 가족들과 웃으며 지낼 수 있을 것이다. 함께 잘 있으려면 각자 혼자 있는 시간을 허(許)해야 한다. 나도, 남편도, 아이들도.

세 아이들 모두 전면등교하는 역사적인 날 아침에 눈발이 가볍게 날렸다. 눈이 온다는 건 바깥 날씨가 춥다는 거고, 눈이 직선으로 내리지 않고 사선으로 흩날린다는 건 바람이 많이 분다는 뜻이니 눈 오는 풍경이 반갑지만은 않았다. 아주 잠깐 기척에만 그친 눈발이 고마웠다.

오전에 잠시 나가서 걸었는데 바람이 장난이 아니다. 나무들도 사정없이 흔들리니 바닥에 힘없이 깔려 있는 낙엽들은 그저 바람에 순응하며 이리저리로 날려다닐밖에 도리가 없다. 넓은 차도에도 1차선부터 4차선까지 낙엽이 종으로, 횡으로 휩쓸려다니는 소리가 웅웅거린다. 도로에 주정차된 차들은 낙엽눈을 옴팡 뒤집어쓰고 있다. 한마디로 걷기 쉽지 않은 날이다.

그러다가 또 거짓말처럼 해가 잠깐 반짝반짝 나기도 한다. 지금 나온 사람들에게 조금 전에 눈이 왔었다고, 바람이 엄청 세게 불어 날아갈 뻔했다고 말한다면 믿지 않을지도 모르겠다. 순간순간, 거리 이끝에서 저끝까지 가는 동안 몇 번이나 해가 나타났다 사라졌다 변덕스러운 거리를 빠르게 걷는다. 그래야 바람으로부터 피할 수 있을 것처럼.

올해 1월 1일, 겨울 한복판에서 시작된 나의 매일 걷기 일기가 다시 겨울을 맞이한다. 돌아보면 참 많은 일들이, 여지없이 인생의 희노애락을 모두 거쳐온 한 해 동안의 내 삶에 꾸준히 계속할 무언가가 있었음이 나를 살아 있게 했다는 것을 문득 깨닫는다. 아무도 강요하지 않았지만 스스로 정한 1년간의 의식을 성실하게 수행해온 나 자신에게 따뜻한 어묵국물이라도 선물해주고 싶다. 추워지는 이때, 다시 운동화 고삐를 단단히 조인다.

국가적으로 정말 바라던 일이 일어났고, 개인적으로는 일어나지 않았으면 바라마지 않던 일이 일어난 하루. 오늘 나는 걷고 생각하고 글을 쓸 기운이, 여유가 없다. 그럼에도 습관이 되어 버린 몸이 알아서 걸어지고, 노트북을 켠다. 몸이 기억하면 무서운 건데, 어느 광고 카피 같다.

하늘은 맑은데 가느다란 눈발이 날린다. 눈, 발, 왜 '눈'이라는 말에 '발'이라는 접미사를 덧붙이는 걸까. 국어사전을 찾아보니 '눈이 힘차게 내려 줄이 죽죽 져 보이는 상태'란다, 눈발이라는 뜻이. 나는 눈에 발이 달린 것처럼 자유롭게 흩뿌려지는 모습을 보고 그런 이름이 붙은 줄로 혼자 생각했는데 아니었다. 눈이 세게 연신 내려 줄처럼 보이는 상태가 문이나 창문에 늘어뜨린 대나무 가리개 같아서 눈발이라 하는가 보다. 그럼 내가 지금 이렇게 오는 듯 마는 듯 내리는 눈에 눈발이 날린다고 하면 안 되는 거다. 줄처럼 보이는 게 아니라 점처럼, 먼지처럼 날리고 있으니까.

오늘은 아침부터 내 감정 상태가 좋지 않았다. 간밤에 꾼 꿈이 너무 다급하고 선명한 메시지로 SOS를 쳤고, 그 경고를 듣고 즉각 반응한 내가 예민하게 굴어 아침 분위기를 어둡게 했다. 한 아이는 아침부터 왜 자신에게 짜증나는 말을 하냐고 화를 냈고, 다른 아이는 학교에 늦은 이유를 내가 깨우지 않아서라 짜증을 냈고, 나머지 아이는 일주일 전에 주문한 플리스가 아직 도착하지 않은 이유도 엄마가 미리미리 확인하지 않아서라 투덜거렸다. 모든 게 엄마 탓이란다. 새벽에 일어나 출장을 간 남편 없는 아침이 참 길고 서러웠다. 왜 눈이 오는 건 엄마 탓이 아닌가 모르겠다. 청소년기 세 자녀 엄마 노릇 하기가 참 들쑥날쑥이다.

경기상상캠퍼스 안에서 약속이 있어 오후에 거대한 숲 같은 그곳을 거닐며 마음을 가라앉힌다. 늘 무성할 것 같았던 저 큰 플라타너스 잎이 쇠락하듯 모든 일에는 때가 있을 것이다. 웃을 때도, 울 때도, 아이들로 인해 행복할 때도, 그 아이들로 인해 세상이 무너지는 것 같을 때도, 아파할 때도, 회복할 때도. 나는 지금 인생의 어느 때를 그저 살고 있는 것뿐이다. 인생에서 맞이하지 말아야 할 때는 없다. 그게 인생이니까.

비가 온다. 비 오는 수요일엔 빨간 장미를 사야 할 것 같지만 내 걷는 길에 꽃가게가 보이지 않는다. 가끔 거리 모퉁이에서 노점으로 꽃 파는 분들이 보였는데 비가 오니 오늘은 안 나오셨나 보다. 찾으면 없고, 안 보이면 찾게 된다. 결국 찾지 못하고 장미 대신 우산만 손에 계속 잡고 있다.

오전 수업을 마치고 선생님들과 자장면을 먹고 집에 왔다. 다른 때 같으면 집에 빨리 와서 혼자 먹을 텐데 일주일 넘게 준비했던 발표를 마치고 같은 조 선생님들과 임무 완수 기념으로 기분 좋게 쫑파티를 했다. 내가 산다고 큰소리치며 중국집까지 갔는데 정작 계산은 나보다 훨씬 행동이 빠른 다른 선생님이 하셨다. 왜 그러세요, 하면서도 카드를 뒤로 슬그머니 뺐다. 그냥 오늘 하루 내게 찾아온 행운이라 생각하면서.

집으로 오는 길부터 비가 조금씩 왔다. 자동차 유리창에 소묘처럼 흩뿌려진 빗자국을 보면서 오늘 비 온다는 소식이 있었나 생각해보았다. 나야 상관없는데 요사이 감기로 고생하는 딸아이 하굣길에 비 맞고 올까에 생각이 미친다. 친구 우산을 빌려 쓰든, 막 뛰어 오든 어떡하든 꾀를 낼 아이인 걸 알면서도 일단 마음은 쓰인다. 나는 참 어쩔 수 없는 걱정대장이다.

집에 와서 쉴 참도 없이 비 오는 거리를 걸었다. 이슬이슬, 보슬보슬, 내리는 비라 우산을 쓰기도 부끄럽지만 작은 우산이라도 받치고 걷는다. 비는 오지만 날은 춥지 않아 걸을 만하다. 비 그치고 추운 거리보다 지금이 훨씬 좋다. 낙엽 위에 빗방울이 톡톡 떨어지는 광경을 보며 천천히 길을 걷는다. 오늘은 좀 쉬어야 할 것 같다. 어제 밤 11시가 다 되어 줌 수업이 끝난 후유증이 아직 가시지 않은데다 오늘 아침 수업 발표까지 긴장 상태였던 몸과 마음을 이완하고 싶다. 지금 이렇게 걸으며 몸을 적당히 피곤케 하면 더 잠이 잘 오겠지. 그러나 불행히도 나는 안다. 몸이 아무리 피곤해도 머릿속에 생각이 많으면 숙면엔 말짱 꽝이라는 것을.

거리가 차분하다. 비는 거의 소리도 없이 내리고 사람들 발소리도 잘 들리지 않는다. 잠이 올 것 같다. 산책 마치고 집에 돌아가 잠시 낮잠을 청해볼까. 세상과 내가 고요 속에 잠들 것 같다.

오후 1시 30분 수업인데 2시에 들어갔다. 30분이나 지각이다. 평소대로 시간 맞춰 출발했는데 예상치 못한 복병이 나타났다. 과천으로 진입하는 고속도로 입구를 웬일인지 막아놓은 것이다. 거기 아니면 길이 없을까. 다른 길로 돌아가면 되지, 생각은 했는데 그게 아니었다. 유턴을 해서 반대편 진입로로 돌아가려는데 아뿔싸, 나와 같은 생각과 내비게이션을 장착한 운전자들이 많았던 것이다. 1km 정도 되는 유턴 차선을 통과하는데 30분이 걸렸다. 이 시간이면 학교에 도착하고도 남을 시간이라 처음에는 안절부절 못했으나 나중에는 체념을 했다. 어쩔 수 없지, 이건 내 뜻이 아니야. 살다 보면 이럴 수도 있지 뭐. 맘껏 마음으로 늑장을 부렸다.

오후에는 출장 갔던 남편이 돌아오고, 기말고사 보는 아이들 저녁을 잘 챙겨주려면 시간이 없을 것 같아 오전에 산책을 했다. 막 세수한 우리 딸 얼굴처럼 맑고 뽀얀 하늘에 흰구름 몇 가닥이 천천히 흘러가는 평화로운 날씨였다. 어제보다 조금 더 누그러진 기온에 내 마음도 조금 평온해진 듯하다. 걷다가 아무도 없는 나무의자에 앉아 잠시 쉬었다 갈 여유도 생겼다. 산책중에도 뒤에서 누가 쫓아오는 것처럼 부지런히, 빨리, 조급한 때가 많았는데 오늘은 잠시멈춤할 마음이 생긴 것이다. 좋은 징조다.

큰아들은 오늘 학교에서 김장을 한다. 일년 동안 농사지은 배추와 무와 각종 채소들로 학생들과 선생님들이 합심하여 하는 연중 가장 큰 행사다. 다음해 먹거리를 준비하는 것이니 그럴 만도 하다. 채칼과 앞치마, 고무장갑과 김치가 완성되면 담아올 김치통까지 챙겨간 아들이 춥지 않은 날씨 덕을 볼 수 있으니 마음이 놓인다. 어느 핸가 김장하는 날, 몹시 추워 학생들 모두 고생했던 기억이 있는데 올해는 아니다. 학교에서 하는 마지막 김장날이 아들에게 의미있는 추억의 날이 되었음 좋겠다.

잠시 쉬었던 몸을 일으키고 걸어온 만큼 다시 돌아간다. 인생년수가 백년이라 할 때 반을 지나 조금 더 나아간 나의 인생길만큼의 길이 남았다. 지나온 만큼 다시 잘 돌아가자. 살아온 만큼 더 잘 살아가자. 에고, 오늘 산책길도 또 계몽주의로 흘렀다. 채근담은 그만 쓰자.

367

　어제 저녁 아이들이 뜬금없이 어릴적 보던 애니메이션이 생각난다며 유튜브에서 찾아보기 배틀을 했다. 아주아주 어릴적 보고또봤던 백곰「빼꼼」부터「치로와 친구들」「제이크와 네버랜드 해적들」「피니와 퍼브」 등등 이미 청소년이 된 아이들 기억 속에서 끄집어낸 만화 제목을 들으니 그때 그시절 아이들 모습도 함께 떠올랐다. 우리는 서로 제목을 생각해내며 맞아 그것도 있었지, 모처럼 한 가족처럼 웃고 떠들었다. 그림 같은 시간이었다.

　그와중에 우리 부부는 가난했던 우리 어린 시절에 보았던「마루치 아라치」「미래소년 코난」 같은 만화도 있는가 찾아보았는데 있었다! 내가 하루에 몇 번이나 찾아보는 유튜브에 고대시절 이야기 같은 그 만화들이 토막토막 들어 있었다. 아련한 추억으로 그리워만 했지 영상을 찾아볼 생각은 왜 못했는가 이해되지 않았지만 한편으로는 그걸 찾아내 볼 만한 마음과 시간 여유가 없었으니 당연하다고 혼자 생각도 되었다. 어찌됐거나 시험 기간중 지연행동으로 추억찾기에 나선 아이들 덕분에 나도 남편도 모처럼 추억여행에 빠져들 수 있었다.

　오늘 오후 큰아들과 함께 서울에 볼일이 있어 갔다가 걸으면서도 추억소환은 되풀이되었다. 어릴적에 네가 이랬었다, 엄마 어린시절에는 꿈도 못꾸던 일들이 지금 일어나고 있다, 세상이 참 너무 빨리빨리 변해서 엄마처럼 변화에 민감하지 못한 사람들은 살기가 힘들다는 등 라떼와 통합 사이를 오가며 아들과 대화를 나눴다. 그렇게 걸으니 옷깃 여미게 하는 찬바람 부는 사당 거리도 걸을 만했다. 아니, 좋았다. 아들과 함께 걷는 길은, 아들과 이런저런 얘기를 나누며 걷는 길은, 그게 어디라도 좋을 것이다. 다른 어떤 것과 비교할 수도, 대체할 수도 없는 나의 행복이다. 불안과 걱정 사이를 이어주는 가느다란 투명줄 같은 행복.

　얼굴에 와닿는 바람이 서늘하면서도 기분 좋은 느낌이다. 마치 이게 겨울이지 하는 것 같다. 코끝이 쨍하지만 머리는 맑아지고 몸에 긴장을 주어 깨어 있게 하는 날씨. 나는 이래서 겨울이 좋다. 두꺼운 옷 속에 나를 적당히 감출 수 있어서 좋다. 다시 오지 않을 2021년 오늘이 조용히 흘러간다.

햇볕이 은은하게 내리쬐는 평화로운 주말이다. 일주일 중 꼭 챙겨 보는 금요일 예능 프로그램을 보고 부러움과 즐거움에 만끽되어 아이들에게 "너희들도 배우해라, 배우."를 연발한 나나 그보다 더 늦은 시각에 시작하는 힙합경연 프로그램을 보고 새벽에야 잠든 아이들 모두 간만의 늦잠을 잤다. 커튼 사이로 해가 비춰들어와 아침임을 알려주었지만 아무도 일어날 생각을 하지 않았다. 그냥 오늘은 마구 게을러지고 싶은 날이었다.

한번 깬 잠이 다시 오진 않아 가족들 중 제일 먼저 일어나 커피를 내려 마시며 하루를 시작했다. 오전중에는 남편과 마트에 다녀와야 하고, 오후에 남편이 결혼식에 가는 동안 나는 산책과 밀린 독서를 할 계획이다. 하루 지도를 그리며 내가 좋아하는 예카체프 커피를 마시는 고 잠깐 동안 여유가 몸을 깨어나게 했다.

계획대로 오후에 혼자 산책을 한다. 아침에 그리 일찍 일어나지 않았는데도 하루가 긴 듯한 느낌이다. 분주했던 오전과 오롯한 오후 산책 시간이 너무 대비되기 때문이다. 걸으면서 일주일째 만에 다 읽은, 마사 누스바움의 『타인에 대한 연민』을 생각한다. 오래전부터 읽고 싶었던 책이었는데 바쁜 짬짬이 읽느라 속도를 내지 못했다.

> "나의 고통은 결코 타인의 탓이 아니다. 미래에 대한 희망을 잃은 현대인들은 불확실한 삶 앞에서 두려움에 잠식당한다. 이성적 사고 대신 손쉬운 타자화 전략을 선택해 나와 타인의 경계를 짓는다. 계급 간 갈등, 여성 혐오, 진보와 보수의 대립 등 이러한 정치적 감정들은 늘 이면의 권력자들에 의해 조종되어왔다."

책을 읽으며 인상깊었던 이 문장들에 나를 대입해서 생각해본다. 혼자 걷는 길이지만 내 옆에서 계속 조곤거리는 다른 목소리가 들리는 듯하다. 주말 산책길 화두로는 무거운 감이 있지만 요사이 내 힘듦을 객관적으로 들여다볼 수 있을 것 같기도 한 생각거리다. 오늘 걷기는 무겁고 느릿느릿.

기껏해야 고등학생 정도로 보이는 남자 청소년들이 아파트 내 흡연구역에서 가래침을 턱턱 뱉으며 담배를 핀다. 그래도 흡연구역은 지키는 걸 칭찬해야 할까. 가래침과 담배는 떼려야 뗄 수 없는 악덕조합 같다.

밤새 파자마 파티라도 한 걸까. 롱패딩에 알록달록 원색 수면바지를 입고 거리를 활보하는 여학생들도 보인다. 예전 중국 살 때 마트나 공원에도 위아래 맞춤의 파자마를 입고 다니는 아줌마 아저씨들을 보고 기겁한 기억이 있는 나는 요사이 우리나라에도 전파된 수면바지 외출복 패션 차림에 잘 적응이 안 된다. 앞머리에 헤어롤 매달고 외출하는 패션에 익숙해진 지도 사실 얼마 되지 않았다.

머리부터 발끝까지 나름 열심히 꾸며입었는데 하나도 어울리지 않는 차림으로 욕을 태그처럼 달고 다니는, 내 딸 또래의 여중생 몇 명 뒤를 걷는 게 너무 힘이 든다. 이쁘디 이쁠 나이의 아이들 입에서 나오는 말들이 참 살벌하다. 내가 아는 애들인가, 앞서 나가서 얼굴을 확인하고 싶을 정도이다. 꾹 참고 아이들 발걸음에 방해 안 되게 걸으려 무지 노력한다.

내 또래로 보이는 아저씨 몇 명이 아직 낮에서 조금 지난 시각인데 술집을 찾아다니며 실패경험을 쌓고 있다. 개점하기엔 이른 술집들이 문을 굳게 닫고 있어 아저씨들은 우리들이 하는 일이 그렇지 뭐, 를 껄껄거리며 연발하고 있다. 휴일 낮부터 술을 마셔야 할 이유가 그들에게 있나 보다. 오랜만에 만난 고향 친구들일까. 포기하지 않으면 어딘가 한 군데 열려있는 곳을 찾을 것이다.

나는 따뜻한 햇볕을 등에 지고 휴일 거리를 빈둥거리며 걷는다. 날이 참 포근해 어디든 쏘다니고 싶지만 딱히 갈 곳이 없어 여기기웃, 저기기웃하며 사람 구경을 하고 있다. 반찬가게에서 이런저런 반찬을 사고는 50원짜리 비닐봉지값은 아까워 반찬 여러 개를 떨어뜨리지 않으려 애쓰며 집으로 향한다. 오늘 내가 본 사람들 중에 내가 가장 우습고 이해되지 않는다, 이제 와 보니.

　까마귀들이 가로등마다 떼로 앉아 있다. 길을 걷다 문득 눈을 들어 하늘을 봤는데 여리고 푸른 하늘을 배경으로 까맣고 통통한 새들이 날아가는 장면을 본다. 그들이 정착하는 곳은 가로등. 한 마리 홀로 앉아 있는 것도 있지만 대부분 여러 마리가 함께 있다. 그래서 더 도드라져 보인다. 마치 가로등이 자기 둥지이기라도 하듯 점령하고 있다, 우리 동네 까마귀들이.

　까마귀가 검지 않고 하얗다면 나는 가로등에 그들이 앉아 있든 말든 신경을 쓰지 않았을까. 바닷가 근처 도로나 인천대교 위 가로등에 하얀 갈매기들이 앉아 있는 장면을 보고 내가 이런 반응을 보였을까. 어머, 저기 새들이 줄줄이 앉아 있네, 신기하다. 그 정도였지 않았을까. 그건 되고, 이건 왜 이리 신경쓰일까. 까만색이 눈에 잘 띄어서라기보다 까만 새들이 몰려다니는 모습이 무서워서일 것이다. 싫다 좋다가 아니라 무서움, 섬뜩함, 이런 감정일 것이다. 여하간 가로등마다 정물처럼 붙어 있는 까마귀들 아래 거리를 걷고 있다, 지금 나는.

　단풍 찬란했던 잎들이 시래기처럼 말라가고 있는 나무들을 지나쳐 간다. 지금은 쇠락의 계절, 내년에 다시 또 꽃피울 그날까지 나무들은 숨을 고르고 있다. 나는 안심과 아무일없음 사이를 잇는 선분을 따라 인생길을 걷고 있는 듯하다. 그러나 죽은 것 같은 나무와 꽃들이 때가 되면 놀라운 생명력으로 회귀하듯이 지금 힘들고 내일도 힘들지만은 않은 게 인생이려니 생각한다. 가로등 위 까만 새들을 보며 눈 돌리고 싶은 내 마음은 투사다. 마음 상태대로 세상이 보이는 법. 다른 어떤 날이 오면 또 다른 마음이 찾아올 것이다. 매 순간순간 깨어서 맞이하기만 하면 된다.

오후 한시쯤 비가 그쳤다. 아침부터 계속 내린 비가 먹구름과 함께 물러가고 대신 강한 바람이 찾아왔다. 집안 창문을 모두 활짝 열어 환기를 하는 동안 바람이 너무 차가워서 침대 속으로 들어가 있었다. 바람 사이로 하굣길 학생들의 재잘거림과 웃음소리도 섞여서 들어왔다. 칙칙했던 오전풍경에 생기가 도는 기분이다.

환기를 마치고 옷을 여며입고 산책을 나간다. 잠깐이라도 비가 그칠 때를 기다려 나가려고 했는데 바람이 강해 머뭇거려지긴 했다. 차라리 우산 쓰며 다니는 게 나았으려나, 날이 돌변한 것 같다. 너무 춥다. 그래도 일단 나가본다.

큰나무 끝이 바람에 마구 흔들린다. 접은 우산 끝을 바닥에 톡톡 두들기며 걷는 초등학생들의 몸이 한껏 구부러져 있다. 나도 마찬가지다. 모자와 마스크로 가린 얼굴을 거의 땅을 향해 마주하고 걷는다. 오늘 아침 신문사진으로 본 광화문 교보문고 현판글씨가 생각난다. "겸손은 몸의 각도가 아니라 마음의 각도다." 지금 내 몸 각도로 보자면 아주 겸손한 모습이나 마음 각도는 꼿꼿히 서있는 180도다. 바람에도, 나를 둘러싼 세상에도.

아무래도 안 되겠다. 굽혀졌던 몸을 쫙 펴고 바람을 정면으로 마주한다. 얼굴이 시렵다. 그래도 자꾸 부딪혀봐야 무뎌질 것이다. 오늘은 11월 마지막날. 한 달밖에 남기지 않은 올 한 해, 참 지난하게도 부딪히며 살아왔다. 이깟 바람과 추위쯤 몇 겹씩 맞이하면서도 열심히 지나왔다. 걸으며 이런 생각을 하는데 갑자기 울컥해진다. 지금 이 시간, 홀로 바람을 마주하며 걷는 나 자신에 대한 강한 연민이 올라오는 듯하다. 어디 따뜻한 카페에 가서 라테 한 잔 후후 불며 마셔야겠다.

카운트다운이 시작됐다. 기어이 2021년 마지막 달이 오고야 말았다. 이제쯤, 저제쯤 하며 애타게 기다렸던 코로나 없는 일상은 아직도 도래하지 않았고, 오늘은 확진자 수 5천명 이상을 기록하는 어둠이 이어지고 있다. 위드 코로나가 주춤하며 평범한 일상 살기가 기약이 없다. 그럼에도 어제 나온 반달과 여명이 공존하는 새벽하늘을 시작으로 하루가 열렸다. 그 하루를 나는 산다. 하루하루, 한 시간 한 시간을 아껴쓰고 돌려쓰고 나눠쓰며 이 한달을 살아가려 한다.

오늘 수업중 형용사+명사로 이루어진 닉네임을 자신에게 선사하는 시간이 있었는데 나는 '아슬아슬한 행복'이라고 적었다. 그럴 생각은 아니었는데 요즘 내 상태를 말해주는 게 딱 이 구문이었다. 행복하긴 하지만 아슬아슬, 공중에서 외줄타기하는 사람처럼 언제든 떨어질 위험을 안고 하루하루를 살고 있는 듯하다. 하긴 행복이라는 게 언제든 철옹성 같은 때가 있겠나 싶긴 하다. 흔들리고, 깨지기 쉽지만 그 속에서 원석 같은 가치를 발견하는 그 순간이 행복임을 모르지는 않는다. 그럼에도 오늘 내 닉네임은 아슬아슬한 행복이다.

기온이 아래로 떨어지는 대신 하늘은 맑고 이쁘다. 토실토실 살진 흰구름들이 투명한 하늘을 부유하듯 떠다닌다. 눈을 들어 그런 하늘을 보는 행복, 그 순간을 행복이라 느끼는 나, 아슬아슬함 속에 조금씩 단단하게 다져지는 2021년 마지막달 첫날의 내 모습이다.

날이 애매하다. 어제보다 더 추운 것 같기도, 아닌 것 같기도 하고, 해가 나는 듯하다 또 구름이 해를 가리고. 수치상으로 나타난 기온과 상관없이 춥고 을씨년스러운 느낌을 주는 날이다. 내 몸이 그런가. 남편에게 퇴근하고 오면서 육개장을 사와달라고 전화했다. 매운 음식 못 먹는 내게 육개장은 생뚱맞은 조합인데 몸이 찌부둥한지 오늘은 그런 음식이 땡긴다. 따뜻하고 얼큰하고 몸에 에너지를 주는. 맛있는 육개장집 찾기가 어려워 감자탕으로 합의를 봤다. 뭐가 됐든지 오늘 저녁은 하지 않아도 된다. 그게 더 좋다.

어젯밤 꿈에 내가 탄(혹은 안 탔는지 확실치 않다) 자동차가 낮은 데서 높은 다리 같은 곳으로 점프해 올라가려다가 성공하지 못하고 바닥으로 추락하는 꿈을 꾸었다. 아침에 그 꿈의 잔상이 남아 기분이 언짢았다. 끊어져 있는 곳을 이어가 보려고 점프를 시도했으나 떨어진다는 게 완벽한 추락과 죽음을 연상시켰기 때문이다. 아무리 기억을 되살려봐도 이런 꿈을 꿀 만한 어제 낮의 기억은 없는 듯해 더 신경이 쓰였다.

산책 도중 거리를 빠르게 지나가는 자동차를 보며 문득 꿈의 뒷장면이 떠올랐다. 나는 추락하는 자동차 이미지만 계속 생각하고 있었는데 꿈 안을 들여다보니 떨어진 자동차가 무사히, 뒤집히지도 않고 온전한 모습으로 땅에 착지한 결말이 떠오른 것이다. 차 안에 나나 또는 다른 누군가 있었는지는 기억나지 않지만 아무도 다치지 않은 것만은 확실하다. 왜 이 장면은 생각이 안 났지. 어찌됐거나 돌발상황이 생겼어도 문제로까지 이어지지 않았으니 괜찮은 거였는데 내 부정적 마인드가 부정적 상황에만 꽂혀버렸나 보다. 걷다 보니 그런 생각이 들면서 길게 숨이 쉬어졌다. 조금 여유를 가져도 좋으련만 오늘도 나는 긴장상태로 하루를 살고 있는 것이다. 이제는 조금 풀어져도 괜찮다. 괜찮다. 진짜 괜찮다. 자꾸만 되내어본다. 괜찮다고.

오미크론 변이 바이러스가 또다시 온 나라를 얼어붙게 하는 이때, 우리 가족은 여행을 간다. 코로나 생활 2년차. 예전 같으면 코로나에 어디 여행을 가, 했을 텐데 지금은 코로나니까 조심조심 다녀오자, 로 모토가 바뀌었다. 속초에 간다. 고속도로가 막히기 전에 아침 일찍 부지런히 떠난 보람이 있었던지 길이 좋다. 차창 밖으로 펼쳐지는 고즈넉한 겨울풍경을 보니 여행 가는 게 실감난다. 지난 8월끝 무렵 연천여행 후 계절이 두 번 바뀌어 가는 올해의 마지막 가족여행이다.

설악산 밑 리조트에 짐을 푼다. 설악산을 병풍 삼아 가로로 길게 늘어서 있는 이 리조트엔 처음 오지만 보트 타고 내려가는 슬라이딩 놀이기구가 롤리팝처럼 생긴 단지 내 워터파크엔 5년 전에 왔던 기억이 난다. 아이들과 내가 양양 두달살이할 때 주말에 온 남편과 함께 놀았던 기억. 물을 무서워하는 나와 물 만난 물고기마냥 신나게 놀던, 아직 어렸던 아이들. 그로부터 5년. 엄마는 늙어가고, 아이들은 더 이상 애들이 아니다. 그게 물처럼 흐르는 순리일 것이다.

짐을 풀어놓고 남편과 나는 잠시 숨을 돌리며 리조트 안 호수공원 둘레를 걷는다. 주차장마다 그득그득 담겨있는 자동차들과 달리 이곳을 걷는 이들은 우리 둘뿐이다. 덕분에 호젓하고 조용한 호수를 따라 걸으며 세 시간 넘게 운전하여 온 피로를 달랜다. 분주했던 오전시간이 오늘이었나 싶게 일상에서 갑자기 멀리 떨어져나온 기분이 든다. 아이들이 원하는 저녁 먹거리를 사러 속초 시내로 다시 나가기 전 짧은 평화. 내게 너무 필요한, 필요했던 시간이 물처럼 조용히 흘러가고 있다.

온돌바닥에서 자면 여지없이 등이 묵지근하고 아파 오래 누워있을 수 없어 가족들 중 가장 먼저 일어난다. 커튼 사이로 밝은빛이 들어와 살짝 젖혀보니 타이밍도 기막히게 설악산자락 뒤로 여명이 밝아옴을 본다. 일부러 타이머 맞추고 일어나지 않았음에도 마주한 행운이 감격스럽다. 집에서 아침마다 마주한 그것과 여기서 만난 일출이 무에 다를까마는 막힐 것 없이 시원스레 펼쳐져 있는 설악산을 배경으로 하니 감동이 두 배가 되는 듯하다. 아니, 집이 아니라서 그냥 좋은 것 같다. 매일 똑같은 아침이 아니라 좋은 것이다.

설악산에 왔으니 등반을 해야 한다는 두 사람과 산은 멀리서만 보는 게 좋다는 하나, 아무 생각 없는 두 청소년들 의견을 조합해 케이블카를 타고 설악산을 일갈하기로 한다. 그래도 설악산에 왔는데 그 멋진 절경을 눈에 담지 않고 갈 수는 없지 않은가. 이십대에 탔던 기억이 있는 설악산 케이블카를 다시 탄다니 살짝 설레기도 한다. 주차장에서 주차요금을 받는 아저씨에게 케이블카는 안 떠요, 소리를 듣기 전까지는 그랬다. 추워서인지, 바람이 조금 불어서인지, 아님 코로나 방역수칙 때문인지 모르겠지만 아무튼 케이블카는 안 뜬다니 주차도 할 필요 없어 그냥 왔던 길로 돌아간다. 이런이런, 설악산을 눈앞에 두고 돌아서는 발걸음이 아쉽긴 하지만 차마 올라갈 자신은 없으니 눈만 들면 보이는 설악산자락에 내가 있다는 것으로 안위하며 점심을 먹으러 간다.

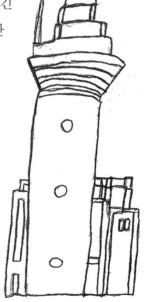

지난 1월, 남편 없이 나와 아이들만 왔었던 고성바닷가 여행 때도 갔던 냉면집에 다시 간다. 그곳 냉면맛이 입에 남아 있어 여기까지 온 김에 또 가보기로 한다. 한 해의 시작과 끝을 그집 냉면과 함께 하는 것 같다. 그때나 지금이나 여전히 베리굿인 냉면을 이번엔 남편까지 함께 먹고 가게 앞 아야진항 바닷가 산책을 한다. 여지없이 짙푸르고 맑고 깨끗한 이 바다. 모래사장을 걷고, 바위 위에 올라가고, 하얀색과 빨간색 등대가 내외하듯 일정한 거리로 서 있는 등대길도 걷는다.

내 앞에서 바위 사이를 턱턱 뛰어다니던 큰아들이 갑자기 밀려온 파도에 신발을 적시우는 장면도 본다. 분명 발이 시려울 텐데 괜찮단다.

    겨울바다 앞에 서 있을 때 나는 가장 좋다. 아무것 하지 않아도 그저 좋다. 7번 국도 해변가를 따라 옮겨 다니며 살아보는 것. 언젠가 꼭 해보고 싶은 나의 꿈이다. 아이들이 다 커서 독립하는 그 즈음 어느 땐가 꼭. 날이 춥지 않아 조금 더 바다를 걷고 싶지만 아쉬움 뒤로 하고 오늘은 그만 돌아가야지. 햇볕이 조금씩 여의어가니 돌아갈 때도 되었다.

어느덧 여행 마지막날이다. 느즈막히 일어나 아침을 먹지 않은 채 체크아웃을 한다. 리조트 근처 순두부집에서 아침 겸 점심을 먹고 조금 이른 느낌의 귀향을 하기로 한다. 휴일 차량이 몰리기 전에 서두르고자 함이다. 남편은 돌아가는 길에 인제 원대리 자작나무숲을 거닐고 싶어했으나 시간관계상 그 계획도 포기한다. 어느 해 겨울, 나와 아이들은 그 숲길을 걸었던 적이 있는데 남편은 출장길이라 함께 하지 못했다. 아쉽지만 다음에 또 기회가 있겠지.

좌 동해와 우 설악산 배경이 아쉬워 설악해맞이공원에서 잠시 걷다 가기로 한다. 이제 가면 언제 다시 볼지 모르는 바다를 조금더 가까이 보고 싶어서다. 한낮의 햇볕이 등짝에 따뜻하게 내려앉는 바닷가를 가족이 함께 걸으며 두런두런 얘기를 나누는 이 장면이 다정하다. 동계올림픽 유치를 염원하며 만들었다는 스키점프 동상 모형이 멋진 등대, 그 아래에 앉아 노트에 풍경스케치를 하는 중년의 아저씨와 그림 그리는 남편 옆에서 말없이 먼곳을 바라보는 아내도 다정해 보인다. 해변가 모래사장에 수십 마리가 줄 맞춰 앉아 모두 한곳만 응시하는 갈매기떼는 다정하다못해 비장해 보인다. 마치 앉는 스팟이 정해져

있는 것처럼 공중을 날던 갈매기도 내려앉을 때 비어 있는 줄의 한 자리를 채우는 장면이 아무리 봐도 신비하다.

이 다정한 바닷가를 거닐며 나는 이번 여행을 되돌아본다. 오래 계획한 것이 아니라 남편이 갑작스레 가자고 숙소를 예약한 여행이었다. 마침 아이들과 내 바쁜 일정도 끝이 나 한숨 돌리던 차에 횡하니 바닷바람 쐬며 힐링하기에 좋은 시간이었다. 여행을 가면 그 지역 서점에 들러 책을 사는 내가 가족과 다 함께 가서 구경하고 책 고르던 어제 문우당서림에서의 시간도

좋았고, 영랑호 둘레길을 드라이브하며 한바퀴 돌았던 시간은 여유로웠다. 아이들과 함께 맛있는 걸 먹으며 농담하고 한 웃음으로 웃는 저녁시간은 행복 그 자체였다. 빠듯한 관광과 빽빽한 일정이 아니어서 더 여유롭고 좋았던 이번 여행은 무엇보다 헐렁해서 좋았다.

이제 바닷가 걷기를 마치고 우리 가족의 헐렁했던 올해 마지막 여행길을 접으려 한다. 여행지에서 떠날 때 언제나 그렇듯 다음에 또 올게, 라는 인사를 바다에 남기며.

1차보다 2차가 조금 더 아픈 화이자 백신을 맞은 둘째 아들과 동네를 가볍게 걷는다. 문구점에 들러 아들이 사고 싶어하는 학용품을 사고, 점심을 먹고, 걷는다. 역시 백신 2차접종을 한 딸은 편의점에 택배 찾으러 가야 한다고 먼저 갔다. 그애는 나보다 물류시스템에 더 밝다. 편의점에서 반값택배를 보내고 받는 게 일상이 된 14살 딸내미가 나는 마냥 신기하다.

어제부터 오늘 오전까지 여행 후 쌓인 빨래를 하고, 청탁받은 원고를 쓰면서 시간을 보낸 나는 동네를 거닐며 티타임같이 여유로운 시간을 보낸다. 주사맞은 아이들이 아무렇지 않다면 오늘 내가 해야 할 일은 거의 다 한 셈이다. 오후에는 어제 너무 졸려 못본 드라마 재방송을 보는 사이사이 책을 읽으며 쉴 것이다. 빔 벤더스 감독과 「베를린 천사의 시」 시나리오를 공동저작한 페터 한트케의 『소망 없는 불행』을 재미있게 읽고 있다. 그러다 보면 큰아들과 남편이 돌아와 함께 저녁을 먹을 것이고, 그렇게 하루가 평온히 흘러감이 행복임을 이제 나는 안다. 소소한 일상이 쌓여 행복이 만들어지는 게 아니라 아무 일 없이도 잘 흘러가는 매 시간 매 분 매 초가 가늠할 수 없는 행복임을. 소망 없어 불행함이 아니라 소망이 없어도, 그럼에도 불구하고, 무화과 나무에 열매가 없어도 행복할 수 있는, 겸비한 내 삶이기를 바라본다.

횡단보도 앞에서 군고구마를 파는 아저씨를 본다. 어쩐지 아까부터 익숙한, 구수한 냄새가 날 잡아끌었다. 어쩌면 그 냄새에 이끌려 이곳으로 왔는지도 모른다. 눈 내리는 추운 겨울밤은 아니지만 그 냄새를 맡고도 그냥 지나치기에는 냄새가 너무 사랑스러워 사려고 보니 현금이 없다는 데 생각이 미친다. 천원짜리 편의점 커피를 살 때도 신용 카드나 지역 화폐를 사용하다 보니 언젠가부터 현금을 갖고 다니지 않게 됐다. 다음에 나올 때는 꼭 만원짜리 한 장이라도 들고 나와야겠다. 아쉽지만 초록불로 바뀐 횡단보도를 서둘러 건너간다.

詩 한 편에 삼만 원이면/너무 박하다 싶다가도/쌀이 두 말인데 생각하면/금방 마음이 따뜻한 밥이 되네//시집 한 권에 삼천 원이면/든 공에 비해 헐하다 싶다가도/국밥이 한 그릇인데/내 시집이 국밥 한 그릇만큼/사람들 가슴을 따뜻하게 데워줄 수 있을까/생각하면 아직 멀기만 하네//시집이 한 권 팔리면/내게 삼백 원이 돌아온다/박리다 싶다가도/굵은 소금이 한 됫박인데 생각하면/푸른 바다처럼 상할 마음 하나 없네

오랜만에 함민복 시인의 시 「긍정적인 밥」을 읽었다. 노트북 저장용량이 한계치에 달해 파일 정리를 하던 중 따로 저장해둔 이 시를 발견했다. 내가 좋아하는 시들은 한데 모아 하나의 파일로 저장하는데 이 시는 왜 외따로 떨어져 있는지 모르겠다. 아마 시를 읽고 좋아서 저장해놨다가 한데 묶는 걸 깜박했나 보다. 파일 이름을 따로 정하지 않고 시 첫줄 '詩 한 편에.hwp'로 저장되어 있는 걸 보면 정말 그런 것 같다.

어제 코로나백신 맞은 아이들은 몸이 안 좋아선지 아니면 아주 작정을 했는지 늦잠을 자고, 그런 아이들 깰까봐 청소기도 돌리지 못하는 나는 아예 집을 나와 산책을 한다. 집안이 조용해 책을 읽어도 좋은 시간이지만 해가 쨍 나는 걸 보니 오늘은 오전산책을 해도 좋겠다 싶었다. 우리집만큼이나 조용한 동네 아침 거리를 걸으며 고요하지만 강직한 함 시인의 '긍정적인 밥'에 대해 생각해본다. 내가 쓰는 시의 가치는 국밥 한 그릇을 사먹을 수 있는 데 그치는 게 아니라 시를 읽는 사람들 마음을 국밥만큼이나 따뜻하게 덥혀줄 수 있는가에 있다는 시인의 소박한 소망이 엄마 손 잡고 종종걸음으로 유치원 가는 꼬마의 웃음소리처럼 폭신폭신하게 느껴진다.

대설이라는 절기가 무색하게 포근한 거리를 한 바퀴 휘 돌고 집으로 돌아간다. 엄마가 나간 것도 모르고 곤히 자고 있던 아이들은 이제 일어났으려나. 간밤에 행여나 아이들 몸에 열이 나고 아플까봐 긴장모드로 자는둥마는둥했던 나는 걸으면서도 자꾸 눈이 감긴다.

몇 년 만일까. 서교동 거리를 걷는다. 정말이지 다섯 손가락으로 꼽을 수 없을 만큼 오래전인 것 같다. 홍대앞 서교동에 내가 있다는 것만으로도 10년은 젊어진 것 같다. 출판사에서 일하던 시절 내 집처럼 자주 발걸음했던 이 거리가 옛생각들을 불러일으킨다. 밤새워 일해도 피곤하지 않았던 그때 아니, 피곤할 새가 없이 바빴던 그때로부터 참 멀리 떨어져 나온 것 같다. 오래 걸을 시간은 안 돼 잠시만 걸었지만 타임머신 타고 옛날로 돌아간 듯한 느낌은 느낄 수 있었다.

오늘 문학상담 수업이 종강을 했다. 15주 동안 함께 했던 동료 선생님들과 김치찌개에 계란말이로 점심을 먹으며 아쉬운 마음을 서로 달랬다. 내년 2월이면 졸업하는 나는 어쩌면 이들을 다시 만나지 못할지도 모른다. 상담이라는, 문학상담이라는 길을 걷다 보면 어디선가 또 만날 수 있다고 웃으면서 얘기했지만 글쎄다. 사람 인연은 알 수 없으니 언제 어디서 다시 만나더라도 서로 좋은 모습으로 마주했으면 좋겠다. 사람과 만나고 헤어지는 일은 언제나 뭉클하다.

아쉬운 헤어짐 이후 올림픽도로를 달려 서교동에서 만난 이는 예전 출판사 편집장 시절 함께 일하던 편집 디자이너이다. 내가 출판사 퇴사 후 중국 가서 결혼하고 애들 낳고 살았던 20년 동안 묵묵히 한 길을 걸어온 의지의 한국인이다. 그 후배를 만나니 세월만 훌쩍 지나갔지 그나 나는 변함이 없는 듯한 착각이 들었다. 인사동 한쪽, 엘리베이터 없는 6층 사무실에서 밤을 낮삼아 일하던 20년 전 우리들로 마주한 것 같은 대단한 착각.

오늘 나는 만남과 헤어짐, 오래 헤어졌다 다시 만남의 인연과 관계 속에 살아가는 우리네 인생을 생각하며 서교동 뒷골목을 뚜벅뚜벅 걸었다.

어제에 이어 또 하나의 수업이 종강을 했다. 공식적인 학위수여식이 코로나 상황이 좋지 않아 열릴 수 있을지 미지수인지라 마지막 수업을 듣는 마음이 아스라했다. 동료 선생님들에게 졸업 미리 축하한다고, 졸업하는 기분이 어떠냐는 말을 많이 들었다. 나는 졸업하면 심심하고 허전할 것 같다고 했다. 직장인들이 정년퇴직하는 느낌이랄까. 이제 나는 정기적으로 갈 곳이 없네, 하는 이 빠진 듯한 느낌. 졸업을 한다 해도 나는 내 일을 계속 할 것이고, 학교와도 계속 할 일이 있긴 하지만 교수님들의 좋은 강의를 듣지 못한다는 게 너무도 아쉽다.

집에 오는 길에 저 멀리 하늘 끝에 걸린 해 주변을 가느다란 끈 같은 구름들이 감싸고 있어 집으로 돌아가려는 해를 밑으로 내리꽂는 듯한 장면을 본다. 마치 수평선 너머로 똑 떨어지는 해처럼 지는 해가 장렬해 보인다. 잠깐 차가 밀리는 즈음에 여유있게 바라본 그 해넘이가 멋진 컷으로 내 눈에 꽉 들어찬다. 넋 놓고 보게 만드는 아름다운 풍경을 감사함으로 응시한다.

집에 돌아와 걸으러 나갔을 때는 이미 깜깜한 어둠이었다. 6시가 좀 넘은 시각이지만 저녁보다 더 깊은 어둠이 거리에 자리잡고 있었다. 남편이 저녁을 먹고 온다기에 나는 느긋하게 아침부터 오후 늦게까지 이어진 오늘 일정을 정리하며 어둡지만 춥지 않은 거리를 하릴없이 걸어다녔다.

걷다 발견한 피자집에서 아이들 줄 피자를 사서 집으로 돌아간다. 오늘 점심 때 서울 대학원 근처에서 나 혼자 먹은 고르곤졸라 피자가 너무 맛있어서 아이들에게 미안한 마음이 들었기 때문이다. 동네 피자로 마음을 대신하려는 엄마 마음을 아이들이 알랑가 모르겠다.

　살다 보니 이런 날도 있다. 오후 4시쯤 큰아들과 사당에서 볼일을 마치고 수원 집으로 향했다. 7790과 7800 직행버스를 타면 우리집 바로 앞에서 내리기 때문에 사당에 갈 때는 대중교통을 이용한다. 늘 7800번 버스를 탔는데 오늘은 7790 버스가 먼저 와서 운이 좋네, 기뻐하며 버스에 올랐다. 아들이 이거 타도 돼, 라고 물었고 나는 둘다 우리집 가, 라고 대답했다. 그게 화근이 될 줄은 꿈에도 모른 채.

　아들과 나 둘다 흔들리는 버스 안에서의 달콤한 잠을 자다가 눈을 떴는데 아뿔싸, 우리집을 지나쳐왔다는 걸 깨달았다. 우리 동네를 지나 내가 전에 살던 봉담으로 향하기 전 우리들은 서둘러 내렸다. 세상에, 우리 동네에서 몇 정거장이나 버스가 정차하고 출발하는 동안 까맣게 모르고 잠을 잤다니, 믿기지 않는 표정으로 서로를 쳐다보았다. 내린 곳 반대편에 가서 다시 같은 버스를 타면 집으로 갈 수 있으리라 쿨하게 생각하고 횡단보도 없는 4차선 도로 지하로 뚫린 길을 따라 걸었다. 괜찮아, 잘못 탄 걸 알면 내려서 다시 반대로 가면 돼. 버스뿐 아니라 세상일도 마찬가지야. 잘못됐다 싶을 때 멈추고 다시 돌이키면 되는 거야. 실수도 다 쓰임새가 있단다. 아들에게 짐짓 교훈적 멘트를 날리며 다시 버스를 탔다.

　퇴근 시간이 가까워져서 그런지 길이 막혔다. 버스가 느릿느릿 과천으로 향하는 고속도로를 달리는데 한참 지나다 보니 또 느낌이 이상했다. 우리집에 가려면 호매실 쪽으로 빠져나가야 하는데 그러지 않고 계속 고속도로를 달리는 게 아닌가. 뭔가 잘못됐음을 느껴 버스에 붙은 노선도를 보니 7790 버스 노선이 우리 동네는 거치지 않고 바로 사당으로 향하는 걸로 바뀌어 있었다. 아니 언제 바뀌었지, 하고 자세히 봤더니 하루이틀도 아니고 작년 초다. 무려 2년에 가까운 시간 동안 그리 바뀐 걸 나는 이제사 알게 된 것이다. 덕분에 우리들은 속절없이 사당 가는 버스에 또다시 몸을 싣고 있다가 의왕톨게이트에서 내려 그 넓은 고속도로를 가로지르는 육교 위를 건너 마침내 제대로 된 버스를 타고 집에 도착했다. 버스를 기다리며 바라본 하늘이 붉게 물들어갔다. 아침저녁으로 많이 걸었다, 오늘 하루.

미세먼지인지 안개인지 모를 희뿌연 대기가 주말 풍경을 차분히 감싸안고 있는 오후에 홀로 산책을 나간다. 어제 코로나백신 부스터샷을 맞은 남편은 1, 2차 때와 마찬가지로 주사 맞은 팔 통증을 호소하며 걷기를 포기했다. 걸으면 팔이 울려서 더 아플 것 같단다. 그럴 수 있겠다.

공기 질은 나쁘지만 날씨는 별로 춥지 않다. 아파트 둘레길로 들어서는데 몇 주 전에 봤던 노란 장미 몇 송이가 아직 가지에 매달려있는 걸 본다. 물론 시들 대로 시든 채였다. 동백처럼 장렬하게 뚝 전사하지 않고 가지에 오래도록 붙어 있는 그 꽃을 지그시 바라본다. 쪼그라들 대로 쪼그라진 꽃. 아름다운 색채도 모습도 향기도 없어 아무에게도 관심받지 못하는 꽃. 그럼에도 존재를 계속하는 저 꽃.

방금 전에 마지막 책장을 덮고 나온 책『얄롬 박사 부부의 마지막 일상 : 죽음과 삶』이 생각난다. 내가 좋아하는 정신과의사이자 작가인 어빈 얄롬과 다발성 골수암으로 고통받다가 조력자살로 삶을 마감한 그의 아내 매릴린 얄롬이 함께 쓴 책이다. 제목처럼 매릴린이 죽기 7, 8개월 전부터 부부가 따로 또 같이 이어온 일상에 대한 글이지만 죽음을 앞둔 노부부의 변함없는 사랑과 존경, 살아 있는 모든 시간에 대한 성실함, 힘들 때 더 빛을 발하는 인간관계의 아름다움 등이 투명필름처럼 그대로 내 마음 속으로 스며드는 아름다운 책이었다.

내가 다니는 대학원 총장님이기도 한 이 책의 역자는 이미 8권이나 얄롬의 책을 번역했다. 나는 내가 좋아하는 얄롬을 모두 총장님의 글을 통해 읽었다. 얄롬은 80대 후반이며 역자이신 총장님 또한 80대 초반이시다. 그럼에도 얄롬까지는 멀리 있어 모르겠으나 총장님은 젊은이 못지않은 비전과 의욕과 열심을 지니고 있음을 옆에서 보아 알고 있다. 그럼 나는? 시들고 싶지 않다. 땅에 떨어지고 싶지도 않다. 생에 대한 열망을 내려놓고 싶지 않다. 길모퉁이에서 조용히 다음 삶을 준비하는 장미와 두 스승의 조용하면서도 열정적인 삶의 자세가 걷는 내 등을 부드럽게 밀고 있다. 길고 오래도록 잘 살아볼 것이다. 신이 내게 주신 귀한 시간들을.

한 시간 남짓 차이로 바람의 세기가 달라졌다. 12시쯤 거리에 나왔을 때는 바람 거의 없는 적당한 겨울풍경이었는데 조금 걷다 보니 눈 앞에서 나뭇잎들이 휙휙 날아다니기 시작했다. 거리에 모여있던 쓰레기뭉치들이 바람에 떠다니며 동시에 저절로 옷깃이 여며졌다. 아까보다 확실히 바람이 강해진 것이다. 나뭇가지들도 줏대없이 흔들리고 있다.

하늘은 파랗고 맑은데 어디서 바람이 몰려왔을까. 무방비로 걷다가 마주한 차가운 바람에 목이 옷깃 속으로 움츠러든다. 꼭 바람 때문은 아니다. 도서관에서 잔뜩 빌려온 책들 무게가 어깨를 짓눌러서 목이 숙여지는 것일 수도 있다. 가방이 무겁긴 한데 맨몸으로 걷는 것보다는 의지가 되고 바람막이 효과도 좀 본다.

그래도 공원에는 여전히 걷는 사람들이 많다. 모자와 마스크, 장갑으로 단단히 몸을 가리고 올드팝송을 크게 틀어 다른 사람들도 다 듣게 걷는, 나이를 가늠할 수 없는 아줌마가 계속 내 뒤를 따라 온다. 같은 방향으로 걷다 보니 그와 나의 보폭이 비슷한가 보다. 앞서지도 뒤서지도 않고 일정한 간격을 두고 함께 공원 한 바퀴를 돌고 있다. 덕분에 나는 그가 선사하는 팝송을 줄기차게 들을 수 있었다. 트로트가 아니어서, 격한 가짜 뉴스 방송이 아니라서 그나마 다행이긴 하지만 내 의사와 상관없이 들려오는 음악은 내게 소음이었다. 그 아무리 명곡인 「My Way」라도 이렇게 듣고 싶지는 않다. 가방 안에 있는 무선이어폰을 드리고 싶은 마음을 꾹꾹 눌러 참았다.

아고, 오늘은 그만 걸어야겠다. 바람이 점점 더 거세지는 듯하다. 휴일 오후 풍경이 시시각각 급변하고 있다.

어제부터 내려간 기온이 오늘까지 쭉쭉 하강중인가 보다. 바람은 별로 없는데 춥다. 그래도 걷는다. 가족들이 거실과 각자 자기 방에서 북적대던 주말과 휴일을 보내고 드디어 집에 혼자 남은 오늘의 여유로움이 마음에 느긋함을 준다. 오전에 집안일을 다 하고 나왔으니 급할 일도 없다. 지금부터 서너 시간은 온전히 내 것이다. 서두르며 빠르게 걷지 않고 천천히 발바닥에 느껴지는 촉감을 느끼며 걷는다. 걸으며 느끼며 호흡하며 내 안에 있는 생각과 근심걱정의 실체를 알아채는 연습, 그것이 요즘 나의 숙제다. 과거와 미래에 가 있는 생각을 지금 여기 현재로 끌어오는 이 훈련을 하다 보면 내 부정적 생각들도 여유로워질까.

아파트 출입구에 자동차 몇 대가 줄지어 서 있다. 우리 아파트로 들어오려는 방문자 차량들이다. 얼마 전부터 입주민 차가 아니면 아파트 내로 들어오기가 어렵게 되었다. 미리 앱을 통해 방문허가를 받아야 들어올 수 있다. 어쩌다, 갑자기, 생각나 친구나 친척 집에 들르는 일도 이제는 쉽지 않게 되었다. 비단 우리 아파트뿐 아니다. 사방팔방 다 뚫려있던 출입구에 차량 차단기와 센서를 달아 비입주민의 차량 진입을 막는 단지들이 생겨나고 있다. 주차난과 안전문제라는 타당성 있는 근거가 있긴 해도 나는 이렇게 막고, 차단하고, 가르고, 구분하고, 제어하는 현실이 좀 서글프다.

부드러워지고 싶다. 좀 여유롭고 싶다. 니편내편 가르지 않고 한데 어우러지고 싶다. 발바닥 감촉을 느껴보려 한 걸음 한 걸음 천천히 걸었던 오늘 걷기 속에서 나를 찾아온 화두는 이것이었다. 아마 당분간 내 걸음 속에서 이어질 슬로건일지도 모르겠다.

날이 꾸물꾸물하다. 눈이든 비든 뭐든지 내릴 것만 같은 하늘이다. 어둡고 흐리고 꾸물럭한 날씨. 기온은 낮지 않지만 온기라고는 일도 느끼지 못할 것 같은 날씨. 오전에 햇빛이 잠깐 거실 안으로 밀려들어왔다가 일초컷으로 지나간 후론 해가 감감무소식이다. 날씨 따라 내 마음도 차분히 가라앉는다.

축축 늘어질 것 같은 몸을 일으켜 산책을 나간다. 하늘부터 아파트 벽, 나무, 사람들 옷차림, 보이는 모든 것들이 무채색이다. 신호등의 빨강과 초록불만이 회색빛 세상을 따뜻하게 비춰준다. 그 밑에 서 있으면 온기마저 느낄 수 있을 것 같다. 안온한 빨강불 밑에 잠시 서 본다.

초등학교 저학년 학생들이 벌써 하교하는 중인가 보다. 학교 쪽에서 아이들이 신호등 앞으로 걸어온다. 터덜터덜 땅만 보며 걷던 남자아이가 횡단보도 앞 시각장애인을 위한 노란 선 앞에 와서 멈춘다. 여전히 땅바닥만 보며 서 있던 아이가 신호등이 초록으로 바뀌자 천천히 발걸음을 내디딘다. 고개를 들어 신호등을 확인하지도 않았는데 아이는 어떻게 알고 길을 건너는 걸까. 옆에 서 있던 다른 아이들이 건너니까 따라서 건넜나. 횡단보도 이편에서 길을 건넌 내가 저편으로 거의 다 갔을 즈음에 만난 그 아이는 계속 땅을 보며 걷는다. 학교에서 무슨 일이 있었나 물어보고 싶을 정도다. 횡단보도 건널 때만이라도 고개를 들고 걸으라 얘기해주고도 싶다.

아이는 저 멀리 지나가고, 나도 터덜터덜 나의 길을 걷는다. 날씨 따라 내 기분이 가라앉았듯이 아이도 그런 거라고 생각해본다. 다른 볕 좋고 밝은 날이면 그 아이도 해맑게 웃으며 친구들과 재잘거리며 길 위에 있을 거라고 상상해본다. 누구에게나 가라앉고 싶을 때가 있으니 그 아이라고 예외는 아닐 것이다. 같이 길을 걷지는 않았지만 그 아이는 오늘 산책길에서 내내 마음속으로 함께 한 내 길동무였다.

하루가 강같이 흘러 어둠이 차지해버린 거리를 걷는다. 오늘의 내 삶도 지금까지 잘 흘러와 걸을 수 있는 시간과 여유가 있음이 좋다. 남편과 함께 보름달에서 조금 모자라는 달을 벗 삼아 저녁 산책을 한다. 아침에 내린 비로 인해 거리는 아직 축축하고 어디선가 생선 비린내가 풍겨오는 것 같기도 하다. 습기 먹은 사람살이의 노곤함인가.

아이들 학교 갈 때 아주 잠깐 비가 내렸다. 셋 중 가장 먼저 집을 나간 막내딸은 우산 없이 나가도 되었고, 가장 늦게 나간 둘째 아들은 우산이 필요했다. 그리고 한 30분 가량 더 비가 오고 이내 그쳤다. 조금씩 하늘이 맑아지며 토실토실한 아기 엉덩이처럼 연하고 하얀 구름들이 슬금슬금 피어나기 시작했다. 창가에 서서 하늘과 구름의 변화를 보는 맛이 좋았다. 커피를 마시며 하늘을 바라보는 여유, 내게 이런 평화로운 아침을 주신 신께 감사를 드렸다. 내가 발버둥쳐서 얻는 게 아니라 주셔야만, 허락하셔야만 받을 수 있는 평화임을 고백하는 요즘이다.

안경에 자꾸 김이 차올라 중간중간 인적이 뜸할 때 마스크를 내리며 걷는다. 낮이라면 아예 안경을 벗고 걷겠지만 밤에는 그럴 수가 없다. 밤길에 안경을 벗으면 나는 거의 불빛만 알아볼 수 있을 것이다. 다행히 앞에서 마주걸어오는 사람들이 그닥 많지 않다. 지금은 여유롭게 산책할 시간이 아니라 집으로, 학원으로, 식당으로 목적성있게 향할 시간인가 보다. 나는 하루종일 나빴던 미세먼지처럼 가볍게 부유하듯 걷는다. 머리 위 이프로 부족한 보름달이 일러주는 대로 천천히.

오늘로 대학원 4학기 모든 수업이 끝났다. 줌으로 진행된 오전 수업을 마지막으로 나는 이제 더 이상 대학원 정규강의는 들을 수 없게 되었다. 언제나 마음놓고 다니던 길에 철책이 생겨 자유로이 다니지 못하게 된 보행자 같은 마음이 든다. 때에 맞춰 수강신청하고 달뜬 마음으로 개강을 기다리는 그 즐거움을 이제 맛볼 수 없다. 대신 코로나 시대 2년을 잘 버텨온 내 대학원 생활에 대한 자기만족감이 남아 있다. 대학 졸업 후 30년 만에 시작한 공부. 입학식 없이 시작했고 졸업식도 못할 것 같은 대학원. 그래도 나는 2년 동안 행복했다. 몰두해서 할 일이 있다는 게 얼마나 감사한지 체감했던 시간들이었다. 수업 마지막에 나는 교수님과 다른 선생님들에게 모두 고맙다는 진심어린 인사를 했다.

점심을 먹고 밖으로 나갔다. 어제보다 조금 추운가 아닌가 잘 모르겠다. 요며칠은 어제가 오늘 같고 오늘이 어제 같은 날씨가 이어지고 있다. 그리 춥지도 따뜻하지도 않은 날이다. 집에서 입고 있던 평상복에 플리스 하나 걸치고 나가면 딱 좋은 날씨. 그 속에서 오후의 동네를 걷는다.

이제 나는 무얼 하며 살까 생각한다. 물론 할 일은 많다. 언제든 내게 할 일이 없을 때는 없었다. 그런데도 나는 좀 허전하다. 일찌감치 은퇴를 감행한 명퇴자 같은 헛헛함이 든다. 내가 2년간의 대학원 생활을 충실하게, 애정있게 했다는 자각이 들기도 한다. 그래, 오랜만에 하는 공부가 참 좋았다. 참좋은여행이 아니라 참좋은공부였다. 내가 이 좋은 공부를 할 수 있게 뒷받침이 되어준 남편과 이 모든 걸 허락하신 신께 감사한다. 춥지 않은 날씨만큼이나 포근한 마음으로 동네를 걷다가 집으로 돌아간다.

집안에서 창밖을 볼 때는 몰랐다. 하늘이 파랗고 흰구름은 둥실 떠다니는 풍경이 정적으로 보였다. 놀이터 주변 나무들이 좀 흔들리긴 하지만 이 정도야 뭐, 했다. 어제 다 치운 재활용 쓰레기 자루들이 제자리가 아닌 잔디밭 여기저기에 뒹굴고 있어 왜 저럴까 의문이 들었지만 그게 이 바람 때문인지는 몰랐다. 밖에 나가 직접 걷기 전까지는.

지독한 바람이었다. 차갑다라는 말보다 세다는 느낌이 더 강한 바람이 제 마음대로 불어대고 있었다. 나무들은 물론 나뭇잎들은 잠시도 가만있지 못하고 공중을 떠다녔고, 가게 간판과 현수막들이 바람에 울리는 소리가 고음으로 웅웅거렸다. 이 바람에도 이사하는 집들 사다리가 올라가고 내려가는 장면이 위태로워 보였다. 이 바람 속을 나는 걷고 있다.

이 정도로 센 바람이 불지 몰랐으니 당연히 모자로 머리를 보호할 생각을 못해 다른 어떤 부분보다 머리가 춥다. 머리카락이 바람 따라 이리저리 날려 정신이 하나도 없다. 마스크를 현관 앞에 늘 비치해 놓는 것처럼 이제 겨울모자도 언제든 쓸 수 있게 걸어놔야겠다는 생각을 한다. 겨울준비 아니, 겨울 산책준비로.

이리 바람 부는 날에도 나는 걸었다. 차가운 바람을 보지 않고, 맑고 순진무구해 보이는 하늘을 보며 걸었다. 허리를 펴고 걷기 힘들만큼 춥고 센 바람에 금방 다시 고개가 숙여지긴 했지만 걸을 수 없는 이유보다 있는 이유에 더 집중하며 걸었다. 30분 정도 그렇게 걸으니 바람에 적응이 되어 나름 괜찮아졌다. 바람 몹시 부는 날로 기억될 오늘 내 걷기였다.

　눈이 내린다. 남편과 딸과 함께 광명으로 향했던 한 시간 전쯤에는 하늘이 맑고 투명해 많은 눈이 예상된다는 일기 예보를 비웃었다. 강추위와 폭설 예보가 틀렸나봐, 날만 좋구만, 했다. 수원으로 돌아오는 길에 눈이 내리기 시작했다. 차츰차츰 강도를 높이며 오는 게 아니라 처음 마주할 때부터 펑펑 쏟아지는 눈이었다. 하늘은 어느샌가 먹빛으로 변해 있고 오후의 세상은 시간을 앞질러 어두워졌다. 세상이 이리 금방 변해버렸다.

　수원역 부근에서 볼일을 보고 우리 동네로 왔을 때 하늘 한 귀퉁이가 파랗게 열리기 시작했다. 내리는 눈 세기가 현저히 약해졌다. 벌써 눈구름이 지나간 것이다, 우리 동네는. 이미 아파트 안 보행자통로가 하얗게 덮일 만큼 눈이 내린 후였다. 눈세상이 펼쳐졌다. 마음 급한 아이들은 벌써 눈을 그러모아 눈사람을 만들고 있다. 놀이터는 플라스틱 썰매 타는 아이들로 붐빈다. 흰 도화지 땅바닥 위에 검정롱패딩 입은 청소년들이 삼삼오오 미끄러지듯 걷는다. 화이트앤블랙이 조화롭다. 나는 오랜 겨울잠에서 깨어난 백곰마냥 느릿느릿 걷는다.

　눈이 오는데, 실뭉치 같은 눈이 펑펑 내리는데 나는 신난다, 기분 좋다, 행복하다 같은 감정이 별로 느껴지지 않는다. 감상주의, 하면 난데 오늘은 왜 이리 무던한지 알 수가 없다. 감정을 느낄 여유가 없나. 아침부터 좀 피곤하고 무기력한 상태라 그런가 잘 모르겠다. 이렇게 눈이 오는데도 여전히 걷고 있는 걸 보면 기력이 없는 건 아닐 텐데. 주말인데 오늘은 몸도 마음도 차분하다. 쉬어가는 페이지처럼.

어제 내린 눈이 오늘까지 세상을 비로드처럼 덮고 있다. 하늘 높이 걸린 둥근 달이 하얀 땅 위 세상을 교교하게 비춰준다. 달빛과 눈빛이 어우러져 은은하고 신비한 분위기를 자아낸다. 낮에 걷지 않았다면 지금이라도 나가서 거닐고 싶은 밤이다. 그러나 오늘 저녁엔 파티를 해야 한다. 막내딸내미 14번째 생일파티.

> "저녁에, 어떤 습관적 오락거리도 흥미가 없을 시간에, 삶과 삶의 상처에서
> 벗어난 명증한 직관으로 세상을 관조할 수 있는 시간에 고독한 산책을 해야
> 한다."

철학자이자 수필가인 에밀 시오랑은 『해뜨기 전이 가장 어둡다』라는 책 앞부분에 이렇게 썼다. 저녁에 고독한 산책을 놓치자 이 글이 생각났다. 다른 어느 저녁, 내 하루와 하룻동안 상처에서 벗어나 관조할 수 있는 때가 얻어지면 고독한 산책자가 되어 보아야겠다는 마음이 든다. 한 해가 2주 정도 남은 이 시점이 되니 '고독'이라는 말이 예상치 못하고 맞은 눈처럼 가슴을 적신다. 장구한 세월의 흐름 앞에 무력한 인간이기에 고독한 존재인 듯 느껴진다, 나라는 사람이.

낮에 산책할 때 보니 차가 다니는 도로는 거의 눈이 녹았지만 인도나 그늘진 곳은 여전히 눈길이었다. 이 눈이 다 녹기 전까지는 미끄러운 길 위에서의 저녁산책은 하기 힘들 테지만 언제라도 홀로 거니는 그 순간은 고독을 음미하는 송구(送舊)의 시간으로 만들어야겠다.

뒤뚱뒤뚱 종종걸음으로 걷는다. 점심 먹고 거리를 걷는데 푹해진 날씨에 눈이 녹아 질퍽거린다. 군데군데 덜 녹은 채 얼어붙은 눈길은 방심할 수 없게 미끄럽다. 빠른 걸음으로 걷다가 미끄러지거나 운동화에 첨벙 물이 튀길까봐 영 속도를 내지 못한다. 발끝에 힘을 주고 걸으니 부자연스럽고 다른 때보다 갑절은 힘이 든다. 눈이 다 녹아 매끈한 길을 찾아 걸어야겠다.

가끔 건물 사이를 휘돌아내려오는 바람이 차갑게 느껴지기도 하지만 어제보다 훨씬 기온이 올라갔다. 그래서인지 거리를 오가는 사람들이 어깨 펴고 당당하고 활기차게 걷는다. 나도 한번 어깨를 쫙 펴본다. 걷다 보면 내 어깨가 안쪽으로 굽어 있다는 걸 나 자신도 느끼게 된다. 요즘 밤마다 요가를 하면서 자주 듣는 멘트가 가슴을 활짝 펴고, 인데 가슴을 펴려면 어깨부터 독수리 날개 펴듯 당당해야 하리라. 춥지 않은 오늘 같은 날이라도 의도적으로 어깨펴기에 집중하며 걸으려 한다. 금세 어깨가 아파오긴 하지만 할 수 있는 만큼 신경을 쓴다.

내 생일이 다다음주 토요일이야. 그게 며칠인데? 일월 일일, 그날이 내 생일이야, 놀러와. 아직 멀었는데 벌써 얘기하냐. 아냐, 몇백 시간밖에 안 남았어.

내 뒤에 걸어오고 있는 하굣길 초등학생들 대화를 듣고 나도 모르게 무장해제된다. 저학년 남자친구들 같은데 둘이 나누는 대화가 순진무구 그 자체다. 자신의 생일이 세상에서 가장 중요한 한 친구는 2주 후 생일 시간을 환산하고 있다. 정확히 얼마인지는 모르겠지만 마음의 거리로는 얼마 남지 않은 자신의 생일에 짝꿍인 듯한 친구를 초대한다. 통명스럽게 대답한 다른 친구는 친구의 초대에 응할까. 1월 1일은 설날인데 갈 수 있을까. 본의 아니게 꼬마친구들 대화를 엿들은 건 미안하지만 그 친구들 덕분에 집에 돌아오는 길 내 얼굴엔 웃음꽃이 피어 있었다.

미세먼지가 하늘을 덮은 아침 산책을 한다. 군데군데 안 녹고 버티던 눈도 다 사라져 맨땅을 밟는 발걸음은 가벼운데 하늘이 뿌여니 기분이 나지 않는다. 추운날, 자동차 앞 유리에 서린 김을 히터바람으로 조금씩 밀어올리는 것처럼 하늘 한쪽이 가끔 맑아졌다가 이내 흐림에 잠식당하곤 한다. 찬바람이 불어오면 먼지가 훅 날아갈 것 같은데 오늘은 어제보다 더 날이 푹하다. 오전에는 내동 이런 하늘을 볼 수밖에 없을 것 같다.

예전 같으면 이런 날은 집콕모드일 텐데 코로나 시대 필수인 마스크 덕분에 미세먼지쯤은 걷기에 아무 문제가 되지 않는 시절이 되었다. 호흡기로 들어가지만 않을 뿐 얼굴과 몸에 미세하게 먼지가 달라붙겠지만 걷고 돌아가 깨끗이 씻고 털고 하면 될 것이다. 미세먼지도, 코로나도 없는 세상은 언제나 오게 될 것인가. 오기는 할 것인가. 도통 희망이 보이지 않는다. 희망없음이 뭉게뭉게 모여 미세먼지로 뭉쳐 있는가. 우울한 아침 산책이다.

꽃도, 녹음도, 단풍도, 낙엽도 없는 이 계절 겨울엔 주변을 휘 둘러봐도 칙칙함뿐이다. 내 옷차림만이라도 원색으로 단장하고 싶다만 내 겨울외투의 한계는 검거나 회거나 아님 잿빛이거나이다. 나도 어두침침하고 앞에서 걸어오는 다른 사람들도 그러하다. 수변공원 전체가 흐리멍텅하다. 빨갛고 노랗고 파아란 물감 한 방울 뚝 떨어뜨려 내 걷는 이 길이 그라데이션으로 물들어갔음 좋겠다. 세상을 아름답게 하고 살맛나게 하는 것 중 색깔이 주는 에너지가 있다는 걸 침침한 오늘 산책길에서 깨닫는다.

나와 너와 우리 마음에 원색이 주는 에너지 같은 힘을 주는 일, 나는 내가 하고 있는 일들로 그런 역할을 하며 이 땅에 살고 싶다. 뉴스와 신문을 펼치기가 겁이 나고 마음이 동하지 않는 시절 속에서 '맑고 향기롭게' 퍼지는 색깔물감이고 싶다. 지금 내 앞을 가로막고 있는 건 단지 눈에 보이는(?) 미세먼지뿐은 아닐 것이다. 초미세먼지보다 더 초초미세한 입자로 우리 마음에 침투하는 거짓과 혐오와 조롱의 말들, 표정들, 소리들. 그것들 또한 이 시대의 계절을 더욱 어두침침하게 만들고 있다. 밝은 빛과 따스한 색이 그립다.

죽음은 위대하다./우리는 웃음을 띤/그의 입일 뿐이다./우리가 삶 한가운데 있다고 생각하면,/ 죽음은 우리 가슴 깊은 곳에서/마구 울기 시작한다.

릴케는 그의 『형상시집』 맺음시에서 죽음에 대해 이렇게 말했다. 요즘 '폐허의 철학자'라 불리는 에밀 시오랑 책을 읽다 보니 절망과 우울과 죽음이란 단어들이 계속 머릿속에 떠오른다. 어두워가는 저녁 거리를 걷다 보니 실타래처럼 얽혀 릴케의 이 시 구절도 마음속에 차오른다. 라이너 마리아 릴케. 기막히게 이쁜 이름의 위대한 시인.

어스름한 거리를 걷는다. 축축하고 흐릿한 거리를 비춰주는 건 가게 앞에 걸린 크리스마스 트리와 네온사인들이다. 그조차도 그리 밝고 휘황찬란하지 않다. 이제 거리에 울려퍼지는 캐롤과 알록달록 이쁜 불빛들로 성탄절 분위기를 느낄 수 있는 시절은 지나간 것 같다. 어제 남편이 집안에 꼬마전구들을 매달아 성탄절 분위기를 내기 시작했는데 아이들은 귀신의집에 온 것 같다고 도리도리를 했다. 기대했던 반응과 거리가 멀다.

집안에도 거리에도 크리스마스를 느낄 만한 그 무엇은 없지만 나는 마스크 쓴 입안에서 고요한밤 거룩한밤을 부르며 걷는다. 보이지 않는다고 공기가 없는 게 아니고, 생각하지 않는다고 죽음이 안 오는 게 아니듯 크리스마스는 삼일 후면 어김없이 우리 곁에 다가와서 조용히 미소 지어줄 것이다. 그 옛날, 유대 땅 베들레헴 낮고 천한 말구유에서 태어난 온화하고 따뜻하고 평화로운 아기 예수처럼.

　오전 모든 시간을 엉뚱한 데서 요상한 일을 하며 보냈다. 아이들 학교 간 후 느긋한 아침을 맞이하려던 계획이 허무하게 무너졌다. 점심 먹고 산책하면서 문제를 해결해줄지도 모르는 도구를 사서 돌아왔지만 지금까지 해결하지 못했다. 남편이 어제 출장을 가고 없는 참에 내가 처리하지 못하는 일이 생기니 답답하다. 여태 잘 켜지고 꺼지던 거실 컴퓨터 모니터도 어제 고장이 나서 사용금지 딱지를 붙여놓았는데 남편 없는 동안 일이 겹쳐 생기는 것 같아 당황스럽다. 내 힘으로 이것도 고치고, 저것도 해결하는 만능엄마이고 싶은데 손으로 하는 일치고 잘하는 게 별로 없는 내가 답답하기도 하다.

　오후 산책하는 동안은 내내 가라앉아버린 내 마음을 살려주려고 애썼다. 살다 보면 예상치 못한 일을 만나는 게 당연하고, 그 중 내 힘과 능으로 해결할 수 있는 것과 없는 게 있는 것 또한 당연지사인데 왜 이리 풀이 죽어 있냐고 마음에게 말을 걸었다. 손만 대면 뚝딱뚝딱 멋진 스타일로 변신시키는 가위손도 아닌데 뭘 그리 전지전능하려 애를 쓰는지 마음을 좀 너그럽게 하자고 토닥거리기도 했다. 올해가 얼마 안 남았다는 게 마음에 조급함을 주나 보다. 동시에 몇 가지 일을 준비하고 있어 힘이 딸리기도 한가 보다. 오늘은 한 템포 쉬어가야겠다.

　날이 봄날 같다. 동지가 어제였나 지나갔는데 날씨는 회춘하는 듯 겨울이 아니다. 햇볕은 없지만 바람도 없는 날. 걷다 보니 발걸음이 저절로 움직여 집에서 꽤나 멀리까지 날 인도한다. 며칠동안 겨우겨우 걸었는데 오늘은 실컷 걸었다. 다리는 무겁지만 마음은 한결 가볍다. 오늘도 나는 걷기에 빚을 진다.

오전과 오후 날씨가 달라졌다. 오전에 동네를 산책할 때는 오늘도 날이 안 춥네, 했다. 흐릿흐릿하고 꾸물꾸물한 공기가 크리스마스 이브를 상큼하게 열어주지는 않지만 춥지 않아 걸을 수 있어 좋았다.

점심시간 전이라 아직 동네는 조용하다. 단 한 곳, 케이크를 사러 들어간 동네빵집엔 사람들이 북적거린다. 문전성시라는 말이 딱인 이 빵집 딸기케이크를 사려고 줄 선 사람들이 작은 가게 안을 후끈 덥힌다. 산책을 마치고 나도 그 줄에 서서 케이크를 사서는 전리품처럼 들고 나온다. 다른 사람들은 크리스마스 케이크를 사겠지만 나는 생일 축하용으로 산다. 내일 12월 25일이 생일인 남편을 위해. 출장 간 남편이 오후에 오기 전에 미리 사서 냉장고에 넣어두려 한다. 작년 생일에는 베트남에 있던 남편과 랜선 파티를 했다. 고로 2년 만에 대면으로 함께 먹는 남편 생일 케이크다. 의미가 있다.

선물 보따리 같은 케이크 상자를 손에 들고 걷는 기분이 좋았다. 뭐 눈에는 뭐만 보인다고, 아까는 잘 보이지 않던 사람들이 거리에 하나둘 보이기 시작했고, 그 사람들 손에 케이크상자가 하나씩 들려 있는 듯했다. 사랑과 행복과 평안의 물결이 거리를 채워가기 시작했다. 무미했던 아까와 다른 분위기였다.

오후에는 공기가 차가워지며 성긴 눈발이 흩날렸다. 진눈깨비 같기도 하고, 싸래기 같기도 한 눈이 오며 날도 덩달아 추워졌다. 느슨했던 몸에 긴장감이 확 올라왔다. 요 며칠 날이 너무 푹했다. 이대로 눈이 쌓이면 화이트 크리스마스가 될까. 화이트도 좋지만 안전하고 평화로운 크리스마스가 되었으면 좋겠다, 모든 이에게.

청년시절, 크리스마스 이브와 오늘 성탄절 아침까지는 잠들지 못했다. 일년 중 행사가 가장 많을 때라 거의 교회에서 살았고 밤새도록 새벽송 부르며 온 동네를 돌아다닌 후라 정작 성탄절 아침 예배는 비몽사몽으로 드리기 일쑤였다. 그렇게 성탄 시즌을 보냈던, 그런 때가 있었다. 지금은 아주 옛날 일이 되어 버린 추억이다. 긴 겨울밤, 손에 검댕이 묻혀가며 까먹던 군고구마 같은 달큰한 추억.

하필이면 예수님과 생일이 같은 남자와 결혼한 후론 성탄절은 두 배로 바쁜 날이 되었다. 생일 아침상을 후딱 차려놓고 성탄예배를 드리러 교회에 갔다. 그러던 시절이 있었다. 지금은 그마저도 2년 전 일이 되었다. 코로나 이후 성탄예배도 비대면으로 전환된 것이다. 세상이 자꾸 바뀐다.

둘째가 아빠 선물을 사러 나간다기에 추위를 무릅쓰고 함께 나왔다. 미리미리 사놓았다면 좋았겠지만 오늘이라도 마음쓰는 게 어디냐 싶다. 형과 둘이 돈을 합해 영양제를 사드린다니 생각이 기특하기도 하다. 긴 패딩에 보폭이 시원하게 나오지 않아 펭귄처럼 뒤뚱거리며 걷는다. 걷는다기보다 다리끼리 미끄러져 스쳐가는 것 같다.

이렇게 추운데도 나처럼 긴 패딩을 입고 삼삼오오 모여 어울려 다니는 청소년들은 재잘재잘 활기차다. 어디라고 딱히 목적지를 정하지는 않았는지 걷는 내내 계속 부유하듯 떠다니는 그들을 만난다. 좋을 때다, 라는 말이 속에서 삐져나온다. 떠들고, 웃고, 그저 함께 있는 것만으로도 열이 나는 시절. 그럴 때가 나도 있었을 것이다. 이 또한 너무 오래된 기억이 되어 버렸지만. 추억과 기억과 아련함과 매서운 추위 속에 올해 성탄절을 지나고 있다.

하늘은 맑고 순진한데 바람은 매서운 날이다. 이리 추운날에 걷는 것이 이성적인 결정인가 움츠러들었지만 정말 며칠밖에 남지 않은 올해 계획을 위해 차가운 거리 속으로 나를 밀어넣는다. 추워도 어쩔 수 없이 밖에서 일을 해야 하는 사람도 아니고 단지 목표를 위해 내가 좋아 걷는 것이니 누구에게 투덜거릴 수도 없다. 누가 시켜서는 절대 못할, 자신과의 약속은 영하의 날씨에 더 단단해진다.

어제만큼, 아니 어제보다 조금 더 추운 것 같다. 두툼한 옷으로 잔뜩 무장한 채 남극을 걷는 기분으로 거리를 걷는다. 어젯밤부터 오늘 새벽까지 정주행한 넷플릭스 드라마「고요의 바다」에서 무중력 달 위를 걷는 배두나처럼 가뿐가뿐 걷고 싶지만 길고 무거운 패딩이 내게 가벼움을 허락하지 않는다. 몸도 무겁고 걸음도 무겁다. 그래도 익숙한 관성의 법칙으로 한 발 두 발 걷다 보니 머릿속이 개운해짐을 느낀다. 찬물에 샤워하는 기분이랄까. 뭔가 쨍한 청량감이 마음을 훑고 내려가는 것 같다. 히터로 답답해진 자동차에서 내렸을 때의 상쾌함이 정신을 나게 한다. 보일러 튼 집안에서는 느낄 수 없는 기분 좋음이다.

30분을 기분 좋게 걷다가 몸을 좀 녹이고 싶어 작은 카페로 들어간다. 마음 같아선 쌍화차라도 마시고 싶지만 메뉴판 어디에도 그건 없어서 유자차를 주문한다. 잔뜩 긴장했던 몸이 따뜻한 공기를 접하니 일순 맥이 확 풀린다. 딱 요 한잔 마실 시간만 머물러야지 더 오래 있다가는 일어나기 힘들 나른함이다. 추워도 나와의 약속을 잘 지켜낸 자신에게 주는 따뜻한 보상이다.

병원 순례를 하고 있다. 그 사이사이 걷고, 마지막 진료가 다 끝나고 무거운 마음으로 또 걷고, 날이 싸늘한데 마음도 춥다.

먼저 큰아들과 내 치과 진료를 했다. 반년마다 받는 정기검진인데 아들은 생각보다 괜찮았고, 나는 몇 번 더 와서 치료를 받아야 한단다. 지난 여름 검진 때와 상반된 결과에 아들은 좋아서 놀라고, 나는 의외라서 놀란다. 앞으로 돈깨나 깨지겠다는 우울한 예상과 함께.

다음 코스는 내 안과 진료다. 며칠 전부터 눈꺼풀에 좁쌀알갱이처럼 뭐가 나더니만 양쪽 눈꺼풀 위를 돌아다니듯이 옮겨 다니며 같은 증상이 나타났다. 딱지가 생기는가 싶더니 지난 주말엔 급기야 진물이 나기까지 했다. 덩달아 눈 안도 가렵고 이물감이 느껴지며 불편해서 아무래도 병원엘 가야겠다 싶었다. 결과는 바이러스 감염이란다. 의사 말로는 극심한 피로와 스트레스 때문에 면역력이 약해져 대상포진을 일으키는 바이러스가 몸 안에서 활성화됐는데 그게 눈으로 나타난 거란다. 눈 안으로 세균이 들어갈 수도 있으니 안약과 연고를 하루 네번씩 꼭 처방하고 이틀 후에 또 와야 한단다. 이런, 오늘 들었던 말 중 가장 충격이다.

집에 바로 들어가지 않고 좀 걸었다. 그냥 지나쳐도 되는 말들인데 왠지 마음이 울적했다. 며칠만 있으면 나이 한 살 더 먹는데 몸이 점점 약해지는 것 같아 우울하기까지 하다. 의사 말대로 하면 괜찮아지겠지. 더 나빠지기 전에 왔으니 다행이지 뭐야. 안위의 말들을 속으로 되뇌어도 마음이 가벼워지지 않는다. 아까 내리던 눈발은 왜 벌써 그친 거야, 계속 오지. 애꿎은 눈에 마음을 돌리며 걸어본다.

오전엔 침대에 누워 조변석개로 변해가는 하늘을 구경삼아 쉬었다. 르 클레지오의 『황금 물고기』를 읽다가 눈이 뻑뻑하고 아프면 하늘 한번 보다 스르르 잠들고, 평온하게 눈이 떠지면 손에 잡히는 대로 다른 책을 읽다 하늘멍하다 했다. 흐리다가 갑자기 커튼 콜처럼 햇빛이 침대 위를 싹 덮다가 다시 언제 그랬냐는 듯 발뺌하는 변덕스런 오전시간이었다.

완전히 구름 속으로 숨어 해 기운이 느껴지지 않는 우울한 거리를 걷는다. 햇볕이 쨍하고 나면 내 기분도 좀 올라올 성 싶은데 안개 낀 런던 거리를 걷는 것 같은 음울함이 거리에 배어 있다. 어제 안과발 '극심한 스트레스'라는 미세먼지에 갇혀 몸도 마음도 고단한 시간들을 보냈는데 걷다 보니 이제 좀 보통의 나로 돌아오는 것 같았다. 내가 그리 스트레스를 많이 받고 사나, 가 어제부터의 화두였는데 그런 고민 자체가 스트레스인 것 같아 그냥 접었다. 좋은 일은 풍선처럼 쉬이 날려 보내면서도 고민거리는 오래도록 묵상하는 내 성격상 스트레스가 없을 리 없다는 걸 누구보다 내가 잘 알기 때문이다.

아까 대학원 동료 선생님 어머니이기도 한 시인 조순애 시조집『장강에 배 띄우고』를 읽다가 개안하는 듯한 시조를 발견했다.

걷다가 뛰다가 또 한바탕 눈비 속에
이렇게 그냥 저냥이 왔다 가는 것이지

29자 안에 희노애락이 오롯이 담겨 있는 이 글의 제목은「인생」이다. 이처럼 단순하고도 심오하게 인생을 노래한 시를 나는 여적 보지 못했다. 중얼중얼 시를 암송하며 걷는다. 열심히 살기보다 더 어려운 게 그냥저냥 사는 거라는 걸 이제 조금씩 알게 된 내게 입 안에 들어간 지 얼마 안 된 껌마냥 단물을 선사해준 시를. 무겁던 마음이 조금씩 내려감을 느낀다.

402

아침 9시 산책길, 눈이 내린다. 비 또는 눈이 잠깐 내린다는 예보를 봤는데 내가 딱 그 타이밍에 산책을 나왔다. 밖으로 나오기 전에는 눈이 오는지 몰랐다. 하늘이 좀 흐려서 오늘도 흐림인가 보다, 생각했다. 거리엔 이미 완전히 빻아지지 않은 쌀가루 같은 눈이 흩뿌려있어서 쬐끔 미끄럽다. 걸을 때마다 뽀그작뽀그작 소리 나는 건 즐거운데 아무래도 조심조심 걷는다. 외투에 달린 모자를 뒤집어쓰고 땅을 쳐다보고 걷는다.

한 시간쯤 후에 서울에 가면 오후 늦게나 올 것 같아 일찌감치 걷는다. 눈은 오는데 날은 춥지 않다. 고로, 지금 내리는 눈은 금방 녹을 듯싶다. 차도에는 눈 흔적이 없는 걸 보니 내리는 족족 자동차 열기에 사라지는 것 같다. 사람들이 자주 다니지 않는 길을 따라 발바닥에 느껴지는 눈의 감촉과 소리에 집중하며 걷는다. 아마 올해 마지막 눈길이 아닐까. 시간시간이 소중한 세밑 아침에 내리는 눈. 사라지기 전에 감각으로 향유하리라.

내가 쓰는 글들은 걷는 동안 머릿속에, 마음속에, 손끝 발끝에 심어진 감각운동의 합이다. 아침 눈길을 걷는 이 시간의 기억이 글을 통해 꽃으로 피어날 것이다. 이제 60여 시간밖에 남지 않은 올해 중 오늘은 또 어떤 그림으로 내 삶을 채우게 될까. 기대와 감사함으로 맞춰지는 퍼즐이었으면 좋겠다.

아침 7시, 세 아이 중 유일하게 등교하는 둘째 아들을 깨우고 거실창문 블라인드를 올린다. 오늘은 또 어떤 하늘이 펼쳐질까 기대하면서. 막 깨어나기 시작하는 하늘풍경을 보는 게 요사이 내 즐거움 중 하나다. 오른쪽 하늘엔 엄지손톱끝모양 닮은 하얀 달이 걸려 있고, 멀리 왼쪽 하늘은 오렌지빛 여명이 밝아오고 있다. 시작과 끝, 아침과 밤, 밝음과 어두움이 공존한다.

오늘도 아침 거리를 걷는다. 공기가 쏴하니 추워 정신을 번쩍 나게 한다. 어젯밤 잠을 잘 못 자서 뿌드드한 몸을 깨우기 딱이다. 학교 가는 아이들로 시끌시끌한 거리가 생동감 넘친다. 어제보다 기온이 많이 내려가서 아이들 옷차림도 무겁다. 자기 몸보다 더 큰 것 같은 롱패딩에 장식처럼 붙은 가방을 메고 친구들과 투닥거리며 횡단보도 쪽으로 걸어가는 아이들 무리 속에 나도 슬쩍 끼어 걷는다. 왠지 그네들 곁에 있으면 춥지 않을 것 같다. 칼바람 쌩쌩 부는 남극땅에서 까만 몸을 밀착해 뭉쳐 추위로부터 자신을 보호하는 펭귄들 행군처럼.

기실, 이맘때쯤 학교 가는 아이들 풍경은 그리 익숙한 그림이 아니다. 전에는 크리스마스 이후 겨울방학이 시작되어 아침나절 거리에 아이들은 잘 보이지 않았는데 봄방학이 없어지면서 1월이나 되어야 방학을 한다. 대신 3월 초 개학까지 쭉 방학이다. 방학을 늦게 시작하는 건 안쓰러워 보이나 완전 개학이 늦어지는 건 또 좋은 일이다. 일장일단이 있다, 다른 모든 세상일처럼.

아이들이 썰물처럼 빠져나가 텅 빈 거리를 홀로 걸으니 문득 한기가 느껴진다. 밀물처럼 집으로 돌아간다.

아, 이런 날이 온다. 365일 중 365. 백점 만점에 백점 맞은 경험도 별로 없는 내가 설날 만두처럼 속이 꽉 찬 포만감을 맛보는 일이 생긴다. 두툼한 다이어리 마지막장을 덮는 느낌이고, 오랫동안 애쓰며 매진했던 일이 해결되는 기분이기도 하다. 무엇보다 한 해가 지나간다는 게 감사하다. 힘들고 아프고 즐거운 일 별로 없을 만한 시간들이었지만 그 속에서 작은 기쁨과 행복감을 찾으며 살아온 한 해는 분명 감사였다. 신에 대한, 가족에 대한, 이웃에 대한, 나 자신에 대한 감사가 없다면 이 마지막은 얼마나 초라할 것인가.

다시는 돌아오지 않을 2021년 12월 31일 금요일에도 나는 걷는다. 올해 초 처음 걸었던 날처럼 걷는다. 그날 날이 추웠는지 어땠는지 기억나지 않는다. 매서운 바람이 불어 한 해의 근심과 힘듦을 다 날려버릴 것 같은 오늘 날씨도 며칠 후면 기억에서 사라질 것이다. 모든 것이 변하고 흘러가는 중에 굳건한 내 다리는 변함없이 걷기를 계속한다. 걸으면서 어제 본 것을 오늘 처음 보는 것처럼 마주하고, 어제 들리지 않던 소리를 오늘 득음하듯 듣고, 오가며 만나는 사람들 하나하나에 애정을 기울이고, 여태껏 생각 못했던 것을 아르키메데스처럼 발견해내는 기쁨은 걷기가 내게 준 지극한 선물이다.

작년말에 세웠던 올해 목표를 나는 이루었다. 내가 이렇게 꾸준한 사람이라는 데 다른 누구보다 나 자신이 놀란다. 내년에는 또 무슨 꿈을 꾸어 볼까. 일순위는 가족 모두의 몸과 마음 건강이다. 살아보니 딴거없다. 몸도, 마음도, 정신도, 관계도 건강한 게 최고다. 물론 그래서 가장 어려운 일이기도 하다.

감사와 겸비와 은혜 속에 2021년을 접는다.

걷기 일기 365

ⓒ 이숙, 2022

초판 1쇄 발행 2022년 4월 3일

지은이   이숙
그린이   서아진
펴낸이   이기봉
편집   좋은땅 편집팀
펴낸곳   도서출판 좋은땅
주소   서울특별시 마포구 양화로12길 26 지월드빌딩 (서교동 395-7)
전화   02)374-8616~7
팩스   02)374-8614
이메일   gworldbook@naver.com
홈페이지   www.g-world.co.kr

ISBN   979-11-388-0827-9 (03810)